Harald Kaup

2134 A.D.

- BONE -

Roman

NOEL-Verlag

Originalausgabe
Mai 2017

NOEL-VERLAG
Hans-Stephan Link
Achstraße 28
D-82386 Oberhausen/Oberbayern

www. noel-verlag.de
info@noel-verlag.de

Die Deutsche Bibliothek verzeichnet diese Publikation in der Deutschen Nationalbibliografie, Frankfurt; ebenso in der Bayerischen Staatsbibliothek in München.

Autor: **Harald Kaup**
Umschlaggestaltung: Gabriele Benz

1. Auflage
Printed in Germany
ISBN 978-3-95493-212-2

1. Einleitung

Und wieder sind seit dem letzten Bericht Monate vergangen, daher sei hier ein kurzer Rückblick auf das ereignisreiche Jahr 2133 erlaubt:

Ein großer und kampfstarker Verband aus TRAX und VENDORA hatte am 20.04.2133 mithilfe mehrerer Transfertore das ARES-System angegriffen. Mit erheblichen Verlusten an Mensch und Material konnte die AGUA SPACE FORCE die Aggression auf das ARES-System abwehren. Dennoch – es gab keinen Grund sich als Sieger zu fühlen. 2766 Menschen hatten den Angriff, der mit dem Verrat der VENDORA an den Menschen einherging, mit dem Leben bezahlt.
Darunter war auch ein Held der ersten Stunde: Sack Carter.
Daneben die größeren Materialschäden, beziehungsweise Totalverluste, an wichtigem Verteidigungs- oder Kriegsmaterial:
Das Terra-Schiff RED CLOUD war im konzentrierten Feuer gegnerischer Energiekanonen untergegangen, neben 17 Einheiten der 1.400 Meter durchmessenden GENUI-Raumer. Die Mondbasen auf den Trabanten EINS und ZWEI waren rechtzeitig aufgegeben worden, um die Verteidigung von Mond DREI inklusive der Werft wirksamer zu gestalten, was letztendlich auch gelang.
Die FLIGHT ONE, die Regierungs-Dreadnought, hatte zwar dank der starken Schirme dem Geschehen standgehalten, allerdings war an der Technik so viel defekt, dass Phil Mory bei seiner Schadensanalyse nur mit dem Kopf schütteln konnte. Er tröstete Linus Kirklane mit den Worten: „Lass dir vom Admiral ein anderes Schiff zuweisen!“ Kirklane hatte durchgeatmet – sein Schiff war Schrott und eigentlich konnte er froh sein, dass er selbst und alle Besatzungsmitglieder gesund von Bord gegangen waren. Insgesamt war die Hälfte des fliegenden Materials an Beibooten, Bombern und Jägern entweder ganz ausgefallen oder erheblich beschädigt. Und das war alles nur Kriegsmaterial. Also Dinge, die man ersetzen konnte, wenn die Zeit dafür vorhanden war.
Auf AGUA sah es nicht besser aus: Vom alten NEWPORT stand nichts mehr. Von den anderen Siedlungen waren zwischen 30 und 50 % der Gebäude so stark beschädigt, dass sie abgerissen werden mussten. BRAIN HILL hatte keine und der CAMPUS nur geringe Schäden davongetragen. Der immer noch als improvisiert geltende Raumhafen in GRACELAND-CITY war stark betroffen gewesen, und man hatte

sich, auch wegen der Frequentierung größerer Schiffe, dazu durchgerungen, an anderer Stelle einen größeren zu bauen. Die übrigen Gebäude, die nicht abgerissen werden mussten, wurden restauriert und in eine Polizeischule umfunktioniert.
Die ERSTE der MANCHAR, Loorena, hatte 75 Standard Warrier im ARES-System zum Schutz der nach dem Angriff völlig wehrlosen Menschen zurückgelassen. Der Abordnungszeitraum war auf ein Jahr festgelegt worden und Admiral Raven war positiv gestimmt, dass dieser Zeitrahmen eingehalten werden konnte. Thomas wollte innerhalb dieser Zeit wieder eine schlagkräftige Flotte aufbauen, die den Schutz des ARES-Systes wieder selbst in die Hand nehmen konnte. Die Präsidentin von GENUA-PRIME, Sina-Reth, hatte die verloren gegangenen 1.400-Meter-Kugelschiffe ersetzt. Fünf Schiffe davon waren dabei nicht zwingend an eine KI gebunden und konnten mit normaler Besatzung geflogen werden. So hatte sich Admiral Raven zu einem Ringtausch entschlossen: Sein bisheriges Flaggschiff, die 900 Meter durchmessende SIRION, übernahm Captain Jim Snider, dessen Terra-Schiff zerstört worden war. Seiner ehemaligen XO von der SIRION, Bozena Nowak, übergab Admiral Raven eines der >freien< 1.400 Meter-Schiffe. Die eher schweigsame Captain taufte das Schiff auf den Namen ihrer Geburtsstadt: KRAKAU. Die Umtaufe der SIRION, jeder Captain konnte das Schiff mit dem Namen seiner Wahl belegen, stand zurzeit noch aus. Neben den 17 Kugelschiffen hatte die Präsidentin der GENUI auch 2.000 Arbeitsdroiden mitgebracht, die für den Wiederaufbau der Flotte und der Siedlungen auf AGUA eine sehr wertvolle Hilfe darstellten. Eine eher symbolische Hilfeleistung kam von den ACASPA. Trotzdem, die Echsenabkömmlinge waren stark und fassten kräftig mit an. Die MAROON waren körperlich nicht so stark und so besorgten sie Nahrung in Form von Fisch. Auch das wurde als Hilfeleistung gerne und dankbar angenommen. Die Menschen fühlten sich dementsprechend nicht allein in dieser Galaxie. Währenddessen lief die Raumschiffproduktion auf vollen Touren. Phil Mory war kurz davor, die Serienproduk-tion von 300-Meter-Kugelraumern, sowie die Herstellung von Alpha- und Beta-Disks, im 57 Lichtjahre entfernten System ARA-51 anlaufen zu lassen. Die mobile Werft hatte dort ihren Standort und wurde über einen erzreichen Trabanten ausreichend mit Grundstoffen versorgt.

Nicht zuletzt stellte sich Ewa erneut, und dieses Mal der gesamten Bevölkerung, bestehend aus AGUA, AQUARIUS und EDEN, zur Wahl als Präsidentin. Mit überwältigender Mehrheit wurde sie im Amt für die nächsten sieben Jahre bestätigt. Ihre erste Amtshandlung bestand darin, dass sie ihre Zusage einhielt, aus Achtung vor den Toten der Invasion, das Besiedlungsfest am 25.07.2133 abzusagen.

Um Unübersichtlichkeiten oder Irritationen zu vermeiden, bittet der Berichtende den geneigten Leser/In in den Überschriften zumindest die Jahreszahl zu beachten. Es wird Einiges aus dem Jahre 2120 ff berichtet.

Das Protokoll setzt ein zum 13.01.2134.

Prolog:

Wir waren die ersten Menschen so weit draußen im Raum. Die Not hatte uns von der Erde weggetrieben – zusammen mit unserer Fracht.
Die Fülle der Sterne war überwältigend.
Überwältigend schön und gefährlich.
Wir bewegten uns in Bereichen, von denen wir keine Kenntnis hatten. Ein falscher Befehl konnte zu unserem Untergang führen. Wir hatten keine Ahnung hier draußen, von nichts. Wir waren so unschuldig unwissend wie Neugeborene, und so kamen wir uns auch vor. Und natürlich ebenso hilflos. Wir waren wie von den Eltern verlassene Waisen, die sich in der Fremde zurechtfinden mussten – oder sterben. Nichts, was wir hier erleben würden, passte in irgendeine Schublade unseres Geistes. Jede Situation musste völlig neu bewertet werden. Unser Geist, der es gewohnt war, mit Vorurteilen zu arbeiten, kam an seine Grenzen. Ja, Vorurteile machten uns erst lebensfähig, weil wir nicht ständig alle Situationen neu bewerten konnten – wir würden wahnsinnig werden. Hier schien es mir, waren wir dicht davor. Wir hatten die ersten Schritte in den Raum außerhalb unseres eigenen Sonnensystems gemacht. Zugegeben, es waren schon recht große Schritte gewesen. Und es sah so aus, als würde man uns kräftig auf die Füße treten. Und jeder Schritt konnte einer zu viel oder in die falsche Richtung sein ...

Sie waren kaum zu sehen – mit dem bloßen Auge. Welche kranken Designer hatten solche Schiffe kreiert? Eine stumme Drohung, und zwar eine riesengroße. Der Zoom unserer Drohnen-Kameras und die eingebauten Scanner gestatteten eine Ahnung von dem Aussehen und der Größe der fremden Schiffe. Sie waren kastenförmig – wie ein Schuhkarton. 4.000 Meter lang, 1.333 Meter breit und hoch, sowie mattschwarz. Es gab einen tiefen Einschnitt in der Längsachse auf halber Höhe, wie auch dasselbe auf der Ober- bzw. Unterseite. Ansonsten gab es weder Aufbauten, sichtbare Bullaugen oder dergleichen – alles Fehlanzeige. Dafür gab es Angriffsjäger – jede Menge ...

Der tatsächliche Anblick der Fremden war viel schrecklicher, als man das beschreiben könnte. Die Art war so unfassbar fremd, und in den Zielen konnte man nur eins erkennen – Vernichtungswillen. Und zwar ohne Rücksicht auf eigene Verluste. Das machte den Feind noch einmal gefährlicher. Er wich nicht zurück und griff an, selbst dann, wenn er keine Chance mehr hatte. Seine Speziesgenossen leisteten keine Hilfe für Verletzte oder in Raumnot Geratene. Angriff war wichtiger als Individuen seiner eigenen Spezies zu retten. Eine kalte Form der zielgerichteten Logik, mit der wir nur schwerlich umgehen konnten. Keine Vorteile oder sonstiger Nutzen war für den Feind zu erkennen – nur Vernichtung. Ein Feind, dessen Logik und Beweggründe wir nicht verstanden. Der an Kommunikation und Verständigung auch nicht das geringste Interesse hatte. Selbst wenn wir uns hätten ergeben wollen – er hätte uns nicht zugehört oder nicht verstanden oder einfach nicht verstehen wollen. Vielleicht wusste er auch gar nicht, was das war – aufgeben. Aber eins verstanden auch wir Menschen: Gewalt und das Recht des Stärkeren. Wir waren nach Jahrtausenden der Evolution schließlich nichts anderes gewohnt. Schließlich hatten wir die meiste Zeit auf der Erde damit verbracht, uns mit Erfolg gegenseitig die Köpfe einzuschlagen. Wir hatten, wie wir dachten, uns aus diesem moralischen Sumpf erhoben und wollten uns in die Eliten des Universums einreihen – wenn es sie denn überhaupt gab. Unsere politischen Führer waren davon ausgegangen, dass man so auf uns wartete – warten musste.
Wirklich intelligente Lebewesen, die Raum und Zeit in der Lage waren zu überwinden, mussten den aggressiven Teil der Evolution bereits überstanden haben und waffenlos in die weitere Zukunft gehen. So war die Argumentation unserer hohlköpfigen Pazifisten-Politiker. Und nun

standen wir, beziehungsweise schwebten oder flogen wir, im Raum und stellten fest, dass niemand auf uns gewartet hatte. Und wenn doch, dann um uns den berühmten Kopf kürzer zu machen. Und wir waren wenige und gehandicapt durch unsere Fracht, die es zu schützen galt. Vielleicht wäre es angeraten gewesen, den Konflikt zu suchen und auszutragen, aber so ...

Logbucheintrag, Captain Jane Scott, ADVENTURE/WALHALLA, irgendwann 2120 und irgendwo in der Milchstraße

2. Hauptquartier

13.01.2134, 08:15 Uhr, AGUA, CAMPUS, Penthouse:

Die Schwäche des Admirals, ohne seine Assistentin terminlich kaum mal auf Höhe der Geschehnisse zu sein, war allgemein bekannt und jeder wandte sich wegen fixer Zeiträume ausschließlich an Lea Heinley – dann klappte das.
Es gab jedoch einen Termin im Jahr, den vergaß Thomas niemals: seinen Hochzeitstag.
Die letzten Monate hatte es in seinem Penthouse nur Ewa-Tage gegeben, denn die FARM war ebenfalls dem Angriff der TRAX/VENDORA zum Opfer gefallen und seine Liebste war ganz bei ihm eingezogen. Die Kinder wurden größtenteils von Sarah und Linus Kirklane betreut. Ewa kümmerte sich am Tage, wenn ihre Zeit als Präsidentin es zuließ, Thomas schaute zwischendurch immer mal wieder rein und selbstverständlich waren die Kinder am Wochenende, ja sowas gab es auch auf AGUA, mit im Penthouse. Aber auch betreffend eines neuen Domizils bahnte sich mittlerweile eine Lösung an.

Auch dieses Jahr war er selbst zu sehr früher Stunde mit einem Schrauber zur Rosenfarm geflogen, um bei Sam, dem Züchter dieses romantischen Geblüms, für Ewa die neueste Züchtung abzuholen. Der alte Kauz zog jedes Jahr eine andere Farbe oder Form, speziell für Ewa, und so auch dieses Mal. Beim Überfliegen der Plantage hatte Thomas erkannt, dass die Rosenzüchtungen nicht durch den Blitzüberfall des letzten Jahres beeinträchtigt worden waren. Offensichtlich hatten die

VENDORA/TRAX das Gelände als militärisch unwichtig eingestuft. Das mochte zwar richtig sein, aber wie hart hätten sie unzählige Frauen treffen können, beziehungsweise deren Männer oder Verehrer, die ohne Rosen und mangels Phantasie so praktisch romantiklos dastünden. Nahezu wortlos hatte Sam dem Admiral 13 Rosen frisch abgeschnitten und überreicht. Dann hatte er ihm tief in die Augen gesehen und eine Hand auf die Schulter gelegt: „Hier scheint der Krieg spurlos vorbeigezogen zu sein. Das stimmt nicht. Auch ich trauere um die vielen Toten auf unserer Seite. Aber eins will ich dir sagen: Ihr habt es gut gemacht und ich vertraue euch. Und dir, lieber Thomas, will ich einen Rat geben: Vergiss nicht zu leben! Achte darauf, dass die Frau, die auch ich als Präsidentin wiedergewählt habe, sich an deiner Seite wohl fühlt und nicht nur die Pflicht im Kopf hat. Nur wer Mensch bleibt und auch so fühlt, kann Menschen vertreten und führen.“
Thomas hatte lediglich geschluckt, dem weisen Mann die Hand gereicht und ein paar Dankesworte gemurmelt. Mit dem Gedanken an die belastende Verantwortung für eine, nein drei Welten war er wieder in Richtung GC abgeflogen. Die Rosen lagen sicher in einem kühlen Behältnis.

„**Nein!** Wie hat er denn das hinbekommen? Tom, der Mann ist ein Künstler!“ Ewa war außer sich. Thomas hatte auf der Dachterrasse einen Frühstückstisch vom Feinsten eingedeckt und mittig stand eine weiße Vase mit den langstieligen Rosen. Sam hatte es geschafft, die Haarfarbe von Ewa bei den Blüten zu kopieren. Rosen in Kastanienbraun waren schon ein Hingucker und Thomas konnte sich vorstellen, dass ab Morgen diese Blumen einen reißenden Absatz hatten, und er konnte auf höhere Geburtenraten hoffen. Thomas hatte zur Vorbereitung des Frühstücks in der Küche leise agiert und darauf gehofft, dass er Ewa nicht weckte, aber seine bessere Hälfte war wach und hatte ihn nur in dem Glauben gelassen. Schließlich wollte sie ihn nicht um die Früchte seiner Bemühungen bringen. Als er dann kam, um sie aus dem Bett zu holen, zog sie ihn erst einmal hinein. Die Kuschelstunde hatten sie sich verdient und der Hochzeitstag des Paares war auf dem ganzen Planeten bekannt, und niemand dachte daran, heute den Admiral oder die Präsidentin zu stören. Selbst der Schulungsbetrieb auf dem CAMPUS schien zum Erliegen gekommen zu sein. Thomas hatte bisher

weder Dozenten noch Schüler gesehen. Dabei war heute ein normaler Wochentag – oder nicht? Er musste Lea fragen ... welcher.
Nun langte Ewa, lediglich mit einem halbdurchscheinenden Negligé in zartem Rosa bekleidet, beim Frühstück ordentlich zu. Thomas schüttete Kaffee aus einer Thermoskanne ein.
„Liebe macht hungrig“, zwinkerte sie ihrem Tom zu, und als sie ein Thema betreffend der Siedlungen ansprechen wollte, hob Thomas eine Hand: „Heute nicht, Ewa. Heute zählen nur wir zwei und ein einziges Thema.“
„So?“ Ewa war neugierig geworden. „Um was geht es denn?“
„Es ist eine Überraschung“, tat Thomas überaus wichtig.
„Ich liebe Überraschungen“, stellte Ewa fest. „Zumindest positive“, verbesserte sie sich schnell.
„In etwa 30 Minuten werden wir von Lea abgeholt“, sagte Thomas. „Du solltest dann eine leichte Freizeitkleidung tragen.“
„Wieso? Ich habe doch leichte Freizeitkleidung an“, grinste sie schelmisch und streckte ihre Brust raus. Thomas wurde es wieder warm, als er die vollen Rundungen sah, die sich gegen den dünnen Stoff pressten.
„Okay! Wenn du so mitwillst! Das musst du wissen!“
Ewa lachte, biss noch einmal in ihr Brötchen, stand auf und war schnell im Penthouse verschwunden.
Thomas dachte einen Augenblick daran, den Penthouse-eigenen Droiden mit dem Abräumen zu beauftragen, aber dann hätte er auf Ewa warten müssen. So räumte er selbst ab. Knappe dreißig Minuten später kam Ewa frisch geduscht, geschminkt und mit einem dunkelgrünen, knielangen Kleid, aus dem Schlafzimmer.
„Ist es so recht?“
„Du siehst klasse aus“, sagte Thomas und pfiff anerkennend durch die Zähne. Er hielt ihr noch eine Tasse Kaffee hin, die sie während des Wartens auf Lea trank. Kurz darauf hörten sie ein hohles Brummen und Ewa schaute nach oben. Das waren die typisch leisen Anfluggeräusche einer Sphäre. Die als Rettungskapseln gedachten Fluginstrumente waren von Lea lediglich mit Sprachbefehlen zu steuern. Eine KI übernahm das sichere Fliegen. Kurz drauf landete eine dieser Flugobjekte auf dem Dach des Schulungsgebäudes. Ein Außenschott öffnete sich und die quirlige Assistentin kam mit wehendem Rothaar aus der Sphäre: „Meinen herzlichen Glückwunsch zum Hochzeitstag!“

Lea umarmte zuerst Ewa, dann Thomas. „Ich hoffe, ihr hattet einen schönen Morgen! Wenn ich euch jetzt bitten darf?“ Sie machte eine einladende Handbewegung in Richtung der Schleuse und Thomas bot seiner Frau galant einen Arm an. Zusammen schritten sie auf die Sphäre zu.

„Die Passagiere bleiben bitte im mittleren Deck“, verfügte die Pilotin und überholte anschließend beide mittels Antigrav. „Wir benötigen etwa fünf Minuten Flugzeit“, eröffnete sie, dann waren Thomas und Ewa allein. Sie setzten sich auf die Bänke an der Außenhülle und Thomas dimmte die Beleuchtung mittels Sprachbefehl.

„Die Außenwandung ist nicht auf Durchsicht geschaltet“, stellte Ewa fest.

„Überraschung?“, warf Thomas ein. „Du erinnerst dich?“

„Warst du schon mal dort?“, fragte Ewa ihren Mann.

„Nein“, gab dieser zu. „Ich weiß zwar, um was es geht, aber ich war noch nicht da.“

„Hat Lea endlich einen Platz für FARM II gefunden?“, überlegte Ewa laut und Thomas verbiss sich einen Fluch. Aber, wenn er so richtig nachdachte, war die Schlussfolgerung von Ewa zu erwarten gewesen. Lea präsentierte heute zum ersten Mal ihre Wahl.

„Na? Hab ich´s?“ Ewa zeigte beim Grinsen einen erstaunlich breiten Mund.

„Wer weiß“, hielt sich Thomas zurück und betrachtete interessiert die Decke der Sphäre.

„Achtung! Hier spricht die Aushilfs-Captain dieser Sphäre“, dröhnte die Stimme von Lea etwas zu laut über das mittlere Deck. „Die Sphäre steht 50 Meter über dem Grund mit Fahrt Null. Alle Funktionen sind nun für die Passagiere freigeschaltet.“

Thomas wies mit einer Hand auf seine Gattin: „Bitte!“

Ewa räusperte sich kurz, dann befahl sie: „KI! Außenwandung auf Durchsicht stellen!“

Kurz darauf flutete das helle Sonnenlicht des Vormittags in die Sphäre, und Ewa musste zunächst erst blinzeln, bevor sie etwas draußen entdecken konnte.

Dann aber blieb ihr der Mund offen vor Staunen.

Thomas war zwar eingeweiht, kannte auch die Pläne, aber es mit eigenen Augen zu sehen, war doch etwas anderes. Die Kugel schwebte über einem Gelände, welches an der Küste lag und an dieser Seite ungefähr

drei Kilometer breit und gute zwei Kilometer tief ins Landesinnere reichte. Insgesamt handelte es sich um einen etwas unregelmäßigen Halbkreis. Die vom Südmeer abgewandten Seiten waren durch dichte Wälder und einem Hügelkamm von geringer Höhe eingegrenzt. Fast mittig gab es einen Einschnitt im Felsen und aus diesem schlängelte sich ein Fluss zum Meer. Kurz nach Mitte des Talkessels verdickte sich der Fluss zu einem ordentlichen See von etwa 300 Metern Durchmesser und floss dann Richtung Meer weiter. Die Uferböschungen waren mit starker Vegetation versehen, genau wie am Fuß der Hügelkette. Auf der Ebene standen hin und wieder Bäume, ansonsten gab es einen einhundert Meter breiten Sandstreifen und der Rest war mit Moosen und Flechten überzogen. Lea ließ die Kugel sehr langsam rotieren, damit ihre Passagiere alles gut sehen konnten.
„Lande jetzt bitte“, verlangte Thomas und Lea gab die Befehle an die KI weiter. Sie führte die Sphäre, mit dem Meer im Rücken, links vom Fluss und ging in unmittelbarer Nähe des Sees nieder. Ewa sah bei Näherkommen, dass unten ein kleiner Pavillon aufgebaut war.
„Wir sind gelandet! Ich bitte die Passagiere auszusteigen“, rief Lea von oben herab.
Thomas und Ewa ließen sich das nicht zweimal sagen. Sie traten auf den weichen Boden und Ewa nahm einen tiefen Atemzug. Die Luft roch frisch und würzig. Etwas nach Salz und Wald – eine interessante Mischung.
„Hier bitte geht es lang“, Lea führte die beiden unter den Pavillon. Dort hatte sie in einem kleinen Kühlfach eine Flasche besten Sekt aus der AGUA-Produktion untergebracht und drei Gläser. Sie bat Thomas die Flasche zu öffnen und stellte die Gläser auf einem Tischchen parat. Thomas gab ihr die geöffnete Flasche und Lea schenkte ein: „Ich wünsche nochmals alles Gute zum Hochzeitstag und viel Freude aneinander. Bevor wir jetzt anstoßen, will ich euer Urteil hören. Das ist das Gelände, welches ich ausgesucht habe als Ersatz für unsere gute, alte FARM. Wie gefällt es euch?“
Thomas hielt sich zurück und sah auf die glänzenden Augen seiner Frau.
„Es ist toll hier“, sagte sie schließlich. „Ich bin mehr als zufrieden mit dieser Wahl – ich bin begeistert. Wo sind wir denn hier?“
„Wir sind etwa 100 Kilometer von GC entfernt, fast geradewegs südlich“, antwortete Thomas, der die Pläne ja schon kannte.

Ewa hob ihr Glas: „Auf unsere neue Heimat!“
Sie stießen an und prosteten sich zu. Damit war die Standortwahl getroffen.
Nun gut, eine einzige Flasche Sekt ist nicht viel für drei Personen, und dementsprechend schnell war diese auch leer. Lea lief noch einmal zur Sphäre zurück und holte einen Koffer. Schnell waren die Gläser sowie die leere Flasche weggeräumt und Lea holte aus dem Koffer eine große und bunte Folie. Sie breitete das Teil auf dem Tisch aus: „Ich weiß, ich habe für die Aufgabe eine Menge Zeit gebraucht. Ihr werdet aber feststellen, dass ich mit den Planungen bereits weiter bin, als ihr denkt. Hier an dieser Stelle wird ein Pavillon in etwa nach Vorbild von EDEN aufgebaut. Auf dieser Seite kann sich Lutz mit seiner Brauerei und den Feldern dafür austoben. Des Weiteren sind hier elf Gästehäuser geplant. Auf der anderen Seite werden die Häuser für die Leute gebaut, mit denen ihr zusammenleben wollt.“ Lea zeigte dabei mit dem Arm über das kleine Flüsschen. „Dort gibt es einen etwa 30 Meter hohen Zylinder, der als Startschutz für die REVENGE dient.“ Lea grinste: „Ich weiß doch, dass sich Thomas niemals von der REVENGE trennen wird! Weiterhin einen Schrauber-Landeplatz und eine Art Gemeinschaftshaus, wo wir uns treffen können. Die einzelnen Standorte für die Häuser sind noch nicht genau festgelegt. Da könnt oder müsst ihr Wünsche äußern. Allerdings habe ich hier …“, dabei stellte sie ein Hologerät auf den Tisch, „… eine Auswahl der möglichen Häuser. Ihr braucht nur eins auszusuchen und ich werde es in Auftrag geben.“ Lea schaltete das Hologerät an und es erschien darüber das leicht rotierende und halb durchsichtige dreidimensionale Abbild eines Hauses. Alle zehn Sekunden wechselte die Darstellung und zeigte ein anderes Gebäude.
„Das ist schön“, Ewa zeigte mit dem Finger auf einen Winkelbungalow, aber in diesem Augenblick schaltete das Bild um. Lea lachte: „Ihr habt genug Zeit, das richtige Haus auszusuchen.“
Thomas fand sich damit ab, dass Heim und Herd ausschließlich Sache der holden Weiblichkeit war. Ihn selbst interessierten ganz andere Sachen: „Wann denkst du, Lea, kann das Areal hier bezugsfertig sein?“
Seine Assistentin überlegte kurz: „Sagen wir – in drei Monaten?“
„Das werden wir auch noch schaffen“, antwortete Thomas. Lea wusste, dass gerade die Leute, die hier einziehen sollten, teilweise noch immer in Notunterkünften hausten. Man wollte keinesfalls den Eindruck er-

wecken, dass es Vorteile gab, wenn man in der Hierarchie weiter oben stand.
Ewa interessierte sich für den weiten Weg nach GC – zur Arbeitsstelle eben.
Hier konnte Thomas beruhigen: „Man hat mir gemeldet, dass auf jedem der 17 Ersatzschiffe von GENUA-PRIME 50 Sphären sind. Wir werden entsprechende Sphären hier stationieren, die für unseren Transport sorgen – egal wohin."
Urplötzlich erlosch das Holobild und Thomas und auch Lea schauten sich irritiert um. Ewa hatte blitzschnell das Gerät ausgeschaltet und eingesteckt: „Los, ab zurück! Ich will ein Haus aussuchen! Bekommen die Kinder auch wieder ein eigenes?"
Lea hob beide Arme: „So wie ihr wollt – geplant habe ich es."
Ewa schaute sich noch einmal um: „Hier ist so viel Platz! Wir können hier alle leben, ohne uns gegenseitig zu stören und trotzdem zusammen sein."
Lea, die sich mit Landvermessung zwangsweise beschäftigt hatte, gab die Größe bekannt: „Wir verfügen hier über 413 Hektar Land, von denen ungefähr 300 bebaubar sein dürften."
Ewa war begeistert: „Es gibt Filmaufnahmen davon?"
„Ja", bestätigte Lea. „Auf meinem Rechner unter Verschluss. Ich gebe die Dateien für dich frei!"
„Super", Ewa wirkte aufgeregt wie ein kleines Mädchen vor dem ersten Schultag. „Lasst uns zurück! Ich will planen!"
Lea rollte ihre Folien zusammen, und gemeinsam stiegen sie in die Sphäre. Auf dem Rückweg ließ Lea die Außenhaut auf Durchsicht und so kamen Ewa und Thomas, beide ebenfalls ganz oben in der Kugel, zu einem tollen Erlebnis.
„Wie geht es eigentlich deiner Freundin Dana?", wollte Ewa von Lea wissen.
„Na ja, sie leidet halt noch und das wird auch noch eine gute Weile dauern", antwortete Lea und ihre Miene trübte sich dabei. Sie litt erkennbar mit ihrer Freundin.
„Sie kannte den jungen Mann nicht mal zwei Tage", stellte Thomas fest. „Und seit seinem Tod ist fast ein dreiviertel Jahr vergangen. Trotzdem leidet das Mädchen ungeheuer. Das hätte eine tolle Partnerschaft werden können."

Lea seufzte und Thomas wechselte schnell das Thema: „So gar kein Betrieb auf dem CAMPUS?“, stellte er teilweise fragend, teilweise als Selbstgespräch fest. Die Sphäre setzte zum Landeanflug vor dem Schulungsgebäude an und es war niemand zu sehen. Das ganze Gelände wirkte wie ausgestorben.
„Äh, ich hörte Hans von einer gemeinsamen Besichtigung der DREI-Werft sprechen. Phil soll da was organisiert haben.“ Lea schaute angestrengt nach draußen.
Thomas brummte vor sich hin: „Sie sollen auf unseren Hochzeitstag nur nicht zuviel Rücksicht nehmen.“
„Ich find´s gut“, vertrat Frau Präsidentin ihre Meinung. „Dann haben wir das ganze Gelände für uns allein!“
„Bitte auszusteigen. Vielen Dank für den Mitflug“, verkündete Lea die Tatsache, dass die Kapsel gelandet war und die Ausstiegsluke offen stand.
„Willst du nicht noch ...“, lud Ewa ein, aber Lea hob abwehrend eine Hand. „ Es ist euer Tag und ich will mich um Dana kümmern!“
„Okay“, Thomas bedankte sich und wünschte einen schönen Tag, dann verließ er mit seiner Frau die Sphäre. Das Paar schwebte den Antigrav zur obersten Etage hinauf.
„Was tun wir heute mit unserem Ehrentag?“, fragte Thomas.
„Planen, faulenzen und kuscheln“, antwortete Ewa. „Ich will heute textilfrei Sonnenbaden auf unserer Terrasse.“
Thomas hob die Augenbrauen. Der Vorschlag gefiel ihm. Auf der obersten Etage wurden sie sanft aus dem >Aufzug< geschoben und standen dann im Treppenhaus vor dem Zugang zum Büro und ihrer jetzigen Wohnung. Die KI erkannte über die Armbänder die Berechtigung und öffnete die Schiebetür. Thomas nahm seine Frau an die Hand und beide gingen im Eingangsbereich im Vorflur am verwaisten Schreibtisch von Lea vorbei. Dann kamen sie in den größeren, eigentlichen Bereich ...
„***PRÖÖÖT***“, Ewa erschrak heftig als jemand mit einer Tröte vor sie sprang und kräftig hineinblies. Dann brach ein Tumult los und der Trötenbläser entpuppte sich als Jan Eggert: „**Ich glaubt doch nicht im Ernst, dass ihr zwei heute einen ruhigen Tag habt! Wir folgen auch nicht ausgesprochenen Einladungen!**“
Konfetti wurde geworfen und irgendjemand hielt ein Schild hoch mit der Aufschrift >GLÜCKWUNSCH<, der nächste eins mit >WEITER

SO<. Thomas Raven erkannte die gesamte Brückencrew der ODIN, Emma und Hans, Phil, Rebecca ... eigentlich alle Freunde. Selbst Lea war offensichtlich mit der Sphäre am Haus senkrecht aufgestiegen und hatte diese auf der Dachterrasse gelandet. Sie hatte ihr unvermeidliches Headset auf und gab geschäftig Informationen weiter, während sie ihr Pad bearbeitete. Kurz darauf landeten mehrere Sphären und Thomas erkannte Hank Morgan, der wie üblich ein Catering aufbaute. Dazwischen die Kinder und jede, jede Menge Lärm und Gratulanten.
„Guten Morgen zusammen“, brummte ein überlauter Bass und Thomas drehte sich zum Sprecher um. Bruchteile von Sekunden später krachte die Pranke von Ron Dekker auf seine Schulter: „Glückwunsch alter Junge! Schau, wen ich mitgebracht habe!“
Thomas war erfreut. Selbstverständlich hatte Ron seine Suzan mitgebracht, aber zusätzlich hatte er Dana Ostenson im Schlepp. Der gutmütige >Polterkopp< hatte sich zusammen mit seiner Frau in letzter Zeit sehr um die Norwegerin gekümmert und Thomas war ihm deswegen außerordentlich dankbar. Ewa war mit Händeschütteln beschäftigt und freute sich sehr über die Überraschungsfete. Da war tatsächlich auch Will Rakers. Als Fan von Ewa leuchteten seine Augen, als er ihr die Hand gab und sie beglückwünschte. Die Präsidentin hauchte ihm rechts und links ein Küsschen auf die Wange und Will wurde – tatsächlich rot. Zwischendurch wurden Stehtische hereingetragen und offensichtlich hatten einige Absolventen der Akademie die Aufgabe übernommen, für Getränke und dergleichen zu sorgen. Aufmerksam huschten sie zwischen den Gästen umher und versorgten diese mit Sekt und ähnlichen Getränken.
„Ich löse hiermit ein Versprechen ein“, übertönte Jan Eggert den Lärm. „**Josuah ist demnächst mit seiner Crew zuständig für >RADIO FREIES AGUA<. Kapelle spiel auf!**“
Ewa erkannte einen Mann mit schwarzem Langhaar, der sich an einer größeren Kiste mit zahlreichen Knöpfen zu schaffen machte. Kurz darauf erklang Musik.
„**Jawohl!**“, rief Jan. „**Amaranth von Nightwish!**“
Die kraftvollen Klänge der ehemaligen Rockband aus Finland erfüllten den Raum und reichten weit auf die Terrasse hinaus.
„Mein weißer Bruder möge meine Glückwünsche entgegennehmen. Allerdings sei mir die Einschränkung vergönnt, dass es für ihn keine

Überwindung bedeutet, neben dieser schönen und klugen Partnerin den Pfad durchs Leben zu beschreiten!“
„Chap!“ Thomas begrüßte den Sioux ausgesprochen freudig. „Du bist extra...“
„Ich sah am Horizont die Rauchzeichen deiner Meisterin der Termine, und ich eilte mit Naira zu deinem Tipi.“
„Willkommen, willkommen, mein roter Freund!“ Der Admiral war wirklich ergriffen.
Thomas sah eine Menge Leute und er sah Ewa, der die Freudentränen in den Augen standen. Das hatten sie jetzt alle gebraucht: ein ausgelassenes Fest und zwar zusammen. Jane Scott war anwesend, Oksana Trantow und viele, viele mehr. Alle hatten, soweit vorhanden, ihre Kinder mitgebracht und Ewa schloss gerade Rosa Samantha und Lisa-Ann in die Arme. Sarah und Linus Kirklane hatten die Kinder mitgebracht und natürlich war auch Inara dabei. Peter kam separat und auch er gratulierte.
Der Musiktitel war zu Ende und man hörte die mit Lautsprechern verstärkte Stimme von Lea: „Das Frühstück steht draußen bereit. Bitte zugreifen – das Büfett ist eröffnet.“
Josuah war so einfühlsam, dass er leichte und etwas getragenere Musik während des Frühstücks, man könnte auch Brunch dazu sagen, spielte.
So verging fast eine Stunde, bis alle gesättigt waren und Thomas ging dann zur >Kapelle<, um sich ein Mikro auszuleihen: „Hallo zusammen!“
Es wurde gejohlt und gepfiffen.
„Ich, beziehungsweise Ewa und ich, freuen uns, **dass ihr alle hier seid! HERZLICH WILLKOMMEN!**“
Es gab langanhaltenden Applaus.
„Die ODIN im System – ich weiß nichts davon! Der CAMPUS ist leer – ich ohne Ahnung! Da muss jemand im größeren Stil vorgearbeitet haben! Ich frage mich gerade, welchem Organisationstalent wir diese Überraschungsparty zu verdanken haben. Und ich glaube, ich weiß auch schon, wen ich da anschauen muss!“
Thomas Blicke suchten Lea und in diesem Augenblick rief Eggert: „**IDEE UND AUSFÜHRUNG – LEA, die Perle unter den Assistentinnen!**“ Er schwang dabei ein etwas zu groß geratenes Sektglas – sein Lieblingsgetränk auf AGUA.
Ewa nahm Thomas das Mikro ab: „Lea, komm mal zu mir, bitte!“

In den hinteren Reihen entstand Bewegung, als die Assistentin des Admirals langsam nach vorne kam. Ewa umarmte sie herzlich: „Vielen lieben Dank. Ich bin dir so dankbar dafür!"
„**Ja, ja**", rief Eggert. „**Ansonsten hätte sie den Tag allein mit ihrem Mann verbringen müssen!**"
Die Leute lachten lauthals und Thomas ergriff wieder das Mikro: „Bitte einen Applaus für die gekonnte Leistung und die großen Mühen von Lea!"
Die Gäste applaudierten fast zwei Minuten und die junge Frau wurde vor Verlegenheit ganz rot.
Dann fuhr Thomas fort und sprach dieses Mal Jan direkt an, wobei er eine kleine Retourkutsche im Sinn hatte: „Üblicherweise, lieber Jan, bringt man zu einer solchen Veranstaltung Geschenke mit – oder?"
Jan trat näher und zeigte auf den Admiral: „Da sagst du was." Er nahm ihm das Mikro ab und wandte sich an die Gruppe: „Ich will mal sehr großzügig darüber hinwegsehen, dass wir letztes Jahr bei unserer Feier auf EDEN **keine** Geschenke erhalten haben – aber was soll´s. Lea? Wo können wir?"
Die Angesprochene eilte zu ihm und drückte ihm eine Fernsteuerung in die Hand. Dabei wies sie mit der anderen Hand auf eine der Wände, welche über einen großen Vid-Schirm verfügte: „Dort, bitte!"
„Ah, ja. Ich bitte um die nun sehr geschätzte Aufmerksamkeit des Jubelpaares und deren Fangemeinde!" Thomas und Ewa waren mehr als überrascht. Neben der Fete gab es jetzt noch etwas? Thomas hatte seine >Forderung< doch keineswegs ernst gemeint.
Jan drückte auf einen Knopf und es war ein Ausschnitt von AGUA zu sehen und Ewa rief sofort: „Unser Tal!"
„Genau, liebste Ewa, genau", bestätigte Jan. „Das ist ein Bild von gestern. Und nun zeige ich euch ein Bild in Jetztzeit!" Jan drückte wieder auf einen Knopf und dann kam kein Bild, sondern die Übertragung von einer Drohne, die in niedriger Höhe über das Tal flog.
„Nein", stammelte Ewa und auch Thomas war völlig perplex. Im Tal standen wenigstens vier der 50 Meter Beiboote der ODIN und ein weiteres landete gerade. Am Boden wuselten unzählige Arbeitsdroiden und es war schon zu erkennen, was sie dort bauten: Häuser.
„Die Zeit des Aufbaus, die Lea euch mit einem Vierteljahr angab, können wir dann doch toppen. Wir sind in etwa drei Tagen fertig. Euer

Haus kommt als letztes hinzu. Ihr braucht nur eins auswählen – mit Bedacht natürlich und auch die Stelle, an der es aufgestellt werden soll."
Thomas und Ewa waren sprachlos. Die Drohne flog über den Teil, wo die Gästehäuser ihren Platz finden sollten und tatsächlich – es standen schon vier. Die Droiden arbeiteten schnell und unermüdlich.
„Wir haben eine Stararchitektin angeheuert", redete Jan begeistert weiter. „Die einzige übrigens, die wir haben! Hong Chan, die Frau unseres Freundes Feng Pu ist Architektin und hat mit jedem zuvor die speziellen Wünsche bezüglich des Heims abgesprochen! Sie ist übrigens hier – bitte tritt vor!"
Die kleine Chinesin machte ihrer Rasse alle Ehre, lächelte wie auf einer Postkarte und verbeugte sich. Es gab Applaus und Thomas dämmerte, welchen Aufwand es bedeutet hatte, eine solche Sache vor ihm und Ewa geheimzuhalten.
„Ich weiß, wie wir das Gelände nennen", rief Ewa begeistert aus und Thomas wandte sich ihr zu.
„Es soll einen Bezug zum Vorherigen haben, also muss FARM enthalten sein", redete sie sich in Begeisterung. „Dann natürlich etwas vom Umfeld – von der Küste. Und da das nicht nur aus Küste besteht, taufe ich in meiner Eigenschaft als Präsidentin dieses Stück wunderbare Natur >GREEN COAST FARM<!"
In Anlehnung an die Flottentradition, obwohl hier kein Schiff getauft wurde, riefen die Gäste den Namen drei Mal hintereinander und somit war es beschlossene Sache. Das zukünftige Head Quarter (HQ) hatte einen zivilen Namen: GREEN COAST FARM.
Josuah legte wieder fetzige Musik auf und Ron kam mit einem großen Humpen Bier auf Thomas zu: „Kipp die Puffbrause weg – hier kommt was Richtiges!"
Thomas war gerade abgelenkt und schaute rüber zu Jane Scott. Die Captain der WALHALLA hatte eben zwischen den Gästen Dana Ostenson entdeckt, und Thomas war das Vergnügen vergönnt, der Verwandlung der kühlen Australierin beizuwohnen. Ihre eher neutralen Gesichtszüge wurden weich und ihre Augen begannen zu glänzen. Die Lippen verzogen sich zu einem äußerst gewinnenden Lächeln. Jane ging auf Dana zu und nahm die junge Frau in die Arme. Dann hauchte sie ihr einen Kuss auf die Wange und redete leise auf sie ein. Thomas und Ron konnten nicht verstehen, was Jane da sagte.

„Hallo Dana. Ich freue mich, dich zu sehen. Du hast meinen ganzen Respekt und auch meine Dankbarkeit. Solltest du in irgendeiner Form Hilfe benötigen, so wende dich ohne Zögern sofort an mich, ja?“
Dana nickte nur und wirkte zurückhaltend.
„Wollen wir die Interviews irgendwann fortsetzen?“, fragte Jane.
Die Norwegerin schüttelte den Kopf: „Bitte, Jane. Sei nicht böse, aber ich kann im Moment nicht auf die WALHALLA kommen und auch du ... bitte!“
Jane wirkte ernüchtert: „Gut, ich verstehe das – glaube ich. Ich würde mich über eine Nachricht von dir freuen. Genieß das Fest!“ Damit wandte sich Jane, wie es schien schweren Herzens, ab und ließ Dana wieder allein.
Die Szene war, wie gesagt, von Thomas und Ron beobachtet worden.
„Weißt du noch?“, fragte Ron. So zwei Monate nach dem Überfall?“
„Oh ja“, versicherte Thomas und erinnerte sich:

<u>25.06.2133 (vor ca. einem halben Jahr), am Abend, Penthouse:</u>

„Kannst du das bitte noch einmal sagen?“, bat Admiral Thomas Raven seine Pressesprecherin. Dana Ostenson hatte um einen Termin bei ihm und der Präsidentin, also Ewa, gebeten.
Ewa saß, und das war auch besser so. Rasch bot Thomas Dana Platz an und setzte sich ebenfalls.
„Wie ich gerade sagte“, wiederholte sich die Norwegerin. „Ich bin schwanger.“
„Okay“, gab Thomas von sich und nickte Dana zu. „Das ist erst einmal eine schöne Tatsache. Ich freue mich jedenfalls darüber.“
„Äh, ich auch, natürlich ... “, versicherte Ewa und machte dabei einen etwas hilflosen Eindruck, als sie Thomas dabei ansah. Sie konnte mit der Situation momentan nicht wirklich etwas anfangen.
Thomas schaute Dana an: „Irgendwas sagt mir, dass du nicht zu uns gekommen wärest, wenn es dort draußen einen glücklichen jungen Mann gäbe, der der Vater des Kindes ist und mit dem du vielleicht zusammen leben möchtest.“
Dana wollte antworten, da schossen ihr die Tränen in die Augen und sie begann fast lautlos, aber intensiv zu weinen. Ewa sprang auf, setzte sich zu Dana und nahm die am ganzen Körper Zitternde in die Arme. Thomas schoss los, um das Pendant eines Tempos zu holen. Kurz

darauf reichte er Dana ein weiches Papiertuch und sie trocknete ihre Tränen. Thomas und Ewa warteten geduldig ab, bis die junge Frau von ihrer Situation weiter erzählen konnte. Mit brüchiger Stimme sagte sie: „Das Kind ist von Felix.“

Thomas konnte den Schmerz seiner Pressesprecherin übergangslos körperlich spüren. Ein lauwarmes und schlechtes Gefühl des Unbehagens kam in ihm hoch. Wie lange hatte sie Felix Townset gekannt? Einen Tag? 36 Stunden? Es gab keinen Grund, Dana deswegen Vorwürfe zu machen. Der junge Deckchief war auf der WALHALLA im Zuge des Überfalls zu Tode gekommen, nachdem er seine komplette Crew evakuiert und eine Eingeschlossene befreit hatte. Die Situation war im Moment hoch emotional und Thomas hielt deswegen erst einmal den Mund. Ewa war da viel besser geeignet, die vielleicht passenden Worte zu finden, aber auch sie schaute Dana nur an. Schließlich sprach Dana weiter: „Es ist einfach passiert – es war Liebe und ...“ Dana begann wieder zu weinen.

„Es macht dir niemand einen Vorwurf, Dana“, sagte Ewa schließlich.

Dana beruhigte sich wieder etwas: „Natürlich hätte ich noch ein paar Tage später gegen die mögliche Schwangerschaft etwas unternehmen können. Aber ... ich habe es darauf ankommen lassen. Sonst würde ja von Felix nichts mehr bleiben! Seine ganze Familie ist ausgelöscht! Wenn ich die Schwangerschaft abgebrochen hätte, dann …“, Dana schluchzte heftig, „es … es wäre mir vorgekommen, als hätte ich ihn eigenhändig noch einmal getötet!“ Die Norwegerin schlug die Hände vors Gesicht und nun weinte sie nicht mehr lautlos. Ihr Weinen ging Thomas durch Mark und Bein. Der Admiral stand auf, steckte die Hände in die Hosentaschen und ging zum Fenster. Er überließ es Ewa, der Unglücklichen Trost und körperliche Nähe zu spenden. Minutenlang überlegte er, dann drehte er sich um. Dana wirkte jetzt etwas gefasster und schaute ihren obersten Chef aus verheulten Augen an.

„Dana! Ich bin unglaublich stolz auf dich! Ich wünschte, alle Leute hätten diese moralische Reife. Und wenn sich deswegen zukünftig ein junger Mann abwendet …“

„… dann ist er Deiner nicht würdig“, vollendete Ewa den Satz.

„Genau“, bestätigte Thomas. „Du wirst alle erdenkliche Hilfe erhalten, die du benötigst. Ich sehe das übrigens ganz genau so wie du. Felix Townset hat seine Gene an das Kind weitergegeben und du wirst eine gute Mutter sein – wir alle werden dir dabei helfen. Ich weiß, dass du keine Angehörigen hast. Nun hast du welche: Du bleibst heute Nacht hier und morgen sehen wir weiter. Du schläfst mit Ewa im Bett und ich haue mich hier auf die Couch – keine Widerrede. Du bist nicht allein, Dana! Schon unser erster Präsident hat gesagt, dass Alleinerziehenden und Kindern besonderer Schutz der Gemeinschaft zusteht. Es gibt daher innerhalb der Neuen Menschheit zahlreiche Mütter, die beschlossen haben, ihre Kinder allein aufzuziehen. Ewa hat das nicht rückgängig gemacht, und wir werden nach dieser Leitlinie handeln!"

Später, als Ewa und Dana zu Bett gegangen waren, schwang sich Thomas noch einmal hinter sein Multimediagerät und wählte die Nummer von Ron an. Ron und Suzan bewohnten die, ja so muss man es nennen, die Hinterlassenschaft von Sack Carter. Dieses Haus war makabrerweise unbeschädigt geblieben, und Ron hatte es als eine Art Erbe zunächst beansprucht.

„Thomas? Zu so später Stunde? Ich sehe dir an der Nasenspitze an, dass irgendwas nicht stimmt!"

„Stimmt", bestätigte Thomas trocken. „Hol bitte deine Liebste mit vor den Schirm!"

„Die, die schläft schon", versicherte Ron und zeigte mit dem Daumen nach hinten.

„Wecken!" Thomas Stimme war fest und bestimmt.

Rons Gesichtsausdruck wechselte fast ins Ängstliche: „Äh, du bist sicher, ja?

„Ganz sicher!", bekräftigte Thomas.

„Eieiei – da muss mächtig was im Busch sein", vermutete Ron und tat – nichts.

„Ist es", bestätigte Thomas, „und nun schwing die Hufe! Ich will nicht alles zweimal erzählen müssen!"

Ron entfernte sich zögernd vom Schirm und es dauerte auch eine ganze Weile, bis er mit einer arg zerwuschelten Suzan wieder erschien.

„Ich habe doch gesagt, dass Thomas uns beide sprechen wollte", verteidigte sich Ron.

Suzan schaute aus Schlitzaugen in die Optik und kam mit dem Gesicht näher ran als eigentlich nötig: „Tatsächlich – er ist es. Schön zu so später Stunde noch einen gutaussehenden Mann zu Gesicht zu bekommen!"

Ron brummelte etwas vor sich hin.

„Was können wir oder ich für dich tun, Thomas?“ Suzan bemühte sich konzentriert zu wirken. Kurze Zeit später war sie es, als Thomas seinen Bericht beendet hatte. „Sie hat nur Lea und ihr wisst ...“
„Ja, ja“, winkte Ron ab. „Deine Assistentin wirbelt über AGUA und sucht eine neue Bleibe für uns. Da hat sie kaum Zeit für ihre Freundin.“
Suzan reagierte: „Was sagst du, Ron?“
„Ich? Ich wage kaum zu atmen“, stellte dieser fest. „Das junge Ding ist eine Wucht! Man stelle sich das einmal vor. Das, das ...“, Ron fehlten momentan die passenden Worte, „ ... sie ist toll!“
„Genau!“, bestätigte Suzan. „Und sie benötigt psychologische, also meine Betreuung. Wir brauchen nicht jedes Mal unsere Fälle nach EDEN zu exportieren. Ich bin schließlich auch noch da! Wir holen sie morgen früh ab und sie kann hier ein Zimmer bei uns haben – wenn sie will. Nicht wahr, Ron?“
Thomas war klar, dass das lediglich eine rhetorische Frage war, aber wie er seinen polterigen, aber im Kern weichen Kumpel kannte, hatte dieser tatsächlich nichts dagegen. „Ich wäre stolz darauf, Dana helfen zu dürfen“, versicherte er glaubhaft und nickte mit seinem massigen Schädel.
„Super“, freute sich Thomas. „Ich hatte auf euch gezählt!“
Ron hielt einen Damen nach oben in die Kamera: „Aber immer, mein Freund!“

Suzan und Ron hielten ihre Zusage ein und kurz vor der Entbindung wohnte Dana immer noch bei den beiden. Ron kümmerte sich um sie, als wäre es seine Tochter und er bald Opa würde. Bei Suzan verhielt es sich ähnlich. Dana wurde ausgeglichener und begann sich auf das Kind zu freuen.

<u>13.01.2134 – beim Fest:</u>

Ron und Thomas beobachteten, wie sich Lea und Dana in die Arme fielen. Nun ja, da war ein ganz schöner Bauch im Weg und früher ging das etwas schwungvoller, aber beide Frauen lachten und Lea legte vorsichtig eine Hand auf den Bauch ihrer Freundin.
„Ich kümmer mich mal ein wenig um Jane“, sagte Thomas zu seinem Freund und folgte der Australierin, die, wie er bemerkt hatte, auf die

Dachterrasse gegangen war. Am Geländer, den nachdenklichen Blick nach unten gerichtet, fand er die Australierin.
Sie sah auch gar nicht hoch, hatte den Admiral aber trotzdem bemerkt. „Wie es scheint, bringe ich nur Unglück, Thomas. Selbst Personen, denen ich Hochachtung, Respekt, ja sogar Zuneigung entgegenbringe, wenden sich von mir ab."
„Ich habe deine Begrüßung von Dana beobachtet", gestand Thomas und stützte sich auf das Geländer, um ebenfalls in die Tiefe zu schauen. „Du kannst Dana nicht böse sein. Sie ist zum ersten Mal schwanger und hat den Vater des Kindes bei dir an Bord verloren. Sie macht dich nicht verantwortlich, will aber nicht an die Umstände erinnert werden."
„Hast du mal überlegt, wie das auf mich wirkt? Bei aller Ausbildung bin ich auch ein Mensch", beklagte sich Jane Scott.
„Es ist nicht gut, wenn ein Mensch, der so viel Verantwortung trägt wie du, ohne Partner ist. Ohne Ewa hätte ich längst den Staffelstab weitergereicht." Thomas hatte sich vom Geländer ab- und der Captain zugewandt.
Auch Jane drehte sich zu ihm: „Muss es denn ein Partn**er** sein?"
Thomas stutzte, aber nur einen kleinen Augenblick, dann lächelte er: „Du darfst mir gerne auch eine Partnerin vorstellen."
Janes Gesichtszüge hellten sich etwas auf: „Du hast kein Problem damit?"
Thomas wurde ernst: „In welchem Jahrhundert leben wir? Das war schon damals auf der Erde kein Thema mehr und hier machen wir es zu keinem – basta! Mich hätte natürlich gefreut, wenn eine so talentierte Frau wie du ihre Gene …"
Nun lächelte Jane und unterbrach ihn: „Das habe ich nicht ausgeschlossen. Da gibt es zahlreiche Möglichkeiten."
Thomas griff Jane an beide Schultern: „Danke Jane!"
„Äh, wofür?"
„Einfach, dass du da bist."
Captain Scott machte ein amüsiertes Gesicht: „Da bist du ja nicht ganz unschuldig dran!"

Das Fest ging weiter und in den Abendstunden ließ es sich Jan Eggert nicht nehmen, den Außenbereich des Penthouses mit Rauch vom Grill einzuhüllen. Lutz zapfte und zapfte und Carson Cunningham bot schottischen Whisky an. Ein Teil der Außenanlage wurde in eine Tanzfläche

umgewandelt und so manch Ungeübter, Jan Eggert hätte ausreichend Zeit gehabt, versuchte sich in rhythmischen Bewegungen.
Thomas Raven stand kurz vor einem Heiterkeitsausbruch, als er am Rande die etwas ungelenken Bewegungen des Captains der ODIN sehen musste – man musste einfach hingucken, ob man wollte oder nicht. Nichtsdestotrotz war Eggert allerbester Laune und schwenkte seine Nina gar heftig durch die Gegend. Mit großer Freude begrüsste Thomas seine alte Freundin Laura Stone, die selbstverständlich mit Paulo erschienen war. Thomas schüttelte den Kopf: Er kannte seine beste Freundin nicht wieder. Ansonsten immer streng und die Disziplin in Person, hing sie an Paulo wie eine Klette und strahlte über alle vier Backen – wie man so schön sagt. Paulo gratulierte zwar noch ein wenig steif, aber schon bedeutend lockerer als zu früheren Zeiten. Thomas bedankte sich und wünschte den beiden eine schöne Feier: „Trinkt und esst!"
Ein Räuspern ließ den Admiral aufmerksam werden. Thomas drehte sich um und vor ihm stand Jane Scott. „Ich darf dir Cemre vorstellen!" Thomas Blick erfasste die sportliche Figur der Türkin mit den dunklen Augen und schwarzen Haaren.
„Deine First FliCo?", fragte Thomas nach.
„Nicht nur, Thomas."
Thomas nickte verstehend und reichte Cemre die Hand: „Willkommen bei uns, Cemre. Du hattest beim letzten Kampf einen schwierigen, wenn nicht gar den schwierigsten Job!"
„Ich verlor eine Menge guter Leute, Admiral!"
„Wir sind unter uns, Cemre. Lass die Titel weg – hier wird gefeiert."
Cemre lächelte: „Dann zunächst herzlichen Glückwunsch zum Hochzeitstag. Leider habe ich nicht damit gerechnet hier zu erscheinen und habe demnach nichts mitgebracht."
„Du bist Geschenk genug, Cemre", versicherte der Admiral. „Schön, dass du hier bist." Er sah Jane an: „Möchtest du offiziell …?" Jane stimmte zu und Thomas ging zum frisch ernannten DJ und erbat sich Mikrofon und Ruhe. Josuah fuhr die Lautstärke langsam herunter und Thomas blies ins Mikro. Es gab ein kratzendes Geräusch und die Aufmerksamkeit aller war ihm sicher: „Liebe Gäste, ich bitte einen kleinen Augenblick um Aufmerksamkeit! Ich freue mich sehr und darf bekannt geben, dass Jane Scott heute Abend nicht allein gekommen ist.

Ich wünsche euch alles Gute! Begrüßt mit mir in unserem Kreise, Cemre Celic!“
Die Feiernden drehten sich nach den beiden Frauen um und applaudierten artig. Der eine oder die andere, Oksana war ebenfalls anwesend, ging auf Jane und Cemre zu und sprachen mit ihnen. Jane Scott war von einem Augenblick zum anderen nicht mehr abseits, sondern mitten drin.
„Eigentlich eine Verschwendung für uns Männer“, flüsterte Jan Eggert dem Admiral zu, aber Thomas lächelte nur: „Ein Trägerschiff zu kommandieren, ist eine heftige Angelegenheit. Wenn man dann nicht die Unterstützung eines Partners oder Partnerin hat …“
„Du, ich glaube, Ron hat ein kleines Problem“, machte Jan Thomas aufmerksam und tatsächlich: Ron stand an dem kleinen Ausschank von Lutz und stellte gerade wieder einen vollen Humpen Bier auf den Tresen zurück. Grund war wohl offensichtlich die vor ihm stehende Suzan, die heftig mit ihm diskutierte. Bevor sich Thomas diesem Problem widmen konnte, wurde er abgelenkt.
„Hallo Thomas!“ Raven drehte sich herum und nahm kurz darauf Beatrice Baines in den Arm – herzlich und jede Menge zu überschwänglich.
„Herzlichen Glückwunsch, ich habe zwar keine Geschenke, aber …“
„Du kannst was anderes tun“, unterbrach er die kleine Blonde.
„Was?“
„Wo ist Ewa?“
„Die sitzt da hinten vor dem Rechner und sucht ein Haus aus“, gab Trixie Auskunft.
„Okay, das passt. Wir müssen Ron helfen“, Thomas zeigte auf das sehr angeregt redende Paar.
„Ah, verstehe.“ Trixie war ein kleines Cleverchen.
„Geh zu Ewa und ich schicke Suzan dorthin!“
Trixie baute ein Männchen, das hieß, sie versuchte den Ehrengruß und verschwand Richtung Ewa.
„Wie willst du das denn anstellen?“, fragte Jan neugierig.
„Komm mit und lerne“, grinste Thomas und wartete gar nicht erst ab, ob Jan ihm folgte. Er ging schnurstracks auf das Paar Bookley/Dekker zu: „Hallo Suzan! Ewa hat ein Problem mit dem Aussuchen des Hauses. Sie meinte, eine Frau mit Geschmack, also du, könntest da die richtigen Impulse setzen.“

„Äh, ja. Wo ist Ewa denn?“ Suzan bekam zum hektisch geröteten Gesicht jetzt große Augen.
„Dort hinten, am Rechner!“ Thomas wies mit dem Arm eine grobe Richtung – eine sehr grobe.
„Nun gut, ich tue was ich kann“, damit verschwand Suzan.
Thomas ergiff das zuvor abgestellte große Bierglas und drückte es Ron in die Hand: „Du hast da was stehen lassen!“
Ron schaute sprachlos von einem zum anderen.
„Wofür hat man Freunde“, sagte Jan lapidar und wandte sich an Lutz: „Braumeister! Ich hätte auch gerne eine Gerstenkaltschale. Sehr gerne auch ein großes Glas.“
„Kommt!“
„Aber wenn Suzan …“, begann Ron nicht ganz überzeugt.
„Die kommt nicht wieder“, beruhigte ihn Thomas. „Ich habe Trixie ins Boot geholt.“
Über Rons Züge glitt eine Art Sonnenschein und er hob sein Glas an und trank und trank …
„Ich erwarte dafür gleich Tib“, vermutete Thomas.
„Hallo!“
Thomas drehte sich um und sah vorsichtshalber schon mal in Richtung nach oben. Richtig: Verlegen grinsend stand der riesenhafte Marine vor ihnen.
„Willkommen im Club“, tönte Jan. Er machte keinen Hehl daraus, dass ihm das Paar Trixie Baines und der schweigsame Tib Miller äußerst sympathisch war.

Nehmen wir mal das Ergebnis, bezogen auf Ron und Suzan vorweg:
Das Aussuchen des passenden Hauses erfolgte tatsächlich an diesem Abend noch.
Die Feiernudel Trixie hatte es mit lockeren Trinkspielchen geschafft, dass Suzan Bookley, Ex-First-Lady und Angetraute des Generals Ron Dekker, alkoholmäßig völlig aus dem Ruder lief und neben diversen anderen Problemen auch Gleichgewichtsstörungen hatte. Dieses veranlasste den unter ihr beim Tanzen befindlichen Tisch zusammenzubrechen. Ein einzelner Mann bewies die Reflexe eines Helden. Suzan landete in den kräftigen Armen von Chapawee Paco.
Mit den Worten: „Holt die Kavallerie, die Indianer greifen an!“, schaute sie den Sioux an und schlief anschließend noch in seinen Armen ein.

Damit war die Fete noch lange nicht vorbei. Suzan wurde nach nebenan ins Bett gelegt und Ron stieg auf Whisky um.

<u>14.01.2134 (the day after), 12:15 Uhr:</u>

Nun, ganz klar waren Ron und Thomas noch nicht. Schließlich war die Fete erst um 05:30 Uhr zu Ende gewesen und man hatte nur ein paar Stündchen geschlafen. Thomas hatte zwei große Pötte Kaffee und ein kleines Katerfrühstück aus der CAMPUS-Kantine organisiert. Nun saß er mit seinem Freund am riesigen Rundtisch des Wohnraumes und versuchte dem Magen samt Verdauungstrakt feste Nahrung anzubieten.
„War toll, gestern“, grummelte Ron und schlürfte deutlich hörbar an seinem Kaffeepott.
„Ja“, stimmte Thomas zu. „Besonders, als Jan noch Limbo tanzte!“
Ron fing an zu lachen, stoppte aber abrupt und hielt sich den schmerzenden Schädel: „Ich dachte, wir müssten ihn in eine Stasekiste stecken. Wer hat denn den Kontest eigentlich gewonnen?“
Thomas lächelte müde: „Lea war die Beweglichste von uns allen.“
Ron wollte noch etwas sagen, als beide Männer schlurfende Schritte hörten.
Es dauerte eine ganze Weile, bis eine arg zerknitterte Dame mit langem und unordentlichem Grauhaar auftauchte: Suzan. Sie hatte in ihrer Kleidung geschlafen und das sah man auch – deutlich.
„Ich, ich habe hier geschlafen?“, fragte sie und gähnte aus vollem Hals, während sie offensichtlich Kopfschmerzen hatte und sich mit einer Hand den Kopf hielt.
„Und das schon ziemlich früh“, versicherte Thomas.
„Aber, aber warum nicht zu Hause?“, nuschelte sie.
„Ich wollte dich den Strapazen des Transportes nicht aussetzen – in deinem Zustand“, fügte Ron süffisant hinzu.
Suzan sah sich mit zusammengekniffenen Augen und ganz leise stöhnend um.
„Du hast mit Ewa im Bett gelegen. Ron und ich haben auf der Couch übernachtet“, klärte sie Thomas auf.
„Ewa …?“
„Sie ist schon unterwegs – Amtsgeschäfte“, sagte Thomas entschuldigend.
„Ah“, machte Suzan, dann erschrak sie heftig: „Dana, wo ist Dana?“

„Beruhige dich“, antwortete ihr Thomas. „Lea kümmert sich. Ich habe eine Sphäre zur Verfügung gestellt. Lea hat sie mitgenommen und achtet auf sie.“
„Ja“, fuhr Ron fort, „wir bekamen gestern Nacht noch die Meldung, dass die Droiden in, äh … wie heißt das Ding?“
„GREEN COAST FARM”, half Thomas aus.
„Ja, in GREEN COAST FARM schon ein Gästehaus fertig hatten. Da sind sie hin.“
„Ich gehe dir mal einen Kaffee holen“, beschloss Thomas.
„Anschließend empfehle ich eine Dusche und dann such dir etwas aus Ewas Schrank aus. So kannst du nicht unter die Leute gehen.“
Suzan sah an sich herab.
„Da hat er Recht“, schlug Ron in die gleiche Kerbe.
Thomas stand auf und ging zur Küche rüber.
„Es tut mir so leid“, flüsterte Suzan peinlich berührt. „War ich, äh, schlimm?“
Ron beschloss, die Situation auszunutzen: „Wie man´s nimmt.“
„Was, wie?“ Leichte Bestürzung kam in Suzan hoch.
„Du hast in Pacos Armen gelegen“, sagte er und machte ein strenges Gesicht.
„Oh Gott“, Suzan schlug eine Hand vor den Mund. „Das weiß ich gar nicht mehr.“
„Hmm“, machte Ron.
„Oh, bitte, Ron. Das tut mir leid. Ich wollte doch nicht ...“ Suzan begann sich aufs Bitten zu verlegen und Ron wandte sich halb ab.
„Wie kann ich ...?“, Suzan standen fast die Tränen in den Augen, „... das wieder gutmachen?“
„Indem du …“, Rons Stimme wurde streng, „… zukünftig das Trinken den Leuten überlässt, die es vertragen!“
„Ja, ja, ja – aber sicher, Ron, mein Lieber. Es tut mir leid ...“
Als Thomas wieder den Raum betrat, lag Suzan in den starken Armen des Marine-Chefs und dieser zeigte hinter Suzans Rücken seinem Freund den nach oben gestreckten Daumen.

<u>20.01.2134, 11:10 Uhr, AGUA, GREEN COAST FARM:</u>

Lea war stolz – sehr sogar. Das war ganz allein ihr Projekt gewesen und es zeichnete sich bereits ab, dass die Assistentin des Admirals die

gestellte Aufgabe mehr als zur bloßen Zufriedenheit aller Beteiligten erfüllt hatte. Vor mehr als 30 Minuten war sie mit einer ganzen Staffel schwarzer Schrauber von GC aus abgeflogen. Passagiere waren alle zukünftigen Bewohner von GCF. Lea hatte zusammen mit der immer noch schwangeren Dana im vordersten und kleinsten Schrauber gesessen, der von Hank Morgan geflogen wurde. In ihrem >Kielwasser< folgten nicht weniger als ein halbes Dutzend größerer Schrauber. Lea hatte Hank auf die zur Küste hin rechte Seite des durch einen Flusslauf geteilten Tales gelotst. Sanft hatte der Leiter des Flughangars von GC seinen kleinen Schrauber südlich des Pavillon abgesetzt. Lea stand hinter ihm, als die Rotoren langsamer wurden und schließlich die Drehbewegung ganz einstellten. Mit leuchtenden Augen sah sie die restlichen Fluggeräte rings herum in lockerer Formation landen.
„Du kannst jetzt aussteigen, Lea“, teilte Hank mit.
Lea war aufgeregt – nein, nervös. Selbstverständlich kannten alle das Gelände – vom Video. Auch die Häuser hatten sie sich selbst ausgesucht. Aber außer Thomas Raven und Dana sehr kurz, war noch niemand vor Ort gewesen. Der Admiral hatte es schlicht untersagt. Lea hatte sich eine solche Mühe damit gegeben, dass er ihr den Triumph und den Augenblick heute gönnen wollte. Keiner der zukünftigen Bewohner war deswegen verärgert gewesen. Man war voller Vorfreude auf diesen Tag gewesen, und nun war es soweit. Wie ein kleines Schulmädchen hüpfte Lea vom Beförderungsmittel weg und orientierte sich. Dann lief sie auf einen Schrauber los und kam gerade rechtzeitig an, als dort die Außentür geöffnet wurde. Vorsichtig half Lea ihrer hochschwangeren Freundin aus dem Fluggerät. Der dicht darauf folgende Ron Dekker sah von der Ausstiegsluke zunächst einmal über das Tal, bis er von hinten geknufft wurde.
„Ich kann nicht durch dich hindurchgucken, Ron!“
Schnell machte der General Platz für seine Frau.
„Meine Güte, ist das schön hier“, rief Suzan, als sie selbst in der Luke stand. Sie drückte damit das aus, was jeder in diesem Moment empfand. Es lag eine Ruhe und Friedlichkeit über diesem Tal. Eine leichte Brise von der Seeseite machte das Klima äußerst angenehm und Dana atmete die Luft tief ein. Man entstieg den Schraubern und schaute schließlich Admiral Raven an, aber dieser lächelte nur und zeigte auf Lea. Seine Assistentin gab heute die Kommandos – er hielt sich absichtlich zurück.

„Bitte sammelt euch unter dem Pavillon“, bat Lea dann auch und ging voran. Wenig später standen alle Personen im Schatten des riesigen Pavillons nach Muster EDENs.
„So“, übernahm Lea wieder die Führung. „Wir werden jetzt über die Brücke dort vorne gehen und dann zeige ich jedem sein Haus. Wir treffen uns hier bitte in zwei Stunden wieder. Dann nehme ich Änderungswünsche auf. Wie gesagt, für Einrichtungsgegenstände müsst ihr selbst sorgen, das andere kann ich regeln. Ich notiere eure Wünsche und lass es schnellstmöglich ändern. Seid ihr einverstanden?“
Alle Beteiligten nickten oder riefen ein kurzes Wort der Zustimmung.
„Thomas, du kennst euer Haus. Bitte nimm auch Lutz und Shelly mit. Direkt neben eurem Haus liegt das von Lutz und Shelly und das Haus für den Nachwuchs. Das Haus für Saliah steht dahinter. Bitte, Saliah, geh mit Thomas mit. Die anderen folgen mir bitte!“
Ewa sah sich nach ihren engsten Freunden um, und tatsächlich bewegten sich ihre rothaarige Freundin Shelly und ihr Bier brauender Partner Lutz mit drei Kindern im Schlepp auf sie zu. Ewa selbst hatte Lisa-Ann an der Hand, und Rosa-Samantha lief locker neben Saliah her. Nach der Brücke rief Lea den Kirklanes mit Inara zu, dass das erste Haus das ihre sei – ebenfalls in der Nähe von Ewa und Thomas. Dann ging Lea mit ihrem Trupp geradeaus, während Thomas nach links wieder ins Landesinnere am See vorbei ging. Ewa erkannte, dass Lea Wege hatte anlegen lassen. Sie bestanden aus gitterförmigen Strukturen, die sichtbar in die kurzen Flechten am Boden eingearbeitet waren. Zwischen den Bäumen sah die Präsidentin das eine oder andere Haus in verschiedenen Entfernungen. Zuerst kamen sie am Haus der Kirklanes vorbei und das Paar bog ab. Inara winkte Ewa zu. Thomas erkannte einen kleinen Vorbau, unter dem eine Art Buggy stand und zwei kleine Motorräder mit dicken Ballonreifen. Dies sollte übrigens auf jedes Haus zutreffen. So gedachte Lea die Mobilität innerhalb des weiten Tales sicherzustellen. Thomas Raven würde ein gutes dutzend Sphären für die Bewältigung der Entfernungen zu den Siedlungen hier in der Nähe der Häuser stationieren. So war dann gewährleistet, dass zum Beispiel Phil Mory schnell an seinen Arbeitsplatz kam, auch wenn es ein paar Lichtjahre zur mobilen Werft waren.
„Was ist das Rondell dort?“, fragte Lutz und zeigte auf eine kreisrunde und stabil aussehende Bodenbefestigung mit einem Durchmesser von etwa 100 Metern.

„Das ist der Parkplatz der REVENGE", teilte der Admiral mit.
„Ohne Startschutzwände? Geht denn das?" Shelly war skeptisch und Thomas konnte das verstehen. Niemand stellte sich gerne unmittelbar in die Nähe eines startenden oder landenden Letalis.
„Das geht", grinste Thomas. „Mit ein wenig Technik natürlich. Am Rande des Kreises sind selbst aktivierende Kraftfelder installiert, die die Gewalten eines startenden Letalis bis in der Höhe von 100 Metern unter Kontrolle halten. Ich wollte hier keine Betonwand haben und die GENUI haben die Technik dafür."
Thomas zeigte mit einer Hand über das Landefeld hinaus: „Da hinten ist das Haus von Hans und Emma, dann rechts das von der WG Dana und Lea und links davon das von Beatrice und Tiberius. Das erste Haus, an dem Lea mit ihrer Truppe vorbeikam, gehört Ron und Suzan, danach das wird von Phil und Rebecca bezogen. Da hinten im Winkel ist noch ein separater Schrauberlandeplatz. Auf der anderen Seite ist das Pendant dazu eine Art Gemeinschaftshaus."
Sie erreichten ihre Domizile und trennten sich für eine Besichtigung ihrer Häuser.
Thomas kannte das Haus bereits und daher wartete er draußen auf eine Reaktion der Bewohner. Als Erster kam Lutz wieder nach draußen: „Spitze, alles große Klasse. Können wir vielleicht ...?"
„Sicher, lass uns wieder rübergehen", antwortete der Admiral. Ihm war klar, dass Lutz das Brauhaus und seine Felder sehen wollte.
Exakt zwei Stunden später waren alle wieder unter dem Pavillon versammelt. Man hatte kurz die Einrichtungen und die Art der auf dieser Seite stehenden Gästehäuser begutachtet, jetzt sammelte man sich um Lea.
„Nun?", wollte die Assistentin wissen. „Ich notiere. Wer wünscht Änderungen?" Lea saß am Tisch und hatte ein Pad vor sich liegen.
Thomas sah sich um, aber keine(r) hob die Hand oder begann zu reden.
„So wie ich das sehe", ergriff nun doch Thomas das Wort, „sind offensichtlich alle zufrieden."
Wie auf Kommando begannen alle zu klatschen. Es dauerte eine ganze Weile und steigerte sich noch, als Lea aufstand und eine leichte Röte über ihr Gesicht zog. Die Eltern, Shelly und Lutz platzten fast vor Stolz.
„Komm bitte zu mir", verlangte Thomas, als sich der größte Lärm gelegt hatte. Als Lea neben ihm stand, nahm er die junge Frau in den

Arm: „Sieh sie dir an, Lea. Sie alle sind begeistert von deiner Arbeit. Du kannst zu Recht sehr stolz auf deine Leistung sein. Ich danke dir im Namen von uns allen!“
Es gab wieder langanhaltenden Applaus.
„Ich habe ein kleines Dankeschön für dich, Lea“, redete Thomas weiter und eine verlegene Lea strahlte ihn an.
„In Absprache mit Hans und Emma ist die diesjährige Semesterpause oder Praktikumsphase vom 01.05. bis zum 31.07. des laufenden Jahres. Du wirst, wie abgesprochen, am 05.05. zusammen mit Dana zu den MANCHAR reisen und uns dort würdig vertreten und, so hoffe ich, eine Menge lernen. Transportieren wird euch die COCHISE unter Captain Chapawee Paco. Unser roter Freund hat den Marschbefehl bestätigt und wird gern unsere grünen Brüder und Schwestern, wie er sie nennt, in der Milchstraße besuchen.“
Lea freute sich, obwohl sie nachfragte: „Aber Dana ... das Baby ...?“
Thomas lachte: „Dann wird das neue Mitglied unserer Zivilisation innerhalb der ersten Monate bereits schon in zwei Galaxien gewesen sein. Ihr nehmt das Baby selbstverständlich mit. Loorena mag Kinder sehr gerne und ich denke, Paco hat für alle Fälle einen fähigen Medizinmann an Bord.“
Es wurde gelacht und auch Dana freute sich auf dieses sicherlich tolle Erlebnis.

Die nächsten zwei Tage wurde mit Hilfe des Letalis REVENGE und mehrerer Arbeitsdroiden umgezogen und am 22.01. fand in den Abendstunden unter dem Pavillon eine kleine Einweihungsparty statt.

3. Vertretung

<u>30.01.2134, 09:00 Uhr, GRACELAND-CITY, ehemals Raumhafen:</u>

„Wir werden die Verfassung AGUAs schützen und verteidigen, bis wir abberufen werden oder der Tod uns hindert!“ Der Eid auf die verfassungsmäßige Grundordnung der Neuen Menschheit kam aus über 150 Kehlen von Männern und Frauen, die ab dem heutigen Tag als Cops in den 21 Siedlungen für den Dienst ausgebildet werden sollten. Im letzten Jahr hatte der >innere Zirkel< festgestellt, dass man den Marines eine solche Tätigkeit nicht unbedingt überlassen sollte. Erstens wirkte der

Einsatz viel zu übertrieben und zweitens wollte man die Streitkräfte lediglich zur Verteidigung nach außen einsetzen. So fand der festliche Akt aus diesem Grund auch nicht auf dem CAMPUS, sondern auf dem ehemaligen provisorischen Raumhafen von GRACELAND-CITY statt. Die Beteiligten waren sich einig, dass der CAMPUS die besseren Möglichkeiten bot, zumal er vom letzten Angriff im Gegensatz zum Raumhafen kaum beschädigt worden war. Trotzdem hatte Admiral Raven in Absprache mit der Verantwortlichen, Ekaterina Granowski, eine strikte Trennung vereinbart und genau deswegen den ehemaligen Raumhafen an die Zivilkräfte abgetreten. Die Polin hatte bei dieser Aufgabe eine Zwitterstellung. Auf der einen Seite war sie Militärangehörige und hatte demzufolge Weisungen von Admiral Raven anzunehmen und auf der anderen Seite gehörte ihre Polizeitruppe ganz klar in den zivilen Bereich. Und dort hatte die Politik das Sagen. Irgendwo, und das war allen klar, musste es eine Schnittstelle geben und das war Ekaterina. Wegen der Trennung war auch kein weiterer Militär bei der Vereidigungszeremonie anwesend. Die Präsidentin wohnte mit der Abordnung der politischen Vertreter aus GRACELAND-CITY dem Gelöbnis bei und würde im Anschluss eine kurze Rede halten.
Ewa sah sich um: Es waren noch nicht alle Schäden des Angriffs komplett beseitigt worden. Man saß hier ziemlich improvisiert auf Stühlen in einem Hangar, in dem ansonsten Hawks und Sharks gewartet oder repariert worden waren. An den Seiten standen noch die Werkbänke als Zeugen der ehemaligen Nutzung. Nicht alle Scheiben waren instandgesetzt und der Boden könnte auch ein kräftiges Facelifting vertragen. Ewa hatte sich davon überzeugt, dass die Schulungsräume zwar nicht dem Armee-Standard entsprachen, aber dennoch zweckdienlich waren. Wie bei dem Armee-Pendant war auch hier ein verantwortliches Pärchen von Ekaterina Granowski ernannt worden: Marco Stein und Karin Schneider. Beide waren 2014 von Jan Eggert nach EDEN geholt worden und hatten auf der Erde Polizeidienst versehen – also Fachleute. Das Polizeigesetz, ein Vorschlag dieser beiden, war durch die politische Willensbildung der Volksvertreter AGUAs gegangen und an die Bedürfnisse der Neuen Menschheit angepasst worden. Nun hatte es zahlreiche Bewerber als Ausführende gegeben und diese hier waren durch ein Auswahlverfahren für den Job als tauglich befunden worden.

Im Moment bedankte sich Ekaterina Granowski vom Rednerpult für das Ablegen des Gelöbnisses.

Wie es ihre Art war, hielt sie keine überschwänglichen Reden: „Liebe Absolventen! Bevor ich nun die Abläufe der Ausbildung erläutere, bitte ich unsere Präsidentin um ein paar Worte."

Es gab Applaus, als Ewa ihren Platz verließ und den hinter dem Rednerpult einnahm: „Hallo zusammen!"

Ewa schaute in die Runde und sah eine recht bunte Truppe aus Männern und Frauen unterschiedlichsten Alters und auch von ehemaligen Nationalitäten, eben ein Querschnitt der Bevölkerung und genau so sollte es auch sein.

„Wie Karin Schneider und Marco Stein mir berichteten, nannte man damals die Polizisten in ihrem Heimatland >Bürger in Uniform<. Der Satz hat eine tiefere Bedeutung. Auch ihr werdet eine Uniform tragen, damit ihr für Jedermann für eine Funktion zu erkennen seid. Ansonsten habt ihr eine Aufgabe, eine verantwortungsvolle Aufgabe, gegenüber unseren Bürgern abzuleisten. Die innere Sicherheit, bisher gewährleistet von den Marines, wird nach der Ausbildung in eure Hände gelegt. Man bringt euch Vertrauen entgegen und ihr müsst euch diesem Vertrauen als würdig erweisen. Ihr seid die Ersten, die in dieser Verpflichtung stehen, daher ist eure Verantwortung besonders hoch. Das Verhältnis Bürger und Polizei soll durch Vertrauen und Zuverlässigkeit auf beiden Seiten getragen werden. Ich wünsche euch dafür alles erdenklich Gute! Vielen Dank!"

Die Zuhörer klatschten, als Ewa wieder auf ihren Platz zurückging.

Gerade wollte Ekaterina wieder das Wort ergreifen, als aus Ewas Armbandcom eine Benachrichtigung ertönte. Ewa nahm die Info sofort an, dann sprang sie schnell auf: „Alles gut, keine schlimme Nachricht. Aber ich muss weg – sofort!" Sie winkte den politischen Vertretern zu: „Ihr übernehmt und ich wünsche allen einen guten Start!" Ewa forderte ihren Schrauberpiloten auf, ihr zu folgen und schritt schnell auf den Ausgang zu.

„Ja, äh", etwas irritiert schaute die Polin der davoneilenden Präsidentin hinterher, dann entschied sie sich die Ausbildungsrichtlinien zu erläutern ... Draußen erreichte der Pilot die nun rennende Ewa: „Was ist los, Frau Präsidentin?"

„Es geht los!"

„Ah“, machte der Pilot und überholte Ewa, um rechtzeitig die Tür des Schraubers aufzureißen. Kurz darauf war man in der Luft, und das Dach der Hangarhalle erbebte etwas, als das schwere Gerät im Niedrigflug darüber hinwegschoss. Mit einer bewunderungswürdigen Gelassenheit betrachtete Ekaterina im Innern einige Materialbröckchen, die sich aus dem Dachbereich lösten und vor ihr zu Boden fielen, dann erklärte sie die Schulungszeiten weiter.
Der Regierungsschrauber legte sich weit über Kopf und benötigte für die Distanz zum medizinischen Zentrum GC lächerliche vier Minuten plus Landung. Ewa hastete aus dem Fluggerät, als die Landekufen gerade den Boden berührt hatten. Dementsprechend >verwirbelt< sah ihre Frisur beim Erreichen des Hauses auch aus. Thomas kam aus einer anderen Richtung angerannt und beide drängelten sich durch das Portal. Bei der Treppe zum ersten Stock nahmen beide jeweils zwei Stufen auf einmal.
„Da seid ihr ja endlich“, wurden sie von Ron Dekker empfangen. Er stand auf dem Flur vor einer Tür, und seine Liebste saß auf einem Stuhl daneben.
„Ist niemand bei ihr?“, fragte Ewa.
„Doch, Lea“, antwortete der bullige General.
„Seit wann ...?“, wollte Thomas wissen.
„Sie ist seit 15 Minuten im Raum und ...“, antwortete Ron, wurde aber von Ewa unterbrochen.
„Mensch, Ron! Das kann ja noch Stunden dauern! Deswegen machst du so einen Wirbel?“
„Ja aber ...“, Ron wurde sich der Tatsache bewusst, dass er von derlei Dingen nichts, aber auch gar nichts, verstand.
„Ich hab ja gleich gesagt“, nörgelte seine Gattin, „aber auf mich hört er ja nicht!“
„Welcher ... ?“, begann wieder Ewa, aber Ron schien die Frage geahnt zu haben und sagte schnell: „Doc Houser!“
Ewa winkte erleichtert ab und als sie darauf etwas sagen wollte, ging die Tür auf und der Doc kam heraus.
„Was ist es?“ Ron baute sich mit seiner imposanten Gestalt vor dem Mediziner auf.
Houser schaute ihn von oben bis unten an, ohne im Geringsten auch nur den Hauch eines Respektes zu zeigen: „Da das Kind noch nicht da

ist, geht es nur die Mutter etwas an.“ Ron wirkte ernüchtert und Doc Houser begrüßte die Anwesenden.
„Ihr kommt am besten heute Mittag wieder, sagen wir in drei Stunden. Dana geht es gut und Lea reicht mal als Betreuung aus. Außerdem gibt es hier noch ein paar nette Schwestern, ausreichend technische Hilfsmittel und einen halbwegs brauchbaren Arzt. Ihr seid also auf dem Flur hier im Moment nur Deko!“
Doc Frank Houser nickte den Versammelten zu und zog sich wieder in das Zimmer zurück. Ron versuchte noch einen Blick zu erhaschen, wurde aber enttäuscht.
„Ich schlage ein zweites Frühstück vor“, sagte Thomas. „Mein Schrauber steht dort unten und lasst uns eben zur GREEN COAST FARM fliegen!“ Der Vorschlag wurde von Suzan und Ewa angenommen; das Gegrummel von Ron wertete Thomas als Enthaltung – also überstimmt! Beim Verlassen des Gebäudes entließ Ewa ihre Flugbereitschaft für den heutigen Tag und schickte den Mann in den vorgezogenen Feierabend. Wenig später stieg der Schrauber des Admirals, gesteuert von Thomas selbst, in den Himmel und flog in Richtung GCF. Keine Viertelstunde später saßen sie vor dem Haus von Ewa und Thomas an einem Tisch für vier Personen in der Vormittagssonne und frühstückten. Hier eine kleine Korrektur: Es saßen nur Ewa, Suzan und Thomas – Ron stand, und die Hand, mit der er die Kaffeetasse hielt, zitterte leicht.
„Nun setz dich mal endlich auf deinen Hintern!“ Suzan wurde langsam wütend.
„Ich kann nicht“, klagte Ron.
„Dann geh mir wenigstens aus der Sonne“, verlangte die Dame mit den silbergrauen, langen Haaren ärgerlich. Ron machte schnell zwei Schritte zur Seite und verkippte dabei einen Teil seines Kaffees. Suzan schüttelte mit dem Kopf: „Ihr Männer ...!“
„Ihr?“, unterbrach Thomas.
„Ja, zumindest er“, schränkte Suzan ein und wies mit dem Daumen über die Schulter auf ihren Gatten.
Man sah, dass Ron litt, als wenn er der Vater des Kindes wäre. Selbst sein Marmeladenbrötchen aß er, während er zwischen den Büschen einen Trampelpfad anlegte. Suzan tat zwar so, als würde sie sich ausschließlich über Ron lustig machen, aber Ewa erkannte, dass die Freundin selbst hypernervös war. Schließlich hatten Ron und Suzan Dana die

letzten Monate betreut und die junge Frau hatte sogar bei ihnen gewohnt. Man konnte schon behaupten, dass das Paar wie Eltern für Dana empfand und nun kam eben das >Enkelchen<. Die positiv zu sehenden Befindlichkeiten, stellte Thomas sensibel fest, waren mit der Neuen Menschheit gewachsen. Alles war näher beieinander und eine tatsächliche Verwandtschaft spielte nicht mehr die große Rolle.

„Können wir los?“

„Nein, Ron“, antwortete Ewa. „Wir haben die medizinische Station gerade mal vor einer Stunde verlassen.“

Rons Schnauben daraufhin erinnerte stark an das Blasen eines Buckelwals.

„Sollen wir ein wenig angeln?“, fragte Thomas seinen Freund, aber der unterbrach lediglich seine unruhige Wanderung und starrte ihn fassungslos an.

„Wegen deiner Nerven und so“, erklärte Thomas.

„Ich kann doch jetzt keinen Wurm baden!“, regte sich Ron auf und stapfte wieder los.

Ewa sah ihren Tom an. Das mochte die nächsten zwei Stunden noch heiter werden und der Admiral verstand den Wink mit ihren Augen.

„Ron, begleite mich bitte!“

„Äh, wohin?“ Dekker war tatsächlich mal stehen geblieben.

„Zur REVENGE. Ich habe noch ein paar Gespräche zu führen und dabei kannst du dich gleich vom Stand der Verteidigungsanstrengungen überzeugen.“

Ron knurrte eine Zustimmung und bald waren die beiden unterwegs in Richtung des dienstältesten Letalis.

„Warum lässt du dir keine Kommunikationseinrichtung ins Haus verlegen?“, fragte Ron.

„Es ist ja eine vorhanden“, antwortete Thomas.

„Warum nutzt du diese nicht?“

„Hier habe ich meine Ruhe und die Gesellschaft der KI ...“, begann Thomas.

„**GESELLSCHAFT**?“ Rons Gesichtsfarbe nahm rötliche Töne an.

„Ja, Gesellschaft“, wiederholte Thomas ungerührt. „Die KI ist lernfähig und mittlerweile kommen wir zwei ganz gut miteinander aus. In vielen Fällen gibt sie einen guten Diskussionspartner ab.“

Ron knurrte sein Missfallen heraus, und es hörte sich an, als ob ein Berglöwe sein Revier verteidigt.

Die Freunde brauchten nicht ganz drei Minuten, dann waren sie im gemächlichen Schritttempo auf dem Landeplatz des Letalis angekommen. Ron sah mit Bestürzung, dass Thomas den silbern lackierten 60-Meter-Raumer fast liebevoll anschaute. Mehr noch: Thomas ging näher ran und da die Landestützen bis zum Maximum abgesenkt waren, konnte er seine Hände auf die Außenhülle legen. Dekker beruhigte sich etwas und schaltete seinen rationalen Verstand ein. Mit Hilfe des damaligen Neubaus, eben dieser REVENGE, war es ihnen gelungen Ewa und zwölf Kinder zu retten. Nach ein paar Atemzügen war Ron völlig ruhig und konnte die Gefühlsregungen seines Freundes nachvollziehen. Er sah nach oben. Dort stand in großen orangen Lettern >REVENGE<. Direkt darüber und etwas kleiner >EDDIES<. Eddie war als einer der Ersten im Kampf gegen die TRAX gefallen und zwar als Flügelmann von Thomas Raven. Der Admiral hatte den Namen seines Wingman auf dem Stahlkoloss verewigt. Mittlerweile verfügte die eigenwillige KI über die größten kognitiven Fähigkeiten innerhalb der Flotte. Selbsttätig öffnete sich die Zugangsschleuse und Thomas und Ron befanden sich kurz darauf in der obersten Etage – auf der Brücke.
„Guten Morgen, Herr Admiral! Alle Systeme geprüft und innerhalb normaler Parameter. Ich bin vollständig ausgerüstet und aufmunitioniert. Es sind keine besorgnisserregenden News vorhanden. Was kann ich tun? Moin Dekker!“
Thomas musste grinsen, als er Ron nach Luft schnappen hörte. Die KI hatte ihren Bereitschaftsstatus runtergebetet und so nebenbei die Anwesenheit des Generals mit nur zwei Wörtern als wahrgenommen gemeldet. Thomas sprach schnell weiter, denn in diesem Zustand ähnelte Ron einer Saturn-V Rakete: „Ich brauche dich als Büro und beabsichtige, das eine oder andere Vidcom-Gespräch zu führen“, gab er als Antwort.
„Oh, schade“, klagte die KI. „Damit bleiben wir weit hinter meinen Fähigkeiten.“
„Ist mir klar“, reflektierte Thomas. „Schalte eine Verbindung zu Will Rakers.“
„Kommt sofort, Admiral!“
„Oh, Admiral, General! Was verschafft mir die Ehre?“ Das Gesicht des hageren Veteranen war auf dem Hauptschirm erschienen und der Commander der ehemaligen Mondbasen, es gab nur noch die auf Mond DREI, schaute auf die beiden Männer an Bord der REVENGE.

„Will, gib uns bitte einen Status bezüglich der Verteidigungsbereitschaft.“
Die von Sorge gezeichnete Miene des grauäugigen Mannes verdüsterte sich etwas: „Ich wollte, wir wären schon weiter mit den Arbeiten. Aber wir haben zunächst die Verteidigung von Mond DREI und der DREI-Werft vorgezogen. Ich denke, ich werde meinen Arbeitsplatz hier auf diesem Mond beibehalten. Diese Basis ist größer als meine ehemalige. Wir haben rund um die Werft insgesamt 33 ausfahrbare Türme für Pulskanonen und Phasenwerfer installiert. Dazu kommen ein Dutzend Abschusslafetten für JN-Europa-Raketen (JN = Jump und nuklear). Bisher habe ich drei Staffeln Sharks und zwei Letalis hier stationiert. In der späteren Ausbauphase, wenn wir sie selbst herstellen können, sollen es drei Staffeln Alphas sein, sowie eines der dreihundert Meter Kugeln der GENUI.“
„Was ist mit der Registrierung und den DSOs?“
„Meine DEEP SPACE OBSERVER wurden nicht beschädigt und sind nach wie vor voll funktionsfähig. Mit den Ein- und Abflugprotokollen bin ich schon seit zwei Monaten wieder auf dem Stand.“
Thomas lächelte in die Kamera: „Fein, Will. Dann mach mal schön weiter und vielen Dank für deinen Bericht.“ Der Veteran hob eine Hand und unterbrach die Verbindung.
„REVENGE?“
„Wer soll es jetzt sein?“
„David MacBain“
„Sofort!“
Ron hatte sich schon längst wieder beruhigt und war nun gespannt, welchen Bericht sein Freund nun vom Leiter des Raumhafens bekam. Aber statt des großen und schlanken Iren schaute ihnen ein Afrikaner vom Bildschirm entgegen und unwillkürlich musste Ron schmunzeln. Der dürre Jim Holt war nicht nur ein ausgewiesener Experte auf seinem Gebiet, sondern auch ein >Sonnenscheinchen<. Er entblößte zur Begrüßung ein episch großes und ebenso weißes Gebiss, welche fast von einem Ohrläppchen zum Kumpel auf der anderen Seite reichte: „Cheffe nich da – Urlaub!“
Thomas Raven war eh schon der Ansicht, dass bei schlechter Laune ein einfaches Gespräch mit dem stellvertretenden Leiter des Raumhafens völlig ausreichte, um eine positive Einstellung zum Geschehen zu bekommen. Allein der saloppe Gesprächsauftakt reichte schon aus.

„Hallo Jim. Dann wirst du uns eben erklären, wie weit ihr mit dem neuen Hafen seid."
„Schon klar, Admiral." Jim beugte sich etwas vor, um die laute Musik im Hintergrund etwas runterzufahren. Dann sprach er weiter: „Wir sind voll im Zeitplan. Wie vorgesehen, wird selbst die ODIN hier landen können – demnächst. In Absprache mit der Verwaltungsleiterin wird im Moment eine Zubringerstrecke von der Stadtmitte GC, also Haltepunkt Schwebebahn, zu unserem neuen Raumhafen gebaut."
Ron erinnerte sich. Es war geplant, eine Art Linienverkehr zwischen den Planeten AQUARIUS, EDEN und AGUA aufzuziehen. Inbegriffen war dann auch die Niederlassung auf ACASPA, die im Moment nur aus der Vertretung der Neuen Menschheit und einem Militärposten bestand. Hans Möller würde mit den Absolventen des CAMPUS nicht mehr sinnlos im All herumfliegen, sondern diesen Beförderungsauftrag erfüllen.
„Was ist mit der Wartung unserer fliegenden Einheiten?", wollte Raven wissen.
„Das funktioniert im Moment ganz gut, obwohl wir mehr oder weniger auf freiem Feld agieren müssen. Die Projektoren für die gerichteten Kraftfelder werden im Moment eingesetzt, sodass wir mit der Bahn nicht so weit fahren müssen, um zum Beispiel Letalis zur Wartung in die Hallen und Dreadnoughts davor zu bekommen. Im Moment findet alles irgendwo draußen im Grünen statt."
Thomas wusste, dass im Gegensatz zur heiteren Miene des stellvertretenden Leiters des Raumhafens, dort harte Arbeit verrichtet wurde. Die Bord-Crews waren darauf angewiesen, dass Holt mit seiner Ingenieurtruppe einen guten Job machte und das fliegende Material auch im All funktionierte.
„Danke, Jim. Bekommen wir alles bis zur Eröffnung hin?"
„Wie ich sagte: Wir liegen gut im Zeitplan!" Ein Grinsen folgte und die bildhafte Vorstellung des Vertilgens einer Banane quer – passte.
„Danke und frohes Schaffen!" Thomas ließ die KI die Verbindung unterbrechen.
„Ein großes Projekt", stieg Ron in eine kleine Diskussion ein.
„Du sagst es", bestätigte Thomas. „Allein der regelmäßige Shuttledienst zu den Zielen bedingt ein funktionierendes System. Wir können von Will nicht verlangen, dass er auch darüber noch Protokoll führt. Die Siedler müssen automatisch erfasst und mit den Zielen registriert

werden. Eine kleine, aber wirklich auch nur kleine, logistische Herausforderung."
Im Anschluss diskutierten Thomas und Ron noch eine ganze Weile über diese Art von >privatem< Raumflug, bis Thomas beim Blick auf seine Uhr feststellte, dass man nun wieder zur Klinik fliegen konnte. Er hatte es geschafft Ron völlig abzulenken und nebenbei noch ein paar wichtige Informationen zu erhalten. Bei der Erinnerung an Dana erfasste den General jedoch wieder die Unruhe. Er stürmte geradezu aus dem Letalis heraus und die KI rief ihm noch ein „Goodbye General" hinterher. Thomas gelang es fast nicht, den Freund bis zu seinem Haus einzuholen.

„Wir müssen los", rief Ron den immer noch auf demselben Platz sitzenden Damen zu und Ewa sah demonstrativ und langsam auf ihre Uhr. Dann stand sie ruhig auf und Suzan ebenfalls. Thomas war gleich in seinen Schrauber gestiegen und führte bei geöffneter Luke den Startcheck durch. Er startete, als alle an Bord waren. Während des kurzen Fluges wurde kein Wort gesprochen und nur Suzan versuchte, durch >Händchenhalten< ihren impulsiven Partner zu beruhigen. An der Klinik eingetroffen, lief ihnen im Erdgeschoss Doc Houser über den Weg.

„Da seid ihr ja endlich!", war die Reaktion des Mediziners.

Ron wirkte, als sei er im vollen Lauf gegen eine Betonwand gerannt: „Wie?"

„Mutter und Kind geht es gut", antwortete Frank Houser und tat so, als wäre es das Selbstverständlichste der Welt und aus seiner Sicht war das auch so.

„Hä?" Gut, diese Kurzform einer Frage durch den General hätte auch, sagen wir mal, spezieller ausfallen können. Houser wusste aber auch so, was der Chef der Marines wissen wollte.

„Vor einer guten Stunde etwa."

Ron sah sich zu seinen Begleitern um und seine Augen sprühten quasi Funken.

Thomas deutete auf die Treppe: „Bitte!"

Ron schoss los und der Rest folgte eiligst. Oben angekommen sahen sie lediglich eine halb geöffnete Tür, durch die der General nicht eingetreten, sondern eingedrungen war. Thomas ließ den Damen den Vortritt und im Innern sah er ein recht großes Bett. Dana lag erschöpft darin und Lea saß auf der Kante. Auf der anderen Seite stand, völlig

unbeholfen, sein massiger Freund und schaute auf Dana herab. Man verteilte sich um das Bett und dann erkannte Thomas eine etwas abgekämpfte, aber glücklich wirkende Dana. Sie hielt etwas in ihrem Arm und, ja, es war das Neugeborene.
„Es ist ein Junge", verkündete Ron mit einer Miene, die Thomas noch niemals an seinem Freund gesehen hatte. Mit einem weißen Bart hätte Ron damit als Nikolaus auf jeder Weihnachtsfeier auftreten können. Etwas Seliges hatte von ihm Besitz ergriffen.
Thomas beugte sich vor und sah in das kleine Gesicht des neuen Mitglieds ihrer Gemeinschaft. Raven hatte sich viel mit Dana und Felix Townset beschäftigt, daher bemerkte er sogleich Ähnlichkeit mit dem Vater. Thomas lächelte:
„Meinen Glückwunsch, Dana. Du hast nun den wichtigsten Job, den wir vergeben können. Ich glaube, wenn ich den Namen des Neugeborenen erraten müsste, dann würde ich richtig liegen."
Dana klebten die schweißnassen Haare noch etwas an der Stirn und sie sah ihr Kind glücklich an. Der Kleine lag friedlich in den Armen seiner Mama und schlief. War ja auch für ihn eine anstrengende Sache – so eine Geburt.
Dana sah den Admiral an: „Er soll Felix heißen! Felix Townson – die Mischung beider Nachnamen."
„Eine gute Wahl", mischte sich Ewa ein und streichelte einen Arm der jungen Mutter.
Dana sah hoch und sagte leise: „Ich bin allein – so verwandtschaftsmäßig. Ich möchte eine Regelung, falls mir etwas passiert. Ich möchte, dass Ron und Suzan die Patenschaft für Felix übernehmen!" Suzan schoss vor und küsste die junge Frau auf die Wange und der gute Ron war wie vom Blitz getroffen.
„Möchtest du ihn mal halten, Ron?"
„Äh", Ron beugte sich über Mutter und Kind und versuchte etwas ungeschickt mit seinen Riesenpranken ein Neugeborenes zu fassen. Schließlich hielt er es tatsächlich im Arm und Suzan war sprungbereit, falls er zwei linke Hände haben sollte. Nun, Ron würde alles passieren, aber er würde dieses Baby niemals fallen lassen. Eine derartig friedliche und glückliche Miene hatte Thomas bei seinem Freund noch niemals gesehen. Thomas sah Suzan an und als sie zurückschaute, zuckte er mit den Schultern und hob eine Augenbraue hoch: „Dana wartet auf eine Antwort."

„Wir übernehmen die Patenschaft“, erklärte Suzan auch gleichzeitig für den sprachlosen Ron. „Selbstverständlich machen wir das. Wir fühlen uns geehrt“, sagte Suzan schnell. Ron übergab den kleinen Felix wieder vorsichtig und in Zeitlupe an seine Mutter. Dann sah er Thomas an: „Ich brauche jetzt was Flüssiges und starkes!“

„In Ordnung – gleich“ antwortete Thomas. „Wo ist Ewa hin?“

„Ich glaube, sie wollte noch mit Doc Houser sprechen“, vermutete Suzan.

Tatsächlich hatte sich Ewa aus dem Zimmer zurückgezogen und war im Erdgeschoss auf die Suche nach ihrem Freund und Hausarzt Frank gegangen. Sie fand ihn in seinem Büro.

Frank sah erstaunt auf, als Ewa in sein Büro kam.

„Frank, ich kenne dich! Warum bist du nicht bei uns geblieben? Was ist mit Kind und Mutter?“

Ewa war vor dem Schreibtisch stehen geblieben und wartete die Antwort ihres Vertrauten ab.

Houser stand auf und kam um den Tisch herum: „Bitte setz dich!“ Er bot Ewa einen Sitzplatz in einer gemütlich aussehenden Ecke seines großen Arbeitsraumes an.

„Ich will mich nicht setzen, Frank! Willst du mir bitte meine Frage beantworten?“

Houser seufzte: „Der Mutter geht es gut!“

„Was gibt es, das wir nicht mit den Staseeinheiten in Ordnung bringen können?“, fragte Ewa.

„Befindlichkeiten, seelische Störungen, geistige Umnachtungen“, führte Houser auf.

Ewa wurde bleich: „Ist das Kind ...?“

„Nein, nein“, Houser wehrte ab. „Ich denke an die Mutter. Das Kind hat einen Herzklappenfehler und würde wahrscheinlich in ein oder zwei Jahren daran sterben, vielleicht auch eher.“

„Und du vermutest, dass Dana das als ein Zeichen sehen würde“, sagte Ewa.

Frank holte tief Luft: „Sieh mal, unter welchen Umständen Dana das Kind ausgetragen hat. Wenn die Natur ihr dann einen Strich durch die sicherlich schöne Rechnung macht, wie wird sie reagieren?“

„Deine These hat was“, gab Ewa zu. „Aber Dana muss nicht unbedingt alles wissen.“

„Was? Ist das dein Ernst, Ewa? Ich soll als Arzt nichts dazu sagen?“

Ewa sah den Freund ernst an: „Das Wohl deiner Patienten liegt dir am Herzen – richtig?“
„Ja, stimmt“, bestätigte Houser sofort.
„Was meinst denn du, wie viel Dana noch vertragen kann?“
Houser holte tief Luft: „Aus der Perspektive betrachtet ...“
„Genau, Frank, genau aus dieser Perspektive und aus keiner anderen. Du weißt es und ich weiß es – dabei bleibt es! Nach der Stasebehandlung werden die Protokolle gelöscht – bedauerlich, aber es wird eh keiner nachfragen. Ich werde Dana sagen, dass nach dem nächsten Stillen das Baby in der Staseeinheit schlafen wird – für das Bio-Upgrade! “
Houser nickte und schien erleichtert: „Du hast Recht, Ewa. So machen wir es und vielen Dank!“
Ewa lächelte, streichelte eine Wange des Mediziners und gab ihm auf die andere Seite einen Kuss. Dann eilte sie aus dem Raum.

„Wo warst du denn so lange?“, fragte Suzan, als Ewa zur Tür hineinkam.
„Ich sprach mit meinem alten Freund Frank. Mutter und Kind sind gesund – das wollte ich wissen. Allerdings wird das Bio-Upgrade sicherheitshalber schon nach dem nächsten Stillen erfolgen. Bist du einverstanden Dana? Felix wird schlafen und nichts davon spüren.“
Dana nickte – sie war einverstanden.

Etwa zwanzig Minuten später saßen Thomas und Ron am Ufer des kleinen Sees von GREEN COAST FARM und hielten tatsächlich jeder eine Angel ins Wasser.
Vorsichtshalber ohne Köder – der Tag war aufregend genug gewesen.

15.02.2134, 13:30 Uhr, AGUA, Penthouse:

„Dana ist da“, rief Lea begeistert und Thomas ließ sich sofort davon anstecken. Er mochte das sympathische Mädchen, wie er sie immer noch aus seiner älteren Perspektive gedanklich titulierte.
„Herein mit ihr!“
Kurz darauf schob Dana mit einem Kinderwagen an Leas Schreibtisch vorbei: „Mann! Habt ihr schon mal mit einem Kinderwagen den Antigrav benutzt?“

Thomas und Lea waren zur Begrüßung angetreten und schüttelten beide synchron den Kopf.
„Es kann ja nichts passieren“, schwächte Dana etwas ab, „aber das Baby sollte schon im Wagen liegen bleiben. Ist ja gut gegangen!“
Lea kroch fast in den Wagen hinein: „Oh, er schläft.“
„Ja“, bestätigte Dana. „Satt und zufrieden – wenigstens im Moment!“
„Schön, dass du uns besuchen kommst“, beeilte sich Thomas zu sagen und nahm Dana in den Arm. „Wann kannst du denn hin und wieder mal etwas arbeiten?“
„Oh!“, bemerkte Lea. „Unser Chef wird ungemütlich!“
„Nein, nein“, Thomas hab abwehrend beide Arme. „Ich meine ja nur ...“
Dana grinste ihn an: „Ich nehme Mutterschaftsurlaub – mindestens zwei Jahre!“
Thomas stand wie vom Donner gerührt: „Ja, aber ..., wer soll denn ...?“
„Ich habe jemanden eingestellt“, bemerkte Dana und schaute ganz intensiv in den Kinderwagen.
„**Du hast was?**“ Thomas war entsetzt.
„Jemanden gebeten, meine Arbeit zu machen, da ich wegen Kleinkindbetreuung die nächste Zeit ausfalle. Du wirst nicht ohne einen versierten Sprecher auskommen, außerdem wartet da noch die eine oder andere Aufgabe.“
„Aber“, versuchte der Admiral sich zu wehren. „Diese Person muss mein Vertrauen besitzen und ...“
„Hatte ich damals dein Vertrauen?“ Dana sah Thomas auffordernd an und dieser zuckte mit den Schultern.
„Siehst du. Du hast mir eine Chance gegeben und wolltest wissen, ob die nachfolgende Generation schon verantwortungsvoll genug ist.“
Thomas nickte ergeben. Dana hatte Recht.
„Mein Vertreter wartet vor dem Büro. Ich habe ihn gleich mitgebracht“, setzte die Norwegerin noch einen drauf.
Thomas sah von einer zur anderen und beide lächelten nett. Sein Widerstand schmolz: „Will ich kennenlernen!“
Kurz darauf kam ein untersetzter und kräftiger Typ mit kurzen Blondhaarschnitt, hellem Teint, grauen Augen und nicht höher als 170 cm ins Büro gelaufen, nachdem Lea hatte >bitten lassen<.
„Admiral! Meine Damen! Ich bin Jurij Maximow und freue mich hier sein zu dürfen!“ Der junge Mann trug einen Anzug, hielt die Hände

hinter dem Rücken und verbeugte leicht jeweils in die Richtungen der drei Personen – also drei Mal.
„Komm zu mir an den Konferenztisch", verlangte Thomas und gab dem Mann die Hand. „Ich brauche hier männliche Verstärkung. Ich habe gerade das Gefühl um den Finger gewickelt und manipuliert zu werden. Lass uns ein wenig über dich und deine Aufgaben reden."
„Sehr gerne, Admiral!"
„Genau das ist das, was du als Erstes lernen musst: Außer in Gefahrenlagen oder im Einsatz bin ich Thomas." Er zog den Mann zum Konferenztisch. „Ich glaube, ich habe dich schon einmal gesehen!"
„Ich durfte Dana bei der Einweihung der DREI-Werft unterstützen!"
„Ah, mein Gedächtnis funktioniert noch!"
Thomas drehte sich noch einmal herum: „Lea, wir brauchen bitte zwei Kaffee! Du trinkst doch Kaffee, oder?"
„Ja, Thomas!"
„Also, Lea. Es bleibt dabei – zwei Kaffee!"
„Kommt!" Lea und Dana sahen sich an und wie auf ein Kommando hoben beide eine Hand und streckten den Daumen nach oben.

<u>01.03.2134, 11:00 Uhr, WALHALLA, Schießkino:</u>

Jane Scott schoss beidhändig. Die Neuentwicklung der Pulswaffen als Handfeuerwaffe war wieder einmal als Überraschung von BRAIN HILL gekommen. Die Walhalla hatte eine Reihe dieser Waffen erhalten und man hatte die Captain gebeten, diese zu testen. Im Gegensatz zu den schon in Gebrauch befindlichen Gewehren war die Durchschlagskraft nicht so hoch und auch die Reichweite war begrenzt. Dafür konnten sie jederzeit am Gürtel getragen werden und trugen nicht so dick auf. Jane bevorzugte zwar entweder Revolver und Pistolen mit Explosivmunition, aber hier hielt sich der Rückschlag in erstaunlich liberalen Grenzen.
Jane legte die beiden Waffen vor sich ab. Die Übung mit wechselnden Zielen war beendet und die Waffen leer geschossen. Die Präzision der Waffen waren vorbildlich, deswegen hatte Jane ein gutes Ergenis erzielt.
„Captain für Brücke!" Die Stimme war so laut, dass sie auch innerhalb des Schießkinos gehört werden konnte. Die Stimme gehörte dem XO und Jane meldete sich.
„Der Interviewpartner ist eingetroffen!"

„Lass ihn in die Kantine bringen und versorgt ihn. Ich komme gleich!"

Jane brauchte geschlagene zwanzig Minuten, um sich frisch zu machen, ein paar Unterlagen zu greifen und in der Kantine zu erscheinen. Es war noch vor der Mittagszeit, sodass sie den Gast in der nahezu unfrequentierten Kantine an Bord der WALHALLA recht schnell entdeckte. Sie steuerte auf einen Tisch zu, an dem ein recht junger Mann mit untersetzter Gestalt saß. Er schien kräftig zu sein, hatte kurz geschorene blonde Haare und als er aufsah, entdeckte sie ausdruckstarke graue Augen. Der Journalist sprang auf, als er die Captain erkannte. Mit einer fließenden Bewegung schloss er einen Knopf am Sakko seines beigen Anzugs und kam Jane ein paar Schritte entgegen.
„Ich bin Jurij Maximov, Vertreter von Dana Ostenson. Ich freue mich, hier an Bord sein zu dürfen, Captain!" Jane umfasste die angebotene rechte Hand ihres Gegenübers und bemerkte den Hauch eines herben Parfums, während ihre Hand sanft aber spürbar gedrückt wurde.
„Mein Name dürfte dir bekannt sein", schloss Jane und zog ihre Hand zurück.
„Selbstverständlich, Captain!"
„Setzen wir uns", schlug Jane vor und strebte zum Tisch. Verwundert bemerkte sie, dass dieser Jurij ihr den Stuhl heranrückte. Sie setzte sich und stellte entgeistert fest, dass eine Zivilperson an Bord ihres eigenen Schiffes ihr einen Stuhl unter den Hintern schob. Solche galanten >Manöver< waren seit Jahrzehnten schon aus der Mode gekommen und Jane konnte sich nur ganz dunkel an derartige kavalierartige Aktionen erinnern. Trotzdem dankte sie und ließ es geschehen.
Ich muss bescheuert sein, dachte sie belustigt.
„Ich bin ein Bewunderer der Captain der WALHALLA", eröffnete Jurij das Gespräch. „Ich bin dankbar für die Tatsache, dass Dana aus sehr schönen und nachvollziehbaren Gründen anderweitig für das Weiterbestehen der menschlichen Zivilisation Verantwortung ergriffen hat."
„Bitte?" Jan glaubte, sich verhört zu haben.
„Nun ja", erläuterte Jurij seinen vorherigen Satz. „Dana muss sich um ihr Baby kümmern."
„Ja, natürlich, selbstverständlich. Das verstehe ich", versicherte Jane und stellte fest, dass dieser Typ gerade mal so die zwanzig ersten Jahre seines Lebens absolviert hatte, vielleicht ein oder zwei mehr. Trotzdem stach er aus der Menge der Leute unzweifelhaft heraus. Sein schnee-

weißes Hemd saß perfekt am Körper und der Anzug schien maßgeschneidert zu sein. Sein Auftreten war seriös und selbstbewusst. Jedenfalls selbstbewusster, als man es von einem so jungen Menschen annehmen konnte.

„Du bist informiert über die bisherigen Details?“, wollte Jane wissen.

„Selbstverständlich hat mich Dana bei der Vorbereitung auf diese Biografie ausreichend in Kenntnis gesetzt“, erklärte Jurij lächelnd und beugte sich vor.

„Auch die Sache mit dem, äh ... Zuhälter?“

„Ja“, äußerte Jurij. „Diese sozialen Interaktionen sind mir ebenfalls bekannt.“

„Soziale Interaktionen?“ Dieses Mal glaubte Jane tatsächlich, sich verhört zu haben.

Jurij nickte ernsthaft.

„Wird das so in der Biografie stehen?“ Jurij hatte es geschafft, die sonst kühle Captain aus der Reserve zu locken. Mit weit aufgerissenen Augen schaute sie den Russen an.

„Ich muss dazu sagen, dass meine Rolle in dieser Sache darin besteht, zu recherchieren und die Informationen zusammenzutragen. Dana obliegt es, eine veröffentlichungswürdige Story daraus zu entwickeln. Sie ließ mich wissen, dass vor der öffentlichen Preisgabe das Okay der Captain der WALHALLA unbedingt einzuholen ist. Insofern gilt auch zwischen uns absolute Verschwiegenheit.“

Jane beugte sich vor: „Du drückst dich gewählt aus und dein Verhalten ist ...“ Der Captain fehlten die Worte und Jurij half aus: „Ich bin vielleicht etwas konservativ. Ich befleißige mich einer gehobenen Ausdrucksweise und lege Wert auf ein gepflegtes und höfliches Miteinander.“

„Daher das Ding mit dem Stuhl gerade?“

Jurij neigte etwas den Kopf und lächelte dazu: „Spielregeln, alte Spielregeln. Mir ist wohlbekannt, dass die modernen Frauen heute bestimmt nicht auf solche Dienste angewiesen sind. Trotzdem will ich damit den Respekt ausdrücken, den ich der Damenwelt entgegenbringe.“

„Dann hatte ich jetzt, glaube ich, etwas ganz Unhöfliches vor“, sagte Jane.

Jurij schaute sie lediglich auffordernd an.

„Ich habe hier in den Akten die Erlebnisse von damals zusammengefasst. Du wirst es als uncharmant empfinden“, vermutete Jane und sah gespannt der Reaktion ihres Gegenübers entgegen.

Wiederum überraschte sie Jurij: „Ein Lebensgrundsatz von mir besagt, dass man stets das Positive sehen soll und sich nicht auf der Suche nach dem Gegenteil begeben soll.“

Der Russe hatte es geschafft. Jane interessierte sich für ihn: „Und wo ist hier das Positive?“

„In den Unterlagen …“, Jurij deutete auf den kleinen von Jane mitgebrachten Stapel, „… steckt jede Menge Arbeit. Ich weiß das zu würdigen und zu schätzen. Gleichwohl gebe ich meiner Hoffnung Ausdruck, dass dies nicht unser letztes Gespräch an Bord war.“

„Sicher nicht“, sagte Jane. „Meine Zeit ist jedoch knapp und ich schlage vor, dass wir uns ab übermorgen jeden zweiten Abend hier um 18:00 Uhr zum Abendessen verabreden. Dann kannst du mit mir Fragen bezüglich der Unterlagen klären. Im Übrigen gehe ich davon aus, dass du auch noch andere Leute befragen willst. In einer knappen Stunde kommt ein Adjutant, der dir deine Kabine zeigen wird. Bis dahin können wir ein Mahl zu uns nehmen und uns, so als Einstimmung, unterhalten.“

Jurij schaffte es, sich im Sitzen leicht zu verbeugen: „Ich bin erfreut, denn ich hatte mit so viel Entgegenkommen nicht gerechnet.“

„Dana hat dich gewarnt“, vermutete Jane.

„Sie ließ mich wissen, dass das erste Zusammentreffen in der Art alles andere als leicht gewesen sei“, antwortete Jurij und er wand sich dabei ein wenig. Er hoffte, dass Jane nicht weiter nachbohrte, denn die Ausdrucksweise von Dana bezüglich des ersten >Zusammenknallens< der beiden Frauen gehörte nicht zu seinem bevorzugten Jargon. Aber hier wurde er von Jane überrascht: „Die damaligen Ereignisse um den Tod von Felix Townset machen es Dana leider unmöglich, selbst zu mir zu kommen. Das Baby ist nicht der Hauptgrund. Ich bedaure das außerordentlich, denn ich hätte gern Kontakt zu dieser außergewöhnlichen Frau. Bitte erzähl mir von Dana. Wie geht es ihr?“

Das war jetzt eine Frage, auf die Jurij mal so gar nicht vorbereitet war. Eigentlich sollte er doch fragen ...

Jane beobachtete mit Vergnügen, dass ihr Gesprächspartner etwas an Selbstsicherheit verlor. Das war aber nicht ihr Ziel. Sie wollte tatsächlich wissen, wie es um Dana stand.

„Nun ja", Jurij hatte sich gefasst. „Dana wohnt zusammen mit Lea Heinley in einem schmucken Häuschen in GREEN COAST FARM. Es ist vorgesehen, dass Dana und Lea einer Einladung folgen, die im letzten Jahr von der ERSTEN der MANCHAR ausgesprochen worden war. Sie werden für mehrere Wochen in der Milchstraße, im Heimatsystem der MANCHAR, zu Besuch sein. Ich möchte an dieser Stelle erwähnen, dass ich Dana ebenfalls für außergewöhnlich halte. Diese Entscheidung für das Kind nötigt mir allergrößten Respekt ab. Die Gemeinschaft wird Dana unterstützen und ich tue mein Möglichstes, um diesen Bericht so gut wie nur irgend möglich werden zu lassen. Und wenn ich sonst noch etwas für Dana leisten kann, dann werde ich es ebenfalls tun."
Der junge Mann stieg ein paar Punkte in Janes Werteskala. „Wir sollten uns etwas zu essen holen", schlug Jane vor und erhob sich. Jurij sprang ebenfalls auf und schloss sich der Captain an. Jane kam mit einem großen Salat und gedünstetem, repliziertem Hähnchenfleisch von der Replikatorausgabe zurück. Jurij hatte einen Gemüseauflauf mit überbackenem Käse gewählt. Als sie wieder saßen, fragte Jurij nach Janes Getränkewunsch. Kurz darauf kam er mit dem verlangten Wasser und einer Apfelschorle zurück. Als sie mit dem Essen fertig waren, blieb noch eine knappe halbe Stunde für das Gespräch. Jurij brachte die Reste weg, orderte zwei Kaffee, holte sich von Jane Scott die Genehmigung zum Start einer Mini-Aufzeichnungsdrohne und setzte sich dann erwartungsvoll Jane gegenüber.
„Wie kommt es, dass Jane Scott der Raumflotte beigetreten ist?"
Jane grinste fast boshaft: „Es liegt daran, dass ich Admiral Thomas Raven viel länger kenne als fast alle anderen, unsere Präsidentin und noch eine Person ausgenommen."
„Hä?"
Jane hatte das außerordentliche Vergnügen, dass die Wortwahl des Mannes im Moment nicht seinen eigenen Richtlinien entsprach – er war perplex und einen winzigen Augenblick neben der Spur.
„Ja, so ist es. Ich kenne Thomas Raven seit dem 10.08.2105, etwa anderthalb Stunden nach Mitternacht."
Das Gesicht von Jurij – unbeschreiblich: „Hat er vielleicht ..."
„Nein, er hat nicht meine Dienste als sozial Interagierende in Anspruch genommen", erklärte Jane mit Vergnügen und beobachtete belustigt,

dass sich Jurijs Gesichtsfarbe ins Rötliche wandelte. „Dir ist bekannt, dass ich bei meinem Zuhälter in Ungnade gefallen war."
Jurij nickte.
„Ich weiß schon gar nicht mehr warum. Aber es brauchte nicht viel. Als junge Nutte war ich entbehrlich. Der Typ war außerordentlich sauer, zumal ein anderer ihm sein Gebiet streitig machte. Ich haute ab und blind vor Angst rannte ich los und gerade dorthin, wo ein Mädchen wie ich keinesfalls hingehörte."
„Und wo war das?" Jurij hörte interessiert zu.
„In den Frachthafen von Geelong, und drei Typen, die er auf mich angesetzt hatte, waren mir dicht auf den Fersen. Einer hatte mich schon kurz erwischt und mein Gesicht blutig geschlagen. Ich konnte ihm noch einmal entwischen und rannte geradewegs einem jungen Typen in die Arme."
„Thomas Raven", vermutete Jurij.
„Genau", bestätigte Jane.
„Was passierte dann?" Jurij beugte sich vor.
„Man empfahl Thomas, er soll sich zurückziehen."
„Was er nicht getan hat!"
„Richtig!"
„Und weiter?" Jurij hing an Janes Lippen.
„Der erste ging mit einem Messer auf Thomas los!"
„Ja, ja?" Jetzt fehlte nur noch, dass der Russe anfing zu zappeln.
„Ich glaube", sagte Jane, „ich bin bisher die Einzige, die Thomas Raven in einer solchen Situation hat kämpfen sehen. Seine Gegner können anschließend nicht mehr davon berichten."
Jurij wurde bleich, als er den Sinn erfasste.
„Nun, einen Augenblick später hatte der Angreifer einen gebrochenen Arm, und als der zweite eine Schusswaffe zog …, ich werde niemals das hässliche Geräusch vergessen, als Thomas dem ersten auch noch das Genick brach. Ein Schuss verfehlte Thomas, dann hatte unser Admiral das Messer des ersten in der Hand und schleuderte es."
„Ja?", Jurij schluckte.
„Es steckte plötzlich in der Herzgegend des zweiten Mannes."
„Was – was war mit dem dritten?"
„Ich lief los – in Panik. Der dritte Mann wohl auch, aber ich hörte, dass Thomas hinter ihm herrannte und er hatte ihn wohl erreicht."
„Was hat er mit ihm gemacht?"

„Ich weiß nicht“, antwortete Jane. „Ich hörte ihn schreien – aber nur kurz. Später erfuhr ich, dass seine Leiche im Hafenbecken gefunden wurde.“
„Unser Admiral hat drei Leute umgebracht“, stellte Jurij fest.
„Alle drei wurden gesucht wegen Mord, Totschlag, Freiheitsberaubung und Menschenhandel“, schwächte Jane ab. „Aus meiner heutigen Sicht muss ich sagen, dass unser Admiral Genschrott beseitigt hat.“
Jurij wirkte erschrocken.
„Jurij! Ein unbewaffneter Mann gegen drei bewaffnete und der Admiral war nicht zu bremsen. Ich habe niemals jemanden gesehen, der sich so schnell und effektiv bewegt hat. Heute sieht man lediglich den Mann an der Spitze von AGUAs Flotte und Militär. Ich verdanke ihm mein Leben und daher feiere ich meinen Geburtstag eben am 10.08.“
Jurij schluckte – zum wiederholten Male: „Und wie ging es weiter?“
„Ich rannte und rannte in wilder Panik. Irgendwann waren meine Kräfte zu Ende und ich setzte mich irgendwo auf den Rinnstein“, erzählte Jane weiter. „Dann näherte sich mir ein Mann, der mich vorsichtig und freundlich ansprach.“
„Wer war das?“
„Es war ein Mitglied der Raumflotte – und ich ging mit ihm.“
„**WAS?**“ Jurij Maximov war fassungslos. „Weißt du, wie unwahrscheinlich das ist, dass du, wie spät war es da wohl – vier Uhr oder so? – dass du ausgerechnet und zufällig auf einen Mann der Raumflotte triffst?“
„Wer sagt, dass das Treffen zufällig war?“ Jane lächelte schon fast boshaft.
„Wie?“ Jurij war völlig konsterniert. Die Story wurde immer verworrener und zu diesem Zeitpunkt kaum glaubhaft – obwohl, Captain Jane Scott würde ihn keinesfalls anlügen.
Jane sah an ihm vorbei: „Oh, unsere kleine Gesprächsrunde ist vorbei, der Adjutant wird dir deine Kabine zeigen. Im Übrigen empfehle ich die Durchsicht der Unterlagen sowie eine Unterredung mit Laura Stone bezüglich des >Zufalls<.“
„Äh“, nun war der Russe völlig neben der Spur. „Die Lieutenant Admiral?“
„Ich kenne keine andere. Ich wünsche einen schönen Aufenthalt auf der WALHALLA. Wir sehen uns übermorgen hier um 18:00 Uhr.“ Jane stand auf und ging, ohne sich noch einmal umzudrehen.

Jurijs Blick blieb an einer Ordonanz hängen. Der Mann deutete eine leichte Verbeugung an: „Wollen wir?“
„Äh“, Jurij sammelte schnell die Unterlagen ein. „Jetzt können wir.“

02.03.2134, 10:30 Uhr, GERONIMO, Landedeck B:

Inmitten des Trubels von neu eingetroffenen Maschinen, Wartungs- und Reparaturarbeiten, sowie herumwuselnden Droiden, standen Lieutenant Admiral Laura Stone und der schweizer Deckchief Dario Brunner sowie der Chefingenieur Phil Mory und diskutierten den Verlauf der Reparatur- und Änderungsarbeiten. Viele Sachen hatten die Lieutenant Admiral an der GERONIMO gestört. Zu viele Dinge waren noch darauf ausgerichtet gewesen, dass es sich um ein Auswandererschiff gehandelt hatte. Das Upgrade wäre zu umfangreich und das Schiff wäre zu lange inaktiv gewesen. Nun, nachdem der GERONIMO im letzten Jahr so übel mitgespielt wurde, nutzte Laura Stone die Chance, aus diesem Schiff ein handfestes und ausschließliches Kriegsgerät zu machen. Wenn nicht jetzt, wann dann, hatte sie sich gesagt und dem staunenden Phil Mory ihre Pläne vorgelegt. Der Chefingenieur hatte mal kurz beim Admiral nachgefragt und dieser hatte, ohne die Pläne vorher genau zu studieren, Lauras Wünsche durchgewinkt. Und auf Lauras Liste stand eine ganze Menge. Zwar verwandelte sich die GERONIMO nicht in ein Trägerschiff, aber dennoch hatte Dario Brunner zwei Landedecks zu verwalten. Nach und nach trafen die Hawks und Sharks ein, die man größtenteils von der Oberfäche AGUAs und von den zerstörten Mondbasen abgezogen hatte, damit die GERONIMO wieder komplett und gefechtsklar wurde. Jeder einzelne Jet musste in den Bordrechner eingepflegt und in den Verbund aufgenommen werden.
Der schweizer Deckchief hatte dicke Backen gemacht, als er die Umbaupläne zur Kenntnis genommen hatte. Nach den Arbeiten, die in wenigen Wochen abgeschlossen sein würden, selbstverständlich genoss Laura als Flaggkommandantin absoluten Vorrang, würden auf den Landedecks bzw. in den Abschusstuben insgesamt zehn Staffeln Hawks, acht Staffel Sharks, sowie ein Geschwader Alphas und zwei Betas stehen. Dazu kamen nicht weniger als sechs Letalis und 20 Sphären. Laura war begeistert gewesen, als sie feststellte, welchen Platz man durch die Umrüstung auf SLE-Energieerzeugern einsparen konnte.

In diesem Zuge hatte sie die Energiewaffen nach GENUI-Art nachrüsten lassen – also Laser und Pulskanonen. In den Triebwerksgondeln war viel Platz geschaffen worden und daher waren ganze Torpedo-Batterien von Jump-Nuklear-Europas eingebaut worden. Dazu hatte Laura Stone nun ständig als >Gunnerin auf Abruf< Trixie Baines im Programm. Admiral Raven hatte mit einem Federstrich den Einbau eines zusätzlichen ÜL-Triebwerkes genehmigt, sodass die GERONIMO nicht nur auf den Sprungantrieb beschränkt war. Insofern war das Schiff der Flaggkommandantin nach der Umrüstung eines der modernsten und schlagkräftigsten. Selbst gegenüber der ODIN brauchte es keinen Vergleich zu fürchten.
„XO an Captain!“ Lauras Armbandcom vibrierte zusätzlich. Beim gelegentlichen Lärm auf dem Landedeck, beim Landen verschiedener Jets, war es Laura wichtig eine weitere Benachrichtigungsankündigung zu erhalten.
„Ich höre, Paulo! Was gibt´s?“
„Ein Journalist hat um Landeerlaubnis nachgefragt. Er wolle mit dir sprechen, gab er an.“
Laura unterdrückte einen Fluch. Ausgerechnet jetzt!
„A“, flüsterte Dario ihr zu.
„Weise ihn auf Deck A ein, hier ist zu viel Betrieb. Lass ihn abholen und er soll im Besprechungsraum der Brücke auf mich warten!“
„Verstanden, Ende!“
Die Diskussion auf dem Deck dauerte noch eine Viertelstunde, dann sah Laura ihre Gesprächspartner an: „Sind wir uns einig, meine Herren?“
In Bezug auf den Deckchief war das mehr eine rhetorische Frage, aber an Phil kam auch Laura so schnell nicht vorbei. Der Ingenieur nickte aber und Laura atmete erleichtert auf.
„Die GERONIMO sollte in zwei Wochen gefechtsklar sein“, erklärte er und Laura schlug ihm anerkennend auf die Schulter.
„Ihr entschuldigt mich bitte. Ich habe einen Gast. Wenn noch Fragen sind, dann wendet euch an Paulo!“ Laura drehte sich auf dem Absatz um und schritt vom Landedeck.

Als die Lieutenant Admiral den Besprechungsraum auf der Brücke betrat, sprang ein gut gekleideter, junger Mann von seinem Sitz auf, verbeugte sich und stellte sich als Jurij Maximov vor: „Ich bin hocher-

freut, gleich in das Allerheiligste des ehemaligen Flaggschiffs geführt zu werden."
„Du bist nicht auf dem neuesten Stand, Jurij", antwortete Laura und hatte das Vergnügen, die Selbstsicherheit des Russen etwas bröckeln zu sehen.
„In welcher Beziehung, bitte?"
„Seit ein paar Wochen ist die GERONIMO wieder das Flaggschiff", stellte Laura richtig.
„Was ich davon gesehen habe, rechtfertigt diesen Entschluss", antwortete Jurij brav und Laura nickte gefällig. Der junge Mann wusste sich zu verkaufen.
„Magst du Kaffee?"
„Sehr gerne, Lieutenant Admiral."
Laura drückte einen Schalter auf dem Tisch: „Funky! Zwei Kaffee!"
Sie wandte sich wieder an ihren Besucher: „Setz dich! Du kommst wegen Jane Scott?"
„Ja genau", bestätigte Jurij. Als er weitersprechen wollte, kam ein Droide mit zwei Bechern Kaffee herein. Laura nahm ihm beide ab und er verschwand wieder. „Praktisch so ein Droide", meinte sie und schob Jurij eine Tasse hin.
„Sie verrichten ausgezeichnete Arbeit, wie ich hörte", sagte Jurij.
„Dieser ist mein Kom-Offizier", erläuterte Laura und brachte Jurij zum Staunen. „Aber zurück zu Jane."
„Darf ich?" Jurij hielt eine Aufzeichnungsdrohne hoch und als Laura nickte, startete er die Aufzeichnung.
„Ja, ich hoffe, ich bin hier richtig, aber Captain Scott empfahl mir, hier nachzufragen. Captain Scott berichtete mir, dass in der Nacht, als sie von Admiral Raven gerettet wurde, sei sie von einem Mitarbeiter der Raumflotte angesprochen worden. Das ist mir zu zufällig und und Jane Scott ließ durchblicken, dass es sich nicht um einen Zufall gehandelt hat." Der Journalist sah Laura neugierig an.
Laura nahm einen Schluck Kaffee und stand dann auf. Sie überlegte und ging dabei langsam, von Jurij gespannt beobachtet, im Raum umher. „Es ist richtig. Es war kein Zufall", begann sie ihre Antwort. „Die Raumflotte suchte seit geraumer Zeit einen Captain für die GOOD HOPE, also für dieses Schiff hier. Das Blöde war, dass man diesen wohl kaum im christlichen Verein junger Männer oder im weiblichen Pendant fand. Diese Person musste einen Mix aus Mut,

Draufgängertum, Intelligenz und Talent besitzen. Man glaubte damals, diese Person in dem jungen Thomas Raven gefunden zu haben. Im Laufe der Ausbildung vergrößerten sich zwangsweise Mut und Wagnisbereitschaft. Man sah sich in der Pflicht, eine solch wichtige Person nicht unbeob-achtet laufen zu lassen."
„Also eine Art Personenschutz", vermutete Jurij.
„Genau", bestätigte Laura, „aber für die Personen, mit denen er in Berührung kam. Man brachte ihm einen hohen moralischen Ehrenkodex bei. Dennoch, oder gerade deswegen, kam es zur Eskalation im Frachthafen von Geelong und auch anderswo."
„Wie, gab es noch mehr Tote?"
„Unser Thema beschränkt sich auf Umstände bezüglich Captain Scott", wehrte Laura entschieden ab.
„Thomas kam schon mit einer umfassenden Ausbildung zu uns. Er hatte bereits mehrere Jahre Schulungen in seinen Körper gesteckt. Sei es Kampfsport oder theoretische Fähigkeiten. Er war der sprichwörtliche Rohdiamant, den die Raumflotte im Laufe mehrerer Jahre zu einem Edelstein geschliffen hatte. Man wollte den Mann, in den so viel Arbeit, Zeit und Hoffnung gesteckt wurden, nicht wegen irgendwelcher Sachen verlieren und schon gar nicht, weil dieser noch nicht Herr seiner Kräfte und Fähigkeiten war."
Jurij konnte diese Befürchtung nachvollziehen: „Welche Rolle spielte Laura Stone?"
„Ich war Ausbilderin dieses talentierten jungen Mannes. Das Oberkommando erklärte mich kurzerhand zur Gouvernante und gab mir zu verstehen, dass ich auf diesen Menschen aufzupassen hatte. Alle Dinge, die er in seiner Freizeit folgenreich unternahm, hatten folgenlos zu bleiben – egal wie."
„Egal auch was?" Jurij fragte halb ungläubig nach.
„Nicht alles natürlich", schränkte Laura ein. „Aber ein paar Mörder über die Klinge springen zu lassen und das Ganze zu verschleiern? Wo ist das moralische Problem? Der Exodus von 50.000 Menschen war unendlich wichtiger. Ich konnte die örtliche Polizei überzeugen, die Akte einfach verschwinden zu lassen. Es gab da eine relativ großzügige Spende zur Ausrüstung der Polizeiarbeit vor Ort von der Raumbehörde. Im Nachhinein stellt sich seine Tat ja noch als Segen für ein paar zehntausend Menschen heraus. Ich bekam für die Aufgabe sieben Secret Service Leute vom Oberkommando zur Verfügung gestellt. Jetzt

weiß ich, dass diese mehr wussten als ich, denn dass die GOOD HOPE bewaffnet war, wussten außer ein paar Schläfern an Bord niemand. Einer der Geheimdienst-Leute war Dan Blocker. Ihn setzte ich in dieser Nacht sofort auf Jane Scott an. Denn die junge Frau musste als unliebsame Zeugin unbedingt verschwinden. Ich trug ihm auf, diese in die Raumflotte zu integrieren, falls es irgend möglich war. Meine Güte, ich konnte damals nicht erkennen, dass wir eine fähige Captain aus ihr machen konnten. Ich war davon ausgegangen, dass sie im Kantinenbetrieb arbeiten könnte!" Laura musste selbst darüber lachen. Dan Blocker war erfolgreich, obwohl er sich mehr einbrachte, als vielleicht erforderlich, aber das kann eventuell Jane erzählen – ich nicht."

„Ist der Admiral irgendwann dahinter gekommen, dass ...?"

„Nein", antwortete Laura. „Von selbst nicht. Vier Jahre vor dem Start der GOOD HOPE, als seine Sturm- und Drangzeit vorüber war, beichtete ich ihm meine Funktion."

„Wie hat er reagiert?"

Laura lachte kurz auf: „Unkonventionell, ganz unkonventionell. Er hat mich in die Arme genommen, mich als seine beste Freundin bezeichnet und mir gedankt. Dann hat er mir die Stelle als XO auf diesem Schiff angeboten."

Jurij schwieg überrascht und Laura berichtete weiter: „Ich war zum Startpunkt bereits 55 Jahre alt. Ich fühlte mich damals eigentlich zu alt. Heute ist das ja kein Alter mehr. Er überredete mich und ich schlug ein. Ich habe es keinen Tag bereut – mal abgesehen vom Blitzüberfall, im letzten Jahr."

„Wie ist das Verhältnis heute zum Admiral?"

„Die Frage hat eigentlich nichts mit Jane Scott zu tun, aber was soll´s. Thomas ist mein Vorgesetzter. Aufgrund der gemeinsamen langen Zeit kann ich ihm unbequeme Wahrheiten an den Kopf werfen. Er nimmt es nicht übel und weiß genau, dass ich nur die Sicherheit der Siedler oder der Flotte im Kopf habe. Wir haben ein äußerst seltenes und inniges Vertrauens- und Freundschaftsverhältnis. Wir vertrauen einander blind."

„Kann ich sonst noch etwas erfahren, was Jane Scott betrifft?", fragte Jurij nach.

„Nein", antwortete Laura. „Dan Blocker erledigte die ihm zugewiesene Aufgabe aufs Allerbeste. Ich habe von Jane Scott erst wieder etwas

gehört, als wir sie 2124 mit der WALHALLA aus dieser Dunkelwolke zogen."
„Wie ging das damals ab?"
„Wie ich mitbekommen habe, möchte der Admiral selbst nicht befragt werden. Damals war aber General Ron Dekker dabei. Ich schlage vor, diesen aufzusuchen."
„Ja", seufzte Jurij. „Dann ist mein Aufenthalt hier auf diesem bemerkenswerten Schiff mit einer ebensolchen Captain wohl leider vorbei."
„So sieht es wohl aus, Jurij. Du interessierst dich für das Schiff?"
„Aber sicher", bestätigte der Russe. „Hier schaut mir aus jeder Ritze die jüngste Geschichte der neuen Menschheit entgegen. Das Schiff lebt und atmet und ein Hauch von den Anfängen umweht mich."
Laura lächelte: „Dann werde ich deinen Aufenthalt etwas verlängern!"
Über die Kom rief sie nach Paulo und als der Südamerikaner erschien, trug sie ihm auf, Jurij die GERONIMO zu zeigen – zumindest die wichtigsten Bereiche.
„Sehr gerne", antwortete Paulo und Jurij hatte den Eindruck, dass der Mann auch so empfand. Der Journalist erlebte anschließend einen seiner aufregendsten Tage.

<u>03.03.2134, 18:00 Uhr, WALHALLA, Kantine:</u>

Jurij war rechtzeitig mit seiner Sphäre auf der WALHALLA gelandet und von einer Ordonanz zur Kantine gebracht worden. Nun wartete er mit aktiviertem Aufzeichnungsmodul auf die Captain und diese war überaus pünktlich.
„Hallo, Captain Scott", grüßte Jurij, nachdem er aufgestanden war.
„Bitte! Wir wollen doch der Tradition folgen und uns beim Vornamen nennen", verlangte diese.
„Ich habe ein wenig Probleme, bei einer solch erfolgreichen Frau diese Vertraulichkeit in Anspruch zu nehmen", wandt sich Jurij.
„Ich besteh darauf, Jurij. Dafür unterlässt du vor Zeugen, mir den Stuhl unter den Hintern zu schieben", lächelte Jane und setzte sich.
Jurij, der darauf gewartet hatte, dass sich die Captain zuerst hinsetzte, nahm ebenfalls Platz.
„Gut, also Jane!" Jurij bemerkte, dass unter der kühlen Oberfläche ein Herz pulsierte.
„Hast du etwas von Laura erfahren?"

„Oh ja. Sie spielte im Hintergrund eine Art Schutzengel für den Admiral und du musstest nach den Vorfällen im Frachthafen von der Bildfläche verschwinden. Sie erzählte mir von einem gewissen Dan Blocker.“ Jurij entging nicht, dass Jane bei der Erwähnung des Namens etwas zusammenzuckte.
„Er soll sich etwas mehr in die Sache reingehängt haben, als Laura beabsichtigt hatte“, erklärte er und sah Jane fragend an. Zu seinem Erstaunen und der wenigen Leute an den übrigen Tischen begann Jane aus vollem Halse zu lachen. Es dauerte eine ganze Weile, bis sie sagen konnte: „Das kann man auch so ausdrücken!“
Jurijs Miene drückte folgendes aus: Bahnhof – ggf. Hauptbahnhof. Er brachte damit Jane noch einmal zum Lachen.
„Sagen wir mal so“, gluckste sie. „Ich war damals ein recht hübsches Ding.“
„Heute bist du – schön“, versicherte Jurij ernsthaft.
„Äh, danke. Na ja, jedenfalls musste ich damals von der Straße. In der Nacht war Geelong nicht gerade sicher für so junge Landhühner wie mich. Dieser Dan war nett und ich spürte Vertrauen zu ihm. Er nahm mich mit zu sich nach Hause.“
„Und dann?“
„**JURIJ!** Wie alt bist du? Was macht ein erwachsener Mann mit einer jungen Frau, wenn er diese zu sich mit nach Hause nimmt?“ Jane hob beide Hände: „Bleib mir mit diesem sozialen Interagieren vom Hals. Er hat mich vernascht – oder ich ihn, weiß ich nicht mehr. Hallo, ich war Nutte – schon vergessen? Er war im Gegenteil zu den anderen Kerlen zärtlich, ja sogar liebevoll. Das zeigte sich mir, als er danach einschlief und ich ihn bestahl. Als ich aus seiner Haustür rausschlich, stand er wieder vor mir. Ich bekam einen gehörigen Schrecken, aber er verlangte für den Diebstahlversuch lediglich, dass ich ihm eine Stunde zuhörte.“
„Was hat er dir erzählt?“
„Die Wahrheit. Er berichtete von Thomas Raven, der mein Retter in dieser Nacht gewesen war und warum dieser Mann für das Oberkommando der Raumstreitkräfte so wichtig war. Ich müsse von der Bildfläche verschwinden. Er könnte sich dieses Jobs entledigen, wenn er mich einfach auf die Straße ließe. Mein Zuhälter würde andere finden, die mich beseitigen. Allein hatte ich keine Chance und das begriff ich. Ich akzeptierte, dass er es gut mit mir meinte.“
„Was passierte dann?“

„Wir stiegen ins Bett und trieben es weiter."
Jane beobachtete amüsiert, wie Jurij rot anlief.
„Mensch, Jurij. Besorg dir eine Freundin und werde lockerer!" Jane lachte.
„Und so am anderen Morgen?"
„Er brachte mich zur Raumakademie und ich schrieb mich dort ein. Er besuchte mich häufig – und ja interagieren und so. Unser Verhältnis war ein wenig kompliziert. Er war um einiges älter als ich und wahrscheinlich sah ich in ihm den Vater, den ich zu früh verlor. Ich verdanke diesem Mann ebenso mein Leben wir Admiral Raven."
„Was passierte mit Dan Blocker?"
„Ich verlor ihn aus den Augen, als die ADVENTURE startete. Ich sah ihn Monate vor dem Start zum letzten Mal. Er verabschiedete sich von mir mit Tränen in den Augen und wünschte mir alles Glück der Welt."
Jurij schluckte.
„Und ab hier mein lieber Jurij, solltest du die Unterlagen studieren, die ich dir zur Verfügung stellte. Melde dich an, wenn ich Fragen beantworten kann. Dann jeweils der zweite Tag um 18:00 Uhr hier. Entschuldige mich bitte, ich bin zum Essen verabredet." Jane stand auf und Jurij sah eine schlanke Frau mit dunklem Teint und langen schwarzen Haaren näherkommen. Das muss Cemre Celik sein, dachte er und war gleichzeitig ergriffen von dieser herben Schönheit. Er sprang auf und verbeugte sich.
„Ist das der galante, junge Mann, von dem du mir erzählt hast?", hörte Jurij eine Alt-Stimme sprechen.
„Das ist Jurij Maximov. Ein Mann mit außergewöhnlich guten Umgangsformen und gewählter Ausdrucksweise. Allerdings ist er noch ein bisschen verklemmt. Aber das bekommen wir noch hin." Jane gab ihrer Freundin einen Kuss auf die Wange, dann gingen die beiden Frauen und ließen einen verdutzten Journalisten zurück.

<u>04.03.2134, 11:00 Uhr, AGUA, Schießtrainingscamp der Marines:</u>

Jurij Maximov hatte Ekaterina Granowski nach dem Aufenthaltsort von General Dekker fragen müssen. Nun stieg er aus seiner Sphäre aus, die ihn weit über die Grenzen von GC hinausgetragen hatte. In dieser etwas abgelegenen Ecke befand sich das Schießtrainingsareal der Marines. Hier sollte er den General antreffen, hatte Ekaterina gesagt.

Jurij ging einfach dem Schießlärm nach, als die Sphäre irgendwo aufsetzte.

„Das macht doch kein Spaß mit diesen rückschlagfreien Energiewaffen“, hörte er die brummeligen Worte eines recht breitschultrigen Marines mit Kahlkopf dafür ohne Hals im schwarzen Kampfoutfit, der von einigen jüngeren, gleich gekleideteten Männern und Frauen umringt war.

Kurz darauf – ja, das war Ron Dekker. Natürlich erkannte er den ehemaligen Präsidenten von AGUA. Dieser Fels da vorne hatte die Siedler zehn Jahre angeführt und Jurij wackelten doch bei aller Selbstsicherheit etwas die Knie, als er ein schüchternes „Hallo“ herausbrachte.

Ron wirbelte herum: „**Wer bist du denn?**“

„Ja, ich ...“, versuchte er sich zu rechtfertigen, wurde aber von Ron unterbrochen, der begann zu schimpfen: „**Was ist denn das für eine Disziplin hier auf dem Schießplatz? Da schafft es ein Zivilist, sich an einen Trupp hochspezialisierter Marines bis auf Armlänge heranzupirschen und keiner merkt was?**“

Betretene Gesichter waren das Ergebnis seiner >Ansprache<.

„**Seht ihr den einzeln stehenden Baum dort hinten?**“ Rons ausgestreckter Arm zeigte auf ein dünnes Stämmchen in sicherlich drei Kilometern Entfernung. „**Dort hinten 100 Liegestützen! Mit voller Ausrüstung! Im Laufschritt Marsch, Marsch!**“

Die Disziplin war hoch und so wagte niemand zu widersprechen. Gemeinsam nahmen sie ihr Gepäck und die Waffen auf und eilten in Richtung Gewächs.

Ron fuhr wieder zu Jurij herum: „Wie oft soll ich dich noch fragen, was du hier machst?“

Jurij schluckte seine rasch zurechtgelegte Rechtfertigung runter und hielt dem General stattdessen den Wisch von Thomas Raven unter die Nase. Der General nahm ihm das Blatt aus der Hand – eigentlich entriss er es ihm.

„Hm! Du bist also die Vertretung von Dana und ich soll deine Fragen zum Thema WALHALLA und Jane Scott beantworten!“ Mit der flachen Hand klatschte Ron ihm das Blatt vor die Brust. Jurij griff hastig danach, denn der General ließ sofort los.

„Kannst du vergessen!“

„Was, äh ...“

„Erst wird die Übung hier zu Ende geschossen. Dann kannst du Fragen stellen. Ich will doch mal sehen, ob du außer mit einem Schreibstift, auch mit einem Revolver umgehen kannst!“

„Aber“, Jurij winkte mit dem Blatt.

Kurz darauf sah er auf die Spitze von Rons rechtem Zeigefinger – etwa 7,5 Zentimeter von seiner Nase entfernt: „Lies dir das Ding mal selbst durch. Da steht >freiwillig<! Entweder du machst mit oder du kannst dir die Antworten selbst ausdenken!“

„Äh – also gut“, stimmte der Russe widerstrebend zu.

„Brav mein Junge“, Ron klopfte ihm auf die Schulter, dass er bald zusammenbrach. „Siehst doch gar nicht so unterernährt und schwächlich aus. Versuchen wir es mit .44 Magnum – ist nicht so stark.“

Etwas unwohl war Jurij schon, als er dem Chef der Marines ein paar hundert Meter zum entsprechenden Schießstand folgte. Als er sich umdrehte, sah er, dass die ersten Marines den bezeichneten Baum erreicht hatten und mit Liegestützen begannen – inklusive Rucksack.

„Hier!“ Ron drückte ihm einen altmodischen Gehörschutz in die Hand. Jurij setzte ihn sich auf und erkannte, dass der General bereits wesentlich modernere Kleingeräte innerhalb der Ohren stecken hatte. Ron Dekker war anschließend gut, aber etwas dumpf zu verstehen.

„Siehst du da die Zielscheibe?“

Der Russe sah in ca. 25 Metern Entfernung eine Zielscheibe von etwa 80 mal 80 Zentimeter. In der Mitte der schwarze Punkt war so groß wie seine Faust.

„Ja, General.“

„Hier!“ Ron drückte ihm einen Revolver mit mittlerem Lauf in die Hände. „Geladen, sechs Schuss!“

„Äh, wie?“

„Du kannst das Ding mit beiden Händen halten. Wenn ich >Feuer frei!< sage, gehst du ins Ziel und wirst die Scheibe dahinten zerfetzen! Geschossen wird über Spannabzug!“

„Spannabzug?“

„Den Stecher einfach durchziehen! Der Hahn wird nicht vorgespannt! **Feuer frei!**“

„Äh, sollte ich nicht vielleicht mit einer Energiewaffe ...?“ Jurij hatte gehört, dass die alten Projektildinger bisweilen einen harten Rückschlag hatten – vom Knall mal abgesehen.

Ron nahm den jungen Mann in den Arm und flüsterte die nächsten Worte fast: „Die Super-TRAX waren beim Überfall durch Körperschutzschirme gesichert. Diese hielten aber nur Energiewaffen ab. Projektile gingen durch wie Butter. Bis wir dieses für uns wichtiges Detail bemerkten, gab es auf unserer Seite über 100 Tote. Daher, mein Freund, wirst du jetzt mit diesem Teil dort schießen. Es ist nämlich nicht auszuschließen, dass die Kakerlaken wiederkommen und vielleicht hängt mal dein Leben von deinen Schießkünsten ab. **FEUER FREI!**"
Wohlweislich stellte sich Ron als Schießaufsicht dort auf, wo es bei einem ungeübten Schützen am sichersten ist: hinter ihm.
Jurij war kräftig und so bedeutete es ihm keine Schwierigkeiten, die schwere Waffe ins >Ziel zu bringen<, aber sie dort zu halten, war eine ganz andere Sache. Breitbeinig stand er dort und versuchte über Kimme und Korn, Mensch das Ding wackelte vielleicht, das Ziel anzupeilen. Er sah, wie sich der Hahn aufgrund seines Ziehens am Stecher langsam nach hinten bewegte. Ganz langsam, langsam, dann würde gleich ...
Es gab einen lauten Knall, der vom Gehörschutz erheblich abgemildert worden war. Was die akustische Bremse aber nicht konnte, war etwas gegen den Rückschlag zu tun. Obwohl Jurij den Revolver mit beiden Händen krampfhaft festgehalten hatte, zeigte der Lauf nun senkrecht nach oben und die Handgelenke taten ihm weh. Das Ding hatte mächtig ausgekeilt.
„Das Ziel wurde nicht beschädigt", kommentierte Ron die Tatsache, dass es etwa 15 Meter vor dem Schützen im Boden eine kleine Sandfontäne gegeben hatte. Jurij hatte mächtig daneben geschossen.
„**Weiter!**"
Dieses Mal wackelte der Lauf noch mehr, aber Jurij traf dieses Mal die Erde direkt unter dem Ziel.
„Weiter!", knurrte Ron.
Jurij versemmelte alle sechs Versuche. Endergebnis: Zielscheibe ohne Kratzer, dafür schmerzende Handegelenke und ein frustrierter General.
„Du kommst hier nicht eher vom Platz, bist du mir nachgewiesen hast, dass du schießen kannst!"
Jurij bekam einen Schrecken. Jetzt war nicht mehr von Antworten die Rede, sondern von >Inhaftierung<.
„Aber ...", versuchte der Russe.
„**Nix aber**", donnerte der General. „Was bist denn du für ein Kerl? Was machst du, wenn die TRAX deine Frau und Kinder bedrohen?"

„Ich habe weder Frau noch ...“, setzte Jurij an.

„Ist dann wahrscheinlich auch besser so – oder?“

Nun passierte etwas in dem jungen Mann: Widerstand regte sich und der Wille, mit diesem gottverdammten Scheißding endlich klarzukommen!

„Ich brauche Munition, Sir!“

Ron grinste: „So ist´s recht!“ Er sah sich um und die ausgeschickten Marines standen im achtungsvollen Abstand von 20 Metern hinter ihnen. „Truman! Du leitest die Übungen mit der Gruppe weiter. Als nächstes ist Panzerfaust auf bewegliche Ziele angesagt. Und schick jemanden los, der uns 500 Schuss 44er Munition besorgt und ein Tischchen!“

„Jawohl, General!“

Ron wandte sich wieder seinem >Schützling< zu und dieser wagte zu sagen: „Ist gar nicht so einfach!“ Im nächsten Augenblick riss Ron mit einer atemberaubenden Geschwindigkeit seinen 44er aus dem Holster, richtete die Waffe auf das Ziel, natürlich einhändig, und drückte sechs Mal ab. Sechs Mal tanzte die Waffe in seiner Faust. Für die ganze Aktion hatte er nicht einmal drei Sekunden gebraucht.

Jurij kniff die Augen zusammen, aber das Ziel schien nicht ... Ron reichte ihm einen kleinen Visor. Der Russe schaute durch und musste feststellen, dass die schwarze Mitte sechs Mal getroffen war, obwohl so genau ..., da war eigentlich nur ein großes Loch. Jurij setzte den Visor ab und sah, wie der General ihn von der Seite fragend anschaute. Einer der Marines schleppte zehn 50er-Packungen 44er Munition heran und ein kleines Tischchen. Beides stellte er neben Ron und Jurij ab.

„Laden und Feuer frei!“, kommandierte Ron.

Nach einer halben Stunde traf Jurij immerhin schon die Scheibe. Mit den letzten 50 Schuss traf er zehn Mal den Rand des Schwarzen und zwei Mal sogar mittig. Ron und Schüler standen im Pulverdampf. Für Ron so quasi ein Lebenselixier oder Aphrodisioakum.

„Gut, mein Junge! Du solltest damit umgehen und zumindest ein Scheunentor treffen können. Melde dich bei mir, wenn du deine Fertigkeiten weiter üben möchtest. Dann schießen wir einhändig.“

„Äh, ja General, gerne“, versicherte Jurij, obwohl er das Gefühl hatte, dass seine Hände bald abfallen müssten und er ganz gewiss den Revolver nicht mit einer Hand halten würde.

„Können wir deine Sphäre nutzen?“

„Äh, sicher, Sir!“
„Truman!“, bellte Ron und einer der Marines meldete sich. „Du übernimmst für heute. Wir sehen uns Morgen früh wieder!“
„Jawohl, General!“
„Wir fliegen zu meinem Privathaus. Da kannst du deine Fragen stellen“, beschloss Ron. Kurz darauf flog die Sphäre mit den beiden Männern ab. So kam Jurij Maximov in den Genuss, Gast in GREEN COAST FARM zu sein. Ron steuerte mit Sprachbefehlen die 5-Meter-Kugel selbst.
„Du bist schon zurück, Ron“, Suzan saß vor dem Haus und las etwas von einem Pad ab.
„Ja, mein Herz“, antwortete der General. „Und ich habe Besuch mitgebracht!“
Suzan sprang auf: „Ah, ein junger Mann. Willkommen!“
Jurij machte einen artigen Diener: „Ich bin Jurij Maximov, Madame. Ich vertrete Dana Ostenson.“
„Ja und in dieser Eigenschaft möchte er mir ein paar Fragen stellen“, fügte Ron hinzu.
Jurij betrachtete die aparte Frau mit den silbergrauen, langen Haaren. Selbstverständlich kannte er die ehemalige First-Lady aus den Netznachrichten.
„Wärest du so freundlich uns etwas ...“, begann Ron.
„Selbstverständlich“, lächelte Suzan. „Ich bringe euch etwas zu trinken und ein paar Knabbereien, dann lasse ich euch in Ruhe.“ Sie verschwand im Haus und das gab Jurij Gelegenheit, einen Blick auf selbiges zu werfen. Es handelte sich um einen Winkelbungalow mit Walmdach. Nicht zu groß und nicht zu klein. Die Außenfassade war mit Holz verkleidet und von hellblauer Farbe. Die Fenster und die Leibungen waren weiß gestrichen. Vor dem Haus stand ein Pavillon und darunter befanden sich ein runder Tisch und vier bequeme Stühle. Die Umgebung war zwar von der Botanik etwas zurückgestutzt, aber ansonsten naturbelassen. Ein weiterer Unterstand beherbergte zwei dieser Scooter mit Ballonreifen, einen offenen Buggy und eine Art Geräteschuppen.
Ron fummelte in seiner Hosentasche herum und überreichte Jurij eine Salbentube und zwei Bandagen für seine Handgelenke: „Draufschmieren und anlegen, sonst kannst du deine Gelenke die nächste Zeit vergessen!“

Jurij atmete auf. Offensichtlich hatten noch mehr Leute Probleme mit dieser Waffe. Schnell befolgte er den gut gemeinten Rat des Generals.
„Setzt euch doch!“ Suzan kam mit einem Tablett nach draußen und Jurij war es etwas peinlich, von dieser Dame bedient zu werden. Suzan schien kein Problem zu haben, denn sie stellte jedem ein Saftglas und ein wenig Gebäck auf den Platz.
„Wir fahren gleich noch mal über die Brücke“, sagte Ron zu seiner Frau.
„Ganz wie ihr wollt. Viel Spaß!“ Suzan drehte sich herum und ging ins Haus.
„Wo wollen wir gleich hin?“ Jurij war nicht ganz klar, warum man die Stellung, wenn man im Marine-Jargon bleiben wollte, schon wieder wechseln musste.
„Wirst du sehen“, knurrte Ron und griff zu seinem Glas: „Trink dein Glas aus und nimm zwei Plätzchen!“
Tatsächlich hatte Jurij nach dem Geballer auf dem Schießstand richtig Durst und daher trank er sein Glas sofort aus: „Lecker!“
„Ach!“, kam es von Ron, der ebenfalls sein Glas geleert hatte. „Komm und nimm ein paar von den Keksen mit!“
Nun, Jurij saß zum ersten Mal in einem solchen Buggy. Ähnliche Teile waren wohl früher auf der Erde an irgendwelchen Stränden gefahren worden. Dieser hier hatte keine Türen, dafür episch breite Ballonreifen und wurde selbstverständlich rein elektrisch angetrieben. Ron schwang sich in den Fahrersitz und Jurij zwängte sich auf den Platz daneben. Ron schonte bei Anfahren die Flechten unter den Reifen, daher ging es gemächlich los. Dann aber erlebte der Russe eine Fahrt der Extra-Klasse und er bereute, dass er nicht vier Arme hatte wie ein VEN-DORA, dann hätte er sich nämlich besser festhalten können. Reifen und Dämpfer mit langen Wegen nahmen das meiste an Unebenheiten weg – aber eben nur das meiste. Den Rest mussten der Sitz und Jurijs Hintern besorgen.
Meine Güte, dachte Jurij, die Brücke ist doch schmal und ... ihm standen die kurzen Haare zu Berge, was nicht besonders auffiel, als der Buggy mehr über die Brücke flog, statt fuhr. Krachend kam er dahinter wieder auf den Boden zurück und wurde von Ron in eine scharfe Rechtskurve gezwungen. Jurij geriet fast an den Fahrer, als der das Fahrzeug wieder geradeaus steuerte. Jurij schnellte in seine Ausgangsposition zurück. Gerade rechtzeitig, um sich nach vorne abzustützen,

wegen eines hastigen Bremsmanövers. Irritiert schaute sich der Russe um, als das Fahrzeug schon stand und Ron sich aus dem Sitz wuchtete.
„**Lutz! Ich verdurste und mein Gast auch!**“
Jurij erkannte eine Fabrikhalle und da wusste er auch, wo er sich befand. Eine der Freunde von Admiral Raven war Lutz Heinken. Und dieser Lutz braute Bier. Und da kam dieser Mann auch schon. Eine beeindruckend große Gestalt mit leichtem Bauchansatz, Pferdeschwanz und einem gewinnenden Lächeln: „Kommt rein! Ich decke für euch!“
„Soll´n Wort sein“, dröhnte der Bass der Generals. Er fasste Jurij an die Schulter und zog ihn mit sich. In einem der geöffneten Tore, also im Schatten, hatte Lutz ein Tischchen aufgestellt und zwei Stühle.
„Jetzt nehmen wir erst einmal diesen hier“, bestimmte Ron, ging zu einem Schrank neben dem Tor und entnahm diesem eine Flasche und zwei Gläser.
„Was ist das?“, fragte Jurij, als er eine goldgelbe Flüssigkeit beim Eingießen nicht ganz so kleiner Gläser erkannte.
„Bester AGUA-Whisky“, erläuterte Ron ernsthaft. „Wir müssen doch die Tatsache begießen, dass du heute zum ersten Mal mit einer 44er geschossen hast – oder?“
„Do... doch“, erklärte Jurij unsicher.
„Wohl denn“, Ron erhob sein Glas. „Ex!“
Zögernd griff Jurij zu und als er sah, dass Ron in mehreren Schlucken und scheinbar genussvoll trank, tat er es ihm nach. Kurz darauf meinte er, dass in seiner Kehle ein Feuer ausgebrochen sei. Das Gebräu brannte fürchterlich. Er verschluckte sich und musste husten. Teilweise kam ihm das Zeug sogar aus der Nase wieder heraus. Ron klopfte ihm gönnerhaft auf den Rücken. Schließlich hatte Jurij einen hochroten Kopf und japste nach Luft.
„Nie, nie – wieder“, keuchte er.
„Na, na. Wer wird denn gleich so voreilig sein“, rügte der General. „Für heute soll es allerdings reichen. Ich gönne mir den edlen Tropfen nicht jeden Tag.
„Zum Wohl“, hörte Jurij eine sympathische Stimme und zwei große Bierkrüge knallten auf den Holztisch, dass das Bier nur so spritzte.
„Was ist das?“, fragte Jurij und Ron schüttelte in stiller Verzweiflung den Kopf.
„Starkbier“, gab Lutz Auskunft. „Ich muste ein bisschen nachhelfen und dem Bier Wasser entziehen, sonst komme ich mit dem Alkohol-

gehalt nicht klar. Prost, die Herren!“ Lutz entfernte sich wieder und ließ die Männer allein.
„Kratzt nicht im Hals“, versicherte Ron und hob seinen Krug. Kurz darauf fehlte von diesem Liter mindestens ein halber. Jurij hatte sicherheitshalber abgewartet und versuchte dann einen kleinen Schluck. Es schmeckte, daher nahm er mehr. Ron sah mit einem Blick zu, als wolle er sagen: Ist ja doch noch nicht Hopfen und Malz verloren.
Jurij trank zwar in kleinen Schlucken, aber er trank. Schön war heute das Wetter, dachte er und rief sich gleich darauf zur Ordnung. Er hatte schon viel vom Tag eben nicht mit seiner Recherche zugebracht und nun schweiften seine Gedanken bereits wegen des Wetters ab. Trotzdem, es war schön hier, umgeben von der Natur und ... es wurde ihm leicht schwindelig.
„Äh, General“, versuchte er wieder zum Grund seines Besuches zu kommen.
„Wir sind hier privat, mein lieber Jurij. Also sag Ron zu mir!“ Dekker hob sein Glas: „Prost!“
„Prost!“ Der Russe nahm noch einmal einen langen Zug.
„Da... darf ich die Aufzeichnung ...“, begann er.
„Aber sicher doch“, erteilte Ron seine Genehmigung und Jurij brauchte bestimmt die doppelte Zeit, bis er die Technik am Laufen hatte.
„Ich habe eine Menge in den Datenbanken recherchieren können“, leitete Jurij sein Interview einigermaßen flüssig ein. „Was mir jedoch fehlt, ist das direkte und erstmalige Aufeinandertreffen mit der Crew der WALHALLA. Wie ich feststellen konnte, waren der Admiral und du, Ron, beim Erstkontakt dabei.“
Ron grunzte: „Und ob wir dabei waren!“
Wenn Jurij bei seiner Ausbildung eins gelernt hatte, dann war es Zuhören – und einfach mal die Klappe halten. Der andere würde dann schon weiterreden, und so war es hier auch.
„Wir sind mit einer Shark durch die Dunkelwolke geflogen und trafen auf die WALHALLA. Wir meldeten uns an und bekamen Landeerlaubnis. Prost!“ Ron hob unvermittelt sein Glas und der gebannt zuhörende Jurij war einen Moment irritiert. Dann griff er automatisch zu seinem Glas und leerte es. Am Rande bekam er mit, dass ein neues gebracht wurde.
„Wir stiegen also auf diesem versifften Landefeld aus und sahen uns fassungslos um. Überall standen stark beschädigte und offensichtlich

bereits als Ersatzteillager dienende Hawks und Sharks. Die WALHALLA war in einem höchst bedauerlichen Zustand."
„Ich weiß", nuschelte Jurij und lutschte an seinem zweiten Bier. „Es gab schon Tote innerhalb der Kälteschlafeinheiten."
„Ja", bestätigte Ron. „Ein paar tausend bereits. Jedenfalls wurden wir dann recht harsch aufgefordert, die Waffen abzulegen!"
„Was? Das habt ihr doch wohl nicht getan!"
„Oh doch. Das haben wir. Und zwar ganz schnell sogar!", versicherte Ron.
„Hä?", sprach Jurij mehr in sein Glas hinein als in Richtung Ron.
„Eine weibliche, sehr energische Stimme, die von Oksana Trantow, versicherte uns sehr glaubwürdig, dass sie im Weigerungsfalle die Decktore öffnen würde – ohne Kraftfeld!"
„NEIN!"
„Oh doch! Darum legten wir unsere Waffen ab."
„Und dann?"
„Dann wurden wir von Marines der WALHALLA gefesselt und in einen Verhörraum gebracht!"
„NEIN!"
„Oh, doch. Ich kann mich an ein paar unschöne Worte erinnern, die ich dieser Dame an den Kopf warf!"
„Dann hast du ein gespanntes Verhältnis zu Oksana Trantow?"
„Nein", wehrte Ron ab. „Sie ist ein liebes Mädchen. Ich könnte sie den ganzen Tag auf dem Schoß sitzen haben." Ron überlegte, was er da gerade gesagt hatte: „Lösch das aus dem Ding da raus, hörst du!" Er zeigte auf das Aufzeichnungsgerät.
„Keine Bange, wird gemacht, Sir!", nuschelte Jurij. „Und dann?"
„Ja, dann kam Jane Scott. Sie war auf einer Aufklärungsmission mit einer Shark unterwegs gewesen. Von irgendwoher kannte sie Thomas. Ich habe keine Ahnung woher, aber sie ordnete an, uns die Fesseln abzunehmen und wir konnten mit der Rettungsaktion der WALHALLA beginnen."
„Das ist alles?"
„Ja! Der Rest steht in den Datenbanken."
„Na, dann Prost", Jurij hob sein Glas und trank es leer. Anschließend legte er seinen Kopf auf die Tischplatte und war wenig später eingeschlafen. Ron beugte sich vornüber und griff zur Steuerung der Aufzeichnung.

Mit einem Handgriff schaltete er diese ab.
„Lutz! Wir haben ein Problem!“

4. Bericht 1

10.03.2134, 09:15 Uhr, GERONIMO, Brücke:

Das Schiff war fertig repariert und umgerüstet. Die Staffeln an Sharks und Hawks waren komplett an Bord, die Geschwader Alphas und Betas auch, sowie die sechs Letalis und die 20 Sphären. Der ÜL-Antrieb war eingebaut, getestet und funktionsbereit. In den letzten drei Tagen, nachdem der Einsatz feststand, war die GERONIMO auf Hochglanz gebracht worden. Phil Mory und seine Droiden hatten eine Meisterleistung vollbracht, und um die Arbeiten entsprechend zu forcieren, hatte Laura Stone auch nicht gezögert, ihren Rang als Flaggkommandantin ins Spiel zu bringen. Es hatte ihr niemand übelgenommen, denn es stand ihr zu. Zumindest seit feststand, dass die GERONIMO wieder das Flaggschiff der Flotte sein würde.
Auf einem freien Platz des Landedecks B würde in Kürze ein weiterer Letalis stehen. Und um diesen, beziehungsweise dessen Passagiere, drehte sich im Moment alles.
„Die REVENGE hat um Landeerlaubnis ersucht, Captain“, brabbelte der Droide Funky seine Meldung herunter.
„Gewährt“, erscholl Lauras Stimme. „Landedeck B – automatische Anflugkontrolle durch unsere KI!“
„Die REVENGE hat bestätigt und gedankt“, kam die Rückmeldung von Funky.
„Gedankt?“, echote Laura. „Was ist denn mit dem Blechhaufen passiert?“
Niemand antwortete, nur Paulo schob los, um Laura Kaffee zu holen.
„Machen wir es, so wie besprochen, mein Bester?“, fragte Laura Stone ihren XO, als dieser den Kaffee überreichte.
„Selbstverständlich, Skipper!“
„Wenn es ein Problem für dich ist, dann ...“
„Nein“, erklärte der Südamerikaner. „Im Gegenteil. Wie früher, ich freue mich darauf!“
Laura lächelte gewinnend: „Danke, ich werde mich in geeigneter Weise revangieren.“

„Der Letalis wird in wenigen Minuten landen, Captain“, meldete Roy Sharp als amtierender FliCo.
Laura stand auf: „Ich werde unsere Gäste willkommen heißen. Paulo, du übernimmst die Brücke und meinen Kaffee!“
„Ja, Skipper!“
Laura drehte sich zu Beatrice Baines: „Trixie, ich glaube nicht, dass wir im Moment einen Off-Gun brauchen. Begleite mich!“
Die schlanke Blondine sprang sofort auf: „Gerne, Captain!“
Seit Neuestem versah Trixie Baines auf der Brücke der GERONIMO den neu geschaffenen Arbeitsplatz eines Offensiv-Gunners, eben kurz Off-Gun genannt. Ihre Aufgabe war der reine Angriff, und zwar immer dann, wenn die GERONIMO zum Einsatz aufbrach. Ben Hustler hatte sich mit der Raketenabwehr und dergleichen zu beschäftigen. Mit der Hochrüstung des Flaggschiffes waren die waffentechnischen Möglichkeiten des 3.000-Meter-Raumers gestiegen, sodass es angeraten erschien, den Job eines Gunners auf mehrere aufzuteilen.
Die beiden ungleichen Frauen, die zu Beginn ihrer Zusammenarbeit wahrlich nicht die besten Freundinnen gewesen waren, schritten schnell durch das Schiff und gelangten auf Landedeck B, als der älteste Letalis das Kraftfeld zum Flugdeck durchbrach. Dort stellten sie sich vorsichtig, bei 10% Erdschwere, in Position und warteten darauf, dass die REVENGE ihre Passagiere entließ. Es war wie immer ein merkwürdiges Gefühl, wobei merkwürdig nicht die korrekte Bezeichnung zu sein schien, wenn man von 10% auf 100% Erdschwere belastet wurde. Das geschah in dem Augenblick, als die REVENGE auf fast komplett eingezogenen Landekufen aufsetzte. Kurz darauf öffnete sich die äußere Schleusentür und Laura reagierte: „Willkommen an Bord, Admiral! ... General!“
Thomas schritt die kurze Rampe hinunter und wurde dabei von Ron Dekker begleitet.
„Hallo Laura“, sagte Thomas so gänzlich abseits des Protokolls und lächelte.
Laura ließ sich von ihrer militärischen Meldung nicht abbringen: „Die GERONIMO ist 100% gefechtstauglich und ausgerüstet für mindestens vier Monate Aufenthalt außerhalb des ARES-Systems. Wir stehen zur Verfügung!“
„Danke“, sagte Thomas und drehte sich zu seinem Freund.

„Wir haben zwei Gruppen von Marines mitgebracht, sowie Tib Miller. Wenn es der Captain recht ist, dann wird Tib die Trupps Marines in die Quartiere führen, schließlich kennt er sich hier aus“, sagte Ron.
„Das geht in Ordnung, General“, reagierte Laura. „Wen dürfen wir sonst noch an Bord begrüßen?“
„Wir haben Baal und seine beiden Frauen mitgebracht, wie angemeldet“, antwortete Thomas. „Die Umweltkabinen für die MAROON ...?“
„Sind bezugsfertig, Admiral“, meldete Laura. „Trixie kümmert sich um die MAROON.“
„Gut, prima“, Thomas sah sich um. „Es ist schön, wieder auf der GERONIMO zu sein. Auch wenn sie sich gewaltig verändert hat.“
„Du wirst überrascht sein, Admiral“, antwortete Laura. „Wollen wir zur Brücke?“
Mit einer Handbewegung gab Thomas sein Okay und während die drei MAROON von Trixie angesprochen wurden und irgendwo hinter dem Deckschott abbogen, führte Tiberius Miller seine Kameraden/innen, die aus den bekannten Trupps DARLING und SCOOTER bestanden, in deren Unterkünfte. Laura ging mit Thomas und Ron direkt zur Brücke.
„Admiral betritt die Brücke!“, plärrte Funky seinen Spruch heraus und alle Anwesenden standen auf. Thomas dankte kurz und bat die Crew, sich wieder um die Arbeit zu kümmern.
Danach ging er von einem zum anderen und begrüßte alle persönlich mit ein paar netten Worten.
„Dein Platz, Admiral!“ Laura stand vor dem Sitz des Captains, also ihrem eigenen und deutete darauf.
„Du bist der Captain“, stellte Raven fest.
Laura grinste: „Ich kenne dich wahrscheinlich besser als du selbst. Im Grunde deines Herzens bist du immer ein Captain geblieben. Dieser Platz dort ist das, was dich reizt. Wir können den Teil der Tradition, dass ein Admiral kein Schiff führt, ruhig in eine Ecke stellen und ihn dort vergessen. Mach uns und dir die Freude und lass mich dein XO sein. Für die Zeit der Mission haben wir auch wieder einen taktischen Offizier: Paulo.“
Thomas sah sich um und bemerkte, dass ihn alle Crewmitglieder erwartungsvoll musterten.
„Ich gebe es zu: Es stimmt, was Laura sagt und ich nehme an!“

Alle klatschten und unter Beifall setzte sich Thomas in seinen alten Stuhl. Laura nahm daneben Platz: „Wie fühlt sich das an?“
Thomas Raven strich über die Armlehnen und es zeigte sich ein seltener Glanz in seinen Augen: „Wie früher, Laura. Ganz wie früher und gut!“
Der Admiral wandte sich an den Droiden auf der Brücke: „Funky, ich brauche eine Kom zur MANITOBA!“
„Aye, Sir!“ Und nach einem kurzen Augenblick: „Verbindung steht, Sir!“
Auf einem Teil des vorderen Monitors sah man direkt auf die Brücke der Dreadnought. Elisabeth Weiß saß mehr oder weniger in der ersten Reihe und lächelte in Richtung Kamera: „Augenblick!“ Dann wechselte das Bild und Scott Tanner war formatfüllend zu sehen.
„Hier ist die MANITOBA, hallo zusammen!“
„Scott, wann ist Rendezvous mit der GERONIMO?“
Tanner drehte sich etwas um und es wurde ihm eine Information zugerufen, wahrscheinlich von Anna Svenska.
„Wir treffen um exakt 11:30 Uhr beim Flaggschiff ein, Admiral.“
„Gut. Ich möchte, dass du mit deinem taktischen Offizier auf die GERONIMO überwechselst und um 12:00 Uhr hier an der Einsatzbesprechung teilnimmst.“
„Verstanden!“
„Bis nachher!“
Raven ließ die Verbindung unterbrechen.
„Bis dahin könnte ich dir einige Neuerungen an diesem Schiff zeigen, Thomas“, lockte Laura.
„Sehr gerne“, stimmte Raven zu.
„Paulo, du hast die Brücke!“

<u>12:00 Uhr:</u>

Die Einsatzbesprechung fand im großen Rahmen statt. Neben der kompletten Brückencrew außer Funky nahmen noch Scott Tanner, Anna Svenska, sowie General Dekker und die Marine-Truppführer Heather Kowalski und Doug Himmerman teil. Die Mannschaft der MANITOBA war per Vidcom zugeschaltet, wie auch Baal von seiner Wasserkabine aus. Nachdem die Kaffeepötte in ausreichender Anzahl verteilt worden waren, trat Ruhe ein. Man war gespannt, was sich der Admiral ausgedacht hatte.

„Ich danke für euer Erscheinen“, leitete Thomas höflich die Einsatzbesprechung ein und stand dabei auf. „Der eine oder andere wird vielleicht vermuten, um was es gehen könnte. Ich will euch nicht lange auf die Folter spannen. Wir führen das aus, was uns im letzten Jahr aus bekannten Gründen verwehrt blieb: Wir werden den letzten uns bekannten BONE-Stützpunkt angreifen und vernichten.“ Allgemeines Gemurmel wie auch zustimmende Äußerungen erfüllten den Raum und Thomas wartete ab, bis sich die Überraschung gelegt hatte.

„Ihr werdet zu Recht vielleicht darüber erstaunt sein, warum wir nicht mit einem großen Teil der Flotte ausrücken. Denn was die ODIN mit ihren Schwesterschiffen mit reiner Kampfkraft nicht schafften, werden wir mit dem Flaggschiff und einer Red-Fight-Dreadnought wohl kaum erledigen können.“ Thomas sah nickende Köpfe.

„Wir werden am 20.04. dieses Jahres unsere Toten in diesem letzten Gefecht vor einem knappen Jahr ehren und offiziell verabschieden. Ich habe nicht vor, diesen noch weitere Opfer hinzuzufügen. Daher werden wir nicht mit Brachialgewalt vorgehen. Aber eins nach dem anderen. Die letzte taktische Situation beim, ich nenne ihn mal >LAST BONE<, ließen Jan Eggert seine Bemühungen einstellen. Und wer die EDEN-Leute im letzten Gefecht erlebt hat, wird ihnen wohl kaum Feigheit vorwerfen können.“ Thomas Raven schaltete am Multitisch und rief ein Scanergebnis der Alpha-Drohne auf. „Zum damaligen Zeitpunkt sah es dort so aus.“

Die Luft über dem Tisch begann zu flimmern, und alle erhoben sich von ihren Plätzen, um einen besseren Überblick zu gewinnen. Laura stöhnte leise und Dekker machte dicke Backen, als sie die Absicherung dieser BONE-Station erkannten. Dabei war nicht einmal klar, ob die Verteidigungsanlagen in der Zwischenzeit nicht noch einmal optimiert worden waren. Nur grenzenlose Optimisten oder Dummköpfe gingen von einer Verringerung aus, was die nächsten Worte der Flaggkommandantin bewiesen: „Ich gehe mal nicht davon aus, dass wir die meisten TRAX-Schiffe letztes Jahr vernichtet haben!“

„Keinesfalls“, bestätigte auch Ron Dekker. „Wie wir wissen, schützen Insektenabkömmlinge ihren Nachwuchs bestens. Wir werden enorme Probleme haben!“

„Ein Frontalangriff ist illusorisch“, bemerkte Laura Stone. „Wir kommen allein durch die Phalanx der Verteidigungsforts nicht durch. Und danach warten noch ein paar Dutzend der größten Kähne. Ganz davon abgesehen, dass das System vermint und höchstwahrscheinlich unter Scanstrahlen gesetzt wurde. Unser Tarnschild nützt erst einmal nichts. Echela?“

Mit der Erwähnung der kleinen Super-KI schaute sie Thomas an.

„Echela wird sicherlich eine Rolle spielen“, sprang dieser auf die Anspielung an. „Aber keine zentrale. Echela benötigt ein Medium, wie einen Taststrahl zum Beispiel. Ein Peil- oder Funkstrahl wird unweigerlich angemessen. Wir können keine Aufmerksamkeit brauchen. Die TRAX dürfen uns erst bemerken, wenn LAST BONE explodiert.“

„Du hast sicherlich einen Plan“, vermutete Ron Dekker.

Thomas lächelte kalt: „Wir haben da noch einen Trumpf im Ärmel.“

„Der wäre?“, fragte Ron seinen Freund ganz unverblümt.

„Mirijam!“

Nur dieses eine Wort stand im Raum und Laura sog die Luft scharf durch die Nase ein: „Ein vielleicht unkalkulierbares Risiko inbegriffen? Jan Eggert war da ziemlich eindeutig in seiner Meinung. Seine >Schwägerin< ist durchaus in der Lage ein Schiff wie die GERONIMO mal so eben und völlig unbeabsichtigt zu zerstören.“

Thomas drehte sich zum Monitor mit Baal: „Was sagt unser alter Kampfgefährte Baal dazu?“

Einen Augenblick herrschte gespannte Ruhe, dann entstand die Antwort des telepathisch veranlagten Wesens in den Köpfen der Diskussionsteilnehmer: „Wir sind in der Lage, Mirijam bei der Beherrschung ihrer Kräfte zu unterstützen. Ich bin selbst gespannt, welche Fortschritte sie in der Zwischenzeit gemacht hat. Garantieren können wir allerdings nichts. Mental ist Mirijam wesentlich stärker als wir.“

„Lebt sie immer noch auf ihrer Insel?“, fragte Laura und Thomas nickte dazu: „Ich sprach vor ein paar Tagen mit Eggert. Sie verlässt die Insel nur stundenweise oder lässt kurzzeitig Besucher zu. Es gab bisher keine Probleme.“

Laura sah nicht sehr glücklich aus: „Thomas, unser Flaggschiff ist gerade mal wieder schön. Ich möchte niemanden an Bord nehmen, der es kaputt macht.“

Thomas machte ein ernstes Gesicht: „Wir werden aufpassen. Ich will zum Gedenktag am 20.04., dass dieses LAST BONE nicht mehr existiert. Irgendwie sind wir das unseren vielen Toten schuldig. Zunächst werden wir feststellen, ob die Alpha-Drohne noch vor Ort ist und uns die aktuellen Einsatzparameter geben lassen. Das ist ein Job für die

MANITOBA." Thomas sah den jungen Captain der Dreadnought an und dieser bestätigte den Auftrag. „Dann sehen wir weiter. Im gleichen Gang werden wir feststellen, ob die Notrufe von KOR immer noch gesendet werden. Das wäre der nächste Einsatz für die MANITOBA. Ich will wissen, was dort vorgeht. Wir werden vielleicht Echela brauchen, um die Stelle wiederzufinden, wo die Signale zwischen AGUA und EDEN aufgefangen worden waren. Sue wird dann Navigationsunterstützung erhalten." Thomas sah sich um, das Zeichen dafür, dass er weitgehend mit seinen Ausführungen am Ende war.
„Entschuldigung, Admiral?"
Thomas drehte sich zu Heather um.
„Ich kann im Moment keine Verwendung für uns erkennen."
„Sagen wir", schmunzelte Raven, „dass es mich beruhigt, zwei kampfstarke Marines-Teams an Bord zu haben – für alle Fälle."
Heather dankte mit einem Nicken für die Antwort.
„Hat noch jemand Fragen?" Thomas sah sich um.
„Die Fragen werden kommen, wenn wir mehr Einsatzdaten haben", vermutete Laura.
„So wird es sein. Die MANITOBA startet sofort und sieht nach der Alpha-Drohne. Wir machen uns auf den Weg dorthin, wo das Signal von KOR zu empfangen sein müsste. Rendezvous ist dort. Fragen Scott?"
„Nein, Admiral."
„Dann wegtreten, Captain – Einsatz sofort! Die GERONIMO nimmt um 13:00 Uhr Fahrt auf. Ich danke!"
Scott eilte mit seiner Partnerin von der Brücke und Thomas, Laura und Ron warteten so lange, bis alle übrigen den Besprechungsraum verlassen hatten.
„Ich will verdammt sein, wenn mir deine Planung gefällt", brummelte Ron. „Mit Mirijam sitzen wir auf einem Pulverfass."
„Ich stimme dem General zu", sagte die Flaggkommandantin.
„Ich habe eure Bedenken zur Kenntnis genommen und glaubt bitte nicht, dass ich die auf die leichte Schulter nehme. Wir wollen jetzt erst einmal abwarten, was die MANITOBA für Daten mitbringt. Dann sehen wir weiter. Lasst uns auf die Brücke gehen und die letzten Checks durchführen."

13:00 Uhr:

Irgendwie erschien das Gesicht auf dem vorderen Monitor der GERONIMO sorgenvoll. Will Rakers, Leiter der Mondbasen, war derjenige, der eifersüchtig darüber wachte, dass jeder, der sich aus dem System abmeldete, auch wieder zurückkam. Niemand, auch Thomas Raven, konnte sich vorstellen, jemals ohne Kontakt zur Mondbasis das System zu verlassen oder hineinzufliegen. Entweder hatte man Will selbst oder einen seiner Vertreter oder Vertreterinnen Meldung zu erstatten. Zeitgleich hatte der Mondbasis ein Datenfile mit der beabsichtigen Abwesenheitsdauer und Missionsziele zuzugehen. Daneben natürlich eine komplette Liste aller Crewmitglieder. So war Mondbasis Drei, mittlerweile der Hauptsitz von Will Rakers, immer in der Lage zu sagen, wer sich im System aufhielt und wer nicht und natürlich auch warum unterwegs, wohin und wie lange.
„LAST BONE, hmm“, grummelte Will. „Euer Datenfile ist angekommen, vielen Dank! Gestatte einem alten und erfahrenen Mann ein paar ehrliche Worte, Admiral!“
„Selbstverständlich, alter Freund.“
Rakers schüttelte den Kopf: „Gefällt mir nicht. Vielleicht bin ich auch ein wenig zu vorsichtig geworden, aber die Ereignisse des letzten Jahres haben mich auf den harten Boden der Tatsachen zurückgeholt.“
„Das hat viele kalt erwischt“, gab Raven zu. „Allerdings wollen wir doch ein altes Motto nicht vernachlässigen, oder?“
„Welches wäre das?“ Wills Miene wandelte sich von besorgt zu interessiert.
„Angriff ist die beste Verteidigung, Will! Ich verspüre keine Lust, auf den nächsten Angriff zu warten! Im Übrigen wird Chapawee Paco in wenigen Stunden eintreffen und von Ekaterina das militärische Kommando übernehmen.“
Will lächelte: „Zumindest ein kleiner Ausgleich für eure Abwesenheit. Die Rothaut ist mir jederzeit herzlich willkommen. Seid bitte vorsichtig und das ist jetzt keine Redewendung!“
„Wir haben das verstanden, Will!“
„Dann gute Heimkehr!“
Die Verbindung zum Mond DREI wurde unterbrochen.
„Sue, Kurs zum Treffpunkt mit der MANITOBA eingeben!“
„Liegt an, Admiral!“, meldete die kräftige Jino-Chinesin.

„Dann lass uns los – Marschgeschwindigkeit. Ich bin gespannt auf das neue ÜL-Triebwerk!“
„Aye, Admiral!“
Auf dem vorderen Monitor, der jetzt die Flugrichtung zeigte, gab es Veränderungen. Langsam wanderte AGUA aus dem Sichtfenster, wo Mond ZWEI am linken Rand zu sehen war. Sue drehte das Flaggschiff zunächst in die richtige Richtung, dann aktivierte sie die Triebwerke. Thomas bekam große Augen, denn er kannte zum einen das Antriebsgeräusch nicht in dieser Frequenz, und dann wanderte Mond ZWEI schneller aus dem Bild, als er es in Erinnerung hatte. Er sah Laura von der Seite an und diese grinste: „Nein, Thomas. Da hat keiner mit dem Zoom-Faktor an der Kamera gespielt. In der GERONIMO zeigen sich die ersten Ergebnisse der Zusammenarbeit mit MANCHAR und GENUI. Unser Schiff ist so beschleunigungsstark. Sue, drück mal auf die Tube!“
„Aye, Ma´m!“ Mit zwei Fingern schob sie die beide Touch-Regler bis zum Anschlag und Mond ZWEI – war weg.
„Wow“, entfuhr es Thomas. „Die Zusammenarbeit scheint mir effektiv.“
„Warte, bis du das ÜL-Triebwerk in Aktion siehst. Wir werden dieses Mal nicht durch Wurmloch 3-5-8 fliegen. Mit diesem Aggregat fliegen wir direkt auf unser Ziel zu. Sue wird es dann aktivieren, wenn wir hinter der Bahn des sechsten Planeten sind.“
Thomas war gespannt.

<u>16:00 Uhr, MANITOBA, Brücke:</u>

Von Marschgeschwindigkeit konnte bei der Dreadnought keine Rede sein. Auch nutzte man über den Großteil des zurückzulegenden Weges nicht den ÜL-Antrieb. Der Jump-Antrieb war eben doch um einiges schneller, wenn auch nicht so komfortabel. Echela stand vor Peter am Rande des Nav-Pultes und unterstützte ihn aus Zeitgründen nach Kräften. Der Antrieb der Red-Fight dröhnte unter Maximalbelastung. Zunächst hatte das 290-Meter-Schiff mittels des ÜL-Antriebes ein paar Lichtjahre zwischen sich und AGUA gebracht, dann wählte man eine andere Fortbewegungsart und das Schiff fiel in den Einsteinraum zurück.
„Geschwindigkeit 30% Licht“, meldete Peter.

„Robert! Tarnung ein!“, befahl der Captain.
Als das blaue Licht erschien, befahl Scott den Jump. Peters Hand schlug auf den entsprechenden Buzzer und die Dreadnought verschwand aus diesem Teil des Universums, um ein paar hundert Lichtjahre weiter weg wieder aufzutauchen.
Leicht stöhnend rieb sich die Besatzung die Nackengegend.
„Möchte wissen, warum wir einen ÜL-Antrieb besitzen“, nörgelte Robert.
„Wir müssen uns halt ein wenig beeilen“, rechtfertige Scott die Wahl der Reiseart. „Peter! Antrieb aus!“ Anna, scann nach den Peilsignalen der Drohne!“
„Mach ich, Scott!“
Die nächsten dreißig Minuten fiel die Dreadnought antriebslos durch den Weltraum. Nur Betty und Anna arbeiteten an den Geräten. Peter hatte sich ein wenig zurückgelegt und meditierte, Robert checkte zum x-ten Male sein Gun-Pult und Scott schlürfte einen Kaffee – das einzige Geräusch auf der Brücke. Eine Alpha-Drohne im Schlafmodus sendete alle sieben bis 27 Minuten nach dem Zufallsprinzip einen überlichtschnellen Impuls aus. Man musste schon die richtigen Geräte für den Empfang haben und die Frequenz kennen, sonst war die Drohne nicht zu entdecken. Und selbst wenn man das Signal in der ultrakurzen Form empfing, würde jede Intelligenz dies dem Hintergrundrauschen im All zuschreiben. Nach dem Rhythmus hätte man das Signal innerhalb von 30 Minuten mindestens zwei Mal registrieren müssen. Scott hätte einen ähnlichen Impuls ausgeschickt und die Drohne wäre wieder in den aktiven Zustand gewechselt.
„Wir empfangen nichts, Scott“, meldete Anna.
„Wir warten noch“, gab Scott bekannt. Er konnte sich nicht damit anfreunden, dass die Alpha nicht mehr sendete, das konnte nur bedeuten, dass ...
„Warten hat keinen Zweck“, mischte sich Echela ein. Sie hatte sich herumgedreht und sprach den Captain direkt an.
„Warum nicht?“ Scott beugte sich vor.
„Wenn wir bisher keinen Signaleingang hatten, werden wir mit einer Wahrscheinlichkeit von 97,7% auch zukünftig keinen haben. Ich errechne eine Wahrscheinlichkeit von 82,3%, dass die Drohne vernichtet wurde.“

Das war ein schlechtes Omen für den Beginn der Mission, dachte Scott und reagierte anschließend auf die Frage von Robert, was man nun zu tun gedenke. „Wir haben eine entsprechend präparierte Alpha-Drohne an Bord. Sie ist als Komet verkleidet und wird die Zielgegend entsprechend scannen, wenn sie dort eintrifft. Dann wird sie in Richtung unseres Rendezvouspunktes mit der GEROMINO die Daten per ÜL-Funk abschießen. Wir setzen das Teil und uns ab. Anna ausführen!"
Die wissenschaftliche Offizierin meldete ihrem Partner wenig später, dass die speziell ausgerüstete Drohne auf ihrem fest einprogrammierten Kurs unterwegs sei.
„Peter! Höchstgeschwindigkeit zum Rendezvouspunkt – ausschließlich mit ÜL-Antrieb!"
„Verstanden, Captain!"

10.03.2134, 21:00 Uhr, GRACELAND-City, Netznachrichten, Büro Maximov:

Mit Schaudern dachte Jurij an den Morgen des 05.03. zurück – nach dem >Gespräch< mit Ron Dekker. Er war wach geworden, weil er die Sonne in seinem Gesicht und leichte Berührungen auf seiner Brust spürte. Noch bevor er die Augen geöffnet hatte, war ihm ein schlechter Geschmack im Mund, sowie höllischer Durst und heftige Kopfschmerzen, aufgefallen. Dann versuchte er zu ergründen, wo er war – wie gesagt, noch bevor er die Augen dazu benutzt hatte, wozu sie gedacht waren – zur Orientierung nämlich. Da waren sie wieder, die Berührungen auf seiner Brust. Sollte es ihm gelungen sein eine junge Frau ... vorsichtig öffnete er seine Sehwerkzeuge und starrte in zwei kugelrunde Knopfaugen eines kleinen, violetten Nagers mit sechs Beinchen und endlos langem Schwanz. Die Schnurrbarthaare waren ihm in der Perspektive meterlang vorgekommen. Schreiend war er aus seinem Lager, einem Feldbett mit entsprechenden Decken, emporgeschossen, und der harmlose Nager hatte sich schleunigst und empört piepsend von dannen gemacht.
Dann hatte sich Jurij umgesehen. Tatsache, das war ungefähr der Ort, an dem er gestern mit Ron gesprochen hatte – und getrunken. Ihm fiel ein Tischchen auf mit einer Flasche Wasser. Gleich darauf spürte er diesen höllischen Durst und ohne groß nachzudenken, hatte er das Wasser in einem Zug runtergestürzt. Seine sogleich erfolgte Nachsuche

hatte ergeben, dass er allein auf dem Braugelände war. Es hatte nichts genützt. Zu Fuß war er die fast zwei Kilometer über die Brücke und bis zu seiner Sphäre gelaufen, dann hatte er sich von dem Fluggerät nach Hause bringen lassen. Er war für die nächsten zwei Tage arbeitsmäßig erst einmal nicht zu erreichen gewesen. Dann hatte er sich an die Aufarbeitung beziehungsweise Auswertung seiner Aufzeichnungen gemacht. Jane war okay, Laura ging auch, Ron ging gar nicht. Fassungslos hatte er sich beim haltlosen Konsum von Alkohol beobachten und seine halb genuschelten Fragen kaum verstehen können.
Nun saß er in den frühen Abendstunden in der spartanischen Redaktion und hatte sich den ersten Bericht von Jane Scott vorgenommen. Dies hier war sein eigentlicher Arbeitsplatz, denn Dana hatte ihn lediglich von den GC-Netznachrichten für diesen Job ausgeliehen. Jurij legte den Datenspeicher in das Peripheriegerät seines Rechners. Kurz darauf sah er das Gesicht von Jane Scott und hörte sie sprechen: „Hallo! Die Zusammenfassungen meiner Erlebnisse auf der WALHALLA bis zum 27.08.2124 beruhen auf Erinnerungen, Logbucheintragungen und ganz persönlichen Aufzeichnungen. Selbstverständlich gibt der Bericht ausschließlich meine Sicht der Dinge wieder und ich beanspruche nicht, immer Recht und oder gar immer richtig gehandelt zu haben. Ich muss an dieser Stelle darauf aufmerksam machen, dass wir spätestens nach der traditionellen Umtaufe der ADVENTURE in WALHALLA unter Kriegsrecht standen. Die Handlungen sind auch so zu verstehen und gegebenenfalls nachzuvollziehen."
Das Bild von Jane verschwand zum Bedauern des Russen, er hielt die schlanke Frau für sehr sehenswert, dafür fragte der Rechner nach, ob Jurij eine Audioausgabe wünschte oder eine schriftliche Darstellung auf dem Schirm oder Drucker.
Jurij war jemand, der in früheren Zeiten eher ein Buch gelesen hätte, statt eines e-books, darum wählte er die Druckausgabe. Nahezu geräuschlos spuckte der Drucker einen Stapel Folien aus. Jurij liebte es, in den Räumlichkeiten der Redaktion zu sein, wenn höchstens noch im Senderaum etwas Betrieb herrschte, aber nicht einmal das war der Fall. Die Verantwortung lag heute bei den Kollegen aus der Siedlung URBAN. Er dimmte das Licht etwas und lehnte sich in seinem Stuhl weit zurück, dann nahm er die erste Folie zur Hand.

04.04.2120, Umlaufbahn TITAN, ADVENTURE:

Name:	Jane Scott
Rang:	Second Class Officer
Funktion:	1. Offizier
Stationiert:	ADVENTURE, derzeit Umlaufbahn Saturn, Mond Titan
Mission:	50.000 schlafende Siedler auf einen Klasse-M Planeten transportieren

Pünktlich um 12:30 Uhr hatte ich die Brückencrew ausnahmslos auf dem Landedeck A antreten lassen – in Gala-Uniform. Im Moment waren wir alle auf der Brücke entbehrlich, weil die ADVENTURE immer noch in ihrem Fertigungsgestell hing und damit die Umlaufbahn nicht verlassen konnte. In den folgenden Tagen würden die letzten Arbeiten am Schiff beendet sein.
Heute sollte der Captain der Mission an Bord kommen. Wie ich aus dem bereitgestellten und sehr dürftigen Dossier entnehmen konnte, handelte es sich um einen gewissen Jost Aldo, 55 Jahre alt. Seine Vorfahren kamen aus einer Küstenregion, die sich damals Holland oder Niederlande nannte. Im Zuge der Erderwärmung und des Anstiegs des Meeresspiegels gab es dieses Land schon ein paar Jahrzehnte nicht mehr.
Ich legte Wert auf eine nicht zu bemängelnde Erscheinung, denn meiner Meinung nach gab es keine zweite Chance für den ersten Eindruck. Darum schritt ich die kleine Front kritisch prüfend ab. Zuerst stand dort eine Person, der man den militärischen Drill am ehesten abnahm und der ich, ich gebe es zu, die meiste Sympathie entgegenbrachte: Oksana Trantow war Astrogatorin und Russin, verfügte über grau-grüne Augen und stoppelkurze, blonde Haare und war von mittlerem Wuchs bei gerade mal 26 Lebensjahren. Während ich ihr tadelloses Outfit begutachtete, sah sie durch mich – Augen geradeaus! – hindurch. Sie war kurz nach mir, also vor etwa drei Monaten an Bord gekommen, und wir hatten bereits eine Menge Zeit miteinander verbracht. Oksana war geradeaus und ihre Jugend auf der Erde hatte sie hart gemacht – gegen sich und andere.
Karl Sander war da ein ganz anderer Typ. Der Deutsche bediente die Funkanlage, war ein Dutzend Jahre älter als Oksana und mit 176 cm

auch nicht der Größte. Er trug längere, braune Haare und schaute äußerst kritisch, mit entsprechenden Bemerkungen, aus seinen grauen Augen. Scheinbar hielt er sich für den besseren 1. Offizier, denn meine Befehle nahm er höchst unwillig entgegen. Mit ihm würde ich noch einige Kämpfchen auszutragen haben.
„Und?“, flüsterte er mir fast aggressiv zu.
Ich fand nichts auszusetzen und dementsprechend auch, dass er keine Antwort verdient hatte.
Der Nächste war ein Zappelphillip mit schwarzen, kurzen Haaren und dunklen Augen. Der polnische Navigator der ADVENTURE, Sergej Polow, maß gerade mal 173 cm, war überschlank, weil sich bei den ständigen Zappelbewegungen einfach kein Fett festsetzen konnte.
Auch hier konnte ich weitergehen und zwar zum Letzten in der kleinen Runde: der deutsche Kai Meier. Der 35-Jährige war Ingenieur und was für seinen Beruf gar keine schlechte Voraussetzung war: technikverliebt, intelligent und, was ihn als Mann interessant machte: sehr humorvoll. Die lustigste Zeit an Bord verbrachte ich stets in seiner Gegenwart. Mit 177 cm Größe und langen, blonden Haaren und blauen Augen sah er eher aus wie ein Wikinger – wenn er breiter gewesen wäre. Kai hatte ein etwas seltsames Hobby: Er sammelte Filme von alten deutschen Werbevideos. Wie er mir berichtet hatte, verfügte er über einige tausend aus verschiedenen Zeitepochen.
„Nervös?“, flüsterte er mir zwinkernd zu.
„Geht so“, wehrte ich ab. Dann brüllte der Schiffsrechner dazwischen:
„ANFLUG AUF DECK A!“
Meine Crew, ich selbst und einige Techniker im Umkreis zuckten mit schmerzverzerrtem Gesicht zusammen und ich riss mein Armbandfunk vor die Lippen: „Scott an Technik! Stellt die Automatenstimme auf dem Landedeck leiser! Wir wollen unseren Captain begrüßen, nicht vertreiben!“
„Oh sorry, Jane. Machen wir sofort!“, kam es aus dem winzigen Lautsprecher.
„ACHTUNG! SCHWERKRAFT AUF 10%, JETZT!“, schepperte die automatische Stimme nahe am Überschlag.
„SOFORT!“, brüllte nun ich in das Mikro und schaltete ab, ich wollte keine Antwort hören.
Wir wurden nahezu schwerelos und dann ging das Licht auf dem Deck aus – wir standen im Dunkeln.

„Ich hatte gerade meinen Funk wieder aktiviert, als mir der kleine Lautsprecher entgegenrief: „Sorry – falscher Schalter, ich korrigiere!“ Ich ließ den Arm sinken. Kurz darauf waren wir in gleißendes Licht gebadet und schauten aus zusammengekniffenen Augen aus der frisch geplätteten Wäsche.
„SCHIFF PASSIERT KRAFTFELD!“
Meine Crew schaute mich entgeistert an: Schiffsdurchsage zu laut und bei dem Licht war man versucht anzunehmen, dass man nach fünf Minuten einen Sonnenbrand erleiden würde.
„Sorry – ich hab´s mitbekommen, ich dreh´s runter“, klang es wieder aus meinem Lautsprecher.
Da das Licht konstant bei vielleicht mehreren tausend Lux blieb, hatte ich die Hoffnung, dass die Schiffs-KI demnächst nur noch flüstern würde.
Dann schwebte eine normale Transport-Fähre ein und setzte vorsichtig etwa 50 Meter von uns auf. In diesem Augenblick erhielten wir wieder unser normales Gewicht zurück. Ich ließ die Reihe um 90 Grad drehen und auf das Schiff zumarschieren. Karl natürlich widerwillig. Zehn Meter vorher stellte ich die vorherige Ordnung wieder her, sodass die Crew senkrecht zur Längsachse des Schiffes und zum Ausstieg stand. Ich selbst hielt mich in einigem Abstand bereit, den Leiter der Mission zu begrüßen. Unsere Neugierde war groß und die äußere Schotttür machte es wegen ihrer Langsamkeit besonders spannend. Dann trat der Missionsleiter blinzelnd die kurze Rampe hinunter und ich hörte Kai Meier, den Werbevideosammler, leise zu sich selbst sagen: „Meine Güte, das ist Captain Iglu.“
Nun war es nicht an der Zeit, Kai auf seine Verwechslung hinzuweisen. Dieser Mann hieß Jost Aldo und einen Captain des anderen Namens war mir unbekannt.
„Willkommen Bord, Captain!“, sprach ich die rituelle Begrüßung aus.
Aldo blinzelte mich an: „Jane Scott, nehme ich an?“
„Richtig, Captain!“
„Ein wenig hell hier – oder?“
„So ist es, Captain. Die Technik ist noch nicht soweit.“
„Wir fliegen in drei Wochen ab und die Technik hat die Beleuchtung nicht im Griff? Mach denen Beine, EINS!“
Hatte ich da richtig gehört? Er titulierte mich mit der Bezeichnung >EINS< – na meinetwegen. Weiterhin entnahm ich seiner Bemerkung

die voraussichtliche Startzeit – in drei Wochen. EINS – es gab Captains mit weitaus größeren Schrullen. Dabei sah der Mann für seine 55 Jahre recht gut aus. Braungebrannt, mit weißen, kurzen Haaren und ebensolchem Vollbart, sowie wasserblauen Augen wirkte er – gemütlich.
„Selbstverständlich, Captain. Darf ich die Brückencrew vorstellen?"
Captain Aldo lächelte und nickte und, ja … er war gemütlich. Nun konnte man es erkennen. Vielleicht war er auch gütig, hoffentlich nicht zu gut für uns. Das wäre mir nicht erträglich. Er kam die letzten Schritte auf mich zu und begrüßte mich per Handschlag. Ich spürte eine warme und weiche Hand, die nicht allzu fest zudrückte.
„Oksana Trantow, Astrogation!"
„Karl Sander, Kommunikation!"
„Sergej Polow, Navigation!"
„Kai Meier, Chef-Ingenieur!"
Aldo sah jedem Crewmitglied in die Augen und schüttelte Hände: „Ich freue mich, endlich hier an Bord angekommen zu sein. Ich will keine großen Phrasen schwingen. Ihr kennt den Job. 50.000 Wehrlose verlassen sich auf uns. Damit wären auch meine Erwartungen an die Crew ausreichend definiert."
„Hangartor wird geschlossen!" Nur ganz leise und fast nicht hörbar kam die Stimme des Schiffsrechners aus den Lautsprechern.
Aldo seufzte: „Ich hoffe, die Crew funktioniert besser als das Schiff!"
Ich wollte gerade dazu Stellung nehmen, als sich unser Spaßvogel Meier einschaltete: „Ich könnte mich drum kümmern, Captain!"
Aldo zeigte auf den Ingenieur: „Guter Mann! So schnell wie möglich! Wir sehen uns anschließend auf der Brücke!" Während Kai loszischte, begleitete das restliche Begrüßungskommando den Captain zur Zentrale des Schiffes.
Ich ging direkt neben dem Captain her und er raunte mir zu: „Was ist mit dem Wichtigsten?"
„Der letzte Siedler ist vor 14 Tagen an Bord gekommen und in seiner Kälteschlafkammer untergebracht. Drei Ärzte und vier Ingenieure überwachen im Moment die Systeme. Zurzeit gibt es keinen aktiven Zivilisten an Bord", antwortete ich.
„Die restliche Crew, wenn sie gebraucht wird?" Aldo wollte offensichtlich vorbereitet sein.
„Ist vor etwa einer Woche in die Stase gewechselt. 36 Stunden und wir haben sie fit!"

„Die Daten über die Siedler und die schlafende Crew ist in unseren Datenbanken?“
Ich bestätigte mit der Einschränkung: „Sichtbar nur für den Captain, aber es wurde mir versichert, dass die Daten vorhanden sind.“
Aldo dankte für die Informationen und wir erreichten die Brücke auf der mittleren Ebene: 30 Meter im Durchmesser und drei Decks hoch – die Brücke der ADVENTURE. Ich hatte nie etwas Moderneres gesehen. Und wir paar Leutchen würden das Riesending mit 3.000 Metern Länge steuern! Ich war glücklich. Mein langgehegtes Ziel war erreicht. Ich wollte die Erde verlassen und mit der neuen Technik schien das gefahrlos möglich zu sein. Die technische Entwicklung war in den letzten Jahren rasant fortgeschritten. Niemandem hätten wir 2020 erzählen können, dass bereits einhundert Jahre später interstellare Reisen möglich wären. Der Jumper war zwar noch nicht in der Größenordnung geprüft und getestet, allerdings hatten Versuche mit kleineren Exemplaren eine narrensichere Technik offenbart. Sprünge über mehrere Lichtjahre – vielleicht sogar ein paar Hundert! Mir wurde schwindelig. Der Weltraum würde von uns erobert werden! Ich war geradezu euphorisch. Endlich runter von dem, was die Menschen in den letzten dreihundert Jahren aus diesem Planeten gemacht hatten: Unsere Urheimat starb einen langsamen, aber dafür einen umso gewalttätigeren Tod. Wegen der Eile gab es auch keine umfangreichen Tests. Es wurde höchste Zeit, dass wir viele, viele, am besten ganz viele, Menschen von der Erde wegbrachten. Wenn man von China absah, denen man vorwarf, mittels Agenten Pläne und sonstiges von uns geklaut zu haben, hielten die Machtblöcke der Erde zusammen – jedenfalls fast alle oder zumindest im Hintergrund. Genau deswegen war es mir wichtig wegzukommen und anderen dabei zu helfen. Unsere Mission würde nach dem einmaligen Transport nicht abgeschlossen sein. Aber wer weiß, was sonst noch auf uns zukam.
Captain Aldo ließ sich jede Station ausgiebig zeigen und als Kai Meier zurückkam und Vollzug meldete, lud uns der Captain zu einem Kaffee im Besprechungsraum ein. Allein, wie er das vorbrachte, nein, er war freundlich und gemütlich: „Darf ich euch einladen, zusammen mit mir einen Kaffee im Besprechungsraum zu trinken?“ Mir wurde ein klein wenig schwummerig. Er war zu gut für uns – eindeutig. Ich war mir in meiner vorläufigen Einschätzung seiner Person erst einmal sicher. Ich fasste gerade noch rechtzeitig den Arm von Oksana und drückte ihn

heftig. Völlig überrascht unterließ sie den ansonsten fälligen Spruch, natürlich im Kasernenton: „Jawohl oder zu Befehl, Captain!“ – oder so ähnlich. Gehorsam wie eine kleine Schafherde trotteten wir hinter Aldo in den Besprechungsraum und Sergej Polow widmete sich statt seines Nav-Paneels dem Kaffeeautomaten. Dann waren wir alle versorgt und warteten geduldig darauf, dass Aldo das Wort ergriff.
„Ihr sollt erfahren, wer der Captain dieses Schiffes ist. Ich bin Jost Aldo und seit meinem 23. Lebensjahr Angehöriger der Raumflotte. Ich war bisher dreimal verheiratet und habe zwei Söhne und eine Tochter. Zurzeit bin ich ledig, was unserer Mission eher zuträglich ist.“
Leises Lachen war zu hören. Wenn der Captain einen Witz macht, dann hat das Crewmitglied zu lachen. Das lernte man schon im Anfängerkurs auf der Akademie. Schwierig war manchmal nur zu erkennen, wann und ob der Captain überhaupt einen humorvollen Moment hatte.
„Es ist mein erstes Kommando auf einem Interstellarschiff!“
Er sah uns abwartend an und niemand reagierte. Mist, jetzt hatten wir das Lachen vergessen! Die ADVENTURE **war** das erste Interstellarschiff. Versuchsboote waren unbemannt oder mit Affen aufgebrochen und hatten sich selbst und die Tiere heil zurückgebracht.
Aldo räusperte sich, wie mir schien, etwas enttäuscht: „Unsere Missionsziele sind äußerst weit, manche sagen auch vage, abgesteckt. Mit wenigen Worten: Bringt unsere Siedler dorthin, wo sie leben können, kehrt zurück und holt neue!“
Aldo nahm einen Schluck aus seiner Tasse, was Karl die Gelegenheit verschaffte, eine Zwischenfrage zu stellen: „Wie lang ist unsere Missionszeit, bis wir wieder auf der Erde sind?“
Aldo setzte seine Tasse ab und zeigte auf mich: „EINS!“
„Theoretisch“, antwortete ich daher für ihn, „kann die ADVENTURE unbegrenzt unterwegs sein, vorausgesetzt, wir finden irgendwo unterwegs Wasser. Jeder x-beliebige Meteor enthält eine Menge davon. Wir müssen uns nur bedienen und aufpassen, dass wir rechtzeitig in die Nähe eines solchen kommen. Begrenzt wird unsere Expeditionszeit durch die Kälteschlafkammern. Sicher ist ein Überleben nur für zwei Jahre gewährleistet. Danach rät man allgemein ab. Wir müssen also innerhalb von zwei Jahren die Siedler abgesetzt haben.“
Karl drehte sich etwas von mir weg, anscheinend wollte er die Frage direkt vom Captain beantwortet haben, und freundlich wie Aldo war, tat er ihm den Gefallen: „Wir starten am 25.04.2120 um 15:00 Uhr

Bordzeit. Wir schleichen uns langsam aus diesem System heraus und werden dann Richtung Alpha Centauri springen. Danach werden wir uns orientieren und weitersehen. Ich selbst gehe von maximal sechs Monaten aus. Wir werden die Erde dieses Jahr noch wiedersehen!"
Karl nickte einigermaßen zufrieden und niemand ahnte, dass Captain Aldo komplett daneben lag.

In den nächsten 14 Tagen stand das Kennenlernen des Schiffes ganz oben auf unserer Prioritätenliste. Captain Aldo legte jeden Tag Wert darauf, dass wir gemeinsam in der Schiffskantine zu Abend aßen und den Tag Revue passieren ließen. Fast schon eine Art Familientreffen. Gelegentlich gab es dann Entscheidungen von ihm oder kleinere Aufträge. Wie das bei einem solchen Monumentalbauwerk ist, hatte man den Eindruck, dass der Endtermin die Arbeiten um einiges beschleunigte. Aldo hatte sich ausgebeten, dass die Brücke zeitnah fertiggestellt würde. Er wollte schließlich seine Ruhe haben und nicht andauernd über irgendwelche Techniker stolpern. Es wurde gleichzeitig auch besser. Hatte sich Karl, zu meiner großen Freunde, vor ein paar Tagen noch die Nase an der nicht öffnenden Schotttür arg ramponiert, so schien jetzt alles reibungslos zu funktionieren.

20.04.2120, 11:00 Uhr, ADVENTURE, Brücke:

Aldo saß im Besprechungsraum und studierte irgendwelche Sachen auf der Bildschirmeinheit eines Verbundrechners und ich schaute überaus wichtig über die Außenkameras von meinem Arbeitsplatz in den Weltraum. Man konnte es auch übertreiben – mit den Sicherheitschecks. Ich hatte die Systeme heute zum dritten Mal überprüft und keine Abweichungen festgestellt. Und wenn man die Aggregate nicht benutzte, würde es höchstwahrscheinlich auch so bleiben. Als XO des Schiffes unterstanden mir die Crewmitglieder. Davon gab es allerdings im Moment nicht so viele und den außerhalb der Brücke überall herumsausenden Technikern hatte ich nichts zu befehlen – ich hätte auch nicht gewusst was. Man kann zu dem richtigen Entschluss kommen, dass ich der Langeweile ausgesetzt war. Meine Gedanken wanderten ab in die jüngste Vergangenheit, als die Ruflampe vor mir in orange symbolisierte, dass mich jemand, und zwar ausschließlich mich, sprechen

wollte. Ich steckte mir den kleinen Ohrstöpsel dorthin, wo er hingehört und drückte auf die Antworttaste.
„EINS, komm mal bitte zu mir!“
Die Anordnung war klar und wer sie gegeben hatte auch – Aldo. Ich verstaute die Kom-Einrichtung und machte mich auf den Weg zum Besprechungsraum.
„Captain?“
„Komm rein, EINS! Mach die Schotten zu und hol dir einen Kaffee!“
Genau in der Reihenfolge arbeitete ich seine Kommandos ab und als er mit einer Hand auf einen Stuhl wies, setzte ich mich artig auf die vordere Kante.
„Langweilig?“
Die Frage zog mir fast den Boden unter den Füßen weg und ich musste zunächst nach Worten suchen: „Ähm, Captain. Ich sehne unseren Start herbei!“
Aldo grinste breit: „Hättest Politikerin werden sollen, EINS!“
Ich sagte vorsichtshalber nichts.
„Karl ist unverschämt zu dir. Ich sehe zwar fast aus wie ein gemütlicher Weihnachtsmann, allerdings entgeht mir so schnell nichts und glaub´ es, ich könnte auch anders. Ich bin nicht Leiter dieser wichtigen Mission geworden, weil man jemand brauchte, der einer Damenriege den 17:00 Uhr Tee serviert. Und ich sehe, dass du Schwierigkeiten mit ihm hast.“
„Ich komme klar, Sir. Ich könnte auch anders“, beeilte ich mich zu versichern. Keinesfalls sollte der Chef denken, ich könnte mich nicht durchsetzen. Tatsächlich schwebte ein ordentliches Schwert über dem Haupt von Karl.
„Du bist ein fleißiges und cleveres Mädchen, EINS. Ich kann´s nicht leiden, wenn gerade Männer den Macho rauskehren. Du hast deinen Rang nicht im Supermarkt erworben, sondern redlich verdient. Und das verdient Respekt, auch von einem Funker.“
Ich war überrascht. So viel Anteilnahme ging mir ja runter wie Öl.
„Also: Ein Wort von dir und ich lass Karl seine Funkbude neben der Abfallentsorgung aufbauen!“
Nun musste ich doch grinsen: „Ich danke und melde mich, wenn das erforderlich werden sollte. Im Übrigen kann ich das selbst regeln.“
Aldos Miene verzog sich zu einem Grinsen, welches aber sofort verschwand, als er wieder auf seinen Schirm sah: „Jane, nimm deinen Kaffee und komm zu mir rüber!“

„Captain?“ Die Tatsache, dass er mich heute das erste Mal beim Vornamen nannte, verwirrte mich völlig, daher brachte ich nur dieses eine Wort heraus und blieb hocken.

„Mich alten Sack verlangt es bedauerlicherweise nicht nach der Nähe einer äußerst attraktiven jungen Frau“, erklärte Aldo mit leicht ironischem Unterton. „Ich will dir etwas zeigen und muss dir das Versprechen abnehmen, dass das unter uns bleibt.“

Ich sprang mit hochrotem Kopf auf und beeilte mich an seine Seite zu kommen, während ich ihm versicherte, dass alles, wirkliches alles, unter uns bleiben würde.

„Für was hältst du das?“ Er schob den Monitor etwas herum, sodass ich freies Blickfeld hatte.

Ich starrte auf den Monitor und las Kennziffern und Namen ab, teilweise waren die Namen und die dahinter befindlichen Informationen über Herkunft und Ausbildung geschwärzt. Offensichtlich machte ich dabei ein recht ratloses Gesicht und Aldo, der mich von der Seite betrachtete, erklärte mir, wobei es sich überhaupt handelte.

„Es sind die Passagierlisten – die von den Unterkühlten“, brachte er noch einen Gag.

„Was sollen dann die geschwärzten Bereiche?“, fragte ich ihn.

„Genau deshalb wollte ich deine Vermutungen und Ideen hören“, schmunzelte Aldo.

Ich sah mir die Listen genauer an. Man hatte sich keine große Mühe gegeben irgendwas zu verschleiern. Die Listen waren eh nur dem Captain zugängig und der würde, nahm man an, vor dem Start anderes zu tun haben, als Passagierlisten zu kontrollieren. Ehrlich gesagt, ich wäre nicht im Traum darauf gekommen, so etwas zu tun. Man brauchte nicht viel Phantasie zu haben, um festzustellen, dass man entweder eine Art >blinder Passagier< oder eine leere Kälteschlafeinheit an Bord hatte. Letzteres wäre in Anbetracht der Kosten eine ungeheuerliche Vergeudung.

„Ich gehe davon aus, dass wir bei entsprechenden Anfragen bei unserer obersten Heeresleitung entweder keine oder nur dumme Antworten bekämen“, sagte ich recht forsch.

„Mir gefällt deine Art zu denken, Jane“, sagte Aldo und grinste noch breiter. „Außerdem laufen wir Gefahr abberufen zu werden – zumindest ich, und dazu habe ich keine Lust mehr. Eine Anfrage scheidet also aus.“

„Wir müssen nachsehen, ob jemand in der Kiste ist und wer“, stellte ich fest.
„Du bist mein Mädchen, EINS! Allerdings sollten wir heimlich vorgehen und bitte noch vor dem Start. Wann sind die Kälteschlaftechniker fertig?“
Ich musste zugeben, dass mir das nicht bekannt war und eine offizielle Frage schien unklug.
Aldo grinste jetzt so, dass ich befürchten musste, dass er die sprichwörtliche Banane quer – also essen und so.
„Du bist nicht nur ein cleveres, sondern auch ein sehr hübsches Mädchen. Es sollte dir keine Schwierigkeiten bereiten, den Jungs diese Information auch ohne Übung zu entlocken.“
Aldo wusste gar nicht, wie geübt ich war. Ein bisschen mit den Titten oder dem Arsch wackeln – das war ich als Ex-Nutte gewohnt, und die Jungs würden mir aus der Hand fressen.
„Gleich?“
„Wäre wichtig und mir angenehm“, erklärte Aldo und wünschte mir Erfolg. Ich nickte ihm zu und verließ den Raum. Ich ging schnell zu meinem kleinen Quartier und zog eine enge Hose und einen Pulli mit tiefem V-Ausschnitt an. Wenn schon, denn schon, dachte ich, kontrollierte den richtigen Sitz meiner zwei >Argumente< und machte mich auf den Weg zum Staselager. Kurz davor öffnete ich den Pferdeschwanz und beugte mich ein paar Mal vor und warf die Haare zurück. So erschienen sie voller, ungeordneter und, das war mein Ziel, etwas verruchter. Dann ging ich weiter.
Da schien auf dem Gang auch schon mein zukünftiges Opfer zu stehen. Allerdings drehte er mir den Rücken zu und im alltäglichen Overall der Techniker konnte ich nicht viel erkennen. Ich zog meinen Pulli noch weiter runter, sodass meine Hügelchen nun wirklich nicht mehr zu übersehen waren, dann räusperte ich mich.
Der Typ drehte sich um und war – eine Frau mit kurzem Blondhaar. Ich wollte schon einen Rückzieher machen, als ihr Blick irgendwo zwischen meinen Brüsten landete: „Oh ha, du bist ja ein scharfes Mäuschen!“ Die Blonde strahlte mich an und ich wollte gerade erwähnen, dass ich die XO des Schiffes war, als mir noch rechtzeitig einfiel, dass dies nicht ganz zu meinem Outfit passte. Dafür übernahm Frau Blond die weitere Konversation: „Wir sind gleich fertig mit der Einrichtung und Überprüfung des Staselagers. Wir sind also heute Abend

das letzte Mal an Bord und möchten den Abschluss der Arbeiten gerne feiern. Möchtest du mich nicht begleiten und kommst gegen 19:00 Uhr in die Kantine?“
„Äh, ich überleg´s mir“, stotterte ich.
„Fein!“ Die Blonde trat auf mich zu und küsste mich auf die Wange. Völlig überrascht ließ ich es geschehen und unangenehm war es gewiss nicht. Ein herber Geruch umströmte mich. Die Gute hatte es auf mich abgesehen und wollte mich offensichtlich vernaschen. „Bis später, Schätzchen!“ Dann ließ mich Blondie stehen und ich hatte die Information, die ich Aldo überbringen konnte.

Zur Vollständigkeit: Ich war pünktlich um 19:00 Uhr in der Kantine und feierte mit. Anschließend ... Blondie war eine Wucht und für mich war es eine ganz neue Erfahrung.

21.04.2120, 10:30 Uhr, ADVENTURE, Brücke:

Ich saß im Besprechungsraum und notierte auf einer Folie die Nummern der Kälteschlafeinrichtungen, deren >Inhalt< geschwärzt war. Aldo vertrat mich derweil beim >Langeweile haben< auf der Brücke. Wir hatten vorher abgesprochen, unsere >Aufklärungsmission< geheim zu halten. Ich war schließlich fertig, das heißt, Aldo hatte mir aufgetragen, lediglich zwölf beispielhafte Kapseln auszusuchen. Bei 50.000 Eintragungen hätte ich sonst einige Stunden im Besprechungsraum verbringen müssen. Ich war fertig, nahm meine Folien und verließ zunächst den Raum, dann die Brücke und ging langsam Richtung Flugdeck. Captain Aldo brauchte eine Viertelstunde, um den automatischen Alarm beim Betreten des Staselagers abzuschalten und ein paar Kameras so zu blockieren, dass sie nicht ohne Weiteres zu betreiben waren. Es wäre nämlich schlecht, wenn man von der Brücke unsere Bemühungen verfolgen könnte.
„Hast du die Nummer, EINS?“ Eine knappe Viertelstunde hatte ich auf Aldo gewartet und zwei leichte Raumanzüge in den passenden Größen rausgesucht.
„Klar, Captain.“
„Gut, dann rein in die Anzüge!“
Wir entledigten uns der Oberbekleidung, denn diese eng anliegenden Raumanzüge passten sich sonst dem Körper nicht an. Unser Captain

schien ein gesunder Mann zu sein, denn er riskierte den einen oder anderen Blick auf meinen Körper. Es hätte mich eher gestört, wenn er nicht geguckt hätte. Wir halfen uns gegenseitig und waren demzufolge inklusive Check in fünf Minuten >ausgehfertig<. Man konnte die Anzüge auch allein überziehen, aber so waren wir wesentlich schneller. Es gab zwar keine Bestimmung, aber es war schon ungewöhnlich, dass Captain und XO beide nicht auf der Brücke waren. Wir sollten uns nicht allzu lange damit aufhalten. Aldo gab schließlich den Sicherheitscode ein und wir gingen durch die kleine Schleuse in Richtung Lager. Selbstverständlich gab es dort weder Luft noch Wärme, noch Schwerkraft. Wir hatten alles, aber keine Energie im Überfluss. Ein seitlich angebrachter Technikraum war dagegen voll ausgerüstet. Aber auch diese Techniker oder Pfleger mussten durch die Schleuse mit Anzug, sonst ging nichts. Wir schalteten den Anzugfunk ein und wählten eine Frequenz auf max. 10 Meter.

„Bereit?“

Ich nickte und Aldo begann zu schalten. Die Atmosphäre wurde abgesaugt und als grünes Licht angezeigt wurde, sprang die innere Tür auf.

„Vorsicht“, warnte mich Aldo, als ich vor uns die riesige Halle mit den Reihen übereinander befindlicher Kühlschränke sah. Der Boden unter uns befand sich in etwa 50 Metern Tiefe. Aldo breitete die Arme aus und segelte davon. Obwohl mir leicht übel wurde von der plötzlich einsetzenden Schwerelosigkeit und dem Gefühl des Fallens, folgte ich dem Captain. Mit den kleinen Steuerdüsen war das Navigieren recht einfach.

„Wohin zuerst?“, fragte Aldo.

„Ich fliege voraus“, sagte ich und übernahm die Führung. Ich orientierte mich an den seitlich angebrachten Nummern und erkannte relativ schnell ein System. Nach einhundert Metern stoppte ich und flog noch zwei Meter nach oben. Ich zog mich mit etwas Mühe auf einen Metallgang mit Gitter. Dahinter hatte ich eine Nummer erspäht, die auf meiner Folie stand. Aldo rempelte mich leicht an, als er sich ebenfalls über die Reling schwang.

„T´schuldigung!“

Ich schaute durch die Glasitabdeckung.

„Das gibt es doch nicht“, hörte ich Aldo flüstern und mir selbst wurde etwas anders. Der Mann war nackt, weißer Herkunft und um den Hals trug er ein Schild. Eine Plakette, wie sie bei den Marines üblich waren. Ich knallte beim Versuch das Ding abzulesen mit der Helmscheibe gegen die Kälteschlafeinheit, aber dann las ich laut vor: „Russ Meywers, Major."

„Der Mann ist zweifelsohne ein Marine. Wahrscheinlich ein Trupp-führer. Und wo ein Trupp-Führer ist ...", Aldo hatte den Satz angefangen und ich vollendete ihn, „ ... ist auch ein Trupp."

„Wir müssen hier raus", keuchte Aldo. „So schnell wie möglich! Ich habe keine Ahnung, ob das Lager noch anderweitig gesichert ist."

„Und die anderen?", wagte ich einzuwerfen.

„Wir haben genug gesehen – bezüglich unserer pazifistischen Ausflugstour. Was suchen Marines auf einer unbewaffneten Mission?" Aldos Stimme war eindringlich und der Captain hatte schließlich Recht. Es war undenkbar, dass mit den Marines keine Waffen an Bord waren. Allerdings würden wir mit einer Hand voll Personen wahrscheinlich fünf Jahre brauchen, um die ADVENTURE danach abzusuchen. Und wenn die Verstecke richtig angelegt waren, dann hätten wir immer noch schlechte Karten. Ich kam also der Aufforderung des Captains nach und beeilte mich, ihm zum Ausgang zu folgen. Draußen legten wir unsere Anzüge ab und während dieses Mal Aldo vorausging, verstaute ich zunächst die gebrauchte Ausrüstung. Dann folgte ich ihm zur Brücke.

Aldo saß relativ entspannt in seinem Sitz und machte in meine Richtung eine beruhigende Handbewegung. Niemand an Bord hatte Verdacht geschöpft.

„Wird noch eine Fähre erwartet?", fragte er mich und ich wusste genau, was er meinte. Wenn das nächste Shuttle an der ADVENTURE andockte, dann bestand die Möglichkeit, dass Bewaffnete an Bord waren und Aldo und ich abgeführt wurden. Dann waren wir mit unserer schnellen und unüberlegten Aufklärungsmission aufgeflogen.

„In zwei Tagen kommt das Shuttle mit den Pflegekräften, die sich um das Staselager kümmern", antwortete ich und er nickte sorgenvoll. Das wäre eine Gelegenheit uns aus dem Weg zu schaffen, vorausgesetzt, man hatte unser Eindringen bemerkt.

„Auf ein Wort, EINS!" Aldo stand auf und ging in den Besprechungsraum. Ich folgte, während mich missgünstige Blicke von Karl Sander musterten. Die Tür schloss sich und Aldo kam sofort zum Punkt: „Für was hältst du das?"

„Wir haben ein Geheimnis an Bord. Etwas, von dem wir nichts wissen“, murmelte ich.
„Das mit der Politik hatte ich schon erwähnt – ja?“, Aldo grinste fast boshaft.
Ich gab mir einen Ruck: „Wenn wir Marines an Bord haben, dann ist es naheliegend, dass jemand unsere Mission zusätzlich absichern will. Wir sind zwar offiziell unbewaffnet, aber es würde mich nicht wundern, wenn wir weitere Waffen an Bord finden würden. Mit ein paar Marines schützt man kein ganzes Schiff von 3.000 Metern Länge. Dazu sind Schiff zu Schiff-Waffen und/oder Jäger erforderlich.“
Aldo beugte sich vor: „So gefällst du mir schon besser, Jane. Du kannst klar und analytisch denken. Lass dir das nicht abgewöhnen, hörst du?“
Ich schüttelte den Kopf.
„Dann kannst du dir sicherlich jetzt vorstellen, was ich von dir verlange?“
Ich nickte: „Die zusätzliche Bewaffnung benötigt Platz – viel Platz. Ich soll herausfinden wo! Es muss Bereiche innerhalb der ADVENTURE geben, die für uns nicht einsichtig sind.“
„So ist das“, sprach Aldo und erhob sich. „Ich gehe auf die Brücke und schaue nach, ob ein Shuttle im Anflug ist. Du bleibst hier und sichtest die Risszeichnungen der ADVENTURE. Wenn dir etwas komisch vorkommt, dann gehst du nachsehen. Wir sehen uns heute Abend in der Kantine. Bis dahin zu niemandem ein Wort, klar?“
Ich nickte brav und Aldo ließ mich allein. Mit einem Seufzer schaltete ich den Rechner ein und rief die technischen Details der ADVENTURE auf. Eine langwierige und leider auch langweilige Detektiv-Arbeit wartete auf mich.

<u>19:00 Uhr, Kantine:</u>

Aldo wartete schon auf mich. Als ich mich zu ihm setzte, hob er leicht eine Hand und sah mich warnend an. Ich verschluckte meinen ersten Satz.
„Ich will nicht stören“, hörte ich im hämischen Tonfall. Ich schaute auf: Karl Sander ging an uns vorbei und verzog spöttisch den Mund. Ich wartete, bis der Unsympath außer Hörweite war, dann begann ich meinen Bericht: „Es gibt tatsächlich etwas. Im Heck fehlen im mittleren Bereich über ein paar hundert Meter mehrere Decks. Zumindest gibt es

keine Aufzeichnungen darüber. Ich bin dort vorbeigegangen und sah meine Recherche bestätigt.“
„Ich hab´s geahnt, ich hab´s geahnt“, murmelte Aldo. „Gab es einen Zugang?“
„Es gibt mit Sicherheit einen“, warf ich ein. „Ich fand nur keinen offensichtlichen. Und mit Sicherheit lösen wir einen Alarm aus, wenn wir dort eindringen. Im Moment ist es nur >Nice to know< mehr nicht. Wir müssen hier stoppen, oder sie holen uns doch noch von Bord.“
„Wenn wir nicht ohnehin schon aufgeflogen sind“, warf Aldo zweifelnd ein. „Du hast Recht. Wir können erst nach dem Start genauer hinsehen. Komm in exakt drei Stunden zu meiner Kabine. Ich habe dort etwas für dich. Und nun lass mich besser allein.“
Ich stand auf und holte mir etwas zu essen, dann setzte ich mich zu Oksana. Die Russin war viel zu sehr Militär, als dass sie etwas über mein Gespräch mit Aldo wissen wollte. Fragen, die man nicht beantwortet bekommt, stellt man erst gar nicht, so ihre Devise – braves Mädchen.

Drei Stunden später achtete ich darauf, dass mich niemand sah und klopfte an Aldos Kabine. Er öffnete, schaute schnell den Flur rechts und links entlang und zog mich dann ruckartig in seine Unterkunft. Wenn ich es nicht besser gewusst hätte, wäre ich jetzt von einem Beischlafversuch ausgegangen. So drückte er mich auf einen der Sessel und machte sich anschließend an seinem Kleiderspind zu schaffen. Dann holte er dort einen kleinen, schwarzen Koffer hervor und legte ihn auf meinen Schoß. Das Ding war erstaunlich schwer.
„Wie du weißt, bin ich bekennender Pazifist. Deswegen bin ich wahrscheinlich für die Mission ausgesucht worden. Ich bin aber für verschiedene Dinge völlig ungeeignet, im Gegensatz zu dir. Öffne den Koffer!“
Ich drehte das Teil mit der Öffnung zu mir und drehte an den Verschlüssen. Das Ding schnappte auf und ich hob den Deckel hoch. Im ersten Augenblick blieb mir die Luft weg. Zwei kleine, aber nichtsdestotrotz großkalibrige Faustfeuerwaffen in Mattschwarz lagen in ausgesparten Schaumstoffmulden. Darunter, in der zweiten Lage, musste sich jede Menge Munition befinden, ansonsten wäre das Behältnis nicht so schwer gewesen.
„Nimm die Waffen an dich“, sagte Aldo und schaute mich abwartend an. „Du brauchst sie vielleicht noch!“

„Es war ausdrücklich verboten ...“, begann ich und wurde unterbrochen.
„Die Marines ...“, sagte Aldo nur und schaute mich an. „Trag eine, wenn das Shuttle mit den Pflegern kommt, oder lass es – du wählst. Es ist nur ein Vorschlag, aber wir könnten eventuell auf Nimmerwiedersehen verschwinden. Niemand kann zulassen, dass wir so etwas auf der Erde breittreten.“
Ich schloss den Koffer und überlegte. Aldo hatte Recht. Mit großer öffentlicher Anteilnahme hatte man von Seiten der Politik beschlossen, dass die Ausflüge in die Unendlichkeit ohne Waffen stattzufinden hatten. Man wollte, falls es extraterristrische Intelligenzen gäbe, diese von unserer Harmlosigkeit und unserem absoluten Friedenswillen überzeugen – dazu passten Kanonen ganz schlecht. Aldo würde sich widerstandslos festnehmen lassen. Er gab mir die Entscheidung in die Hand. Er schätzte mich richtig ein. Ich würde, bevor ich mich einsperren ließe, die Waffen gebrauchen. Ich stand auf, den Koffer in der Hand. Aldo brachte mich zur Tür. Vorsichtig spähte er hinaus, dann schob er mich auf den Flur. Mit schnellen Schritten strebte ich meiner Unterkunft, zwei Decks tiefer und 100 Meter weiter nach hinten, zu.
„Was hast du für Heimlichkeiten mit dem Alten?“
Ich blieb fast erstarrt stehen, als ich die höhnische Frage von Karl hinter mir hörte. „Du kommst doch vom Chef. Bumst er gut?“
Ich drehte mich um und Karl stand direkt vor mir.
„Was hast du da im Koffer?“
Als er danach greifen wollte, oder so tat, riss ich mein Knie hoch und traf seine Weichteile. Ächzend krümmte er sich nach vorne. Da hatte er nicht mit gerechnet. Als sein Kopf in Hüfthöhe war, schwang ich den schweren Koffer herum. Die Unterseite traf seine Schläfe und er knallte mit der anderen Seite seines Kopfes gegen die Gangwand. Es gab einen hohlen Klang, nicht anders zu erwarten, und er sank zu Boden. Ich stellte den Koffer ab, beugte mich über ihn und überzeugte mich davon, dass Karl nur leicht benommen war.
„Komm mir nie wieder in die Quere, **du Scheißkerl**!“ Mit diesen wenig damenhaften Worten richtete ich mich wieder auf, nahm den Koffer, ignorierte den stöhnenden Macho und ging zu meiner Kabine. Dort verstaute ich den Koffer in meinem Spind und belegte den Zugang zu meinem Appartement mit einer zusätzlichen Sicherheitssperre. Mit dem

schmerzverzerrten Gesicht von Karl vor dem geistigen Auge schlief ich schließlich lächelnd ein.

22.04.2120, 08:10 Uhr, ADVENTURE, Brücke:

Heute Morgen langweilten sich Aldo und ich gemeinsam. Nebeneinander saßen wir auf der Brücke und überlegten, was wir anstellen konnten, damit die Zeit bis zum Start schneller ablief. Die Langeweile war schlagartig vorbei, als Karl die Brücke, etwas verspätet, betrat. Jeweils rechts wie links hatte er an den Schläfen achtbare Beulen und Verfärbungen, die den gesamten Regenbogen widerspiegelten. Dabei ging er noch etwas gebeugt. Captain Aldo bekam große Augen und ich beschloss, die Initiative zu ergreifen. Ich stand auf und ging auf ihn zu.
„Du bist verletzt, Crewman. Was ist passiert?“
„*Scheißhure – warte, bis er dich nicht mehr schützen kann!*“, zischte mir Karl leise zu.
„Ich habe es nicht verstanden! Würdest du bitte wiederholen, was mit dir geschah“, verlangte ich deutlich hörbar und fügte ebenso leise hinzu: „*Und, wie geht es deinen Eiern?*“
„Ich bin gestürzt“, antwortete Karl für jeden verständlich.
„Und dabei rechts und links mit dem Kopf angeeckt. Das nenne ich mal Geschicklichkeit“, ätzte ich. Dann drehte ich mich um und ließ ihn stehen. Ich rechnete eigentlich mit einer Detonation hinter mir, aber es blieb ruhig.
Aldo sah mich überrascht an.
„*Ich sagte doch, ich kann es selbst regeln*“, flüsterte ich ihm zu und Aldo verzichtete mit einem wissenden Lächeln auf Nachfragen, die ihn möglicherweise in Zugzwang gebracht hätten.
Als Karl an uns vorbeischlich, lächelte und nickte ich ihm dabei aufmunternd zu – wenn seine Blicke hätten töten können, neben Aldo hätte ein Skelett gesessen.

11.03.2134, 00:30 Uhr, GRACELAND-City, Netznachrichten, Büro Maximov:

Der von Dana Ostenson ausgeliehene Journalist legte den ersten Satz Folien zur Seite und rieb sich die Augen. Er war maßlos überrascht. Captain Jane Scott erschien als unterkühlte Frau, bar jeder erkennbaren

Empfindung. Was er gerade gelesen hatte, war durchaus selbstkritisch, ehrlich und mit einer gewissen Art von Humor geschrieben. Nie und nimmer hätte er das der nüchternen und spröde wirkenden Captain zugetraut. Aber sie hatte ganz klar ein Talent zum Schreiben. Er schaute auf seinen Chronometer und erschrak. Er hatte den Bericht drei Mal gelesen und ziemlich intensiv. Es war schon nach Mitternacht und im Redaktionshaus regte sich nichts mehr – er war allein. Kurz überlegte er, wie man das als Story für die Allgemeinheit aufbereiten konnte. Er fand, dass ein Interview mit Jane Scott zu einigen Themen dazwischen unbedingt eingestreut werden sollte. Die Zuseher mussten von der Authentizität der Berichtenden überzeugt werden und dies ging am besten persönlich und am allerbesten mit Emotionen. Aber das war Danas Bier. Bei diesem Gedanken fiel ihm ein, dass er noch ein Kühles zu Hause stehen hatte. Er schob die Folien in eine Schublade, stand auf, löschte das Licht und verließ das Haus.
Ja, ein Bier, das hatte er sich heute verdient. Aber nur eins und auf gar keinen Fall ein Starkbier.

5. LAST BONE

<u>11.03.2134, 08:00 Uhr, GERONIMO, Brücke:</u>

Admiral Thomas Raven war vom ÜL-Flug der GERONIMO begeistert gewesen. Einziger Unterschied zur vielleicht ausgefeilteren Technik an Bord der ehemaligen SIRION: Man sah die Geschwindigkeit, das heißt, die Sterne huschten in langen Streifen am Schiff vorbei, wobei das Ziel auf zwölf Uhr scharf blieb. Thomas empfand dies keineswegs als Mangel, so war man in der Lage, die Geschwindigkeit auch gefühlsmäßig zu erfassen. Er war extra nach Top 12 gegangen, um durch die Glasitkanzel nach draußen schauen zu können. Fasziniert hatte er auf die farbige Unendlichkeit geschaut und als er über die Weite des Alls nachdachte, überrannte ihn ein Schauer. Klein kam er sich vor – sehr klein im Gegensatz zur Natur. Und er wusste, dass er großes Glück gehabt hatte, alles bisher überlebt zu haben – nicht nur er, sondern auch die Neue Menschheit. Bevor er allzu melancholisch wurde, ergriff er die Flucht und machte sich wieder auf in Richtung Brücke. Da waren Menschen und Freunde, die ihn wieder auf den Boden der Tatsachen zurückbringen würden.

Seit 95 Minuten >stand< die GERONIMO an den Koordinaten, die von Echela angegeben worden waren. Hier sollte das Signal empfangen werden können, wenn man korrekt navigiert hatte.

Man hatte.

Innerhalb der ersten Sekunden war von Funky per Handzeichen und Bericht die Meldung gekommen, dass seine Geräte das Signal empfangen hatten. Dann begann das Warten auf die MANITOBA.

„Schiff nähert sich“, meldete Paulo, der die Sensorenphalanx bediente und Thomas wartete geduldig ab. Von der reinen Detektion bis zur Identifizierung dauerte es immer ein wenig.

„Tonnage stimmt mit Dreadnought-Klasse RED überein“, meldete der Südamerikaner zwei Sekunden später. Dann: „Signatur der MANITOBA ist bestätigt!“

Thomas wollte gerade für die Meldung danken, als Funky dazwischen sprach: „Wir werden gerufen, Admiral!“

„Stell durch, Funky – vorne auf den Schirm!“

Ein etwas übernächtigter Scott Tanner erschien auf dem Bild: „Die Crew der MANITOBA wünscht einen guten Morgen!“

Thomas gab den Gruß zurück.

„Die Alpha-Drohne sendete nicht mehr. Wir haben die Ersatzdrohne auf den Weg gebracht. Sie sollte in den nächsten ein bis zwei Stunden ihre Ergebnisse in diese Richtung schicken.“

„Okay“, sagte Thomas. Er war ein wenig beunruhigt, da es unwahrscheinlich war, dass eine Alpha-Drohne so einfach aufhörte zu senden. Jemand oder etwas musste sie vernichtet haben.

„Wir haben die Signale von KOR aufgefangen“, fing Thomas Raven ein anderes Thema an. „Nach der Mission >LAST BONE< werdet ihr euch darum kümmern. Ich denke, Tallek wird euch begleiten wollen. Setzt oben auf der GERONIMO auf und verankert eure Dreadnought. Dann geht ihr in die Betten.“

Scott wollte widersprechen, aber Thomas hob einen Arm: „Ihr habt durchgemacht. Ich sehe es. Keine Widerrede, andocken und Schlaf nachholen – das ist ein Befehl, Captain!“

Scott lächelte und machte eine Ehrenbezeichnung: „Zu Befehl, Admiral!“ Offensichtlich war er für die Zwangspause dankbar.

Nicht ganz 30 Minuten später >stand< die MANITOBA verankert auf der GERONIMO. Auf dem kleineren Schiff gingen dann buchstäblich die Lichter aus.

„Ein bis zwei Stunden hat Scott gesagt“, murmelte Laura Stone und stöhnte leise. Thomas grinste. Warten wurde von fast allen Militärangehörigen gehasst. Trotzdem ließ es sich nicht immer vermeiden und hier bestimmt nicht.

„Komm, wir gehen in die Kantine und frühstücken. Funky wird sich melden, sobald die Daten eintreffen.“ Laura war einverstanden und übertrug Paulo die Verantwortung für die Brücke.

Zehn Minuten später saßen sie in der Kantine und hatten sich mit Brot, Rührei und Speck, alles repliziert, sowie Kaffee versorgt.

„Wie macht sich Paulo?,“ fragte Thomas und nahm einen Schluck Kaffee.

„Privat oder dienstlich?“, fragte Laura schelmisch und sah Thomas über ihre Kaffeetasse an.

„Als dein Freund interessiert mich das Eine wie das Andere“, gab Thomas Auskunft. „Allerdings gehen mich viele Dinge nichts an.“

Laura griff ebenfalls zur Tasse: „Paulo ist anders geworden. Das Linkische fehlt völlig. Er ist mittlerweile viel selbstsicherer. Ich schätze das privat wie dienstlich.“

Laura lächelte vielsagend und biss herzhaft in ein Brötchen.

Bevor Thomas reagieren konnte, wurden er und die XO per Armband-Kom gerufen. Es war Funky: „Signal der Alpha-Drohne ist eingegangen und ich habe die Auswertung gestartet.“

Mit einem Arm zog Thomas die aufgesprungene Laura wieder auf ihren Sitz: „Wir kommen gleich!“

„Was, äh ...“, Laura war irritiert.

„Wir werden nicht hetzen, beste Freundin! Dieses Mal haben wir das Heft des Handelns in der Hand. Und wie sagt mein Freund Ron so schön: Ohne Mampf kein Kampf! Also werden wir hier in aller Ruhe zu Ende essen, dann begeben wir uns wieder auf die Brücke.“

„Okay“, Laura nahm sich wieder ihr angebissenes Brötchen vor. „Hat auch was!“

Zwanzig Minuten später standen sie auf der Brücke und ließen sich am Multitisch im Besprechungsraum das Ergebnis als Holo anzeigen.

„Oh, Mist“, entfuhr es Paulo.

„Ne, das ist Scheiße", korrigierte Laura missgelaunt.
Geschlagene 15 Minuten schaute sich die Leitung der GERONIMO die Anzeigen an, die vom Bordrechner durch Einblendungen von Zusatzdaten vervollständigt wurden.
„Ganz viel Scheiße", setzte Thomas dann noch einen drauf. Mit sorgenvollem Blick schaltete er das Holo aus und verließ, gefolgt von Laura und Paulo, den Nebenraum der Brücke.
„Funky! Funk die Drohne an: Stille für die nächsten sechs Stunden, dann Sendung wieder aufnehmen und in Richtung EDEN abschießen!"
„Aye, Admiral!"
„Sue, Kurs in Richtung EDEN nehmen – Marschgeschwindigkeit und ab mit uns, sobald Funky Vollzug meldet!"
„Jawohl, Admiral!"
„Was machen wir denn jetzt", flüsterte Laura dem Admiral zu.
Thomas lehnte sich etwas zu ihr hinüber: „Du meinst, wenn ich fertig bin ein dummes Gesicht zu machen?"
Laura grinste: „Hmm, genau dann!"
„Ich habe eine vage Idee, möchte da aber noch ein wenig drüber nachdenken", gab Thomas Auskunft. „Wenn du allerdings das Ei des Kolumbus gefunden haben solltest …"
Laura schüttelte den Kopf: „Du bist der Oberstratege und ich will dir gerne helfen, sobald du was ausgebrütet hast. Ich habe leider keine Idee, wie wir da durchkommen sollen."
„Ich glaube, ich sollte mal wieder das aufnehmen, was ich früher an Bord der GERONIMO getan habe. Das hat mir bisher immer geholfen." Thomas stand auf. „Du hast die Brücke, ich gehe joggen."
„Pass auf, dass du nicht irgendwo gegen rennst", warnte Laura. „Wir haben dieses Schiff recht umfangreich umgebaut!"
„Danke für den Tipp!"
Zehn Minuten später rannte der Admiral im Sportdress über die Flure seines Flaggschiffs und es zeigte sich, dass er sich tatsächlich neue Wege suchen musste.

11.03.2134, 15:30 Uhr, EDEN, GERONIMO, Brücke:

„Mensch! Das Flaggschiff höchstselbst verleiht unserem unwürdigen System einen ungeahnten Glanz! Wenn die Admirali- und Generalität uns die Möglichkeit gibt, eben noch feucht durchzuwischen und den

Staub gleichmäßiger auf unserer Theke zu verteilen, so sollt ihr die euch gebührende Wertschätzung erfahren und seid uns auf das allerherzlichste Willkommen!“
Thomas hörte neben sich einen Seufzer. Ron Dekker war auf der Brücke anwesend und wie immer hatte er nicht den richtigen Draht zu Jan Eggert. Thomas hatte in diesem Fall die schiffsweite Kommunikation eingeschaltet und so war auch der letzte Crewman darüber informiert, dass man das Ziel erreicht hatte. Und bei Funkgesprächen mit Jan Eggert hörte einfach jeder hin – Überraschungen waren vorprogrammiert.
„Wir hatten uns rechtzeitig angemeldet“, kam dann auch die Retourkutsche von Ron. „Warum seid ihr dann mit dem Wischen noch nicht fertig?“ Feixend stand Ron vor der Optik.
Jan Eggert machte ein betroffenes Gesicht: „Es war, General, wie soll ich sagen, also es war … ein Loch im Eimer!“
Brüllendes Gelächter von überall zeugte davon, dass es 1:0 für Eggert stand. Ron winkte lächelnd ab. Eggert war einfach schlagfertiger.
„Ich ahne“, fuhr Eggert fort, „dass ihr den Zeitpunkt eures Eintreffens hier sorgfältig geplant habt. Es bleibt noch ein wenig Zeit, den Strand zu genießen, bevor wir dann vielleicht am frühen Abend etwas grillen …?“
„Dieses Mal erst die Arbeit, dann das Vergnügen, Jan“, warf Thomas ein.
„Oh Admiral! Hatten wir das jemals anders gehandhabt! Was kann ich tun?“ Jan machte ein betroffenes Gesicht.
„Ich brauche dich mal hier an Bord zu einer Missionsbesprechung“, rückte Thomas mit der Sprache heraus.
„Hmm, ich bin heute Abend mit Küchendienst dran. Ich muss mal gerade fragen …“ Jan drehte sich von der Kamera weg und rief etwas nach hinten und bekam auch Antwort.
„Okay – meine Hausverwaltung macht eine Ausnahme. Allerdings besteht sie darauf, mich begleiten zu dürfen“, mit unschuldigem Gesicht übermittelte Jan das Ergebnis seiner >Nachfrage<.
„Deine charmante Frau ist uns jederzeit an Bord der GERONIMO willkommen“, schmunzelte Thomas. „Am besten gleich, dann können wir ja immer noch am Strand und so …“
„Wir sind unterwegs!“
Die Kommunikation wurde unterbrochen.

„Laura, du kannst schon mal losgehen und Jan und Nina an Bord empfangen. Funky – Drohnensendung aufgefangen? Gut, dann auf den Multitisch!"

Einige Zeit später:

„Das ist Mega-Scheiße", urteilte Jan, nachdem er das Hologramm ausgiebig angestarrt hatte. „Das hat ja keine Ähnlichkeit mehr mit der Lage im letzten Jahr!"
„Das ist uns auch schon aufgefallen", grollte Ron Dekker.
„Ich fasse mal zusammen, damit wir nix übersehen", erklärte Laura und vereitelte so weitere Bemerkungen des Generals. „Im Mittelpunkt stehen drei 14.800er, auf denen jeweils fünf BONEs aufgesattelt sind. Die danach folgende innere Verteidigungsschale umfasst 30 Abwehrforts, die etwa die doppelte Tonnage der 14.800er haben. In der zweiten Reihe befinden sich dann 50 Stück der größten Dickschiffe. Ich will die kleineren Einheiten erst gar nicht alle aufzählen. Der Abstand untereinander ist so gewählt, dass wir niemals einen Wirkungstreffer nach innen durchbringen können. Außerdem sind die Schiffe mit den BONEs im Huckepack ständig in Bewegung."
„Die TRAX können nicht wissen, dass unser Wissen um die Koordinaten hier endet", schaltete sich Nina ein. „Ich gehe davon aus, dass sie alle restlichen BONEs hier zusammengefasst haben. Das gibt uns im Gegenzug die Chance, vielleicht alle zu erwischen. Ich war nicht davon ausgegangen, dass uns die SUBB alle Koordinaten haben mitteilen können."
„Topp! Du kannst gut analysieren", lobte Paulo. „Die Annahme von Nina ist unbedingt logisch. Zwar ist unser Ziel hart zu erwischen, aber wenn wir es haben, spricht viel dafür, dass wir das Thema BONEs für die nächste Zeit zu den Akten legen können."
„Wenn wir es können", schränkte Jan ein und sah Thomas an. „Du hast da ein schlecht zu kalkulierendes Risiko ins Gespräch gebracht. Erleuchte uns mit deinen Visionen!"
Thomas schaltete das Holo ab: „Setzt euch, Funky holt jedem einen Kaffee. Dann lasst uns offen über folgende Idee diskutieren: Echela ist enorm effektiv. Leider benötigt Echela ein Medium, um in die Computer-Systeme der TRAX zu gelangen. Dummerweise muss das Medium, wir haben es gerade erst herausgefunden, mit Normallicht

unterwegs sein. Wäre ja auch sonst zu einfach!", setzte der Admiral noch sarkastisch dazu. „Also benötigen wir einen Mindestabstand von einer Lichtsekunde, gerne die Hälfte, wenn wir Echela einsetzen wollen. Wenn wir aktiv scannen, fliegen wir auf. Wir müssen mindestens einen der TRAX infiltrieren. Ich gehe davon aus, dass zumindest die innere Abwehrschale untereinander kommuniziert. Echelas Klone könnten sich viral verbreiten. Wir müssen lediglich verhindern, dass Echela auf dem Weg dorthin abgeschossen wird. Irgendwie muss es uns gelingen, die grüne KI bis in den Einzugsbereich eines der TRAX zu bringen und diesen davon abhalten, das Feuer zu eröffnen."
Ron schnaufte: „Da gibt es eine Menge an Unbekannten in deiner Gleichung, mein bester Admiral!"
„Viel mehr, als ich gutheißen könnte", stimmte Laura ein.
„Wie willst du bis in den inneren Kern vorstoßen?" Jan legte den Finger genau in die Wunde.
„Wie lange braucht Echela, bis alle mit Schadsoftware infiziert sind?" Nina war ebenfalls skeptisch.
„Wer nimmt an der Mission teil?", fragte Ron.
„Mit welchem Schiff reisen wir bis dorthin und welches Transportmedium nutzen wir bis in den Kern?", war dann die Frage von Paulo. „Schließlich können wir mit der Tarnung recht wenig anfangen."
Thomas hob beide Arme: „Viele Fragen! Ich fange an: Wir nehmen Mirijam an Bord der GERONIMO und fliegen in Richtung Ziel. Teilnehmer der Ziel-Mission werden ich, Baal und Mirijam sowie Echela sein. Wir wollen das Risiko auf wenige Personen beschränken. Wie lange Echela braucht, hängt auch davon ab, wie häufig die TRAX untereinander kommunizieren. Und wie ich in den inneren Bereich vordringen will, zeige ich euch jetzt!"
Thomas schaltete und wieder erschien ein Hologramm. Wie man unschwer erkennen konnte, handelte es sich um eine Direktübertragung von einem der beiden größeren Landedecks. Jan staunte, denn er sah einen der aufgebrachten TRAX-Raume, beziehungsweise eines der Beiboote.
„Ich darf euch die LOST vorstellen. Das Boot ist 200 Meter lang und wird von einem unserer Droiden gesteuert. Innerhalb der LOST befindet sich als eine Art Notausgang oder Schleudersitz eine Beta, die eigentliche Kommandobasis. Wir haben die Funkanlage präpariert, sodass keine ungewollte Sendung rausgehen kann. Ich wüsste auch nicht,

welche Kennung wir übertragen sollten. Ich will hoffen, dass dies für den ersten Moment reicht. Sobald unser Lockvogel angefunkt wird, übernimmt Echela und ich will hoffen, dass sie schnell genug ist. Ich bin fast sicher, dass die TRAX dort auf absolut >Nummer sicher< gehen werden und dieses Schiff nach wenig Zögern abschießen. Wir haben Sprengladungen angebracht, damit die Beta weitgehend unbeschädigt bleibt, während die LOST bei den ersten hoffentlich harmlosen Treffern schon auseinanderfällt."

„Wir verfügen da über jemanden, den wir zu dieser Mission nicht zwingen können", warf Laura ein. „Was tun wir, wenn Mirijam nicht will?"

„Für den Fall fliegt Echela mit dem Droiden allein", bestimmte Thomas. „Ich hoffe nicht, dass das der Fall sein wird. Aber Mirijam können und wollen wir nicht zwingen."

„Gut!", Jan raffte sich auf. „Ich denke, die Familie Baal wird Mirijam abholen wollen. Das dürfte schon ein kleines Abenteuer werden. Heute Abend anmelden und vor Morgen früh wird da nix laufen. Wir können unseren kleinen Strandaufenthalt in Ruhe angehen."

„Du sagst es", bestimmte der Admiral. „Ich möchte die komplette Brücken-Crew der GERONIMO und MANITOBA auf HOMELAND haben. Wir müssen das eine oder andere noch besprechen. Warum nicht in angenehmer Umgebung? Laura, lass eine Ersatz-Brückencrew anrücken. Wir nehmen die REVENGE und dann los!"

Obwohl Ron Dekker mit Jan Eggert immer noch seine Probleme hatte, war der Chef der Marines einer der ersten, der in eine der Alphas einstieg, um sich nach EDEN, HOMELAND, bringen zu lassen. Man genoss den Aufenthalt am Strand und Baal mit Familie den innerhalb des Wassers.

Jan schwang wieder die Grillzange, der Nachwuchs verteilte Getränke und angenehme Musik war am ganzen Strand zu hören. Spät am Abend, Thomas saß mit Laura, Paulo und Ron zusammen, erschien am Tisch Jan Eggert mit Partnerin Nina. Ron hob sein Glas und beschloss in Gegenwart der aparten Lady mit dem schwarzen Wuschelkopf mal versöhnlich zu agieren: „Kommt, setzt euch zu uns. Lasst uns ein Glas auf das Gelingen unserer Mission trinken."

„Gerne", Jan schwang sich auf den letzten freien Sitz und nahm seine leichtgewichtige Partnerin auf den Schoß. „Allerdings möchten wir eine Änderung der Einsatzparameter!"

Thomas wollte gerade ein Bier an Jan weitergeben, hielt dann aber inne: „Was meinst du? Welche Einsatzparameter?"
„Die Auswahl der Leute, die sich in die Höhle des Löwen begeben", antwortete Nina und damit war klar, dass das Paar eine ganz bestimmte, abgesprochene, Absicht verfolgte.
„Wer sollte eurer Meinung nach fliegen?", fragte Laura interessiert und beugte sich zu den Gefragten.
„Eigentlich eine logische Entscheidung, und zwar aus zwei Gründen", erklärte Jan. „Nina und ich werden mit Baal und Mirijam losfliegen. Ersten hatten wir die Aufgabe, alle BONEs aus dem Weltraum zu fegen und der Befehl ist noch nicht zurückgenommen und dann zweitens: Überlegt mal euer Alter! Ihr könnt noch 150 Jahre als Leitfiguren der Neuen Menschheit dienen. Nina und ich haben vielleicht noch das eine oder andere Jahrzehnt, dann neigt sich unsere Existenz dem Ende zu. Wir haben menschliches Leben in die Black-Eye-Galaxie gebracht und wir werden es auch sein, die in dieser brisanten Situation für ein Überleben einstehen."
Thomas war platt und wusste zunächst nicht, was er sagen sollte.
„Jan Eggert hat Recht", urteilte dann ausgerechnet Paulo. „Unsere Zivilisation ist im letzten Jahr stark erschüttert worden. Ich wage nicht, mir auszumalen, wie sich der Verlust einer Leitfigur, in diesem Fall Admiral Raven, auf unsere Leute auswirken würde. Der Einsatz ist alles andere als risikolos."
„Jeder ist ersetzbar", wehrte Thomas ab. „Ja", bestätigte Laura – irgendwie schon. Aber nur irgendwie. Es ist die Frage, ob es tatsächlich nötig ist."
„Ich weiß, dass es nicht üblich ist, aber lasst uns hier am Tisch abstimmen", schlug Jan vor. „Nina und ich werden uns enthalten. Wer ist dafür, dass Nina und ich die Mission durchführen?"
„Halt, das ist ...", weiter kam Thomas nicht, denn auch sein bester Freund hob die Hand. „Sorry Thomas. Hier geht es nicht um die Angst um dich als Freund, sondern tatsächlich um die Argumente. Ich unterstütze, tut mir leid, Jans Vorschlag." Thomas sah überrascht, wie sich auch der Arm von Laura und Paulo hob.
Jan ging nahe auf Thomas zu und sah ihm direkt in die Augen: „Vertraust du mir, Admiral Thomas Raven? Traust du mir zu, die nötigen Entscheidungen während der Mission zu treffen?"

Thomas blickte zu Boden. Jan Eggert hatte über ein Jahrhundert das menschliche Überleben der Siedler auf EDEN gesichert. Das war in vielen Fällen nicht gerade leicht gewesen. Er hatte die Weitsicht besessen zu erkennen, dass die Erde dem Untergang geweiht war. Er war es, der von einer Neuen Menschheit in dieser Galaxie geträumt hatte und dieses Thema unbeirrt gegen alle Schwierigkeiten angegangen war. Ihm war zu verdanken, dass er selbst jetzt hier stehen konnte. Wenn Eggert den Russen nicht damals die Blaupausen für die Entwicklung eines Ionen- und Sprungantriebes geliefert hätte ... Wenn man jemand trauen konnte, dann doch wohl diesem Mann.
„Ich vertraue dir voll und ganz“, war dann auch die logische Antwort des Admirals.
„Danke! Dann lass mich und Nina los!“
Raven nickte: „Okay! Aber warum will Nina mit?“
Hier gab die Betroffene selbst Antwort: „Es geht um meine Schwester. Ich will sie nicht allein lassen. Außerdem, ich bin fast 119 Jahre mit Jan verheiratet. Ich kann mir ein Leben ohne ihn nicht vorstellen. Wenn es denn also sein soll, dann bitte gemeinsam.“
Thomas rann ein Schauer über den Rücken und blies die Luft durch dicke Backen: „Ich will euch heile wiedersehen und den nächsten Hochzeitstag mit euch feiern. Ihr habt mich überzeugt. Lasst uns gemeinsam beraten, wie wir die Mission sicherer machen können.“
Mit einigem Bier und leichtem Wein wurde bis weit nach Mitternacht diskutiert, dann zog man sich zum Schlafen zurück.

12.03.2134, 11:30 Uhr, EDEN, HOMELAND, Strand:

Thomas hatte die Crew bereits wieder zur Geronimo geschickt, als Baal und Familie mit einer Sphäre von Mirijams Insel zurückkamen und Ninas Schwester an Bord hatten. Jan hatte sich mit Nina bereitgestellt, um Mirijam in Empfang zu nehmen, als die Sphäre unweit von ihnen am Strand landete. Zuerst stieg Baal selbst aus der Fünf-Meter-Kugel und machte einen etwas angestrengten Eindruck. Dann kam, nein erschien, Mirijam. Die schlanke Frau hatte ein pastellgrünes und langes Kleid an. Die blonden Haare fielen in Wellen weit über ihre Schultern und den Rücken hinunter. Sie strich sich eine Strähne aus dem Gesicht, als der Wind ihre Haare zerzauste. Dann ging sie auf ihre Schwester zu und umarmte sie. Als Nina sich anschließend abwandte, konnte Thomas Tränen auf ihrem Gesicht sehen.

„Sei mir gegrüßt, Mann meiner Schwester“, eine Stimme schön und betörend, fand Thomas. Jan schaffte es ein halbwegs neutrales: „Hallo Mirijam“ herauszubekommen. Dann sah Mirijam Thomas und kam auf ihn zu. Thomas erkannte, dass die Frau keinerlei Schuhwerk trug und wie das seidenartige Kleid ihre Figur umspielte, waren wohl ansonsten keine weiteren Textilien im Spiel.

„Ich spreche mein Beileid für die vielen Toten des letzten Jahres aus“, Mirijams Stimme war eine Nuance dunkler geworden. „Nein, ich lese nicht deine Gedanken. Es wurde mir berichtet.“

Thomas verspürte keine Kopfschmerzen und fand es beruhigend, dass die Frau nicht in seinem Kopf herumwühlte.

„Aber ich spüre die Sorge in dir. Sorge für die Neue Menschheit und eine vor uns liegende Aufgabe. Sorge um das Wohl dir lieb gewordener Menschen. Sorge auch, dass ich meine Kräfte nicht im Griff habe.“ Mirijam lächelte und im nächsten Moment startete einer der in der Nähe stehenden Droiden wie eine Rakete und plumpste 500 Meter weiter nach einem Looping ins Meer.“ Jan war zusammengezuckt. Thomas beherrschte sich mustergültig und schaute die blonde Frau nur neugierig an.

„Ich habe beobachtet, dass kleine Scherze zur Auflockerung angespannter Situationen beitragen können“, erklärte sie. „Das war einer!“

Jan stöhnte: „Ich liebe diese Art von Humor!“

Mirijam machte ein unschuldiges Gesicht: „Ich versuche, mich anzupassen, und vermute, dass ich eine Rolle spielen soll bei deinen Plänen. Ansonsten wäre ich nicht geholt worden. Was kann ich für euch tun?“

Thomas lächelte gewinnend: „Du liegst richtig, Mirijam. Mich haben deine Fähigkeiten bei der Beseitigung der SEALORDs beeindruckt.“

„Ich soll also töten?“

Thomas fand das Wort >töten< zwar ein wenig hart, aber im Prinzip war es so „Es handelt sich wiederum hauptsächlich um künstlich geschaffenes Leben. Wir werden davon bedroht und wir haben die Hoffnung, dass sich der Überfall vom letzten Jahr nicht wiederholt, wenn wir jetzt erfolgreich sind.“ Nun, das war etwas optimistisch gedacht, aber wenn man diese Anzahl von Gegnern empfindlich schlug, dann konnte man wirklich etwas positiver in die Zukunft schauen.

„Ich werde tun, was in meiner Macht steht", erklärte Mirijam. „Was muss ich tun?"
Thomas erklärte kurz das Vorhaben und die Intelligenz von Mirijam ersparte viele Nachfragen. Die Frau sah ihre Schwester und ihren Schwager an: „Dann lasst uns los!"
Man ging gemeinsam rüber zur REVENGE, die knapp an der Wasserlinie geparkt war. Jan und Nina begleiteten zusammen mit den beiden Frauen von Baal Mirijam in den Kantinenbereich, während Baal selbst Thomas auf die Brücke begleitete.
„Du siehst etwas angestrengt aus, Baal. Muss ich mir Sorgen machen?"
Heiterkeit entstand im Kopf von Thomas und dann auch die Antwort des MAROON: >Es fand ein etwas anstrengender Informationsaustausch auf mentaler Ebene statt<.
„Aha! Und welche Informationen hast du erhalten?"
Wieder das unhörbare Lachen: >Sagen wir, der Austausch war recht einseitig und Mirijam hat profitiert<.
Thomas checkte die Startvorbereitungen und grinste freudlos: „Hat sie sich im Griff?"
Nun war von Heiterkeit nichts mehr zu spüren. Stattdessen verstärkte sich die Sorge in Thomas.
>Mirijam ist eines der einsamsten Wesen überhaupt. Das schlägt auch auf die Psyche durch. Wir können leider für nichts garantieren. Im Grunde ihres Wesens ist sie dankbar, dass sie gebraucht wird und auf der anderen Seite fühlt sie sich von der Gemeinschaft verstoßen<.
„Aber sie hat ihr Eremitendasein doch selbst gewählt", gab Thomas zu bedenken.
>Gefühl und Logik sollten im Idealfall im Einklang stehen. Hier verkehren sie nicht einmal freundschaftlich miteinander<, kamen die betrübten Worte des Wasserwesens bei Thomas an.
„Ein schlechtes Gewissen habe ich schon", gab Thomas zu. „Aber im Prinzip müsste Jan ein noch schlechteres haben."
>Hat er auch und seine Partnerin ist überaus unglücklich mit dieser Situation<.
„Siehst du eine Lösung oder können wir helfen?"
>Nein<
Thomas seufzte, funkte die GERONIMO an und ließ sich mit Laura verbinden.

„Mirijam hat sich bereit erklärt uns zu helfen. Wir bringen sie jetzt an Bord“, übermittelte Thomas.
„Bring sie auf die Brücke“, empfahl Laura.
„Du willst sie auf der Brücke haben?“
„Wenn ich Mirijams Fähigkeiten richtig einschätze, ist es sowieso egal, wo an Bord sie sich aufhält.“
„Auch wieder wahr“, gab Thomas zurück. „Ich starte jetzt!“
Der Flug zur GERONIMO dauerte eine Viertelstunde. Es sah fast aus wie eine Prozession, als man Mirijam zur Zentrale brachte.

Ben Hustler sah auf sein Tableau, das er schon drei Mal gecheckt hatte. Er war zwar vom hauptamtlichen Gunner des Flaggschiffes vielleicht nicht degradiert worden, aber in seiner Funktion eingeschränkt. Im Missionsfall kam Beatrice Baines hinzu, die die Offensivwaffen des Schiffes einsetzte, während er nur noch, >nur< soll hier nichts verniedlichen, für die defensiven Waffensysteme verantwortlich war. Ihm oblag es, dafür zu sorgen, dass Jäger, Bomber und unbemannte Flugkörper das Flaggschiff nicht gefährden konnten. Ihm lag es fern, Beatrice deswegen böse zu sein oder sich zurückgesetzt zu fühlen. Trixie, also Beatrice, war sehr freundlich zu ihm und genau da lag sein Problem. Frauen waren im Allgemeinen nett zu ihm. Ja, scheiß drauf – nett und nicht mehr. Er war jetzt knapp über 30 Jahre alt und die sexuellen Begegnungen konnte er an fünf Fingern abzählen. Und mangels Übung waren die auch nicht gerade toll gewesen. Er war unscheinbar und wusste das auch. Viele seiner Alters- und Geschlechtsgenossen waren da bedeutend größer, auffälliger und natürlich, was das schöne Geschlecht anging, erfolgreicher. Ben führte an Bord der GERONIMO mehr oder weniger ein Schattendasein. Er konnte was, so viel stand fest, denn eine Lieutenant Admiral würde niemanden auf ihrer Brücke dulden, der keine herausragenden Leistungen vollbrachte. Insofern war er mit sich zufrieden, aber in seiner Freizeit hockte er mehr oder weniger alleine, daher würde der gerade mal 175 cm große Brite gerne eine Freundin an seiner Seite wissen. Irgendwie wartete Ben und wartete und wartete ... und die Zeit verging.

„**Hört mal her!**“ Laura hatte deutlich zur Aufmerksamkeit aufgerufen und Ben schreckte aus seinen trübsinnigen Gedanken hoch.

„In wenigen Minuten wird Mirijam die Brücke betreten. Ich bitte also um ein wenig Disziplin. Danke!"
Ben überlegte: Konnte diese Frau nicht Gedanken lesen oder war das nur eine Latrinenparole – er glaubte eher nicht. Wenn Admiral Raven diese Frau für eine Mission auswählte, dann musste sie einige Fähigkeiten haben. Aber wie sollte er seine Gedanken im Griff haben? Ging das überhaupt? Vielleicht sollte er sich ganz intensiv mit seiner Station beschäftigen.
Dann war es soweit und Admiral Raven betrat neben Mirijam die Brücke. Ben sah reflexartig, obwohl er es sich anders vorgenommen hatte, hin. Das Kleid – es wirkte ein wenig deplatziert an Bord des Kampfschiffes, sah aber trotzdem toll aus. Ben konnte nicht anders, er bewunderte die schlanke Figur, die engelsgleichen Haare und die gesamte Aura, die von dieser Frau ausging. Er hatte es selbst nicht bemerkt und wahrscheinlich kein anderer, aber er war aufgestanden und schaute hinter Mirijam her. Ben war völlig gefangen in dieser Ausstrahlung. Dann verschwand sie und ihre Begleitung im Besprechungsraum.
„Du kannst dich wieder hinsetzen!" Trixies Stimme war laut genug, um vom direkt daneben stehenden Ben gehört werden zu können. Ben reagierte nicht darauf.
„Ben! Setz dich wieder!" Keine Reaktion.
Trixie stand auf schlug ihrem Kollegen auf die Schulter.
„Was?" Ben wachte wie aus einem Traum auf und die clevere Trixie wusste genau, was da gerade passiert war: „Du kannst dich wieder hinsetzen. Das Wesen aus einer ganz anderen Welt, zu der wir niemals Zugang haben werden, ist in den Besprechungsraum gegangen."
„Ach, ja?"
„Hör auf zu träumen, Ben! Du wirst dir ein normales Mädchen suchen müssen. Da kommst du nicht ran und jetzt setz dich hin, bevor Laura der Meinung ist, dass du in eine Zwangsjacke gehörst!"
Automatisch setzte sich Ben. Erstens war es ihm einleuchtend, dass eine solche Frau nicht gerade einen solchen Typen wie ihn suchte, auf der anderen Seite war die Erwähnung von Laura ernüchternd genug.
„Äh, ja – natürlich", verwirrt starrte Ben auf seine Instrumente und Trixie überlegte, ob sie nicht irgendwo eine patente junge Frau kannte, die sie mal auf Ben ansetzen konnte. Er tat ihr ein wenig leid. Aber ihr fiel partout keine ein. Ben schaute immer noch auf sein Paneel und

wahrscheinlich sah er durch es hindurch. Sein Blick richtete sich immer noch auf dieselbe Stelle.

Im Besprechungsraum wurde noch einmal über die Mission und Mirijams Mitwirken gesprochen, dann äußerte Mirijam den Wunsch, sich ein wenig auszuruhen. Die ständige Kontrolle ihrer selbst und die äußeren Anreize machten sie müde. Der Hinweis darauf, dass sie unkonzentriert werden könnte, veranlasste den Admiral, ihr sofort eine Kabine zuzuweisen.

„Begleitest du mich, Nina?“, fragte Mirijam vorsichtig.

„Natürlich. Ich bleibe bei dir.“ Nina hakte sich bei ihrer Schwester ein, und es ging wieder über die Brücke.

„Ben! Ben!“ Trixie war nun ernsthaft besorgt. Jetzt stand dieser Typ schon wieder, kaum dass die Personen wieder aus dem Besprechungsraum kamen. Und er ließ sich nicht beirren. Nina und Mirijam wählten dieses Mal den Weg direkt an Ben vorbei. Als sie mit Ben auf gleicher Höhe waren, blieb Mirijam stehen und ihre Begleitung war einen Augenblick verwirrt. Dann drehte sich Mirijams Kopf langsam in Richtung Ben, der stocksteif dort stand und keinen Blick von Mirijam wenden konnte. Der junge Brite sah in zwei wasserblaue Augen und dachte an klare Bergseen. Dann spürte er ein vorsichtiges, ja behutsames, Tasten in seinem Kopf. Schließlich nahm er die Welt um sich herum nicht mehr wahr. So wie es schien, war er nicht mehr an Bord der GERONIMO – so fühlte er. Jedes Zeitgefühl erlosch und er registrierte, dass Mirijam ihm eine Nachricht übermittelte. Danach war er übergangslos wieder an Bord des Schiffes er selbst und sah, dass Mirijam mit ihrer Schwester die Brücke verließ. Verwirrt sah sich Ben um. Trixie hatte Schweiß auf der Stirn, Laura schaute entsetzt und der Admiral sehr besorgt. Vorsichtig und äußerst verwirrt setzte sich Ben auf seinen Stuhl.

„Was ist los?“, flüsterte er zu Beatrice, aber die schüttelte nur den Kopf.

„Was war denn eben?“, fragte Nina ihre Schwester, als sie das Appartement hinter sich geschlossen hatten und sich Mirijam hingelegt hatte. Statt einer Antwort fragte Mirijam: „Wer ist dieser Mann?“

Nina schaute ihre Schwester skeptisch an: „Du wirst ihn jetzt besser kennen als ich. Er ist Gunner an Bord dieses Schiffes. Bisher war er, wie ich weiß, effektiv, aber äußerst zurückhaltend.“

„Er ist einsam“, sagte Mirijam nur und schloss die Augen. Nina machte es sich im Sessel ebenfalls gemütlich und wartete einfach ab.

„Ben?“
Der junge Gunner schaute hoch und direkt in das Gesicht des Admirals.
„Ja, Admiral!“
Thomas beugte sich etwas herunter: „Begleite mich bitte in den Besprechungsraum!“
„Selbstverständlich!“ Ben stand sofort auf. Thomas Stimme hatte nicht vorwurfsvoll oder befehlend geklungen, sondern eher besorgt. Er winkte Laura, sie sollte mitkommen. Zu dritt saßen sie am großen Tisch und Thomas hatte den Akustikbegrenzer eingeschaltet – sie waren unter sich. Thomas warf Laura einen auffordernden Blick zu und sie wandte sich an Ben. Sie bemerkte, dass der junge Mann sehr zurückhaltend und verwirrt war. Im gleichen Augenblick hatte Laura ein schlechtes Gewissen. Von allen Personen auf der Brücke kannte sie die einzelnen Lebensumstände und noch vieles mehr. Von Ben Hustler wusste sie nichts – gar nichts. Sie drehte sich ganz zu ihrem Def-Gun: „Ben, was war das gerade?“
„Ich ...“, Ben suchte offensichtlich nach Worten. „Sie ist, ich kann ... ich habe noch nie eine solche Frau ..., es tut mir leid.“
Dieses Mal reagierte Thomas: „Du brauchst dich nicht entschuldigen, Ben. Da gibt es nichts, was wir dir vorwerfen wollen. Wir wollen nur wissen, was du erlebt hast – in dieser Zeit.“
Ben sah von einem zum anderen: „In welcher Zeit?“
„Ben“, griff Laura etwas härter ein. „Mirijam kann zur lebenden Zeitbombe werden. Wir müssen alles wissen, was uns und das Schiff gefährden könnte!“
Ben konnte sich nun gar keinen Reim mehr darauf machen und Thomas redete weiter: „Ich glaube, das Problem liegt woanders. Wie lange, meinst du Ben, hat Mirijam dich gerade angesehen?“
Ben überlegte: „Es waren vielleicht zwei bis drei Sekunden!“
Laura atmete hörbar aus und Thomas ließ die Schultern sinken: „Es waren genau elf Minuten, Ben. Elf Minuten, in denen wir nicht wussten, ob gleich etwas passiert. Niemand hat sich getraut da einzugreifen. Wir haben nur darauf gewartet, dass ihr aufhört euch anzuschauen.“
„Elf Minuten“, wiederholte Ben ungläubig.

„Elf Minuten", bestätigte Laura und Ben war sogleich klar, warum Trixie der Schweiß auf der Stirn stand.
„Ist etwas passiert?", erkundigte sich Ben vorsichtig.
„Bis jetzt wissen wir von nichts", gab der Admiral Auskunft. „Kannst du dich an etwas erinnern, was innerhalb dieser Zeit passierte. Ein Gedanke, ein Wort ... irgendwas?"
Ben schüttelte den Kopf: „Ich weiß nicht, ich bin mir nicht sicher ... ich, äh."
Thomas beugte sich zu ihm herüber: „Selbst, wenn du dir nicht sicher bist, was ist es?"
Gespannte Ruhe herrschte im Raum, während sich Ben die nächsten Worte zurechtlegte: „Sie ..."
„Ja?", machten Thomas und Laura gleichzeitig.
„Mir sind nur ... zwei Worte im Gedächtnis geblieben", brachte Ben stockend hervor.
„Und die waren?", Thomas blieb so ruhig wie nur möglich.
Ben sah beide kurz an: „Hilf mir!"
Thomas stand ruckartig auf, steckte beide Hände in die Hosentaschen und schaute auf die Brücke.
„Das macht unsere Mission nicht einfacher, was?", sprach Laura.
„Zumal ich nicht weiß, ob und wie ich darauf reagieren soll", sagte der Admiral. „Ben, ich danke für das Gespräch. Behalte es bitte unter uns. Benachrichtige uns, wenn Mirijam weiterhin mit dir kommuniziert. Egal was es ist, ja?"
Ben versprach es und man begab sich wieder an die Arbeitsplätze.
Trixie schaute ihren Kameraden fragend an, aber dieser schüttelte nur den Kopf.
Kurz darauf erging seitens des Admirals der Befehl an die Pilotin, in Richtung Zielgebiet aufzubrechen und 40 Lichtjahre davor die GERO-NIMO im Raum zu parken.

12.03.2134, 21:00 Uhr, GRACELAND-City, Netznachrichten, Büro Maximov:

Und wieder herrschte die von Jurij so bevorzugte Ruhe. Heute war – er wusste es nicht, wer mit der Lokalsendung dran war, GC war es jedenfalls nicht. Er war allein. Und es war Stille im gesamten Haus. Der ideale Zeitpunkt, sich den zweiten Bericht von Jane Scott anzusehen. Er hatte ein Faible für sich entdeckt – AGUA-Whisky. Insofern war das Zusammentreffen mit Ron Dekker für ihn ganz persönlich mit einer Änderung seiner Lebensumstände verbunden. Er liebte es nun, im Sessel zu sitzen und einen guten Schluck zu genießen – wie gesagt – einen! Nach der Aktivierung schossen die Aufzeichnungen Janes lautlos aus dem Drucker und Jurij, der die Captain der WALHALLA mittlerweile als Schreiberin liebte, lehnte sich wieder mal behaglich zurück und griff zur ersten Folie.

23.04.2120, 09:30 Uhr, ADVENTURE, Brücke:

Ich war nicht nervös, ich war hypernervös. Heute würden die Pfleger an Bord kommen und es würde sich zeigen, ob unsere >private< Aufklärungsmission entdeckt worden war. Schon seit gestern früh lief ich mit einer Gürteltasche herum und hatte dafür gesorgt, dass jeder das technische Scan-Modul darin sah. Heute war aber nicht der Scanner drin, sondern eine von Aldos Faustfeuerwaffen – geladen mit zehn Schuss. Ich hatte mich entschieden. Niemandem würde ich erlauben, meinen Aufbruch in die Unendlichkeit zu vereiteln – ob ich die Waffe allerdings benutzen würde – ich war mir nicht sicher und das vergrößerte meine Nervenanspannung um ein Vielfaches.
„Wir werden gerufen, Captain!“ Karl Sander reagierte auf einen Funkspruch.
„Durchstellen“, befahl Aldo.
„Hier ist das Shuttle >HERMES<. Wir rufen die ADVENTURE!“
„Hier ADVENTURE“, sprach Aldo.
„Wir sind in etwa 90 Minuten bei euch!“
„Ihr seid uns willkommen auf Landedeck B“, ließ Aldo wissen. „Wir übernehmen euch fünf Minuten vor Rendezvous in Fernsteuerung!“
„Wir melden uns rechtzeitig! HERMES Ende!“
Aldo sah mich an und ich klopfte sachte an meine Gürteltasche. Er nickte sorgenvoll. Ich konnte mir gut vorstellen, dass der bekennende Pazifist Jost Aldo mit einiger Sorge dem heutigen Treffen entgegen sah. Aber das tat ich auch.
Die Zeit bis 11:00 Uhr wollte nicht vergehen und Aldo vermied es, mich noch einmal zu sich in den Besprechungsraum zu rufen. Er hatte sich kurz nach dem Funkkontakt darin zurückgezogen. Dann war es soweit und ich rief Aldo über den Schiffsfunk: „Captain, wir haben

soeben die HERMES in Fernsteuerung genommen. Die Fähre steht in ein paar Minuten auf dem Landedeck!“
„Ich komme!“
Aldo eilte aus seinem Besprechungsraum: „EINS, du kommst mit. Karl, du hast die Brücke!“
„Was?“ Karl, dessen Veilchen mittlerweile alle Regenbogenfarben durchlaufen hatten, war völlig überrascht: Captain und XO nicht auf der Brücke! Aldos Finger tanzten im Vorbeigehen auf der Videoanlage, die er von seinem Pult aus steuern konnte. Ich sah aus den Augenwinkeln, dass er die Kameras auf dem Landedeck B mit einer Sperrprogrammierung und Passwort versah. Falls also ... niemand würde es bemerken.
„Habe ich mich unklar ausgedrückt, Karl?“
„Nein, Captain, nein“, beeilte sich der Überrumpelte zu versichern.
„Du kannst dabei auf deinem Platz bleiben, wir sind ja noch nicht los“, erklärte Aldo und wollte offensichtlich verhindern, dass Karl versuchte, ein Bild vom Landedeck zu bekommen.
„Aye, Captain!“ Diese Anordnung war noch verwirrender.
„EINS, es wird Zeit!“
Nebeneinander marschierten wir zum Landedeck, und ich hatte das leise Gefühl, dass wir blindlings in unser Unglück rannten. Die Waffe an meiner Seite schien Zentner zu wiegen und klatschte bei jedem zweiten Schritt schwer auf meinen Oberschenkel. Allein das Tragen oder Besitzen hier an Bord wäre schon gut für Jahrzehnte Zuchthaus. Da wäre jetzt Aldo fein heraus, indem er sie mir gegeben hatte. Konnte ich dem Mann, den ich gerade mal ein paar Tage kannte, vertrauen? War das alles vielleicht ein Test und er zeigte gleich auf mich: Nehmt sie mit oder so? Waren das Platzpatronen, oder – eigentlich hatten die Patronen beim Laden einen schweren und gefährlichen Eindruck auf mich gemacht. Hätte ich blöde Kuh mir vielleicht mal ein bisschen eher darüber Gedanken machen können? Nun hatte ich zwei Probleme: Einmal die Personen an Bord der Fähre und vielleicht sogar Aldo! Ich beschloss, mich nicht beirren zu lassen und den einmal eingeschlagenen Weg weiter zu verfolgen. Aber Restzweifel blieben – natürlich.
Wir beobachteten nach dem Ankommen das Landeprozedere und mein Puls lag bei gut 180. Die tonnenförmige Fähre durchbrach das Kraftfeld und schwebte über dem Landedeck. Wir schwebten bei 10% Anziehungskraft nur deswegen nicht, weil wir unsere Muskeln äußerst

konzentriert einsetzten und das sehr sparsam. Ich schwitzte wie verrückt und meine nervliche Anspannung ließ mich vermuten, dass ich wohl gleich umfallen würde. Ein besorgter Blick von Aldo traf mich, als ich einen Moment um mein Gleichgewicht kämpfen musste. Reiß dich zusammen, rief ich mir selbst zu. Wenn ich Aldo gegenüber einen labilen Eindruck machte, konnte mir das erstens für die weitere Reise schaden und zweitens konnte Aldo jeden Augenblick seine Strategie ändern und mich den Wölfen zum Fraß vorwerfen – oder waren das Löwen? Ich atmete tief durch, straffte meine Figur und nickte Aldo zu: Ich war bereit.

Die Fähre hatte Bodenkontakt und beim Einsetzen der normalen Schwerkraft hätte ich übergangslos kotzen können. Mit einem Ruck 90% schwerer und dann die Umstände ...

Die Fähre kam zur Ruhe und ich sah, wie sich das Raumschott schloss. Wer saß jetzt in der Falle? Wir, ich oder die, die gleich aus dem Flieger steigen würden? Ich stellte mich so, dass die Tasche an meiner Seite vom Ausstieg her nicht zu sehen war. Ich konnte schlecht jetzt schon eine Waffe in die Hand nehmen. Ich öffnete den Verschluss und kontrollierte von außen die Lage der kleinen, aber schweren Schusswaffe. Der Kolben lag so, dass ich ihn recht einfach greifen konnte. Würde ich gleich kaltblütig einen Menschen erschießen – oder zwei? Kaltblütig bestimmt nicht, mein Herz pumpte eine Menge Blut durch meinen Körper und wie im Fieber sah ich die Abläufe fast wie in Zeitlupe: Ganz langsam öffnete sich zischend von oben nach unten das Außenschott des Fliegers, um gleichzeitig auch als Gangway zu dienen. Ich beobachtete Aldo und stellte entsetzt fest, dass der Captain ein erschrecktes Gesicht machte. Ich griff in meine Tasche.

„Willkommen an Bord der ADVENTURE“, hörte ich Aldo mit seltsam verzerrter Stimme sagen und dann sah ich es: Ein riesenhafter Kerl, bestimmt zwei Meter hoch und in den Schultern so, dass man ihm den Doppelmörder abgenommen hätte, schritt langsam die kurze Treppe hinunter. Das war nicht das Schlimmste, denn dieser Kerl trug nicht die normale Uniform der Raumflotte, sondern die senffarbene des internen Sicherheitsdienstes – kurz INSEC. Diese Typen waren berechtigterweise gefürchtet und fackelten auch nicht lange. Dummerweise traten sie nur dann auf, wenn es einen triftigen Grund dafür gab. Ich fasste meine Waffe fester und legte mit dem Daumen den Sicherungsstift herum. Geladen und feuerbereit war sie damit. Hinter dem Sicher-

heitsmann betrat ein weiterer Mann, der in normaler Uniform und mit den Emblemen der medizinischen Abteilung versehen, das Deck der ADVENTURE. Dieser war bestimmt 30 Zentimeter kleiner als der Security-Mann, war mittleren Alters und eine ausgeprägte Glatze fiel sofort auf.
„**Alles in Ordnung an Bord dieses Schiffes, Captain?**“ Der Senffarbene konnte wahrscheinlich nicht leiser sprechen und es kamen auch keine weiteren Personen aus der Fähre – obwohl, sicher sein konnte ich nicht.
„Wir sind im Zeitplan und können den Abflugtermin halten“, erklärte Aldo mit nicht ganz fester Stimme.
Dieser Goliath drehte sich um und ich kam in sein Blickfeld. Meine Hand erstarrte ganz von selbst in der Tasche. Er grinste mich an. Ungefähr so wie ein Löwe eine Antilope angrinst, bevor er sie zerreißt.
Er wandte sich wieder Aldo zu: „**Dann ist ja alles gut! Ich überbringe als letztes Crewmitglied Jeff Bishop. Seine Aufgabe ist die Versorgung der Schläfer und, falls erforderlich, die Wiedererweckung!**“ Ein raues Lachen begleiteten den Nachhall seiner Worte. „**Falls es Probleme noch vor dem Start gibt, dann abbrechen und uns benachrichtigen! Ich wünsche einen guten Flug!**“
Goliath drehte sich um und ging mit zackigen Schritten auf die Fähre zu. Das Schott schien sich schneller zu schließen, als vorhin zu öffnen, so kam es mir jedenfalls vor. Ich nahm meine Hand aus der Tasche, nachdem ich die Wumme gesichert hatte und atmete auf. Eine mittlere Gebirgskette fiel mir vom Herzen. Goliath war zwar kein Sympath gewesen, aber unschuldig an der Situation, und auch Typen wie er hatten ihre Berechtigung innerhalb der Raumflotte. Obwohl, Aldo hatte ja auch die Waffen an Bord bringen können, trotz der Sicherheitskontrollen der Securitys. Ich schloss unauffällig die Tasche. Nun beobachteten wir zu dritt, Aldo und ich maßlos erleichtert, den Abflug der Fähre mit dem INSEC-Goliath. Nachdem sich das Schott hinter dem Flieger wieder geschlossen hatte, genehmigte sich auch Aldo einen fast unhörbaren Seufzer: „Crewman, du möchtest sicher zum Staselager?“
Bishop grinste kurz. „Sicher, aber erst einmal möchte ich das Schiff kennenlernen und mit euch beiden sprechen.“
„Dazu reicht Second Class Officer Jane Scott. Sie wird dir das Schiff zeigen und eventuelle Fragen beantworten“, sagte Aldo recht kurz angebunden.

„Nein, das wird mir nicht reichen“, sagte Jeff Bishop scharf und sah Aldo an. „Ich will euch jetzt beide sprechen und die junge Lady soll ihre Kanone stecken lassen. Wenn ein gewisser Funkanruf nicht innerhalb der nächsten 90 Minuten erfolgt, dreht die Fähre wieder und es sind 19 weitere INSEC-Leute an Bord – schwer bewaffnet.“
Aldo wurde blass und ich näherte mich wieder mit Riesenschritten einem Ohnmachtsanfall. Wie wachte man denn aus einem solchen Albtraum auf? Wir waren durchschaut – aufgeflogen! Wo war hier die Logik? Warum hatte man mich nicht sofort überwältigt? Ich nickte Aldo zu: Wir hatten nichts mehr zu verlieren und Bishop konnte wenigstens noch ein paar Fragen beantworten. Trotz seines heftigen Auftritts machte er nicht den Eindruck eines Arschlochs.
„Wir gehen in meinen Besprechungsraum“, gab Aldo nach und ging vor.
Auf der Brücke wurde Aldo direkt von Karl vorwurfsvoll angesprochen, der eben doch im Sitz des Captains saß: „Wir konnten keine Bilder vom Landedeck empfangen!“
„**Ich sagte, du solltest auf deinem Platz sitzen bleiben!**“ Bei Aldo lagen die Nerven blank, bei mir übrigens auch, und so schiss er den Widerling mit ordentlicher Lautstärke zusammen. Karl zuckte zusammen und machte, dass er auf seinen Platz kam. Aldo schloss selbst hinter uns die Tür zur Brücke und machte eine einladende Handbewegung und forderte zum Setzen auf. Er selbst setzte sich gegenüber Jeff Bishop: „Ich bin gespannt!“
„Ich auch“, antwortete Jeff. „Ich möchte erst einmal wissen, wie der Kaffee hier an Bord schmeckt. Schließlich werde ich die nächsten Monate wohl nichts anderes bekommen.“
Aldo rollte mit den Augen und ich sprang auf. Irgendwie hatte ich das Gefühl, ich müsste wegen meines Waffenbesitzes irgendwas zu meiner Entlastung tun.
Jeff Bishop bequemte sich erst etwas zu sagen, als er genuss- und geräuschvoll die Hälfte der Tasse geleert hatte: „Ich bin nicht nur im medizinischen Dienst und dort spezialisierter Pfleger für Kälteschlaf, sondern auch Major der INSEC.“
Diese Erklärung ließ Aldo und mir das Herz in die Hose rutschen.
„Aber ...“, flüsterte Aldo.
Bishop hob eine Hand und bat Aldo zu schweigen: „Wir wissen zwar viel, aber doch nicht alles. Wer weiß noch davon?“

„Wovon?“, rutschte es Aldo heraus.
Jeff beugte sich vor: „Von den, sagen wir, blinden Passagieren in den Stasetanks!“
Aldo und ich sahen uns erschrocken an, obwohl wir derlei schon befürchtet hatten. Wir senkten unsere Köpfe und versicherten, dass wir mit niemandem über unsere Entdeckung gesprochen hatten.
„Dabei bleibt es dann auch“, legte unser Gesprächspartner fest. „Die beiden Faustfeuerwaffen sind schon bei der Abflugkontrolle aufgefallen. Selbstverständlich wird der Computer hier und auch das Stasellager ferntechnisch überwacht. Wir haben gesehen, dass ihr den Marine Russ Meywers erkannt habt. Wir haben sogar den gering eingestellten Funk abgehört! Wir kennen die Gespräche.“
„Wer ...?“ Auch ich wurde aufgefordert zuzuhören – und zu schweigen.
„Niemand an Bord ist ein Maulwurf. Allerdings ist das schöne Schiff hier ordentlich verwanzt. Hier geht keiner aufs Töpfchen, ohne dass die INSEC das mitkriegt.“
„Wieso sind wir noch hier?“, raffte sich Aldo zu der alles entscheidenden Frage auf.
Jeff sah lächelnd von einem zum anderen: „Ihr habt mächtige Freunde – offenbar.“ Er legte Aldo eine kleine Folie vor: „Ich bitte diese Nummer anzurufen. Es handelt sich um eine absolut abhörsichere Verbindung.“
Aldo griff zur Folie und wählte an seinem Vielzweckmultirechner diese Nummer. Als der Bildschirm aufleuchtete, war auch ich verwundert. Diese Person kannte jeder. Nach kurzem Flimmern erschien dort das wohlbekannte Gesicht von Admiral Nyota M`Ganda. Die Afrikanerin trug ihr schlohweißes, langes Haar, wie immer, offen. Dies gab der Frau unbestimmbaren Alters in der braunen Uniform ein etwas bizarres Aussehen. Sie war eine der am höchsten dekorierten Admiräle der Raumflotte und nur noch Admiral Jonathan Baines stand über ihr.
„Second Class Officer Scott, Major Bishop, hallo Jost – alter Freund!“ Die Admiral nickte jedem zu und bei Aldo lächelte sie sogar. „Ich denke, ich bin euch eine Erklärung schuldig. Ich gehöre zu denjenigen, die aus verschiedenen Gründen diesen Schmonz aus pazifistischer Haltung nicht gutheißen.“ Sie hob einen Arm, um den erwarteten Widerspruch von Aldo aufzuhalten. „Ich weiß Pazifisten durchaus zu schätzen, allerdings nur als Gegner. Ich komme nicht im Traum auf die Idee, über 50.000 Menschen völlig unbewaffnet in die Weiten des

Kosmos einfach mal so verschwinden zu lassen! Unsere jetzt erst nach Frieden schreienden Politiker sind da für mich nicht mehr ganz glaubwürdig.“

„Ihr, ihr habt gegen den Willen der Politik ...“, Aldo war fassungslos. Für ihn kam das einem Putsch gleich.

„Ja, haben wir“, bestätigte Nyota M`Ganda mit ernstem Gesicht. „Diese Typen wollen wiedergewählt werden und ihr wollt überleben - oder? Ich will auch, dass unsere Missionen von Erfolg gekrönt sind, auch wenn wir nicht unbedingt davon ausgehen können, dass wir so etwas wie ein Feedback von euch bekommen.“

Mir wurde heiß: Auf der Erde rechnete die Admiralität zu einem gewissen Prozentsatz damit, dass wir hier ein One-Way-Ticket gebucht hatten – also ohne Wiederkehr. Offensichtlich zu einem sehr großen Prozentsatz.

Aldo war noch dabei, die erste Kröte, die mit den Waffen, zu schlucken.

„Lieber Captain! Wenn du so überzeugt gewesen bist, was sollten dann die Waffen in deinem Gepäck?“ Aldo seufzte. Er war geschlagen – mit den eigenen Waffen, buchstäblich.

Admiral M`Ganda kroch fast in die Optik hinein und sagte beschwörend: „Jost! Wir - sind - nicht - allein! Hast du das verstanden?“

Ich hatte den Eindruck, dass dem Captain sein eigener Kragen plötzlich zu eng war, denn er schnappte nach Luft.

„Lasst mich es so ausdrücken“, fuhr die Afrikanerin fort. „Wir haben Hinweise darauf, dass nicht alle Spezies dem waffenlosen Miteinander zugetan sind. Aber das können wir hier schlecht verkaufen!

Wenn ihr angegriffen werdet, dann gebt in den Rechner vor euch das Kennwort >TROJA< ein. Ihr bekommt dann genügend Erklärungen. Meinetwegen könnt ihr das schon kurz nach dem Start machen. Aber erst, wenn ihr das System verlassen habt!“

Captain Aldo räusperte sich und wagte dann einen Einwand: „Wir haben einen INSEC-Mann an Bord. Wer hat die Kommandogewalt?“

Die Frage war nicht ganz unberechtigt. Ab einem gewissen Dienstgrad, Major gehörte dazu, hatten die Befehle der INSEC-Leute Überrang. Da konnte Aldo nicht dran rütteln.

„Wir möchten aus naheliegenden Gründen nicht, dass die wahre Identität von Jeff vorschnell bekannt wird. Jeff hat Vetorecht innerhalb des Sonnensystems. Seid ihr unterwegs, steht euch lediglich die Erfah-

rung des Majors zur Verfügung. Er ist dann ein normaler medizinischer Mitarbeiter."
Captain Aldo erklärte sich einverstanden und dann kam ein Nachsatz von Nyota, der mir fast den Boden unter den Füßen wegzog: „Lieber Jost, wenn du dich bei kriegerischen Auseinandersetzungen überfordert fühlst, kannst du das Kommando auch abgeben. Ich habe lange überlegt, ob ich statt in deine, das Kommando nicht in die Hände von Second Class Officer Jane Scott lege. Ich denke, damit habe ich genug über die Fähigkeiten deiner XO zum Ausdruck gebracht."
Aldo nickte ergeben. Heute war sein Bedarf an Überraschungsmomenten sicherlich gedeckt.
„Ich wünsche euch einen guten Flug und schützt die unendlich wertvolle Fracht!"
Die Admiralin schaltete ab und wir, zumindest Aldo und ich, schauten fassungslos auf den schwarzen Bildschirm und versuchten geistig zu verarbeiten, was wir gerade gehört hatten.
„Die zweite Waffe hätte ich gerne", hörte ich Jeff sagen.
„In Ordnung", murmelte ich und lehnte mich zurück. Die Vielzahl von Informationen musste erst einmal verarbeitet werden. Jeff war so rücksichtsvoll, schweigend dazusitzen und uns nachdenken zu lassen. Allein die Tatsache, dass sich die Admiralität sicher war, dass wir nicht allein im Universum waren – krass. Wie häufig hatte ich mir diese zentrale Frage schon gestellt? Man überlege sich einmal, die Menschheit ist allein im All! Dann denkt man einmal andersherum und nimmt an, dass die Menschheit nicht alleine ist im All. Beide Vorstellungen sind, zu Ende gedacht, unheimlich aufregend. Wie würden sie aussehen und wie würden sie uns empfangen – ach ja, dafür hatten wir ja jetzt Waffen. Aldo würde noch mehr mit sich und seinem Pazifismus zu tun haben. Ich hoffte nicht, dass er mich nun als Konkurrentin um die Führung der ADVENTURE sah. Dabei wurde mir ganz anders: Man hatte mich in die engere Wahl genommen, die Captain des Auswandererschiffes zu sein? Ich muss schon sagen, ich fühlte mich da sehr geehrt.
„Was nun?", brachte es Aldo schließlich auf den Punkt.
„Ihr stellt mich jetzt den Crewmitgliedern vor, dann zeigt mir Jane mein Quartier und übergibt mir die zweite Waffe."
Während Aldo einverstanden war, hatte ich eine Nachfrage: „Warum nicht beide Waffen? Bin ich so vertrauenswürdig?"

Jeff lächelte: „Du hast die Einschätzung deiner Person von der Admiralin gehört. Sie hat einen scharfen Verstand und gute Menschenkenntnis. Wir sind dort draußen, Jane, aufeinander angewiesen. Es macht keinen Sinn, die Waffen gegeneinander zu richten. Ich gehe sowieso das höchste Risiko ein, dass man sich vorstellen kann. Ich bin Teil der Crew – mehr nicht. Wer ist noch absolut zuverlässig?“
Aldo wollte antworten, aber Jeff hob die Hand: „Sorry, Captain. Ich möchte es von der Person wissen, die für die Crew verantwortlich ist.“
„Oksana“, antwortete ich, ohne zu überlegen. „Der Pilot ist in Ordnung und der Cheftechniker auch. Den Kom-Offizier würde ich umgehend nach Hause schicken wollen.“
Jeff sah Aldo an. Der Captain hatte an meiner Einschätzung nichts auszusetzen und nickte.
„Wir können ihn im Moment nicht nach Hause schicken, ohne die restliche Crew wuschig zu machen“, gab Jeff zu bedenken und er hatte Recht damit. „Aber ein Unfall ...“
Ich erschrak heftig und Aldo rang nach Luft. Die Gerüchte um die INSEC-Leute waren also nicht übertrieben.
Jeff amüsierte sich, wie es schien: „Ich glaube, bei euch ist noch nicht angekommen, wie wichtig unsere Mission ist. Wir sind dabei, das Überleben der Menschheit zu sichern. Ich werde keinem gestatten, uns dabei hinderlich zu sein. Sagt mir einfach Bescheid, wenn er zur Last fällt.“ Damit war das Thema für Jeff Bishop offensichtlich erst einmal erledigt. Mir war, als wäre es im Besprechungsraum innerhalb von Sekunden zu einem Temperatursturz gekommen – ich fror und tatsächlich hatte ich die Mission bis eben als eines der größten Abenteuer gesehen. Nun sah ich die richtige Zielsetzung. Ich konnte nicht behaupten, dass mir die Verantwortung für das Überleben der Menschheit gefiel. Meine Schultern fühlten sich mit einem Mal unglaublich schmal und zart an.
„Wir sollten jetzt dort rausgehen und die Vorstellung durchführen, sonst werden die Herrschaften noch misstrauisch“, schlug Jeff vor. Aldo winkte ab. Er war noch so in Mitleidenschaft gezogen, dass er den Job mir übertrug und Jeff war einverstanden.
Als wir wenig später zu meiner Kabine unterwegs waren, legte Jeff noch einen oben drauf: „Mach dich darauf gefasst, Jane, dass du über kurz oder lang das Kommando übernehmen musst.“

Mir wurde das langsam zu viel, darum fauchte ich ihn an: „Willst du Aldo etwa auch per Unfall aus der Welt schaffen?“
Jeff grinste: „Das wird nicht nötig sein. Aldo ist alt und führungsschwach. Ich verstehe nicht, wie man einen Pazifisten in der Raumflotte dulden und dann auch noch mit einer solchen Mission betrauen kann.“
Kurz darauf hielt Jeff eine der kurzen, plumpen Waffen in den Händen. Ich übergab sie ihm mit der Hälfte der Munition. „Reißt ganz schöne Löcher, son´ Ding“ urteilte er und verstaute sie in seiner Tasche. Ich brachte ihn zu seiner Kabine. Diese war bereits seit Wochen fertig eingerichtet und der Kleiderschrank war voll mit seinen Kleidungsstücken.
„Was haben wir noch an Waffen an Bord?“, fragte ich ihn.
„Ich weiß es nicht genau, aber es wird einiges sein. Ich schlage vor, sobald wir das System verlassen haben, sollten wir >TROJA< aufrufen. Es kann sein, dass wir uns entschließen, eine Menge an Personen aufzuwecken, der Prozess dauert 36 Stunden und die Anzahl der Plätze im Aufweckraum ist begrenzt!“

25.04.2120, 10:30 Uhr, ADVENTURE:

Ich weiß nicht wie, aber wir haben uns nichts anmerken lassen, Aldo und ich. Jeff schien sowieso schon x-mal für einen Oscar vorgeschlagen worden zu sein. Ihm nahm man den gutmütigen und sozial eingestellten Pfleger auf Anhieb ab.
Und heute war der Start auf 14:00 Uhr verlegt worden.
Um 09:00 Uhr war eines der fünf Kraftwerke der ADVENTURE angelaufen. Wir versorgten uns ab jetzt mit eigener Energie und waren unabhängig von der >Nabelschnur< der Werft.
Um 09:30 Uhr hatte Aldo traditionell alle Crewmitglieder noch einmal gefragt, ob jemand >aussteigen< wollte. Alle hatten verneint und ihre Aussagen waren im Logbuch vermerkt worden. Ich hatte fast das Gefühl, dass Aldo selbst gerne auf der Erde geblieben wäre, aber der Captain wurde nicht gefragt und wahrscheinlich hätte dies auch sein Stolz nicht zugelassen. Captain Aldo und ich standen nun an einem der seitlichen Schotts und verabschiedeten die letzten Techniker. Mirko, keiner wusste den Nachnamen des Cheftechnikers, stand mit den letzten vier seiner Leute und versuchte, uns mit schönen Worten aus diesem System zu verabschieden. Wie es bei vielen Leute mit haupt-

sächlich technischem Verstand ist, war es da mit >Reden schwingen< nicht ganz weit her. Trotzdem berührte uns sein ehrliches Bemühen um einen würdevollen Abschied:

„Wir … ja … äh … wir sind also jetzt mal die Letzten. Also, wenn wir jetzt, dann seid ihr allein … ähm. Ihr seid jetzt autark und wir haben, also, wir haben alles noch einmal … ähm … überprüft. Es ist also vollbracht – euer Schiff ist fertig, also, abflugbereit. Wir … äh … wir wünschen euch alles Glück und immer allzeit guten … äh … Flug!"

„Wir danken euch", sagte Aldo schlicht und dann gab man uns etwas linkisch die Hand, wobei wir peinlichst darauf achteten, dass sich unsere Arme nicht überkreuzten. Das brachte in der Zukunft Unglück und in der Gegenwart einige Lacher und Verzögerungen, wenn Hände zurückzuckten. Schließlich starrten Aldo und ich auf ein sich hinter den Leuten schließendes Schott. Dann wechselte die Anzeige von Grün auf Rot. Das hieß nichts anderes, als dass der Andocktunnel abgezogen worden war und sich hinter dem Schott nunmehr Vakuum befand.

Die Nabelschnur war durchtrennt.

Schweigend drehte sich Aldo um und ich folgte ihm zur Brücke. Dort angekommen, forderte er uns zum letzten Check der Systeme auf. Ich war schnell fertig und nahm die Meldung von Jeff entgegen, dass im Staselager alles im grünen Bereich sei. Ich sah, wie Aldo sich die Ohrstecker einführte und ein Gespräch nur für ihn entgegennahm. Dann schaltete er und verstaute die Geräte wieder: „Für dich, Jane. Ein Gespräch. Du kannst es im Besprechungsraum entgegennehmen. Es handelt sich um eine Verschlusssache, also mach die Tür zu!"

Völlig verunsichert stand ich auf und ging rüber zum Gemeinschaftsraum. Ich schloss die Tür und sah mit gemischten Gefühlen zum Monitor. Oh nein! Das Gesicht kannte ich. Es gehörte zu den liebsten, die ich je auf der Erde gesehen hatte.

„Hallo Dan", hauchte ich.

Dan Blocker lächelte mich an: „Ich musste ein wenig meine Beziehungen spielen lassen, damit ich dich noch einmal sehen konnte, Jane. Nein, Liebes, nicht weinen, bitte nicht!"

Ich konnte nicht anders. Mir liefen die Tränen haltlos die Wangen hinunter. Dan Blocker war der Typ gewesen, der mich nach dem fast tödlichen Angriff auf meine Person im Hafen von Geelong von der Straße weggefischt hatte. Gut, er hatte mit mir geschlafen, aber er hatte mir auch geholfen. Er hatte mich zu dem gemacht, was ich jetzt war.

Eine Second Class Officer der Raumflotte und Fast-Captain der ADVENTURE. Wir hatten uns im Laufe meiner Ausbildung regelmäßig getroffen. Er war mir wie ein älterer Bruder. Okay, wie ein Bruder, mit dem man ins Bett steigt.

„Jane, ich möchte dir danken für all die Zeit, die du mit mir verbracht hast."

„Ich danke dir", schniefte ich.

Er schüttelte den Kopf: „Unser Altersunterschied ist zu groß. Ich will jetzt nicht von Liebe sprechen, aber du bist mit Abstand das Wertvollste, was ich hier auf Erden hatte. Ich bedaure von ganzem Herzen, dass du nicht mehr in meiner Nähe bist. Ich wünsche dir alles Glück der Welt", er lächelte breiter, „des Weltraums. Versprich mir, dass du dort draußen auf dich aufpasst, bitte!"

Ich nickte und währenddessen verließen weitere Tränen mein Gesicht und fielen zu Boden.

„Nicht weinen, mein Liebes. Wir waren uns bewusst, dass genau dieser Tag kommen wird, und schließlich haben wir darauf hingearbeitet. Lass uns diesen Erfolg lieber feiern, auch wenn wir es getrennt tun müssen."

Ich nickte tapfer – sagen konnte ich nichts.

„Viel Glück und pass auf dich auf!"

Ich rief noch einmal zaghaft „Dan!", aber das Bild verblasste und kam nicht wieder. Ich saß geschlagene 45 Minuten auf diesem Platz, bis ich keine Tränen mehr hatte. Schließlich schaute Aldo nach mir: „Jane, ich werde dich gleich brauchen. Geh in deine Kabine und mach dich ein wenig frisch. Wir sind dann live auf Sendung. Die halbe Welt verfolgt unseren Abflug!" Er sah mir ins Gesicht und ahnte als erfahrener Mann sicherlich, was da gerade gelaufen war.

Ich gab keine Antwort, huschte aber neben ihm aus dem Raum und von der Brücke. Eine Viertelstunde vor dem Starttermin hatte ich mich wieder im Griff und saß neben Aldo. Auf dem vorderen Bildschirm erschien eine Sendeanstalt der Erde und ein netter Herr erklärte uns, dass wir pünktlich, erkennbar an den roten Balken oben und unten am Bildrand, live zur Erde gesendet würden.

Ich nickte tapfer.

14:00 Uhr:

Ich war selbst überrascht, wie kühl ich sein konnte. Dan erschien mir schon Lichtjahre weit weg. Der vordere Schirm flammte auf und die angedrohten Balken in roter Farbe säumten unten wie oben das Bild – jetzt galt es.
„Die Werft ruft uns“, teilte Karl mit.
„Auf den Schirm“, sagte Aldo sanft.
Auf der Anzeige erschien ein etwas gewandterer Mensch als Mirko und erläuterte uns jovial, dass die letzten Verbindungen zur Werft gekappt seien. Die nochmalig auf höchster Ebene gecheckte ADVENTURE >>gehöre< nun uns und man wünsche einen guten Flug. Aldo dankte und ließ die Verbindung unterbrechen.
Jost Aldo lehnte sich etwas zu mir herüber: „Jane, bring uns hier raus und auf den Weg.“
Ich schluckte. Der Captain überließ mir tatsächlich die Ehre ...
Ich ließ die Werft rufen und ein verantwortlicher Crewman der Dockleitung erschien.
„ADVENTURE fertig zum Stapellauf“, teilte ich ihm mit. Auch wenn es kein Wasser hier gab, die ADVENTURE wurde als Schiff, als Raumschiff, bezeichnet und somit war das immer noch ein Stapellauf.
„Okay“, dann kamen die Befehle des Docks, die auch von dort ausgeführt werden mussten:
„Prallfelder installieren und aktivieren!“
„Prallfelder aktiv bei 100%!“
„Halteklammern und -magnete lösen!“
Es knallte und rumpelte heftig, denn Stahl und metallische Legierungen leiteten im Allgemeinen den Schall recht gut.
„Mechanische Halterungen gelöst!“
Die ADVENTURE schwebte jetzt frei innerhalb des riesigen Montagegestells und nur die Prallfelder hielten unser Schiff auf Abstand zur Montagekonstruktion, und nun war ich an der Reihe. Zuvor hatte ich die Richtung gecheckt und festgestellt, dass der Startzeitpunkt nicht besser hätte gewählt werden können. Mit ein paar Grad Abweichung konnten wir geradeaus aus dem Werftgestell herausfliegen und unser Ziel anvisieren.
Dann übertrug mir Aldo offiziell das Kommando für diese Aktion: „Kommando übernimmt bis auf weiteres XO Scott!“

Ich reagierte: „Pilot! 5% Schub auf Hilfstriebwerke Heck!“

„5% Schub liegt an, XO!“

„Energie!“

Ich selbst schaltete weitere Monitore rechts und links, sowie einen kleinen Teil vorne auf Außenansicht. Es war bewegend zu sehen, dass sich die ADVENTURE langsam aus dem Dock manövrierte – wie in Zeitlupe. Wir hätten uns auch schnell da hinauskatapultieren können, aber wir hatten eine entsprechende Show abzuliefern. Zahlreiche Kameras waren von außen auf unser Schiff gerichtet und übertrugen live. Mehr als langsam >entglitt< die ADVENTURE dem Fertigungsgestell. Am Rande war Titan zu sehen und dahinter, weitaus größer – Saturn. Ein ungutes Gefühl ergriff mich. Irgendwie hatte ich immer das Gefühl, von dieser Riesenkugel angezogen zu werden und in dieser unwirtlichen Atmosphäre auf Nimmerwiedersehen zu verschwinden.

Schließlich waren wir draußen und der Pilot Sergej Polow erstattete Bericht. „Kurs Richtung Alpha Centauri eingeben und 10% auf den Hauptantrieb!“

„Kurs Centauri Alpha und 10% Hauptschub! Aye, XO!“

Nun kam Leben in die Ionenantriebe und die Werft meldete noch einmal per Ferndiagnose, dass alle Systeme optimal arbeiten würden.

Wir waren unterwegs.

„Wir werden vom Flottenoberkommando gerufen“, meldete Karl.

„Auf den Schirm“, befahl ich.

Kurz darauf erschien das charismatische Gesicht von Admiral Baines auf dem Monitor: „Ich grüße die Crew der ADVENTURE!“ Er lächelte jovial, denn er wusste natürlich, dass ihn die halbe Welt sah.

Ich antwortete artig und brachte es fertig im Sitzen so etwas wie Haltung anzunehmen, also mit einem Besenstiel im Rücken. Jonathan Baines war der höchste Admiral. Sein silberner Bart mit dem ebensolchen farbigen Haarkranz bei 180 cm Körpergröße machten den schlanken Sechzigjährigen zu einer würdigen Erscheinung.

„Ich wünsche euch alles Glück dieser Welt. Setzt mir die Siedler gesund an einem geeigneten Ort ab und dann hoffe ich, euch bald wiederzusehen. Die Erde braucht euch und wir, wie auch die schlafenden Siedler, vertrauen auf euch. Fliegt mit Gottes Segen!“

Mit dem letzten kurzen Satz konnte ich gar nichts anfangen. Vielleicht hatte ich zu viel Scheiße gesehen, als dass ich noch an irgendwas glauben konnte.

„Wir grüßen ein letztes Mal die Erde und wir werden alles tun, was in unseren Kräften steht“, versprach ich und winkte, Aldo tat es mir gleich, in die Optik.
Der Bildschirm erlosch und diese verdammten roten Ränder auch.
Jetzt waren wir wirklich unterwegs.
„Pilot! 100% auf den Antrieb!“
„Aye, XO. Voller Schub!“

Jurij Maximov atmete hörbar aus und schaute auf seine Uhr. Es war bereits nach Mitternacht und er glaubte, eben erst den zweiten Teil von Janes Bericht in die Hand genommen zu haben. Er erkannte einen gewissen Unterschied zum Start der GOOD HOPE, heute GERONIMO. Auf der ADVENTURE war wesentlich weniger Personal aktiv als auf dem später gestarteten Schwesternschiff. Es gab sicherlich Vorteile, die meisten Crewmitglieder zu Beginn der Mission noch im Kälteschlaf zu haben – Energieeinsparung, Lebensmittel, Sauerstoff zum Beispiel. Jurij seufzte. Vielleicht gingen aus dem weiteren Bericht von Jane die Gründe des Oberkommandos hervor. Er sah auf sein leeres Whiskyglas. Mit Bedauern stellte er fest, dass er den Whisky wohl unbewusst ausgetrunken haben musste – verdunstet war er wohl eher nicht. Er schalt sich einen Narren, das köstliche Zeugs so ohne wahren Genuss gekippt zu haben. Wieder war er von Jane als Schreiberin begeistert. Er hatte sich gefühlt, als wenn er dabei gewesen wäre – toll! Er verstaute die Folien und machte Feierabend.

13.03.2134, 08:30 Uhr, GERONIMO, Brücke:

Ben hatte in der letzten Nacht ausgesprochen schlecht geschlafen. Der misstrauische Blick, bezüglich seiner Fitness von Laura Stone zu Dienstbeginn, hatte ihn annehmen lassen, dass er gerade noch einmal für den heutigen Posten zugelassen worden war. Und bestimmt hatte das was mit Mirijam zu tun. Er dachte an letzte Nacht: In dieser waren immer wieder Mirijams Augen in seinen Gedanken aufgetaucht und immer wieder die Worte >Hilf mir!<. Mittlerweile war er gar nicht mehr so sicher, ob es nur ein Traum oder Wachtraum gewesen war. Fast körperlich hatte er diese unwirklich schöne Frau rufen hören.
Beatrice Baines hatte ihm heute Morgen lediglich zugenickt und ihn sacht am Arm berührt. Was sollte sie auch sagen. Es konnte niemand

nachvollziehen, wie es in Ben Hustler aussah – so gefühlsmäßig. Der Brite war introvertiert bis zum Einzelgängertum. Die Belegschaft auf der Brücke konnte er >aushalten<. Er war Profi genug, um sämtliche Gefühle innerhalb des Dienstes, nun ja Mirijam jetzt gerade nicht, aber sonst, auszuschalten. Während seiner Privatzeit vermied er >Volksaufläufe< aller Art. Er fand es anstrengend, sich auf mehr als maximal vielleicht fünf Personen zu konzentrieren. Diese Wesensart hatte bisher erfolgreich verhindert, dass der junge Mann eine Partnerin für sich gewinnen konnte. Viele fanden den Briten zu steif und zu langweilig. Dabei war Ben alles andere als das. Er war nur jemand, der sich gerne auf wenige Leute konzentrierte und dafür richtig. So ein Naturell muss natürlich auch noch schüchtern sein, denn es gab sicherlich die eine oder andere Frau, die ähnlich wie Ben empfand. Er spielte mit der Absicht, das öffentliche Netz von AGUA, es gab eine entsprechende Rubrik, für sein Ziel in Anspruch zu nehmen. Aber das bedeutete Überwindung, denn schließlich gab er zu, dafür zu ungeschickt zu sein, wobei >ungeschickt< noch das sozial verträglichste Wort dafür war. So schob er die Eintragung in das >Partnerregister< immer wieder hinaus. Er war mit der GERONIMO 2120 aufgebrochen – besser gesagt mit der GOOD HOPE. Aufgeweckt hatte man ihn aber erst auf AGUA, und da war schon viel passiert. Mit Geschick, Improvisationstalent und schnellen Reaktionen hatte er sich für den Job des Gunners auf dem Flaggschiff qualifiziert, als Trixie schwangerschaftsbedingt und wegen anderer Aufgaben ausfiel. In diesem Job sah er auch die Berechtigung für seine jämmerliche Existenz, denn anders konnte er dieses Leben beim besten Willen nicht einschätzen. Seine Eltern waren früh in einem der zahlreichen Kriege auf dem europäischen Kontinent getötet worden. Seine Großtante, die sich nur ungern an ihre Eigenschaft als Taufpatin erinnern ließ, hatte sich widerwillig an die Pflicht gemacht, den sechsjährigen Waisen großzuziehen. Was er früher nicht als Geschenke bekommen hatte, gab es dann als Prügel und davon mehr als satt zu essen. Zehn Jahre dauerte sein Martyrium, bis er Werbern der Raumflotte auffiel und seine Großtante nur allzu schnell die Erlaubnis erteilte, dass die Organisation sich seiner annahm und ihn bis zum Erwachsensein begleitete. Aber da war seine Psyche schon kaputt gewesen und Ben menschenscheu.

Und diesem Mann passierte die Geschichte mit Mirijam! Dieses mächtige und engelsgleiche Wesen bat ausgerechnet ihn um Hilfe! Auch in diesem Jahrhundert gab es beim Mann immer noch den Beschützerinstinkt. Und dieser hatte bei Ben angeschlagen, obwohl der Bedauernswerte nicht die leiseste Ahnung hatte, wie er dieser Frau denn helfen konnte. Aber er war fest entschlossen dies zu tun – auch wenn es sein Leben kosten sollte, schließlich würde ihn kaum jemand vermissen.

Damit tat er der derzeitigen XO Unrecht. Laura Stone war erst gestern klar geworden, dass der unscheinbare Mann dort vorn am Gunnerpult, den man so gerne übersah, auch ein Mensch mit Gefühlen war. Wie es ihm ging, war heute Morgen recht deutlich an seinem Gesicht abzulesen. Ein zurückhaltender Mensch mit Gefühlen. Sie nahm sich vor, dem Briten mehr Beachtung zu schenken – wenn es dafür nicht schon zu spät war.

„Wir haben 30% Licht erreicht“, meldete Sue Wong als Pilotin und riss Laura damit aus ihren trüben Gedanken.

„Sprungziel eingegeben?“

„Sprungziel ist eingegeben!“

„Dann Jump!“, ordnete Laura an.

Kurz darauf verließ die GERONIMO das Einsteinuniversum und kehrte erst an anderer Stelle, wie geplant, 40 Lichtjahre vor LAST BONE, in dieses zurück.

„Bis auf die Lebenerhaltung alles abstellen“, ordnete Laura an.

„Lediglich passiver Scan unserer Umgebung!“

Die Ingenieurin Hellen Drum bestätigte und fuhr einen Energieerzeuger nach dem anderen herunter. Zurück blieb lediglich ein wenig Akkuleistung und der Betrieb eines SLE für die Umweltbedingungen an Bord des Flaggschiffes. Das 3.000 Meter-Schiff fiel antriebslos weiterhin dem Ziel entgegen und würde es auch in etwa 400 Jahren erreichen. Aber das war nicht das Ziel.

Laura wandte sich an den neben ihr sitzenden Thomas: „Wir wären soweit. Die GERONIMO hat den Beförderungsauftrag erfüllt.“

Thomas nickte und richtete die nächsten Worte an den Kom-Droiden: „Funky, benachrichtige Jan Eggert. Er soll auf die Brücke kommen!“

„Aye, Admiral!“

Es dauerte geschlagene 30 Minuten, bis sich das Schott zur Brücke auf dem mittlersten Rang öffnete, und als Thomas nach oben schaute, wusste er auch warum. Jan hatte gleich Nina und Mirijam mitgebracht. Dahinter standen Baal und seine beiden Frauen als >Absicherung< von

Mirijam. Langsam wurden sie in zwei Etappen mit dem offenen Personenaufzug auf die unterste Ebene gebracht.
„Es ist soweit, wie?“ Jan sah sich um.
„Wir sind 40 Lichtjahre vor dem Ziel und werden jetzt letztmalig den Scan des Zieles betrachten“, erklärte Thomas einfach. Dann ging die gesamte Crew gemeinsam zum Holotisch. Nach wenigen Minuten stand fest, dass sich die Anzahl der Gegner nicht gravierend verändert hatte.
„In Ordnung“, sagte Jan. „Es reicht, wenn uns die MAROON bis zum Landedeck zur LOST begleiten. Es müssen nicht mehr Leute als nötig das Leben riskieren.“
In den Köpfen der Anwesenden meldete sich die >Stimme< von Baal: >Wir können nicht abstreiten, dass uns diese Mission mit einem gewissen Unbehagen begegnet ist. Dennoch wären wir das Risiko eingegangen.<
„Wie mir Mirijam berichtete, ist das nicht erforderlich“, versicherte Jan.
„Hellen wird euch an Bord der LOST bis in die Beta führen“, erklärte Laura den Ablauf. „Unser Droide steuert das TRAX-Schiff völlig autark bis in das Zentrum von LAST BONE. Wir haben dafür gesorgt, dass ein paar Funksignale, die die TRAX hoffentlich unsicher machen, ausgesandt werden. Dann seid ihr auf euch gestellt.“
Jan wollte gerade ein paar Worte des Abschiedes sagen, als eine Stimme ertönte und zwar die von Ben Hustler: „Ich bitte darum, an diesem Einsatz teilnehmen zu dürfen!“ Thomas sah sich kurz nach Ben um und war nicht im Mindesten überrascht. Fragend sah er dann den Missionsleiter an. Bevor Jan etwas sagen konnte, äußerte sich Mirijam: „Ich freue mich!“ Jan zuckte die Achseln und nickte schlicht. Ben war akzeptiert, und wenn Thomas es sich recht überlegte, dann konnten sie nicht gegen den gemeinsamen Wunsch von Mirijam und Ben ankommen. Also, warum sich dagegen auflehnen?
Trixie war die Einzige, die in diesem Augenblick vielleicht als Erste das Richtige tat: Sie umarmte Ben kurz und raunte ihm zu: „Viel Glück!“
Laura forderte Hellen mit einem Blick auf, die Teilnehmer dieses Himmelfahrtskommandos zur LOST zu führen. Die Schottin mit den roten, langen Zöpfen trat vor und Admiral Raven ließ es sich nicht nehmen, Jan Eggert zu umarmen.
„Nur nicht sentimental werden, junger Freund“, flüsterte Eggert mit heiserer Stimme. Thomas schluckte und nahm anschließend auch Nina

in den Arm. Ben schüttelte er die Hand: „Ich will den Def-Gunner des Flaggschiffes wiedersehen!“
Ben schaute schüchtern in die Runde: „Ich möchte jeden von euch wiedersehen.“
Laura biss sich nach dem Spruch auf die Lippen.
„Laura übernimm die Brücke. Ich gehe mit zum Landedeck“, ordnete Thomas entgegen seines ursprünglichen Vorhabens an. Dann ließ sich die Gruppe von der Technikerin zum Landedeck führen. Jan Eggert empfand deutlichen Widerwillen, als er das klobige 200-Meter-Schiff der TRAX dort mit geöffneter Schleuse stehen sah. Entgegen seiner sonstigen Art hatte er einen Kloß im Hals, als er zum Admiral sagte: „Nun mach es nicht so spannend. Wünsch uns einen guten Flug und dann raus mit uns!“
„Ohne euch würde eine Menge fehlen in unserer kleinen Welt. Denkt bitte daran, wie viele Leute euch zurückerwarten. Viel Glück.“ Jan und Nina winkten noch einmal, dann betraten sie gemeinsam mit Mirijam und Ben, angeführt von Hellen, die LOST. Die Schottin führte die Gruppe durch ein Labyrinth von Gängen und in einem größeren Raum stand die Beta. Dort übergab Hellen dem Missionsleiter das kleine Kästchen mit der Super-KI Echela und erklärte auf der Brücke des kleinen Schiffes die dosierten Sprengladungen, falls sich die Beta von der LOST befreien musste. Dann wünschte auch sie viel Glück und ließ das Quartett allein. Jan wartete fünf Minuten, dann forderte er Nina auf, eine Funkverbindung zur Brücke der GERONIMO herzustellen. Mit ernsten Gesichtern sahen Thomas Raven und Laura Stone auf die kleine Brücke des Diskusschiffes.
„Für gewöhnlich gibt es einen Missionsnamen“, sagte Eggert.
„Hast du einen Vorschlag?“, fragte der Admiral.
„Sicher“, grinste Jan. „HIGHWAY TO HELL! Und nun lass den Droiden die LOST starten!“ Mit breitem Lächeln legte Eggert einen Verstärker vor sich ab und die Brücke des Flaggschiffes kam in den Genuss von AC&DCs Highway to Hell.
Eggert würde sich wahrscheinlich nie ändern. Man hoffte ihn und seine kleine Crew wiederzusehen.
Als die letzten Klänge der Hardrock-Band verklungen waren, verschwand auch die LOST von den Anzeigen der GERONIMO.
Die Mission >HIGHWAY TO HELL< hatte begonnen.

6. Feindkontakt

13.03.2134, 06:00 Uhr, GRACELAND-City, Netznachrichten, Büro Maximov:

Jurij hatte schlecht geschlafen. Das mochte daran liegen, dass die Erlebnisse von XO Jane Scott aufregend waren und ihn in der Nacht in seinen Träumen begleiteten, oder er wollte schlicht wissen, wie es weiterging mit der ADVENTURE. Wahrscheinlich war es von jedem etwas. Entgegen seiner sonstigen Gewohnheit war er um 05:00 Uhr aufgestanden, hatte geduscht und sich etwas zum Essen eingepackt und war losmarschiert. Verwundert hatte er festgestellt, was ihm an den anderen Tagen entging, wenn er bis 09:00 Uhr oder länger im Bett blieb. Er hörte völlig unbekannte Vogelstimmen, sah auch andere als sonst und es lag eine friedliche Stille über GC. Er hatte heute Nachmittag einen ersten Termin bezüglich des Standes seiner Recherchen mit der jungen Mutter Dana Ostenson. Bis dahin gedacht er noch den dritten Teil der Berichte zu lesen.
Früh ist genau so gut wie spät, dachte er, als er das noch verlassene Mediengebäude erreichte. Es war noch niemand anwesend und er betrat sein Büro. Mit wenigen Handgriffen fuhr er den Rechner hoch und sein Drucker schob einen Satz Dokumente heraus. Mit einer Hand griff er zu den Folien und mit der anderen zu seinem Essen. Dann ließ er beides wieder los und ging sich einen Kaffee holen.
Erst dann machte er sich ans Werk.

25.04.2120, 20:10 Uhr, ADVENTURE, Hauptkantine:

Ich saß mit Aldo etwas abseits und besprach unsere weitere Vorgehensweise. Die Vorgabe des Oberkommandos lautete, nach Erreichen der Systemgrenze nach Alpha Centauri zu springen. Ab da >freies Jagen< nach einem Klasse M-Planeten. Diese Grenze zum Jump wurde festgelegt auf die durchschnittliche Entfernung des Pluto von der Sonne, also knappe sechs Milliarden Kilometer vom Hauptgestirn entfernt. Das war in vertretbare und anschauliche Größen umgerechnet etwa fünfeinhalb Lichtstunden von der Sonne. Nun, die meiste Zeit wurde tatsächlich für die Beschleunigung des Stahlgiganten benötigt und unsere maximale Geschwindigkeit betrug etwa ein Drittel der

Lichtgeschwindigkeit, also rund 100.000 Kilometer pro Sekunde. Erst bei 30% Licht konnten organische Lebewesen den sogenannten Jump nahezu beschwerdefrei überstehen. Zudem hatten wir die Maschinen der ADVENTURE langsam einzufahren und ständig zu checken. Dementsprechend gemächlich bewegte sich unser Schiff aus dem SOL-System, wie wir es nannten, heraus.

„Ist es gestattet?“, höflich lächelnd und mit einem Tablett und darauf Fertigfraß stand Jeff Bishop vor unserem Tisch und lächelte gewinnend: „Es ist ein wenig, wie soll ich sagen, einsam im Bereitschaftsraum des Staselagers.“ Er beherrschte die Maske meisterhaft. Natürlich war sein um Mitleid heischender Spruch lediglich für die anderen Mitglieder unserer kleinen Crew gedacht. Ich müsste ihn gelegentlich fragen, wo er Schauspielunterricht genommen hatte.
„Bitte!“ Aldo deutete mit der flachen Hand auf einen freien Stuhl.
„Vielen Dank, Captain! Es tut doch gut unter Leuten zu sein, die nicht so unterkühlt reagieren!“ Er lachte verhalten und ich krauste die Nase – er sollte bloß nicht übertreiben. Es klapperte, als Jeff sein Tablett auf den Tisch drapierte. Anschließend fing er an zu – schaufeln. Offensichtlich mit Appetit und mit dem Ergebnis, dass mir die INSEC-Leute noch unheimlicher wurden. Als Jeff sicher war, dass wir nicht mehr im Zentrum der Aufmerksamkeit standen, begann er leise zu fragen, was wir uns so gedacht hatten – mit Troja und so.
„Ich will Troja im Rechner aufrufen und sehen, was passiert“, flüsterte Aldo zurück.
Jeff nickte dazu: „Was ist mit Mobilmachung?“
Captain Aldo schaute aus der Uniform, als hätte er den Weihnachtsmann auf seinem Schlitten gesehen, allerdings nicht mit Rentieren, sondern mit Wölfen davor: „Ich … äh … denke nicht. Das ist nicht im Sinne unseres Auftrages“, stotterte er.
Jeff sah mich fragend an und auch der Captain schaute zu mir. Offensichtlich war Aldo nicht ganz gefestigt in seiner Meinung.
„Ähm“, versuchte ich Zeit zu gewinnen, bei dem verzweifelten Versuch an irgendwas Vernünftiges zu denken: „Mir gehen die Worte der Admiralin nicht aus dem Sinn. Wir sind nicht allein und wir haben die Befürchtung, dass ...“
Jeff nickte bestätigend: „Und was heißt das für dich?“

Ich wurde sicherer: „Vom strategischen Standpunkt aus betrachtet, muss ich die Idee einer Mobilmachung unterstützen. Denn nur dann haben wir die Entscheidung, ob wir kämpfen. Müssen tun wir es dann noch lange nicht, aber wir könnten, wenn es erforderlich wäre. Ich denke an 50.000 Schlafende, die zu verteidigen sind."
Captain Aldo knurrte: „Ich weiß nicht, was der ganze Scheiß soll! Warum hat man nicht gleich einen kriegserfahrenen Captain eingesetzt?"
„Hat man doch", entgegnete Jeff und berührte dabei wohl einen ganz wunden Punkt bei Jost Aldo.
„Die Zeiten sind vorbei", grunzte er.
„Was machen wir?", stellte Jeff die unbequeme Frage erneut.
„Du bist ebenfalls für die Mobilmachung, Major?", fragte Aldo und Jeff winkte beschwichtigend: „Ja, aber bitte lasst mein Inkognito gewahrt und sprecht meinen Rang nicht aus!"
So wie Jost jetzt knurrte, hörte es sich wie fernes Donnergrollen an: „Ich halte viel von meiner XO – auch ohne die Empfehlung der Admiralin. Wir werden es so machen. Hast du Vorschläge, Jeff, wie wir das am besten durchziehen?"
Der INSEC-Mann schaute sich einmal kurz um: „Ich bin und bleibe Pfleger – mehr nicht. Ihr Zwei geht heute Abend auf die Brücke und schaut euch Troja an. Morgen bei der Frühbesprechung ..."
„Was für eine Frühbesprechung?", fiel ich ihm ins Wort.
„Macht eine – mit der Crew", gab Jeff Auskunft. „Dabei erklärt ihr den Leuten die Lage, und dann bekomme ich den Auftrag Leute zu wecken. Der erste muss ein weiterer Pfleger sein und der übernächste auch."
„Alles INSEC-Leute?", fragte Jost.
„Nein", winkte Jeff ärgerlich ab. „Ich bin der Einzige an Bord, oder man hat auch mich verarscht. Ich brauche Kollegen, weil die Erwachten betreut werden müssen."
Aldo war einverstanden: „So machen wir das. Jane, wir treffen uns um 22:00 Uhr auf der Brücke."
Ich bestätigte die Zeit. Normalerweise war die Brücke nur von 08:00 bis 18:00 Uhr besetzt. Danach gab es keine Manöver und eine KI überwachte den Flug. Sie würde uns wecken bzw. informieren, sobald es ein Problem gäbe. Ab Morgen würde uns kein irdisches Raumschiff mehr aufhalten können.

„Ich danke für die nette Gesellschaft! Bis bald mal!“ Jeff war aufgestanden und äußerte die letzten zwei Sätze laut und vernehmlich. Ich tippte auf einen Oscar für die beste männliche Nebenrolle.

22:30 Uhr:

Aldo und ich saßen wie die Minipapageien >Unzertrennliche<, nur nicht so bunt, im Bereitschaftsraum dicht an dicht und bestaunten seit 30 Minuten die freigegeben Angaben unter dem Kennwort >Troja<. Danach verfügten wir über sechs Geschwader des Jägertyps Sparrow Hawk, davon zwei mit Doppelbesatzung, sowie vier Bomber- oder Aufklärungsgeschwader, je nach Einsatz, des Typs Tiger Shark. Jedes Geschwader bestand aus 13 Maschinen. Daneben gab es Bergungstender, eine anständige Raketen- und Torpedobewaffnung und Arbeitsgeräte zur Herstellung von Nachschub.
„Wir müssten die Piloten aus dem Kälteschlaf holen“, sinnierte Aldo.
„Zunächst müssen wir die Energieerzeugung und die hydroponischen Gärten hochfahren, damit wir allein über 150 Piloten satt bekommen“, warf ich ein. „Die angegebenen eingelagerten Reserven reichen für 400 Mann gerade mal zwei Monate. Die Umweltanlage frisst einen Teil der Energie. Wir werden zunächst ein paar Techniker und Ingenieure wecken müssen. Und zu den Piloten gehört Deckpersonal. Weiterhin haben wir hier zwei Gruppen Marines à zwölf Mann. Wir werden Betrieb haben auf der ADVENTURE.“
Aldo seufzte. Sicherlich hatte er sich den krönenden Abschluss seiner Karriere bei der Raumflotte einfacher und friedlicher vorgestellt. Mich drückte die Sorge um unsere Verantwortung den Schlafenden gegenüber. Ich sah Aldo fragend an. Ich empfand es als sehr schwierig, derlei Planungen mit einem so friedlich eingestellten Mann voranzutreiben. Er gestattete seinem Geist einfach nicht, sich auf Konfrontationen vorzubereiten. Er glaubte eben an das Gute – überall.
Es erklang wieder ein Seufzer, in den man wirklich alles hineindeuten konnte: „Es ist deine Aufgabe, Jane, die richtige Reihenfolge festzulegen. Ich gehe jetzt ins Bett und werde dort bis morgen früh nicht schlafen. Um 09:00 Uhr setzt du diese Frühbesprechung an und denk dir eine Erklärung aus.“
„Geht klar, Captain!“ Ich beobachtete Aldo, wie er um Jahre gealtert schien, als er sich mühsam aus seinem Sitz erhob. Vielleicht hatte Jeff

recht und der Holländer war nicht für diesen Job geeignet. War ich es denn? Ich spürte die Last der Verantwortung bleischwer auf meinen Schultern liegen. Ich beschloss, einen groben Plan noch in der Nacht zu machen, denn schlafen konnte ich auch nicht. Obwohl ich keinen Hunger hatte, wollte ich meinen Körper nicht vernachlässigen. Also besorgte ich etwas zu essen, diese Fertigpampe, und ein großes Glas Wasser aus der Kantine.
Dann machte ich mich an die Arbeit.

26.04.2120, 09:00 Uhr, ADVENTURE, Besprechungsraum:

Ich weiß gar nicht mehr, wann ich glaubte, mit der Arbeit fertig gewesen zu sein. Sicherlich war ich das in Gänze nicht, aber als heute Morgen die Weckautomatik meinen allzu kurzen Schlaf beendet hatte, fühlte ich mich wie durch den Wolf gedreht. Ich verzichtete aufs Frühstück und leistete mir dafür eine ausgiebige Wechseldusche. Danach fühlte ich mich einigermaßen fit, den Tag zu beginnen. Bei der Bekanntgabe des Begriffs >Frühbesprechung< erntete ich bei der Brückencrew maßlos erstaunte Gesichter: Wir waren auf Kurs, an Bord war alles in Ordnung. Was will die von uns?
Nichtsdestotrotz erhoben sich alle um kurz vor neun, um in den Besprechungsraum zu wechseln, in dem Aldo schon saß. Schrieb ich alle? Natürlich nicht alle. Richtig: Karl blieb sitzen. Ich wartete einen kleinen Augenblick, bis der Rest der kleinen Truppe verschwunden war, dann näherte ich mich dem Platz von Karl Sander. Ich beugte mich hinunter, bis er mich ansah und ich seinem Gesicht recht nahe war. Gefährlich leise sagte ich: „Du kannst wahlweise die Außenhülle der ADVENTURE inspizieren – ohne Raumanzug! Schleich dich, oder du verbringst die Reise in der Brigg! Kein Wort, oder du verantwortest dich wegen Befehlsverweigerung!"
Karl schluckte. Das Thema Befehlsverweigerung wurde in der Raumflotte sehr scharf geahndet, zumal Karl keinen vernünftigen Grund vorbringen konnte, nicht mit seinen lieben Arbeitskollegen auf ein Käffchen in den Nebenraum zu gehen – auf Wunsch, sorry Befehl, der XO. Er wandte seinen Blick schnell ab und stand hastig auf. Dann folgte er den anderen.
Im Besprechungsraum bemerkte ich, dass Aldo bereits Kaffee aus einer Thermoskanne an die Crew verteilte – der Gute.

„Unsere XO hat das Wort und ich bitte um Aufmerksamkeit“, gebot Captain Aldo und die Aufmerksamkeit richtete sich auf mich. Oksana hatte sich die Thermoskanne gegriffen und schüttete mir ebenfalls das Koffeingebräu ein. Ich nickte ihr dankbar zu.
„Es wird ab jetzt jeden Morgen eine Frühbesprechung um 09:00 Uhr geben“, begann ich. „Dafür werden wir, so weit es geht, etwas Individualismus an Bord einführen. Die gemeinsame abendliche Tafel heben wir dazu auf.“ Täuschte ich mich oder signalisierte ausgerechnet Karl Zustimmung?
„Wir haben mittlerweile einen Abstand zur Erde erreicht und gleichzeitig eine solche Geschwindigkeit, dass wir nicht mehr eingeholt werden können. Ich kann also Klartext reden!“
Wenn ich vorher die Aufmerksamkeit nicht hatte – jetzt hatte sich sie ganz bestimmt. Oksana klebte mir an den Lippen, auch vorher schon, Karl beugte sich vor und unser hibbeliger Pilot Sergej Polow zwinkerte nervös mit den Augen und dem Dipl-Ing. Kai Meier war offensichtlich der Sinn für Humor ausgegangen. Alle sahen mich an und es fehlte noch, dass die Münder offen standen.
„Wir haben gestern vor dem Start mit Admiralin Nyota M`Ganda gesprochen“, setzte ich meine Aufklärung fort. „Die Admiralin hat uns darüber in Kenntnis gesetzt, dass das Flottenoberkommando Hinweise darauf hat, dass wir nicht allein im Weltraum unterwegs sind.“
„Äh, wie?“, machte der Spaßvogel Kai Meier.
„Aliens“, erklärte ich lapidar. „Weiterhin gibt es wohl auch Anzeichen dafür, dass diese Spezies eben nicht der pazifistischen Grundeinstellung anhängig ist.“
Nun stand der eine oder andere Mund doch offen.
„Und wir fliegen als Zielscheibe durch die Gegend“, machte Oksana ihrem Unmut Luft.
„Eben nicht“, warf Captain Aldo ein und bedeutete mir, weiterzumachen.
„Admiralin Nyota M`Ganda weihte uns ein, dass unsere gute ADVENTURE eben nicht unbewaffnet ist“, erklärte ich und ein Leuchten ging über die Gesichtszüge der sympathischen Russin.
„Wie? Das unter den Augen der Öffentlichkeit?“, fragte Karl verwundert und seine gemäßigte Entgegnung war zu meiner Überraschung sehr berechtigt.

„Nun – im Orbit des Titan wird die Öffentlichkeit nicht gerade groß geschrieben und wir alle wissen, wie effektiv die INSEC sein kann. Wer des Schweigens nicht mächtig ist, erleidet einen bedauerlichen Unfall." Alle nickten überrascht, dass ich es wagte, dass Offensichtliche so frei auszusprechen. Im Einzugsgebiet der Erde hätte ich wahrscheinlich >diplomatischer< argumentiert. In der rauen Wirklichkeit des irdischen Alltags konnte die innere Sicherheit tatsächlich schalten und walten, wie sie es wollte. Dadurch war sie bei einem solchen Ziel wirklich effektiv. In unserem Fall heiligte der Zweck die Mittel. Die weltfremden Politiker hatten im Hinblick auf ihre Wiederwahl kein Problem damit, wehrlose Leute ins All zu schicken. Eine Verbeugung an diese Art >homo politicus< war wohl auch die Ernennung des bekennenden Pazifisten Jost Aldo zum Kommandeur der schutzlosen Aktion. Diese Erkenntnis hatte unser Captain wohl auch gewonnen und es war klar, dass er sich in seiner Rolle nicht besonders wohlfühlte.

Karl sah sich mit einem Mal um: „Wo ist eigentlich unser Pfleger? Sollte er nicht dabei sein?"

„Eigentlich schon", gab ich zu. „Ich habe ihn heute Morgen um 06:00 Uhr gebrieft. Er ist dabei, verschiedene Personen aus dem Kälteschlaf zu holen."

„Ähm", machte Karl nur und ich fuhr fort: „Captain Aldo und ich haben beschlossen, die waffentechnischen Möglichkeiten der ADVENTURE eventuell nutzen zu wollen oder zu können. Dies bedeutet, dass wir Bedienungsmannschaften haben müssen. Es wird nicht ohne Gunner, FliCo usw. gehen. Dazu brauchen wir Ingenieure und Techniker, die die hydroponischen Gärten hochfahren und so weiter und so weiter. Wir haben 130 Jäger und Bomber an Bord. Die fliegen nicht von allein."

„Was haben wir denn alles?", fragte Oksana Trantow.

Ich nahm meine Folien und las die gesamte Armierung unseres Schiffes vor. Danach gab es dicke Backen. „Kleckern ist was anderes", war der Kommentar von Kai Meier.

„Haben wir auch Marines an Bord?", fragte Karl Sander.

„Klar, zwei Gruppen à zwölf Mann", antwortete ich.

Ruhe im Raum. Jeder musste diese Informationen erst einmal verarbeiten.

„Wie ist die Planung in den nächsten Tagen?", fragte Sergej Polow.

„Du steuerst die ADVENTURE weiterhin auf Alpha Centauri zu. Wenn ich richtig kalkuliert habe, werden wir bei dieser Beschleunigungsrate in etwa vier Tagen, also außerhalb des Systems, springen können. Wir sehen uns dort um und werden erst dann weiterfliegen, wenn die Mobilmachung abgeschlossen ist."
„Gibt es eine traditionelle Umtaufe des Schiffes?", wollte Karl wissen.
Ich wandte mich zu ihm und täuschte ich mich, oder war sein Gesicht offener geworden: „Bis zu einer offiziellen Kriegserklärung erst einmal nicht", gab ich Auskunft.
„Gut", redete unser Kommunikationsoffizier weiter, „ich werde bis auf Weiteres an der Kom-Konsole nicht benötigt – oder wenig. Was kann ich beitragen?"
Ich war grenzenlos überrascht und sah Aldo an und dieser hob eine Handfläche nach oben – meine Entscheidung.
„Du bist sicher, Karl?" Ich konnte das eben Gehörte gar nicht glauben.
Der Deutsche wurde verlegen: „Die letzten Wochen waren extrem ereignislos – geradezu langweilig. Da werde ich unausstehlich. Ich kann sowas nicht ab. Ich brauche eine klare Aufgabe, einen Anreiz. Man hat mich bestimmt nicht für die Mission ausgewählt, weil ich dauernd rumnörgle. Ich möchte mich hiermit für mein Verhalten in den letzten Tagen entschuldigen. Eigentlich – bin ich anders."
Ich zog die Augenbrauen hoch. Das war eine noch größere Überraschung für mich als eine vor Waffen starrende ADVENTURE.
„Bis weitere Pfleger und auch ein Arzt aus den Kälteschlafkammern kommt, könnte Jeff im Med-Lab des Staselagers Hilfe gebrauchen", überlegte ich laut.
„Geht klar", antwortete Karl. „Ich bin nebenbei Feuerwehrmann mit einer medizinischen Ausbildung."
Mist, dachte ich. Das hätte nicht passieren dürfen! Ich hatte mich so sehr auf die Mission konzentriert, dass ich die einzelnen Dossiers der Crew nicht bis ins letzte Detail gelesen hatte. Dabei waren es nur eine Hand voll Personen. Um das Gesicht zu wahren, beschloss ich ein wenig, na ja, die Wahrheit etwas weiter auszulegen: „Ich hatte gehofft, dass du dich diesbezüglich anbietest. Heute kann noch der eine oder andere Funkspruch reinkommen, daher ..."
Hier unterbrach mich Aldo: „Ich übernehme auf meinem Tableau die Funkkonsole. Karl soll Jeff gleich nach der Besprechung im Staselager helfen!"

„Aye, Captain“, bestätigte Karl und tatsächlich war ich der Meinung, dass sich Karl nach Arbeit sehnte und ihn dies wieder in ein seelisches Gleichgewicht brachte. Wenn das so war, hatten wir ein wertvolles Mitglied für die Crew gewonnen, zurückgewonnen? Ich würde ihn im Auge behalten.
„Ich muss jetzt wissen, wer uns nach Kräften bei unserem Plan unterstützt?“ Ich sah fragend die kleine Crew an und wusste nicht, was ich machen sollte, wenn einer mit „nö“ antworten würde.
Die Frage stellte sich nicht. Jedes Crewmitglied versicherte, auch unter den neuen Bedingungen alles für unsere wertvolle Fracht tun zu wollen. Was hätten sie auch sonst sagen sollen? Aussteigen ging jetzt mal eher nicht. Etwas nachdenklich ging die Crew zurück an die Plätze und Karl gab ich eine Liste mit, auf der die Reihenfolge der zu weckenden Personen verzeichnet war.

30.04.2120:

Vier Tage später waren wir aus dem SOL-System heraus und sprangen nach Alpha Centauri.
Wie einfach man das so dahin schreibt: Wir sprangen nach Alpha Centauri! Tatsächlich war es eine mehr als aufregende Sache gewesen. Immerhin war das Doppelsternsystem, im Sternbild des Zentauren, 4,34 Lichtjahre von der Erde entfernt. Unser polnischer Pilot hatte schon Stunden vorher die benötigte Geschwindigkeit von 30% Licht gemeldet. Ich hatte, Aldo saß im Bereitschaftsraum und hatte mir komplett die Führung des Schiffes überlassen, die Sprungparameter mindestens fünf Mal nachrechnen lassen. Auf der Brücke breitete sich eine angespannte Atmosphäre aus. Schließlich sprang ein so großes Schiff zum ersten Mal eine so weite Strecke. Man hatte uns versichert, dass die Technik einwandfrei funktionieren würde. Wir wussten dass, aber es wäre uns gefühlsmäßig schon lieber gewesen, wenn man das vorher mal ausprobiert hätte. Die kleinen Versuchsschiffchen beruhigten uns nicht wesentlich. Aber alles war dem ungeheuren Zeitdruck geschuldet. Wenn die Erde den Siedlern noch Unterstützung gewähren sollte, dann musste unverzüglich gehandelt werden. Es war nicht abzustreiten, das Chaos auf unserem Heimatplaneten nahm zu – die Erde begann sich gegen die Infektion, oder sagen wir besser Krankheit >Homo sapiens< zu wehren und letztendlich würde sie Erfolg haben.

Nach meiner Meinung war der Mensch in seiner jetzigen Verfassung ein weiterer untauglicher Versuch, intelligentes Leben hervorzubringen. Vielleicht gelang es der Natur ja ein paar Millionen Jahre später. Ich blickte ein letztes Mal in die angespannten Gesichter meiner Crew, nickte Oksana aufmunternd zu und befahl den Jump.
Sergej drückte auf den Buzzer.
Die Gegend verschwamm um mich, dann wurde es kurz dunkel und wieder hell. Schmerzen im Nacken und allgemeines Ziehen in den Muskeln waren zu spüren. Man hatte uns mitgeteilt, dass die Nebenwirkungen mit der Entfernung zunehmen würden. Wir sollten also Maß halten bei unseren Sprüngen – zumindest bei den Entfernungen.
„Oksana, wo sind wir?“ Ich drehte mich zu ihr.
Es war die Aufgabe unserer Astrogatorin, den jeweiligen Standort des Schiffes festzustellen.
„Soweit ich das sehe“, sagte die Russin vorsichtig und betrachtete dabei die eingehenden Scanergebnisse, „sind wir richtig. Meine Berechnungen laufen noch, aber ich kann keinen Fehlsprung feststellen.“
Ich schaute angestrengt über den vorderen Monitor nach draußen, konnte aber nur eine unübersichtlich große Anzahl von Sternen und Sternballungen erkennen.
Ich rief über Funk nach Jeff und fragte, ob im Staselager alles in Ordnung sei. Der INSEC-Major bestätigte und teilte gleichzeitig mit, dass er nun von der Schiffsärztin tatkräftig unterstützt wurde und von zwei weiteren Kollegen – sowie Karl natürlich. Ich dankte und unterbrach die Verbindung.
„Ja“, atmete Oksana auf. „Wir sind richtig.“
„Gut – scann nach Planeten und schlag uns eine Flugroute vor!“
„Aye, XO!“
Ich kramte in meinem Wissen, woraus unser Ziel eigentlich zusammengesetzt war. Es bestand aus dem helleren gelben Stern Alpha Centauri A und dem orangefarbenen Alpha Centauri B. Während Zielstern A unserer Sonne am ähnlichsten war, also der gleiche Typus nur etwas größer, war B etwas kleiner, dafür auch kälter und von anderer Farbe als die unseres Heimatsystems. Wir waren in gehörigem Abstand von den beiden Sonnen angekommen und Oksana hatte nun eine Menge zu tun. Die Weitreichenscanner der ADVENTURE traten in Aktion und die Russin schoss auch die eine oder andere Drohne ins All, um an verwertbare Daten zu kommen. In der Zwischenzeit lief die Mobilmachung auf

Hochtouren. Aldo und ich hatten uns darauf verständigt, dass wir erst weiterfliegen würden, wenn unser Schiff gefechtsklar war. Außer natürlich, wir fanden direkt hier einen bewohnbaren Planeten. Ich bemerkte bei den Diskussionen mit dem Holländer immer wieder, wie schwer Aldo die ganze Sache fiel. Mir war, als würde er jeden Tag um Monate altern.

Ungeduldig wartete ich auf Oksanas Ergebnisse. Die Beobachtungen von der Erde legten nahe, dass B einen Trabanten hatte, allerdings sollte der sich nicht in der habitablen Zone befinden – zu nahe am Zentralgestirn. Ich sollte meine Ungeduld zügeln, denn die Technik brauchte ihre Zeit. Nach sechs Stunden stand fest, dass es diesen Planeten tatsächlich gab – glutflüssig. Dafür entdeckte die Russin einen offensichtlich zerstörten Planeten, der seinen Hauptstern in respektabler Entfernung in Einzelteilen mit gehörigem Abstand untereinander umkreiste. Irgendwann würde aufgrund der Massenanziehung eine Wiedervereinigung stattfinden. Oksana detektierte eine Menge an metallischen Rohstoffen sowie Eis, mit denen ich gedachte die Rohstoffvorräte der ADVENTURE, wir brauchten Wasser für die Ionenantriebe, aufzufüllen.

Ich befahl dem Piloten, Kurs auf diese Ansammlung von Bruchstücken zu setzen.

<u>13.03.2134, Black-Eye-Galaxie, LOST:</u>

Zu viert hockten sie in der etwas beengten obersten Kommandoetage der Beta innerhalb des 200-Meter TRAX-Raumers, den sie sinnigerweise LOST getauft hatten. Es handelte sich um Jan und Nina, sowie Mirijam und Ben. In der Eile war auch nur eine Sprechverbindung mit dem Droiden eingerichtet worden, der das Beuteschiff mit der Beta im Inneren flog. Die Ergebnisse von einigen passiven Sensoren hatte man ebenfalls in die Beta geleitet. Jan Eggert fand es außergewöhnlich besch...eiden, dass man praktisch im Blindflug auf die feindliche Bastion zuflog. In seinem unverkennbar bissigen Humor hatte Jan Eggert den pilotischen Droiden >OPFER< genannt.

Nun, OPFER saß recht gefühllos auf der Brücke des TRAX-Schiffes und steuerte das Vehikel sehender Linse in den Untergang. OPFER hatte kundgetan, dass der eigentliche Flug nur ca. 25 Minuten dauern würde. Nina hatte geistesgegenwärtig einen entsprechenden Countdown auf der Beta eingerichtet. Die Digitalanzeige zählte nun langsam herunter.

Jan hatte Echela aktiviert und vorsichtig nachgefragt, ob die kleine KI überhaupt wusste, was sie zu tun hatte. Die Kurze, im grünen Outfit, hatte ihn auf eine Art und Weise angesehen, dass er nur noch die Arme gehoben und abgewinkt hatte. Offensichtlich wusste sie es. Er kümmerte sich dann lieber um Nina. Die ansonsten starke Frau zitterte leicht. Man hatte sich an ein langes Leben gewöhnt und der drohende Abschied daraus kam ihr viel schwieriger vor. Jan versuchte, Sicherheit und Gelassenheit auszustrahlen. Aber auch er musste sich gewaltig zusammenreißen. Die vielen schönen Jahre mit Nina – es war nicht einfach, den Gedanken zuzulassen, dass es keine weiteren gab.

Mirijam schien keinerlei Angst zu haben. Vielleicht lag es auch daran, dass sie auf ihre Fähigkeiten, keiner wusste was diese letztendlich genau waren, vertraute, oder es ihr schlichtweg egal war. Ben schien wie in Trance. Er hatte sich völlig auf Mirijam fixiert und die paar Mal, die ihn diese Frau angesehen hatte, mit einem milden Lächeln auf ihren schönen Gesichtszügen, verstärkten diese Paralyse. Bei minus zehn Minuten rückte Mirijam etwas näher an den jungen Briten heran und ergriff seine Hand. Ben fühlte sich, nein, er fühlte *zusammen* – er war nicht mehr allein. Mirijam drang in seine Gedankenwelt: >Es ist schön, dass du mir hilfst<. Der Mann überlegte, wie er Mirijam helfen konnte, aber da kam der nächste Gedanke: >Du bist da, Benjamin<. Wer hatte ihn zuletzt bei seinem vollen Namen angesprochen? Er wusste es nicht. Es gefiel ihm. Scheinbar bekam er ausgerechnet von dieser Frau die volle Anerkennung. Er bemerkte, wie ihre Hand seine kurz und fest drückte. Wie eine Bestätigung seiner Annahme.

Jan lenkte sich mit Gedanken über seine Schwägerin ab. Schwer einschätzbar für ihn war die offensichtliche Sympathie für diesen unscheinbaren Engländer. Jan war aufgrund seines langen Lebens sehr gut, beziehungsweise besser, in der Lage, andere Personen richtig einzuschätzen. Ben Hustler hatte mehr zu bieten als diese recht nüchterne Fassade, die er täglich zur Schau stellte. Die Zurückgezogenheit des Briten ließ Jan eher darauf schließen, dass dieser sich mehr Gedanken über seine Umwelt und sein Tun machte, als andere in seinem Alter. Etwas belustigt dachte Jan an die Möglichkeit, dass dieses doch sehr ungleiche Pärchen Sex haben konnte. Was passierte in diesem Augenblick mit Mirijams mühsam aufrecht erhaltener Beherrschung

ihrer parapsychischen Kräfte? Brachen dann alle Dämme? Er beschloss, innerlich lächelnd, einiges an Abstand zwischen sich und dem Paar bringen zu wollen, bevor Mirijam und Ben zur Tat schreiten würden. Würden – genau das war im Moment das nächstliegende Problem. Es sah so aus, als wenn sich das Paar gefunden hatte, um niemals zusammen zu sein. Jan gab sich keinen Illusionen hin. Ihre Chance war denkbar schlecht. Echela musste einen kleinen Augenblick nutzen. Die TRAX würden, auf menschliche Umstände bezogen, hypernervös sein. Dazu kam noch der alles überlagernde und unbedingte Wille insektoider Wesen, die eigene Brut zu schützen. Jan machte sich nichts vor. Ihr sogenannter Trick mit den gestörten Funksignalen brachte nichts – gar nichts. Wenn er die erlebten Reaktionen der TRAX bisher ins Kalkül einbezog, würden die Waffen innerhalb weniger Sekunden sprechen. Mangels Trägerwelle würde Echela noch nicht einmal angefangen haben, ihre KI oder Teile davon ins feindliche Lager zu kopieren und Mirijam wäre kaum reaktionsschnell genug, um mit ihren Kräften einzugreifen.
„Noch fünf Minuten!", erklang die unpersönliche Stimme des robotischen Piloten.
Jan Eggert ging noch einmal die Einsatzparameter durch und siedendheiß fiel ihm der Fehler in der Planung auf.
„OPFER?"
„Ja, Sir!"
„Stell die manipulierte Funkanlage ab!"
„Das geht nicht, Sir!"
„Warum nicht?"
„Es handelt sich um einen direkten Befehl von Admiral Raven, die programmierte Funkanlage, wenn wir im Zielgebiet sind, senden zu lassen!"
Jan Eggert wurde es noch heißer. Die leblosen Blechdosen waren verblendet genug, mit der höheren Kompetenz des Admirals in den Untergang zu fliegen.
„Du gefährdest uns", stellte Jan daher vorwurfsvoll fest.
„Wie mir bekannt ist", erklang es belehrend, „handelt es sich von vornherein um ein äußerst risikoreiches Unterfangen."
„Das ist richtig", argumentierte Jan fast verzweifelt und Nina sah ihn ratlos an. „Wir gefährden uns aber wesentlich mehr, wenn die Anlage sendet!"

„Noch zwei Minuten, Sir. Gibt es eine Begründung für diese Annahme?“
„Ja!“, schrie Jan fast. „In dem Augenblick wo wir senden, wissen die TRAX genau, wen sie angeblich vor sich haben. Niemand wird sich die Mühe einer Untersuchung machen. In Sorge um ihren >Nachwuchs< werden sie uns sofort aus dem Raum pusten. Senden wir nicht, wird man zumindest vorher die Scanner einschalten und versuchen zu ermitteln, was oder wer da angekommen ist. Das ist genau der Trägerstrahl, den Echela braucht!“
Es vergingen bald zehn Sekunden, für eine KI eine endlose Zeit, bis der Droide die Argumente gegen den Befehl des Admirals aufgewogen hatte. Tatsächlich konnte er bei ausreichender Begründung und zum Schutz menschlichen Lebens eine eigenständige Entscheidung treffen.
„Die Begründung ist logisch. Ich schalte die Anlage ab!“
Jan atmete hörbar aus: „Wenn wir angekommen sind, dann komm sofort in die Beta!“
„Da gibt es keine gegenteilige Anordnung, Sir. Ich werde kommen, Sir.“
Jan hatte nicht vor, ein so wertvolles Einsatz- und Hilfsmittel wie einen Droiden einfach zu opfern – entgegen der Namensbezeichnung.
„Die letzten zehn Sekunden, Sir!“ Der Robot zählte dann mit: „Sechs - fünf - vier - drei - zwei - eins - jetzt! Ich komme ...“
Der mechanische Pilot hatte noch nicht ganz ausgesprochen, als ein gewaltiger Ruck durch das gesamte Schiff ging. Die Automatik fixierte die Passagiere der Beta übergangslos per Prallfelder in den Sitzen. Das Metall der Außenhaut ihres Rettungsschiffchens übertrug wie eine Glocke die Geräusche beim Explodieren und Zerreisen des sie umgebenden 200-Meter Schiffes. Mit Schrecken stellte Jan fest, dass die Automatik ebenfalls die Schutzschirme eingeschaltet hatte. Mit dem zweiten Gedanken registrierte der Missionsleiter, dass ohne Schutzschirme die Mission vor ein paar Sekunden zu Ende gewesen wäre.
„KI! Schutzschirm aus!“ Jan hatte die Hoffnung, dass dieser bisher wegen der überlagernden Explosionsenergie nicht bemerkt worden war.
„Ich muss darauf hinweisen...“
„AUS!“
„Schutzschilde sind abgeschaltet!“
Jan blickte schnell zu Echela, aber die schüttelte den Kopf: „Keine Taststrahlen – keinen Kontakt!“

In diesem Augenblick schloss Jan mit dem Leben, mit ihrer aller Leben, ab. Die Kakerlaken hatten das Feuer eröffnet, ohne überhaupt einmal nachzuschauen, was dort angekommen sein könnte. Sie waren noch weitaus konsequenter beim Schutz ihrer Brut, als die Menschen angenommen hatten. Den Droiden konnten sie abschreiben, der wirbelte wahrscheinlich in Einzelteilen durchs All. Jan beschloss der Wirklichkeit ins Auge zu sehen und befasste sich mit den Anzeigen des passiven Scanners. Im Wesentlichen hatte sich an der Konstellation der Feinde nichts geändert. Sie waren im äußeren Bereich herausgekommen und damit im Wirkungskreis mehrerer 14.800er. Hoffentlich würde man sich mit der Zerstörung ihrer >Hülle< zufrieden ... – nein, eines der Dickschiffe kam in ihre Richtung geflogen. Jan sah durch die Glasitkanzel nach draußen und wandte sich schnell wieder ab. Die Beta war aufgrund des Abschusses ins Trudeln gekommen und schlingerte und überschlug sich um alle drei Achsen. Wenn er nicht schwindelig werden wollte, dann musste er sich mit dem passiven Scanner begnügen. Dann sah er, dass sich Mirijam neben ihm über die Konsole beugte.
„Der dort kommt näher, richtig?“ Mit einem ihrer schlanken Finger zeigte sie auf einen der roten Punkte.
„Richtig“, bestätigte Jan.
Mirijam streckte ihre andere Hand nach hinten aus und Ben ergriff diese.
„Und ein Taststrahl wird benötigt!“
„Ja, wenn möglich keine Angriffswaffen“, flüsterte Jan unwillkürlich.
„Ich habe verstanden!“ Mirijam zog sich auf ihren Platz zurück und schloss die Augen. Die Hand von Ben hielt sie dabei fest. Ben bekam aus der ersten Reihe mit, was Mirijam tat. Er reiste mit ihrem Geist, anders kann man es nicht ausdrücken, durch den Raum auf das anfliegende Schiff zu. Schutzschirme und Stahlwände waren für Mirijams Geist kein Hindernis.
Jan zuckte zusammen, als Ben wie in Trance berichtete, was er sah: „Wir sind auf der Kommandobrücke. Ich sehe eine Menge an goldenen TRAX und ein paar Wächter in Schwarz. Diese sind groß, breit und tragen Waffen. Im Sitz des Kommandanten befindet sich ein weißer TRAX – ein Anführer.“
Jan wusste aus den Nachforschungen der AGUA-Leute, dass prinzipiell die Weißen auch nicht intelligenter waren, aber eine Art kollektives Sammelbecken oder einen Multiplikator darstellten.

„Der Weiße muss ausgeschaltet werden!“

Ben reichte die Information an Mirijam weiter und beobachtete, wie beide, also Mirijam und er, dem TRAX ganz nahekamen, dann drangen sie in den Kopf dieses Wesens ein und bei Ben verschwamm die Vorstellungskraft. Er spürte Formen und hörte Farben, es war unwirklich, bis er den Gedankenbefehl von Mirijam spürte. Dieser Befehl hatte etwas Endgültiges und alles um Ben herum wurde schwarz. Dann sah er den Weißen von außen und berichtete Jan kurz darauf, dass dieser in seinem Sitz, von den anderen völlig unbemerkt, zusammengesackt sei.

„Weiß ist eliminiert“, teilte er Jan und Nina mit.

Jan starrte weiterhin auf den Scanner. Bislang war es das einzige Schiff, welches sich um die Überbleibsel ihrer Tarnung kümmerte. Hoffentlich bleibt das so, dachte er. Schnell stellte er eine Flugbahnberechnung an. Der TRAX würde wenige Kilometer an ihnen vorbeifliegen – eine Chance. Wenn er selbst nicht scannte, dann konnte man selbst eine gerichtete Funkwelle ...

„Die Goldenen haben bemerkt, dass der Weiße nicht mehr lebt“, berichtete Ben ton- und emotionslos.

„Die anderen finden sich in diesen Fällen zusammen und einer färbt sich um“, warnte Jan. „Ihr müsst das verhindern!“

Ben übermittelte und Mirijam handelte wieder. Gemeinsam >flogen< sie auf einen der Schwarzen zu. Die parapsychisch begabte Frau startete den nächsten Gedankenbefehl. Ben sah, dass ein goldener TRAX langsam bleicher wurde und offenbar im Begriff war, sich umzufärben. Da hob der beeinflusste Schwarze seine Waffe und schoss auf diesen. Anschließend war auf der Brücke die Hölle los. Der erste schwarze Angreifer wurde von den anderen unter Feuer genommen und starb augenblicklich. Aber Mirijam hatte den Nächsten in ihrem geistigen Griff und auch dieser schoss auf goldene TRAX. Schließlich standen noch drei Schwarze, als Mirijam den ultimativen Befehl erteilte: Drei genveränderte TRAX starben im Stehen.

Ben hatte berichtet und Jan sah besorgt auf das schweißnasse Gesicht seiner Schwägerin. Offensichtlich musste sich Mirijam anstrengen. Er wusste nicht warum, aber Jan fand diese Tatsache ganz in Ordnung. So ohne Anstrengung und er hätte sich noch mehr vor ihr gefürchtet.

Der TRAX behielt seine Flugbahn bei.

„Nina! Mach einen scharf gebündelten Richtfunkspruch auf diesen TRAX klar!“

„Bin dabei!“ Nina schwang sich hinter die Funkkonsole und schaltete die Geräte ein. „Es wird nicht einfach bei unseren Schlingerbewegungen!“
„Echela! Du musst aufpassen, wenn wir den Strahl abschießen“, verlangte Jan und die grüne KI nickte. Es vergingen nervenaufreibende 13 Minuten, bis der TRAX so nahe und Nina bereit war, den scharf gebündelten Funkstrahl abzuschicken.
„JETZT!“, rief sie Echela zu und drückte auf einen Sensorpunkt.
„Hat es geklappt?“, fragte Jan vorsichtig, aber Nina zuckte die Achseln und Echela stand dort mit geschlossenen Augen und zeigte keine Reaktion. In diesem Augenblick explodierte der TRAX. Der Selbstzerstörungsmechanismus der TRAX-Schiffe war mittlerweile bekannt. Irgendwie stand das Schiff unter ständiger eigener Beobachtung und wenn es Gefahr lief an den Feind zu fallen, gab es die verheerende Explosion.
„**SCHEISSE!**“ Jan schaltete die Aggregate ihres Schiffchens ein. Nun war Angriff die beste Verteidigung. Obwohl Angriff? Ein zehn Meter durchmessender Diskus gegen die konzentrierte Feuerkraft von 30 Abwehrforts und jetzt noch 49 von den 14.800ern? Nina schloss die Augen und eine Träne quetschte sich darunter hervor. Bis vor ein paar Sekunden hatte sie sich noch erlaubt auf ein Wunder zu hoffen. Nun schien auch das nicht mehr zu helfen.
„Nina, NINA!“ Jan musste schreien, um seine Frau wieder zur Aktion zu bewegen.
„Jajaaja“, stotterte sie.
„Aufpassen jetzt! Konzentrierter aktiver Scan auf den nächsten TRAX, wenn ich es sage.“ Jan hatte mittlerweile die Drehbewegungen der Disk gestoppt und beschleunigte geradewegs auf einen der Nächsten zu. Ein Akt des Wahnsinns! Und die TRAX wussten jetzt, dass sich ein feindliches Kleinschiff in ihrem Hoheitsgebiet aufhielt!
„**Echela! Bist du bereit?**“
„Selbstverständlich!“ Jan war einen Augenblick irritiert, als die Kurze mit verschränkten Armen vor ihm auf der Konsole erschien.
„**NINA LOS!**“
Seine Partnerin schoss eine ganze Salve von Scannstrahlen auf das Ziel ab: „**Vorsicht! Wir kommen in Feuerreichweite! DA SIND NOCH ZWEI!**“

„**MIRIJAM, MIRIJAM – KÜMMER DICH!**“, brüllte Jan und riss die Beta aus dem Kurs. Leise hörte er eine Bestätigung von Ben. Kurz darauf explodierten diese beiden 14.800er. Offensichtlich hatte Mirijam die Brückencrews außer Gefecht gesetzt und die Sicherung hatte wieder gegriffen. Lachend wandte sich Jan um und schloss anschließend enttäuscht einen kurzen Augenblick seine Augen. Mirijam hing bewusstlos in den Armen von Ben Hustler. Besorgt schaute ihn der Gunner der GERONIMO an. Von ihr kam erst mal keine Hilfe mehr.
Jan schaute wieder nach vorne. Nun wurde es verdammt eng: „Echela, **Echela, ECHELA!**“ Die KI zeigte keine Reaktion.
„*Ich liebe dich*“, hörte er Nina leise flüstern und er schaute sich zu ihr um. Tränen liefen über das Gesicht, über das schönste Gesicht, was er je gesehen hatte – seit 120 Jahren sah er dasselbe Gesicht, und es war immer noch das schönste! Er wollte ihr antworten, als ein Energiestrahl einschlug. Es war nur ein Streifschuss, aber trotzdem: Nina wurde hochgewirbelt und schlug mit dem Kopf an eine der Wände. Jan sah Blut über die Brücke spritzen und fand sich selbst in einer anderen Ecke der Disk wieder. Sie wurden schwerelos. Offensichtlich gab es Schäden.
„**NINA!**“ Jan hangelte sich zu seiner Partnerin, die seltsam blass irgendwo in der Luft hing. Er versuchte es, aber in der Schwerelosigkeit ist die Fortbewegung ein echtes Problem. Er wollte unbedingt zu ihr und noch ein Lebenszeichen spüren. Nichts erschien im wichtiger als das. Schreiend konnte er sich dann irgendwo abstützen und schnellte zu ihr. Jan erreichte die große Liebe seines langen Lebens und umschlang sie mit beiden Armen. Gemeinsam, ja, so wollten sie sterben. So hatte es sich jeder von ihnen gewünscht. Er spürte ihren Atem und dass ihr Herz noch schlug – eine Gnadenfrist. Die Tränen liefen Jan in Strömen aus den Augen und verteilten sich auf der Brücke. Nina blutete ziemlich stark aus ihrer Kopfwunde. Aus den Augenwinkeln sah er, dass es Ben fertiggebracht hatte, Mirijam im Sitz festzuschnallen. Er selbst hielt sich an der bewusstlosen Frau fest. Offenbar war auch Ben bereit, den letzten aller Wege zu gehen. Jan konnte aus seinem Blickwinkel auf den Scanner sehen. Das Ding funktionierte noch und zeigte den Angreifer, wie er näher auf die wehrlose Beta zukam. Jan erkannte an einer rot blinkenden Anzeige, dass das Haupttriebwerk beschädigt war – flüchten war nicht!

„Implementierung abgeschlossen!“ Jan hörte kaum die Worte der kleinen Super-KI. Fasziniert betrachtete er, wie der Tod immer näher kam.
„Was hast du gesagt?“
„Implementierung abgeschlossen!“, wiederholte die KI und sah sich anschließend in der Beta um. „Meine Güte! Was ist hier passiert?“, sprach Echela aus und richtete ihr Augenmerk auf Jan. In Bruchteilen von Sekunden klinkte sich die Grüne in die KI des Bordrechners ein und überblickte damit die Situation:**„Nina in die Med-Lade – sofort!** Ich reaktiviere die Umweltbedingungen. Zunächst 5% auf die Schwerkraft!“
„Der TRAX, der TRAX“, stotterte Jan und bemühte sich, beim langsamen Herabschweben Nina aufzufangen.
„Ist erledigt – geh davon aus. Los beeil dich, deine Frau ist schwer verletzt!“ Echela trieb Jan zur Eile an und obwohl dieser kaum noch Sinn in dieser Aktion sah, hatte er willenlos das Kommando an das Hologramm abgegeben. Echela gab 10% auf die Schwerkraft und Jan hangelte sich mit seiner Frau eine Etage tiefer. Schnell hatte er die medizinische Schale geöffnet und legte den schlaffen, so lieb gewonnen Körper, dort hinein. Mit Bedauern sah er, wie Nina mit einem Zischen in der Wand verschwand.
„Diagnose läuft!“, teilte die Bord-KI mit. In Jan kam wieder etwas Leben. Nach seinen Berechnungen musste der TRAX längst hier und sie nicht mehr da sein, sagte er sich. Er konnte hier nicht mehr helfen und beeilte sich wieder auf die Kommandoebene zu kommen.
„WAS?“ Jan starrte auf das Display. Der TRAX hatte in einer Entfernung von 80.000 Kilometern gestoppt. Nun drang in sein Bewusstsein, was Echela vorhin gesagt hatte: „Ist erledigt!“
„Du hast ...?“
„Ja“, erklärte Echela und warf sich theatralisch in die Mini-Brust. „Er ist unter meiner Kontrolle!“
„Dann, dann brauchen wir ja nur noch den viralen Effekt abwarten – wenn das noch gelingt“, ächzte Jan.
„Logikfehler, Jan Eggert!“
„Wieso?“
„Ich gebe die Kommandos auf dem TRAX dort“, erklärte Echela.
„Das bedeutet?“ Jan hatte im Moment, es war verständlich, ein wenig Pech beim Denken.

„Ich habe mir erlaubt, einen Rundspruch an alle Einheiten im System zu senden“, grinste Echela. „Meine übertragenen Klone sind leider nicht komplett, aber sie können Antriebe abschalten, falls vorhanden, sowie Defensiv- und Offensivwaffen deaktivieren und die Schotts zuhalten. Zu mehr reichte die Zeit nicht.“
„Ist das schon geschehen?“, fragte Jan schwer atmend.
„Nein“, Echela schüttelte den Kopf. „Aber **JETZT!**“
Jan warf sich geradezu auf den Scanner.
„Inaktive TRAX mit abgeschaltetem Schirm und Antrieb lasse ich in Weiß kennzeichnen“, erläuterte die Super-KI. Fassungslos sah Jan zu, wie praktisch im Zehntelsekundenabstand, ein rotes Zeichen nach dem anderen verschwand und weiß wurde.
„Die sind jetzt wehrlos – oder?“ Jan war immer noch ein wenig verdattert und war dankbar, dass Echela übernahm.
„Deine Partnerin ist sehr schwer verletzt. Die Lade reicht nicht aus. Sie kann den Zustand etwas stabilisieren, aber nicht für ewig. Ich habe nach der GERONIMO gefunkt. Sie wird in Kürze hier eintreffen und die Bekämpfung der TRAX, sowie die Behandlung von Nina übernehmen.

Gleichzeitig, GERONIMO Brücke:

„SUE – volle Beschleunigung – Maximum und Jump, sobald wir 30% Licht haben! GEFECHTSALARM!“ Admiral Thomas Raven hielt es nicht mehr auf seinem Sitz, als der Kurzbericht der Super-KI vor wenigen Augenblicken eingetroffen und entschlüsselt worden war. Er stand vor seinem Sessel und streckte einen Arm nach vorne. Er hätte den 3.000-Meter Raumer am liebsten mit reiner Muskelkraft angeschoben. Die Sirenen jaulten und Pilotin Sue Wong schob die Triebwerksregler über die normale Leistungsgrenze bis zum Anschlag. Die GERONIMO begann zu vibrieren, als die beiden übergroßen Triebwerke anzogen. Im Hintergrund bemerkte Thomas Raven noch ein Gefühl. Nein, es war nicht das nahende Erfolgserlebnis, weil er dem Gegner eine empfindliche Schlappe bereiten konnte – wahrscheinlich, nein, es war der bisher unterdrückte Wunsch nach Rache. Rache für die Toten im letzten Jahr. Thomas war irritiert. Waren solche Gefühle eines Admirals würdig? Scheißegal, dachte er sich, ich erzähl es keinem – braucht ja niemand zu wissen!

„**MANITOBA!**“, verlangte Thomas, nachdem er Funky einen entsprechenden Befehl gegeben hatte.
Auf dem Display vorne erschien am Rand das Gesicht von Scott Tanner: „Wir hören!“ Der Kanadier hatte erfasst, dass der Admiral es eilig hatte, darum antwortete er so kurz wie möglich.
„Echela hat den Gegner schachmatt gesetzt. Wir springen mitten hinein. Eure Aufgabe ist es, sofort nach dem Sprung abzukoppeln und die beschädigte Beta aufzusuchen. Nina ist schwer verletzt und muss umgehend in eine Stasekiste!“
„Wir haben verstanden“, bestätigte Scott und man hörte auf der Brücke des Flaggschiffs, wie der junge Captain Gefechtsalarm anordnete. Dann war die Funkverbindung unterbrochen.
Die GERONIMO brauchte zehn lange Minuten, um von der derzeitigen Geschwindigkeit auf 30% Licht zu kommen.
„Jump!“, rief Sue und die Umgebung verschwamm, dann war vorne der taktische Gefechtsfeldmonitor zu sehen.
„**FLIGHT!**“, rief Raven. „**Die Letalis raus, alle Sharks und die Alphas! Koordinier die Angriffe! Wir selbst konzentrieren uns auf die drei BONEs-Träger in der Mitte. Sue, Kurs setzen!**“
Die Kommandobestätigungen gingen fast unter, aber Roy Sharp schickte sechs Letalis, acht Staffeln Sharks und drei Geschwader Alpha-Disks auf den Weg. Konzentriert und per Headset verteilte er die Angriffsziele.
„**Trixie! Ich will Wirkungsfeuer ab Reichweite!** Ich trau dem Braten nicht! Warte nicht auf die Feuererlaubnis! **Leg einfach los!**“
„Ich kann´s kaum abwarten!“ Nun ja, das war eher nicht die vorgeschriebene Befehlsbestätigung, aber da achtete im Moment niemand drauf.
„*Hinsetzen, Admiral!*“, flüsterte Laura neben Thomas und ohne groß zu widersprechen, setzte er sich.
„**Beta lokalisiert! Wir koppeln ab und sind los!**“ Thomas nickte lediglich zur Meldung von Scott Tanner. Dann brach draußen ein Orkan los: Die GERONIMO pflügte durch den äußeren Ring der 14.800er. Trixie hatte beschlossen, den erhaltenen Befehl großzügig auszulegen. Sie wartete nicht, bis man im inneren Kreis war, sondern griff die Ziele an, sobald sie in Reichweite waren. Die von Huang Li verbesserten Jump Europa mit nuklearem H-Kopf waren in ihrer Zerstörungskraft gewaltig und daher effektiv. Bei den anschließenden

Forts, die auf dem Weg zu den BONEs-Trägern im Weg schwebten, brauchte Trixie die doppelte Menge an Torpedos, aber auch dort hinterließ das Flaggschiff eine Schneise der Verwüstung. Die ausgeschickten Letalis waren samt und sonders mit Zusatz-Ganymeds ausgestattet. Roy Sharp hatten ihnen befohlen, sich um die Forts zu kümmern. Sie jagten eins nach dem anderen hoch und brachten damit einen bitteren Zug auf das Gesicht des Admirals. Seine Augen blitzten und mit zusammengepressten Lippen nahm er die Abschussmeldungen entgegen. Mehr, dachte er, **mehr davon!** Er konnte nicht genug davon bekommen. Über 2.000 Tote letztes Jahr schrien nach Vergeltung! **Welch ein blödsinniger Krieg! Es gab genug Platz im Universum!** Egal – sie hatten nicht angefangen und die Milliarden Toten auf der Erde verhinderten in Admiral Raven den Wunsch nach Friedensverhandlungen.

MANITOBA:

„Robby! Ich sehe ganz genau, dass uns dort beim Anflug auf die LOST ein Fort im Weg ist", stellte Scott fest. „Macht es dir etwas aus, wenn ...?"
„Nein, nicht doch, gerne – mach ich gerne", versicherte Robby grimmig und stieg auf die saloppe Art seines Captains ein. Die Dreadnought war mit zusätzlichen Europa-Torpedos ausgerüstet, mit genau zwei Dutzend. Er wählte die ersten zwei aus, machte sie scharf und startbereit. Dann wählte er das von Scott bezeichnete Ziel aus. Noch zehn Sekunden, dann waren die 600.000 km unterschritten und er konnte die Jump-Raketen losschicken. Seine Hand schwebte über dem Auslöseknopf. Sicher, er hätte den Start auch der Automatik überlassen können, aber Robert Duncan wollte anschließend behaupten, dass er die Forts eigenhändig in die Luft gesprengt bzw. aus dem All gefegt hatte. Er zählte lautlos mit: fünf - vier - drei - zwei ...
„Übernehme Steuerung der MANITOBA!"
„Hä?" Robert schaute frustriert auf seine Anzeigen – der Abstand zum anvisierten Fort vergrößerte sich! **„Was ist los?"**, schnaubte er.
„Hier spricht Echela. Ich habe die Kontrolle über die Dreadnought übernommen, damit Zeit gespart wird. Nina ringt mit dem Tode und es kommt auf Sekunden an. Macht die Stasekiste auf dem Flugdeck bereit!"

„Okay", Peter hob als Pilot beide Arme. Er war raus aus der Nummer. Das Schiff reagierte nicht mehr auf seine Steuerung. Trotzdem war Peter einverstanden. Echela konnte das besser und schneller. Er wollte nicht Schuld haben, wenn Nina nicht überlebte. Auch Robert war überzeugt und deaktivierte seine Vernichtungswaffen. Vielleicht würde er später noch die Gelegenheit haben.
„Betty!", rief Scott. „Schnapp dir zwei Droiden und runter zum Flugdeck. Aktivier die Stasekiste und lass den Deckel runternehmen. Dann kommst du wieder hoch!"
„Mach ich, Scott!" Die dralle Deutsche machte sich sofort auf den Weg, und nach zwei Minuten sah Scott auf dem Monitor, wie die Blondine mit zwei Robots im Schlepp über das Deck rannte.

<u>LOST:</u>

Auf Geheiß von Echela wartete Jan ungeduldig bei 10% Schwerkraft vor der Med-Lade mit Nina auf das Zeichen, dass die Beta mit den Manövrierdüsen auf der MANITOBA gelandet war. Er wusste, dass auf den Dreadnoughts, wie auf allen größeren Schiffen mit Jägern oder Bombern, eine Stasekiste zur schnellen Behandlung von verletzten Piloten auf dem Deck zur Verfügung stand. Das war sein Ziel, sobald ihm Echela ein GO gab.

<u>MANITOBA:</u>

Fassungslos beobachtete Scott von der Brücke über Video, mit welch einer Affengeschwindigkeit Echela zum einen mit der Dreadnought an die Beta heranraste und zweitens die Beta selbst noch Fahrt in ihre Richtung aufnahm. Scott atmete hörbar durch die Zähne ein und dachte: Das gibt Kleinholz! Und er wartete auf den Knall und die Erschütterung, aber da war die Beta drin – ohne Kollision. Echela schien überall sein zu können.

<u>LOST:</u>

„Und los!"
Jan schlug auf den Öffnungsmechanismus der Lade und zischend öffnete sich das Teil wie eine Schublade und Nina lag vor ihm. Jan

erschrak wegen des vielen Blutes, in dem seine Frau lag. Seltsam blass sah Nina aus. Bei 10% Gravitation hatte Jan keine Mühe, seine schlanke Partnerin aus der Lade zu heben. Echela öffnete eine Etage tiefer das Außenschott und Jan rannte mit seiner Last nach draußen. Kurz orientierte er sich, dann sah er die Stasekiste. Es sah etwas grotesk aus, auf dem Deck waren ebenfalls nur 10% Schwere, als er mit Riesensätzen zur Behandlungseinheit lief. Er legte Nina vorsichtig dort hinein und wuchtete in einem Zug den schweren Deckel darauf. Dann drückte er einen Knopf tief ein und die Stasekiste begann mit ihrer Arbeit. Jan wusste, dass diese auf den Decks befindlichen Einheiten eine Besonderheit hatten. Im Einsatz galt es Zeit zu sparen. Wenn man einen Piloten dort hineinlegte, dann musste man schnellstens wissen, ob er noch behandelt werden konnte, weil vielleicht der nächste schon wartete. Daher gab es nach der Aktivierung eine weiß blinkende Aktivierungsleuchte. Färbte die sich um in ebenfalls pulsierendes Grün, so konnte dem Patienten oder der Patientin erfolgreich geholfen werden. Gab es ein permanentes Rotlicht, dann war jede Hilfe zu spät und man konnte die Leiche aus dem Tank entnehmen und die Einheit sofort wieder für einen anderen Patienten gebrauchen. Fast unmenschlich, aber Kriege sind nicht menschlich. Die Lampe blinkte weiß. Jan sah sich um und entdeckte Ben, der die immer noch bewusstlose Mirijam auf den Händen trug und gerade mit ihr die Beta verlassen hatte.
„Ben! Mirijam ist nur bewusstlos. Bring sie zur medizinischen Abteilung! Los lauf schon!" Jan schob den Gunner der GERONIMO mit seiner Last in Richtung Schleuse. Dann ging er zurück.

„Was macht der da?" Betty wies mit ihrem Finger auf einen der Monitore. Scott sah hoch und bemerkte, dass Jan an der manuellen Steuerungsklappe für das Raumtor hantierte.
„Ich kann das Decktor nicht schließen", stellte Anna fest.
Fassungslos beobachtete Scott, wie Jan eine Schusswaffe zog und auf die Kraftfeldsteuerung richtete. Wenn er jetzt abdrückte, dann versagte das Kraftfeld und er wurde in den Raum gesogen.
„Betty, ich kümmere mich. Ab in die medizinische Abteilung. Schau, was du für Mirijam tun kannst."
Die Deutsche verließ innerhalb kurzer Zeit zum zweiten Mal die Brücke.
„Anna? Stasekapsel?"

Seine Partnerin schaute auf ihre Anzeigen: „Weiß!“
„Scott an Jan! Was soll das bedeuten?“ Scott rief den Mann auf dem Flugdeck.
Kurz darauf antwortete Jan: „Wenn die Lampe auf Rot schaltet, drücke ich ab! Ihr werdet es anschließend schnell wieder repariert haben!“ Seine Stimme klang gehetzt.
„Jan, überleg mal, wie viel du vielen Leuten bedeutest!“
„Mag sein, Scott. Aber Nina bedeutet mir nicht viel, sondern alles!“
„Jan!“
„Nein! Scott, kannst du deine Partnerin, kannst du Anna sehen?“
Anna Svenska drehte sich erschrocken zu ihrem Freund. Scott sah ein feingeschnittenes Gesicht mit blauen Augen und kupferblondem Haar.
„Ja, Jan, ich sehe sie.“
„Stell dir vor, Scott, du siehst dieses Gesicht 120 Jahre und du liebst diese Frau seit 120 Jahren. Und du liebst sie immer noch wie am ersten Tag! Wie würdest du reagieren?“
Scott holte tief Luft, als er noch eine Träne auf der Wange seiner Freundin sah. Er wusste mit einem Mal genau, was Jan meinte: „Wir werden es schnell repariert haben, Jan. Danke für alles. Du bist derjenige, dem wir verdanken hier sein zu dürfen.“
„Du bist ein toller Junge, Scott. Pass mir auf die Neue Menschheit auf! Es ist, ich bin stolz, eine Art Lebenswerk von mir – wenn man so will! Macht es gut oder bis gleich!“
Scott ließ die Verbindung abschalten – es war alles gesagt. Er stützte einen Ellenbogen auf sein Knie und barg den Kopf darin. Er wollte nicht sehen, wie Jan in den Weltraum gesogen wurde: „KI - Meldung über Vorgänge Stasekiste Landedeck über Audio!“

GERONIMO:

„LOST von MANITOBA geborgen“, meldete Paulo und Admiral Raven erlaubte sich ein Lächeln: „Alle wohlauf?“ Der Südamerikaner beugte sich über die Anzeigen und lockte sich in das System der MANITOBA ein: „Nina Holst ringt mit dem Tode und liegt in der Staseeinheit auf dem Landedeck!“
„**AU NEIN!**“, entfuhr es dem Admiral und er machte ein schmerzverzerrtes Gesicht dabei.

„Erster BONEs-Träger in Reichweite“, erklärte Trixie.
„FEUER!“, bellte Raven und lenkte sich damit vom drohenden Verlust ab.
Beatrice Baines feuerte eine Breitseite mit vier Europas aus der Hexenküche von Huang Li ab. Das Ergebnis war final. Die atomaren Gewalten rissen den 14.800er in Stücke und die aufgesattelten Brutstationen der genveränderten TRAX gleich mit.
„Ich könnte den nächsten ...“, teilte Trixie mit.
„FEUER!“
Trixie machte kurzen Prozess auch mit dem dritten und letzten BONEs-Träger und Admiral Raven ließ die Forts anfliegen. Selten hatte er Gelegenheit in solch einer Masse feindliche Tonnage zu vernichten. Und er wollte nichts, aber auch nichts in einem Stück lassen!

<u>MANITOBA, Landedeck:</u>

Jan hatte mit dem rechten ausgestreckten Arm die Waffe auf die Kraftfeldsteuerung gerichtet und sah von dieser Position aus gut die Zustandsanzeige auf der Staseeinheit. Er würde ohne weitere Überlegung abdrücken, sobald er dort drüben ein rotes Licht sah, so hatte er sich das vorgenommen. Mit schmerzender Seele dachte er an sein schönes Leben mit Nina zurück. An die Kinder, die sie ihm geschenkt hatte und an die liebevolle Zweisamkeit, die im Laufe der Jahrzehnte noch intensiver geworden war. Nein, er würde nicht schwankend werden in seinem Entschluss. Hier und heute würde er seinem Leben ein Ende bereiten in der Hoffnung, dass er auf der anderen Seite Nina wiedersehen konnte. Der schwarze Wuschelkopf mit dem nur schwer zu bändigendem Haar erschien in seiner Vorstellung, die grau- grünen Augen, die ihn meist belustigt oder leicht aufreizend angesehen hatten. Was würde er darum geben, noch einmal in ihre Augen schauen zu dürfen? Sie noch einmal in den Armen zu halten, ihren Atem zu spüren, ihren Geruch zu riechen, sie zu küssen oder gar zu lieben – ein letztes Mal. Tränen rannten ihm übers Gesicht und er konnte nur noch verschwommen sehen. Dann sah er etwas blinken. Blinken war gut! Er blinzelte die Tränen weg und dann brach er weinend zusammen. Die Farbe war grün!
„Behandlung in der Staseeinheit möglich“, meldete die KI auf der Brücke der Dreadnought. „Behandlungszeit elf Stunden!“

Scott riss den Kopf hoch und sah Jan zuckend auf dem Deck liegen.
„**Anna! Du hast die Brücke!**“ Scott sprang auf und ging rückwärts zum Antigrav. Mit beiden Zeigefingern zeigte er an ausgestreckten Armen auf den Gunner der MANITOBA: „**Angriff auf die Forts, Robby! Ich will Forts explodieren sehen! Aufzeichnungen ein! Ich bin auf dem Landedeck! FEUER FREI AUS ALLEN ROH-REN!**“ Auch bei diesem Captain machte sich die ungeheure Anspannung auf diese Art und Weise Luft.
Anna schaffte noch ein „Aye“, dann war Scott mittels Antigrav abgetaucht. Auf der Landedeckebene angekommen, rannte Scott los, durchschritt die Schleuse zum Deck und lief zunächst an dem immer noch am Boden liegenden und weinenden Eggert vorbei. Sicherheit hatte hier Vorrang. Er nahm an der Steuerung des Raumschotts die Manipulationen durch Jan zurück und schloss es. Erst dann eilte er auf den am Boden Liegenden zu.
„**Jan, JAN!**“, er hatte sich neben ihn gekniet und schüttelte ihn an der Schulter: „Der Kampf ist noch nicht vorbei. Du musst mir helfen!“ Das war zwar glatt gelogen, aber Scott befürchtete einen Schock und wollte so schnell wie möglich diesem vorbeugen.
„Helfen – Kampf?“ Es schien tatsächlich zu wirken. Jan hörte auf zu zittern und richtete seine Aufmerksamkeit auf den jungen Kollegen.
„Nina ist hier gut aufgehoben. In elf Stunden ist sie wieder auf dem Damm! **Komm mit zur Brücke, Captain der ODIN!**“ Scott schaffte es tatsächlich, den wesentlich älteren Mann wieder so zu erden, dass er mit ihm gemeinsam im Laufschritt zur Brücke rannte. Unterwegs hörten sie das Waffenfeuer der Dreadnought und das Bollern der Raketennachladeeinrichtung. Robby hatte das Feuer bereits eröffnet.
Auf der Brücke hatte sich Jan wieder im Griff. Er hielt Scott zurück, als er bemerkte, wie Anna im Sessel des Commanders saß und mit ruhiger Stimme Befehle erteilte.
„Danke, Scott! Lass uns einen Kaffee trinken und deiner hervorragenden Crew bei der Arbeit zusehen.“

Die Schlacht, die eigentlich keine war, hatte noch Stunden gedauert. Admiral Thomas Raven hatte selbstverständlich bereits Kenntnis vom Ninas Zustand erhalten und gab schließlich das Zeichen zum Sammeln. Die MANITOBA sattelte wieder auf, während die übrigen Schiffe die

Landedecks aufsuchten. Ringsum im All war nur noch ausglühender TRAX-Schrott zu sehen.
„Es ist nicht ganz auszuschließen, dass TRAX-Entsatzkräfte hier auftauchen. Ich will unseren Erfolg nicht dadurch schmälern, dass wir zu lange hier bleiben“, ordnete Raven über schiffsweiten Funk den Rückzug an. Anschließend, die Brückencrew der MANITOBA wusste gar nicht, wie ihr geschah, enterte der Admiral die Dreadnought. Anders konnte man es nicht nennen, als er in respektabler Zeit auf der Brücke erschienen war. Jan und Thomas fielen sich in die Arme. Raven schlug dem Deutschen begeistert auf die Schultern und wollte ihn gar nicht mehr loslassen. Er sagte dafür nichts und schluckte trocken. Beide Männer hatten Tränen in den Augen.

14.03.2134, 23:00 Uhr, GRACELAND-City, Netznachrichten, Büro Maximov:

Heute war GC mit dem lokalen Teil der Netznachrichten dran gewesen. Daher hatte es den Journalisten Jurij Maximov erst zu so später Stunde in sein Büro getrieben. Gestern Nachmittag war er zu Gast auf GREEN COAST FARM gewesen. Er hatte die WG Dana Ostenson und Lea Heinley besucht. Der kleine Felix war wirklich ein niedlicher Kerl und Dana eine junge Frau ganz nach seinen Vorstellungen. Jedenfalls hatte der junge Russe einen Eindruck von Familienleben bekommen, als er Felix im Arm hielt. Der Kleine hatte gebrabbelt und mit seinen kleinen Händchen nach ihm gegriffen. Beim Blick in die klaren Augen des Säuglings war ihm bewusst geworden, was die Neue Menschheit hier machte: Sie überlebte und versuchte sicheres Terrain für die nächsten Generationen zu schaffen. Trotz seiner Jugend hatte es bei Jurij >Klick< gemacht. Er war von beiden Damen ausgesucht höflich und charmant behandelt worden. Er hatte sich wohlgefühlt und offensichtlich beruhte die Sympathie auf Gegenseitigkeit. Sie hatten ihn am Abend nicht gehen lassen, und er hatte auf ihren Wunsch in einem Nebenraum auf der Couch geschlafen. Dana hatte gekocht. Ja, richtig gelesen, die Norwegerin hatte gekocht und gar nicht mal schlecht. Heute Morgen beim Frühstück musste er versprechen, bald wiederzukommen.

Jurij dachte an die angenehmen Stunden zurück und war nun wieder mal allein in seinem Büro. Es regnete draußen und die Tropfen klatschten gegen die Scheibe seines Bürofensters. Ein Whisky stand bereit und Jurij lehnte sich behaglich zurück.

16.06.2120, 10:00 Uhr, ADVENTURE, Med-Lab:

Seit meinem letzten Bericht sind sechs Wochen vergangen. Anderthalb Monate, in denen nichts und doch sehr viel passierte. Es wurde lebendig auf der ADVENTURE, wenn man von Captain Aldo absah. Er zog sich immer mehr entweder in seinen Bereitschaftsraum oder in seine Privatkabine zurück und ließ mich machen. Ich hatte den Auftrag, die entsprechenden Leute für eine Mobilmachung des Schiffes aus den Kälteschlafeinheiten herauszuholen. Jäger und Bomber flogen eben ohne Piloten denkbar schlecht. Dazu gehörten dann auch Deckmannschaften, ein FliCo und so weiter und so weiter. Meine Kunst, denn wecken selbst tat ich natürlich nicht, war dabei, die Reihenfolge der Leute für den Weckprozess festzulegen. Viele Leute mussten mit Sauerstoff, Energie, Wasser und Wärme, sowie natürlich auch mit Lebensmittel versorgt werden. Ein nicht unbedeutender Teil der ADVENTURE bestand aus hydroponischen Gärten. Und noch was zu diesem Thema: Einmal aufgeweckt, konnten wir die Leute nicht einfach wieder einfrieren. Der Vorgang war kompliziert und mit technischem Gerät und Ausrüstung verbunden, die wir nicht an Bord hatten. Ich überlegte also bei verschiedenen Crewmitgliedern mehr als einmal, ob dieser Mann oder diese Frau tatsächlich benötigt wurde. Bei dieser Person, der ich jetzt gerade gegenüberstand, war die Überlegung recht kurz und eindeutig gewesen. Eine 40 Jahre alte und 160 cm kleine Frau mit kurzen, schwarzen Haaren schaute mich aus dunklen Augen freundlich an. Auf ihrem Kittel war der Äskulap-Stab zu sehen. Es handelte sich um unsere Schiffsärztin Dr. Maria Santez, und wie der Name richtig vermuten lässt: aus Spanien.
„Er schläft zurzeit, kann aber geweckt werden. Raum C, der Erste von der Tür aus."
„Danke, Doc!" Seit meinem sexuellen Erlebnis mit der Technikerin hier an Bord war ich auch für dieses Geschlecht offen und die schlanke Maria war – erotisch. Ich schob meine diesbezüglichen Gedanken schleunigst zur Seite und machte mich auf den Weg zu Raum C. Bei

Eintreten winkte ich den übrigen drei Patienten zu und sah das Bett meiner Zielperson direkt neben der Tür. Der Typ schlief. Ich erkannte eine etwas über 180 cm große Gestalt mit breiten Schultern und mächtig muskelbepackt. Ein Traum-Typ für jede Frau. Kurze blonde Haare und ein männlicher Dreitagebart rahmten sein ausdrucksstarkes Gesicht ein. Wie ich aus der >Passagierliste< wusste, war der 35-jährige Mann in den Resten von Groß-Britannien geboren worden – armer Kerl. Seit dem unsäglichen >Brexit< war das ehemalige Königreich mit Lichtgeschwindigkeit auf den Untergang zugeeilt. Die Anhebung der Meeresspiegel durch die Klimaerwärmung hatte der Insel einiges an Land gekostet und zusätzliches Ungemach beschert.
„**Guten Morgen, Major!**“
Übergangslos öffnete der auf dem Rücken liegende Mann seine blauen Augen. Der Typ hatte auch noch blaue Augen! Ich wurde wieder schwankend, was meine sexuelle Ausrichtung anbetraf.
Der Top-Typ versuchte sich zu orientieren. Sicherlich, er war nach dem Kälteschlaf nicht zum ersten Mal wach, aber so direkt danach war man nicht Herr seiner Sinne – aber jetzt – und deswegen war ich hier.
Er sah mich an: „Guten Morgen! Welches Datum haben wir und mit wem habe ich das Gespräch?“
„Ich bin XO Jane Scott und wir haben den 16. Juni 2120.“
„Wir Marines sind direkt dem Captain unterstellt“, stellte der Typ sachlich fest.
„Au, das tut mir leid für euch“, ich machte dazu ein sehr betroffenes Gesicht. „Unser Captain ist bekennender Pazifist!“
„Oh“, offensichtlich war der Mann wegen des Captains schwer getroffen – das Gesicht war jedenfalls unbeschreiblich.
„Ja, ich glaube, bei mir seid ihr besser aufgehoben. Die beiden Trupps haben wir zwei Stunden später aufgeweckt. Ich bin gekommen, um die Einweisung in die Quartiere vorzunehmen.“
„Ich brauche ein paar Minuten um mich fertig zu ...“
„Major Russ Meywers! Ich warte vor der Tür. In zwei Minuten marschieren wir los. Dann gibt es auf dem Weg ein Briefing zum Stand der Dinge!“ Ich drehte mich auf dem Absatz um und verließ den Raum.
Russ benötigte nicht einmal zwei Minuten, dann stand er neben mir.
„Haben wir Kompetenzgerangel, Major?“
Russ knallte die Hacken zusammen: „Nein, Sir!“

„Sehr schön", sagte ich und gönnte ihm ein feines Lächeln. „Dann los zu den Quartieren! Die Situation ist folgende ..."
Wir gingen los und an den Mannschaftsunterkünften der Marines angekommen, war er in groben Zügen informiert. Selbstverständlich wusste der Chef der Marines, wo die entsprechenden Waffen seiner Truppe gelagert waren. Er versprach, seine Leute unterzubringen und sich anschließend zur Vorstellung beim Captain auf der Brücke zu melden.
„Weitermachen!" Ich machte wieder auf dem Absatz kehrt und kümmerte mich um die nächste Aufgabe. Auf dem Rückweg sah ich in der sogenannten Maschinenhalle vorbei, dem Wirkungskreis unseres Technikfreaks Kai Meier. Als ich in den riesigen Raum eintrat, sah ich schon von weitem seine langen, blonden Haare. Er diskutierte höchst angeregt, ja mit wem eigentlich? Als ich näher trat, stellte Kai mir eine sehr engagierte Frau vor. Die Gute war ausschließlich für die hydroponischen Gärten zuständig. Sie nickte mir zu und verließ den Raum.
„Läuft alles, Kai?"
„Sagen wir so, ich bin zufrieden. Ich habe jetzt zwanzig Techniker und Ingenieure zur Verfügung. Wir könnten auch einen größeren Störfall schnell reparieren", antwortete unser Chefingenieur. „Die Gärten sind jetzt auf 45% ihrer Leistungsfähigkeit, wir brauchen bei der derzeitigen Mannstärke 55%, dann haben wir alles, was wir zum Leben brauchen: Wasser, Lebensmittel und Sauerstoff. Unsere Filter arbeiten sehr effektiv."
„Wann haben wir diese 55%?"
Kai überlegte kurz: „In einer knappen Woche. Wir können fast die Hälfte unserer Gärten noch auf inaktiv lassen. Dann haben wir noch Luft nach oben."
„Energieversorgung?"
„Von den fünf vorhandenen Kraftwerken laufen jetzt drei im Leerlauf bei 30%. Für Flugmanöver können wir diese innerhalb von 30 Sekunden auf 100% hochfahren. Falls wir kämpfen sollen, empfehle ich, die restlichen beiden anzufahren." Kai sah mich aufmerksam an. Offensichtlich erwartete er eine Einschätzung bezüglich des Waffeneinsatzes von mir. Ich hatte nicht vor, irgendwo Öl ins Feuer zu gießen: „Das wird erst einmal nicht nötig sein, hoffe ich", sagte ich zu ihm. „Prima, dann mach mal weiter." Ich verließ die Maschinenhalle.

„Brücke an XO!“ Laut hallte der schiffsweite Ruf über die Flure und ich suchte den nächsten Kom-Punkt auf: „Hier Jane!“
Oksana antwortete mir und nun nur an dieser Stelle: „Hier schleppen zwei Techniker eine Feuerorgel auf die Brücke und fangen an das Ding aufzubauen!“
„Ah, okay – wer steht als Gunner auf der Liste?“
Oksana brauchte einen kleinen Augenblick, offensichtlich musste sie nachsehen: „Ein Ami, namens Mike Ronald.“
„Danke, ich schau mal, wie weit wir mit ihm sind.“ Ich schaltete ab und wählte den Anschluss der medizinischen Abteilung.
„Hier Med-Lab, Maria Santez!“
„Hi Doc, ich bin´s, Jane. Wie weit sind wir mit einem gewissen Mike Ronald?“
„Der wird in ein paar Minuten ansprechbar und fit sein. Ich habe hier auch noch einen Ben Hofard, der schon unruhig wird und nach seinen Leuten fragt.“
„Ben Hofard?“, gehört hatte ich den Namen, klar, hatte ich ja selbst ausgewählt, aber wo sollte ich ihn im Moment einordnen?
„Er sagt, er wäre verantwortlich für die Geschwader an Bord.“
Mir fiel es wie Schuppen aus den Haaren: „Ah, unser FliCo. Ich komme sofort!“
Es wurde hektisch auf der ADVENTURE. In den letzten Wochen war hauptsächlich technisches Personal auf die Beine gestellt worden, damit wir erst einmal die Basics für das Überleben einer größeren Crew schaffen konnten. Jetzt ging es an die größte Gruppe: die Piloten. Es machte Sinn, zunächst den Flight Commander, also FliCo, aus dem kühlen Schlaf zu reißen, denn ich hatte keine Lust über 200 Piloten in die Quartiere zu führen. Das sollte der FliCo machen – gefälligst. Zeitgleich würde die mannstarke Deckcrew den Betrieb aufnehmen. Die Chefin dort sollte eine Brasilianerin sein. Ich war gespannt auf diese erst 33-jährige Frau. Aber dazu später, ich erreichte das Med-Lab zum zweiten Mal und fragte nach dem Gunner.
„Raum E, der Mann mit dem schwarzen, langen Zopf“, teile mir Doc Maria mit, und ich ging gleich weiter den Gang entlang. Hmm, schwarzer Zopf. Manche Männer übertrieben es in letzter Zeit mit ihrem Haarkult, dachte ich noch, als ich schwungvoll das Patientenzimmer betrat.
„Guten Morgen“, wünschte ich und schenkte jedem ein Lächeln.

Das Zimmer war zu dritt belegt, vorne und hinten wurde mir entgegengelächelt und höflich ebenfalls gegrüßt, der Mann in der Mitte trug einen schwarzen Zopf, sagte nichts und guckte böse. Ich stellte mich am Fußende vor sein Bett: „Mein Name ist Jane Scott und ich bin XO auf der ADVENTURE. Nochmals: guten Morgen."
Ich wartete ab, aber nichts geschah. Die beiden Bettnachbarn schauten irritiert. Das Verhalten dieses Amerikaners, offensichtlich mit südamerikanischen Wurzeln, war gegenüber einer XO mehr als respektlos.
Ich lächelte: „Ich habe eine unangenehme Eigenart. Bekomme ich auf Tagesgrüße oder Fragen keine Antwort, bin ich geneigt, mein Gegenüber aus der nächsten Luftschleuse zu werfen! Der Captain ist bekennender Pazifist und kann mit einem Gunner noch weniger anfangen!" Ich schaute auf meine Uhr: „Du meldest dich in exakt 30 Minuten auf der Brücke! Jede Minute später bedeutet eine Woche in der Brigg! **Zeit läuft!**"
Ich drehte mich, wieder mal, auf dem Absatz um. Ich sollte vorsichtiger mit dem Schuhwerk umgehen. Dies hielt bei derartigen Belastungen nicht ewig. Ich rauschte geradezu aus dem Zimmer und sah noch, wie der Typ in der Nähe der Tür ein erschrockenes Gesicht machte.

Auf der Brücke schien ein kleines Chaos ausgebrochen. Oksana stand neben zwei Technikern und sah zu, wie diese inmitten überall verstreuten Werkzeugs das Pult für den außerordentlich unsympathischen Gunner anbrachten. Der Doppelboden war teilweise geöffnet worden, und ich sah, wie armdicke Kabelstränge dort herausgezogen worden waren. Diese galt es offensichtlich mit dem Pult zu verbinden, bevor man es auf dem Boden festschraubte. Ich dachte an den Bediener dieses Paneels. Kaum fraß mir Karl Sander aus der Hand, hatte ich das nächste Problem an den Hacken.
„Sie werden in etwa fünf Stunden mit der Installation fertig sein", meldete mir Oksana.
„Prima!" Ich warf mich in meinen Sitz und rief unsere >Passagierliste< auf, die Aldo für mich freigeschaltet hatte. Wer zum Teufel hatte den Unsympath von Gunner auf diese Liste gesetzt? Er stellte in meiner Mannschaftsplanung schon jetzt ein instabiles Element dar. Ich brauchte diesbezüglich einen Plan >B<.
„Ich melde mich zur Stelle, Sir!"

Ich war so vertieft gewesen in meine Betrachtungen auf dem Schirm, dass ich das Näherkommen eines Traumtypen nicht mitgekommen hatte. Der Major war auf der Brücke angekommen und Oksana klappte gerade wieder den Mund zu. Ich winkte ihm und wir gingen zum Bereitschaftsraum. Schließlich war Aldo immer noch der Chef im Ring und ganz ohne ihn wollte ich nicht.
„Captain! Ich stelle Major Russ Meywers von den Marines vor!"
Aldo sah hoch und es war offensichtlich, dass er unser Eintreten überhaupt nicht mitbekommen hatte. Er schien weit entrückt in einer fernen Galaxie – so gedanklich.
„Ah, ja, schön!" Sein Gesichtsausdruck sprach seinen Worten zwar Hohn, aber er richtete sich mühsam auf und gab dem Major die Hand und hieß ihn an Bord Willkommen – das Mindeste. Anschließend wünschte er, völlig geistesabwesend und mit mühsam hervorgekramten Worten, ein gutes Einleben an Bord. Damit waren wir entlassen. Wir hatten das Rückzugsgebiet von Aldo gerade verlassen, als sich der Major räusperte. Ich sah ihn an.
„Ähm", mehr brachte Russ nicht zuwege, aber ich konnte seine Gedanken genau lesen.
Ich beschloss daher, genauso präzise zu sein, wie der Marine: „Genau!"
Er nickte mir zu. Was zwischen dem Gunner und mir nicht funktionierte, klappte bei diesem Mann umso besser. Wir kannten uns kaum und verstanden uns ohne Worte – zumindest zum Thema des Captains der ADVENTURE.
In diesem Moment betrat mein spezieller Freund, der mit dem Zopf, die Brücke des Schiffes. Ich schaute demonstrativ auf meine Uhr: „Seit meiner Aufforderung sind 31 Minuten vergangen! Major, du hast deinen ersten Auftrag. Bring diesen Mann in die Brigg – eine Woche!"
Der Gunner wollte protestieren, aber ich ging, gefolgt vom Major, auf ihn zu: „Crewman", ich hatte ihn gleichzeitig auf die unterste Stufe degradiert. „Du hast jetzt eine Woche Zeit, dein Verhalten zu überprüfen. Stelle ich anschließend fest, dass diese disziplinarische Maßnahme nicht gefruchtet hat, dann werde ich einen unnützen Fresser von Bord entfernen! Dein bisheriges Verhalten trägt im Wesentlichen zur Schwächung der Abwehrkraft dieses Schiffes bei. Sollten uns deswegen Nachteile erwachsen, stelle ich dich vor das Kriegsgericht. **Major – abführen!**"

Dieser Berg von Kerl schob sich an mir vorbei und baute sich vor dem schluckenden Gunner auf. Es kam ihm nicht in den Sinn, sich zur Wehr zu setzen. Der Gesichtsausdruck von Russ schien recht deutlich zu machen, was ihn dann erwartete. Beide verließen die Brücke.
Ich setzte mich in meinen Sitz und sah plötzlich Oksana vor mir. Sie machte ein erschrockenes wie auch fragendes Gesicht, und ich beschloss, meine Autorität durch eine Antwort etwas zu unterstreichen: „Er hat meinen Morgengruß nicht erwidert!"
„Äh", nun war der Gesichtsausdruck der ansonsten abgebrühten Astrogatorin nicht der intelligenteste. „Ja, dann." Oksana hockte sich wieder hinter ihre Anzeigen, und ich grinste diabolisch. Langsam begann mir die Sache Spaß zu machen. Wenn ich geahnt hätte, was uns noch bevorstand, ich hätte – wahrscheinlich genau so gehandelt, aber die Sache mit dem Spaß wäre anders verlaufen.
Ich tippte auf meiner Kom-Einrichtung wieder die Nummer der medizinischen Abteilung ein und Maria meldete sich.
„Hallo Doc! Braucht ihr Karl noch?"
„Er ist ganz nützlich, aber im Prinzip nicht mehr. Ich habe genügend Personal."
„Prima, schick ihn bitte auf die Brücke", sagte ich und schaltete ab.
Kurz darauf kam Aldo aus seiner Privat-Zone und blieb neben den Technikern stehen: „Was ist das da?" Er zeigte auf die Feuerorgel.
Bevor ich etwas sagen konnte, antwortete Oksana: „Das Feuerleitpult, Captain, wird gerade installiert."
„Aha! Und wo ist der Gunner?"
„Der sitzt in der Brigg, Captain!"
„So so", machte Aldo, wandte sich lediglich ab und verließ ohne weitere Worte die Brücke. Als mich Oksana ansah – ich konnte nicht mehr, ich musste lachen. Urkomisch sah die Russin in ihrer Fassungslosigkeit aus. Nachdem ich mich beruhigt hatte, grübelte ich ein Weile vor mich hin, bis Karl Sanders erschien. Der Kom-Offizier hatte irgendwie eine Wesensveränderung durchgemacht. Er wirkte zufrieden und engagiert.
„Hier bin ich", sagte er schlicht und mit bemerkenswerter Ruhe. Aufmerksam sah er mich an und erwartete wohl neue Befehle.
„Hmm", machte ich. „Ich bin vorhin etwas heftig mit unserem Gunner aneinander geraten – du kennst das."
Karl nickte wissend: „Schwebt er schon durchs All?"

„Nein, noch nicht. Ich brauche aber einen Ersatz. Aus deinem Dossier geht hervor, dass du eine Zweitausbildung in diese Richtung hast.“

„Ich soll vertretungsweise den Gunner machen“, stellte er fest.

„Der Kandidat hat 100 Punkte! Mach dich mit dem Ding vertraut, sobald die Herrschaften Techniker die Funktion der Orgel sichergestellt haben.“

„Geht klar, Chef!“

Karl drehte sich um und begann sich leise mit den Technikern zu unterhalten. Offenbar bekam er schon jetzt eine theoretische Einweisung. Ich war zufrieden.

Kurz darauf betrat unser >Dippel-Ing< Kai Meier die Brücke. Der Spaßvogel tat begeistert.

„Macht dein Technik-Kram so viel Spaß“, fragte ich ihn, als er breit grinsend zu seinem Pult ging.

Kai schüttelte den Kopf: „Nein, aber ich habe die Deck-Chief gesehen!“

„Die Brasilianerin? Ist sie schon wach?“

„Jaaa“, sein Gesicht bekam einen schwärmerischen Ausdruck und er sah zur Decke, als wolle er dem Schöpfer danken für diese Offenbarung: „Stell dir Karneval in Rio vor. Die heißeste und langbeinigste Tänzerin, das multiplizierst du noch mal mit drei, dann hast du unsere Deck-Chief.“

„Trägt sie ein Karnevalskostüm?“, fragte ich provokant.

„Nein“, Kai ließ in seinen Schwärmereien nicht nach und merkte gar nicht, dass ich ihn auf den Arm nahm: „Aber die Uniform sitzt recht eng!“

„Kai, wenn´s schlimmer wird – unsere Doc hat bestimmt etwas dagegen!“

Kai winkte ab und widmete sich seinem Pult.

Ich stand auf, denn meine Neugierde war geweckt. In fünf Minuten war ich auf dem Landedeck und sah mich suchend nach der Verantwortlichen um.

„Werde ich gesucht?“ Eine rauchige Stimme hatte sich schräg links von mir gemeldet. Ich drehte mich um und sah ein Traum-Mädel unter einer Hawk hervorkriechen. Kai hatte – untertrieben. Sie lächelte und entblößte dabei zwei Reihen makellos weißer Zähne. Ihre dunkelbraunen Augen sahen mich freundlich an und sie schüttelte ihre lange schwarze, gecurlte Mähne aus dem Gesicht. Sie baute sich mit ihren bestimmt 180

cm vor mir auf: „Ich bin Isabel Dorata und Deckchief. Willkommen hier. Mit wem habe ich das Vergnügen?"
Vergnügen – ja richtig. Warum dachte ich gerade daran – egal!
„Ich bin XO Jane Scott!"
Unwillkürlich nahm die Chief Haltung an, aber ich winkte ab, obwohl mir die dabei die entgegengestreckten Brüste durchaus sehr entgegen ... – lassen wir das.
„Kümmer dich bitte um dein Personal, wenn es aus dem Med-Lab kommt", verlangte ich stattdessen.
„Selbstverständlich!"
„Dann kommst du bitte gelegentlich auf die Brücke und stellst dich dem Captain vor!"
Sie lächelte breit – sehr breit. Mann, hatte die einen großen Mund – nicht unattraktiv: „Sehr gerne."
Ich nickte ihr zu: „Weitermachen!"

Jurij Maximov ließ die Folie sinken, die er gerade in den Händen hielt. Dieses vierte Kapitel der Aufzeichnungen waren zwar nicht so mega spannend gewesen, jedoch konnte er sich jetzt ein genaues Bild über die Vorgänge an Bord der ADVENTURE machen, bevor sie zur WALHALLA mutierte. Die Schilderungen von Jane Scott waren so, dass er glaubte, direkt dabei gewesen zu sein. Er schaute auf die Uhr: Es war weit nach Mitternacht und es wurde Zeit, dass er Feierabend machte. Er räumte sein mittlerweile wieder geleertes Whiskyglas zur Seite und verstaute die Folien. Von den von Jane erwähnten Crewmitgliedern kannte er nur Oksana Trantow. Das kam ihm merkwürdig vor.

15.03.2134, kurz vor dem AVALON-System (EDEN):

Admiral Thomas Raven war Zeuge der bewegenden Szene geworden, als Jan Eggert auf dem Landedeck der MANITOBA seine Nina aus dem Stasetank abholte. Er hatte mitgeholfen, die schlanke Frau aus der Kiste zu heben, danach war sie Jan um den Hals gefallen und schluchzte herzergreifend. Der ganze Körper der Frau zitterte und sie gab sich keine Mühe, ihre Klagelaute zu unterdrücken. Tief bewegt stand Thomas daneben. Nina stand unter einem schweren Schock. Dann ließ er die Schwerkraft schiffsweit auf 25% absenken und bat Jan, dem ebenfalls die Tränen übers Gesicht liefen, seine Frau zur GERONIMO

zu tragen. Jan nahm Nina auf den Arm und trug die sich ängstlich an ihn Klammernde vom Deck herunter. Auf der GERONIMO mussten alle Crewmitglider für etwa zehn Minuten mit der verminderten Schwerkraft klar kommen. Thomas wollte es Nina nicht zumuten, selbst zu gehen, oder sich von Jan zu lösen. Dann erreichten sie die medizinische Abteilung des Flaggschiffes. Ein ganzer Ärztestab nahm sich Nina an, aber man konnte nur mittels Medikamenten für eine Beruhigung der Frau sorgen.
„Wir fliegen mit Höchstgeschwindigkeit EDEN an“, versprach Thomas. „Mönkeberg kann sich schon einmal bereit machen.
„Ist gut“, sagte Jan. „Ich bleibe hier bei ihr.“ Nina wurde in ein Bett gelegt und entrückt lächelte sie Jan an, der ihre Hand hielt. Thomas zog sich mit den Worten zurück: „Wenn ihr was braucht – einfach melden!“

„Thomas, wo bist du?“ Lauras Stimme drang aus dem Armbandcom des Admirals, als dieser auf dem Weg zur Brücke war.
„Ich bin gleich auf der Brücke“, gab er zur Antwort.
„Beeil dich, wir haben hier ein weiteres Problem!“
Thomas legte einen Zwischenspurt ein und wenn Laura von einem Problem sprach ... – er rannte schneller. Auf der Brücke sah er Ben Hustler vor Laura stehen.
„Was gibt es?“, fragte Thomas etwas außer Atem.
„Ben möchte mit Mirijam runter vom Flaggschiff“, gab Laura die Kurzform des Problems bekannt.
Thomas richtete seine Aufmerksamkeit auf den Def-Gun der GERONIMO.
„Es ist kompliziert“, sagte dieser. „Aber der letzte Gedanke von Mirijam war: Lass uns weg von den Menschen. Es wird gefährlich! Ich befürchte, dass Mirijam die Beherrschung verlieren könnte und auch die MAROON vielleicht nicht helfen können. Wir sollten das ernst nehmen, Admiral! Es klang in den Gedanken echte Sorge mit!“
Thomas konnte sich nicht erinnern, den Gunner mal so lange reden gehört zu haben. Aber das bestärkte in ihm nur das Gefühl, dass dieser recht hatte: „Wo ist Mirijam?“
„Ich habe sie in einen abgeschlossen Bereich des Med-Lab gebracht und dort wird sie warten, bis ich wieder zu ihr komme.“
Thomas seufzte und sah den Briten nachdenklich an: „Zunächst meinen Dank für die Hilfe bei der letzten Mission. Auch wenn du

vielleicht nicht viel getan hast, Ben, deine Anwesenheit war wichtig für Mirijam und damit für uns. Du hast dein Leben über Gebühr damit gefährdet."
Ben verbeugte sich leicht: „Ist selbstverständlich, Sir!"
„Wir wissen nicht ganz viel von dir, Ben", fuhr Laura fort. „Irgendwie bist du uns durch die Lappen geschlüpft. Das tut uns leid!"
Ben lächelte verlegen: „Das braucht niemandem leidzutun. Ich bin so!"
„Trotzdem unser aller Dank", brachte Thomas hervor. „Es geht mich vielleicht nichts an, aber wie kann ich mir dein Verhältnis zu Mirijam vorstellen? Du musst nicht antworten, Ben!"
„Warum sollte ich das nicht tun?", fragte der Brite. „Ich erinnere mich an das Jahr 2122. Da riskierte jemand alles für die große Liebe seines Lebens."
Thomas sah auf den Boden. Ben Hustler erinnerte ihn an die Rettungsaktion Ewas auf ACASPA. Ein für Thomas recht unangenehmes Thema.
„Ich würde für Mirijam sofort und ohne zu zögern alles tun. Ich liebe diese Frau, aber ich weiß nicht, wie sie selbst dazu steht. Bei meiner ganzen Suche nach dem Sinn des Lebens bin ich jetzt sicher: Ich werde für Mirijam da sein, denn bei ihrer ganzen Macht ist sie sehr verletzlich und sensibel."
Thomas verstand den jungen Mann: „Ihr habt eine Menge für die Neue Menschheit getan. Was können wir jetzt für euch tun?"
Ben überlegte nicht lange: „Wir wollen Zeit miteinander verbringen und vielleicht die Seelenwelt von Mirijam in Ordnung bringen. Und wir müssen Abstand zur Neuen Menschheit gewinnen. Ich bitte um eine ausgerüstete Alpha und vielleicht einen Droiden mit entsprechenden Kenntnissen. Ich kann nicht sagen, wohin es uns verschlagen wird und ob wir je wiederkommen."
Thomas drehte sich zum FliCo: „Roy, haben wir eine voll ausgerüstete Alpha?"
Der ehemalige Air-Marshall von NORAD bestätigte: „Unsere Reserve-Einheit. Ausgerüstet mit Staseeinheit und Replikator."
„Gut", entschied sich der Admiral. „Schick einen Droiden mit umfangreichen Kenntnissen dort hin."
„Aye, Admiral!"

„Ich danke“, sagte Ben schlicht und verbeugte sich etwas. „Lasst mich nun gehen und kein Wort zu Jan oder Nina. Mirijam will sich still zurückziehen.“
Thomas machte ein fragendes Gesicht.
„Sie hat es mir eben gedanklich übertragen“, erklärte Ben den letzten Wunsch.
„Landedeck A, Ben. Ich werde dafür sorgen, dass die Alpha beleuchtet ist und ihr sie erkennt. Viel Glück und ich hoffe, euch beide wiederzusehen.“
Ben Hustler nickte Thomas und Laura zu, dann verließ er die Brücke. Kurz darauf war er über die Videoanlage mit Mirijam auf Deck A zu sehen. Laura ließ den Überlichtflug unterbrechen und das Raumschott öffnen. Die Alpha startete nach dem üblichen Prozedere und schoss dann hinaus in die Unendlichkeit.
„Nun sind sie weg“, sagte Laura trocken. „Sue – Vollgas nach EDEN!“
„Aye, M´am!“
Thomas wandte sich ab. Wie sollte er das Jan und Nina beibringen?

Zwei Stunden später hatte das Flaggschiff EDEN erreicht. Thomas funkte die Paradieswelt an und verlangte nach Mönkeberg. Er bat den Psychologen an Bord zu kommen. Die Behandlung von Nina sollte schon auf der GERONIMO beginnen. Eine halbe Stunde später begrüßte Laura den Grauen auf dem Landedeck und brachte ihn in die medizinische Abteilung. Während dieser sich mit Nina beschäftigte, informierte Thomas seinen Freund Jan über die Sachlage bezüglich Ben und Mirijam.
Jan lächelte müde: „Sei nicht böse, aber mich interessiert daran lediglich, wie ich es Nina beibringe. Ich werde Mönky mit einbeziehen. Wenn Mirijam es so wollte, wird Nina damit zufrieden sein.
Drei Stunden später ordnete Mönkeberg an, dass Nina nach EDEN transportiert werden solle. Die Umgebung sowie die Freunde würden hilfreich sein.
Zum Abschied erinnerte Thomas den Captain der ODIN an die zukünftige Gefallenenehrung auf AGUA: „Ich hoffe, wir sehen uns dann?“
Jan schlug dem Admiral sachte auf die Schulter: „Bestimmt, Admiral, mein Freund, bestimmt!“

7. Gefahr

20.04.2134, 10:00 Uhr, AGUA, GC, Penthouse:

Es war jetzt eine Woche seit der Vernichtung von >LAST BONE< vergangen und seit vier Tagen war die GERONIMO wieder im ARES-System. Aufgrund der seelischen Verletzung von Nina hatte trotz des Erfolges niemand Lust gehabt, eines der sagenhaften Strandfeste auf EDEN zu feiern. Man hatte das Paar Jan und Nina abgeliefert, von dort über den Nullzeitkommunikator Verbindung mit AGUA aufgenommen und den Erfolg mitgeteilt. Dann war man anschließend mit mäßiger Eile in Richtung AGUA abgeflogen. Ewa hatte sich als Präsidentin einige Mühe gegeben, den Rückkehrern einen warmen Empfang zu bereiten, aber insgesamt war die Laune, auch der Crew, nicht zum Besten bestellt. Man hatte einen schwierigen Einsatz erfolgreich bestanden. Das machte alle stolz, aber die Ereignisse des letzten Jahres warfen immer noch dunkle Schatten auf die Gedanken der Menschen. Admiral Raven hatte allen Beteiligten eine Woche Sonderurlaub genehmigt, und er selbst hatte sich für drei komplette Tage auf GREEN COAST FARM zurückgezogen. Sinnigerweise hatte die Präsidentin alle terminlichen Verpflichtungen für diese Zeit abgesagt. Thomas verbrachte ruhige Tage im Kreise seiner Familie und genoss es, Ehemann und Vater zu sein. Die Ereignisse der letzten Tage hatten ihm recht deutlich gemacht, dass es ganz schnell damit vorbei sein konnte. Ewa hatte ihn zur Begrüßung fest in den Arm genommen und als Thomas dabei an Nina dachte und ihre Qual, konnte er sich gut in die Lage von Jans Partnerin versetzen.

„Der Captain der MANITOBA ist da", meldete Lea. Thomas sah auf und registrierte, dass die rothaarige Assistentin vor seinem Schreibtisch stand und den Besucher anmeldete.
„Dann mal rein mit ihm", lächelte Thomas und Lea ging, den jungen Mann zu holen.
Als Scott Tanner das Büro betrat, kam Thomas Raven hinter seinem Tisch hervor und reichte dem Kanadier die Hand: „Willkommen, Scott!"
„Danke, Admiral!"

„Lass den Admiral sein und komm hier an den Tisch! Lea, bringst du uns bitte Kaffee? Du trinkst doch welchen, oder?"
Scott bestätigte.
„Zwei Kaffee bitte, Lea."
Die junge Frau entfernte sich rasch und Thomas sah den jungen Mann an: „Du hast um den Termin gebeten, Scott. Was kann ich für dich tun?"
„KOR", sagte Scott schlicht und Thomas Miene verdüsterte sich. „Nach der ursprünglichen Planung hätten wir unterwegs von EDEN nach hier abkoppeln müssen, um unseren Auftrag bei KOR durchzuführen."
Scott Tanner war bei allen reiflichen Überlegungen und Entscheidungen als Captain ein jugendlicher Draufgänger, so wie Thomas es selbst früher gewesen war. Thomas stand auf und ging zum Fenster. Er schaute hinaus und bekam nicht mit, dass Lea den Kaffee servierte.
„Ich hätte dich von der Änderung meiner Pläne in Kenntnis setzen sollen", übte der Admiral Kritik an sich selbst, und Scott schwieg dazu. „Aber die Erlebnisse um LAST BONE waren zu aufwühlend gewesen. Du warst hautnah dabei. Ich wollte die Fahrt der GERONIMO nach Hause nicht mehr unterbrechen – für nichts."
Scott sah zum Admiral, der immer noch aus dem Fenster sah und ihm damit den Rücken zukehrte.
„Scott, wir haben im letzten Jahr über 2.000 Tote zu beklagen gehabt. Sie sind bisher nicht würdig verabschiedet. Letztendlich hatten wir mit dem Überfall 2133 immer noch eine Menge Glück gehabt und jetzt bei LAST BONE schon wieder!"
Der Admiral drehte sich auf dem Absatz um und sah den jungen Kanadier an: „Ich möchte unser Glück nicht überstrapazieren. Ich bin vor der Ehrung unserer Gefallenen nicht mehr bereit, ohne große Not einen Risikoeinsatz zu genehmigen. Wir wollen die Zeit zur Sicherung und Festigung unseres Heimatsystems nutzen. Wir hätten da noch einiges zu regeln und ich habe den Kopf nicht frei für Planungen und Sorgen, dass junge Leute nicht wiederkommen. Bitte versteh mich, Scott! Ich bin verantwortlich und meine Risikobereitschaft tendiert im Moment gegen Null!" Gespannt erwartete der Admiral die Reaktion des jungen Mannes. Scott war überrascht, dass der Admiral seine Entscheidung zu rechtfertigen versuchte. Ein Befehl von ihm und das Thema wäre auch so erledigt gewesen.

„Sollen wir vielleicht ganz darauf verzichten?"
Thomas schüttelte den Kopf: „Nach der Feierlichkeit, wenn nichts Gravierendes passiert, könnt ihr los und ich überlege, welches Schiff und welche Crew ich euch noch mit auf den Weg geben werde."
„Ich verstehe diese Entscheidung sehr gut", erklärte Scott zur Überraschung des Admirals. „Ich habe nur Verantwortung für fünf Leute. Und das ist manchmal schon schwer genug. Ich kann das nach den letzten Ereignissen sehr gut nachvollziehen. Für mich ist es prägend erlebt zu haben, dass diese Lichtgestalt von Jan Eggert, dieses Vorbild für viele junge Menschen hier auf AGUA, nach einem Einsatz weinend und zitternd auf dem Deckboden der MANITOBA liegt. Das bringt einen recht schnell wieder auf den Boden der Tatsachen."
„Du bist ein fähiger Captain, der aufgrund der Ereignisse viel reifer ist, als die Anzahl deiner Lebensjahre das vermuten lassen. Du wirst deine Karriere bei der AGUA SPACE FORCE machen, mein lieber Scott", entgegnete Thomas und er war tatsächlich beeindruckt von Antwort und Sichtweise des jungen Kanadiers. Thomas setzte sich an den Tisch und griff zu seiner Kaffeetasse: „Übermorgen ist um 15:00 Uhr ein Treffen aller Führungskräfte auf GCF. Bitte bring deine Crew mit. Lea wird noch die offiziellen Einladungen mit den Details verschicken."
Scott trank den letzten Schluck aus der Tasse und erhob sich: „Wir werden pünktlich sein. Vielen Dank für das Gespräch."
Thomas erhob sich und gab Scott die Hand: „Ich danke **dir**!"

22.04.2134, 10:00 Uhr, GREEN COAST FARM:

Hank Morgan hatte in seiner Nebenfunktion als persönlicher Event Manager des Admirals an diesem Morgen eine Menge zu tun. Er war ja schon dankbar, dass er ein paar Tage vorher Bescheid über die Zusammenkunft aller Captains ab Dreadnought/Fearless aufwärts und ein paar andere Führungskräfte bekommen hatte. Mittlerweile verfügte der Cheforganisator über ein paar hilfreiche Hände, die ihm vor allen Dingen bei der Installation von Medientechnik zur Hand ging. Zur Erleichterung hatte man neben dem großen Pavillon von GCF ein kleines Häuschen aufgebaut, damit man die Technik, sowie Tische und Bestuhlung gleich vor Ort zwischenlagern konnte. Aber auch Servicekräfte für das leibliche Wohl der Gäste waren unter den Helfern, und so war Admiral Raven verwundert, dass insgesamt sechs Schrauber und

über 50 dienstbare Geister um den Mittelpunkt der Veranstaltung herumwerkelten.
„Es ist mehr Arbeit, als man gemeinhin denkt", erklärte Hank, als er den verwunderten Ausdruck im Gesicht des Admirals sah.
„Du hast Recht, Hank. Ich bin dir mal wieder sehr verbunden, dass du das Catering und den Aufbau der Technik und Bestuhlung übernimmst. Du weißt, Lea ist schon mit der Organisation drumherum recht gut ausgelastet."
Hank lächelte leicht: „Ich mach es gerne und meine Leute sind ebenfalls begeistert dabei. Wenn wir euch auf diese Art und Weise bei der Verteidigung unser aller Heimat unterstützen können, soll es uns recht sein. Wir haben im letzten Jahr gesehen, was von euch verlangt wird. Zögere nicht, unsere Hilfe anzufordern. Ich brauche nur einmal zu rufen und über 50 Leute stehen mir zur Verfügung, und wenn ich öffentlich über das Netz Hilfe suche, würden es ein paar Hundert sein. Die Schrauber fliegen nachher los, um die Gäste zu holen. Lea hat mir mitgeteilt, dass sie alle vom Raumhafen hierhin transportiert werden sollen. Um 14:00 Uhr werden die meisten Gäste hier sein."
Admiral Raven bestätigte Leas Planung. Diese Veranstaltung ging über zwei Tage. Er hatte Jurij Maximov wissen lassen, dass er sich von ihm Unterstützung für Lea wünscht. Die Recherche zum Thema WALHALLA musste eine Weile ruhen. Auch im Anschluss würde Lea allein mit der Organisation überfordert sein. Thomas hatte in dem Russen eine Persönlichkeit erkannt, die man fördern musste und die dann zu sehr guten Leistungen fähig war. Dana Ostenson hatte ihre Hilfe zugesagt, soweit es der kleine Felix zuließ. Aber auch das war wieder ganz typisch für ein Event des Admirals: Selbstverständlich brachte Dana den Kurzen mit. Am ersten Tag konnte von den Eingeladenen die gesamte Familie kommen, selbstverständlich einschließlich der Kinder. Natürlich war Saliah anwesend, auch mit reichlich helfenden Händen, die eine Art Kinderland aufgebaut bekam, wo die Kleineren zusammen unter Aufsicht spielen konnten. Die Erwachsenen fanden sich im lockeren Kreis zusammen und loteten die eine oder andere Möglichkeit aus, besprachen sich, tauschten Erfahrungen aus, lernten sich kennen, akzeptierten ihre Gesprächspartner und amüsierten sich. Das war das Rezept des obersten Flottenführers: Kenne ich den Captain des in Bedrängnis geratenen Schiffes persönlich, so werde ich effektiver und motivierter eingreifen, beziehungsweise helfen. Raven

betrachtete alle als seine Familie. Genau darum litt er nach der Katastrophe vom letzten Jahr am meisten. Am zweiten Event-Tag brachte jeder Eingeladene eine Person seiner Wahl mit. Meist war dies ein Mitglied der Brückencrew. Dann ging es ans Eingemachte, bzw. wurden die Vorgeplänkel vom Tag zuvor festgeklopft oder auf den Prüfstand gestellt. Thomas Raven sah den ersten Tag als den wichtigen an. Die Ergebnisse könnte er auch zur Not als Befehl herausgeben. Aber auch das war nicht der Stil des Australiers. Man beschloss gemeinsam und hatte auch das Hintergrundwissen für diese Entscheidungen. Informierte Kräfte waren motivierter. Nach diesem Spruch ging der Admiral vor. Raven hatte dieses Mal eine Menge Leute zusammenkommen lassen, und im Hintergrund am Rande des Talkessels, wenn man so wollte, standen ein paar Geschwader Alphas, weil die Gästehäuser nicht für alle reichten. Lea und Jurij würden eine Menge zu tun haben, die Personen auf die vorhandenen Unterkünfte zu verteilen. Selbstverständlich waren die Gästezimmer der GCF-Bewohner ebenfalls in diesen Reigen einbezogen. Gerade das Haus Raven/Lenn verfügte über zwei ausreichend große. Lea hatte nur abgewunken, als Thomas sie gefragt hatte, wen er denn beherbergen durfte.
„Lass mich mal machen“, hatte sie ihm gesagt. „Du wirst mit deinen privaten Gästen zufrieden sein.“
Thomas hatte einen Augenblick verdutzt überlegt, ob er sich als Admiral von seiner kleinen Assistentin so abspeisen lassen sollte, dann hatte er gegrinst und zu sich selbst >ja< gesagt. Er war neugierig – sollte es ruhig ein wenig spannend werden – außerdem vertraute er Lea.
Der Admiral klopfte dem Leiter des GC Flughangars auf die Schulter: „Du machst das schon, Hank. Ich bin da ganz sicher. Ich muss noch ein paar Gespräche führen. Bis nachher mal.“
Der Admiral setzte sich auf einen zweirädrigen Scooter, mit den dicken Ballonreifen, und fuhr in Richtung der Brücke los, die beide Teile des Geländes miteinander verband.
Hank schaute einen Augenblick hinterher, dann drehte er sich wieder zu seinem Team: „Nein, die Theke kommt dort hinten hin! Hier vorne ein paar Stehtische, bitte!“ Bei einer derart großen Mannschaft hatte es sich Hank abgewöhnt, mitzuarbeiten. Wer mitmalocht, verliert den Überblick, war seine Devise, und da war was dran.

Na ja, die paar Gespräche, die der Admiral vorgab, führen zu müssen, waren genau eins … und das noch sehr kurz und nahezu unbedeutend. Er hatte Ewa schon Tage vorher unmissverständlich klargemacht, dass er am heutigen und morgigen Tag keine politischen Termine der Präsidentin wünsche und sie stattdessen an seiner Seite haben wollte. Ewa hatte aufbegehren wollen, da sie als Regierungsoberhaupt nicht gewillt war vom Militär Weisung entgegenzunehmen. Thomas hatte daraufhin „bitte“ gesagt.
„Okay, ich kann´s einrichten“, war der schnelle Stimmungsumschwung der Präsidentin. Ewa wusste genau, wie wichtig ihrem Mann diese Versammlung war und wie gerne er dabei Ewa in seiner Nähe hatte. Sicherlich würde am ersten Abend auch ein wenig gefeiert werden und wer war da schon gerne ohne Partner? Ein Rundruf an alle politischen Vertreter, und diese wussten anschließend, dass die Präsidentin bei einer militärischen Zusammenkunft unabkömmlich war. Ewa versprach, anschließend ausführlich zu berichten. Zurzeit stand das Militär wegen der Abwehr der Invasion sehr hoch im Kurs – bei jedermann und so auch bei den Politikern. Ewa hatte zwei Tage frei.

Gegen 12:00 Uhr, Ewa und Thomas saßen mit ihren beiden Töchtern Rosa Samantha und Lisa Ann bei einer kleinen Mahlzeit im Garten, als sie plötzlich hörten: „**Na, das ist mal ein Idyll!**“
Thomas sprang auf: „**Laura!**“ Mit weit ausgebreiteten Armen lief er auf seine beste Freundin zu und umarmte sie. Ewa kam hinzu und begrüßte außer Laura auch Paulo.
„Ich gehe davon aus, dass ihr unsere Hausgäste seid“, vermutete Thomas und war sich da sehr sicher.
„Aber nicht doch“, wehrte Laura ab. „Lea hat uns bei Beatrice Baines untergebracht. Ich bin gespannt auf die beiden Jungs und wie das Familienleben bei Trixie und Tib so aussieht.“
Thomas war erstaunt. Das wurde ja noch spannend, wer bei ihnen unterkam.
„Ewa“, sprach die Lieutenant Admiral die Präsidentin an. „Ich bin unsterblich neugierig. Zeigst du mir euer Haus?“
„Aber sicher“, Ewa fasste Laura an die Schulter und zog sie mit sich.
„Paulo, bitte, nimm Platz!“ Thomas deutete auf einen freien Stuhl. „Möchtest du etwas trinken?“
„Ja, vielleicht einen Saft“, antwortete der Südamerikaner.

Thomas schickte seine ältere Tochter los, ein Glas von dem einheimischen Fruchtsaft zu holen.
„Du hast dich wieder gut eingelebt, Paulo?"
„Danke für das Vertrauen nochmal. Ja, ich glaube schon. Ich fühle mich wohl und Laura ist wohl zufrieden mit meiner Arbeit."
„Nicht nur mit deiner Arbeit, Paulo", scherzte Thomas. „Laura sieht toll aus und ich denke, du hast deinen Teil dazu beigetragen."
Der Mann wurde etwas verlegen: „Sie hat mich gefragt, ob ich auch hier ein Haus mit ihr bewohnen will. Also nicht immer an Bord der GERONIMO."
„Das ist doch toll", sprach Thomas spontan aus. „Wie ist deine Entscheidung?"
„Ich, äh … sagen wir so: Die Zurückgezogenheit auf dem Schiff hat sehr zu meiner Introvertiertheit beigetragen. Die beengenden Räume beengen auf Dauer auch den Geist. Hier kann man frei atmen und das Leben wirklich genießen."
Thomas grinste und beobachtete, wie Rosa Samantha ein großes Glas Fruchtsaft balancierte und vorsichtig vor Paulo abstellte: „Ihr werdet nachher auf Lea treffen – zwangsläufig. Sprecht sie an. Sie ist immer noch die Architektin von GCF. Ihr könnt euch ein Haus aussuchen und die Stelle, wo es stehen soll. Die Rahmenbedingungen gibt euch Lea bekannt."
„Ah, Paulo. Das Haus ist so gemütlich", Laura kam schwärmend auf den Tisch mit den Männern zugelaufen. Thomas lachte und zwinkerte Paulo zu.

<u>13:00 Uhr, Raumhafen:</u>

Nun ja, Raumhafen war noch etwas zu viel gesagt. Zukünftiger Raumhafen wäre die korrekte Bezeichnung. Das Landefeld war ausreichend befestigt und konnte im hinteren Bereich maximal die ehemalige SIRION mit ihren 900 Metern Durchmessern aufnehmen, wenn die Antigravfelder zur Unterstützung eingeschaltet blieben. Ansonsten waren Tender, Dreadnoughts, Fearless und die neu zu produzierenden Klasse M-Raumer der GENUI, 300 Meter Durchmesser, die größten Schiffstypen. Aber auch bei diesen sorgten im Boden eingelassene Schwerkraftneutralisatoren dafür, dass nichts einsank oder die Platte zerbrach.

Es herrschte mittlerweile reger Betrieb. Vom sogenannten Empfangsgebäude stand zwar erst die Hälfte, aber das tat der allgemeinen Aufgeregtheit keinen Abbruch. Schließlich war, wie fast immer, schönes Wetter und niemand benötigte ein Dach über dem Kopf. Man war guter Dinge, denn eine Einladung auf die FARM war auch schon in früheren Zeiten immer ein Highlight gewesen.
„Ah, da ist ja mein Patensohn!“ Der Ausruf kam von Captain Jane Scott, und diese eilte auf ihre ehemalige XO Oksana Trantow zu. Oksana war mit ihrem Partner Noah und dem etwas über einem Jahr alten Pascal gerade auf dem Raumhafen eingetroffen, und man sah sich nach einer Transportmöglichkeit um. Der Kurze saß in einem >Sportwagen< und streckte beide Ärmchen in die Luft. Er hatte seit seiner Geburtstagsfeier vor einem knappen Monat diese nette Tante nicht vergessen, bei der er stundenlang auf dem Schoß gesessen hatte.
„Darf ich?“, fragte Jane.
„Sicher“, antwortete die Russin.
Mit zwei schnellen Griffen hatte die Captain der WALHALLA die Anschnallgurte des Babys gelöst und schwang den jauchzenden Kleinen durch die Luft.
„Darf ich auch mal?“ Die weibliche Alt-Stimme gehörte Cemre Celik, die Jane Scott begleitete. Wortlos drückte Jane ihr den Kleinen in den Arm und dieser begann sofort mit den langen, schwarzen Haaren seiner Trägerin zu spielen. Währenddessen lagen sich Jane und Oksana in den Armen. Die gemeinsamen Erlebnisse auf der ADVENTURE/WALHALLA würden sie bis ans Ende ihres Lebens zusammenschweißen.
„Wenn ich die Herrschaften bitten dürfte in den Schrauber dort hinten rechts einzusteigen?“ Jurij Maximov stand plötzlich neben ihnen und machte eine einladende Geste in Richtung des Fluggerätes. „Bitte mit ohne Pause! Der Admiral wünscht zeitig zu speisen!“ Man grinste ob des lockeren Spruchs und machte sich auf den Weg. Zeitgleich mit ihnen trafen auch der Captain der Fearless GMS, Luigi Montineri und sein XO Pablo Garcia ein. Als dann noch mit freudigem Hallo die Brückencrew der MANITOBA zustieg, war der Schrauber voll und der Pilot ließ das Gerät abheben.

Die Brückencrew der KRAKAU, eines der >freien< 1.400 Meter Schiffe der GENUI, mit Anhang, erkannte Jurij Maximov auf Anhieb.

Silvana und ihr rothaariger Freund stachen schon aus der Menge heraus. Er schickte sie mit dem nächsten Schrauber zur FARM.
Jurij Maximov begann sich in dieser Gesellschaft wohlzufühlen. Von allen Personen ging eine ganz bestimmte Aura aus. Sie wussten, dass sie die letzten Reste der Menschheit zu verteidigen hatten. Und sie würden es wieder tun – bis zuletzt. Das wusste Jurij, wenn er in ihre Gesichter schaute. Er sah aber auch, dass diese Personen dem Vergnügen nicht abgeneigt waren. Nun, beim Captain der WONDERLAND, Methin Büvent, konnte man da durchaus anderer Meinung sein. Der Asket schien zum Lachen in den sprichwörtlichen …
Jurij passte einen Augenblick nicht auf wo er hinging, und so prallte er unvermittelt gegen eine andere Person. Verdutzt sah er nach vorne, denn da hatte so quasi nichts nachgegeben. Dann, als er hochsah, bemerkte er etwas Schwarzes. Ein Berg von einem Mann, der ein beeindruckendes Gebiss zu einem Grinsen entblößte: „Entschuldigung, dass ich im Weg stand! Hast du dir wehgetan?"
„Äh, äh, nein", stotterte Juri mit in den Nacken gelegtem Kopf. „Captain Jim Snider?"
„Der bin ich", ertönte eine voluminöse Bariton-Stimme.
„Äh, äh, bitte mit Crew in diesen Schrauber", Jurij zeigte mit einem Arm, im direkten Vergleich müsste man eigentlich Ärmchen sagen, in eine bestimmte Richtung.
„Ich danke dir!" Jim winkte mit seiner Hand/Pranke und seine Crew folgte ihm. Jurij sah hinterher und kalkulierte für diesen Schrauber drei Personen weniger.
Die Überraschungen bleiben nicht aus, dachte er, als er vor einer wunderschönen Frau mit leicht asiatischen Gesichtszügen stand. Jurij fehlten echt die Worte, was bei ihm einiges zu bedeuten hatte. Schwarze, lange Haare waren zu einem kräftigen Pferdeschwanz zusammengebunden, und diese Schönheit trug ein weißes Kleid.
„Ich bin Hotaru. Hast du auch einen Schrauber für mich und meine Crew?"
Ganz AGUA kannte die Japanerin als >Glühwürmchen<. Zunächst war der Asiatin diese Bezeichnung, die wörtliche Übersetzung ihres Vornamens, peinlich gewesen. Nun war es ein Markenzeichen – eines für Qualität und Zuverlässigkeit. Jurij war beeindruckt von dieser Persönlichkeit, ihrer Schönheit und der Ausstrahlung. Er zeigte lediglich in die Richtung eines der Transportmittel. Hotaru dankte mit einem

Kopfnicken und einem Lächeln, das dem Russen die nächsten zwei Tage den Schlaf rauben würde.
Jurij wirbelte noch etwa 30 Minuten, schließlich war auch Tallek von der GROSCHTAR II mit Anhang und Brückencrew unterzubringen, dann war das Landefeld menschenleer bzw. speziesleer. Er vergaß fast, in das letzte Transportmittel selbst einzusteigen. Glücklicherweise sah der Pilot den heftig winkenden Russen noch rechtzeitig und landete wieder. Unter dem Gelächter der Passagiere und mit hochrotem Kopf stieg Jurij hinzu.
Danach wirkte der Raumhafen wie ausgestorben.

14:00 Uhr:

Thomas hatte Lea gesehen, die mit einem Pad-Rechner, einem Headset und wehenden Haaren im Zickzack über das Veranstaltungsgelände lief. Sie hatte Thomas den hochgereckten Daumen gezeigt – die Gäste waren alle anwesend. Zunächst hatte Thomas vorgehabt, die Brückencrew der ODIN komplett einzuladen. Aber das scheiterte an Nina, die noch einige Zeit ausfallen würde. Man musste daher auf das Paar Jan Eggert und Nina Holst verzichten, da Jan keinesfalls bereit war, seine Frau in dieser Situation alleine zu lassen. Niemand hatte da mehr Verständnis für als Thomas Raven. Dafür waren als Abordnung von EDEN mit einer Alpha Carson Cunningham und Alma Falkengren, sowie der GENUI Bor-Atak mit seinen Partnerinnen erschienen. Thomas hatte sie schon vor 30 Minuten begrüßen können. Nun ging er zum Rednerpult, welches an einer Kopfseite des Pavillons aufgestellt war. Nicht alle hatten Platz unter diesem Dach gefunden und viele standen seitlich davon. Viele, sehr viele, Kinder spielten drum herum und es gab einigen Lärm, welchem Hank mittels einer Lautsprecheranlage nebst Mikrofon entgegenzuwirken gedachte. Thomas hatte dieses Mal alle Führungskräfte eingeladen. Ob es der Chef des Raumhafens war, die Leitung des CAMPUS oder Will Rakers als Commander der Mondbasen. Sie alle waren incl. Vertretung und Anhang, falls vorhanden, auf GREEN COAST FARM und Gäste des Admirals.

„Meine lieben Freunde!" Die Akustik war gut und jeder fühlte sich angesprochen und stellte dementsprechend die eigenen Gespräche ein. Nur das Geräusch spielender Kinder, eine Wohltat in den Ohren

kämpfender Truppenmitglieder, war leise zu hören und Thomas sprach weiter.
„Als Gastgeber darf ich euch alle hier auf das Herzlichste begrüßen!"
Es gab einen leisen Applaus.
„Bevor ich nun zu uns komme, ein paar Worte zu denen, die dieses Event erst möglich machten: Mein Dank gilt meiner Assistentin Lea, ihrer Hilfe Jurij, sowie dem Mann, der mich schon seit Jahren bei der Durchführung solcher Veranstaltung unterstützt, Hank Morgan und seine Eventtruppe!"
Nun war der Applaus wesentlich größer. Die Sitzenden standen auf und klatschten in Richtung der Servicekräfte, wenn sie denn zu sehen waren. Thomas sah irgendwo Lea mit leicht rotem Teint immer wieder kleine Verbeugungen durchführen. Hank Morgan deutete mit beiden Armen auf seine Hilfskräfte.
Thomas wartete, bis der verdiente Applaus abgeklungen war, dann sprach er langsam weiter: „Es war mir ein persönliches Anliegen, im Hinblick auf unsere vor fast einem Jahr Gefallenen, die letzte Brutstätte unserer Feinde zu zerstören. Wie ihr aus den Nachrichten und den Flottendossiers wisst, haben wir LAST BONE vernichten können."
Thomas machte an dieser Stelle eine kleine Pause und sah sein Publikum an.
„Wir verdanken diesen Erfolg hauptsächlich vier Personen. Im speziellen Einsatz in der Höhle des Löwen waren Jan Eggert, seine Frau Nina Holst, sowie Mirijam und unser Def-Gunner von der GERONIMO, Ben Hustler. Nicht vergessen möchte ich auch Echela, die kleine Super-KI, ohne deren Hilfe die Mission nicht möglich gewesen wäre. Von den Personen können wir im Moment niemanden begrüßen. Nina Holst ist beim Einsatz schwer verletzt worden. Die körperlichen Schäden wurden von einer Staseeinheit beseitigt und Mönkeberg ist jetzt dabei, seine Patientin psychologisch zu betreuen. Jan Eggert, wir kennen ihn als sympathischen und sehr humorvollen Typen, hat wegen des Beinahe-Todes seiner Frau im Moment ein großes Problem damit, sie allein zu lassen. Meine Hochachtung für diese Einstellung!" Thomas wurde durch leichten Beifall unterbrochen.
„Wir dürfen aber den politischen Führer von EDEN begrüßen und bitten Carson Cunningham, unsere besten Genesungswünsche und unseren Dank für diesen beispiellosen Risikoeinsatz mit nach EDEN zu nehmen!"

Nun tobte das Publikum und Carson stand auf und verbeugte sich in alle Richtungen. „Das werde ich gerne tun“, sagte er dabei immer wieder.
„Nun zu Mirijam und Ben“, Thomas sah auf und in die Augen gespannter Zuschauer. „Wie ich es erleben durfte, gibt es so etwas wie Liebe auf den ersten Blick. Eine etwas andere Liebe. Nicht zu vergleichen mit allem, was wir kennen. Wir wissen immer noch nicht, zu was Mirijam wirklich fähig ist. Jedenfalls war ihre Hilfe unschätzbar wertvoll. Sie hatte den Wunsch geäußert, zusammen mit Ben, einer Alpha und einem Droiden zunächst die Einsamkeit, bzw. die Zweisamkeit, im All oder auf fernen Planeten zu suchen. Als Dank für ihre Hilfe akzeptierte ich diesen Wunsch. Sie sind unterwegs, und ich hoffe, sie eines Tages wiederzusehen.“
Es gab verhaltenen Applaus. Man akzeptierte die Entscheidung des Admirals.
„Ich hatte zum Ziel gesetzt, dass wir bis zum Jahrestag der Invasion am 20.04. LAST BONE zu den Akten legen können. Das ist uns gelungen. Wir werden am 20.04., die Planungen laufen bereits, endlich unsere Toten würdig verabschieden können. Am 20.04.2134 wird auf dem Raumhafen von GRACELAND-City eine Ehrenfeier stattfinden. Ich lade euch alle dazu ein!“
Es gab Beifall, wie es bei einem solchen Anlass würdig ist. Lang anhaltend, aber weder zu laut noch zu leise – würdig eben.
„Ihr kennt mein Motto: Heute der Familientag ohne Zwang, morgen ab 11:00 Uhr die Arbeitssitzung für den rein militärischen Kreis. Wir haben keine festen Zeiten. Speisen werden laufend angeboten, Getränke sowieso. Bitte bedient euch oder lasst euch bedienen. Ich danke für euer Kommen und wünsche euch zumindest für den heutigen Tag viel Spaß!“
Gelächter und Beifall begleiteten den Admiral und seinen abschließenden Scherz, als er sein Rednerpult verließ. Das war das Zeichen für einen Mann, den man sich von EDEN ausgeliehen hatte. Leichte und rhythmische Musik erklang und begleitete die Gäste zu den Grills oder Getränkeständen, beziehungsweise zu den überall aufgestellten Stehtischen und sonstigen Sitzgelegenheiten.

Eine Stunde später traf Tomas Raven auf seine ehemalige XO Bozena Nowak: „Wie gefällt dir dein neues Schiff?“

Die Polin lächelte verschmitzt: „Das ist ein anderes Kaliber als die kleinere SIRION!“

Thomas hatte der Polin eines der freien 1.400-Meter-Schiffe der GENUI gegeben und die junge Frau zum Captain ernannt. Ihre erste Amtshandlung bestand darin, dass Schiff KRAKAU zu taufen.

„Umbauten und Bewaffnung sind fertig?“, erkundigte sich Thomas. Selbstverständlich kamen die Schiffe der GENUI unbewaffnet bei ihnen an.

„Alles zu meiner Zufriedenheit, wenn die Arbeiten denn mal fertig sind“, erklärte die Polin. „Die restlichen neu gelieferten Schiffe sind ebenfalls dabei, umgerüstet zu werden.“

„Dann hätten wir noch vier >freie<“, überlegte der Admiral.

Bozena nickte: „Wem willst du diese geben?“

„Ich habe noch keine Ahnung“, antwortete der Admiral und sah sich um, als würde er einen freien Captain ohne Schiff suchen. „Ich will keine bestehenden und gut funktionierenden Teams auseinanderreißen – wahrscheinlich wollen diese auch gar nicht. Schau mal: Oksana wäre eine gute Wahl. Sie ist aber zurzeit mit Pascal beschäftigt und steht daher nicht zur Verfügung. Die Nächste wäre Hotaru. Aber da wären mir andere Dinge im Moment wichtiger!“ Thomas dachte daran, dass die Asiatin immer noch über eine Familienplanung nachdachte. Das sollte sie bitte schön tun, und er wollte nicht neue Überlegungen hineinbringen. Der sympathische Johnny Eidsvag würde nicht ewig warten.

Bozena deutete unbemerkt auf einen Mann mit kohlrabenschwarzem Gesicht ganz in der Nähe: „Was hältst du von Jim? Er hat seine RED CLOUD verloren.“

„Dafür erhielt er die SIRION“, hielt Thomas ihr entgegen und schaute interessiert. Bozena war hochintelligent und die Diskussion war bestimmt an dieser Stelle noch nicht zu Ende. Zwar vermied die Polin im Gegensatz zu den meisten Geschlechtsgenossinnen überflüssige Worte, aber hier hatte sie bestimmt eine glasklare Begründung im Gepäck. Und richtig, die Polin holte Luft und zählte mit ihren Fingern auf:

„Erstens: Die FLIGHT ONE ist Schrott!“

„Stimmt“, gab der Admiral zu.

„Zweitens: Deine Frau braucht einen neuen Regierungsflieger!“

Das „Jaaa“, kam etwas gedehnt, es gab schließlich Wichtigeres.

„Drittens: Du sparst eine Menge an Begleitschiffen, wenn du die SIRION dafür nimmst!"
„Das sehe ich ein", stimmte der Admiral zu. Die SIRION war allein schon wehrhaft genug.
„Viertens: Der Umbau hat Zeit!"
„Hmmm, nicht zu lange, bitte!"
Fünftens: Du hast in der SIRION die Möglichkeit ein ganzes Parlament zu befördern!"
„Hab ich noch gar nicht dran gedacht!"
„Sechstens: Jim ist einer der dienstältesten Captains – er hat das größere Schiff verdient!"
Thomas war perplex. Ihm kam der widersinnige Gedanke: Vielleicht sollte ich das auch mal mit den Fingern probieren? Laut sagte er: „Wenn ich eins richtig gemacht habe, liebe Bozena, dann war es dich zur XO meines Flaggschiffes zu machen und dir jetzt ein richtig großes Schiff anzuvertrauen. So machen wir das. Warte, da ist er ja!"
Thomas hob einen Arm: **„Jim! JIM! Hast du einen Augenblick Zeit?"**
Die Augenbrauen des Mannes erhoben sich weit über das Normale hinaus und die weißen Augen drohten herauszufallen, als Jim auf sie zukam. Er verdeckte schließlich einen Großteil der Sonne und es wurde dunkel um Bozena und Thomas.
„Dazu bin ich schließlich hier", dröhnte sein Bariton.
Thomas wies mit einer Hand auf die zierliche Polin: „Diese kleine Lady hier hat mir gerade einen bemerkenswerten Vorschlag unterbreitet. Da die Idee von ihr stammt, soll sie sie auch selbst formulieren, bitte!"
Jim beugte sich etwas zu der jungen Frau herunter: **„Nun?"**
Bozena sah nach oben und ihr Gesicht nahm den Ausdruck eines jungen Mädchens an, die etwas sehr Privates zu ihrem großen, dicken Teddybären sagt: „Ich habe den Vorschlag gemacht, dass die SIRION zum Regierungsflieger umgebaut wird und du einen der freien D-Klasse Raumer der GENUI bekommen sollst!"
Jim richtete sich wieder ruckartig auf.
„Was sagt einer meiner dienstältesten Captains zu diesem Vorschlag, der wie du vielleicht vermutest, ganz nach meinem Geschmack ist. Ich bin nur nicht drauf gekommen. Unsere Freundin ist da cleverer gewesen. Wenn du also willst ...?"

Jim stand der Mund offen und im Moment war er keiner Antwort fähig. Stattdessen griff er mit seinen Pranken zu, fasste Bozena, die etwas erschrocken wirkte, an den Hüften und hob sie mühelos bis zu sich hoch. Dann küsste er sie ganz sanft auf die Stirn und flüsterte bemerkenswert leise: „Danke, mein Stern!“ Danach stellte er sie wieder vorsichtig auf die Füße. Bozena war etwas rot geworden, denn einige der Umstehenden hatten diese intime Szene mitverfolgt. Sie hatten jetzt Beobachter.
Thomas hob einen Finger: „Ich kenne dich, mein riesenhafter Freund! Da soll wohl >ja< heißen. Bis Morgen um 11:00 Uhr hast du dir einen Namen für diese Kugel ausgedacht. Dann wirst du als Captain vereidigt. Nun geh schön feiern mit deiner Crew, und wenn ich du wäre, würde ich Bozena einen ausgeben!“
Thomas grinste in sich hinein und zog sich aus dieser Szene zurück. Genau das hatte er gewollt. Bei diesen eher zwanglosen Treffen kam eine Menge heraus. So hatte er einen weiteren sehr motivierten Captain auf einem starken Schiff dazu gewonnen.
Nun galt es den zweiten Streich auszuführen. Mit einem großen Krug Bier stand er wenig später ganz >zufällig< neben der etwas frustriert wirkenden Crew der ehemaligen Dreadnought FLIGHT ONE. Er wurde zunächst nicht beachtet und er sah auf die Getränke dieser Menschen und das sagte eigentlich schon genug: Captain Linus Kirklane hielt ein stilles Wasser in den Händen. Der Protokoll- und Sicherheitschef, was die VENDORA anbetraf, Zeremonienmeister, Walter Steinbach, Thomas nickte anerkennend, hielt immerhin eines mit Kohlensäure in der Hand. Der Gunner, Fernando Miguel Horche Alvarez Rodriguez (eine Person – nicht mehr), kurz Ferdi, trumpfte mit einem Fruchtsaft auf – für Helden, oder die es werden wollten, mit Eisklümpchen. Der gelegentliche Schiffsarzt, Doc Frank Hauser hatte sich dazugesellt und ihm schien dies zu öde – er trank erst einmal nichts, genau wie der gute Geist des Regierungsfliegers Sarah Kirklane. Lediglich Pilot Diek Vandebloem hatte seinen ganzen Mut zusammengenommen und unter den missbilligenden Blicken seiner Kameraden kleinlaut ein Alster bestellt – mit ganz viel von diesem Zitronenzeugs.
„Bei euch geht die Party richtig ab, was?“ Alle drehten sich zum Admiral um und lächelten verlegen. Diek versuchte gar, sein >alkoholhaltiges< Getränk hinter seinem nicht zarten Körper zu verstecken.

Kirklane versuchte eine schüchterne Ausrede: „Uns ist nicht so sehr nach ...“

„Ist mir klar“, fiel ihm der Admiral ins Wort. „War ja auch ein schönes Schiff, die FLIGHT ONE. Aber sie hat ihren Dienst getan – für uns alle.“ Dann wandte er sich an Walter Steinbach: „Eher wenig los als Protokoll- und Sicherheitschef, was?“

Der Deutsche knallte fast die Hacken zusammen – fast, dafür zuckte er aber nur mit den Schultern: „So ohne Raumschiff und diplomatische Empfänge auswärts.“ Keine Frage, Walter war deprimiert.

Thomas nickte verstehend: „Ich habe eine neue Aufgabe für dich, Walter.“

Steinbachs Gesichtsausdruck schwankte zwischen Hoffnung und Trauer, dass er seine liebgewordene Crew verlassen musste – vielleicht.

„Ein geistig sehr helles Sternchen, welches auf den Namen Bozena Nowak hört, hat mir gezwitschert, dass die ehemalige SIRION der richtige und zukünftige Regierungsflieger sei. Du, Walter, bist der richtige Mann, der aus der Kugel einen Regierungssitz mit Parlament und Unterkünften für alle politischen Vertreter machen kann. Besprich dich mit Linus.“

Thomas wandte sich an den Engländer: „Tut mir leid, Linus, aber du kannst entgegen unserer Tradition den Namen des Schiffes nicht selbst bestimmen. Es bleibt bei FLIGHT ONE, meinetwegen FO2! Ich erwarte in Kürze eure Pläne und noch eher erwarte ich, dass ihr eure Plörre wegkippt und was Anständiges trinkt. Zuvor sucht ihr Bozena – sie soll mittrinken! Die Vereidigung findet morgen ab 11:00 Uhr statt.“

Thomas Raven machte sich schleunigst aus dem Staub, denn der Jubel war riesengroß. Dabei wurde das Trinkwasser verschüttet und der Admiral wollte einer Dusche, sei sie noch so nett gemeint, entgehen.

Drei >freie< Schiffe, also von den GENUI überlassene 1.400 Meter-Kugeln, die nicht ausschließlich mit KI geflogen werden konnten, sondern mit einer normalen Besatzung, waren noch übrig. Thomas suchender Blick fiel auf – Chapawee. Der Sioux war wieder einmal in seiner Landestracht erschienen und hatte neben der Crew der COCHISE seine Partnerin Naira dabei. Chap, wie er von seinen Freunden genannt wurde, schwieg, wie so häufig und schaute stattdessen über die feiernden Menschen. Chapawee Paco war ein Freund, wie es nicht viele gab. Wenn er gebraucht wurde, dann war er halt da. Ansonsten hielt er sich vornehm zurück und im Hintergrund. Hier

gelang es Thomas natürlich nicht, sich bis an den nordamerikanischen Ureinwohner anzuschleichen. Paco bemerkte ihn wesentlich früher.
„Mein weißer Bruder hat keine Mühen gescheut, seinen Brüdern und Schwestern des Krieges einen würdevollen Empfang und Aufenthalt zu bieten“, stellte Paco fest. Beide Männer begrüßten sich, indem sie sich an den Unterarmen fassten. „Ich sehe mit Freude, dass du deine Partnerin und deine Crew mitgebracht hast. Im Übrigen wegen der Anstrengungen, mein roter Freund, gab ich lediglich entsprechende Befehle und delegierte. Diese Feder gehört eindeutig nicht auf mein Haupt!“
Dann kam der Augenblick, wie eigentlich immer, wenn Paco und Thomas zusammen waren, dass der Indianer an die Gürteltasche mit dem Kalumet fasste. Thomas hob abwehrend beide Arme. Mittlerweile fürchtete er sich vor diesem Teufelskraut: „Ich muss bitte erst etwas essen und wenn ich jetzt ... äh rauche, könnte ich vielleicht keine Neuerung mehr mit dir besprechen – mit euch besprechen.“
Paco hob eine Augenbraue und nahm die Hand von seinem Gürtel: „Lässt mich mein bleichgesichtiger Freund wissen, was er damit meint?“
„Äh, natürlich. Zu diesem Zweck sind wir hier. Ich habe beobachtet …“, Thomas sah den XO der COCHISE an, „… dass John Flannigan ein würdiger Nachfolger für dich als Captain der COCHISE wäre.“
Pacos Gesichtsausdruck veränderte sich nicht, denn er wusste genau, dass sein Freund Thomas noch eine Überraschung für ihn bereithielt. Er nahm Paco nicht einfach sein Schiff weg.
„Wenn die COCHISE also unter einem guten, neuen Kommando steht, dann benötigt der Häuptling ein neues Schiff“, stellte der Admiral dann fest und sah Paco dabei an. „Ich bin in der glücklichen Lage, meinem roten Bruder eines der D-Raumer der GENUI anzubieten. Ich weiß, den Häuptling verbindet einiges mit der COCHISE, aber vielleicht ist er ja bereit, zugunsten seines langjährigen XO dieses ehrenvolle Terra-Schiff weiterzugeben.“
John Flannigan sah seinen Captain an und etwas Sehnsuchtsvolles lag in seinem Blick. Kaum ein anderer XO hatte das Kommando mehr verdient als er. „Das Schiff würde seinen Namen behalten, weil es Häuptling Paco wichtig ist“, bot John an und das gab schließlich den Ausschlag.

„Mein weißer XO hat sich das Kommando in den letzten Jahren redlich verdient. Ich werde das neue Schiff mit nach AQUARIUS nehmen?" Paco wandte sich an den Admiral.
„Du wirst weiterhin Obmann von AQUARIUS bleiben, mein Freund", sagte Thomas. „Und das Schiff gehört dorthin, wo der Captain ist. Morgen übernimmst du das Schiff und taufst es. Über die Crew muss du dir Gedanken machen. Einige dich mit John!"
Paco schüttelte den Kopf: „Die COCHISE ist ohne die Crew weniger als ein halbes Schiff. Beide sind aufeinander eingespielt. John hat während meiner vielen Abwesenheiten das Schiff befehligt. Ich überlasse meinem weißen Bruder die komplette Crew. Ich werde auf AQUARIUS und auch schon hier eine neue Crew zusammenstellen, die auf allen Pfaden gewillt ist, mich zu begleiten!"
Dann war das auch geklärt und jetzt kam Thomas wirklich nicht mehr drumherum. Anschließend lief er hustend über den Platz und verfluchte das Teufelskraut dieser Rothaut.

„Hallo Tom!" Tatsächlich war er seiner Frau über den Weg gelaufen. Ewas Miene machte einen suchenden Eindruck: „Weißt du schon, wer bei uns übernachtet?" Thomas zuckte mit den Schultern und sah auf die Uhr. Es war noch reichlich Zeit bis zum Ende der Veranstaltung, aber so langsam wäre es an der Zeit diesen Umstand zu erfahren, fand er: „Lass uns Lea fragen!" Thomas nahm sein Armband-Kom hoch und funkte seine Assistentin an. „Sie hat uns dort vorn unter den Pavillon bestellt", teilte er seiner Frau nach dem Kurzgespräch mit und nahm sie an die Hand. Gemeinsam gingen sie auf den Pavillon zu und sahen schon von weitem die leuchtend rote Haarmähne von Lea.
„Also, junge Frau, wen hast du uns untergeschoben?" Thomas war nun wirklich gespannt, und Ewa klammerte sich erwartungsvoll an ihren Mann.
Lea schnipste mit den Fingern und dann drehten sich vier Personen um – nein fünf, beim fünften musste sanft nachgeholfen werden. Diese fünfte Person war männlich, hörte oder auch nicht auf den Namen Tom, war gerade mal zwei Jahre alt und stand noch etwas wackelig auf den Beinchen. Der Kurze wurde von seiner Stiefschwester mit langem, kupferblondem Haar in der Senkrechten gehalten.
„Der Kleine steht dir gut, Anna", scherzte Thomas Raven. Seine Frau schoss vor und umarmte Maria Svenska. Man hatte also die beiden

Paare Maria Svenska und Manuel Breiter mit Söhnchen Tom, sowie Anna Svenska und Scott Tanner, als Hausgäste. Maria und Manuel vertraten schon seit Jahren als Diplomaten auf ACASPA die Interessen der Neuen Menschheit. Die Präsidentin hatte Maria und Manuel dazu ernannt.

„Eine wirklich gute Wahl“, bedankte sich Ewa bei Lea und diese nickte nur und zog sich dann zurück.

Thomas bewunderte mal wieder das Geschick seiner mehr als umtriebigen Assistentin. Das war eine Zusammenstellung, die heute Abend noch gute Gespräche ergeben würde. Eine homogene Truppe, vom Alter und von den Beschäftigungen. Thomas wollte einiges wissen über den Stützpunkt der Menschen, aber Maria sagte: „Frag doch gleich den Kommandeur – da kommt er!“ Thomas begrüßte anschließend Sven Lundberg, der mit seiner italienischen Frau gekommen war. Zur Freude von Thomas konnte man deutlich sehen, dass Stella wieder schwanger war. Die schlanke Frau hielt ein etwa dreijähriges Kind an der Hand.

„Sven! Deine Kinder müssen so langsam aber sicher unter ihresgleichen. Genau wie der kleine Tom“, mahnte Thomas und erntete damit Zustimmung. „Ewa wird einen anderen Botschafter ernennen, und ich mache mir Gedanken über die Neubesetzung der Kommandeursstelle. Nicht wahr, Ewa?“

„Selbstverständlich“, stimmte die Präsidentin zu. „Sven, wo seid ihr untergebracht?“

Sven zeigte in Richtung Hügelkette: „In einem der Gästehäuser. Wir haben uns bereits eingerichtet.“

Das brachte den Admiral auf den richtigen Gedanken: „Ihr habt Gepäck?“, fragte Thomas seine Gäste.

„Ja“, antworteten Manuel und auch Scott.

„Dann, meine Herren, bitte unauffällig mit den Sachen folgen!“ Thomas ging voran zu einem Buggy, der neben dem Pavillon stand. Schnell waren die Koffer verstaut und dann fuhren die Männer in Richtung Haus von Thomas und Ewa, um die Koffer dort abzustellen. Da es sich lediglich um einen Zweisitzer handelte, saß Scott mit den Koffern hinten auf der Ladefläche.

„Dann sollen wir Frauen uns …“, schlug Ewa vor, „… vielleicht schon mal einen leckeren Wein für heute Abend aussuchen?“ Nach einem Schoppen Roten stellte sich heraus, dass die Italienerin ein mensch-

liches Schnellfeuergewehr in Sachen gesprochenes Wort war, obwohl sie als Schwangere einen normalen Traubensaft trank. Es sprudelte nur so aus ihr heraus. Trotzdem, was Stella sagte, hatte auch nach dem zweiten Schoppen (Stella=Traubensaft) immer noch Hand und Fuß. Dazu kam, dass sie recht ungewollt ein komödiantisches Talent hatte. Sie scheute sich nicht, sich selbst und ihren Mann ordentlich auf die Schippe zu nehmen. Sprich: Die Damenriege hatte eine Menge Spaß!
Nach einer guten Stunde war auch Thomas mit seinen männlichen Hausgästen zurück. Der Abend nahm nun seinen Verlauf bei guten Gesprächen, geistigen Getränken und jeder Menge verschiedener Speisen. Thomas bemühte sich, überall gleichmäßig aufzutreten. Der Einzige, der das zu vereiteln wusste, war Ron Dekker. Der Chef der Marines erwies sich als hartnäckig anhänglich und wich Thomas nicht vom Knie. Thomas konnte dem General nur entwischen, weil er sich zu guter Musik von Carson die Partnerin auslieh und selbige auf einer Tanzfläche durch die Gegend schwenkte.
Saliah hatte im Kinderland eine Menge zu tun, und natürlich waren auch für die Kinder Bettchen aufgestellt, sodass die Kleinen irgendwann im Schutze einer Akustikbegrenzung schlafen konnten. Kurz nach Mitternacht holte Maria Svenska den kleinen Tom aus dieser Obhut, und Thomas und Ewa traten zusammen mit ihren Gästen den Heimweg an. Nachdem der kleine Tom wieder gut abgelegt war, setzte man sich noch einen Augenblick vor das Haus und sah bei einem letzten Getränk in Richtung Sterne.
„Wir haben bisher nicht in unserer Nachbarschaft nachgesehen, ob dort noch intelligentes Leben existiert“, sinnierte Thomas. „Vielleicht sollten wir das ändern!“
„Ganz bestimmt sogar“, bestätigte Scott. „Ich wäre gerne bereit, etwas zu forschen.“
Thomas sah den jungen Kanadier überlegend an. Eine Red-Fight-Dreadnought als Forschungsraumer? Warum nicht? Schließlich war es dort draußen nicht ganz ungefährlich.
„Ich mache mir Gedanken dazu“, versprach Thomas.

<u>Nächster Tag, 11:00 Uhr, GREEN COAST FARM, Pavillon:</u>

Die letzten Gäste der Veranstaltung waren heute Morgen um 05:00 Uhr gegangen. Überraschung, beziehungsweise keine: Es handelte sich um

Beatrice Baines, die von dem leidgeprüften Tib mal wieder nach Hause getragen werden musste. Damit der Lesende diese Begebenheit nicht falsch einordnet: Trixie feierte gerne. Während der übrigen Zeit lebte sie abstinent – alkoholmäßig. Gab es eine Fete, dann war die Feiernudel nicht mehr zu halten. Eine Sache, die dem Angetrauten von Beatrice regelmäßig, natürlich mit gehörigem Abstand, zu schaffen machte. Sie hatte es tatsächlich fertig gebracht, Laura und Paulo nach Hause zu bringen, ihnen das Gästezimmer fertig zu machen, anschließend einen sogenannten Absacker zu trinken und dann, nachdem Paulo und Laura auf ihrem Zimmer verschwunden waren, wieder loszuziehen. Notgedrungen hatte sich auch Tib wieder auf den Weg gemacht. Zunächst war man auf Ron und Suzan gestoßen, die schon beide gut unterwegs waren. Ron wollte noch etwas trinken, Suzan wollte nach Hause. Ron gab schließlich den Ausschlag und als Suzan dann noch einen Schoppen von dem Roten ..., war auch ihre Grenze überschritten und ihr alles egal – es dauerte dann noch sehr viel länger.

Nun, Admiral Raven hatte die Freude, es seinen Gästen am Gesicht ablesen zu können, wie lange und wie viel ... Dessen ungeachtet galt es noch den Arbeitsteil dieses Events durchzuziehen. Thomas pochte ganz leicht auf das Mikrofon an seinem Rednerpult und der Hinweis mittels dieses zarten Klopftons deutete allen an, unter dem Pavillon Platz zu nehmen. Jeder >Haupteingeladene< hatte eine Vertrauensperson aus seinem engeren Arbeitsumfeld dabei. Die meisten Captains hatten ihren XO mitgebracht, allerdings musste das nicht sein. Neben Jane Scott saß zum Beispiel die First FliCo Cemre Celik. Es kehrte langsam Ruhe ein und Thomas war wegen des gelungenen Festes guter Dinge – sehr guter.
„Guten Morgen zusammen!“
„**Guten Morgen, Admiral!**“, erscholl es aus allen Kehlen. Offenbar waren die Gäste nicht weniger gut drauf.
„Zunächst meinen Dank für viele anregende Gespräche und gute Ideen, die wir auch gleich in die Tat umsetzen werden. Als einzigen, nicht militärischen Gast, darf ich meine Frau und unser aller Präsidentin begrüßen.“
Es gab höflichen Applaus und Ewa, heute Morgen in einem hellgrünen Hosenanzug, stand kurz auf und winkte.

„Also“, scherzte der Admiral. „Passt auf, was ihr sagt, es könnte politisch gegen euch verwendet werden!“
Es gab reichlich Lacher.
„Fangen wir auch gleich mit dem an, was unsere Präsidentin betrifft. Wie ihr alle wisst, ist die FLIGHT ONE, die umgebaute Dreadnought, letztes Jahr soweit in Mitleidenschaft gezogen worden, dass unser Technik-Chief Phil Mory das Ding für >Schrott< erklärt hat. Die FO war niemals dafür gedacht, aktiv in einen Kampf einzugreifen. Sie hatte daher eher Nehmerqualitäten, wenn ich es mal so ausdrücken darf. Die bestätigten Abschüsse, die Captain Kirklane dennoch mit diesem stumpfen Schwert herbeiführte, nötigen mir Achtung ab. Noch mehr Achtung habe ich vor der Tatsache, dass niemand an Bord ernsthaft verletzt worden ist. Dafür meinen Respekt! Ich spreche hiermit für diese Leistung meinen Dank und meine Anerkennung aus.“
Es gab reichlich Applaus für den Briten, der sich etwas schüchtern mitten im Publikum erhoben hatte.
„An dieser Stelle“, Thomas hatte den Beifall abgewartet, „möchte ich einer ganz bestimmten Person für die Ideen danken, die sie mir gestern Nachmittag präsentiert hat und tatsächlich sind es ihre Vorschläge, die ich jetzt in einer Art Rundumschlag genehmige und bekanntgebe. Meine ehemalige XO auf der SIRION: Bozena Nowak!“
Wieder gab es Applaus, eher verhalten, denn noch wusste keiner, was sie dem Admiral vorgeschlagen hatte. Die Polin stand auch gar nicht auf und viele Augenpaare suchten die zierliche Frau vergebens. Thomas grinste dazu. Zu Vorschlägen sollte man auch stehen, dachte er, aber er würde sich noch etwas einfallen lassen: „Zuerst muss ich etwas rückgängig machen. Unser Freund Captain Jim Snider wird nun doch nicht die SIRION erhalten. Die SIRION wird die nächste FLIGHT ONE, also FLIGHT ONE II, unter Captain Linus Kirklane! Jim erhält dafür einen der >freien< D-Raumer der GENUI!“ Thomas trat etwas vom Rednerpult zurück und ließ sein Auditorium entscheiden über Gefallen oder Nichtgefallen. Der Applaus erreichte eine für ihn sehr befriedigende Lautstärke. Als er aufsah, sah er seine Frau ziemlich fassungslos zwischen den Sitzenden stehen.
„Äh Schatz, hatte ich das gestern nicht mehr erwähnt?“
Der Beifall ging in Lacher über, zumal Thomas ein gekonnt unschuldiges Gesicht dazu machte.

„Komm du mir nach Hause!“, hörte man die leise Stimme von Ewa drohen, aber es war offensichtlich, dass sie sich sehr darüber freute.
„Es ist auch eine ökonomische Entscheidung“, fuhr Thomas fort. „Wir sparen uns eine Menge an Begleitschiffen, gleichzeitig kann der Klasse G-Raumer auch als mobiles Parlament dienen und so weiter ...“
Thomas Blick suchte eine bestimmte Person: „Nimmt Captain Linus Kirklane das Kommando an?“
Der Angesprochene stand auf und erklärte mit deutlicher Stimme: „Ich werde das Schiff und seine Mannschaft schützen, bis dass der Tod mich hindert oder ich abberufen werde!“
Es gab Applaus und der Captain war gesetzt.
Den nächsten zu Erwähnenden brauchte Thomas nicht lange suchen. Er schaute bereits aus der Menge heraus wie ein Lama aus einer Schafherde: Jim Snider.
„Unser Freund vom afrikanischen Kontinent der Erde, Jim Snider, hat mit seiner RED CLOUD während der Invasion erfolgreich verhindert, dass größere Truppenteile der TRAX auf AGUA haben landen können. Wie ihr alle wisst, hatte das fatale Folgen für das Terra-Schiff und Teile der Besatzung. Jim erhält statt der SIRION nun eines der >freien< D-Raumer der GENUI. Ich fragte Jim, ob er das Kommando annimmt und wenn, welchen Namen das Schiff tragen soll?“
Jim Snider stand auf und eine ganze Reihe von Leuten saß anschließend im Schatten. Jim räusperte sich kurz und sprach mit seinem Bariton: „Ich nehme an. Ich werde das Schiff und seine Crew schützen, bis der Tod mich hindert oder ich abberufen werde. Das Schiff soll den Namen GAMBELA tragen. Es handelt sich um meinen Geburtsort in Äthiopien, an den ich damit erinnern möchte.“
Jim hatte angenommen und als die Zuhörer drei Mal laut den Namen des Schiffes wiederholt hatten, war auch der Name gesetzt.
„Du wirst Crewleute brauchen, Jim. Wie sieht es damit aus?“
„Ich habe einen Teil bereits beisammen, allerdings benötige ich durch das größere Schiff nun mehr Personal“, antwortete der schwarze Hüne.
„Besprich dich bitte mit unserer Akademieleitung. Es werden in Kürze wieder Absolventen fertig.“
Thomas sah sich suchend um: „Emma?“
Irgendwo hinten stand die schlanke Dänin auf.
„Ah, danke“, sagte Thomas. „Emma, nimm bitte Kontakt mit Jim auf. Ich möchte, dass die GAMBELA schnellstmöglich kampftauglich ist.

Vielleicht können wir auch ein wenig Training on the Job machen und die Crewleute gleich an das Schiff und seinen Captain gewöhnen."
„Geht klar, Thomas."
„Danke", Thomas hob eine Hand und damit war das Thema für ihn abgehakt. Jim und Emma setzten sich wieder.
Thomas machte eine Pause, sah etwas nachdenklich über sein Auditorium und wechselte das Thema: „Es wurde auch Zeit, bewährten Führungskräften, zumal sie über längere Zeit vertretungsweise als Captain fungierten, ein ständiges, und zwar eigenes Kommando zu geben. John Flannigan übernimmt ab sofort die COCHISE mit ihrer gesamten Crew, wenn sie will. John hat unserem roten Freund Chapawee zugesagt, dass er den Namen des Schiffes beibehalten möchte. Respekt vor dieser Entscheidung!"
Wieder gab es Beifall.
„Dann brauch sich auch Will >Daddy< Rakers nicht umgewöhnen!"
Das Publikum lachte. Wegen seiner überwachenden Funktion der Anwesen- und Abwesenheit aller Schiffe und Personen im ARES-System, wurde der Veteran Will Rakers, Leiter der Mondbasen, seit neuestem >Daddy< genannt, und zwar liebevoll. Er war derjenige, der darauf achtete, dass seine >Kinderchens< alle vollzählig nach Hause kamen. Will Rakers war so gesehen – ihre Versicherung.
Will stand sogar auf und verbeugte sich in alle Richtungen: „Ich danke, ich danke, ich danke ..."
Er nahm seinen Spitznamen als Ehrenbezeichnung an.
„Nimmt Captain John Flannigan das Kommando an?"
Auch John stand auf und gab dieselbe Erklärung ab wie vor ihm Linus Kirklane und Jim Snider. Das Publikum reagierte entsprechend und damit war auch dieses Schiff vergeben und John zum Captain befördert.
Der Nächste in dieser Reihe war dann zwangsläufig Chapawee Paco. Thomas musste nicht lange suchen, denn der Sioux stach ebenfalls wie Jim aus der Menge heraus. Dabei ging es nicht um Körperfülle, aber die Hakennase, der Teint und nicht zuletzt die langen, blauschwarzen Haare, die von einem Stirnband mit indianischen Zeichen im Zaum gehalten wurden, zogen den Blick geradezu magisch an.
„Es wäre eine absolute Vergeudung von Talent, wenn ich unserem roten Bruder nicht ebenfalls ein kampfstarkes Schiff zur Verfügung stellen würde. Chapawee, mein Freund, du erhältst ein weiteres D-Schiff. Bitte!"

Der Sioux stand würdevoll auf: „Ich werde das Schiff und seine Crew auf allen Pfaden schützen bis Manitu mich in die ewigen Jagdgründe ruft oder ich abberufen werde. Das Schiff soll den Namen des tapferen Kriegshäuptlings der Northern Cheyenne tragen, der zusammen mit Crazy Horse und Sitting Bull gegen die Weißen gekämpft hat: TWO MOON!“
Es gab Applaus und die Versammelten riefen den Namen des Schiffes drei Mal.
Der Indianer verneigte sich leicht und setzte sich dann wieder hin.
„Das waren, zumindest von mir, die großen Sachen“, erklärte Thomas weiter. „Der 20.04., erster Jahrestag der Invasion, wird zukünftig ein Gedenktag sein. Ewa hat mir mitgeteilt, dass die politischen Vertreter diesen Tag zukünftig als Feiertag sehen wollen. Für den ersten wird eine spezielle Zeremonie unsere Gefallenen ehren. Den Hut hat dabei Walter Steinbach auf. Ich bitte **alle** darum, ihn in diesen Belangen zu unterstützen!“
Thomas lächelte etwas, denn die nächste Ansage hatte er sich gerade erst überlegt: „Wegen der überzeugend guten Ideen von gestern berufe ich Bozena Nowak in den inneren Krisenstab!“
Es gab Beifall und eine zierliche Polin wurde rot.
„**Bozena, nun zeig dich endlich!**“
Die junge Frau stand auf und der Beifall wurde lauter.
„Herrschaften, das war´s. Gibt es Wortmeldungen oder ein Thema, was uns alle interessiert?“
Ein Arm hob sich und schließlich stand Carson Cunningham auf: „KOR! Was sind deine Planungen bezüglich des Notsignals? Es besteht wohl immer noch.“
Thomas nickte: „Danke, dass du fragst. Unser junger Freund Scott Tanner wäre ja am liebsten schon losgeflogen. Ich habe mal für mich entschieden, dass wir uns vor dem 20.04. auf keinerlei Abenteuer mehr einlassen. Ich will jedes Risiko im Moment einfach nur vermeiden. Unser aller Nerven haben damit bitteschön eine Zwangspause. Bitte seht es mir nach, aber wir haben viele unserer Gefährten verloren und unsere Streitkräfte brauchen einen Augenblick der Ruhe und der Sammlung. Es sind noch längst nicht alle Stationen wieder mit geübten Kräften besetzt. Ich will hier im ARES-System unsere Kräfte behalten. Darum ist Phil Mory auch von mir angewiesen worden, seine mobile Werft auf Mond DREI zu stationieren. In den erbeuteten 14.800ern

werden wir die Fertigungsstraßen für die M-Reihe und die Disk-Fertigung einbauen."
Thomas sah sich um: „Ja, nach der Feier werden wir dem Signal auf KOR nachgehen und wenn wir Kapazitäten frei haben, werden wir damit beginnen, die Nachbarschaft unseres Systems zu erforschen. Unsere Sternenkarten sind löchrig, und ich wüsste schon ganz gerne, wen wir dort möglicherweise vorfinden."
Es gab keine weiteren Wortmeldungen mehr und Thomas erklärte damit das Ende dieses Teils. Man ging zum Essen an die Ausgaben, die jetzt wieder mit einem Teil von Hanks Eventtruppe besetzt war, und danach wurde das Personalkarussell angeworfen, mit anderen Worten: Die Captains unterhielten sich über Personalveränderungen aller Art. Irgendwer hatte einen guten Mann oder gute Frau in der oder der Richtung und keinen richtigen Job dafür und ähnliche Sachen. Überall wurde heftig diskutiert. Jeder Captain wollte natürlich auch die beste Crew. Thomas ließ sie bis weit nach dem gemeinsamen Essen gewähren. Er selbst besprach sich kurz mit Linus Kirklane. Der Brite hörte zu und nickte dazu. Dann rief der Admiral seine Truppe noch einmal unter den Pavillon.
„Liebe Freunde! Ich habe euch beobachtet und festgestellt, dass uns noch jemand in der Organisation fehlt. Wir brauchen einen Offizier für Einsatz und Verwendung. Einer, der eine ganze Datenbank mit Crewleuten verschiedenster Fachrichtungen führt. Bei dem man sich bewerben kann als Crewmitglied, und der dann verteilt. Weiterhin kann jeder Captain seinen Bedarf anmelden und dieser Verwendungsoffizier wird sich dann bemühen, ein Crewmitglied zu finden. Dieser Jemand muss einen ganz besonderen Draht zu unserer Akademie haben. Das bitte ersetzt nicht die Personalauswahl durch den Captain. Der Captain bestimmt, wer unter seinem Kommando dient. Es soll eine Hilfe sein. Wenn sich ein Crewman mit einem Captain einig ist, dann soll es auch weiterhin so sein."
Die Reaktion seiner Zuhörer, die aus Beifall bestand, bestärkte Thomas in seinem Vorhaben.
„Wer soll das machen?", war dann die zwangsläufige Frage der Flaggkommandantin Laura Stone.
„Ihr seid alle draußen gut beschäftigt und stellenweise nicht auf AGUA", begann Thomas seine Personalentscheidung zu konkretisieren. „Meine Wahl ist auf Linus Kirklane gefallen. Als Captain des

Regierungsfliegers ist er häufig eben nicht unterwegs und unterrichtet auf dem CAMPUS. Die Kontakte zur Akademie sind also vorhanden und Zeit dafür wird er auch finden. Linus hat eben zugestimmt. Er ist per Rechner-Netz zu erreichen und wird euch in wenigen Tagen bekanntgeben, wie und wo ihr Bedarf anmelden, beziehungsweise selbst geeignete Leute aussuchen könnt."

Thomas sah in zustimmende Gesichter. Diese Personalauswahl war logisch und daher nicht zu beanstanden. Dann verkündete er das endgültige Ende der Veranstaltung und gab bekannt, dass er den Captains Sphären für den Rücktransport zur Verfügung stellt. Selbstverständlich, so sagte er, würde das Gelände noch bis zum Ende des Tages zur Verfügung stehen, wer also noch bleiben wolle – kein Problem.

Die Sphären hätte man eigentlich schon zur Anreise benutzen können, aber das lag nicht im Sinne des Admirals. Die Captains sollten Zeit miteinander verbringen. Allein das Treffen auf dem Raumhafen hatte schon zu einigen guten Gesprächen geführt – ganz im Sinne von Thomas.

Als der Abend dämmerte, flog auch die letzte Captain, Laura Stone, mit Paulo und einer Sphäre in Richtung Flaggschiff.

25.03.2134, 22:00 Uhr, GRACELAND-City, Netznachrichten, Büro Maximov:

Jurij Maximov hatte volle zwei Tage gebraucht, nicht nur um sich auszuruhen, sondern auch mental wieder so weit runterzukommen, dass er sich wieder mit den Berichten von Jane Scott beschäftigen konnte. Es hatte ihm unheimlich viel Spaß gemacht, Lea und Dana bei dem Event von GREEN COAST FARM zu unterstützen. Er hatte das Fluidum mitbekommen, welches über der gesamten Veranstaltung hing. Die militärische Führung von AGUA waren ganz besondere Leute. Sie verstanden ihr Geschäft und wussten aber auch, dass es das Leben zu genießen galt. Man wusste schließlich nicht, wie lange es noch währte. Er hatte sich am ersten Abend mit verschiedenen Leuten unterhalten. Fast jeder sah nach der zurückgeschlagenen Invasion die TRAX-Gefahr nicht mehr ganz so hoch. Aber der Admiral hatte ihm persönlich gesteckt, dass diese Individuen offensichtlich in verschiedene Kasten oder Stämme aufgeteilt waren. Viele hatten nur losen oder überhaupt keinen Kontakt untereinander. Man konnte also schon morgen von

einer anderen Sippe angegriffen werden. Das war alles nicht ermutigend, fand Jurij und hatte volles Verständnis dafür, wenn der Admiral auf die Gefechtsfähigkeit jedes einzelnen Schiffes großen Wert legte. Nachzulassen, nicht wachsam zu sein und sich der Ruhe hinzugeben, so der Admiral, bedeute den Untergang. Schon am Folgetag war man daran gegangen, den 14.800er für die Bandstraßen vorzubereiten. Eine Unmenge an Droiden war dort beschäftigt. Jurij hatte Hologramme der 300-Meter-Raumer gesehen. Sie waren nochmals eine Ecke massiger als die Fearless- oder Dreadnought-Klasse. Gestern war Jurij aus Neugierde auf dem CAMPUS gewesen. Der Laden hatte Hochbetrieb. Zahlreiche der am Vortage noch auf GCF beteiligten Captains hatten dort Gastauftritte gehabt. Jurij war unversehens von einer riesigen Pranke ergriffen und mit in die Mensa geschleppt worden. Jim Snider grinste ihn an: „Junge iss was!"
Der Russe hatte anschließend mitverfolgt, welche Mengen an Nahrung Jim in sich hineinschaufelte.
Nach dem Essen hatte Jim ihn eingeladen, seinen Gastvortrag anzuhören. Jurij war jetzt noch geflasht von der ungeheuren Energie, die dieser Hüne ausstrahlte. Normalerweise wirkte er wie ein behäbiger Tapsbär, aber die Einschätzung war völlig falsch. Die Manöver der RED CLOUD kurz vor ihrem Untergang waren schon jetzt Legende, und der nüchterne Erzählstil des Äthiopiers hatte ihm einen Schauer nach dem anderen den Rücken runterlaufen lassen. Jurij wollte dabei sein. Er wollte Admiral Raven bitten, einen Job für ihn innerhalb der Flotte oder als Stabsstelle zu finden – mal sehen.

Nun saß Jurij wieder in der verlassenen Netznachrichtenzentrale von GC, hatte einen Whisky neben sich stehen und die nächsten Folien vor sich liegen. Er griff zunächst zum Getränk und als er das warme Gefühl im Magen spürte, entspannte er sich.

16.08.2120, 09:00 Uhr, ADVENTURE, Bereitschaftsraum:

Seit meinem letzten Bericht waren zwei volle Monate vergangen. Ich hatte vor sieben Wochen diesen Scheiß-Typen von Gunner aus der Brigg holen lassen und war anschließend nur ein ganz klein wenig davon entfernt gewesen, diese Type durch die nächste Luftschleuse zu blasen. Ich hatte bisher niemanden kennengelernt, der mir so arrogant

und penetrant gegenüber aufgetreten war. Bei einer Ex-Nutte sollte das was heißen! Seine Antworten auf meine Fragen waren ... – lassen wir das, sonst ärgere ich mich heute noch. Er war halt immer noch ein Arschloch, mit dem ich nicht zusammenarbeiten konnte und wollte. Ich war längst darüber hinaus, deswegen bei Captain Aldo nachzufragen. Erstens interessierte ihn das sowieso nicht, und zweitens würde er mir die Entscheidung überlassen. Dann konnte ich es auch gleich selbst machen. Ich teilte diesen Zopfträger der Deckchief zu. Gleichzeitig sagte ich diesem Männertraum von Brasilianerin, dass ein Wink von ihr genügen würde und der Typ fliegt von Bord. Bevor er von Major Meywers zum Deck gebracht wurde, fand ich noch ein paar nette Worte für ihn: „Pass auf, Mister Zopf! Du nimmst hier Energie, Lebensmittel und Luft für Leute weg, die wahrscheinlich dreimal besser in diese Situation passen und die ich wirklich gebrauchen kann. Ich empfehle dir ganz dringend, dich bei deiner Deckchief unentbehrlich zu machen. Ansonsten steigst du unterwegs aus! Nachdem du die schlappen vier Lichtjahre zum Sol-System zurückgelaufen bist, kannst du dich ja dann beschweren!“ Ich ging nahe an ihn heran und flüsterte weitere, aufmunternde Dinge: „Du verstehst mich richtig – ja? Es wird keiner nach dir fragen. Ich trage dich als bedauerlichen Unfall im Logbuch ein.“
Seine Augen wollten mich umbringen, und als er anhob etwas zu antworten, griff der Major ein: „Wir gehen jetzt zum Landedeck und du sparst dir deine Luft, sonst verliert unsere XO ihre gute Laune!“
Der Marine traf genau meinen Humor – guter Mann!
Nun war Karl Sander als Gunner ständig gesetzt und er hatte mir zu erkennen gegeben, dass ihm seine neue Aufgabe durchaus zusagte.

Wir saßen im Bereitschaftsraum und machten unsere Frühbesprechung bereits um 09:00 Uhr. Der Grund für die >frühe< Stunde war der, dass sich Aldo angewöhnt hatte erst um 10:00 Uhr auf der Brücke zu erscheinen und den Bereitschaftsraum dann in Beschlag zu nehmen – womit, warum und wozu auch immer. Innerhalb einer Dreiviertelstunde waren wir bisher immer fertig geworden, und den Rest der Zeit konnten wir damit verbringen, aufzuräumen.
Der Kaffee war verteilt und ich schaute mir die größer gewordene Runde an: Oksana als Astrogatorin war klar, seit Beginn dabei. Ebenso Karl, der Pilot Sergej, der Marine-Major Russ und der Technik-Freak

Kai. Den Pfleger alias INSEC-Major hatte ich mit dem Vorwand, er hätte gute Ideen produziert, mit in die Runde nehmen können. Die Schiffs-Ärztin Maria Santez hatte ich schon erwähnt, ebenso dieses Fräuleinwunder aus Brasilien, Isabel Dorata. Neu dabei, seit einigen Wochen schon, war der Belgier Ben Hofard. Er gab mit seinen längeren roten Haaren und grünen Augen einen recht draufgängerischen und aggressiven Flight Commander. Es waren neun Personen im engsten Führungskreis, Aldo zählte nicht – wenigstens nicht inoffiziell.
Vor dem offiziellen Teil flüsterte ich Isabel eine Frage zu. „Was macht unser gemeinsamer Freund?“ Ich meinte damit den verhinderten, durch sich selbst verhinderten, Gunner, Mike Ronald.
Isabel begann breit zu lächeln und bei dem Mund war das schon ein Hingucker: „Er wischt gerade feucht durch!“ Wir unterdrückten einen Heiterkeitsausbruch, und ich konzentrierte mich anschließend auf die Besprechung: „Oksana, wie sieht es aus? Was macht unser Ziel?“ Ich hatte der Astrogatorin bei der letzten Besprechung, also gestern, das Ergebnis unserer Zusammenkunft aufs Auge gedrückt. Wir hatten nämlich beschlossen, da unser Hiersein wegen mangelnder M-Klasse-Planeten nicht länger tragbar und wir gefechtsbereit waren, aufzubrechen. Oksana sollte schlicht ein Ziel aussuchen.
„Ja – es ist da, unser Ziel. Ich habe mal Kepler 22b ausgewählt.“
Der Name war ein Begriff und ich überlegte, was ich davon wusste. Nicht allzu viel, stellte ich schnell fest. Seit über einem Jahrhundert schwebte das Kepler-22-System im Verdacht, einen erdähnlichen Planeten in der Umlaufbahn zu haben. Damit waren meine Kenntnisse schon erschöpft, aber die Russin würde da sicherlich nachhelfen können.
Und tatsächlich begann sie zu berichten: „Kepler 22b ist von der Erde etwa 600 Lichtjahre entfernt. Er umkreist seine Sonne nach den Beobachtungen von der Erde alle 290 Tage und soll fast den zweieinhalbfachen Durchmesser der Erde haben und befindet sich in der habitablen Zone.“
Die Ärztin ergriff zu meiner Überraschung das Wort. Die zierliche Frau schwieg sonst, wenn sie nicht gefragt wurde: „Zweieinhalbfacher Durchmesser? Ist die Anziehungskraft dann nicht zu groß für uns?“
Ein berechtigter Einwand, fand ich, für eine Person, die während des Studiums keine Astrophysik auf dem Stundenplan gehabt hatte. Die Antwort von Oksana kam auch sofort: „Nicht unbedingt, Maria. Es

kommt da auf die Masse an, und wir wissen nicht, woraus der Planet besteht. Wir müssen tatsächlich nachsehen."
„Bewältigen wir die gesamte Distanz in einem Satz?", fragte Russ Meywers.
„Jump, Russ, wir sagen Jump", korrigierte Oksana höflich. „Nein, ich plane, wenn Jane zustimmt, insgesamt drei Etappen. Zuerst etwa die Hälfte, dann fast den Rest. Um nicht zu lange mit der Anreise zu verbringen, werden wir uns dann nach dem zweiten Jump orientieren und noch eine kurze Distanz mit dem Jumper zurücklegen." Oksana schaute mich fragend an und ich war einverstanden.
„Kai, sind deine Aggregate bereit mitzuspielen?" Ich sah unseren Spaßvogel an.
„Aber sowas von", bestätigte unser Technik-Chief selbstbewusst und streckte einen Daumen nach oben.
„Okay", ich blickte in die Runde. „Das Ziel ist gewählt und irgendwo anfangen müssen wir ja. Etappen von 300 Lichtjahren sind eh unproblematisch. Da müssten wir noch viel weiter springen, bis wir da an Grenzen stoßen. Hat noch jemand etwas zu sagen?"
Meine Crew schüttelte den Kopf. Wie einfach das ging, jetzt war es schon meine Crew. Aber Aldo beteiligte sich schon seit Wochen nur noch sporadisch an der Führung des Schiffes. Er brauchte sich also nicht wundern, wenn seine Truppe machte, was sie wollte.
„Okay, dann an die Arbeit! Oksana übermittelt Sergej die Nav-Daten. Letzter Systemcheck bis 09:30 Uhr. Bei Grünwerten beschleunigt Sergej die ADVENTURE in Richtung Ziel mit leichten Werten. Ich will erst jumpen, wenn ich Aldo informiert habe, also gegen 10:30 bis 11:00 Uhr. Auf geht´s und nehmt eure Kaffeebecher mit!"
Die Crew strömte aus dem Bereitschaftsraum, und ich wischte mit einem Lappen die Kaffeeränder weg. Es musste ja nicht sein, dass wir Aldo noch einen dreckigen Raum hinterließen. Ein bisschen Respekt hatte der alte Herr schon noch verdient. Dann folgte ich der Crew. Maria war wieder unterwegs in Richtung ihrer medizinischen Station, und Isabel schaute offensichtlich nach, ob der Auffällige mit dem Durchwischen fertig war. Der Rest blieb auf der Brücke.
Es war eine Wohltat nach wochenlanger Flaute nun wieder auf große Fahrt zu gehen. Meine Güte: 600 Lichtjahre hatten wir uns vorgenommen. Welch eine Distanz! Niemals war ein Mensch so weit gekommen. Gut, bis nach Alpha Centauri war auch noch niemand. Aber 600

Lichtjahre! Es begann zu kribbeln in mir und die Brücke der ADVENTURE erwachte wegen der Systemchecks zum Leben. Überall blinkten verschiedenfarbige Dioden in unterschiedlichen Rhythmen. Messskalen waren erleuchtet, die sonst dunkel und matt vor sich hin dösten. Auch erfüllte ein Brummen und Summen unsere Zentrale. Mir wurden von den Stationen Werte zugerufen, und ein Lämpchen nach dem anderen leuchtete vor mir in beruhigendem Grün auf. Die Information von Captain Aldo war weniger spektakulär, als ich gedacht hatte. Er kam um kurz nach 10 Uhr auf die Brücke und sah sich wegen der unübersehbaren Betriebsamkeit verwundert um: „Ist was Besonderes heute?“
„Wir springen in drei Etappen über 600 Lichtjahre nach Kepler 22b“, rutschte es Oksana ganz spontan heraus, bevor ich etwas sagen konnte.
„Ah, so“, machte Aldo, nickte mir zu und begab sich in den Bereitschaftsraum. Als er die Tür hinter sich zugemacht hatte, schaute ich Oksana ärgerlich an: „Hör zu Frau Astrogatorin! Wenn der Chef was fragt, bin ich diejenige, die ihm eine Antwort gibt, klar?“
Oksana war verdattert: „Ja, äh, klar, Sir! Äh, Captain, äh XO!“
Ich sah ihr verdutztes Gesicht und musste lachen – schließlich lachten wir beide. Was war das denn jetzt für eine Nummer von Aldo gewesen? Wir legen 600 Lichtjahre zurück und er sagt dazu nix?
Um 10:15 Uhr hatte ich alle Grünwerte beisammen.
„Sergej, ich habe keine Lust zu warten, wir ziehen den Start vor! Hast du die Kursvektoren?“
„Ja, Skipper!“
Das wurde ja immer besser: Man redete mich schon mit Skipper an. In der Flotte eine Bezeichnung der Hochachtung. Ich fühlte mich total geehrt! In dieser Hochstimmung gab ich weitere Befehle: „Na, dann mal los, mein Guter! Ich will in einer Dreiviertelstunde springen!“
„In Ordnung. Ich gebe Schub auf die Triebwerke!“ Sergej schob mit Zeige- und Mittelfinger seiner rechten Hand die Touchanzeige der Triebwerksleistung auf 30%. Die mit den Fingern zurückgelegte Spur leuchtete zunächst komplett in Gelb und stufenweise, je nach Erreichen, verfärbte sich das Gelb in Grün. Die ADVENTURE brummte und ich schaltete die schiffsweite Kommunikation ein: „Hallo Crew, hier spricht eure XO! Wir sind soeben in Richtung Kepler 22b gestartet. Wir werden die ungefähr 600 Lichtjahre in drei Etappen zurücklegen. In etwa 40 Minuten werden wir den ersten Jump auslösen. Der öffentliche

Countdown beginnt bei minus 60 Sekunden. Bitte die Sicherheitsvorgaben einhalten! Jeder sucht sich dann einen Sitzplatz oder legt sich einfach auf den Boden – niemand steht während des Jumps. Hier XO, Ende!“ Die letzte Anweisung war wichtig. Wir gingen von einer geringen Orientierungslosigkeit nach einem Jump aus. Das reichte, um Stürze zu produzieren, und ich wollte Marias Krankenbetten nicht schon jetzt gefüllt wissen. Eigentlich wollte ich sie, wenn es ging, bis zum Ende der Reise antiseptisch halten. Ich holte mir die Anzeigen des Nav-Pultes auf mein Tableau. Sergej hatte die zu erreichende Geschwindigkeit mit 30% Licht eingegeben – wir konnten auch nur geringfügig schneller. Das war die erforderliche Jumpgeschwindigkeit. Die Hochrechnung daneben zeigte an, dass wir nicht ganz 40 Minuten beschleunigen mussten.

Der russische Pilot schonte aufgrund meiner Order unsere Triebwerke, und das war genau richtig: Kein Mensch wusste, wie lange diese durchhalten mussten. Zwar konnten wir fast alles an Bord reparieren, aber eben auch nur fast. Und Ersatzteile herzustellen, würde Zeit und Energie kosten, von denen wir vielleicht eines nicht zur Verfügung hatten. Ich lauschte auf das beruhigende Brummen der ADVENTURE und überlegte meine eigene Situation. Ich war eigentlich nicht darauf eingestellt, die Crew allein zu führen. So an zweiter Stelle, das war mein Ziel gewesen. Da hätte ich auch die Möglichkeit gehabt, Freundschaften oder gar Partnerschaften einzugehen. Aber so – als >Alleinherrscherin<? Die Dozenten hatten auf der Akademie immer wieder davor gewarnt. Man würde anschließend nicht mehr neutral entscheiden können. Da war sicherlich etwas dran, aber ich war schließlich auch nur ein Mensch mit Gefühlen. Bei meinen trüben Gedanken, was die persönliche Schiene anbetraf, verging die Zeit. Und Sergej überraschte mich mit der Meldung: „Zwei Minuten bis zum Sprung!“

„Countdown schiffsweit ab minus 60 Sekunden einrichten!“

„Äh“, Oksana schaute mich an. „Das ist jetzt dein Job. Wir haben keinen Funker mehr!“

Ah, ja, hatte ich vergessen.

„Ich mache es von hier“, bot sich Karl Sander von seinem Gunner-Pult an.

„Okay, danke – ausführen!“

Die Automatenstimme zählte langsam herunter und meine Bauchdecke begann sich zu verhärten. Ein bisschen unangenehm war das Springen ja schon.
„Fünf - vier - drei - zwei - eins - null!“ Sergej drückte auf den Buzzer und die Wirklichkeit verschwamm vor meinen Augen.
„Brrr“, hörte ich von Karl direkt nach dem Sprung, als dieser seine Nackenmuskulatur massierte. Ich selber spürte ebenfalls ein recht unangenehmes Ziehen im ganzen Körper. Es gab also doch Nebenwirkungen des Jumps. So ganz ohne hätte ich es auch komisch gefunden. Ich schüttelte die zusätzliche Benommenheit ab: „Sergej?“
„Wir sind bei 10% Licht – also innerhalb normaler Parameter und online ohne Probleme.“
„Oksana?“
„Ich scanne noch, aber es sieht so aus, als wäre der Jump geglückt.“
„Okay – melde dich!“
„Kai? Was machen die Aggregate?“ Ich hatte aus den Augenwinkeln gesehen, dass unser Chefmechaniker etwas schneller als sonst mit seinem Touch-Panel umging.
„Aggregate sind okay, aber einer der drei aktiven Energie-Meiler hat eine Abweichung außerhalb der Toleranz. Ich schalte ihn ab und fahre die beiden Aktiven auf 50%. Wir können weiterhin ohne Einschränkungen navigieren.“
„Danke!“ Ich sah über den vorderen Monitor direkt nach draußen. So richtig wirklich hatte sich das Bild von vor dem Sprung nicht verändert. Ich bekam so langsam eine Vorstellung davon, was Entfernungen hier draußen bedeuteten. Wir waren, wenn Oksana das bestätigte, 300 Lichtjahre weit gesprungen und man bekam es mit dem bloßen Auge nicht mit!
„Wir sind dort, wo wir sein sollten“, teilte Oksana mit und ich atmete auf. „Es gibt hier in unmittelbarer Nähe einfach nur nichts“, fügte sie hinzu.
Dann gab es für mich auch keinen Grund länger als nötig hier zu verweilen: „Oksana, Sprungdaten errechnen und an Sergej weiterleiten!“
„Aye, XO! Ich brauche etwa 25 Minuten!“
Ich wartete geduldig, bis Oksanas Rechner die entsprechenden Daten auswarf. Ohne diesen Rechner, der x-fach abgesichert war und sich selbst kontrollierte, waren wir so gut wie hilflos. Er gab schließlich keine Straßenschilder und Wegweiser hier.

„Sergej, beschleunige die ADVENTURE auf Sprunggeschwindigkeit!“
„Aye, M´am!“ Unser Schiff begann wieder zu brummen. Mein Blick zu Kai wurde mit einer beruhigenden Geste erwidert. Wir hatten schließlich noch zwei Energiemeiler in Reserve und dem Defekt war man sicher schon auf der Spur. Ich hatte mehr Schwierigkeiten durch die Technik erwartet. Vielleicht hätte ich doch nicht so viele Ingenieure aus dem Kälteschlaf holen sollen. Wenn ich gewusst hätte, was uns bevorstand, hätte ich noch viel mehr von den Jungs und Mädels aus den kühlen Betten geholt. Als ich es dann merkte, war es zu spät.
Nach 25 Minuten lag das Ergebnis des Rechners vor und Sergej begann, seinen Nav-Computer zu füttern. Wenig später hatten wir fast die Sprunggeschwindigkeit erreicht und ich ließ den automatischen Countdown wieder schiffsweit herunterzählen.
Dieses Mal tat es richtig weh, und ich war minutenlang damit beschäftigt, die Nebenwirkungen des Jumps abzuschütteln. Allgemeines Gestöhne von der Brückencrew klang mir in den Ohren. Mein erster klarer Blick richtete sich nach vorne. Dort war im Zentrum ein recht heller Stern zu erkennen, und Oksana war mit ihrer Meldung, die sich ein klein wenig gequält anhörte, auch bedeutend schneller: „Wir sind fast da. Vor uns liegt Kepler 22. Entfernung beträgt etwa drei Lichtmonate.“
„Sergej?“
„Wir fallen mit 10% Licht darauf zu, M´am!“
Nun gut, wir würden noch 30 Monate brauchen, bis das zum Problem würde. Wir hatten also Zeit.
„Krankenstation an Brücke!“
Verwundert drückte ich auf die Antworttaste: „Was gibt es, Maria?“
„Mich erreichen zahlreiche gesundheitliche Beschwerden, außer meinen eigenen natürlich. Ich rate dringend, von weiteren Jumps abzusehen, bis ich einige Untersuchungen angestellt habe. Wenn ich Oksana richtig verstanden habe, haben wir zwei gleich große Sprünge absolviert!“
„Das ist korrekt“, rief die Russin dazwischen.
„Dann sind die Beeinträchtigungen darauf zurückzuführen, dass wir kurz hintereinander gesprungen sind“, schloss die Medizinerin und ich konnte darin eine gewisse Logik erkennen.
„Wir sind aber kurz ...“, versuchte ich einen Einwand.
„Bis auf Weiteres keine Sprünge!“, sagte die Ärztin mit Nachdruck. „Ich kann es nicht verantworten!“

„Okay – du hast gewonnen“, zog ich den Kürzeren. „Das gibt Kai die Möglichkeit, einen der Energiemeiler zu reparieren. Wir machen Pause, so wie du es empfiehlst. Gib mir Bescheid, wenn die Untersuchungsergebnisse vorliegen.“
„Geht klar, danke, das ist vernünftig. Wer Beschwerden hat, kann mich gerne aufsuchen!“ Damit schaltete die Schiffsärztin ab.
„Ich geh dann auch mal los“, meldete sich Kai Meier auf der Brücke ab.
Ich schaute nach draußen und konnte es noch gar nicht begreifen. Wir waren innerhalb weniger Stunden 600 Lichtjahre weit gekommen. Dagegen waren die paar Kopf- und Gliederschmerzen vernachlässigbar einzustufen, fand ich.
„Oksana! Scan unsere Gegend bitte genau. Ich will keine Überraschungen!“
„Geht in Ordnung, Jane!“
Keppler 22 war eine Sonne des Typs G5. Die heimische Sonne war heißer und hatte die Klassifizierung nach dem Spektraltyp G2V. Ich erkannte mit bloßem Auge eine gering andere Lichtfarbe. Und ich erkannte noch etwas – ein ungutes Gefühl, das in mir hochstieg. Wie ein drohendes Auge, und wir fielen immer noch mit 30.000 km/sec darauf zu, stach die Lichtflut des Sterns in unsere Zentrale. Auch Kepler 22b, der erdähnliche Trabant, war noch zu weit weg, um eine sinnvolle Analyse durchführen zu können. Ich fluchte still in mich hinein. Jetzt waren wir so nahe dran und die Schiffsärztin ... Ich konnte es nicht ändern, aber ich konnte mit ihr sprechen.
„Oksana, du hast die Brücke. Ich bin auf der Krankenstation!“
Die Russin warf mir einen irritierten Blick zu und deutete mit dem Kopf in Richtung Bereitschaftsraum, wo sich Aldo verbarrikadiert hatte – so nahmen wir jedenfalls an.
„Lass ihn“, antwortete ich auf die unausgesprochene Frage. „Ich muss zu Maria. Die Warterei geht mir gegen den Strich.“ Ich verließ meinen Sitz und die Brücke. Nach zehn Minuten Weg war ich auf der Krankenstation. Ich war erstaunt, denn schon draußen warteten einige Crewleute auf die Behandlung. Verschiedentlich sprach ich die Wartenden an und fragte nach der Befindlichkeit. Ich musste zugeben, als ich selbst etwas mehr auf meinen Körper achtete, offensichtlich war ich für eine klare Selbstanalyse viel zu aufgeregt, ich fühlte mich – nicht gut. Mein Körper schien etwas unter Strom zu stehen und ja, als ich meine Hand hochhielt – sie zitterte. Ich spürte, dass mein Körper nach

irgendwas Verlangen hatte, ich wusste nur nicht wonach. Vielleicht etwas Ruhe in den nächsten Stunden? Mal sehen, was Maria an Ergebnissen für mich hatte. Ich begann die ganze Sache etwas ernster zu nehmen und hatte übergangslos auch Verständnis für Marias temporäres Jumpverbot. Als XO hatte ich selbstverständlich das Recht, mich vorzudrängeln, was ich auch tat. Dann saß ich Maria gegenüber: „Hast du schon etwas, was du mir sagen kannst?"
Maria stand auf und begann auf und ab zu gehen: „Versuch es dir so vorzustellen: Die Nerven sind durch den Sprung belastet. Sie sind in Schwingungen versetzt oder stell dir vor, aufgeladen. Sie sind gereizt. Durch unseren Doppelsprung heute hat sich das Problem verdoppelt. Ich befürchte bei einem erneuten Sprung, dass nicht etwa die doppelte Menge an schädlichem Einfluss auf die Nerven schlägt, sondern das Ganze wesentlich stärker. Nehmen wir als Beispiel den Normalwert als Faktor 1. Beim ersten Sprung haben wir den doppelten Wert, also 2. Bei unserem zweiten Jump kamen wir auf den Faktor 4. Noch einmal springen bedeutet 16, nicht etwa acht, wie du vielleicht vermutest. Das Ganze musst du noch einmal im Rahmen der Distanz sehen, die wir zurücklegen. Springst du über einen bestimmten Punkt hinaus, ist die Crew tot."
Ich war geschockt. Das waren heftige Konsequenzen.
„Kommen die Nerven auch wieder runter?", fragte ich daher und hoffte auf ein akzeptables Zeitfenster.
Maria blieb an einem Rechner stehen und fragte ein paar Werte ab: „Ich habe ein Crewmitglied an ein biochemisches Messgerät angeschlossen. Der Computer berechnet gerade die nachlassende Reizung des Nervensystems. Es scheint linear zu verlaufen. Demnach kann ich die Empfehlung aussprechen, jeden Tag einen kurzen, alle zwei Tage einen mittleren und alle vier einen großen Jump zu machen. Alles was darüber ist, kann ich aus medizinischer Sicht nicht gutheißen – vorerst!"
Ich überlegte kurz. Das hätte auch heftiger ausfallen können. Mit einer derartigen Regelung konnte man an sich ganz gut leben. Ich wollte gerade noch eine weitere Frage stellen, als mir die schiffsweite Durchsage von Oksana dazwischen knallte: „Brücke an XO!"
Mit einem Satz stand ich hinter dem Schreibtisch unserer Ärztin und wählte auf der Kom die Brücke an: „Was gibt es?"
„Du kommst besser auf die Brücke – schnell!"

Ich weiß nicht warum, aber urplötzlich schien meine gesamte Körperoberfläche aus Gänsehaut zu bestehen und mein Magen fühlte sich an wie ein Kieselstein, ein verdammt großer Kieselstein. Wortlos hastete ich aus Marias Büro und rannte anschließend über die Flure. Völlig außer Atem kam ich auf der Brücke an: „Bericht!“

„Da is´ was!“ Oksana zeigte nach vorne und ich schaute auf den riesenhaften Monitor. Der aktuelle Ausblick hatte gewechselt und zeigte nun eine schematische und stark zusammengepresste Außenlage. Ich erkannte Kepler 22 und Kepler 22b, sowie vier nicht näher bezeichnete Objekte, genau zwischen uns und den Keplers. Um die ging es wohl.

„Ich kann mit der Meldung >Da is´ was!< nichts anfangen, Oksana. Geht es etwas genauer?“

„Nach bisherigen Erkenntnissen sind die vier Objekte identisch. Sie haben vor zehn Minuten beschleunigt und fliegen uns jetzt mit gleichbleibender Geschwindigkeit entgegen.“

Ich wurde blass. Ich merkte es zwar nicht selbst, aber in solchen Schreckmomenten hatten mir Bekannte früher immer versichert, dass mein Teint in Richtung heller tendierte: „Das heißt?“

Oksana Trantow sah mich an: „Die einzig logische Schlussfolgerung allein aus der Tatsache des Beschleunigens: Es können keine natürlichen Objekte sein, was die Gleichheit noch unterstreicht.“

„Deine Vermutung, Oksana?“

„Wir haben es mit Raumschiffen zu tun! Dafür spricht auch die Tatsache, dass sie auf einem Abfangkurs unterwegs sind.“

Es war mir, als würde eine eiskalte Hand mein Herz zusammenpressen. Was hatte Nyota gesagt: „... sind wahrscheinlich nicht friedlich ...“, oder so ähnlich. Der größte Geist nach Albert Einstein auf der Erde, Stephen Hawking, war ebenfalls davon ausgegangen, dass der First Contact oder das Aufeinandertreffen mit Aliens überhaupt, keinesfalls friedlich verlaufen würde.

„Zeitpunkt bis Rendezvous?“ Ich sah auf die Uhr. Es war 17:13 Uhr Bordzeit.

„Wenn sich die Geschwindigkeit nicht ändert, werden wir morgen früh gegen 04:15 Uhr auf diese Individuen treffen!“

Ich holte tief Luft und setzte mich auf meinen Hintern: „Sergej! Wir unternehmen einen Versuch, um Oksanas berechtigte Vermutung zu bestätigen. Kursänderung nach backbord um 15 Grad, gleichzeitig unterhalb der bisherigen Fluglinie um 5 Grad – **ausführen!**“

„Aye, M´am!"
Kepler 22 wanderte langsam nach oben rechts innerhalb des vorderen Bildschirms.
Es dauerte geschlagene 20 Minuten, bis Oksana meldete: „Die Objekte ändern auch den Kurs. Sie sind wieder auf einem Abfangkurs. Neue Begegnungszeit: 04:55 Uhr!"
Damit war es bewiesen. In den Schiffen dort drüben saßen intelligente Lebewesen und ich wusste nicht, ob ich mich darüber freuen oder die Gefechtsbereitschaft herstellen lassen sollte.
Ich entschied mich: „Teilalarm sofort. Wenn sich nichts ändert, ab 04:00 Uhr Gefechtsalarm. Karl, check deine Konsole! Ich will eine funktionsbereite Waffenbank!"
Ich sah mich nach dem rothaarigen Belgier um: „Ben, lass deine Staffeln auftanken und bewaffnen. Ein Hinweis an Isabel reicht! Deine Piloten werden um 03:00 Uhr geweckt und gebrieft!"
„Aye, XO", die grünen Augen des FliCo funkelten aggressiv.
Ich wählte den Anschluss des Maschinenraums: „Kai hier Brücke, bitte melden!"
Kurz darauf antwortete der Mann.
„Ich will, dass wir um 03:00 Uhr Bordzeit volle Energiebänke haben. Fahr die Reservemeiler hoch! Ich denke, wir bekommen Besuch, und ich weiß nicht, ob es Freunde oder Verwandte sind!"
„Bitte?"
„Ich meinte Freunde oder Feinde!"
„Ah, verstanden! Wir werden auch Meiler Drei gleich wieder am Netz haben!"
„Sehr schön – ich zähl auf euch!"
„Das kannst du!"
Ich schaltete die Verbindung ab.
„Vielleicht ist es besser", wandte ich mich an Russ Meywers, „wenn deine Trupps ebenfalls in Bereitschaft sind!"
Der Mann antwortete nicht sofort, sondern sah etwas an mir vorbei und dann hörte ich eine Stimme: „**Kommandos alle zurück! Nichts von dem wird passieren!**"
Ich schaute erschrocken. Hinter mir stand Captain Aldo und machte mit einem Handstreich meine Verteidigungsbemühungen zunichte: „Aber, wir haben doch ..."

„Und wenn es das Letzte ist, was ich tue! Ich werde nicht einen interstellaren Krieg vom Zaun brechen! Dafür bin ich bei dieser Mission als Captain verantwortlich, auch wenn ich in den letzten Wochen mehr oder weniger hier geduldet war! Hier ist die Grenze, und wir werden nicht mobil machen. Wir werden durch unsere Friedfertigkeit unseren Gesprächspartner auf der anderen Seite davon überzeugen, dass wir an eine friedliche Koexistenz glauben!“

Mir wurde schlecht.

„Gibt es ein Problem mit meiner Kommandogewalt, Major?“ Aldo wandte sich an den Chef der Marines.

„Nein, Captain!“, antwortete der Hüne leise. Zu dumm, dass die Marines nach wie vor stets diszipliniert agierten.

„Gut! Jeder, der sich in diesem Fall meinen Befehlen widersetzt, wird in die Brigg gesperrt!“

„Verstanden, Captain“, bestätigte Russ, und ich überlegte, ob irgendwo Kotztüten in meiner Nähe gelagert waren.

„Das gilt auch für dich, Jane!“ Aldo hatte sich zu mir runtergebeugt. „Wir ändern unseren Kurs nicht mehr und warten das Zusammentreffen ab. Jane, du nimmst deine Kommandos außerhalb der Brücke zurück!“

Notgedrungen tat ich es und als nachgefragt wurde, konnte ich nur sagen, dass Captain Aldo meine Anordnungen aufgehoben hatte. Ich spürte, dass die Leute eher mir vertrauten. Ihnen war nicht wohl, dass man sich so wehrlos präsentieren musste. Ich spielte mit und fragte nach weiteren drei Stunden, ob ich die Brücke kurz verlassen dürfte. Ich wollte frisch auf die Außerirdischen treffen, gab ich vor, und Aldo genehmigte jedem von uns abwechselnd, also nicht allen zusammen, jeweils zwei Stunden Pause. Er selbst wolle die Brücke bis zum Kontakt nicht mehr verlassen – wahrscheinlich traute er uns nicht. Der FliCo Ben Hofard und ich waren die Ersten, die zur Pause gehen durften. Das Schott zur Zentrale hatte sich gerade hinter uns geschlossen, als Ben wild zu fluchen begann: „Dieser völlig senile Greis führt uns alle in den Untergang!“

„Captain Aldo wird schon wissen, was er tut“, gab ich vor, marschierte schneller und beobachtete seine Reaktion genauer.

„Einen Scheißdreck weiß er!“, tobte der Belgier. „Ich habe ein ganz mieses Gefühl!“

Ich hielt unvermittelt an, riss ihn herum und presste ihn an die Gangwand: „Du meinst es ernst, was?“ Ben schaute mich mit weit aufgerissenen Augen und völlig überrascht an.
„Gut, dann will ich dir jetzt sagen, was du tun musst! Du gehst zu deinen Staffelführern und ordnest an, dass alle Piloten ab 03:00 Uhr Bordzeit in der Nähe ihrer Flieger sein sollen. Ich gebe nur ein Kommando und ein Losungswort: >WALHALLA<! Das Ganze bitte ohne Aufsehen!“
Er japste: „Das, das ist Meuterei!“
„Ach ja?“, ätzte ich. „Wer hat denn gerade geflucht über den senilen Greis, der uns in den Tod führt? Hast du Erbsen oder Eier in der Hose?“
Ben knirschte so laut mit den Zähnen, dass ich es gut hören konnte. Mit verkniffenem Mund zischte er: „Ich werde tun, was du verlangst!“
„Dann geh!“ Ich ließ ihn los und er marschierte schnell auf sein neues Ziel zu.“
Ich überlegte. Wie war ich auf >WALHALLA< gekommen? Nun, es musste ein Wort sein, welches nicht dem üblichen Sprachgebrauch entnommen war – um Verwechslungen vorzubeugen. Der Begriff war mir als Ruheort für gefallene Krieger bekannt – ich hoffte auf keine Toten, zumindest nicht auf unserer Seite. Ich musste mich beeilen. Mein erstes Ziel war das Landedeck.
„Das ist nicht Aldos Ernst“, empfing mich Isabel.
Die Empörung war echt.
„Ich möchte“, sprach ich aus, „dass alle Flieger unauffällig vollgetankt werden!“
Diese Traumfrau sah mich skeptisch an: „Wie soll das gehen?“
„Indem ihr jetzt anfangt. Jetzt sofort! Auf mein Kommando >WALHALLA< ist Aldos Mission gescheitert und dann werden wir kämpfen müssen.“
Die Brasilianerin sagte mir ihre Unterstützung zu. Allerdings hätte sie in ihrer Crew ein instabiles Element und da könne man nicht sicher sein, dass ...
„Sperr ihn irgendwo ein“, ordnete ich an und die junge Frau nickte dazu: „Verlass dich auf mich!“
Ich eilte weiter. Der nächste auf meiner Liste war Kai Meier, den ich im Maschinenraum antraf. Der Mann schien seine gute Laune seit Aldos >Machtwort< völlig verloren zu haben. Ich bat ihn, seine Energie-

meiler im >Warm Stand-By< zu halten und mein Codewort abzuwarten. Kai war einverstanden und wünschte mir Glück auf der Brücke. Dann machte ich mich an das, was ich eigentlich vorgab zu tun. Ich begab mich in meine Kabine, duschte und zog mich um. Dann schrieb ich eine genaue Anweisung für Oksana auf einen kleinen Zettel. Kurz bevor die zwei Stunden abgelaufen waren, erschien ich wieder auf der Brücke. Aldos Blick, der seltsamerweise wie festgenagelt in seinem Captainssitz saß, streifte mich nur. Ich ging zu Oksana und fragte nach dem Stand der Dinge. Während die Astrogatorin mich auf den neuesten Stand brachte, legte ich ihr, von Aldo unbemerkt, meinen Zettel vor die Nase. Sie war clever genug, sofort ihre Hand darauf zu legen und ihn dann schnell einzustecken. Ich nickte ihr zu.
„So, die nächsten zwei", ordnete Aldo an. „Astrogation und Gunner! Wegtreten!"
Meine Rechnung war aufgegangen. Den Piloten konnte er nicht wegschicken, den Gunner umso lieber. Oksana hatte den Auftrag, den Gunner einzuweisen und auf >WALHALLA< vorzubereiten. Den russischen Piloten würde es unvermittelt treffen, aber für ihn war es nur wichtig, dass ausreichend Energie zur Verfügung stand. Ich traute ihm zu, schnell und entschlossen zu handeln.
Zwei Stunden später kamen Oksana und Karl frisch geduscht zurück. Beide nickten mir unauffällig zu. Ich hatte nun alles getan, was mir mit den gebundenen Händen möglich war. Sicher, ich hätte Aldo auch gleich erschießen können, aber was, wenn er Recht hatte?

Nun begann das lange Warten.

8. Begegnung

26.03.2134, 01:30 Uhr, GRACELAND-City, Netznachrichten, Büro Maximov:

Jurij tupfte sich den Schweiß von der Stirn und sah entgeistert auf seine Uhr. Es war bereits weit nach Mitternacht, und er dachte an dieser Stelle seiner Recherche überhaupt nicht ans Aufhören. An Schlaf war sowieso nicht zu denken – so kurz vor dem Höhepunkt des fünften Berichtes. Janes Schreibstil war ungewöhnlich, aber spannend. Er wusste ja, dass die WALHALLA, beziehungsweise ADVENTURE, auf

die TRAX getroffen war. Nur wann, wo und wie, das war das Spannende im Moment an seiner Lektüre. Er kannte Captain Scott als zurückhaltende, reservierte, ja geradezu kühle Frau. Das wollte nicht recht zum Schreibstil passen. Allerdings stand ja auch nicht dabei, wann das aufgeschrieben worden war. Nur gelegentlich konnte man es vermuten. Vielleicht kam in den Berichten auch die wahre Mentalität dieser Führungskraft hervor, die im realen Leben als völlig unterkühlt daherkam. Wie hatte Jurij gelernt: Jeder Mensch ist auch die Summe seiner Erfahrungen. Wenn Jurij jetzt an die Verantwortung der damals noch sehr jungen Australierin dachte, wurde es ihm mulmig. Mit einer solchen Bürde jahrelang klarzukommen – Hochachtung!
Der Russe sah sich um. Er saß in dem Teil des Büros, welches nur mäßig durch eine kleine Schreibtischlampe erhellt wurde. Er war zwar schon müde, aber gleichzeitig auch überdreht. Sein Blick fiel auf das leere Whiskyglas, welches gerade noch am Rande des Leuchtkreises der Lampe stand.
Das war die Idee! Mit einem weiteren Whisky die nächsten Seiten durcharbeiten! Wobei Durcharbeiten durchaus der richtige Begriff war. Er las schließlich keinen SciFi-Roman zur Belustigung oder Entspannung, sondern ein Tatsachenbericht eines Fast-Unterganges!
Das leise Gluckern des Whiskys beim Nachgießen war wegen der umgebenden Stille besonders gut zu hören.
Jurij gönnte sich einen winzigen Schluck, dann nahm er die nächste Folie zur Hand.

17.08.2120, 04:45 Uhr, ADVENTURE, Brücke:

Die letzten Stunden waren eine Qual gewesen. Das ständig Unveränderte an der Situation, ein Aldo, der wie eine Statue neben mir saß, nichts, aber auch nichts hatte sich verändert. Unsere Geschwindigkeit nicht und nicht die der anderen – und Aldos pazifistische Grundeinstellung leider auch nicht. So hockte ich auf dem Sitz und starrte als Karnickel die Schlange an – als festgebundenes Karnickel. In den letzten Stunden hatte ich zweimal darüber nachgedacht religiös zu werden, damit ich irgendjemand um etwas bitten konnte. Der pietätsvolle Gedanke fand sein Ende bei der Frage, welche Religion es denn bitteschön sein sollte. Dort störte mich dies, und da waren die Einschränkungen zu heftig. Am besten gefiel mir noch der Buddhis-

mus. Schließlich ließ ich es aber ganz sein. Merkwürdig, auf welche Ideen man kommt, wenn das Ende so auf einen zufliegt.
„10 Minuten bis Rendezvous“, meldete Oksana mit belegter Stimme und ich startete einen letzten Versuch: „Warum kommen die gleich zu viert, Captain?“
„Um sich von unserem Friedenswillen zu überzeugen“, blieb er standhaft.
„Mit vier Schiffen, von denen jedes mindestens die dreifache Tonnage der ADVENTURE hat? An deren Stelle würde ich damit rechnen, dass man von unserer Seite eher von einem Angriff ausgehen muss.“
„Guter Versuch“, murmelte Aldo mehr zu sich selbst und laut: „Es ist ein Begrüßungskommando!“
Die Minuten verstrichen zäh.
„5 Minuten bis Rendezvous“, meldete Oksana und dieses Mal zitterte ihre Stimme.
Captain Aldo stand auf und straffte sich: „Karl, Grußfrequenzen, alle Kanäle, ich möchte sprechen!“
Karl drehte sich halb herum und machte fast den Fehler, mich anzusehen: „Sofort, Captain!“
Der Gunner holte sich schnell die Kommandocodes von seinem ursprünglichen Arbeitsplatz und konnte wenig später melden: „Grußfrequenzen raus – wir senden ab jetzt!“
„Hier spricht Captain Jost Aldo vom Erdenraumschiff ADVENTURE! Wir grüßen die Schiffe, die uns entgegenkommen! Wir sind in friedlicher Mission unterwegs. Wir bitten um friedliche Koexistenz!“
„Keine Antwort, Captain!“, kam es leise von Karl und noch leiser von Oksana: „3 Minuten!“
Aldo sah sich um: „Schnallt euch an, sofort!“ – Die ersten vernünftigen Worte von ihm.
Ich zerrte die Gurte, wie alle anderen, hinter dem Sitz hervor und legte sie an – verdammt eng an. Vielleicht verstehen sie nur nicht unsere Sprache, hoffte ich, aber ...
Aldo stand weiterhin frei vor seinem Platz und sah die vier anfliegenden Einheiten auf dem Übersichtsmonitor größer werden.
„Hier spricht Captain Jost Aldo vom Erden...“
„DAS BEGRÜSSUNGSKOMITEE SCHIESST AUF UNS!“, schrie Oksana und kurz darauf gab es einen Knall und einen Ruck, der

uns die Luft abschnürte und Aldo von den Füßen riss und weit nach vorne katapultierte. Ich sah, wie er mit dem Kopf voran an Sergej vorbeiflog und mit diesem zuerst an einer Ecke des Nav-Pultes anschlug. Ich sah Blut und noch weitere Dinge durch die Gegend spritzen und hieb auf die Sammel-Kom: „**WALHALLA!**“

Ich ließ die schiffsweite Kom stehen: „**Kai, volle Energie – jetzt! – Medizinischer Notfall auf der Brücke!**“

Ich hörte die Bestätigungen kaum, denn ich sah vorne Aldo liegen. Er rührte sich nicht mehr. Sergej schaute entsetzt auf den am Boden liegenden Captain hinunter. Währenddessen kletterte die Energieverfügbarkeitsanzeige auf meinem Tableau.

„**Sergej – Ausweichmanöver! SERGEJ – SOFORT!**“

Der Russe war offensichtlich geschockt, dann sah ich Oksana sich losschnallen und nach vorne springen. Mit dem Ärmel wischte sie vom Nav-Pult das ab, was wohl mal der Inhalt von Aldos Schädel gewesen war. Sie griff den Piloten an den Schultern und schüttelte ihn: „**LOS – MACH!**“

Endlich reagierte der Russe und schob die Regler für die Triebwerksleistung bis zum Anschlag. Gleichzeitig leitete er eine leichte Kurve ein. Die ADVENTURE machte einen Satz und entging damit den nächsten Angriffen.

„**KARL! FEUER FREI!**“

Die Angreifer kamen in V-Formation auf uns zugeflogen. Hinter dem Führungsschiff flogen versetzt auf einer Seite zwei, auf der anderen Seite ein weiteres Schiff. Dadurch, dass sie unserer Bewegung augenblicklich folgten, verkleinerten sie drastisch den Abstand untereinander.

„**Ich schieße zurück!**“, schrie Karl. Ich sah ihn wild auf seinem Panel rumhämmern und schrieb die Raketen schon ab, aber ich wurde eines Besseren belehrt. Anschließend behauptete Karl natürlich, er hätte den Effekt geplant. Ich wette darauf, wir hatten einfach nur Glück. Karl traf mit mehreren Raketen das Führungsschiff an der Seite, wo nur eines der Verfolger flog. Das Ergebnis: Das Schiff wurde gegensätzlich aus dem Kurs gerissen und in die Flugbahn der beiden anderen. Diese konnten so schnell nicht ausweichen und krachten ineinander. Bei dem Dominoeffekt wurden zwei Schiffe zerrissen.

„**YEAH!**“, schrie Karl und hob eine Faust.

„**Gratulation**“, rief ich und Oksana meldete: „Feind schleust Beiboote aus!“

Moment, dieses passte gerade nicht in unseren Freudentaumel. Ich glaubte auch nicht wirklich an Rettungsboote: „**Karl – vergiss das Weiterschießen nicht!**“
Ich wandte mich an Ben: „**Sind deine Piloten startbereit?**“
Der Belgier grinste böse: „Sie saßen schon drin, als Aldo überlegte zu funken!“
„**RAUS MIT IHNEN!**“
„Aye, Captain!“
Er hatte >Captain< zu mir gesagt. In der Hektik begriff ich nicht ganz. Aber es war so und in dieser Situation sowieso. Aldo war ausgefallen, wo war eigentlich ... – da kam sie durch das Schott und ich zeigte in Richtung Nav-Pult. Maria rannte mit einem großen Koffer darauf zu. Im Schlepp hatte sie zwei Sanitäter und eine Trage.
„Sechs Geschwader Hawks sind gestartet! Es folgen die Sharks!“, meldete der FliCo.
Nervös blickte ich auf den Übersichtsmonitor. Die Hawks wurden in den Raum geschossen, die Sharks starteten ganz normal vom Landedeck – das dauerte.
„FliCo, lass zwei Tender bemannen. Bereithalten für Bergungsaktionen“, ordnete ich an.
„Drei Tender bereits startbereit!“ Offensichtlich dachte der Mann mit und ich zeigte ihm einen nach oben gerichteten Daumen.
„**Aldo ist tot!**“
Ich fuhr herum und sah in das entsetzte Gesicht unserer Schiffsärztin: „Was?“
„Der Captain ist tot! Was nun?“
„Ihr nehmt ihn mit“, ordnete ich an. Maria war offenkundig geschockt, nickte aber dazu und gab ihren Hilfskräften einen Wink. Während sie Aldo auf ihre Trage legten, wurde die ADVENTURE noch einmal heftig getroffen. Als wenn er nicht schon genug mitgemacht hätte, fiel die Leiche unseres Captains noch einmal von der Trage. Die Sanitäter waren gestürzt und rappelten sich mühsam wieder auf. Ängstliche Blicke trafen mich.
„**Wir schaffen das!**“, rief ich ihnen zu und kümmerte mich wieder um unseren Gefechtsfeldmonitor. Seit Generationen war dieser blöde Spruch gängige Praxis, ob man die Situation beherrschte oder nicht. Kein Mensch konnte sich noch den Ursprung dieser Phrase erinnern.
„Shark Gruppe 1 von 4 gestartet“, rief der Belgier.

„Oksana – Schadensbericht!“ Mich interessierte im Moment unser Schiff etwas mehr.
„Wir haben vereinzelte und kleinere Hüllenbrüche. Kraftfelder sind installiert und halten. Einer der Energiemeiler ist ganz ausgefallen“, las die Russin ihre Anzeigen ab.
„Meiler 3?“
„Richtig!“
Nun hatte der schwächelnde Energieerzeuger ganz den Geist aufgegeben.
„**YEAH!**“ Den Freudenschrei kannte ich doch. Karl hatte tatsächlich das dritte Schiff empfindlich getroffen.
„Shark Gruppen 2 und 3 gestartet“, rief der FliCo dazwischen.
„**Oksana – taktische Analyse!**“
Die Russin fokussierte ihre Scan-Strahlen: „Zwei Feindschiffe vernichtet, das dritte Schiff ... keine Gegenwehr mehr, Antrieb scheint ausgefallen, viertes Schiff intakt und gefechtsfähig!“
„Shark Gruppe 4 raus!“
„FliCo – Gruppe 4 beschäftigt sich mit dem angeschlagenen Feind – **final**!“
„Aye, Captain!“, bestätigte Ben.
Ich wusste genau, was ich tat. Mit dieser Anordnung würde es schwer werden mit irgendwelchen Friedensverhandlungen. Ein manöver- und kampfunfähiges Schiff in Stücke schießen zu lassen, war nicht gerade die feine Art der Kriegsführung. Auf der anderen Seite hatte ich keine Lust, dass dort drüben wieder die Lichter angingen und wir es wieder mit zwei Gegnern aufnehmen mussten. Ich wollte nämlich zunächst diesen Kampf hier überleben. Alles Weitere würde man sehen. Ich sah auf dem Übersichtsmonitor, wie eine Gruppe Sharks eine enge Kurve flog und sich dann auf den Weg in Richtung des angeordneten Zieles begab.
„Feindliche Flieger kommen auf uns zu“, meldete Oksana.
„FliCo, die Hawks beschäftigen sich mit Jägerabwehr, die drei Gruppen Shark beteiligen sich am Kampf gegen das vierte Schiff!“
„Aye, Captain!“
„Oksana, mit was schießt man da auf uns?“
„Es sind Energiestrahlen. Woraus sie bestehen – bisher unbekannt. Moment!“ Oksanas letztes Wort wirkte überrascht.

„Jaaa", machte ich gedehnt, während uns ein weiterer Treffer ereilte, allerdings nicht so heftig.
Jetzt war Oksana aufgeregt: „Wir haben für höhere Geschwindigkeiten einen automatischen Schutzschild, der höher fährt, je schneller wir sind!"
„Ja, damit uns kleine Gesteinsbrocken in der Flugbahn nicht in der Zentrale um die Ohren fliegen", bestätigte ich.
„Genau der Schild schwächt die Angriffsstrahlen!" Oksana sah mich intensiv an und ich reagierte sofort.
„Kai!", ich schlug wieder auf die Sammelschaltung der Bordkommunikation.
„Hier Maschinenraum, Meiler 3 ....", begann der Deutsche.
„Weiß ich, der Schild für die höheren Geschwindigkeiten: Kann der immer zur Verfügung stehen – ohne geschwindigkeitsabhängig zu sein?"
„Eine geringfügige Änderung des Programms ...", fuhr Kai fort.
„Kannst du das machen und wie lange dauert das?"
„Äh sofort?"
„Ja!"
„Zwei Minuten!"
„Ich gebe dir eine und dann sofort volle Leistung!"
„Bin dran!"
Ich schaute auf die taktische Anzeige. Es wimmelte von kleinen, roten Anzeigen.
„Ben, Status?"
„Meine Staffeln sind in heftige Kämpfe verwickelt. Bisher drei Totalverluste an Hawks. Ich habe zwei Tender draußen, um Leute aus Raumnot zu bergen!"
Ich kniff die Lippen zusammen. Soeben waren die ersten Personen unter meinem Kommando gestorben.
„Karl!"
„Ich brauche eine Breitseite! Sergej soll das Schiff etwas drehen!", sagte dieser.
„Sergej!"
„Ich mach schon!"
Ich sah, dass Sergej dem Gegner eine Seite zuwandte. Das war gefährlich, boten wir doch eine größere Angriffsfläche.

„**Schild steht – Maximum!**“, dröhnte es über die Lautsprecher aus dem Maschinenraum.
Ich sah, dass ein Energiestrahl uns erwischte. Es rumpelte heftig und Oksana rief: „**Schild hält!**“
Ich schöpfte Hoffnung.
„Captain!“, sprach mich der FliCo an.
„Ja, Ben!“
„Einer meiner Staffelführer erklärt mir, dass die Fremden im Weltraum überleben können – ohne Schutzanzug. Er hat Fotos und Filmaufnahmen!“
Zum zweiten Mal spürte ich diese eiskalte Faust, die mir das Herz zusammenquetschte. Was waren das für Lebensformen? Gleichzeitig begriff ich die ungeheure Gefahr!
„**Russ! Hast du das mitgehört?**“
„Ja, M´am.“
„Deine Leute in voller Kampfausrüstung aufs Landedeck. Jeder eintreffende Flieger wird nach Aliens abgesucht – **Beeilung!**“
Russ sprang auf: „Ich bin selbst dort!“
„Sei vorsichtig!“
„**FEUER!**“ Der Gunner schien sich im Moment durch Abgabe von Befehlen, die er selbst auszuführen hatte, zu motivieren.
Mit brennenden Augen starrte ich auf die taktische Anzeige und sah, wie drei unserer größten Torpedos auf den Gegner zueilten.
„Die Sharks sollen den Gegner von den Torpedos ablenken!“, rief ich dem FliCo zu und dieser sprach in sein Headset. Es vergingen bange Minuten und ich sah, wie sich die Sharks todesmutig auf das vierte Gegnerschiff stürzten.
„Gruppe Shark 4 hat den angeschlagenen Feind zerstört“, meldete Ben.
„Sollen helfen kommen!“
„Aye!“
In diesem Augenblick erreichten Karls Torpedos ihr Ziel und schlugen in die Breitseite des Gegners ein. Ich bedauerte, keine größeren Kaliber an Bord zu haben, aber ich verfügte über ein Auswandererschiff, kein Kriegsschiff. Trotzdem gingen drüben nach heftigen und mehreren Explosionen die Lichter aus.
„Schiff Nummer vier ausgefallen“, jubelte Oksana.
In mir reifte ein Entschluss: „Ich will, dass niemand von denen über uns berichten kann! Den Überfall auf uns werte ich als Kriegserklärung.

Sergej – nicht weiter beschleunigen. Vernichtet alle! Ben, hol angeschlagene Einheiten rein!"
Es kamen Bestätigungen. Nun, das Heftigste war überstanden. Es galt jetzt Tabula rasa, also reinen Tisch, zu machen. Ich schaltete auf meinen Arbeitsplatzmonitor die Landedeckkamera auf. Ich sah, dass die Marines in Stellung gegangen waren. Und dann kam schon der erste Tender rein. Auf seiner Ladefläche war eine arg in Mitleidenschaft gezogene Shark. Die Piloten befanden sich wohl offensichtlich noch an Bord, denn der Bomber war verschlossen. Wegen der anwesenden Marines hatte man die Schwerkraft auf dem Deck nur auf 20% abgesenkt. Es konnte ja nicht angehen, dass sie von den Rückschlägen ihrer eigenen Waffen aus den Deckungen geworfen wurden. So hatte man ein Mittelmaß gefunden. Isabel war auch noch toll in ihren Entscheidungen. Der Tender landete und ein Deckenkran lief auf seinem Gestell entlang und hielt in Höhe der havarierten Shark.
Es sollte schnell gehen, denn der Tender wurde bestimmt wieder draußen gebraucht. Zwei Teleskoparme senkten sich von der Decke herab und hoben die Shark etwas an. Der Tender bewegte sich darunter weg und war Sekunden später durch das Kraftfeld gestoßen und im Raum. Die Arme fuhren aus und setzten die Shark sanft auf. Dann sah ich Russ mit vorgehaltener Waffe, der sich langsam dem Flieger näherte. Da sich von innen nichts tat, stellte er sich seitlich neben das Schott und rief ein Kommando, dann klatschte seine Hand auf den Notöffner. Es wurde eine kleine Sprengladung gezündet und die ganze Platte segelte quer über das Deck. Dann sah ich Russ neben der Shark in Deckung springen und das Wort, was er über das ganze Deck brüllte, hallte mir oben auf der Brücke noch in den Ohren: „**FEUER!**"
Anschließend sah ich die Service-Techniker wie die Hasen übers Deck rennen und mindestens vier Marines feuerten in die offene Luke der Shark. Auf dem Deck war die Hölle los und der Mündungsknall der Waffen kam nahezu ungefiltert auf der Brücke an. Trotzdem schafften es noch zwei Individuen nach draußen und einer feuerte eine Strahlwaffe ab. Sie traf einen Medizinschrank an der gegenüberliegenden Wand, der sofort Feuer fing. Erst als Russ auch von der Seite das Feuer aus seiner Maschinenpistole eröffnete, fielen diese Kreaturen. Ich hörte Russ brüllen, dass seine Leute auf die Augen schießen sollten, aber war das, was ich da gesehen hatte, Augen?" Ich warf einen Blick auf die taktische Anzeige. Beruhigt stellte ich fest, dass wir dieses Scharmützel

gewonnen hatten. Es gab nur noch wenige feindliche Flieger und Karl nahm sie zusätzlich unter Feuer.
„Oksana, du hast die Brücke! Sobald alle wieder an Bord sind und der Rest dort draußen beseitigt ist, lässt du in Richtung 22b fliegen – keinen Jump!“
„Aber ...“
„Irgendwas nicht verstanden?“
„Äh, doch.“ Die Russin wirkte unsicher, interessierte mich aber jetzt nicht.
„Dann ausführen!“ Ich schnallte mich los und sprang geradezu von meinem Sitz. Das musste ich an Ort und Stelle sehen. Ich rannte zum Landedeck und war durch die Schleuse vor Ort, als Russ´ Leute zwei offenbar tote Piloten aus der Shark zogen. Ich schaffte es mit nahezu unbewegtem Gesicht festzustellen, woran sie gestorben waren – Dekompression. Ich rate jedem bei solchen Sachen – wegzusehen.
Dann standen die von den Marines erschossenen Fremden im Mittelpunkt meines Interesses. Man zog eben den fünften Alien aus der Shark.
„Wie sind die da reingekommen?“
Russ zuckte mit den Achseln: „Frag mich was anderes, Jane. Ich weiß es nicht.“
Du bist mir dafür verantwortlich, dass keiner von diesen Aggressoren lebend das Landedeck in Richtung Schiff verlässt!“
„Geht klar, Jane!“
Merkwürdigerweise fand ich es ganz normal, dass Russ mich bei meinem Vornamen nannte. Bei jedem anderen Mann hätte ich es als respektlos empfunden – nicht bei ihm. Ich betrachtete die Aliens: Sie waren goldfarben, spindeldürr, etwa zwei Meter groß und nur entfernt humanoid. Das beschränkte sich auf einen Kopf, zwei Arme, zwei Beine und einen Torso. Damit hörte die Ähnlichkeit mit einem Humanoiden auch schon auf. Statt Augen besaßen sie übergroße Facetten. Nase und Ohren waren nicht erkennbar, im Mund gab es Platten statt Zähne. Die Fremden sahen, wie ihr Verhalten, widerlich aus.
„Was ist mit ihren Waffen?“
„Wir haben fünf Stück davon“, erklärte Russ.
„Wenn wir das Decktor schließen, lässt du die Waffen nach Kai bringen. Er soll sich das mal anschauen.“
„Okay, was ist mit den Aliens?“

„Ab nach Maria ins medizinische Labor damit, aber auch erst dann. Ich will alles über diese Widerlinge wissen. Ich bin wieder auf der Brücke und haltet mir hier unten das Deck sauber!“ Ich schlug Russ auf die Schulter und machte, dass ich da hinkam, wo ich beim Gefecht hingehörte – auf die Brücke. Ich musste schlucken, als ich am Nav-Pult vorbeiging. Aldos Schädel hatte eine recht deutliche Beule hinterlassen sowie eine Menge Blut und wohl auch Hirnflüssigkeit und Teile davon.

„Lass dein Panel reinigen“, sagte ich Sergej und ließ mir von Oksana erklären, was sich seit meiner Abwesenheit ereignet hatte. Dann nahm ich meinen Platz wieder ein. Nach weiteren 85 Minuten war der Spuk vorbei. Russ hatte auf dem Deck nicht mehr feuern müssen und die letzte Shark war geborgen. Wir hatten Verluste – unbestritten, aber diesen Kampf hatten wir erst einmal für uns entschieden.

Auf mein Geheiß erreichte die ADVENTURE Sprunggeschwindigkeit, dann ließ ich alle Aggregate, bis auf die nötigsten (Lebenserhaltung), abschalten. Die Triebwerke stellten den Dienst ein und die ADVENTURE fiel mit 100.000 km/sec auf Kepler 22 b zu.

„Wollen wir?“ Ich sah den FliCo an und dieser nickte. Ich begleitete Ben bei seinem schwierigen Gang auf das Deck. Dort standen die Piloten und wollten von ihm die Verlustmeldungen hören. Wie ich fand, gehörte es sich, dass ich dabei war. Auf dem Deck waren alle Piloten angetreten, und ich sprach zuerst zu ihnen: „Ich danke für euren Einsatz. Ein paar Worte von mir: Captain Aldo ist gefallen. In der Reihenfolge bin ich jetzt Captain dieses Schiffes. Wir befinden uns akut im Kriegszustand. Ich weise ausdrücklich darauf hin. Oberste Aufgabe ist es, 50.000 Schläfer zu schützen. Es gibt, so weit draußen, keine andere Wahl. Wir werden kämpfen, wenn es nötig ist, bis zuletzt. Wir haben erfahren müssen, dass dem Gegner an einer Kommunikation nichts liegt. Wer also glaubt, seine weiße Bettwäsche als Fahne nach draußen zum Zeichen der Kapitulation hissen zu können – vergesst es. Unsere Feinde werden weiter feuern! Ich weiß noch nicht genau, mit wem oder was wir es hier zu tun haben, aber beim Doc liegen ein paar Alien-Leichen. Mal sehen, was sie herausfindet!“

Ich trat einen Schritt zurück und nickte Ben zu. Nun kam die Aufzählung ...

Ich war zurück auf der Brücke und stellte fest, dass die Brückencrew einschließlich Jeff Bishop vom Staselager, anwesend war. Ich sah mich um. Wir waren alle übermüdet.
„Das war heftig", bemerkte Jeff.
„Und alles noch vor dem Frühstück", ätzte ich. „Ich kann euch jetzt nicht von der Brücke lassen, aber wir machen erst einmal eine längere Pause. Danach lecken wir unsere Wunden. Oksana: Lass bitte ein Frühstück für uns auf die Brücke bringen und ein paar Feldbetten. Dann noch zwei Leute, die wir hier als Ersatzcrew hinstellen können. Wir brauchen was zu Essen und Ruhe, sonst überleben wir den nächsten Angriff nicht."

26.03.2134, 03:55 Uhr, GRACELAND-City, Netznachrichten, Büro Maximov:

Die letzte Seite des 5. Berichtes war durchgearbeitet und Jurij fühlte sich wie in Trance. Das mochte auch damit zu tun gehabt haben, dass er in der Aufregung zwei gut gefüllte Whiskygläser geleert hatte. Entsetzt stellte er fest, dass die letzte Folie, die er hielt, stark zitterte.
„Boah", machte Jurij und ließ seine Hand mit dem Bericht auf seine Oberschenkel klatschen. Er merkte, wie ihm das Herz bis zum Halse schlug. Verdammt real, diese Berichte von Jane, dachte er. Dann galt sein Blick der Uhr und vor Schreck ließ er die Folie fallen. Es war fast vier Uhr am Morgen! Nun wurde es aber Zeit, dass er hier rauskam. Er rempelte bei dem Versuch, sein Büro zu verlassen, gegen den Schreibtisch und erst die polternd umfallende Flasche Whisky brachte ihm bei, warum er Gleichgewichtsstörungen hatte.
„Mist", murmelte er, griff die Flasche und verstaute sie im untersten Fach seines Schreibtisches – brauchte keiner zu sehen. Dann verließ er schleunigst das Büro und das gesamte Haus, und machte sich auf den Heimweg. Sah er dort schon den Morgen dämmern? Was er allerdings fast überall sah, waren TRAX, die sich an den unmöglichsten Stellen versteckten. Mit ungutem Gefühl hastete er durch die Nacht und war froh, als er schließlich in seiner Hütte angekommen war. Wenig später lag er mit weit offenen Augen im Bett und versuchte einzuschlafen ...
„Los, Jurij, los! Hörst du den Alarm nicht! Beweg deinen Arsch in Richtung Flugdeck! Schnapp dir ein Gewehr, wir werden überrannt!" Jurij fühlte sich geschüttelt und sah vor sich das panische

Gesicht von Jane Scott, die ihn versuchte wach zu bekommen. Scheiße – die TRAX! Er raffte sich hoch und schlug die Bettdecke zurück – und schon war Jane weg.
„Jane, Jane, wo bist du?“ Irritiert schaute Jurij aus der Wäsche.
„Hier ist nicht Jane, sondern Lea, du Schlafeule! Wir haben 10:00 Uhr und du liegst immer noch im Bett. Und welche Jane meinst du eigentlich?“
Jurij schlug die Hände vors Gesicht. Er hatte geträumt!
„Jurij?“
Moment, das war echt. Er stand auf und schlich unter leichtem Kopfweh zum Vid-Schirm. Dort war Lea zu sehen und er drückte die >Annehmen< -Taste: „Moin, Lea!“
„**Mahlzeit**, mein Bester!“ Lea schaute leicht skeptisch in die Optik. „Wie siehst du denn aus und wer ist Jane?“
„Ich, ich habe bis nach vier Jane Scotts Berichte durchgearbeitet. Ich hatte gerade einen Albtraum – daher ...“
„Aha“, kam es ungläubig von Lea.
„Doch, doch, die Berichte haben es in sich“, versuchte Jurij, seinen Zustand zu erklären. „Was ...“, er wurde unterbrochen.
„Ich schlage vor, du nimmst eine ausgiebige Dusche und machst dich auf die Socken … und zwar zu mir. Wir beide haben auf Geheiß des Admirals dem Walter Steinbach bei der Organisation zu helfen. Und ich habe keine Lust, alles allein zu machen. Also schwing deine Hufe!“
„Aber, Janes Berichte ...“
„Die müssen warten, außer, du erklärst dem Admiral selbst, dass du leider nicht ...“
„Nein, nein, nein, ich komme, ich komme sofort“, wehrte Jurij entsetzt ab.
„Bitte erst duschen!“, bat Lea und unterbrach die Verbindung.

20.04.2134, AGUA:

Er war da, der große Tag. Der Tag, auf den Walter Steinbach, Lea Heinley und Jurij Maximov, fast vier Wochen hingearbeitet hatten – bis zur Erschöpfung. Jurij wog fast fünf Kilogramm weniger und selbst Lea waren die Strapazen anzusehen. Walter Steinbach hatte genaue Vorstellungen gehabt, und einige Dinge musste das junge Organisationsassistentenpaar selbst in die Hand nehmen. Allein die auswärtigen Gäste

zu begrüßen und speziesgerecht unterzubringen, war schon eine kleine Herausforderung. GREEN COAST FARM platzte seit einigen Tagen aus allen Nähten. Selbstverständlich waren die Gäste nicht erst am Tag der Feierlichkeiten angereist, sondern manche schon ein paar Tage früher. Es war ja auch nicht so, dass sie alle >um die Ecke< wohnten. Die Abordnung der MANCHAR kam aus der Milchstraße, und niemand dachte daran, diese Gäste für nur einen einzigen Tag zu beherbergen. Am einfachsten war die Unterbringung noch mit den EDEN-Leuten gewesen, zumindest mit den ersten acht. Sie hatten ihre alten Wohn-Alphas reaktiviert und waren damit einfach nach AGUA geflogen. Nun standen sie auf GREEN COAST FARM irgendwo zwischen den Bäumen und waren Selbstversorger. Chapawee Paco hatte mit seiner Partnerin Naira etwas Aufsehen erregt und war damit auch in den Netz-Nachrichten erschienen. Er hatte es sich nicht nehmen lassen, standesgemäß ein großes Tipi auf GCF aufzustellen. Nun stand auf der FARM ein bunter Anachronismus in der Gegend – mit Lagerfeuer davor.
Walter hatte vor etwa 14 Tagen mal ganz vorsichtig übers AUGA-Netz nachgefragt, wer denn wohl alles direkt nach GC kommen möchte – so interessehalber. Anschließend hatte er nach Riechsalz gerufen, seine komplette Planung als undurchführbar angesehen und einige Zeit teilnahmslos auf einem Stuhl gehockt.
Lea hatte ihn mit Tee und auch einem scharfen, geistigen Getränk wieder soweit hingebogen, dass er ihr und Jurij hatte Auskunft geben können: „Es wollen, so ziemlich, alle kommen!“
„Wa?“, machte Jurij und Walter daraufhin geistesabwesend: „Das heißt nicht >wa?< sondern >he?<!“
Jurij hatte seine Kollegin fragend angesehen.
„Wir müssen mit etwa 200.000 Besuchern rechnen, Jurij“, schloss Lea das Thema damals mit einem Blick auf die Bildschirmauswertung ab.
„Das geht nicht“, hatte Walter immer wieder geflüstert.

Nun ja, Unmöglichkeiten werden sofort erledigt, Wunder dauern dann schon mal länger – etwas. Nachdem Walter ihm berichtet hatte, war Admiral Thomas Raven zur Tat geschritten. Wie es seine Art war, wurden schnelle, intelligente und pragmatische Entscheidungen getroffen. Der Raumhafen wurde ab sofort gesperrt und die Schiffe abgezogen. Das Versammlungsgelände war dann eben nicht der Campus, wie ursprünglich vorgesehen, sondern der Raumhafen GC selbst. Dort passten, mit angrenzenden Befestigungen, mehr als doppelt so viele Leute hin. Von der Entscheidungskraft seines höchsten Chefs beseelt und seinen Hilfskräften unterstützt, gelangte auch Walter wieder ins Fahrwasser der aktiven Organisationsleitung. Allerdings war gestern etwas passiert, was seine Planungen wieder einmal durcheinanderbrachte, ihn nichtsdestotrotz schwer begeisterte.

Einen Tag zuvor: 19.04.2134, 13:55 Uhr, CAMPUS, Penthouse:

Es fand eine Art theoretische Generalprobe statt. Walter Steinbach hatte sich vom technischen Leiter des Events versichern lassen, dass die aufgebaute Technik am Folgetag einwandfrei funktionieren würde. Man hatte sogar eine selbstüberwachende und steuernde KI eingebaut, damit der reibungslose Ablauf der Veranstaltung gewährleistet war. Nunmehr saßen am runden Tisch im Penthouse: Dr. Ewa Lenn, Präsidentin von AGUA, Admiral Thomas Raven, Organisationsleiter Walter Steinbach, Assistentin Lea Heinley, sowie Assistent Jurij Maximov. Der Admiral hatte sich vorbehalten, Schritt für Schritt den morgigen Tag durchzugehen. Walter saß vor einer Art Minutenplan in Folienform. Diese Planung war – generalstabsmäßig. Ewa konnte ihre fürsorgliche Art, ein liebenswerter Charakterzug von ihr, nicht ganz unterdrücken und da Lea voll im Stress stand, besorgte die Präsidentin halt selbst den Kaffee für diese Runde. Jurij bekam bei seinem „Danke" einen hochroten Kopf. Wer konnte schon von sich behaupten, dass ihm die Präsidentin selbst den Kaffee serviert hatte. Was Jurij nicht wusste: Das waren gar nicht mal so wenige Leute.
„Gästeliste?", der Admiral sah sich suchend um.
„Habe ich", meldete sich Lea und hielt eine klein bedruckte Folie hoch.
„Dann lass mal hören, wer kommt oder schon da ist", verlangte Thomas.
„Okay, ich habe die Liste nach Spezies sortiert", antwortete Lea. „Es wird bei der Sitzordnung keine Vermischung geben – erstmal jedenfalls. Wir haben auf Seiten der MAROON selbstverständlich Baal mit seinen beiden Frauen, sowie seinen Sohn Baar als Erster und etwa 30 weitere von ihnen. Sie werden erst morgen früh kurz vor dem Fest erscheinen. Hank weiß Bescheid und hat einen Schrauber am verabredeten Platz stehen. Sie werden ab Meeresküste von uns abgeholt. Aus Richtung

GENUA PRIME werden es Sina-Reth und unser Botschafter dort, Andrej Malinski, sowie ein dutzend Delegierte aus dem Regierungsapparat sein. Sie sollten heute noch ankommen. Von EDEN kommen Meiora-Seth, ihr Partner Bat-Rar, sowie Bor-Atak mit zwei Begleiterinnen und weitere zehn aus ihrem Volk – morgen früh. Die ACASPA werden wie üblich mit der Präsidentin Yirr, sowie den beiden Beraterinnen Xi und Ly, vertreten sein. Weitere Angehörige dieser Spezies werden nicht zugegen sein. Die drei Individuen schweben zurzeit im Orbit von AGUA und wollen auch dort die Nacht verbringen. Von den MANCHAR wird die Erste, Loorena, sowie Vurban, Tallek und Lallik sowieso etwa 40 weitere Delegierte am Fest teilnehmen. Sie sind heute Morgen eingetroffen und wir haben Tallek damit beauftragt, seine Speziesgenossen in die Gästehäuser zu führen und sie morgen mit zum Festplatz zu bringen. Almat hat den Wunsch geäußert, an den Feierlichkeiten teilzunehmen."
Thomas nickte dazu. Es hatte eine Diskussion darum gegeben. Almat wollte den Menschen zeigen, dass er tief betroffen war, was seine Spezies im letzten Jahr gegen die Neue Menschheit unternommen hatte. Es war nur die Frage gewesen, ob diese Menschheit es auch zulassen wollte. Thomas hatte seine Ewa gebeten, die Bereitschaft einmal über die Volksvertreter ausloten zu lassen. Schließlich sollten die noch am besten wissen, was das Volk empfand. Die Antwort darauf machte Thomas stolz und auch daher bezog er die Motivation, jeden Morgen aufzustehen und mit der Möglichkeit zu rechnen, die Menschheit verteidigen zu müssen. Fast alle Menschen sprachen sich gegen eine Sippenhaft aus. Auch wenn Almat nur eine gewisse Symbolik ausdrücken konnte, war diese willkommen.
„Almat nimmt mit allen seinen Familienmitgliedern teil", fuhr Lea fort. „Es gibt keine speziellen Sicherheitsvorkehrungen. Sicher werden alle unsere Polizisten zusammengezogen werden und im Einsatz sein, aber das wird wahrscheinlich nur im Falle entlaufener oder abhandengekommener Kinder wirklich erforderlich sein. Wir haben fast 500 zusätzliche Ordnungskräfte verpflichtet, die mit orangenen Westen erkennbar sein werden."
„Unsere Leute von EDEN sind schon da", komplettierte Lea ihre Aufstellung.
„Oh ja, sie sind da – laut und deutlich", bestätigte Admiral Raven ernsthaft. Wo Jan Eggert war, war auch gleichzeitig was los. Thomas

hatte sich beim ersten Abend gleich vor Ort davon überzeugt, dass Nina Holst wieder auf dem Damm war. Sie wirkte zwar noch etwas zurückhaltend, fand aber Halt bei ihrem Mann. Thomas Raven war auch gleich, Ron als Begleiter war keine wirkliche Hilfe gewesen, dort abends versackt. Er wollte gerade etwas dazu sagen, als sein Vid-Com auf dem Schreibtisch summte. Es musste etwas Wichtiges sein, denn nicht jeder konnte so einfach den Anschluss des Admirals nutzen. Thomas sprang also auf und drückte auf den Empfangssensor. Die übrige Gruppe hörte ihn sprechen.
„Oh, Will. Was gibt es?"
Pause
„Okay, war ja angemeldet für heute."
Pause
„**Nein!**" Raven schien verwundert.
Pause
„**Nein!**" An der Gemütsverfassung des Admirals hatte sich nichts geändert.
Pause
„**Nein!**" – siehe oben.
Pause
„Danke!" Thomas Raven schaltete die Verbindung ab.
Er sah hoch und vier Personen schauten ihn fragend an. Vielleicht etwas zu schwach formuliert – die Frage stand im Raum, beinahe körperlich spürbar, so zum Anfassen.
Zunächst schaute der Admiral erst einmal zurück, ohne etwas zu sagen.
„Möchtest du uns vielleicht etwas mitteilen", fragte Ewa eine kleine Spur ungehalten.
„Mitkommen!" Thomas eilte ohne weitere Worte sofort zur Tür. Jeder, der also wissen wollte, was den Admiral so verwundert hatte, musste ihm folgen, ob er wollte oder nicht. Thomas schwebte den Antigrav herunter und unten angekommen, verließ er schnellen Schrittes das Akademiegebäude. Seine >Verfolger<, es sah für den Außenstehenden zumindest so aus, rannten teilweise hinter ihm her. Thomas Raven sprang in die Sphäre, die schon seit Wochen nur für ihn vor dem Haus zur Verfügung stand. Kaum hatte Walter als Letzter das Schott passiert, als sich dieses schloss und die Kugel abhob.

In Innern der Kugel sahen sich vier Leute, immer noch mit einem großen Fragezeichen im Gesicht, an. Thomas hatte die KI der Kugel angewiesen, zum neuen Raumhafen zu fliegen.
„Möchtest du uns vielleicht jetzt erklären, was der Grund für dein merkwürdiges Benehmen ist?“ Ewas gute Laune schien erloschen.
„Gleich – Überraschung“, mehr sagte der Admiral nicht und begab sich nach oben in die Kommandoebene. Was blieb dem begleitenden Quartett übrig? Es folgte, trotz der Enge dann dort oben. Längst schon waren sie über dem riesigen, neuen Raumhafen angekommen. Thomas hatte die Außenwandung auf >Durchsicht< gestellt und schaute angestrengt nach unten.
„Ja, da müsste es gehen“, sagte er mehr zu sich selbst und griff in die Steuerung. Seine Beobachter stellten fest, dass er die Kugel etwa 200 Meter vom eigentlichen Raumhafen entfernt landete.
„Und jetzt?“, fragte Ewa verwirrt.
„Aussteigen – sofort!“, antwortete der Admiral und schwang sich in den Antigrav.
Aus dem Planungsteam war jetzt eine Rätselgruppe geworden, die eigentlich nur noch dem Admiral hinterherlief – warum auch immer. Nach etwa 300 Meter schnellen Fußmarsches hielt Thomas an und tippte auf seinem Armbandcom rum: „Nördlich vom Raumhafen steht eine Sphäre! Anmessen und genau darüber, bitte!“ Danach schaltete er das Gerät ab und grinste seine Begleiter an. Walter Steinbach hielt sich diskret zurück, Jurij fand jetzt nicht gerade, dass er unnütze Fragen stellen sollte, Lea wusste, dass der Admiral was im Schilde führte und Ewa dämmerte etwas.
So standen sie zu fünft intensiv schweigend in der Botanik und wartete, ja, auf was eigentlich?
Thomas richtete einen Zeigefinger nach oben: „Wenn ihr mal in die Luft schauen wollt?“
Vier weitere Hälse reckten sich nach oben und richtig, da wurde ein dunkler Punkt immer größer – schnell.
„Was ist das?“, fragte dann doch Jurij und statt einer Antwort bekam er von Lea einen Knuffer in die Seite. Schnell hielt er den Mund. Seine Kollegin wusste den Admiral bestimmt besser zu nehmen als er.
„Eine GENUI-Raumschiff?“, vermutete Ewa.
„Richtig“, Thomas grinste breit.
„Sina-Reth ist angekommen“, riet Ewa weiter.

„Meine Frau ist nicht nur schön, sondern auch intelligent", bemerkte Thomas mit dem Ergebnis, dass er seine Liebste am Hals hängen hatte: „Das hast du schön gesagt!" Sie drückte ihm recht geräuschvoll einen Kuss auf die Wange.
Walter Steinbach schien ein wenig prüde, denn er ließ die Kugel in der Luft nicht aus den Augen: „Scheint weder die sonst bevorzugte 50-Meter-Klasse noch ein wirklich großes Schiff zu sein."
„Auch richtig", bemerkte der Admiral lächelnd. Dann verstummte die verhaltene Konversation und man beobachtete gemeinsam den Ladevorgang. Die GENUI-Kugel landete genau über der kleinen Sphäre und Thomas ging mit seiner Gruppe wieder zurück zur Sphäre. Kurz davor sah man das Flimmern eines Antigravs, der von der Pol-schleuse bis zum Boden führte. Bald darauf erschienen, nicht über-raschend, eine GENUI-Frau und ein terranischer Mann.
Thomas ging mit weit ausgebreiteten Armen auf die GENUI zu: „Herzlich willkommen, Sina-Reth!"
Die violetten Augen der Silbernen leuchteten, als sie Thomas sah: „Es ist immer schön, Freunde zu besuchen. Und sei der Anlass auch nicht erfreulich. Es tut gut, euch zu sehen." Die GENUI machte dann die Begrüßungsrunde weiter mit Ewa, während sich Thomas an den Mann wandte: „Andrej, du siehst hervorragend aus. Es sieht so aus, als würde es dir auf GENUA PRIME gefallen."
Andrej schüttelte die Hand des Admirals und grinste: „Man mag zwar denken, ich sei bei dieser fortschrittlichen Spezies ein besseres Haustier, aber ich werde respektvoll und sehr gut behandelt."
Thomas lächelte zurück, denn er wusste, dass Andrej der Geliebte von Sina-Reth war. Die GENUI auf dem Hauptplaneten waren da sexuell recht ungezwungen. Jeder wusste und keinen störte es. Das war eben so und niemand nahm daran Anstoß. Dabei waren sie nicht das einzige Paar, was Speziesgrenzen überwand. Silvana und Heikki waren da ganz ähnlich drauf und das schon lange. Schien nicht langweilig zu werden.
„Ich möchte, dass das Schiff da stehen bleibt", wagte sich Walter für seine Verhältnisse weit vor. „Wir können demonstrieren: Das ist die Baureihe, die wir mit Unterstützung der GENUI demnächst selber bauen können."
Sina-Reth sah etwas irritiert zwischen dem Veranstaltungsleiter und Thomas hin und her.

„Das ist Walter, der Organisationsleiter für die morgige Veranstaltung", erklärte Thomas.
Sina-Reth ging auf Steinbach zu und streichelte ihn sanft unter dem Kinn: „Aber Walterchen! Natürlich bleibt das Schiff da stehen. Auch dann, wenn wir wieder abreisen. Es gehört nämlich euch!"
„Wow", Walter fiel die Kinnlade herunter. Wenn man das Objekt aus seiner Perspektive sah, dann war das verständlich. Zwar waren 300 Meter Durchmesser im GENUI-Schiffsbau nicht gerade groß zu nennen, aber dieses Schiff hier stand auf einem Planeten und Walter direkt daneben. Walter war, lassen wir fünfe gerade sein, aufgerundet zwei Meter groß. Die Kugel auf ihren Landestützen über 300. Wohlweislich hatte der Admiral einen Standplatz gewählt, der im Norden lag. Ansonsten hätte die Zuschauermenge morgen zum größten Teil im Schatten gesessen oder gestanden. Neben dem Raumhafen war ein neuer Berg entstanden.
„Wer ist für unsere Gäste von GENUA-PRIME verantwortlich?" Walter sah sich suchend um und Jurij meldete sich. „Dann auf!" Der junge Mann ging zum Antigravstrahl und ließ sich nach oben tragen.
„Dich und Andrej darf ich in unser Haus auf GREEN COAST FARM einladen, Sina-Reth", sagte Ewa.
„Oh, ich fühle mich geehrt", brachte die GENUI hervor.
Ewa lachte. „Ein völlig untauglicher Versuch, uns für dieses Geschenk zu revangieren. Im Namen AGUAs danke ich euch für dieses Raumschiff."
Sina-Reth hob einen Finger: „Nicht, dass ein Missverständnis entsteht! Wir haben der Neuen Menschheit einiges geschenkt. Dieses Raumschiff gehört aber ausschließlich Thomas Raven und Ewa Lenn – niemand anderem! Ihr müsst es nur, wie gehabt, mit Waffentechnik ausrüsten und eine aggressivere KI nachrüsten. Aber, wir haben vorgesorgt – ihr werdet sehen, wenn ihr euch das Schiff anseht. Wir lassen einen Droiden da, der euch alles erklären wird."
„Ich weiß gar nicht, was ich sagen soll, außer danke", meinte Admiral Raven dazu. „Aus Zeitgründen werden wir erst nach der Feierlichkeit zu einem ausgedehnten Besuch des Schiffes kommen."
Sina-Reth winkte ab: „Wir sind noch ein paar Tage hier. Mich interessieren die neuesten Rosenzüchtungen. Erst dann werde ich wieder Richtung GENUA PRIME abreisen."
„Bleib, solange du willst", lud Ewa ein.

Thomas nickte Walter und Lea zu: „Es sollte für euch kein Problem sein, hier eine Sphäre zu ordern. Wir trennen uns hier. Ich verlass mich darauf, dass morgen alles glatt läuft.“
„Geht klar, Thomas“, versicherte die junge Assistentin und Walter bestätigte.
„Dann werden wir jetzt zu unserer neuen FARM fliegen“, beschloss Thomas und machte eine einladende Geste, die die GENUI, Andrej und natürlich Ewa einschloss. Wenig später war die Sphäre unterwegs.
„Ich bin richtig neugierig, was ihr Menschen unter Gemütlichkeit versteht. So eine Gemütlichkeit, wie sie die Frauen herstellen“, verfeinerte sie ihre Aussage mit einem lächelnden Blick auf ihren Partner.
„Das Konzept des Tales beruht auf Planungen meiner jungen Assistentin“, erläuterte Thomas.
„Das Mädchen mit den roten Haaren“, wunderte sich Andrej.
Thomas geriet wieder Mal fast ins Schwärmen: „Lea ist gescheit, zielstrebig, kontaktfreudig, experimentierwillig, lernfähig und das erste Kind damals auf der GERONIMO. Sie ist – etwas ganz Besonderes und mir eine wertvolle Hilfe. Ich möchte mich in dem Dschungel von Terminen und Verpflichtungen nicht mehr ohne sie bewegen.“
„Jo“, machte Ewa. „Den einzigen Termin, den er nicht vergisst, ist unser Hochzeitstag!“
Sina-Reth staunte: „Du hast wunderbare Menschen um dich herum!“
„Das habe ich wohl und das sagte auch schon verschiedentlich Jan Eggert“, bemerkte Thomas.
„Dieser Jan Eggert. Das ist doch der Mann, mit dem unsere Auswandererkanzlerin Meiora-Seth auf EDEN zu tun hat!“
„Klar! Das ist der, den eure Wissenschaftler 2014 von der ERDE geholt haben, damit er eben Meiora-Seth und die Siedlung schützt!“
Sina-Reth griff sich an den Kopf: „Natürlich, ich erinnere mich. Das muss ein interessanter Mann sein. Lebt er noch?“
„Sehr sogar, würde ich sagen“, kam es vom Admiral. „Ich schlage heute Abend unter dem Pavillon von GREEN COAST FARM ein Grillevent vor. Dann kannst du dich ausgiebig mit Jan Eggert unterhalten. Er ist nämlich hier.“

Der Abend mit Jan Eggert und den anderen von EDEN war im Hinblick auf die Ernsthaftigkeit der Veranstaltung am nächsten Tag am besten mit harmonisch zu bezeichnen. Zur Überraschung aller hielt sich

Jan besonders zurück. Dafür gab es sicherlich zwei Gründe. Der erste wurde bereits mit dem Anlass des Besuches erwähnt und ein weiterer war sicherlich der Beinahe-Verlust seiner Nina. Er wich diesem schwarzen Wuschelkopf einfach nicht von der Seite. Auch einem Jan Eggert war noch nie so sehr bewusst, dass die Existenz endlich war. Er überraschte viele, Thomas Raven nicht, mit einer selten gezeigten Tiefgründigkeit. Besonders Ron Dekker, der immer ein besonders zwiespältiges Verhältnis zu diesem EDEN-Bewohner hatte, sah den Mann, mit dem er sich bei Bier und Whisky ausgiebig unterhielt, in einem völlig anderen Licht.

„Das war ja alles nur Show", sagte er völlig perplex zu Thomas. „Der Typ ist ja ganz anders!"

Thomas grinste ihn an: „Ach, der General merkt es auch! Spielen wir nicht alle eine Rolle? Überdenk einmal seine Voraussicht, als er den Menschen die Pläne für Raumschiffsantriebe und sonstige technischen Dinge 2014 unterschob. So gesehen ist Jan Eggert der Urvater der Neuen Menschheit. Ohne ihn wären wir nicht hier!"

Raven ließ einen sehr nachdenklichen Ron Dekker zurück.

<u>20.04.2134, 10:00 Uhr, AGUA, GC, Raumhafen/Festplatz:</u>

Jurij Maximov hielt einen großen Folienplan in den Händen und achtete darauf, dass die Droiden die Absperrungen für Fluchtwege und dergleichen genau dort aufbauten, wo es vorgesehen war. Die 300-Meter-Kugel des Klasse-M-Raumschiffes der GENUI war ein wuchtiger Moment in der Gesamtsituation. Dagegen wirkte das Podium, am Ostrand des Geländes aufgestellt, etwas mickrig. Für eine Bühne mit 50 x 20 Metern war das Ding recht groß – aber im Verhältnis? Auf der Bühne selbst gab es ein Rednerpult mit der entsprechenden Technik, ein verhüllter, aufrechtstehender Quader von etwa 1 x 1 Meter und fast 2,5 Meter hoch, ein weiterer etwas kleinerer Quader, sowie etliche Vasen mit einheimischen Blumen und verschiedentlich auch Rosen-Züchtungen von Sam. Zwischen Bühne und Raumschiff lag die VIP-Tribüne mit fast 500 Sitzplätzen. Man hoffte dort, die Ehrengäste anderer Spezies unterzubringen, wenn sie es denn wollten. Gerade Meiora-Seth war nicht dafür bekannt, dass sie sich an solche Spielregeln hielt. Sie suchte ständig den Kontakt zu den Menschen, ebenso wie ihre Amtskollegin von GENUA PRIME. Jurij war guter Dinge, dass beide

Damen wegen des Anlasses heute Mal eine Ausnahme machten und sich den paar Regeln unterwarfen. Und wenn nicht? Auch nicht schlimm. Gegen 07:10 Uhr heute Morgen hatte sich die ATROX aus dem AVALON-System angemeldet. Eben erwähnte Meiora-Seth war mit ihrem Gefolge zum Fest eingetroffen. Jurij sah sich um. Das passte, Hank und seine extrem vergrößerte Eventtruppe hatten die Stände für Getränke und Speisen alle am Rand des Versammlungsplatzes aufgebaut. Man sah einige Spielplätze, wo die Kleinsten beschäftigt und beaufsichtigt werden konnten. Weit dahinter, etwas verdeckt, befanden sich mobile Toilettenanlagen. Jurij dachte an die Diskussion bezüglich der Begleitmusik der Zeremonie. Sie durfte keinesfalls zu euphorisch sein, anderenfalls sollte sie die Siedler nicht in ein seelisches Tief hinabziehen. Viele hatten nach einem Jahr den Schmerz des Verlustes verarbeitet und niemand dachte daran, diese Wunden wieder aufzureißen. Es sollte ein Tag werden, an dem man mit Dankbarkeit denjenigen gedachte, die ihr Leben für das Weiterbestehen der Neuen Menschheit gegeben hatten. Admiral Thomas Raven hatte sich mit seiner Idee durchgesetzt und war dabei auf wenig Widerstand gestoßen. Das Hauptinstrument sollte eine Pan-Flöte darstellen, die bekannte Lieder aus der Geschichte der Menschen spielte. Jurij als musikalischer Analphabet konnte sich nicht viel darunter vorstellen – er sollte eine Überraschung erleben.
„Hi!“
Jurij sah auf und direkt in das schöne Gesicht von Lea: „Selber, hi!“
Beide Menschen standen minutenlang ohne ein weiteres Wort und betrachteten ihr Werk. Heute kam es darauf an, ob ihre Planung perfekt genug gewesen war.
„Moin zusammen. Was steht ihr hier rum? Habt ihr nichts zu tun?“ Walter stand urplötzlich hinter den beiden. Jurij drehte sich um: „Nein, Walter, haben wir tatsächlich nicht. In anderthalb Stunden beginnt die Veranstaltung. Wenn wir jetzt wie die Hasen über das Gelände laufen würden, hätten wir es komplett versaut!“
Walter Steinbach sah sich um und entdeckte keinen offensichtlichen Fehler: „Ihr habt Recht. An dieser Stelle schon mal ein fettes >Danke< für eure Unterstützung! Ihr habt toll gearbeitet – ich bin stolz auf euch!“ Sie blieben an Ort und Stelle und beobachteten das Eintreffen der ersten Besucher. Alle, die mit der Magnetschwebebahn anreisten, kamen natürlich stoßweise gleich zu mehreren Dutzend. Langsam aber

sicher füllte sich der Veranstaltungsraum. Die verschiedenen Kinderhorte wurden besetzt und die ersten Kleinen zogen ein. Manchmal mit etwas Geschrei, sehr oft ohne. Es war beschlossene Sache, dass vor der Veranstaltung weder Speisen noch Getränke ausgegeben wurden. Die Buden blieben geschlossen. Man hatte gestern Abend in den Netznachrichten ausdrücklich darauf hingewiesen und um Verständnis gebeten. Im Allgemeinen hatte Dr. Ewa Lenn persönlich an alle Siedler appelliert, diesen Gedenktag würdig zu begehen. Anschließend hatte sie noch ein paar erklärende Worte zum Ablauf gefunden.
„Schaut mal, wie viele das sind!“ Lea hielt sich eine Hand vor den Mund, als sie eine lange Schlange von Personen sah, die offensichtlich aus dem Zentrum von GRACELAND-City kamen. Aus den Raumschiffen im Orbit erschienen die Besatzungen entweder mit Sphären, die am Rande des Platzes landeten oder mit Sharks, die sie auf dem ehemaligen Raumhafen abstellten und von dort zu Fuß weiter gingen. Die MANCHAR hatten sich angeboten, mit ihren 75 Standard-Warriern das System für die Feierlichkeiten abzusichern, daher hatte die Flottenleitung zugestimmt, dass jedes Crewmitglied auch teilnehmen konnte. Aus allen Richtungen kam ein ständiger Strom von Menschen. Lea lief ein Schauer über den Rücken, denn man hörte nur hin und wieder ein Kleinkind. Ansonsten war die Masse von Menschen nahezu geräuschlos. Wenn sich der eine oder andere unterhielt, dann taten er oder sie das flüsternd. Lea konnte sich nicht sattsehen.
„Sind sie denn wirklich alle gekommen?“, fragte Jurij den Organisationsleiter.
„Von EDEN und AQUARIUS nicht, aber von hier – sieht so aus“, vermutete Walter.
Lea schaute auf ihre Uhr. Es war jetzt fast 12:00 Uhr und die Veranstaltung sollte gleich beginnen. Und schon erlebte Jurij die Klänge einer Panflöte. Zunächst leise, dann lauter werdend erscholl in der Hauptsache mit diesem Instrument >***Conquest of Paradise***<. Nach drei Minuten schwebte langsam eine Sphäre ein und landete mit den letzten Takten am Rand der Bühne. Das Außenschott öffnete sich langsam und eine junge Frau schritt daraus hervor.
Jurij blieb der Atem weg. Natürlich wusste er, wer da jetzt von der Sphäre zum Rednerpult schritt. Schließlich war das ja lange genug besprochen worden. Allerdings hatte er keine Ahnung, in welchem Outfit. Das sah er erst jetzt.

„Hat etwas gedauert, so etwas zu replizieren“, flüsterte ihm Lea zu.
Der junge Mann war völlig weg. Dana Ostenson hatte ein bodenlanges Kleid an, aber was für eins! Die Grundfarbe war Champagner. Dann fingen dunkelblaue Muster, wie gestreute Blumen, ab dem Knie an und wurden nach oben häufiger. Ab Taille verdeckte das Muster fast den Grundton des Kleides. Gehalten wurde es durch zwei mittelbreite Träger, war ab Hüfte etwas gerafft und hatte einen leichten V-Ausschnitt. Dana trug dazu ein großes, dunkelblaues Ohrgehänge. Zu ihren jetzt relativ kurzen, blonden Haaren sah es einfach traumhaft aus. Dana wurde gleichzeitig von mehreren Großbildwänden übertragen. Überlebensgroß lächelte sie von dort, und so mancher junge Mann geriet ins Träumen. Die Norwegerin trat ans Mikro und sprach anschließend langsam und deutlich: „Hallo, mein Name ist Dana. Ich habe heute die Ehre, durch das Programm zu führen und die Redner oder die Ereignisse anzukündigen. Ich begrüße euch ganz herzlich und freue mich, dass ihr so zahlreich gekommen seid!“
Die Leute applaudierten und Dana verneigte sich leicht: „Zuerst hat, natürlich, unsere Präsidentin das Wort!“ Dana trat vom Pult zurück und als Ewa aus der Sphäre kam, ging die Moderatorin bis fast an den hinteren Rand der Bühne. Jurij staunte wieder einmal. Ewa trug ein langes, dunkelgrünes Kleid. Ein Gürtel aus demselben Stoff fasste das Kleid in Hüfthöhe zusammen, die Arme waren fei und das Oberteil ging gerafft in einen V-Ausschnitt über. Ewa trug ihre langen, kastanienfarbenen Haare offen, war nur dezent geschminkt und verzichtete auf jede Art von Schmuck.
Es wurde still.
Die Präsidentin war hinter dem Rednerpult angekommen und legte ein einfaches Stück Folie auf dem Pult ab. Dann sah sie auf und ließ ihren Blick über die immer noch stille Menge an Menschen schweifen. Danach beachtete sie das Stück Folie nicht mehr und redete >freihändig<.
„Ihr seid wirklich alle gekommen! – Eine Rechnerauswertung aus den Luftbildern sowie den Scans der Kom-Bänder hat ergeben, dass wirklich alle Leute von AGUA heute hier sind. Ich bin stolz auf euch!“
Es gab langanhaltenden Applaus.
„An dieser Stelle ist es normalerweise üblich, dass man die Ehrengäste begrüßt. Normal – heute nicht. Ich heiße jeden, der diesen Tag mit uns begehen will, auf das Herzlichste willkommen. Dabei ist es mir völlig

egal, ob er Schuppen hat oder Kiemen, eine violette Zunge oder, ja, vier Arme. Ob dieser einen Gott anbetet, keinen oder gleich mehrere, oder es sich um einen Mann oder eine Frau handelt, er oder sie im Wasser lebt oder meistenteils im Weltraum – sich von Fisch, Salat, Gemüse oder von Energie ernährt. Alle sind mir herzlich willkommen!“
Nach diesem Satz dauerte der Beifall über drei Minuten.
„Ich sehe hier mit besonderer Freude Almat und seine gesamte Familie sitzen. Nach den Geschehnissen im letzten Jahr hätte er das auf der Erde nicht tun können.“ Ewa sah auf und versuchte Reaktionen im Publikum zu erkennen. Dann sprach sie weiter: „Hier kann er das. Hier kann er den Tag mit uns begehen und Betroffenheit zeigen für die Toten auf beiden Seiten. Hier, bei der Neuen Menschheit, kann er das. Darum bin ich stolz auf das, was wir geschaffen haben. Wir haben nicht nur die menschliche Zivilisation 24 Millionen Lichtjahre weit in den Raum hinausgetragen, nein, wir haben uns auch weiterentwickelt. Charakterlich weiterentwickelt zum guten, zum mitfühlenden und menschlich denkenden Wesen. Ich bin stolz auf euch und stolz darauf, einer solchen Gemeinschaft vorstehen zu dürfen!“
Dieses Mal dauerte der Applaus noch länger und Almat, der sich offensichtlich mit den Gewohnheiten der Menschen beschäftigt hatte, stand mit seiner gesamten Familie auf. Das war sein Zeichen des Dankes, hier bei den Menschen auf AGUA Zuflucht gefunden zu haben. Die Vierarmigen setzten sich erst wieder, als der Beifall abklang.
„Ich will“, fuhr die Präsidentin fort, „nicht mit der alten Gewohnheit meines verehrten Vorgängers Ron Dekker brechen, bei jedem öffentlichen Auftritt eine gewisse Zahl zu nennen. Nach dem Stand von heute Morgen um 09:30 Uhr leben auf AGUA, AQUARIUS und EDEN **213.455 Menschen**!“
Die Leute applaudierten wieder – lange.
„Insbesondere bei den in den letzten drei Monaten geborenen Babys danke ich den Eltern, dass sie ein sichtbares Zeichen für ihren Glauben an den Fortbestand der menschlichen Spezies in dieser Form Ausdruck gegeben haben. Es wird unsere Aufgabe sein, diese Kinder wirksam zu schützen!“
Es gab – Beifall.
„Bei allen Anstrengungen, die wir unternommen haben, um uns effektiv gegen unsere Feinde zu verteidigen, wäre uns das nicht gelungen, wenn wir keine Freunde hätten. Auch nach der abgewehrten Invasion sind wir

wirksam unterstützt worden. Es ist so wichtig und tut so gut, Freunde zu haben! Ich danke im Namen der Menschen den GENUI, MANCHAR, ACASPA und MAROON!"
Ewa sah lächelnd auf fast 200.000 Besucher, die nun wirklich eine Ewigkeit klatschten.
„Das letzte Jahr war das 13. Jahr unserer Besiedlung dieses Planeten. Die Zahl 13, so sagte man mir, brächte Unglück, und wenn man die Geschehnisse so sieht, dann könnte man es gelten lassen. Die Zahl derer, die uns nicht mehr auf dem weiteren Weg in die Zukunft begleiten können, ist leider sehr hoch. Trotzdem gehen wir gestärkt aus diesem dunklen Tal heraus und können positiv in die Zukunft blicken. Wir wissen, dass wir uns auf unsere Freunde verlassen können!"
Nach dem Abklingen des Beifalls wurde wieder Musik gespielt. Wieder war es die Pan-Flöte, die ihre Interpretation des Oldies >Sound of Silence< darbot. Ewa verharrte derweil hinter dem Stehpult. Nach den letzten Takten dieses Liedes fuhr sie fort: „Es ist nun meine Aufgabe ein Denkmal zu enthüllen. Es wird zukünftig neben dem Haus der Völker stehen und ist nun hier", sie wies mit der ganzen Hand auf den größeren Quader auf der Bühne, „zum ersten Mal zu sehen."
Sie sah wieder zu ihrem Publikum. „Eigentlich ist es meine Aufgabe, aber in meinen Augen hat es eine Person noch mehr verdient, die Ehre der Enthüllung zu haben. Ich weiche hier ganz klar von dem vorgegebenen Protokoll ab und nehme mir das Recht dazu einfach heraus."
Jurij warf einen schnellen Blick auf Walter Steinbach. Der Cheforganisator hatte sich gut im Griff. Er wechselte nur leicht die Gesichtsfarbe ins Graue. Änderung des Ablaufes während des Events! Das war genau das, was Walter überhaupt nicht brauchte. Aber da zupfte ihn Lea am Ärmel: „Keine große Sache, Walter. Sie hat es mir heute früh gesagt. Du kannst unbesorgt sein!"
Walter holte dazu lediglich tief Luft und verfolgte, was sich weiterhin auf der Bühne tat.
Man hörte die Präsidentin, als sie weiter redete: „Ich bitte Dana Ostenson, dieses Denkmal zu enthüllen und damit der Allgemeinheit zugänglich zu machen!"
Walter atmete hörbar aus. Wenn das alles war …
Es gab minutenlangen Applaus. Kein Mensch hatte bisher das Schicksal der Norwegerin vergessen. Sie hatte das Kind ausgetragen, welches sie

mit dem Mann gezeugt hatte, der am Tage darauf bei der Invasion ums Leben gekommen war. Sie wäre in der Lage gewesen, diese Schwangerschaft mit der auch noch in dieser Zeit vorhandenen >Pille danach< zu verhindern. Sie hatte damals gesagt, dass sie ihre große Liebe Felix Townset damit ein zweites Mal töten würde und beschlossen, das Kind auszutragen. So war der kleine Felix geboren und Dana genoss eine ungeheure Popularität und die Unterstützung aller Menschen in ihrer Nähe.
Die Norwegerin kam etwas unsicher aus dem hinteren Bereich der Bühne hervor und die Menschen klatschten heftig dazu. Unter der Anleitung von Ewa nahm sie einen Strick zur Hand und zog kräftig daran. Der Vorhang zu dem größeren Quader fiel daraufhin herunter. Das Kunstwerk darunter war mit breiten Eckverstrebungen ausgerüstet, und zu jeder der vier Seiten gab es aus dem Inneren ein irisierendes und gelbliches Licht. Wieder spielte die Pan-Flöte ein getragenes, eher unbekanntes Lied. Aus der Sphäre trat Admiral Thomas Raven in der Paradeuniform der Flotte heraus. Es folgten ihm das Leitungspaar des Campus, Hans Möller und Emma Jorgensen. Hans Möller trug einen schlichten schwarzen Anzug und ein weißes Hemd. Emma trug ein langes, hellblaues Kleid, welches gut zu ihren langen, goldblonden Haaren passte.
Admiral Raven löste seine Frau am Rednerpult ab.
„Liebe Freunde, liebe Weggefährten!“ Thomas schaute über die Menge. „Wir haben uns Gedanken darüber gemacht, wie wir die Kriegsereignisse des letzten Jahres nennen wollen. Irgendwas wird einmal in den Geschichtsbüchern von AGUA stehen. Wir haben uns dazu durchgerungen, von der >33er Invasion< zu sprechen. Was dort gerade Dana enthüllt hat, ist ein Denkmal für alle unsere 2766 Toten dieses Angriffs. Die Seiten enthalten alle Namen der Gefallenen. Berührt man einen der Namen, so entsteht das Bild des- oder derjenigen, mit den persönlichen Daten und den Umständen des Todes.“
Der Quader begann sich zu drehen und es erschienen Bilder der Toten.
„Es sind nicht nur Menschen abgebildet, denn auch unsere Verbündeten hatten Verluste.“
Der Admiral machte eine Pause, um seine Worte wirken zu lassen.
Wir haben bisher das versäumt, was wir heute hätten gut gebrauchen können. Auf der Erde war es für jeden Staat eine Selbstverständlichkeit, eine Nationalhymne und eine ebensolche Flagge zu besitzen. Es gab

Anregungen von den Volksvertretern dazu und es ist auch abgestimmt worden. Heute, am zukünftig jährlichen Gedenktag der 33er Invasion, werden wir euch sowohl die Flagge, als auch eine Hymne, die AGUA musikalisch präsentieren soll, bekanntgeben. Zunächst die Flagge bitte!"
Das Bild auf den Großleinwänden wechselte. Es zeigte auf schwarzem Grund einen blauen Kreis, der in der Mitte von einem braunen Band unterbrochen war. Jeder erkannte die stilisierte Oberflächenform von AGUA mit dem Nord- und Südmeer. Daneben gab es einen weiteren, sehr viel kleineren blauen Kreis mit braunen Punkten darauf – AQUARIUS. Auf der anderen Seite, man wird es vermuten, war ebenso groß wie AQUARIUS die Welt EDEN dargestellt durch eine blaue Scheibe mit grünen und braunen Kontinentabbildungen. In der rechten oberen Ecke war, ebenfalls stilisiert, das Sonnensystem in der Milchstraße, die Herkunft der Menschen, abgebildet.
Es gab Beifall von den Rängen – die Flagge war akzeptiert. Nun wartete man auf die Hymne.
„Es gab auf der Erde einen Vogel. Der Größte diese Tierart flog einst in den Anden", erklärte Thomas Raven weiter. „Dieser Vogel war der Inbegriff von Freiheit. Wir lehnen uns daran an. Bitte, liebe Freunde, kommt zu mir, Dana du auch, bitte. Ihr hört, bitte erinnert euch an unsere Toten, wieder in der Version mit der Pan-Flöte: >El Condor pasa<."
Als die ersten Takte der Musik erklangen, hatten die Paare Raven/Lenn sowie Möller/Jorgensen Dana Ostenson in ihre Mitte genommen. Das Kamerabild übertrug die Gesichter der auf der Bühne stehenden Menschen in Großaufnahme. Nur einer der Großleinwände zeigte weiterhin die Flagge. Als das Gesicht von Thomas Raven abgebildet wurde, konnte jeder sehen, dass ihm die Tränen die Wangen herunterliefen. Vielen Personen im Publikum erging es nicht besser. Die Gedanken bei den Verstorbenen, dazu diese Musik – es war recht bewegend, dieser Augenblick.
Die Musik verklang und alle warteten darauf, dass der Admiral wieder das Wort ergriff, aber dieser schüttelte nur verzweifelt den Kopf. Er war zu bewegt, um weiterzusprechen. Walter sog wieder deutlich hörbar die Luft ein. Aus seiner Sicht war das ein Super-Gau. Sicherlich menschlich verständlich, aber da warteten knapp 200.000 Menschen auf einen Fortgang der Veranstaltung. Nervös sah sich Walter um. Und wieder war es Lea, die ihn auf einen Vorgang auf der Bühne aufmerk-

sam machte. Emma Jorgensen hatte die Situation erkannt und stellte sich kurzentschlossen hinter das Mikrofon: „Ähm, ja." Das Publikum bemerkte, dass jetzt improvisiert werden musste. Jeder der Zuseher fühlte mit dem Admiral und eine Woge der Sympathie schien greifbar in der Luft zu hängen.
„Wenn ich das richtig verfolgt habe, wollten wir jetzt über den Verlust eines Mannes sprechen, dem wir alle eine Menge zu verdanken haben", sprach Emma weiter und sah sich nach Ewa um, die das Prozedere an diesem Tag besser kannte. Ewa nickte ihr zu. Emma lag richtig und sollte auch weitermachen.
„Es handelt sich um Sack Carter. Sack hat damals in einem beispiellosen Einsatz mitgeholfen, AGUA von den TRAX zu befreien und somit die Erlaubnis von den MAROON zu erhalten, hier siedeln zu dürfen. Es war damals ein Quartett, denen dieses gelang. Einen Teilnehmer dieser Mission haben wir hier bereits auf der Bühne, es ist der Admiral selbst. Die beiden anderen sind General Ron Dekker und Major Tiberius Miller. Bitte kommt zu mir!" Emma trat etwas hinter dem Rednerpult zurück und sah in die Zuschauerränge, aus denen sich die massige Gestalt von Ron Dekker und die des riesenhaften Tib Miller, beide in der schwarzen Uniform der Marines, lösten und auf die Bühne zugingen. Das Publikum applaudierte, als die beiden Männer seitlich die Stufen zu Emma hochgingen. Ron und Tib gingen sofort auf den immer noch bewegten Admiral zu und begrüßten ihn mit Umarmungen und Schulterklopfen, so wie es eben unter Männern üblich ist. Die Zuseher klatschten noch immer. Dann nahmen sie den Admiral in die Mitte und gingen zu dem zweiten, jetzt noch verhüllten, Gegenstand. Zu dritt fassten sie an den Überwurf und sahen Emma an.
„Sack Carter starb im letzten Jahr bei der Verteidigung einer unserer Siedlungen auf AGUA. Zu seinen Ehren taufen wir unsere Militärakademie von CAMPUS in SACK CARTER AKADEMIE um. Im Eingangsbereich des zentralen Gebäudes wird diese Büste von unserem Freund, Kameraden und Gefährten Sack stehen!"
Die drei Männer zogen an dem Umhang und es wurde Kopf und Schulterpartie aus Gold freigelegt, die das Antlitz von Sack Carter darstellten. Man hatte deswegen das Material Gold gewählt, weil es auf AGUA und selbst auf den Monden eine ganze Menge davon gab. Einer der Siedler hatte sich als begnadeter Goldschmied erwiesen und so hatte er von der militärischen Führung den Auftrag erhalten, eine lebens-

große Büste von Sack Carter herzustellen. Das Publikum applaudierte, als einer der Großleinwände das Stück aus Gold präsentierte. Als Begleitmusik erklang wieder die Pan-Flöte. Nach mehreren Minuten hatte sich Thomas Raven wieder im Griff, nickte Emma dankbar zu und ging wieder zum Rednerpult.
„Ähm, ich bitte um Entschuldigung."
Es gab langanhaltenden Beifall und damit eine Welle der Sympathie.
„Wir wollen nun die Gefallenen auf ihre letzte Reise schicken!" Thomas Raven drehte sich zur Sphäre. Nach einem kleinen Augenblick erschienen dort ein junger Mann in der Uniform der Flotte und eine junge Frau im Schwarz der Marines. Die trugen gemeinsam eine Kiste bis in die Nähe des Admirals, klappten unten vier Beine ab und stellten sie neben dem Rednerpult auf.
„Wir haben die sterblichen Überreste unserer Kameraden, wie es üblich ist, eingeäschert." Der Admiral griff in ein Fach des Pultes und holte ein Stück Stoff hervor. Als er es entfaltete, erkannte man die neue Flagge von AGUA. Er drapierte den Stoff sorgsam auf die Kiste mit der Asche der Toten.
„Silvana – das Ehrengeleit bitte!"
Es dauerte ein paar Minuten, bis ein hohles Brausen zu hören war. Die Blicke der Zuschauer richteten sich nach oben. Dort schwebten in einem Kreis, der sich langsam drehte, 20 der 1.400er KI-gesteuerten Verteidigungsschiffe der GENUI. Die Schiffe waren bestimmt noch zehn Kilometer hoch, sanken aber langsam tiefer. Admiral Thomas Raven war vom Mikro zurückgetreten und Dana stand statt seiner davor.
„Es wurden Bitten ausgeprochen, ein paar Worte sagen zu dürfen. Die erste Rednerin ist Loorena, die ERSTE der MANCHAR." Dana trat zurück und von der VIP-Tribüne machte sich eine Frau mit aschblonden Haaren und grüner Hautfarbe, sowie grünem Umhang, auf den Weg zum Rednerpult.
„Auch wir gedenken heute unserer Toten. Wir haben sie mit nach Hause in die Milchstraße genommen und dort nach unseren Riten auf den letzten Weg geschickt. Wir haben gemeinsam etwas erreicht, was uns vorher noch nie gelungen ist: Mit Freunden zusammen einen Großangriff zurückzuschlagen. Es war uns eine Selbstverständlichkeit während des Angriffes und für ein Jahr danach, die notwendige Hilfe zu leisten. Wir werden auch weiterhin gemeinsam gegen diesen unerbitt-

lichen Feind jedweden Lebens zueinanderstehen und ihn damit irgendwann zur Strecke bringen. Auch wir MANCHAR wollen in Frieden leben und mit freien Intelligenzen des Universums Handel treiben und forschen. Das Universum ist groß genug für alle, die darin einen friedlichen Lebensraum suchen.“ Die ERSTE machte eine kurze Pause und sah auf das Publikum: „Wir MANCHAR werden in ein paar Tagen abreisen und unsere Kriegsschiffe wieder mit nach Hause nehmen. Die GROSCHTAR II wird, so ist es Talleks Wunsch, weiterhin bei euch bleiben. Wir sind überzeugt, dass ihr Menschen wieder in der Lage seid, euch wirkungsvoll zu verteidigen. Jetzt mehr denn je. Meine guten Wünsche begleiten euch auf diesem Weg und wir werden durch weiteren Austausch von Forschern oder sonstigen interessierten Personen in ständigem Kontakt bleiben. Wir MANCHAR erneuern hiermit die Freundschaft zu den Menschen. Seid wachsam und lasst nicht nach in euren Anstrengungen, das Wichtigste zu hüten: eure Kinder!“
Loorena ging mit kräftigem Applaus von der Bühne.
Man sah Dana zur VIP-Tribüne winken und dann trat die Norwegerin wieder ans Mikro: „Nun ist es Yirr, Präsidentin von ACASPA, die sprechen wird.“
Die wie eine aufrecht gehende Echse aussehende Lebensform konnte von den Menschen so nicht verstanden werden. Eine spezielle KI übersetzte die Laute der Präsidentin auch für die, die kein Implantat hatten – andere Spezies als die Menschen.
„Einmal habt ihr mein Volk von den TRAX befreit und beim zweiten Mal habt ihr meinen Planeten vor der Vernichtung bewahrt. Es gibt also niemanden hier, der euch dankbarer ist als das Volk der ACASPA. Es erfüllt daher unser Herz mit Trauer, dass wir nicht in der Lage waren, euch mehr Hilfe zu geben. Wenn wir irgendetwas für euch tun können, so sagt es uns bitte. Wir ACASPA vergessen nicht, was ihr für uns getan habt.“
Es gab einen sehr kräftigen Applaus, als die Präsidentin vom Rednerpult zurücktrat.
„Es spricht unser erster Gastgeber auf diesem Planeten und Freund der ersten Stunde: Baal!“
Die 2,70 m hohe Gestalt des Wasserwesens brauchte keinen Übersetzer. Nicht mal ein Mikro war vonnöten. Die Worte entstanden durch die geistige Gabe dieser Spezies in den Köpfen der Zuseher.

>Es ist nun fast 14 Jahre her, dass wir mit euch das Bündnis des Zusammenlebens auf diesem Planeten eingegangen sind. Wir haben großen Nutzen von dieser Symbiose. Die, die wir die Wohltäterin nennen, ist jetzt eure Präsidentin. Allein durch ihre Forschung schenkte sie jedem MAROON die doppelte Lebenserwartung. Wir unterstützen euch gerne im Rahmen unserer bescheidenen Möglichkeiten beim Kampf gegen die TRAX. 14 Jahre – wir haben nicht einen einzigen Tag davon bereut!<

Auch Baal begleitete wohlmeinender Applaus, als er die Bühne verließ.

Dana kam wieder zu Wort: „Sina-Reth, Kanzlerin auf GENUA-PRIME, hat das Wort."

Violette Augen musterten kurz darauf das Publikum: „Unsere Spezies sind seit mehr als 120 Jahren miteinander verbandelt. Der erste Mensch, zu dem unsere Forscher Kontakt hatten, war Arzu Ödeniz und in diesem Reigen kam wenig später Jan Eggert hinzu. Wenn es nach mir ginge, müsste man das Überleben dieser Spezies schon allein deswegen sichern, weil sie in der Lage ist, solche schöne Blumen zu züchten. Ihr sagt dazu Rosen, wir nennen sie >Tür zum Herzen<. Wir sind, von einer kleinen versprengten Siedlung mal abgesehen, nicht in der Lage gewaltsam vorzugehen. Ein Kampf ist in unsren Köpfen einfach nicht mehr vorgesehen. Aber irgendjemand wird es tun müssen, denn machen wir uns nichts vor: Unser Versteck in der Dunkelwolke wird nicht bis in alle Ewigkeit ein Versteck sein. Und dann brauchen **WIR** Freunde, die uns helfen und beschützen. Ihr habt die Reife, Machtmittel sinnvoll und dem Ziel eines Friedens entsprechend einzusetzen. Dabei werden wir nach wie vor an eurer Seite stehen."

Und wieder gab es langanhaltenden Beifall, als die GENUI den Platz hinter dem Rednerpult wieder freigab – für Dana.

„Bevor unser ehemaliger Präsident ein paar Worte zum Schluss sagt, jetzt die Verabschiedung!"

Dana trat in den Hintergrund und Thomas Raven ergriff das Wort und richtete dabei seinen Blick auf die quaderförmige Urne: „Wir wünschen unseren Helden und Heldinnen der 33er Invasion eine gute, letzte Reise, und dass es ihnen gut geht, wo sie jetzt sind. Ich gehöre zwar keiner Religion an, dennoch hoffe ich, euch eines Tages alle wiederzusehen. Bis dahin macht es gut!" Thomas Raven trat zurück und grüßte nach militärischer Tradition, während die Rekruten die Kiste anhoben, die Beine einklappten und diese in die Sphäre trugen. Das

Schott schloss sich hinter ihnen und die Kapsel startete. Als die Zuschauer nach oben sahen, erkannten sie die von Silvana gesteuerten Schiffe nunmehr in einer Höhe von nur noch 2.000 Metern. Der Wind hatte durch die Kreisbewegung der Schiffe kräftig zugelegt und zerzauste nun die Haare, gerade wenn sie länger waren, wie bei Ewa.
Dana erklärte: „Die Sphäre mit den beiden Rekruten hat die Aufgabe, die Kiste in der Nähe der Sonne ARES im All auszusetzen. Die sterblichen Überreste unserer Freunde, Verwandten und Gefährten, werden dann von ARES angezogen und in ihr vergehen."
Dann wurde erneut die neu erwählte Hymne von AGUA gespielt: >El Condor pasa<.
Das Publikum sah, wie die Sphäre langsam die gleiche Höhe mit den wesentlich größeren Begleitschiffen erreichte und kurz stoppte. Dann flogen alle Schiffe gleichmäßig weiter. Die Kreisbewegung der 1.400-Meter-Kugelschiffe hörte dabei nicht auf. Mit den letzten Klängen der Pan-Flöte entschwanden die Schiffe den Blicken. Man richtete die Aufmerksamkeit wieder auf die Bühne und dort stand der Alt-Präsident am Rednerpult.
„Mir ist die Ehre vergönnt, zum Abschluss ein paar Worte zu sagen. Zunächst: Ich bin sprachlos." Ron sah auf. Normal hätten die Leute lachen müssen, aber jeder war noch so von dem Ritual gefangen, dass er im Traum nicht ans Lachen dachte. Alles richtig gemacht, dachte Ron.
„Ich bin sprachlos deshalb, weil jeder zur Verabschiedung gekommen ist. Ich danke euch von ganzem Herzen. Es tut jedem Militärangehörigem, sei es ein Marine oder jemand aus der Flotte, gut zu sehen, dass die Bevölkerung Anteil nimmt, wenn Kameraden und Kameradinnen im Kampf gefallen sind. Ich danke euch allen!"
Es gab Applaus.
„Bevor nun die Getränkestände und die Imbissbuden für euer leibliches Wohl öffnen, will ich noch ein paar Takte sagen: Wir werden den heutigen Tag im stillen Gedenken begehen und gleich entweder auseinandergehen oder uns in Gruppen treffen, über die Erinnerungen mit den Verstorbenen reden und so weiter und so weiter …"
Ron schaute hoch und die Aufmerksamkeit war ihm sicher.
„Morgen, liebe Freunde, ist ein anderer Tag. Wir haben in Abstimmung mit euren Volksvertretern verfügt, dass morgen der Tag ist, an dem wir uns freuen dürfen. Freuen darüber, dass unsere Spezies in diesem

Quadranten bisher überlebt hat. Dann wird, liebe Freunde, gefeiert und zwar ab 10:00 Uhr wieder hier!"
Die Leute klatschten begeistert. Normalerweise hätte es ein paar Jubelrufe gegeben, aber der Wunsch der Präsidentin war immer noch präsent: Der Tag sollte in Würde begangen werden – bitte! Also begnügte man sich damit, in dieser Form sein Gefallen zu äußern.
„Das ist nicht alles", fuhr Ron fort. „Ihr habt in den vergangenen zwölf Monaten einiges geleistet und stellenweise große Entbehrungen in Kauf genommen. In Absprache mit der Schulleitung der SACK CARTER AKADEMIE wird ein Pendelverkehr durch unsere Fähnriche bei der Flotte eingerichtet. Wir werden in regelmäßigen Abständen die Planeten EDEN und AQUARIUS anfliegen und auch unser Habitat auf ACAS-PA. Ihr könnt euch anmelden und eine Zeit lang Urlaub machen und diese Welten kennenlernen. Wie es genau geht, erfahrt ihr im Netz. Weiterhin wird es Freizeitangebote geben – Infos ebenfalls im Netz. Ich freue mich auf die Fete morgen mit euch!"
Ron trat zurück und alle Personen auf der Tribüne verließen das Podium. Das war das Zeichen für das Ende der Zeremonie und getragene Töne aus der Pan-Flöte begleiteten das Öffnen diverser Imbiss-Stände.

9. Kampf ums Überleben

21.04.2134, 14:00 Uhr, GRACELAND-City,
Festgelände neuer Raumhafen:

Seit vier Stunden war die Party bereits im Gange und alle Personen, die gestern noch besonders zurückhaltend waren, genossen die Musik in vollen Zügen. Man hatte die Hauptbühne des gestrigen Tages schnellstens mit einem Geländer versehen und eine Tanzfläche daraus gemacht. Dazugekommen waren weitere Bühnen und die Akustikbegrenzungstechnik, die es erlaubte, dass zahlreiche Bands recht nahe beieinander spielten, ohne sich gegenseitig zu stören. Die getragenen Laute einer Pan-Flöte hörte man heute nirgendwo. Es hatte sich auch niemand auf die Bühne gestellt und das Fest für eröffnet erklärt – nein, man hatte einfach angefangen. Thomas Raven und Jan Eggert gehörten zu den ersten Besuchern und dann ging die Party eben ab. Unter der Zivilbevölkerung gab es ein hohes Freizeitaufkommen. Man machte sich halt nicht tot vor Arbeit. Da brauchte der eine oder andere ein Hobby, und für einige war es die Musik. Also hatte die Organisationsleitung keine Mühe, entsprechende musikalische Untermalung, und zwar live, zu finden. Man hatte es dem Typen vom Radiosender >FREIES AGUA< aufs Auge gedrückt. Eine Band war sogar von EDEN angerückt und gab täuschend echt die Songs einer Gruppe namens Les Humphries Singers wieder. Eine spezielle >Gute-Laune-Musik<, nach der sich gut tanzen ließ. Diese Gruppe wechselte sich ab mit einer, die ABBA-Lieder spielte und sang.

Thomas und Jan schlenderten locker durch die andrängenden Menschenmassen.

„Wie kommt man eigentlich familiär, gerade bei den Kindern, mit einer so langen Lebenszeit zurecht?“, wollte Thomas wissen.

Jan grinste: „Na ja, irgendwann werden dir deine Sprösslinge auf die Schulter hauen und Thomas oder Tom zu dir sagen. Die Zeiten von Pa, Dad oder Vater sind zu diesem Zeitpunkt unwiederbringlich vorbei. Im gleichen Zuge musst du deine Kinder auch loslassen. Sie leben ihr eigenes Leben und stell dir vor, deine Frau kann noch Kinder bekommen, die dann zusammen mit deinen Urenkeln im Sandkasten spielen! Ich warne aber eindringlich davor. Du solltest dir eine Lebensplanung zurechtlegen. Sprich das mit Ewa ab. Es macht nicht wirklich Sinn, mit 100 noch einmal Vater oder Mutter zu werden. Irgendwann ist die Reproduktionsphase so rein mental auch mal vorbei. Du verlierst letztendlich den Überblick und fang bloß nicht an, jeden Geburtstag deiner Verwandtschaft feiern zu wollen. Du kommst sonst nicht mehr zum Arbeiten!“ Jan schlug Thomas sachte auf die Schulter und sein Gesprächspartner hörte aufmerksam zu. Auf AGUA gab es niemanden, der ähnliche Lebenserfahrung hatte. Da mussten sie alle, und zwar ihre Generation zum ersten Mal, durch.

Thomas sah sich um und schmunzelte: „Hab Dank für deine Tipps, aber da vorne musst du hin!“ Dabei zeigte er auf eine etwa 100 Meter entfernte Bühne, auf der es recht martialisch zuging. Eine groß gewachsene Frau mit langen, dunklen Haaren stand vorne und sang, langhaarige Typen bearbeiteten im Hintergrund Keyboard, Gitarren, ein episches Schlagzeug, und einer spielte sogar auf einer Blockflöte. Die Kleidung dieser Künstler bestand aus nachgemachtem Leder. Das Outfit stimmt schon mal, dachte Jan und schaute Thomas fragend an.

„Nu geh schon und vertrau mir!“, forderte dieser ihn auf. „Wir sehen uns später!“
Jan schob tatsächlich los und tauchte schließlich in die >Klangglocke< dieser Künstler ein und schon war es um ihn geschehen. Er erkannte den Song und die täuschend echt nachgemachte Gruppe sofort: Es war die finnische Rockgruppe Nightwish und man gab gerade >While Your Lips Are Still Red<. Ein etwas getrageneres Lied, geradezu eine Ballade. Jan hörte ergriffen zu und beobachtete genau – nein, das war wirklich live. Die Jungs und das Mädel da vorne waren tatsächlich so gut. Dann war der Titel zu Ende und gleichzeitig auch die ruhige Phase. Als Nächstes wurde >Alpenglow< gegeben, danach >Shudder Before The Beautiful< und Jan rastete vollends aus. Thomas sah ihn von Ferne vor der Bühne rumzappeln. Thomas schaute sich nach dem nächsten Gesprächspartner um und wusste genau, wo er seinen Freund Dekker finden würde. Er ging zu der Bühne, wo Western & Country gespielt wurde. Er trat in die Klangkuppel und hörte The BossHoss mit >Jolene<. Ron gebärdete sich nicht ganz so wie Jan, was vielleicht auch daran lag, dass Suzan dicht an ihn gelehnt stand und ebenfalls diese Musik genoss. Phil und Rebecca entdeckte Thomas im weiteren Verlauf des Tages vor einer Band, die seltsam altmodisch aussah. Er hörte mal kurz rein und als er das Lied >Yellow Submarine< erkannte, wusste er, dass dort die Beatles gespielt wurden. Die Beiden waren eher etwas konservativ.
Der Tag verging und die Nacht brach an. Man feierte und war ausgelassen.
Eine Sache von Bedeutung war jedoch passiert. Jurij, Dana, die ihren Felix auf dem Arm trug, und Lea waren auf Loorena getroffen. Die ERSTE der MANCHAR war völlig fasziniert von dem Kurzen. Sie kannte natürlich die Geschichte. Dana erzählte, dass Jurij und sie damit beschäftigt seien, ein Portrait der Captain der WALHALLA zu erstellen. Zum Jahrestag der zehnten Rettung sollte das Ganze als Dokumentationsbericht in den Netznachrichten von AGUA laufen.
„Eine sehr interessante Frau und eine tolle Idee“, urteilte Loorena. „Bleibt es denn bei eurem Besuch und darf ich den jungen Mann auch dazu einladen?“ Loorena schaute Jurij an und der Russe schien ihr zu gefallen.
„Ja, äh, gerne, aber meine Recherchen ...“, kam die etwas lahme Antwort.

„Oh, du hast doch nur noch die Berichte von Jane. Die kannst du doch mitnehmen. Komm doch bitte mit!“ Zur Überraschung von Lea schien es Dana sehr wichtig zu sein, dass Jurij mitkam, denn die Norwegerin verlegte sich aufs Bitten. Der Mann schien auch etwas überrascht und sagte zu. Dana konnte er nichts abschlagen. Loorena schaute kurz von einem zum anderen, dann lächelte sie: „Schön, es wird für euch bestimmt ein interessanter Aufenthalt sein, aber was genau ist passiert mit dieser Captain Jane Scott? Sie ist doch die Kommandantin des Trägerschiffes, auf dem du ...“
Dana nickte schnell und Loorena stoppte ihren Satz rechtzeitig.
„Was ist so Besonderes an dieser Frau?“, fragte die Grüne nach.
Da Dana das Sprechen schwerfiel, sprang Jurij ein: „Captain Scott startete mit der ADVENTURE, jetzt WALHALLA, ein paar Wochen vor Thomas Raven von der Erde. Sie hatten nicht so viel Glück und verirrten sich in den Weiten des Alls. Nach einer vierjährigen Irrfahrt und sehr vielen Toten wurden sie von der GERONIMO praktisch in letzter Minute aus einer Dunkelwolke gezogen. Diese Ereignisse prägten Jane offensichtlich bis heute. In den Kälteschlafeinrichtungen kamen mehr als 6.000 Personen um.“
Loorena machte einen betroffenen Eindruck: „Schrecklich, so auf sich gestellt!“
„Und von Feinden umgeben“, vollendete Lea.
„Gut“, sagte Loorena. „Ich hoffe, diese bemerkenswerte Frau einmal kennenlernen zu dürfen. Seid nicht böse, aber ich bin nicht ausschließlich wegen des Feierns hierhin gekommen. Ich möchte noch etwas Wichtiges mit eurem Admiral besprechen.“
„Soll ich ihn ausfindig machen?“, fragte Lea.
„Nein, ist gut Kindchen. Es macht mir Spaß zu suchen und zu finden! Ihr habt tolle Musik!“ Loorena verabschiedete sich. Tatsächlich fand sie Thomas eine knappe Stunde später vor einer Bühne, auf dem fetzige Musik dargeboten wurde. Sie bat mehr oder weniger mit Handzeichen, dass ihr Thomas aus der Klangglocke folgte. An einer ruhigen Stelle sprach sie ihn dann an: „Entschuldige, dass ich dich aus deinem Musikgenuss riss, aber ich möchte noch etwas von Bedeutung mit dir besprechen.“
„Kein Problem, für eine gute Freundin habe ich immer Zeit.“
Loorena lächelte: „Danke. Ich habe im letzten Jahr die Wirkung eurer Waffen beobachtet. Sie sind den unseren an Wirkung stark überlegen.

Ich meine nicht die Energiewaffen, da sind wir gleichauf. Ich meine eure Raketen und Torpedos. Wenn ich mir überlege, dass meine Heimatwelt in der Milchstraße von einer solchen Armada angegriffen wird, dann könnte uns diese Technik helfen."
Thomas überlegte und Loorena deutete das falsch: „Wenn du allerdings die Gefahr siehst, dass wir diese Waffen gegen euch verwenden könnten ..."
„Nein, nein", Thomas winkte an. „Wenn ihr nicht im letzten Jahr zu Hilfe geeilt wärt, bräuchte ich mir jetzt keine Gedanken mehr machen. Ihr habt mein uneingeschränktes Vertrauen! Ich überlege nur gerade, wie der Techniktransfer laufen kann. Die Herstellung und vor allen Dingen die Lagerung dieser Waffen sind nicht ganz ungefährlich. Ich müsste Manpower zu euch schicken, die eure Ingenieure richtig unterweisen."
„Es wäre doch vielleicht sinnvoll", schlug Loorena vor, „wenn du zum Besuch von Lea und Dana eventuell schon jemanden mitschickst."
„Das ist eine gute Idee", ging Thomas darauf ein. „Ich muss nur überlegen, wen ich da schicke. Eventuell muss ich mich mit Jan Eggert einigen. Aber – es werden ein paar Personen mitkommen. Ich werde auch die Anweisung ausgeben, dass deine Wissenschaftler hier auf AGUA eine Unterweisung in dieser Sache bekommen. Ich muss dich nur darauf hinweisen, dass unsere Wissenschaftler – äh, etwas speziell sind – so manchmal eben."
Loorena begann zu lachen: „Das ist wohl speziesübergreifend!"

<u>24.04.2134, 21:30 Uhr, GRACELAND-City, Netznachrichten, Büro Maximov:</u>

Drei Tage Ruhe hatte sich Jurij nach dem Fest, bei dem er kräftig mitorganisiert hatte, gegönnt. Er hatte die drei Tage zusammen mit Dana und Lea verbracht. Lea hatte als kleines Dankeschön ein paar Tage Urlaub erhalten. Sie hatte dem Admiral seine Termine vom 22.04. bis zum 25.04. ausgedruckt und wortlos in die Hand gegeben. Er hatte dazu leise gelacht und ihr gedankt, dann: „Jetzt aber raus hier!" Lea war blitzartig verschwunden.
Jurij hatte die Ruhe in GREEN COAST FARM genossen und nur einmal hatte er zufällig Ron Dekker gesehen. „Na, Jurij? Mal wieder schießen? Einhändig?"

Der junge Mann hatte sofort beide Arme gehoben und Ron hatte abgewinkt: „Genieß die Ruhe! Ihr habt einen guten Job gemacht!" Jurij war sehr erleichtert gewesen.
Nun saß er wieder mal zu später Stunde in seinem Büro und hatte sich den nächsten Bericht von Jane Scott vorgenommen. Er dimmte das Licht und griff zur Folie.

17.08.2120, 19:00 Uhr, ADVENTURE, Brücke, Besprechungsraum:

Ich hatte der Mannschaft eine ausreichende Pause gegeben und auch die Möglichkeit, die Schäden genau zu analysieren. Ich brauchte keine schnelle Übersicht, die hatte ich schon, sondern eine Einschätzung betreffend unserer Gefechtsbereitschaft.
„Ben?"
Im Moment war von der Angriffslust des Belgiers nicht viel zu bemerken. Er schluckte einen dicken Kloß herunter, bevor er mit belegter Stimme antwortete: „Ich habe 45 Gefallene unter den Piloten. Dazu kommen acht Sharks und 18 Hawks auf die Verlustliste. Über die Hälfte des restlichen Geschwaders ist beschädigt und nicht einsatzbereit."
„Kriegen wir die Flieger wieder hin?", richtete ich meine Frage an die Deckchief.
„Wir brauchen mindestens zwei Wochen", antwortete die Brasilianerin.
„Nach Prio-Liste arbeiten! Die leichten Beschädigungen zuerst. Wir wissen nicht, wann die Jets wieder raus müssen", gab ich zurück. „Und drück aufs Tempo! Wir müssen so viele wie möglich wieder kampfbereit haben!"
„Aye … äh … Captain!"
Ich sah meine Crew an. Isabel hatte gerade etwas gestockt, bevor sie mich >Captain< nannte. Man erwartete von mir eine Stellungnahme dazu. Okay, sollten sie haben: „Gut, wir haben auf der ADVENTURE ebenfalls sieben Tote. Sechs davon durch Hüllenbrüche und damit verbundener Dekompression und einen unnötigen durch Unvorsichtigkeit. Und der Eine war Captain Aldo. Ich übernehme gemäß der Rangfolge das Kommando über die ADVENTURE. Hat jemand etwas dagegen einzuwenden?"
Es war eine rein rhetorische Frage, aber in der Tradition der Flotte vorgeschrieben. Man konnte jetzt etwas sagen oder musste anschließend schweigen. Es hatte lediglich den Effekt, dass Einsprüche im

Logbuch vermerkt würden, mehr erst einmal nicht. Die Admiralität würde den Vorgang des Kommandowechsels dann später einer kritischen Prüfung unterziehen. Im Augenblick sehnte ich mich geradezu nach einer dieser sehr kritischen Überprüfungen. Leider sah es so aus, als ob wir noch eine ganze Zeit ungeprüft blieben.

Es sagte niemand etwas.

„Okay. Erste Verfügung: Oksana Trantow übernimmt zusätzlich den Posten der XO. Zweite Verfügung: Ich taufe hiermit die ADVENTURE um in WALHALLA. Die festliche Umtaufe gibt es, wenn wir uns einigermaßen sicher fühlen können – bis dahin ausgesetzt! Oksana – ins Logbuch eintragen! Dritte Verfügung: Ich erkläre hiermit den Kriegszustand."

Es gab wieder keine Entgegnung, lediglich Oksana nickte mir zu.

„Ben, hast du genug Piloten?"

„Ich könnte noch ein Dutzend gebrauchen", kam die schnelle Antwort. Das machte zwar den Verlust nicht wett, aber er konnte sich denken, dass wir mit Energie, Luft und Lebensmittel haushalten mussten. Daher musste ich auch zunächst prüfen, wie es mit der Energieversorgung aussah: „Kai, was macht Meiler 3?"

„Wir wissen im Moment nicht, warum wir ihn nicht ans Laufen bekommen", kam die etwas bedrückte Antwort des Ingenieurs.

„Gut – oder schlecht. Aber vier müssen auch reichen. Jeff, schau in den Passagierlisten nach, ob noch Piloten da sind. Weck dann zwölf von ihnen!" Ich kehrte damit die Harte raus.

„Verstanden, Captain!"

Karl meldete sich und ich nickte ihm auffordernd zu.

„Wäre es nicht eine Option, wenn wir wieder nach Hause – vielleicht ...?"

Ich sah ihn an. „Selbstverständlich wäre das eine Option. Aber hast du den Zustand der Erde übersehen? Wir müssen hier draußen fündig werden. Verstehst du – wir müssen! Ob wir dabei Hindernisse überwinden müssen oder nicht. Wir haben über 50.000 Leute an Bord und jetzt gerade mal 52 Tote. Ich weiß, das hört sich hart an, aber das steht in keinem Verhältnis, wenn wir jetzt aufgeben."

Karl nickte, er hatte das verstanden.

„Es ist aus einem ganz anderen Grund eine sehr schlechte Idee nach Hause zu springen", griff an dieser Stelle meine frisch gebackene XO ein.

Ich sah sie nur fragend an.

„Ich habe die automatischen Aufzeichnungen nach unserem Sprung durchgesehen. Bei unserem Eintauchen zurück in das Einsteinuniversum schieben wir eine überlichtschnelle Schockwelle vor uns her. Wie ein Stein, der ins Wasser fällt, allerdings dreidimensional."

„Was bedeutet das?" Ich war nach diesem Tag nicht mehr so schnell mit dem Denken.

„Es reichen schon recht unempfindliche Instrumente, um so etwas auch in weiter Entfernung anmessen und lokalisieren zu können", antwortete die Russin.

„Kannst du >weitere Entfernung< etwas genauer definieren?"

„Nein, da kommt es dann doch auf die Empfindlichkeit der Messinstrumente an."

Ich seufzte: „Wenn die Möglichkeit besteht, dass wir solchen Feinden den Weg zur Erde zeigen, dann ist der Rückweg keine Option!"

„Es kann sein, dass wir bei relativ kleinen Jumps kaum Schockwellen erzeugen", warf unser Ingenieur ein.

„Das gilt es auszuprobieren", legte ich fest. „Aber erst will ich die bedingte Gefechtsbereitschaft wieder herstellen. Wäre doch schön blöd, wenn wir jetzt Feinde auf unsere Spur locken. Pilot, du hältst die WALHALLA auf Sprunggeschwindigkeit, falls wir fix verschwinden müssen."

Sergej Polow bestätigte meinen Befehl.

„Kai, bekomm das Scheißding von Meiler 3 an den Start! Und schau dir die Energiewaffen der Fremden an, die Russ erbeuten konnte."

„Aye, Captain."

„Maria, wie sieht es im Med-Lab aus?"

Die Ärztin, im weißen Kittel mit dem Äskulap-Stab darauf, antwortete sofort: „Ich habe noch ein paar Leute mit Prellungen und Atemwegsproblemen und einen weiteren, etwas schwereren Fall, bei mir stationär. Sie dürften in einer Woche wieder einsatztauglich sein – bis auf einen Patienten."

„Was macht die Obduktion der Fremden?"

„Ich habe im Moment mehr Fragen, als ich Antworten vorweisen kann. Ich brauche noch Zeit!"

„Okay!" Ich gab ihr die Zeit.

„Karl! Status Feuerorgel?"

„Ich habe die Hälfte der Munition verbraucht. Wir sollten bei nächster Gelegenheit mit der Produktion beginnen und die Läger wieder auffüllen."
„Oksana, scann die Gegend nach Rohstoffen. Irgendwo muss doch hier etwas herumsausen!"
„Aye, Captain!"
Ich schaute auf die Uhr. Es war ein mehr als anstrengender Tag gewesen. Wir waren erstmalig auf andere Intelligenzen im All gestoßen. Und die Waffen hatten gesprochen – ganz toll! Genauso eben nicht hatte ich mir unsere Ankunft in der Zunft raumfahrender Rassen vorgestellt. Ich fluchte still in mich hinein.
„Oksana! Ich will, dass zwei Crewleute die Brücke übernehmen! Such welche aus. Für uns ist Feierabend. Die WALHALLA wird weiterhin Richtung Kepler 22b fliegen. Wenn wir Gefechtsbereitschaft hergestellt haben, werden wir mit kleinen, größer werdenden Sprüngen, die Schockwelle austesten. Hat noch jemand etwas zu sagen?"
Das war nicht der Fall.
„Wegtreten!"

08.09.2120, 11:00 Uhr, WALHALLA, Brücke:

Seit dem ersten Gefecht waren drei Wochen vergangen. Drei Wochen, in denen Kai Meiler 3 nicht hinbekommen hatte. Irgendwas funktionierte da nicht richtig. Eine Leistungsabgabe von 34% war das Höchste, was aus diesem Ding rausgekitzelt werden konnte. Kai selbst stand vor einem Rätsel.
Unsere Toten, soweit wir ihrer habhaft geworden waren, lagerten in einem speziellen Raum ohne Atmosphäre. Wir gedachten, sie bei passender Gelegenheit würdig zu verabschieden.
Wir waren bedingt gefechtsbereit, das hieß, besser ging es jetzt und auch zukünftig nicht.
Wir mussten etwas ausprobieren. Genau nämlich waren es zwei Dinge:
a) Was verstand unsere Doc unter einem kurzen, einem mittleren und einem weiten Sprung? Sie hatte uns wissen lassen, dass wir jeden Tag einen kurzen, alle zwei Tage einen mittleren und alle vier Tage einen großen Sprung ausführen konnten - ohne größere gesundheitliche Probleme. Zu diesem Zweck sollte beim nächsten Versuch eine Test-

person an Messgeräten angeschlossen und streng von unserer Bordmedizinerin überwacht werden.
b) Wie groß war die Schockwelle beim Wiedereintauchen in den Einsteinraum? Potenzierte sich die Welle mit den größer werdenden Entfernungen? Eine Sache, die uns existenziell interessieren musste.
Genau wie Doc Maria beobachtete Oksana ihre Geräte.
Kai hatte es geschafft, die Schildstärke noch einmal wesentlich zu verstärken. Leider ging dabei die komplette Leistung eines Meilers bei drauf. Und wir hatten nur noch 4,34 Stück davon.

<u>11:37 Uhr, Brücke:</u>

Wir hatten noch fast anderthalb Stunden, bis wir den ersten Jump über fünf Lichtjahre wagen wollten. Ich hatte einen kompletten Check aller Systeme gerade abgeschlossen und wollte noch einen Happen essen gehen, als ich eine deutliche Vibration spürte. Kurz darauf gab es einen internen Alarm – einen Feueralarm! Die Energieart wechselte auf Reservestrom und es wurde dunkler auf der Brücke.
„**Oksana?**"
Meine XO kroch fast in ihre Anzeigen hinein: „Feuer in der Nähe des Maschinenraums! Offenbar hat es eine Explosion gegeben! Die Energiemeiler haben sich automatisch abgeschaltet."
Ich wählte den Anschluss des Maschinenraums und wollte gerade sprechen, als mir ein wahrer Geräuschorkan um die Ohren flog: Schreie, Bersten von Material und das Zischen der automatischen Feuerlöschanlage. Eine Kontaktaufnahme war illusorisch.
„**Oksana – du hast die Brücke! Schick Sanitäter und Leute mit Feuerlöscher dort hin!**" Ich sprang auf und hastete aus der Zentrale. In weniger als fünf Minuten schaffte ich den Weg zum Ziel. Je näher ich dorthin kam, desto dichter wurde der Rauch und Menschen mit rauchgeschwärzten Gesichtern kamen mir entgegen.
„Explosion in der Nähe des Maschinenraums", mehr war an Auskünften nicht zu bekommen.
„**Wo ist Kai Meier?**" Ich wiederholte die Frage mehrfach, aber außer Kopfschütteln bekam ich keine Reaktionen. Mein Lauf wurde erst kurz vor dem Zugangsschott des Ziels unterbrochen.
„Sorry, Captain! Da kann im Moment niemand rein!" Ein Chief der Bordfeuerwehr hielt mich zurück. „Meine Leute ziehen Raumanzüge an

und gehen rein. Die Feuerlöschanlage schaffte es nicht mehr. Wir mussten die Atmosphäre entweichen lassen, ansonsten wären uns die Energiemeiler um die Ohren geflogen!“
Meine Schultern sackten nach unten: „Wie viele Personen waren noch in der Halle?“
„Unbekannt“, erhielt ich zur Antwort. „Leider ging es um Sekunden und ich konnte keine Genehmigung mehr einholen!“ Der Mann musterte mich ernst, aber ich nickte nur dazu. Eigentlich war ich dankbar, dass ich nicht selbst den Befehl zum Öffnen der Außenluken hatte geben müssen. Ich begann leicht zu zittern. Ich hatte Angst vor dem, was jetzt gleich geschehen würde. Die Öffnungsklappen waren mit Gittern versehen, damit niemand in den Weltraum hinausgezogen wurde. Damit wir uns nicht falsch verstehen – tot waren die Leute trotzdem. Man konnte nur anschließend leichter feststellen, wen es erwischt hatte. Mir war zum Kotzen!
Die ersten fünf Mann in schweren Raumanzügen trafen ein. Sie hatten zwei Tragen dabei, oder sollte ich besser >Bahren< sagen? Der Fire-Chief machte sich an der Schottschaltung zu schaffen.
„Kraftfeld installiert und hält!“ Er presste einen Hebel nach unten und das Schott öffnete sich. Seine fünf Leute huschten hinein und ich konnte in der Dunkelheit der Halle gerade noch ein paar bunte Lichter sehen. Was würde ich gleich sehen? Den toten Spaßvogel Kai Meier?
Die ersten Beiden kamen mit einer Leiche zurück. Hatte ich schon erwähnt, dass man bei Dekompressionstoten besser nicht hinschaut? Ich glaube schon, nützte mir aber nichts. Leider musste ich auch noch genau hingucken, denn derartige Tote sehen sich sehr ähnlich. Kai war es nicht. Auch nicht bei den nächsten sechs. Dann kam der Truppführer mit hinaus: „Das war der Letzte. Das Feuer ist aus. Wir könnten die Klappen schließen und wieder Atmosphäre einlassen.“
Der Fire-Chief schaute mich an. Die Halle war riesig und hatten wir überhaupt so viel von dem wertvollen Gas? Ja, hatten wir. Außerdem waren wir darauf angewiesen, dass die Energiemeiler wieder liefen. Ich hatte also keine Wahl und nickte dazu. Wieder machte sich der Feuerwehrchef an der Schottsteuerung zu schaffen. „In anderthalb Stunden können wir die Halle betreten“, gab er dann Auskunft und schloss das Schott.
„Ursache?“

Der Truppführer zuckte mit den Schultern: „Das Explosionszentrum war wohl in einem Nebenraum, ansonsten könnten wir jetzt nicht mehr diskutieren!"
Mir war schlecht, aber das erwähnte ich ja schon. Dann dachte ich an das Nächstliegende. Wenn unser Chefingenieur nicht unter den Toten war, dann musste er doch irgendwo sein. Ich lief zum nächsten Kom-Punkt und wählte den Anschluss der Brücke: „Oksana, ruf Kai aus. Er soll sofort zum Zugangsschott des Maschinenraums kommen!"
„Aye, Captain."
Kurz darauf hallte der Ruf nach unserem Technik-Guru Kai durchs ganze Schiff. Ich wartete fünf Minuten, zehn Minuten, nichts tat sich.
„Wir müssen unseren Chefingenieur suchen! Kann es sein, dass er noch dort drin ist?" Ich fragte den Chef der Fire-Fighter und dieser machte ein skeptisches Gesicht: „Unwahrscheinlich, aber durchaus möglich."
Kurz darauf waren wir mit einigen Leuten auf der Suche. Nach geschlagenen 15 Minuten fand ich ihn in einem Seitengang. Er hockte auf dem Hintern, hatte die Beine angezogen, mit den Armen umschlungen und seinen Kopf zwischen den Knien verborgen – ein Bild des Jammerns.
„Kai, KAI, **KAI!"** Er hörte nicht und als ich ihn an den Schultern rüttelte, schreckte er hoch. Ich sah, dass seine rechte Gesichtshälfte verbrannt war und er deutete auf seine Ohren. Ich diagnostizierte einen Knallschaden, daher hatte er unsere Durchsage nicht gehört. Ein panischer Blick voller Angst traf mich. Ich half ihm hoch, meldete über den nächsten Kom-Punkt, dass ich fündig geworden sei und bat, das Med-Lab auf unsere Ankunft vorzubereiten. Während ich Kai in Richtung unseres medizinischen Zentrums schleppte, ließ der Schock offensichtlich nach und die Brandwunden in seinem Gesicht begannen höllisch zu schmerzen. Kai begann zu schreien und sich zu wehren. Aber da waren wir schon in der Nähe unserer Bordklinik und Doc Maria kam uns mit einer Hochdruckspritze entgegen und drückte sie Kai an den Hals. Es zischte kurz und der Mann wurde schlaff. Ich ließ ihn langsam auf den Boden sinken. Zwei Sanitäter hoben ihn auf eine Trage und transportierten ihn ab.
„Sag Bescheid, wenn er Fragen beantworten kann – und wenn es schriftlich ist. Ich muss wissen, was sich dort abgespielt hat!"
Maria nickte lediglich dazu und eilte mit wehendem Kittel hinter ihren Helfern her.

Ich machte mich wieder auf in Richtung des Epizentrums. Mehr noch als die Brücke war die Maschinenhalle mit den Energieerzeugern unser Herzstück. Wenn das Ding nicht funktionierte, konnten wir gleich überall die Atmosphäre ablassen. Vor dem Schott traf ich auf einen nervösen Mann mit glatten und schwarzen Haaren.
„Wer bist du?"
„Ich bin Fritz Berger, der stellvertretende Chefingenieur", stellte sich der Mann vor.
„Was ist passiert, Fritz?"
„Keine Ahnung. Ich hatte Freischicht. Wo ist Kai?"
„Kai liegt beim Doc im Bett und wird gerade zusammengeflickt! Für die Zeit seines Ausfalls bist du der Chefingenieur. Wenn es möglich ist, gehst du dort rein, verschaffst dir einen Überblick und gibst mir anschließend einen Schadensbericht!"
Dieser Fritz schluckte: „Ja, Captain!"
„Wenn es geht mit Eile!"
Ich drehte mich um und nickte dem Fire-Chief zu: „Gute Arbeit, Chief! Vielen Dank! Ich bin wieder auf der Brücke!" Dort angekommen, gab ich meiner Führungscrew einen kurzen Bericht. Oksana versorgte mich anschließend mit einem Kaffee, der mich nicht wirklich beruhigte. War auch nicht die vordringliche Aufgabe des Kaffees – oder?

13:12 Uhr, Brücke:

„Maschinenraum an Brücke!"
„Hier Brücke", meldete ich mich. Endlich ein Lebenszeichen von dort. Wir liefen seit der Explosion auf Reserveenergie und je länger das dauerte, desto nervöser wurde ich. Die WALHALLA fraß selbst im Low-Betrieb Energie im Gigawatt-Bereich – hauptsächlich wegen des Staselagers. Wir konnten das nicht endlos hinauszögern.
„Der Schadensbericht, Captain ..."
„Können die Energiemeiler wieder angefahren werden?"
„Wir könnten sofort zwei ..."
„Machen und dann komm auf die Brücke!"
„Verstanden, M´am."
Nach zehn Sekunden wurde die Lichtleistung auf der Brücke verstärkt – wir hatten wieder reguläre Energie. Ich hörte den einen oder anderen aufatmen.

„**Der Kollege von der Energieversorgung hat zwei gesagt, zwei Energiemeiler!**“, ich konnte es nicht lassen, die Erwartungen etwas zu dämpfen. Ich war sauer. Da war uns etwas um die Ohren geflogen und niemand konnte sagen, was es war. Also, schloss ich messerscharf, konnte es gleich noch einmal passieren. Man hatte auf der Brücke eifrig diskutiert, aber jede Möglichkeit fand einen logischen Ausschlussgrund. Nach zehn Minuten war Fritz auf der Brücke – kurzatmig. Alles andere hätte mich noch mehr in Rage versetzt.
„Besprechung nebenan!“, wies ich meine Crew an und wir setzten uns schließlich um den ovalen Tisch herum.
„Das ist Fritz, äh ...“
„Berger“, half mir der Ingenieur aus.
„Genau, Fritz Berger, Stellvertreter von unserem Technik-Chef“, stellte ich vor. „Bitte deinen Bericht, Fritz!“
Der Mann rutschte etwas unsicher auf seinem Sitz hin und her.
„Wir haben eine weitere Leiche gefunden“, rückte er schließlich raus.
„Wer ist es?“
„Die DNA-Untersuchung läuft!“
Ich schaute in sein eh schon blasses Gesicht. Aha, diese Art von Leiche.
„Wo ist sie gefunden worden?“
„In diesem Nebenraum, wo die eigentliche Explosion stattgefunden hat.“
„Ursache?“
Fritz schüttelte den Kopf. Er hatte keine Ahnung.
„Dann bitte den Schadensbericht!“
„Es sind zahlreiche Gegenstände zerstört worden. Das Meiste können wir ersetzen, aber ein Energiemeiler ist unwiderruflich zerstört.“
„Meiler 3?“
Mein Herz krampfte sich zusammen, als Fritz den Kopf schüttelte: „Nummer vier!“
„**SCHEISSE!**“ Die Brückencrew einschließlich Fritz zuckte wegen meines heftigen Ausbruches zusammen. Jetzt hatten wir tatsächlich nur noch 3,34 Energiemeiler, oder, ich rechnete schnell im Kopf, etwa zweidrittel der Energieerzeugung! Das war mehr als Scheiße und ein dickes Problem!
„Du hast gesagt, es können erstmal nur zwei Energiemeiler ans Netz gehen. Wieso?“

„Es hat Feuerschäden gegeben. Wir müssen Schalteinrichtungen und Sicherungen tauschen."
„Wie lange?"
„Ich rechne mit vier Tagen Reparaturzeit!", kam die mir zu lahme Antwort.
„Zwei, ich gebe euch zwei Tage. Dann haben wir hier 66% der Energie zur Verfügung!"
„Ich brauche mehr Leute", wagte Fritz einzuwerfen.
„Abgelehnt! Wenn ihr Meiler 3 ans Laufen bekommt und zwar zu 100%, dann können wir darüber reden. Mehr Leute verbrauchen Energie und müssen ernährt werden."
Ich musste hart bleiben. Eine Person im Kälteschlaf verbrauchte nur ein Bruchteil einer aktiven Person an Bord.
„Da werden Überstunden fällig!" Als Fritz meinen Gesichtsausdruck sah, bereute er augenblicklich seine letzten Worte und fast wären es auch seine letzten gewesen.
„Sag mal – hast du den Schuss nicht gehört? Wo haben ´se denn so einen wie dich aufgegabelt? Bist du mal Fahrstuhlwärter im Puff gewesen? Wir kämpfen hier ums Überleben und dich kümmern irgendwelche Überstunden? Ich werfe jeden von Bord, DER MIR NOCHMAL SO EINE SCHEISSE ERZÄHLT!"
Nach meinen gebrüllten Verbalinjurien konnte man eine Stecknadel fallen hören.
„UND JETZT MACH DICH AN DIE ARBEIT!"
Mit hochrotem Kopf sprang Kais Ersatzmann auf und verließ schleunigst den Besprechungsraum und die Zentrale.
Ich schlug mit beiden Fäusten wuchtig auf die Tischplatte: „Mit solchen Leuten sollen wir einen Krieg gewinnen? **Der unterbricht ja den Waffengang, weil die Gewerkschaft eine Pause durchgesetzt hat!"**
Ich atmete ein paar Mal tief durch, dann merkte ich, wie sich mein Blut wieder abkühlte: „Ich brauche hier am Tisch Berater und am liebsten Freunde, zumindest Weggefährten. Wenn ich übertreiben sollte, falsch liege oder es besser geht, dann sagt es mir bitte. Ich bin dann nämlich dankbar."
Ich sah jeden an und Russ gab schließlich eine Antwort: „Ich stehe völlig hinter dir. Sag mir Bescheid, wenn ich deinen Worten Nachdruck verleihen soll."

Oksana fügte hinzu: „Sein Verhalten war schon beinahe mit Meuterei gleichzusetzen."
Ich nickte ihr zu: „Darum wirst du den Typen im Auge behalten. Wenn du den Eindruck hast, dass er bummelt, dann sag es mir. Ich bin durchaus bereit, öffentlichkeitswirksam ein Exempel zu statuieren."
Im Allgemeinen bekam ich Zuspruch für meinen heftigen Ausbruch. Sicherlich konnte ich noch ein wenig an meinen Führungsqualitäten arbeiten, aber so lange es funktionierte ...
Ich wollte gerade fortfahren, als unser Doc über die Kom-Anlage rief: „Med-Lab an Brücke!"
„Hier Brücke", antwortete ich.
„Kannst du bitte hierhin kommen? Kai kann eventuell die eine oder andere Frage beantworten."
„Ich komme sofort!"
Ich seufzte und sah die Brückencrew an: „Systemcheck. Ich will wissen, was sonst noch kaputt ist. Oksana, stell bitte eine Liste der Toten zusammen und trag sie ins Log-Buch ein."
„Aye, Captain!"
Ich verließ Besprechungsraum und Brücke. Tatsächlich ließ ich mir etwas Zeit, um auf die Krankenstation zu kommen. Kai würde nicht weglaufen und solange der Kahn eh keinen Hopser machen konnte, brauchte ich dabei nicht rennen.
Im Eingangsbereich empfing mich Doc Maria Santez. Die Spanierin bat mich zunächst in ihr Büro und bot mir Platz an.
„Ich hatte zwar angegeben, dass der Technikleiter vernehmungsfähig ist, aber mit Einschränkungen. Er hat einen Knallschaden und hört im Moment nichts. Du wirst deine Fragen aufschreiben müssen. Ich nehme einen Folienblock und Stifte mit."
„Wann wird er wieder hören können?", fragte ich, denn einen tauben, leitenden Ingenieur konnte ich schwerlich gebrauchen.
„Das ist es, was mich stutzig macht", eröffnete die Ärztin. „Ich kann keine Schäden feststellen."
„Was vermutest du?"
„Ich gehe von einer psychischen Störung aus. Eine Schutzfunktion des Geistes, damit er regenerieren kann – vielleicht."
„Wie lange?"
Maria zuckte mit den Schultern: „Vielleicht bis morgen, vielleicht bis zum Ende seines Lebens."

Ich stand auf: „Hört sich nicht gut an. Ich soll also pfleglich mit ihm umgehen?“
Maria erhob sich ebenfalls: „Es kann nicht schaden.“
Gemeinsam suchten wir Kai in seinem Patientenzimmer auf. Der Techniker lag allein und war an ein paar Maschinen angeschlossen. Die Hälfte seines Gesichtes und ein Teil seines Körpers waren bandagiert. Ich berührte ihn zur Begrüßung an seinem nicht verletzten Körper. Maria drückte mir den Folienblock in die Hand und er richtete sich halb auf und schaute mich ängstlich aus seinem freien Auge an.
Ich schrieb etwas auf den Block und hielt es ihm hin: >*Wie geht es dir?*<
Zwar war es nicht das, was mich vordringlich interessierte, aber ein bisschen Anstand hatte ich – noch.
Er antwortete überlaut: „NICHT GUT!“
>*Was ist passiert?*<
„ICH HATTE JOEY GEBETEN, SICH DIE ENERGIEWAFFEN DER FREMDEN ANZUSEHEN!“
Mir fiel es wie Schuppen von den Augen! Darauf waren wir nicht gekommen. Dieser blöde Joey, man soll ja nicht schlecht über Tote reden, aber den hätte ich am liebsten noch nachträglich den Ratten zum Fraß vorgeworfen, hatte an dem Teil rumgeschraubt.
„ER SOLLTE DABEI VORSICHTIG SEIN – HAB ICH IHM GESAGT!“
Ich kniff die Lippen zusammen und übersah den warnenden Blick von Maria.
>*War er aber nicht!*<, schrieb ich auf den Block.
„IST VIEL PASSIERT?“
Außerhalb seines Gesichtskreises begann Maria heftig zu winken, war mir jetzt aber mal scheißegal. Er war der Chef der technischen Abteilung und ich hatte ihm die Aufgabe übertragen, sich die Waffen anzusehen. Nun standen wir kurz vor dem Energiebankrott, weil er es eben nicht getan hatte und sein unvorsichtiger Lakai das halbe Schiff gesprengt hatte.
>*Nicht viel – acht Tote und Meiler 4 irreparabel. Ich brauche Meiler 3! Uns geht die Energie aus!*<, stand auf dem Block, nachdem ich die nächste Folie beschriftet hatte. Maria barg ihren Kopf in den Händen, als ich Kai das Teil direkt vor die Nase hielt.
Während Kai stöhnend ins Bett zurücksank, verließ Maria leise das Krankenzimmer.

Kai hatte sein freies Auge geschlossen und ich entschloss mich, ihn ein wenig Selbstkritik üben zu lassen. Also verließ ich ebenfalls das Zimmer und warf zuvor den Folienblock auf sein Bett.
Draußen empfing mich Maria: „Warum hast du nicht ..."
Weiter kam die Chefärztin nicht. Ich zeigte auf die mittlerweile geschlossene Tür des Patientenzimmers: **„Da liegt der Grund unserer Misere. Unentschuldbare Unachtsamkeit und das Leben von 50.000 Menschen hängt am seidenen Faden! Im Übrigen deins auch! FLICK - DEN - WIEDER - ZUSAMMEN!"**
Ich verließ, nein, ich rauschte aus dem Med-Lab.

Eine Woche später, **15.09.2120**:

Ich hatte das blöde Gefühl, dass unsere Pechsträhne gerade erst angefangen hatte. Kai schien sich etwas zu erholen, war aber noch sehr bedrückt. Ganz richtig machte er sich heftigste Selbstvorwürfe und manchmal tat es mir schon etwas leid, dass ich ihn so schonungslos damit konfrontiert hatte. Während ich an seinem Bett saß, bekam ich gleichzeitig eine Lektion in Sachen Energiehaushalt:
Ein Energiemeiler wurde ständig für das Staselager benötigt. Ein halber ging für unsere Lebenserhaltung drauf. Zweieinhalb weitere brauchten wir, um entweder zu springen oder Kampfmanöver zu fliegen. Somit wäre einer noch in Reserve – wäre, wenn Meiler 4 nicht ein für alle Mal das Zeitliche gesegnet hätte. Meiler 3 brachte es immer noch nicht weiter als auf 34% und somit stagnierten wir hier bei 3,34 von benötigten 4.
„Es hat sich als unnötig erwiesen, deinen Vertreter in den Hintern zu treten", hatte ich Kai bei einem Krankenbesuch schriftlich berichtet. „Er strengt sich an, kann aber an dein Genie nicht kratzen."
Kai winkte hoffnungslos ab: „Ich habe es ja auch nicht hinbekommen."
Danach war wieder Schweigen angesagt gewesen. Maria hatte gesagt, dass sie ihn noch mindestens 14 Tage in der Klinik halten musste. Eines seiner Augen war zu Schaden gekommen und da musste absolute Ruhe her. Nun, da wir von unseren Feinden nicht entdeckt und damit nicht angegriffen wurden, konnten wir noch eine Zeit lang auf Kepler 22b zurasen. Während vielfältige Reparaturen am Schiff ausgeführt wurden, beschloss ich, auf unser Technik-Genie zu warten. Ganz viele andere Optionen hatte ich auch nicht.

22.09.2120, 08:05 Uhr, WALHALLA, Brücke:

Wir hatten gerade unsere Tagschicht begonnen, als ich vom Med-Lab gerufen wurde.
„Du kommst besser her“, hatte mir Dr. Maria Santez über die Bord-Kom mitgeteilt. Ich weiß nicht wieso, aber ich befürchtete, ja was eigentlich? Konnte unsere Situation noch schlimmer werden? Oh ja, sie konnte und ich sollte es gleich erleben. Mit einem Sack Zement im Bauch, so kam es mir vor, schlich ich durch das Schiff und hatte Angst, mein Ziel tatsächlich zu erreichen.
Maria erwartete mich hinter dem Zugangsschott zum Med-Lab.
„Was ist los?“, fragte ich. Maria, sonst eher mit dunklem Teint gesegnet, sah aus wie eine Kalkleiste. Sie schüttelte den Kopf, drehte sich um und ging voraus. Ich hatte keine andere Möglichkeit, als brav und mit klopfendem Herzen hinter ihr herzugehen. Sie ging in Kais Patientenzimmer und blieb gleich neben der geöffneten Türe stehen.
Ich sah an ihr vorbei auf das Bett und dann richtete ich meinen Blick auf das, was ich gleich als störend empfand: eine Blutlache unter dem Bett – richtig groß. Mit schnellen Schritten überwand ich die Distanz zum Krankenlager und achtete darauf, nicht ins Blut zu treten. Der dort liegende Körper war komplett abgedeckt und mit einem Ruck entfernte ich die Decke vom Kopf des Patienten. Kai schaffte es, noch bleicher als Frau Doktor auszusehen. Selbst medizinisch ungeschulte Leute hätten auf den ersten Blick erkannt, dass Kai tot war.
„Er hat sich mit einem Skalpell die Pulsadern aufgeschnitten“, erklärte Maria, die lautlos zum Bett aufgeschlossen hatte.
Ich warf einen Blick auf die Aufzeichnungsgeräte.
„Er hat sie überbrückt, sodass sie keinen Alarm geben konnten. Schließlich war er unser Technik-Genie“, interpretierte Maria meinen Blick richtig. „Hier, das hat er auf den Block geschrieben.“ Sie legte Kai meinen benutzten Folienblock auf den Bauch und ich las: *>Es tut mir leid ...<*
Mich überkamen in diesem Augenblick tiefe Hoffnungslosigkeit und ein paar Sekunden später ohnmächtige Wut. Da ließ uns dieser Feigling einfach so im Stich! Wie viel an Hoffnung hatte ich in diesen Mann gesetzt!
„Was sollen wir jetzt tun?“, kam die müde Frage der Chefärztin und ich riss mich zusammen. Ich war die Captain und ich durfte keinesfalls den

Eindruck erwecken, dass ich nicht wusste, wie es weitergehen sollte. Ich hatte die Crew zu führen! Ich hatte einfach einen Plan B zu haben – und wenn er nur virtuell war!
„Schaff ihn zu den anderen Toten!“ Damit drehte ich mich um und verließ wortlos das Med-Lab. Von unterwegs sprach ich mit der Brücke: „Oksana, trommel die Leute zu einer Besprechung zusammen – wir haben ein Problem!“

09:00 Uhr, Besprechungsraum:

Die Kaffeepötte standen unangerührt vor uns. Wie lange konnten wir uns diesen Luxus noch leisten? Nach meinem Bericht war Fritz Berger, der Vize vom freiwillig verblichenen Top-Ingenieur, mehr als nur geschockt. Ich hatte den dringenden Verdacht, dass sich mein zweiter Mann im Technikbereich ebenfalls auf die Genesung seines Chefs und dessen Können verlassen hatte. Zu deutlich war seine Reaktion jetzt. Vor ein paar Tagen hatte ich einen Blick in das Dossier von Fritz Berger geworfen. Der Mann war ebenfalls topp in seinem Fach, er wirkte hier an Bord aber irgendwie gehemmt.
„Fritz!“
Keine Reaktion.
„**FRITZ!**“
„Ja, ja“, der Mann war zusammengezuckt. Wenn das unser Held sein sollte, dann musste ganz schnell ein Wunder her oder zumindest eine Muse, die ihn wachküsste oder so. Er sah mich beinahe ängstlich an, und ich beschloss mal, ganz sanft mit ihm umzugehen. Das war zwar so gar nicht meine bevorzugte Methode, aber schließlich heiligte in diesem Fall der Zweck die Mittel, und solange ich nicht mehr tun musste, als über meinen Schatten zu springen ...
„Fritz! Können wir dir vielleicht irgendwie helfen?“
„Ich, nein ... , also, nein, wie denn?“ Er begann zu zittern.
„Fritz! Nehmen wir mal an, du dürftest dir jemanden aussuchen, den wir wecken. Hättest du jemanden?“
Interesse und Hoffnung glomm in seinen Augen auf: „Muss das ein Techniker sein?“
Ich holte tief Luft und Fritz ging schon mal vorsichtshalber in Deckung. „Nein, muss es nicht“, erklärte ich zu seiner Überraschung

und wohl auch zu der meiner Crew. „Wichtig ist nur, dass diese Person dir hilft. Egal wie. Von mir aus mental oder sonst wie."
Fritz tat so, als würde er überlegen. Ich ließ ihm die Zeit.
„Es gibt jemanden", sagte er schließlich leise.
„Wer ist es?"
„Klaus Holter"
„Wer ist Klaus Holter?", fragte ich leise.
„Ein, ein Freund. Er hat gute Ideen und ich ... äh... vertraue ihm. Wir waren viel zusammen und waren ein gutes Team, äh ...", Fritz stotterte noch ein bisschen herum und mir war es wurscht, ob es **der** Freund oder **ein** Freund von Fritz war. Die sexuelle Ausrichtung unseres Sensibelchens ging mir echt am Ar...m vorbei. „Jeff, weck Klaus Holter!"
„Aye, Captain!"
Ich sah meine Crew an: „Trinkt den Kaffee, so lange er noch heiß ist!"

26.04.2134, 06:30 Uhr, AQUARIUS:

Die Sonne war gerade im Begriff, in diesem Teil der Welt mit Wärme und Licht die leichte Kühle der Nacht zu vertreiben. Immerhin war es in der Nacht gut zehn Grad kälter als am Tage – also etwa 30 Grad Celsius. Nicht wirklich kalt. Auf diesem Klasse-N-Planeten, der hauptsächlich aus Wasser und Zehntausenden von Inseln bestand, bedeutete dies, dass das Meer hier fast gänzlich von Nebel eingehüllt war. Das Wasser wirkte wie mit Watte zugedeckt. Nur ganz langsam löste sich der Nebel in den Strahlen der aufgehenden Sonne auf. Nahezu windstill hörte man nur gelegentliches Plätschern, wenn ein Fisch aus dem Wasser sprang oder ein Vogel hinein. Die Vögel auf AQUARIUS hielten morgens, bis auf das Melden von Gefahrensituationen, den Schnabel. Das war auch besser so, denn es entsprang diesen Kehlen keine munter geträllerten Liedchen, wie man es vielleicht von der Erde kannte, sondern heiseres Gekrächze. Dafür waren sie perfekt an das maritime Leben angepasst: Statt Federn hatten sie leichte Schuppen und zusätzlich noch Kiemen an den Hälsen. Sie konnten wahlweise an Land, bzw. in der Luft oder im Wasser leben.
Am Ufer einer dieser ungezählten Inseln stand ein nur mit einer Shorts bekleideter Mann. Er sah auf das Wasser hinaus, obwohl nicht viel zu erkennen war. Aber dieser Mann verließ sich nicht nur auf seine Augen. Hier ein leiser Laut und dort ein sanftes Plätschern, und der Mann war

im Bilde. Langsam ging er vom Ufer in das wohltuende Nass. Immer weiter sank er dabei in das Meer ein. Als seine Brust das Wasser berührte, tauchte er ganz unter und schwamm ein paar Züge weiter raus, bis sein Kopf wieder durch die Wasseroberfläche nach oben kam. Dann orientierte er sich. Rechts neben sich nahm er eine Bewegung wahr.

Er schwamm auf der Stelle und wartete geduldig.

Dann schoss einen Meter vor ihm ein Kopf aus dem Wasser und es ertönte ein Rülpser, der selbst vor einer bayerischen Biertheke einen Achtungserfolg errungen hätte. Zwei schwarze Augen schauten den Mann an, und von der langen Schnauze tropfte noch Wasser herab. Es war ein Robbendelfin, das Leittier einer ganzen Schule. Die Tiere waren etwas kleiner als Menschen, besaßen die waagerechte Schwanzflosse eines Delfins und auch dessen Schnauze, und wie der Name es schon sagte: Der Rest entsprach dem Aussehen einer irdischen Robbe. Dieser >Rülpser< waren die Laute dieser halbintelligenten und zutraulichen Tiere.

„Kolenya“, sagte der Mann leise zu dem Tier, schwamm auf dieses zu und streichelte es. Kolenya bedeutete in der Sprache der Miwok-Indianer so viel wie >Hustender Fisch<. Okay, es passte nicht ganz, aber das Tier hatte sich an diesen Namen gewöhnt und schloss bei den Berührungen des Mannes genussvoll die Augen. Derweil wurden sie von einer ganzen Schule von Robbendelfinen umkreist. Näher kam aber kein anderes Mitglied dieser Gruppe, das blieb dem Leittier vorbehalten. Anschließend schwamm man gemeinsam weiter. Der Mann tat gut daran, in Begleitung dieser dem Menschen freundlich gesinnten Einwohner zu schwimmen. Der Improbus, eine Haiart auf AQUARIUS, konnte es gut und gerne mit den weißen Haien auf der Erde aufnehmen und würde sofort angreifen. Aber wo Robbendelfine waren, tauchte dieser Meeresräuber schnell ab.

Nach etwa 30 Minuten war die Schwimmrunde zu Ende und die Tiere begleiteten den Mann bis zur Insel CHUMANI. Dort verabschiedete sich der Mensch von seinen tierischen Freunden. Eine Menge >Rülpser< begleiteten Chapawee Paco, um ihn handelte es sich nämlich, während er den Strand hinaufging. Eine zierliche Frau mit einer Decke wartete geduldig auf ihn.

„Hast du das Bad mit deinen feuchten Freunden genossen, mein Gefährte?“

„Das habe ich, Naira. Wenn ich früher hier gewesen wäre, dann würde ein Robbendelfin mein Totemtier sein. Ich spüre eine tiefe Verbundenheit mit diesen friedlichen Wesen.“ Paco nahm seiner Partnerin das große Tuch ab und schlang es um sich. Dann folgte er Naira zu einem Platz abseits der Hütte, wo ein kleines Feuer brannte. Er setzte sich in der typisch indianischen Haltung auf den Boden und Naira reichte ihm ein teeähnliches und heißes Gebräu, dazu eine flache Holzschale mit etwas zum Essen. Sie selbst setzte sich ihm gegenüber und frühstückte selbst auf diese bescheidene Art. Die einzige Konzession, die Paco an das >neue< Leben machte, war der Verzicht auf ein Tipi. Die täglichen und wolkenbruchartigen Regenfälle – einfach unzweckmäßig so ein Zelt. Daher stand auf der etwa 40.000 qm großen Insel lediglich ein geräumiges Blockhaus mit einer speziell vor Nässe geschützten Terrasse. Weiterhin befremdlich, weil modern, war ein stattlicher Gleiter, der wasser- und weltraumtauglich war. Dazu kam noch eine Sphäre, wenn es mal richtig schnell gehen musste. Am Bootssteg gab es eines der hier auf AQUARIUS üblicherweise viel benutzten Luftkissenboote und natürlich – ein recht großes Indianer-Kanu. CHUMANI stellte gleichzeitig auch eine Art Regierungssitz für den Obmann von AQUARIUS dar. Das Regieren oder was man dazu sagen sollte, hatte sich mittlerweile eingespielt. Hauptsache war die Verteidigung gegen mögliche Aggressoren. Ansonsten waren ein paar zehntausend Siedler über den Planeten verteilt, die hauptsächlich auf sich gestellt waren, aber über modernste Anbindungen an Nachrichtentechnik verfügten. Es ging niemand verloren und jeder, der Hilfe benötigte, erhielt sie auch. Chapawee war mehr ein Wächter für diese paradiesische Welt. Admiral Raven hatte ihn dort eingesetzt, weil Paco als naturverbundener Mensch ein Gefühl, oder besser Kontakt, zu den Robbendelfinen hat herstellen können. Thomas Raven war beeindruckt gewesen, wie Paco mit diesen Tieren umgehen konnte. Paco selbst genoss die Ruhe und das Leben mit und in der Natur.

Durch den Schein des Feuers sah er seine Partnerin an. Naira war noch nicht lange an seiner Seite, aber noch mehr als die Ruhe genoss er ihre Gegenwart. Naira war wie der Planet: ruhig, gelassen und eine zierliche Schönheit. Genau wie er zählte sie auch zu den Abkömmlingen der Ureinwohner Nordamerikas.

„Die Augen meiner Partnerin leuchten intensiver als die Sterne in der Nacht“, stellte Paco mehr als Frage betont fest.

„Du erinnerst dich an unseren nächtlichen Ausflug mit dem Kanu?“, fragte ihn Naira leise, ohne auf seine Bemerkung einzugehen.
„Mein Leben wird nicht lang genug dauern, dass ich diese Nacht vergessen könnte“, erwiderte Paco wahrheitsgemäß. Sie waren in einer ruhigen Nacht mit dem Kanu aufs Meer hinaus gerudert. Irgendwo hatten sie die Paddel eingeholt und sich treiben lassen. AQUARIUS hatte zwar keinen Mond, aber die Meteoritenschale um das System herum wurde von der Sonne angestrahlt und bescherte einen atemberaubenden Anblick. Diese Umstände verhalfen dem Paar zu einem sehr romantischen Erlebnis.
„Was will mir meine geliebte Partnerin erzählen?“, fragte Paco nach.
„Dass diese Nacht nicht ohne Folgen geblieben ist“, flüsterte Naira und sah Chapawee intensiv dabei an. Paco erhob sich, ging zu seiner Gefährtin und streckte beide Arme aus. Sie ließ sich hochhelfen. Dann stand die kleine Frau ebenfalls und sah an Paco hoch.
„Will Naira mir sagen, dass sie unser Kind unter ihrem Herzen trägt?“
Die Indianerin nickte und Paco zog sie an sich. Naira klammerte sich fest an ihn und sah dabei nicht, dass dem Sioux eine Träne die Wange herunterlief. Nach einer ganzen Zeit sagte Paco: „Ich danke dem großen Manitu, dass er uns ein Kind schenkt.“

26.04.2134, 17:00 Uhr, AGUA, GREEN COAST FARM, Wohnhaus Admiral Raven, Garten:

Es gab etwas zu besprechen und zwar zum Thema Jane Scott und ihrem Portrait zum 10. Jahrestag >Rettung der WALHALLA<. Thomas Raven gedachte das Nützliche mit dem Angenehmen zu verbinden und so hatte er kurzerhand Dana Ostenson und Jurij Maximov zu sich nach Hause eingeladen. Gut, Lea hatte die beiden informiert und die Einladung ausgesprochen. Keine Frage, die Assistentin des Admirals war ebenso zugegen, wie Ewa und der kleine Felix. Letztgenannter schlief friedlich in seinem Kinderbettchen am Rande der Terrasse. Es stand eine Reihe von Getränken auf dem Tisch und eine lebhafte Diskussion hatte bereits begonnen. Man saß auf der schön angelegten und in die Natur integrierten Veranda in bequemen Stühlen und vor einem ovalen Tisch, der einer Menge Leuten Platz bieten konnte. Soeben hatte der Admiral abgelehnt, selbst in irgendeiner Weise bei der Aufarbeitung von Janes Geschichte öffentlich teilzunehmen. Es reiche völlig aus, wenn Ron seinen Senf dazu gibt, hatte er lax geantwortet, und Dana strich den Admiral als möglichen Interviewpartner von ihrer Liste.

„Alle anderen haben zugesagt“, gab sie bekannt. „Damit brauchen wir dich auch nicht unbedingt“, sagte sie zur Absage des Admirals, zumal er das bei dem Auftrag dieser Recherche von vornherein so gesagt und gewünscht hatte. Dana ahnte, warum der Admiral nicht dabei sein wollte. Er spielte in dieser Story schon eine tragende Rolle. Mit der Entdeckung der WALHALLA 2124 hatte er Jane zum zweiten Mal das Leben gerettet. Er wollte nicht, dass diese Tatsache auf Umwegen dann ihm auf die Fahne geschrieben wurde. Er wollte die Leistung von Jane Scott gewürdigt wissen – ohne sein Zutun.

Man hatte sich gerade geeinigt, wer wen befragt, Jurij war es aufgetragen, sich um Jane Scott zu kümmern, alle anderen wollte Dana interviewen. Dabei hatte das Ganze schon so eine Art von Fernsehrolle. Die Fragen waren abgesprochen. Man wusste die Antworten ja, es ging nur darum, das Ganze medial für die Öffentlichkeit aufzuarbeiten und sehenswert zu machen. Als auch das erledigt war, fragte Ewa nach Wünschen betreffend das Essen. Jurij hatte die zündende Idee: „In GC hat jetzt eine Pizzeria eröffnet.“

„**Was?**“ Für Ewa war das ganz neu. Man konnte doch selbst ... usw.

„Es hat sich herausgestellt, dass gerade Paare sehr viel Wert auf ein gemeinsames Essen im stilvollen Ambiente legen“, wusste Jurij zu berichten. „Die ZeVe, also >Zentrale Verwaltung<, hat daraufhin Restaurants verschiedener Richtungen bauen lassen und über die zu leistende Gemeinschaftsarbeit Personal zur Verfügung gestellt. Es gibt Steak-Häuser, China-Restaurants, Sushi-Bars, Italiener mit Pasta-Gerichten, griechische Tavernen und noch viele mehr.“

Ewa, die neben dem Tisch stand, sah etwas fordernd auf ihren Gatten herunter: „Früher bin ich mal von einem netten, jungen Mann zu sowas eingeladen worden!“

Thomas verschluckte sich an seinem Fruchtsaft: „Ich gebe zu, dass Romantik-Dinner in letzter Zeit eher unten auf der Prio-Liste gestanden haben.“

„Stimmt nicht!“, widersprach Ewa und stach mit einem Finger in Richtung Thomas. „Solche Sachen standen überhaupt nicht drauf – nicht mal **ganz** weit unten.“

Thomas hob entschuldigend beide Arme: „Die große Liebe meines Lebens hat selbstverständlich Recht. Ich bitte tausend Mal um Verzeihung und werde entsprechende Einladungen selbstverständlich aussprechen – zeitnah!“
Ewa zog die Brauen hoch, stemmte die Arme in die Hüften und drehte sich zu Lea: „Lea, wärest du so freundlich, deinen Chef zu erinnern?“
Lea hob einen Daumen: „Gib mir Zugang zu deinem Terminkalender und ich reserviere Tische für euch in allen Restaurants von GRACELAND CITY.“
Ewa war überrascht: „Sicher, bekommst du, aber alle Restaurants?“
Hier sprang Dana ein: „Stell dir vor, Ewa, wenn die Frau Präsidentin und der Herr Admiral ein Restaurant verschmähen würden. Die Wirkung auf das Personal – verheerend.“
Ewa machte ein betroffenes Gesicht und Jurij sagte dazu: „Das ist der Preis, wenn man in der Hierarchie so weit oben steht. Und auch noch beliebt ist!“
Thomas sah das locker: „Lea wird in allen Restaurants Tische reservieren und ich freue mich darauf.“
„Äh, was ist mit meiner ursprünglichen Idee?“ Jurij sah sich um. „Pizza für alle?“
„Liefern die auch?“, fragte Lea.
„Selbstverständlich. Sie garantieren innerhalb von 30 Minuten eine heiße Pizza nach Wunsch!“
Thomas war erstaunt. Da lief ganz klar was an ihm vorbei. Das wollte er genauer wissen: „Gibt es eine Karte?“
„Auch das“, bestätigte Jurij und holte ein Pad aus seiner Hosentasche. Er sprach ein paar Worte hinein und legte es dann auf den Tisch. Zur Verwunderung war das Gerät auch gleichzeitig ein Holo-Emitter und zeigte die Pizzeria von außen. Per Sprachbefehl aktivierte Jurij anschließend die Speisekarte und die Pizzen wurden angezeigt und der Text darunter wies auf die Geschmacksrichtung bzw. die Zutaten hin. Die Darstellung war so naturgetreu, dass Thomas das Wasser im Mund zusammenlief.
„Die neueste Entwicklung aus BRAIN HILL“, erklärte Jurij und Thomas bekam große Augen. Auf diese Weise bestellte jeder seine Lieblingspizza.
„Ich will auch so ein Ding“, sagte Thomas anschließend und deutete auf das Gerät von Jurij.

„Hab ich mir gedacht“, antwortete Lea und machte ihre Handtasche auf.
JA! JA und wieder **JA!** Auch im 22. Jahrtausend, 24 Millionen Lichtjahre von der Erde entfernt, ging keine Dame, oder junge Frau, ohne Handtasche irgendwohin. Also hatte Lea selbstverständlich eine kleine Kollektion und diese hier enthielt tatsächlich das vorsorglich besorgte Holo-Pad für Thomas. Sie reichte es ihm.
„Ähm, danke“, Thomas nahm es an sich. „Hab´ ich dir eigentlich schon mal gesagt, dass ich es bisher keinen Tag bereut habe, dich als meine Assistentin eingestellt zu haben?“
Schallendes Gelächter von Ewa war die Folge seines eigentlich nett gemeinten Spruches: „Um der Wahrheit die Ehre zu geben, hat Lea dich als ihren Chef ausgewählt! Erinner dich mal!“ Ewa konnte sich kaum beruhigen.
Thomas grinste verlegen: „Stimmt.“
„Für die nette Klarstellung“, fuhr Lea fort, „auch für dich, Ewa, eines der ersten Geräte.“ Sie reichte auch Ewa eine der Innovationen aus BRAIN HILL über den Tisch. „Und zu deiner Frage, Thomas. Du sagst es mir jedes Mal auf unseren Festen – ab einer bestimmten Uhrzeit.“ Lea grinste dabei, wie Thomas fand, etwas zu breit – wahrscheinlich meinte sie seinen Blutalkoholkonzentrationswert. Aber was soll´s, dachte er. Er traute Lea eine ganze Menge zu und sie würde ihren Weg gehen. Es war seine Aufgabe, eine selbstbewusste und starke Frau daraus zu formen bzw. ihre Entwicklung zuzulassen. Wenn Thomas sich selbst fragte, was er für Lea empfand, dann waren es die Gefühle eines Vaters – eines stolzen Vaters. Kurze Zeit darauf wurden die Pizzen geliefert – mit einer Drohne. Sie schwebte mit entsprechenden Ankündigungsgeräuschen über dem Tisch: „Bitte den Tisch etwas freiräumen!“ Die eingebaute Mini-KI hatte gesprochen und man beeilte sich, ein paar Getränke wegzuräumen. Die Drohne landete und klinkte dabei das unter ihrem Korpus befestigte Paket aus. Fast geräuschlos entfernte sie sich wieder. Thomas schaute interessiert hinter dem vollautomatischen Lieferanten her. Auch das war neu! Restlos begeistert war er allerdings von der Qualität der Pizza. Der Service hatte gleich noch zwei Flaschen Rotwein dazu gepackt, wie Thomas anerkennend feststellte – wahrscheinlich VIP-Bonus.
Kaum war man satt, als Thomas Armbandcom brummte. Er schaute kurz drauf: „Au verdammt, ein Gespräch über den Nullzeitkommuni-

kator von Mond DREI kommt rein. Ich geh mal gerade ins Haus!“ Thomas verschwand schnell und Ewa schaute ihm sorgenvoll hinterher. Gespräche über den Nullzeitkommunikator kamen entweder von EDEN oder von AQUARIUS und selten war der Grund erfreulich.

Thomas hatte sein Arbeitszimmer, wenn er es denn der REVENGE vorzog, im Erdgeschoss gleich neben der Haustüre. Das Fenster stand auf kipp und so hatte man draußen keine Mühe, die lauten Ausrufe des Admirals zu hören.

„**NEIN! ECHT JETZT! WAHNSINN! ICH FREUE MICH! MENSCH ALTER FREUND, DAS IST GRANDIOS!**“

Ewa begann erleichtert zu kichern: „Was hat **er** denn?“ (Die Betonung lag auf >er<)

Die anderen schauten sich belustigt an. Niemand, Ewa eingeschlossen, hatte den Admiral mal so außer sich gehört.

„**UND DU HAST NICHTS DAGEGEN, DASS WIR MAL AUF EUER WOHL VORFEIERN? – KLASSE! Wir sehen uns zum 14. Besiedlungsfest – spätestens! Mach´s gut und Grüße von uns!**“

„Meine Güte, der ist aber aus dem Häuschen. Jetzt bin ich aber neugierig!“, Ewa schaute ihre Gäste fragend an. In diesem Augenblick wurde das Fenster aufgerissen und Thomas streckte seinen Kopf raus: „Lea! Trommel das Tal zusammen! Ich lade ein – freiwillig also! Wenn Laura abkömmlich ist, mit Begleitung hier hin, genau wie die restlichen Captains! Treffen in sagen wir: 75 Minuten! Und sag deinem Dad Bescheid, er soll Bier mitbringen – reichlich!“

Das Fenster wurde zugeknallt und alle sahen sich betroffen an. Alle? Nein, Lea nicht. Sie kannte ihren Chef und hielt ihr Holo-Pad bereits in der Hand. Wundern konnte sie sich auch später noch. 75 Minuten waren nicht lang und so mancher wollte sich bestimmt noch etwas zurechtmachen. Sie legte das Gerät anschließend auf den Tisch.

Schließlich kam der Admiral aus dem Haus und als er mit Fragen bestürmt wurde, hob er abwehrend beide Arme: „Nein, erst wenn alle da sind!“

„Tommi?“, schmollte Ewa.

„Auch du nicht, mein Schatz!“

„**Wo brennt´s denn?**“ Wie aus dem Nichts war Ron Dekker neben ihrem Tisch aufgetaucht. Er trug einen leichten Freizeitdress – einen sehr leichten: Eine Sonnenbrille, eine Shorts und ein Hawaiihemd der schlimmsten Sorte sowie Jesuslatschen.

Thomas schaute indigniert auf seinen Chronometer: „Satte drei Minuten, liebster General. Das ging schon mal schneller!"
Ron schaute sehr verblüfft und gleichzeitig summte wieder das Holo-Pad von Lea. Per Sprachbefehl aktivierte sie es und es entstand zwar kein Live-Bild, aber darüber war das Konterfei von Suzan Bookley zu erkennen: „Ist Ron bei euch? Wenn ja, schickt ihn wieder nach Hause! Er zieht mir erst was Gescheites an!" Dann wurde die Verbindung unterbrochen. Alle lachten und Ron zog den Kopf etwas ein und trollte sich wieder zurück.
75 Minuten später waren alle vollzählig versammelt, Ron in vorzeigbarer Freizeitkleidung und Lutz hatte eines seiner größeren Fässer mitgebracht. Von außerhalb des Tales kam man mit Sphären angereist – eine enorm zeitsparende Art, Entfernungen zu bewältigen. Alle wollten natürlich wissen, warum man sich so kurzfristig beim Admiral privat einfinden sollte. Thomas kletterte auf einen Stuhl.
„Liebe Freunde!"
Es wurde ruhig.
„Ihr wollt sicherlich wissen, was es hier zu feiern gibt?"
Zustimmende Rufe wurden laut.
„Ich will mal so sagen", machte es Thomas noch spannender. „Ich nahm vor anderthalb Stunden ein Gespräch von AQUARIUS entgegen. Der gute Chap teilte mir mit, **dass eine kleine Rothaut unterwegs ist!**"
Im nachfolgenden Tumult verstand niemand mehr sein eigenes Wort. Das war auch nicht wirklich nötig. Die nächste Feier nach so kurzer Zeit. Aber hier gewann wieder der alte Spruch an Bedeutung: Feste soll man feiern, wie oder wenn sie fallen! Die Pizza-Drohne kam in dieser Nacht noch ein paar Mal und Lutz musste noch ein zweites Fass herbeischaffen.
Die Party ging bis zum frühen Morgen.

10. Das Geschenk

<u>27.04.2134, 07:30 Uhr, GREEN COAST FARM, Haus von Thomas und Ewa:</u>

„Aufstehen, Frau Präsidentin!“ Thomas Raven war guter Dinge, rüttelte seine Liebste am Arm und drückte ihr einen sanften Kuss auf die Wange.
„Oh nee – noch´n bisschen“, nuschelte Ewa in ihr Kissen. Die Party gestern war zwar ruhig und ohne Alkoholexzesse abgelaufen, aber trotzdem lag man noch nicht länger als sechs Stunden im Bett.
„Möchtest du denn gar nicht das Geschenk der GENUI sehen?“, lockte Thomas.
Ruckartig setzte sich Ewa auf: „Welches Geschenk?“ Mit müden Bewegungen strich sie sich ihre unordentlichen Haarsträhnen aus dem Gesicht und öffnete die Augen zur Hälfte.
„Ein wenig groß, um es zu vergessen. Findest du nicht auch?“
„Hä?“
„So 300 Meter im Durchmesser. Das ganz persönliche Geschenk der GENUI an uns beide privat!“, half Thomas seiner Frau auf die gedanklichen Sprünge.
„Ach du Schande!“ Ewa war im Nu hellwach. „Das, das habe ich ja völlig vergessen!“
„Siehst du, ich aber nicht“, Thomas Stimme klang etwas ironisch.
„Aber die Kinder ...“, warf Ewa ein.
„Ich habe mir erlaubt, sie bereits mit Frühstück zu versorgen. Im Übrigen kommt Saliah gleich und wird sich um sie kümmern“, beruhigte Thomas seine Frau.
„Muten wir der Guten nicht ein wenig viel zu? Sie hat ja gar kein Privatleben“, Ewa schien ein schlechtes Gewissen zu haben.
Thomas grinste: „Ah, wo du sagst Privatleben. Ich ertappte heute Morgen einen unbekannten jungen Mann, der hier zwischen den Häusern herumlief.“
„Und? Was hast du gemacht?“
„Ihn angesprochen, natürlich!“
„Was hat er gesagt?“

„Nun ja, er sagte, dass er auf Einladung von Saliah auf GREEN COAST FARM sei und er fragte, ob Saliah deswegen nun Ärger bekäme?“
Ewa sah Thomas überrascht an und als dieser entgegen der weiblichen Erwartung nicht weiter erzählte, reagierte Ewa: „Mensch, Tom! Lass dir nicht alles aus der Nase ziehen! Was hat er noch gesagt?“
„Dass er seit etwa zwei Jahren fest mit Saliah zusammen ist, und da wir jetzt umgezogen sind, er so fast gar nicht mehr seine Liebste sieht. Schien mir ein wenig unglücklich zu sein, der Gute.“
Ewa schlug sich eine Hand vor den Mund: „Wir haben bei unserem Umzug nicht daran gedacht, dass wir damit auch in die persönlichen Belange von zum Beispiel Saliah eingreifen.“
Thomas nickte: „Habe ich auch schon überlegt. Allerdings wird Saliah die Einzige sein, die mit derlei Problemen zu kämpfen hat. Dabei, warum sagt sie uns nicht was davon? Wir sind doch die Letzten, die Saliah bei einer Familienplanung im Weg stehen wollen.“
„Wie hast du jetzt reagiert?“ Ewa saß nun kerzengerade im Bett. Diese Sache mit Saliah, sie mochte die junge Frau seit dem ersten Tag, als man sie ihr vorgestellt hatte. Sehr häufig hatte sie es als bedauernswert empfunden, dass ein so toller Mensch allein durchs Leben geht. Nun hatten sie das nicht mitbekommen.
„Tja, ich beschloss, da pragmatisch vorzugehen. Ich habe ihn für heute Abend zu uns eingeladen – mit Saliah selbstverständlich. Er hat sich gefreut und zeigte Verständnis dafür, dass wir den Partner der Frau kennenlernen wollen, der wir unsere lieben Kleinen anvertrauen.“
„Finde ich gut“, gab Ewa zurück. „Was hast du für einen Eindruck von ihm?“
„Es scheint ein anständiger Mensch zu sein. Sehr höflich, zurückhaltend und könnte zu Saliah zu passen.“
„Sehr schön“, Ewa sprang aus dem Bett. „Ich gehe jetzt duschen. Kommst du mit?“
„Äh, ich habe schon“, flüsterte Thomas und sah seine Frau an, die wie immer nackt geschlafen hatte. „Aber wenn du drauf bestehst, dann komme ich ...“
„Ich bestehe drauf!“ Ewa freute sich für Saliah und lächelte Thomas verführerisch an.
„Wenn ich dann bitten darf“, Thomas machte eine galante Handbewegung zur Zimmertür hinaus ...

Pünktlich um 09:00 Uhr landete eine Sphäre mit Thomas und Ewa an Bord auf dem neuen Raumhafen neben dem 300-Meter-Ungetüm.
„Wie kommen wir da jetzt rein?", fragte Ewa, nachdem beide die Sphäre verlassen hatten.
„Wenn wir die Kugel betreten sollen, dann werden die GENUI vorgesorgt haben. Lass uns unter die Polschleuse gehen!" Thomas nahm seine Frau an die Hand und beide gingen los. Sie waren noch nicht weit gekommen, als sich die Polschleuse öffnete und das typische Flimmern eines Antigrav zu sehen war. Aber bevor sie hineingehen konnten, kam etwas von oben herab. Es war eine Person, eine dunkelhäutige Person. Thomas und Ewa trauten ihren Augen nicht. Die GENUI hatten offensichtlich einen Butler kreiert und nicht nach ihrem Aussehen, sondern nach dem der Menschen. Die >Person< war, wie geschrieben, dunkelhäutig und hatte einen schwarzen Livree, also ein hinten längeres Jackett, fast ein Frack, an. Dazu eine schwarze Hose, ein weißes Hemd mit einem schwarzen Binder sowie eine hellgraue Weste. Die schwarzen Schuhe glänzten wie Klavierlack.
„Guten Tag. Mein Name ist Geoffrey", sagte der Droide langsam in näselnder Stimmlage und sah mit hochgerecktem Kinn von Thomas zu Ewa. „Gehe ich Recht in der Annahme, hier das Vergnügen mit der Frau Präsidentin von AGUA, EDEN und AQUARIUS, sowie dem Herrn Admiral Thomas Raven, Oberbefehlshaber der militärischen Streitkräfte von AGUA, EDEN und AQUARIUS, zu haben?"
Ewa flüsterte hinter vorgehaltener Hand zu Thomas: „Hat Phil hier mitprogrammiert?"
„Ich darf versichern, werte Frau Präsidentin, dass ich auf GENUA PRIME programmiert worden bin. Man gab sich Mühe, die Vorstellung der Menschen zu realisieren. Ich bin ein Diener mit Führungsfunktion. Mir steht ein ganzer Stab von Hausangestellten zur Verfügung, um ihren Wünschen dienlich sein zu können. Ein Mensch, namens Phil, ist mir nicht bekannt."
„Ich glaube", sagte Thomas. „Hier steht uns Überraschendes bevor."
„Das sicherlich, Sir und Madam. Wenn ich bitten darf. Man versicherte mir, dass sie mit Sicherheit einen Rundgang durch das Schiff machen wollen." Der Diener machte eine einladende Handbewegung in Richtung des Antigrav, und als Thomas und Ewa sich in Bewegung setzten, übernahm Geoffrey die Führung mit den Worten: „Sie erlauben?" Die Öffnung der Polschleuse lag in zehn Metern Höhe und Thomas nahm

an, dass man das Schiff speziell für ihren Zugang abgesenkt hatte. Im Verhältnis zu anderen Kugelschiffen waren die Stützen nicht so weit ausgefahren. Nun, auf dem ebenen Raumhafengelände von GC war das auch nicht nötig. Da gab es keine Bodenunebenheiten auszugleichen. Sie verschwanden im Rumpf der Kugel und Geoffrey begann zu erklären: „Im unteren Drittel ist die Technik untergebracht, einschließlich der Möglichkeiten, eine zusätzliche Bewaffnung einzubauen. Wir steigen im mittleren Segment des Schiffes, in Höhe des Äquators, wenn man so will, aus. Geoffrey schwang sich aus dem Strahl und Thomas folgte sofort. Bevor er etwas tun konnte, half der Butler Ewa galant aus dem Zugstrahl: „Sie erlauben, Madam?“ Mit einer Hand ergriff er eine von Ewa und zog sie behutsam aus dem Strahl.
„Danke!“ Ewa schaute Thomas belustigt an und schmunzelte dazu. Ihr Mann war aber von ganz anderen Dingen angetan. Das Deck hier umfasste die komplette Ausdehnung des Schiffes, war kreisrund und eben diese 300 Meter (Außenmaß) im Durchmesser. Dabei war es vierzig Meter hoch! In einer Ecke stand eine Reihe von Sphären und es gab reichlich Platz für komplette Staffeln von Fliegern. Thomas grinste und er wusste schon genau, welcher Flieger hier stehen würde, wenn man diese Kugel benutzen würde.
„Wenn die Aufmerksamkeit der Herrschaften sich bitte hierhin richten würde?“ Geoffrey machte eine Geste mit der ganzen Hand und deutete hinter Thomas und Ewa. Zu deren großem Erstaunen war dort eine ganze Truppe von Dienerschaft angetreten. „Ich will ihnen einen Teil der Helfer an Bord vorstellen“, fuhr Geoffrey fort. „Selbstverständlich haben wir auch eine Reihe der normalen und funktionalen Arbeits-Droiden an Bord, falls ein Defekt auftritt. Sie sind im Moment deaktiviert.“
„Meine Güte, Tom!“, sagte Ewa. „Ich glaube, ich befinde mich in einem altenglischen Herrschaftshaus um die >*wasweißich*< für eine Jahrhundertwende!“ Thomas kam ebenfalls nicht aus dem Staunen heraus. Die Figuren waren dem Outfit nach tatsächlich den Menschen angepasst und nicht den GENUI. Es gab Helfer beiderlei Geschlechts, unterschiedlicher Hautfarbe und nur etwas kleiner als die Menschen. Alle aber waren in Schwarz-Weiß gekleidet und die weiblichen Ausgaben hatten sogar die altertümlichen Häubchen auf dem Kopf. Selbstverständlich gab es auch einen gut zu erkennenden Arzt.

„Das ist Rose“, machte Geoffrey auf eine der weiblichen >Hausangestellten< aufmerksam. Die Droidin machte einen formvollendeten Knicks. „Rose ist neben mir direkt für Ihre persönlichen Belange zuständig. Sie brauchen über die Schiffs-KI nur entweder mich oder Rose anfordern. Wir stehen dann in kürzester Zeit zu Ihrer Verfügung.“
Dann ging es weiter. Geoffrey stellte einen nach dem anderen vor. Thomas staunte, denn es waren sogar zwei Gärtner dabei. Wozu man an Bord wohl einen Gärtner braucht, dachte er. Dann aber fiel ihm das Arboretum auf der ODIN ein. Ob man hier auch etwas Ähnliches eingebaut hatte? Es gab für die Kinder sogar zwei Nannys, einen Küchenchef, Zimmermädchen, etc, etc.
Thoma entschloss sich, das Spiel mitzuspielen: „Ich danke für die Vorstellung und wünsche uns ein auskömmliches Miteinander.“
Die Dienerschaft applaudierte leise und Geoffrey verbeugte sich: „Wenn wir jetzt die Gästezimmer besichtigen wollen?“ Der Butler bewegte sich wieder in Richtung des Antigrav und die >Herrschaften< folgten. Auf den nächsten drei Decks gab es ausschließlich großzügige Kabinen mit allem erdenklichen Luxus. In jedem Abschnitt war ein umfangreicher Wellnessbereich eingebaut. Jede Suite, so musste man sie bezeichnen, hatte einen Wohnraum, ein Schlafzimmer, ein üppiges Bad und eine zusätzliche, separate Toilette. Jeder hatte zwei Grundfarben, zusätzlich zum matten Silber, am ehesten mit Alu zu vergleichen. Dann kamen die Kinderzimmer – üppig und es blieb noch ausreichend Raum diese mit den von den Kindern bevorzugten Sachen zu füllen. Im Übrigen war ein kompletter Abenteuerspielplatz ebenfalls an Bord, wie auch ein kleines Arboretum.
„Wir erreichen mit dem nächsten Deck die Brückenebene“, näselte Geoffrey. „Die Zwischendecks dienen der Technik.“ Sie kamen im Rücken einer kleinen Kommandoempore heraus. Der Raum war lediglich acht Meter im Durchmesser, also kreisrund und vier Meter hoch. Das Podest in der Mitte beinhaltete zwei bequem aussehende Sessel vor einem Halbrund an Instrumenten. Im vorderen Halbkreis waren weitere vier Arbeitsplätze angebracht. Die Wände bestanden samt und sonders aus Videoschirmen.
„Selbstverständlich lässt sich diese M-Klasse rein per Sprachbefehl steuern“, erläuterte der Droide dienstbeflissen. „Die Herrschaften können aber genauso gut aktiv in die Führung eingreifen. Es stehen

aber auch entsprechende Droiden zur Verfügung, die Kommandos ausführen können, falls das gewünscht wird."
Thomas musste es ausprobieren. Er setzte sich in einen der Stühle: „KI! Rundumsicht außen auf die Videoschirme!" Nahezu übergangslos konnten Ewa und Thomas buchstäblich nach draußen über GC schauen. Thomas war begeistert.
„Wir sind nun bald durch", stellte Geoffrey in seiner langsamen und getragenen Sprechweise fest. „Es fehlt nur noch das persönliche Appartement. Wenn Sie mir bitte folgen wollen?"
Im Gegensatz zu seiner vorgetragenen Höflichkeit wartete Geoffrey erst gar nicht ab, sondern sprang in den Antigrav und ließ sich nach oben tragen. Thomas und Ewa hatten keine Wahl, als ihm zu folgen. Sie schwebten ins absolut Dunkle.
„Eine kleine Überraschung von den Erbauern! Sie erlauben doch?" Thomas und Ewa fühlten, wie der Droide sie aus dem Strahl zog und sanft auf die Füße stellte.
„Bereit?", fragte die gestelzte Stimme.
„Wir sind bereit, nicht wahr, Ewa?"
„Natürlich, Tom!"
Geoffrey hätte es auch mit seiner Netzanbindung tun können, aber so war es natürlich wirksamer: „KI! Außenwandung auf Durchsicht stellen!"
Im nächsten Augenblick mussten Thomas und Ewa blinzeln, aber dann blieben ihnen die Münder offen stehen. Ihr Appartement war auf dem obersten Deck und die Außenwandung des gesamten Decks, auch nach oben, konnte durchsichtig gestellt werden. Dabei, das Appartement war kreisrund und hatte einen Durchmesser von 60 Metern und war, wegen der Kugelform des Schiffes, in der Mitte zehn Meter hoch. Am Rande hatte man dort das Appartement begrenzt, wo es unter zwei Meter hoch maß. Überall waren Pflanzen aufgestellt und zwar echte. In der Mitte teilweise palmenartige, ansonsten Stauden und Büsche. Thomas konnte sich nicht sattsehen.
„Wir haben uns ein wenig inspirieren lassen", kommentierte Geoffrey. „Vielleicht fangen wir einfach mal geradeaus an!" Wie im Traum folgten Ewa und Thomas dem Robot. Zunächst schritten sie über eine Art Liegewiese mit Stühlen, einem Tisch, Palmen und jede Menge Gras auf dem Boden, insgesamt vielleicht 7,5 mal 15 Meter breit. Danach kam, Thomas war sprachlos, ein Schwimmbad mit 10 mal 20 Metern. „Ein

Kraftfeld hält das Wasser im Becken, wenn der Flug mal zu turbulent sein sollte“, erklärte Geoffrey ungefragt. „Wenn wir uns nach links am Rand weiterbewegen, sehen wir zwei Saunen. Eine Dampfsauna und eine finnische, natürlich mit einem Tauchbecken daneben.“ Ewa bewegte sich wie im Traum. Da hatten sich die GENUI wirklich was Tolles einfallen lassen. Es folgte eine kreisrunde Sitzgruppe mit einem Durchmesser von sechs Metern. Die war nur an einer Stelle, wegen des Zuganges, unterbrochen. In der Mitte stand ein kreisrunder Tisch. Als Nächstes folgte ein riesiger Esstisch. Von dort aus zur Mitte gab es eine Doppelwinkelküche mit Replikator und Sonstigem – ebenfalls richtig groß. Dann verdeckte den weiteren Rundgang eine dichte Hecke. Dahinter verbargen sich ein episches Bett und Kleiderschränke. Ewa schüttelte nur noch den Kopf, aber Thomas sah, dass es seiner Frau gefiel – sehr. Im Anschluss standen eine riesige Theke und davor die üblichen Hocker und ein paar Stehtische, aufgelockert durch große Pflanzkübel. Danach war man dann wieder am Schwimmbad, aber dort wies der Robot noch auf eine Wendeltreppe nach unten hin: „Badezimmer und Toilette mit allen Extras.“
„Toll!“, sagte Thomas und sah nach draußen. Aus 300 Metern Höhe hatte man einen gewaltigen Ausblick über GRACELAND-City. Es war überwältigend! Das Grauen der 33er Invasion verblasste langsam. Sie hatten Freunde – eine Menge davon. Er besaß großartige Gefährten und die schönste Frau von allen, seine große Liebe, stand direkt neben ihm. Er hatte zwei wunderbare eigene Kinder und zwei Pflegekinder, die er genauso liebte. Und sie hatten in den 14 Jahren so richtig was geschafft! Thomas ließ dieses Gefühl einfach mal zu. Er merkte, wie es ihm warm wurde.
„Tom! Tom! Was ist mit dir?“ Ewa sah ihn besorgt an.
„Äh, was soll sein“, fragte er leicht verwirrt. Sie griff ihm an die Wange und wischte eine Träne weg. „Du weinst!“
Er sah Ewa tief in die Augen: „Manchmal habe ich Zeit, das Gefühl >Glück< zuzulassen. Und wenn das selten geschieht, dann passiert mir sowas.“ Ewa gab ihm einen Kuss: „Denk daran, was Sam dir gesagt hat. Genieße dein Leben! Wir werden etwas kürzer treten und die Verantwortung auf mehr Schultern verteilen. Ich will ein Fest hier oben feiern – eine Einweihungsparty! Und ich will dieses Schiff genießen!“

„Das machen wir, versprochen. Lass uns jetzt aber erst einmal von den letzten Feiern erholen. Ich werde das Schiff erst einmal Phil aufs Auge drücken. Er soll es, tut mir leid, aber es muss sein, bewaffnen.“
„Selbstverständlich“ Ewa war einverstanden. „Vielleicht können wir mit Paco zusammen ...“
„Oh je – der räuchert uns die ganze Bude voll“, antwortete Thomas schmunzelnd. „Aber gut, vielleicht zur Geburt des Nachwuchses? Bis dahin dürfte dieses Schiff fertig sein. Wie wollen wir es nennen?“
Ewa zuckte mit den Schultern: „Lass uns in Ruhe überlegen!“
Thomas sah sich nach Geoffrey um. Dieser hatte die Höflichkeit besessen, in diesen Momenten etwas >unsichtbarer< zu sein. Als er den suchenden Blick von Thomas bemerkte, schritt er näher hinzu: „Darf ich noch ein paar technische Details erläutern?“
„Sicher, äh, wie nenne ich dich?“
„Bitte, Admiral – mein Name ist Geoffrey. Wenn Sie mich bitte auch so nennen wollen?“
„Äh, natürlich, Geoffrey“, Thomas schwindelte etwas.
„Also“, näselte der Droide weiter. „Normalerweise ist ein Klasse-M-Schiff mit wesentlich mehr Besatzung versehen. Dazu wird dann eine Menge Platz gebraucht. Diesen hat man hier im Schiff für größere Energieerzeuger und ein größeres Triebwerk genutzt. Dieses Schiff befindet sich auf dem Höhepunkt der genuischen Schiffsentwicklung. Es ist gleichzeitig auch das schnellste von allen. Die Schutzschirme übertreffen die Leistung der A-Raumer. Ich beglückwünsche die Herrschaften dazu, ein solch einzigartiges Schiff zu besitzen. Gleichfalls darf ich erwähnen, dass das Hauspersonal ebenfalls seinesgleichen sucht.“ Geoffrey machte eine tiefe Verbeugung.
„Gut, gut“, meinte Ewa und sah Thomas an und dieser reagierte: „Ist das >Hauspersonal< incl. der KI in der Lage, das Schiff zum Mond DREI zu fliegen?“
„Selbstverständlich Admiral – inclusive der An- und Abmeldung auf dem Raumhafen.“
„Gut! Dann bekommst du den Auftrag, das Schiff dorthin zu bringen, wo ein gewisser Phil Mory es haben will. Ich werde ihm meine Wünsche betreffend den Einbau diverser Waffentechniken mitteilen. Wir beide werden jetzt das Schiff verlassen, danach könnt ihr starten!“
„Sehr wohl, Sir! Ich hoffe auf ein baldiges Wiedersehen!“
„Wir auch, Geoffrey, wir auch!“

Thomas und Ewa flogen den Weg zur Farm zurück und am Nachmittag führte Thomas ein Gespräch mit dem völlig verzückten Phil. Er hatte das Schiff bereits inspiziert und dementsprechend auch gleich ein paar Vorschläge. Das Vid-Com Gespräch dauerte über zwei Stunden. Gegen Abend waren dann wieder Dana (mit Felix), Lea und Jurij anwesend. Ewa fand es nicht so anstrengend für den Freund von Saliah, wenn weitere Personen an diesem Abend dabei waren. Thomas und Ewa lernten in Ukkas Höltbjund einen strohblonden Schweden kennen, der rein äußerlich überhaupt nicht zu Saliah passte. Beim näheren Kennenlernen schien das aber ganz gut zu harmonieren. Der Mann war kräftig und eher zurückhaltend und bescheiden. Thomas nickte Ewa zu: Der Mann war aufgenommen. Alles Weitere überließ man natürlich dem Paar und Thomas sah seiner Frau an, dass ein lang von ihr gehegter Wunsch in Erfüllung ging. Saliah hatte die volle Sympathie von Ewa und sie hatte sich sehr einen Mann an der Seite ihrer Kinder-Nanny gewünscht.

Gegen 21:00 Uhr entschuldigte sich Jurij.

„Oh, du willst schon gehen?“, Dana war ein wenig enttäuscht.

„Einer muss ja die Arbeit machen“, verteidigte sich der Russe.

„Wie arbeiten?“, fragte auch Ewa.

„Meine bevorzugte Zeit, um die Berichte von Jane Scott zu lesen, ist die Nacht“, erklärte Jurij Maximov.

„Kommst du danach noch zurück?“, fragte Dana.

„Nein, ich bleibe in GC in meiner Wohnung“, lehnte Jurij freundlich ab.

„Kommst du denn zum Frühstück?“

„Hmm – zum Mittagessen“, schlug Jurij vor.

„Okay – einverstanden!“ Dana strahlte.

<u>27.04.2134, 22:15 Uhr, GRACELAND-City, Netznachrichten, Büro Maximov:</u>

Und wieder tauchte Jurij mit Hilfe eines Getränkes und abgedunkeltem Büro in die Geschichte der WALHALLA vor knapp 14 Jahren ein. Die Berichte von Jane Scott waren spannend und bewegend. Ein riesiges Schiff und eine knappe Besatzung, dabei die Verantwortung für 50.000 schlafende Siedler – keine einfache Sache. Jurijs Achtung vor dieser Frau wuchs, gleichzeitig auch die vor Admiral Raven. Der Mann hatte die gleichen Voraussetzungen gehabt. Vielleicht hatte er das nötige Quäntchen mehr Glück gehabt als die Captain der ehemaligen ADVENTURE. Vielleicht waren es aber auch die Crewmitglieder auf der GERONIMO gewesen, die den nötigen Impuls zum Erfolg der Mission geben konnten. Wie auch immer: Es war eine großartige Leistung beider Captains, ihre Schiffe mehr oder weniger heil an ein Ziel zu bringen.

20.10.2120, WALHALLA, irgendwo:

Nach dem Suizid unseres Haupt-Technikers Kai Meier waren jetzt vier Wochen vergangen. Vier Wochen, in denen sich nicht viel getan hatte, außer, dass unsere Verzweiflung wuchs. Ich hatte ständig damit zu kämpfen, es mir nicht anmerken zu lassen. Eine kopflose Captain ist so ziemlich das Schlechteste, was einem Raumschiff in Schwierigkeiten passieren kann. Hinzu kam, dass ich möglicherweise eine Person hatte wecken lassen, die hier nur Energie verbrauchte und zu nichts nutze war: Klaus Holter, Freund und/oder Partner unseres Ersatz-Technikers Fritz Berger. Seit heute Morgen gab es zumindest einen kleinen Silberstreif am nicht vorhandenen Horizont: Fritz hatte mich in >seine< Maschinenhalle gebeten und einen Vorschlag unterbreitet, der mich mit meiner eigenen Entscheidung zum Thema Klaus Holter, versöhnen ließ. Offenbar hatte dieser doch einen positiven Einfluss auf unseren Chef-Techniker und es war mir völlig egal, wie er das bewerkstelligte. Und eigentlich wollte ich es auch gar nicht so genau wissen.

Vor ein paar Stunden begab ich mich also in das Heiligste unseres neuen Technik-Gurus und ließ mir berichten:
„Ich habe eine Idee", verkündete Fritz.
„Lass hören", antwortete ich kurz und war es schon gar nicht mehr gewohnt, dass es auch irgendwo positive Ideen gab. Zu viel an Mist hatte ich mir in den letzten Wochen anhören müssen.
„Wir brauchen die halbe Leistung eines Meilers, um die Lebenserhaltung sicher zu stellen", begann Fritz seinen Vortrag und ich stemmte ungeduldig meine Hände in die Hüften. „Die gesamte Leistung eines weiteren wird benötigt, um das Staselager im Betrieb zu halten. Zweieinhalb benötigen wir, um zu springen oder Kampfmanöver ausführen zu können."

„Das ist die Leistung von vier Meilern und wir haben nur 3,34“, antwortete ich. „Komm auf den Punkt, Fritz!“
„Ja, ich habe mir überlegt, dass wir zum Beispiel die benötigte Energie für einen Sprung in einen Speicher laden und diese dann für den Jump freisetzen.“
Ich war skeptisch: „Laden wir nicht sowieso irgendwelche Speicherbänke für den Sprung?“
„Das ist richtig, aber auch nur die halbe Wahrheit. Die jetzigen Zwischenspeicher setzen nur die Energie für den Spitzenbedarf frei. Die Hauptsache kommt aus den laufenden Meilern, die ja selbst noch kurzfristige Zwischenspeicher haben.“
So weit reichte mein technisches Verständnis nicht und ich fragte daher nach: „Wenn ich dich richtig verstehe, dann können wir springen, ohne dass wir dafür die Leistung eines Meilers benötigen?“
„Für den eigentlichen Sprung – ja. Wir müssen aber auf die 30% LG Sprunggeschwindigkeit kommen.“
Na, das war mir schon klar.
„Es gibt allerdings einen Haken dabei“, schränkte er ein.
„Ah, und der wäre?“
„Wir müssen die Speichermodule erst zusammenbauen. Die Materialien sind vorhanden.“
Mir sackten die Schultern nach unten. Wieder warten?
„Wie lange brauchst du?“
„Ich kann nur schätzen – sechs Wochen.“
Fritz konnte mir die Begeisterung an den Gesichtszügen ablesen und ich gab mir keine Mühe, meinen Frust zu verbergen. Sechs Wochen wieder nichts.
„Es tut mir leid“, bemerkte er dazu. „Das ist das, was ich anbieten kann.“
„Ist gut“, sagte ich. „Fang an und gib hin und wieder eine Wasserstandsmeldung ab.“
„Was?“ Fritz schaute irritiert.
„Wie weit du bist!“
„Okay!“

Es zeigte sich, dass Fritz relativ genau geschätzt hatte. Wir vertrieben uns die Zeit damit, nach Meteoriten Ausschau zu halten und wenn einer in greifbarer Nähe war, schickte ich einen Tender zur Untersuchung los.

Wir stockten so, langsam aber sicher, unsere Rohstoffvorräte auf – einschließlich Wasser. Bei meinen fast täglichen Rundgängen durch das Schiff bemerkte ich eine gewisse Unordnung und auch sich ansammelnder Schmutz. Daraufhin machte ich ordentlich Rabatz. Schludern bei der Reinlichkeit und Müllbeseitigung ist der Anfang vom Untergang. Wer es da schleifen lässt, dem ist auch hinterher vieles andere egal. Jeder, der keine direkt notwendige Aufgabe hatte, das waren viele, zum Beispiel die Kampfpiloten und ein gewisser Klaus Holter, wurden zur Reinigung des Schiffes abgezogen und eingesetzt. Merkwürdigerweise gab es kein Murren. Offensichtlich war jeder froh, dass er überhaupt eine Aufgabe hatte. Das untätige Warten war noch viel schlimmer.

05.12.2120, 09:00 Uhr, WALHALLA, BRÜCKE, Besprechungsraum:

„Wir sind fertig!" Mit diesen folgenschweren Worten eröffnete Fritz Berger die morgendliche Besprechung, nachdem ich ihm das Wort erteilt hatte.
„Mehr noch. Ich habe mir erlaubt, etwas mehr zu produzieren. Wir haben die Speicherkapazität, um zwei Jumps hintereinander ausführen zu können", berichtete Fritz weiter.
An dieser Stelle griff Oksana mit einer Frage ein, die mich auch beschäftigte: „Wie weit können wir springen mit so einer … äh … Akkuladung?"
Hier bemühte sich Fritz, anschaulich, also für Laien verständlich, zu erklären: „Bei einem Jump wird die wesentlichste Menge der Energie, etwa 95%, für den Wechsel in die nächst höhere Dimension benötigt. Die Entfernung an sich spielt für den Energieverbrauch eine sehr untergeordnete Rolle."
Das leuchtete mir ein. Unseren Stahlkoloss aus dem Einsteinuniversum zu reißen, war sicherlich energiezehrend. Woraus die sogenannte 5. Dimension bestand, wusste immer noch kein Mensch. Mir war völlig schleierhaft, wie die Menschheit in so kurzer Zeit eine solche Technik entwickeln konnte. Man verstand zwar nicht, durch welches Medium man da reiste, aber man tat es. Ich schob die Gedanken zur Seite. Sie waren nicht zielführend, und auch in früheren Zeiten hatte es schon einen Einstein gegeben, der dem Stand der Entwicklung auf der Erde weit voraus war.
Ich schaute mich um: „Weitere Fragen an unseren Ingenieur?"

Es gab keine.
„Gut“, sagte ich. „Wir hatten uns vorgenommen, in kleinen, größer werdenden Sprüngen, die Schockwelle auszutesten. Maria hält weiterhin eine Testperson an den medizinischen Anschlüssen und Oksana zeichnet die Schockwelle auf. Das Ganze ist nicht ohne Risiko. Wir laufen Gefahr, wieder unsere >Freunde< auf uns aufmerksam zu machen.“ Ich richtete mich an den FliCo: „Ich will, dass deine Piloten startbereit sind, wenn wir springen. Für das gesamte Schiff gilt Teilalarm.“
„In Ordnung, Captain“, brummte der Belgier.
„Wir haben bis jetzt lange genug gewartet und sollten daher nichts überstürzen. Wie lange, Fritz, brauchen deine Akkus, bis sie voll sind?“
„Wir können sie nur mit einem Meiler mit Energie versorgen. Die Leitungen würden mehr nicht hergeben. So ganz genau ...“
„Ungefähr!“
„Drei Stunden!“
„Gut. Wir springen um 14:00 Uhr, sagen wir zehn Lichtjahre. Die vier nach Alpha Centauri ist nichts passiert. Lasst uns das so steigern. Oksana sucht eine Richtung, wo wir möglicherweise am Ende auf Welten treffen. Sergej, hat die Walhalla Sprunggeschwindigkeit?“
„Jawohl, Captain, wie angeordnet!“
„Schön. Isabel, die Deckmannschaft bitte ab 13:30 Uhr in Bereitschaft!“
„Aye, Captain“, die bemerkenswerte Frau lächelte mir zu.
„Wenn es Schwierigkeiten gibt, brechen wir den Countdown ab. Bitte jede Meldung direkt zu mir. Wegtreten!“

14:00 Uhr:

Ich hatte von allen das >GO< und zuvor den Sprung der gesamten Mannschaft per Countdown ankündigen lassen. Fritz Berger weilte lieber im Maschinenraum. Dort könne er schneller und effektiver eingreifen, hatte er mir gesagt, und ich war einverstanden gewesen. In aller Ruhe wartete ich die letzten Ziffern der digitalen Anzeige ab.
„Jump!“
Die Umgebung verschwamm und war im gleichen Augenblick wieder da.
„Check der Systeme!“
Bei mir kamen nur beruhigende Grünwerte an.

„Sergej! Beschleunigen auf 30% Licht!“
„Aye, Captain!“
Wie immer hatten wir nach einem Sprung nur 10% LG Restgeschwindigkeit beim Eintauchen. Das war unsere kritische Phase. Ab da bis zu 30% LG waren wir angreifbar.
„Astro! Haben wir was in der Ortung?“
Oksana schüttelte den Kopf: „Einsteinraum ist leer, Captain!“
Ich grummelte was vor mich hin. Mehr als diesen sogenannten Einsteinraum konnten wir nicht scannen. Wie wir wussten, tauchten die Feinde aber einfach mal so auf. Daher war das jetzt eine reine Nervensache – bis 30% Lichtgeschwindigkeit.
„Brücke an Med-Lab!“
„Hier Krankenstation“, meldete sich Doc Maria Sante.
„Was macht unser Proband?“
„Keine gesundheitlichen Probleme bei zehn Lichtjahren. Es war dann ein kurzer Sprung. Ich habe keine Einwände gegen den nächsten Sprung – Morgen.“
„Danke, Brücke Ende!“
Ich wartete noch mit dem Aufatmen, nachdem nach endlosem Warten der Geschwindigkeitsmesser auf 30% LG zeigte. Erst dann gestattete ich mir ein kräftiges Durchatmen.
„Brücke an Maschinendeck!“
Fritz Berger meldete sich sofort.
„Antrieb in den Leerlauf. Du kannst die Akkus wieder laden!“
„Verstanden, Captain!“

06.12.2120, 10:00 Uhr, WALHALLA, Brücke:

Dieses Mal sollte es über 50 Lichtjahre gehen. Die Systeme waren gecheckt und die Crew vorbereitet.
„Jump!“
Ich spürte dieses Mal die Nachwirkungen etwas intensiver. Leichter Schmerz im Nacken, aber nichts, was mich stören würde – ich merkte es eben nur.
„Sergej!“
„Ich weiß Bescheid, M´am! 30% LG!“
„Guter Mann!“
„Oksana?“

„Nichts!“
So langsam aber sicher spielte sich die Mannschaft ein und sie wusste mich zu nehmen. Mein Herzklopfen beruhigte sich erst nach einiger Zeit, als Sergej die Beschleunigung abschaltete und Fritz damit beginnen konnte, die Puffer wieder aufzuladen. Ich ließ ein Essen auf die Brücke bringen und wir aßen gemeinsam im Besprechungsraum. Da die letzten zwei Tage alles wunderbar geklappt hatte, sagen wir zumindest ohne nennenswerte Katastrophen, bekam ich wieder etwas Oberwasser.
„Was ist mit unserer Testperson im Med-Lab“, fragte Oksana.
„Mein Besuch auf der Krankenstation steht heute wieder an“, teilte ich ihr mit und unterdrückte ein ungutes Gefühl. Es gehörte sich für die Captain, hin und wieder die Verletzten zu besuchen. Und es gab eine Reihe davon. Sie hatten ein Recht darauf, dass ich mich gelegentlich dort sehen ließ. „Ich werde Maria persönlich fragen, ob diese Distanz von 50 Lichtjahren noch als Kurzsprung einzustufen ist.“
Oksana nickte mir zu und beneidete mich offensichtlich nicht um diese Aufgabe. Am besten, ich erledige das gleich, dachte ich und übergab Oksana die Brücke.

Beim Eintreffen im Med-Lab rannte mich fast eine Krankenschwester über den Haufen. Ich sah noch ein tränenüberströmtes Gesicht.
„Wo ist Doc Santez?“, rief ich der Davoneilenden hinterher.
„Letztes Zimmer links“, schniefte sie mir undeutlich zu, dann war sie verschwunden.
Mich beschlich, ich weiß schon gar nicht mehr zum wievielten Male, ein ungutes – nein, ein **SCHEISSGEFÜHL**! Ich blieb kurz stehen, schloss die Augen, versuchte innerlich Kraft zu sammeln und ging dann in die angegebene Richtung weiter. Die Tür war nur angelehnt. Ich sah Maria neben einem Bett sitzen und die Hand eines Mannes halten. Vom Patienten sah ich sonst nichts. Ich drückte die Tür ganz auf, und Maria muss meine Schritte wohl gehört haben, jedenfalls verstaute sie langsam, beinahe zärtlich, die Hand unter der Bettdecke, stand auf und zu meinem Erschrecken zog sie die Decke bis ganz nach oben, wohl über den Kopf des Patienten hinaus. Was das bedeutete, war mir sofort klar.
Maria drehte sich zu mir und ich habe noch nie in ein so leeres und bleiches Gesicht gesehen.

„Was ist passiert, Maria?“

Die Ärztin rang mühsam um Fassung, bevor sie mir antworten konnte:„Der Mann war Kampfpilot und im letzten Gefecht schwer verletzt worden. Teilweise war sein Raumanzug beschädigt und er hatte Brandverletzungen. Nach dem letzten Sprung habe ich ihm mitteilen müssen, dass ich ihm seinen rechten Arm und sein rechtes Bein amputieren muss.“

Das war hart, dachte ich. Aber wo, bitte, sind Kriege toll?

„Warum ist er jetzt tot?“

Maria fügte tonlos Worte aneinander und schien an mir vorbei zu sehen:„Er bat mich darum, sterben zu dürfen. In seinem Zustand als halber Mann würde er kaum in der Lage sein, uns näher an unser Ziel zu bringen. Er wäre nur eine Last für uns, die mit durchgezogen werden müsste. Er würde gerne seine Atemluft und die für ihn produzierte Energie und Nahrung einem anderen zur Verfügung stellen. Ein solches Leben wäre für ihn nicht vorstellbar, zumal wir um unser Überleben kämpfen müssten. Er möchte, bitte, bitte sterben. Er gab mir einen Abschiedsbrief für seine Familie mit, die in den Kälteschlafkammern auf ein neues Leben warteten.“

Ich hatte übergangslos einen Kloß im Hals und musste schlucken: „Wie alt war der Mann?“

„22“

„Und wie ...“

Maria hob eine leere Spritze hoch.

„Du hast ihn selbst ...?“ Ich war entsetzt.

„Sollte ich dich vorher fragen? Du hättest ihm in die verzweifelten Augen sehen sollen und dann >nein< sagen? Er hat es absolut ernst gemeint. Er war klar bei Verstand. Wie hätte deine Antwort gelautet, Jane? Er ist friedlich eingeschlafen. Ich habe bis zum letzten Atemzug seine Hand gehalten ...“ Mit den letzten Worten brach Maria in Tränen aus und ich nahm sie in den Arm. Sie konnte sich nicht beruhigen und auch mir strömten die Tränen über die Wangen. Sie schluchzte immer wieder: „Ich wollte Menschen helfen. Ich wollte heilen, ich wollte niemandem einen Gnadentod geben!“

Es war furchtbar. Ich musste aufpassen, dass ich nicht mit hinuntergezogen wurde. Eine verzweifelte Captain brachte niemandem etwas – wie oft hatte ich den Gedanken denn schon gehabt? Ich verließ mit

Maria im Arm das Totenzimmer, rief nach einer Schwester und die von eben kam. Auch sie hatte ein verheultes Gesicht.
„Er war ein netter und fröhlicher Junge. Er war guter Dinge, dass seine Verletzungen schnell heilen und er wieder fliegen konnte“, sagte sie unter Tränen. „Wir mochten ihn alle gut leiden.“
Ich ging nicht weiter darauf ein, denn ich musste aufpassen, dass meine Stimme nicht zu stark zitterte, deshalb gab ich kurze Anweisungen: „Gib unserer Doc etwas. Ich brauche sie für eine Aussage. Wenn sie bereit ist, soll sie die Brücke rufen.“
Die Schwester nickte und nahm mir die jetzt völlig teilnahmslose Maria ab.
Ich ging noch einmal zurück in das Zimmer. Warum, ich weiß es bis heute nicht. Die letzte Ehre vielleicht. Ich trug immerhin die Verantwortung, und so gehörte ein Abschied dazu. Ich ging an das Bett und schlug die Decke zurück. Die bleichen, aber entspannten Züge eines, ja fast Kindes, schienen mich regelrecht anzuklagen. Das war kein Mann, sondern gerade mal ein Teenager. Wie viele Träume sind wohl mit ihm gestorben? Hatte er wirklich so heldenhaft um seinen Tod gebeten oder hatte er innerlich gezittert vor Furcht? Was hatte er für ein Gefühl gehabt, als Maria ihn mit der Nadelspitze stach? Hat er gespürt, wie der Tod kam? Ich erschauerte und flüsterte: „Danke, mein Junge.“ Ich deckte ihn wieder zu und verließ die Krankenstation. Ohne Umwege suchte ich mein Quartier auf und dort die Hygienezelle. Ich schaffte es noch, den Deckel der Toilette hochzuheben, dann erbrach ich mich.

28.04.2134, 00:15 Uhr, GRACELAND-City, Netznachrichten, Büro Maximov:

Jurij merkte, wie die Buchstaben auf der Folie vor seinen Augen verschwammen. Dann rannen ihm die Tränen die Wangen runter.
„**SCHEISSE!**“ Die Folien flogen im weiten Bogen quer durch den Raum.
Jurij heulte Rotz und Wasser. Mit zittrigen Händen goss er sich einen Whisky ein und kippte das Zeugs in einem Mal runter. Beim Nachfüllen klapperte die Flasche am Glasrand und erst, als er den zweiten runtergespült hatte, kam er zur Besinnung. Ihm war kotzelend, aber nicht wegen des hastig genossenen Alkohols, sondern weil er sich die intensiv geschilderte Situation an Bord der WALHALLA leider nur zu gut

vorstellen konnte. Er hatte Angst davor, weiterzulesen. Mittlerweile hatte der Alkohol auch seine Wirkung entfaltet und daher war daran sowieso nicht mehr zu denken. Viele Tränen tropften auf den Büroboden, als er die Folien wieder zusammenklaubte. Er schämte sich wegen seiner Reaktion und behandelte sie daher wie Heiligtümer. Andere haben das durchgemacht, du Schwachkopf, rief er sich selbst zur Ordnung, da wirst du doch wohl in der Lage sein die Berichte zu lesen. Passiert dir ja nichts, in deinem bequemen Sessel – du Weichei! Jurij ging hart mit sich ins Gericht. Akkurat legte er die Folien auf seinen Arbeitsplatz ab. Was nun tun? An Schlaf war vorerst nicht zu denken, und allein sein wollte er auch nicht. Ein Blick auf seinen Wecker belehrte ihn darüber, dass er nicht darauf hoffen konnte, noch jemanden wach anzutreffen. Zur Betäubung nahm er noch einen weiteren Drink, dann verließ er sein Büro und suchte die Sphäre auf. Er nannte der KI den Zielort GCF neben dem Haus von Dana, musste er aber seinen Wunsch zwei Mal wiederholen, weil die KI sein Genuschel nicht verstand. Er legte sich dann auf die Notpritsche und war trotz allem wenig später eingeschlafen. Das Landen bekam er nicht mit und er träumte viel und leider auch nicht gut.

„Mahlzeit du Faulpelz! Willst du nicht mal aufstehen?“

„Hä?“ Mühsam raffte sich Jurij hoch und sah in das fragende Gesicht von Dana Ostenson. Dana hatte sich Zutritt zur Sphäre verschafft und Jurij dort schlafend vorgefunden. Sie hatte gewusst, dass er noch bis in die Nacht gearbeitet hatte und deshalb die 5-Meter Kugel morgens erst einmal dort unangetastet gelassen. Jetzt wollte sie aber doch mal nachsehen.

„Äh, wie spät?“, murmelte Jurij und fasste sich an den Kopf.

„11:30 Uhr und du riechst nach Alkohol“, stellte Dana fest und rümpfte die Nase.

Jurij nickte: „Ich muss Jane Scott sprechen!“

„Ja sicher, aber erstmal gehst du duschen, rasierst und kämmst dich und frühstückst. Sonst läuft nämlich gar nix – so wie du aussiehst!“

Jurij nahm den freundschaftlichen Rat, oder sollen wir sagen >das Kommando<, an und Dana bugsierte den Guten erst einmal in ihrem Haus unter die Dusche.

„Handtücher sind im Schrank!“ Rums war die Tür zur Hygienezelle zu, und Jurij stellte sich unter den warmen und belebenden Wasserstrahl.

Dana bereitete ihm ein recht ordentliches Katerfrühstück und er langte nach dem Duschen kräftig zu.
„Kann ich jetzt Jane ...?“, fragte er anschließend vorsichtig.
„Bitte, versuch dein Glück. Das Kom-Gerät steht im Nebenraum.“
Er wurde innerhalb der WALHALLA zwei Mal weiterverbunden, bis er in die dunkelbraunen Augen von Jane Scott sah, die ihn aufmerksam und kühl musterten.
„Du hast eine Frage, Jurij?“
„Ja, Jane, ich habe eine einzige Frage!“
Jane hob die Augenbrauen, senkte etwas den Kopf und wartete.
„Wie hast du das ausgehalten?“
Zunächst zeigte Captain Scott den kleinen Anflug eines Lächelns, dann presste sie die Lippen aufeinander: „An welcher Stelle meiner Berichte bist du angelangt?“
„Der 22-jährige Pilot, der sterben wollte“, gab Jurij Auskunft.
„Weil ich musste, Jurij, weil es keine andere Option gab“, jede Heiterkeit war aus der Miene der Captain gewichen, und Jane sprach leise, sehr leise. Jane war eine gute Menschenkennerin und von Jurijs Gesicht konnte sie so einiges ablesen: „Jurij! Wenn du an dieser Stelle der Berichte schon Schwierigkeiten hast, dann solltest du besser jemand anderen weiterlesen lassen! Es wird nicht schöner!“
Jurij starrte die Captain an, bevor er sagte: „Danke für die Warnung, Jane!“
Jane Scott nickte ihm zu und unterbrach die Verbindung.
Jurij ging wieder in den geschmackvoll eingerichteten Wohnbereich von Danas Haus. Dana saß auf dem Sofa und stillte ihr Kind. Schamvoll wollte er sich abwenden, aber Dana hielt ihn zurück: „Ist dir das peinlich?“
„Äh, nein, aber du möchtest vielleicht nicht …“
„Red keinen Quatsch, Jurij. Stillen ist einer der natürlichsten Vorgänge. Einen guten Freund wie dich habe ich gerne dabei. Bitte setz dich und leiste mir Gesellschaft.“
Jurij lächelte sie an und setzte sich. Tatsächlich war es ein schöner Anblick, wie der kleine Felix seinen Hunger an Mamas Brust stillte.
„Du bist kein Typ, der sich allein betrinkt, Jurij. Du warst auch ganz schön aufgeregt und man will nicht mal eben so eine Captain Jane Scott sprechen. Ursache können also nur Janes Berichte sein und da bin ich mit im Boot. Was ist mit den Berichten, Jurij?“

Der junge Mann lehnte sich zurück: „Sie sind – heftig, Dana! Jane Scott weiß in einer Weise zu schreiben – die ist unglaublich. Man denkt, man wäre dabei. Sie ist sehr selbstkritisch und schont sich und ihr Verhalten mit keinem Wort."

„Meinst du, wir könnten es nicht veröffentlichen – wegen des Verhaltens von Jane?"

„Nein, das meine ich nicht. Der eine oder andere wird vielleicht etwas überrascht sein, aber der letztendliche Erfolg, auch wenn viele Menschen gestorben sind, lässt sie unantastbar werden. Jedenfalls was ich bisher gelesen habe. Die Bedingungen waren unmenschlich – wie im Krieg eben. Unter diesem Gesichtspunkt müssen wir die Geschichte der Öffentlichkeit verkaufen."

„Okay", Dana stand auf und ging mit dem Kleinen im Raum umher – ein Bäuerchen war fällig. „Aber das war jetzt noch keine Antwort auf meine Frage, oder?"

Jurij, der gehofft hatte, die junge Mutter etwas ablenken zu können, sah sich getäuscht: „Nein, war es nicht!"

Jurij stand auf und lief selbst etwas im Raum herum. Er konnte nicht mehr sitzen.

„Was war es dann?"

„Ein paar Wochen nach dem Start beginnt es, Dana. Dann sterben Leute. Und zwar Leute, die sie eingehend beschreibt oder zuvor beschrieben hat. Verstehst du, es sind für den Lesenden keine Unbekannten. Da gibt es neben den Verlusten bei Kampfhandlungen tödliche Unfälle, Selbstmorde und der Wunsch nach dem Gnadentod für Schwerverletzte. Ich bin mir nicht sicher, was noch alles passieren wird. Bei einer Sache bin ich mir allerdings sicher: Ich werde nicht mehr allein und abends die Berichte durchgehen – wahrscheinlich."

Dana machte ein betroffenes Gesicht: „Du kannst gerne hierbleiben, Jurij. Du bist hier immer herzlich willkommen. Das weißt du hoffentlich!"

Nein, so klar war ihm das zu diesem Zeitpunkt nicht gewesen: „Ich will nicht stören!"

„Fang jetzt nicht an zu spinnen! Du kannst im Kom-Raum die Berichte durchgehen. Im Übrigen stört mich es eher, wenn junge Männer volltrunken morgens auf meiner Schwelle liegen! Ich muss auf meinen Ruf achten!"

Befreiendes Gelächter aus beiden Mündern entspannte die Situation. Als der Kurze dann noch passend einen wahren >Gutsherrn< (Steigerung von Bäuerchen) aufstieß, war die Situation gerettet und man lachte völlig ungehemmt weiter.
„Ich hol dann schnell die Sachen aus dem Büro“, sagte Jurij.
„Und bring was zum Wechseln aus deinem Kleiderschrank mit“, empfahl Dana. In ein paar Stunden kommt Lea, dann können wir gemeinsam essen.“

Dort, am gleichen Abend um 22:15 Uhr:

Jurij hatte Danas Kochkünste in allen Tönen gelobt. Sie hatte sich lediglich die Zutaten aus dem Replikator geholt und die Mahlzeiten selbst zubereitet. Der Russe war perplex. Das war häusliche Gemütlichkeit. Nun lag der Kleine im Bett, sowie mittlerweile Lea auch, und er saß im Kom-Raum auf einem bequemen Sofa und nahm sich die Berichte von Jane vor.
„Du wolltest nicht allein sein. Darf ich mich zu dir setzen?“ Dana stand in der Tür und lächelte verlegen. Jurij hatte nichts dagegen und deutete auf den Sitzplatz neben sich: „Schläft Felix?“
Dana nickte. „Dieses Mal will ich nicht stören“, sagte sie und setzte sich einfach hin. Jurij schaute kurz zu ihr. Die junge Mutter war offensichtlich richtig müde. Er sortierte die Folien, die bei seinem Weitwurf etwas durcheinandergeraten waren, und als er beginnen wollte, war Dana neben ihm eingeschlafen. Jurij nahm grinsend das erste Blatt zu Hand, als er merkte, wie Danas Körper sanft gegen ihn stieß. Sie war seitlich weg- und gegen ihn gerutscht. Vorsichtig legte er einen Arm um sie und sorgte dafür, dass Dana entspannt liegen konnte. Wie von selbst fanden ihre Beine auf dem Sofa Platz, und sie räkelte sich an ihn. Lächelnd nahm er jetzt die Folie und begann zu lesen.

07.12.2120, 11.00 Uhr, WALHALLA, Brücke:

Der dritte Jump stand an. Dieses Mal über 100 Lichtjahre. Und dieses Mal hatte ich die Plätze getauscht. War ich zuvor auf meinem gewohnten Platz hocken geblieben und hatte den Platz Aldos neben mir freigelassen, so saß ich nun auf dessen Platz und Oksana hatte ich neben mich bestimmt. Ich überwachte also nur, und die Russin über-

nahm das direkte Kommando über die WALHALLA. Sie nickte mir zu. Das Schiff war bereit für den Sprung über 100 Lichtjahre. Ich hatte mich bereits an diese gigantischen Entfernungen gewöhnt und ebenso an die mir noch unverständliche Technik. Im Moment reichte es mir, wenn diese funktionierte. Ich musste nicht unbedingt wissen, warum. Wir schickten uns an, 100, in Worten >einhundert<, Lichtjahre innerhalb vielleicht von einer Sekunde zurückzulegen! Ich legte meine ganze Selbstbeherrschung in meine Geste und überließ Oksana gönnerhaft den Befehl zum Sprung.
„Sergej?", fragte meine frischgebackene XO.
„30% Licht – Sprunggeschwindigkeit liegt an."
Die Russin sah noch einmal kurz auf ihre grünen Bereitschaftsanzeigen, dann löste sie die schiffsweite Durchsage aus: „Hier spricht XO Oksana Trantow. Wir werden in 20 Sekunden springen. Bitte Sicherheitsanweisungen beachten. Die letzten zehn Sekunden laufen als Countdown. XO Ende!"
Sie unterbrach die Verbindung: „Sergej mit Ablauf des Countdowns springen wir!"
„Aye, XO!"
Die letzten Sekunden wurden digital angezeigt und bei Null schlug Sergej auf den Buzzer.
Der Jump verlief wie immer, leider mit ein paar mehr körperlichen Beschwerden als die kurzen Sprünge.
„Maschinenraum an Brücke!", kam es über Bord-Com. Es sprach Fritz Berger.
„Hier Brücke", meldete sich Oksana.
„Wir haben Probleme mit Meiler 3! Er flattert!"
Ich konnte die Scheiße mit dem vertrackten Energieerzeuger nicht mehr hören, darum funkte ich dazwischen: „Wie … er flattert? Flattert er uns davon?"
„Nein", kam es zurück. „Die Leistungsabgabe schwankt!"
Ich musste mich zurücknehmen, die Sache mit dem Puffer war wirklich nicht schlecht gewesen: „Hört mal zu da unten: Die Sache mit den Akkus war spitze! Die Durchführung offensichtlich auch! Meinen Respekt! **Und nun bekommt ihr das Scheißding von Meiler 3 in den Griff!**"
Da war sie wieder – die fordernde und verlangende Jane – ich konnte es nicht verhindern.

„Äh, verstanden, Captain!“
Die Verbindung wurde unterbrochen.
„Das Med-Lab ruft uns, Jane“, teilte mir Oksana mit.
„Stell durch!“ Ich war gespannt, wie Maria diesen Sprung klassifizierte. Den letzten über 50 Lichtjahre hatte sie noch als >kurz< bezeichnet. Kurz darauf hörten wir die Stimme von Doc Maria: „Das war einer der mittleren Kategorie – zwei Tage Pause!“ Sie wartete unsere Reaktionen gar nicht erst ab, sondern unterbrach die Verbindung.
„Mist!“, schimpfte Oksana, aber ich wiegelte ab. „Warte mal, wie lange unser Fritz braucht, um Meiler 3 zu reparieren. „Wir brauchen die Pause auch. Scans?“
Die russische XO befragte ihre Geräte: „Nichts im Umkreis!“
„Hoffen wir, dass es dabei bleibt“, drückte ich meine Hoffnung aus. Tatsächlich schienen wir Glück zu haben – dabei. Fritz brauchte vier Tage für Meiler 3. Nicht, um ihn komplett auf Vordermann zu bringen, sondern um ihn auf die bescheidene Leistungsabgabe von 34% zu bringen. Ich fluchte drei Tage später heftig und schmiss irgendwas, ich weiß nicht mehr was, gegen eine der Wände der Brücke. Ich achtete lediglich darauf, dass nichts Wertvolles durch die Luft flog oder getroffen wurde. Ein bisschen Selbstbeherrschung hat man ja.

11.12.2120: 09:00 Uhr, WALHALLA, Besprechungsraum:

„Ich habe ein System in 337 Lichtjahren gescannt, von dem ich annehme, dass es über Planeten verfügen könnte“, sagte Oksana.
„Dann sollten wir das ins Auge fassen – oder?“ Ich sah mich um und die Teilnehmer der Besprechung nickten mir zu. Einer schien mir ganz besonders zuzunicken: Russ Meywers. Seine blauen Augen leuchteten mich geradezu an. Was war los mit ihm? Es war Anfang Dezember – von Frühling noch keine Spur. Allerdings merkte ich auch, dass mich das nicht ganz kalt ließ. Ich musste mich zusammenreißen, während ich das frivole Gefühl hatte, dass seine Augen über meinen Körper glitten.
„Wir erhöhen unsere Sprungweite um den Faktor 3,3. Dass wir den Feind damit auf uns aufmerksam machen, sehe ich zumindest als wahrscheinlicher an“, sagte ich vorsichtig.
„Wir müssen es ausprobieren und können nicht immer weglaufen“, stellte Oksana klar.

Wieder Kopfnicken aus der Runde und ich sah in Russ blaue Augen ... äh.
„Ben?“ Ich sah unseren FliCo an und er reagierte wie gewünscht.
„44 Sharks und 60 Hawks kann ich auf die Reise schicken!“
„Wir sollten so schnell wie möglich los“, begann Oksana, aber ich bremste: „Nein! Wir werden nichts überstürzen! Heute findet der finale Check statt. Wir sehen uns morgen früh um 09:00 Uhr wieder hier, und ich nehme die Klarmeldungen entgegen. Insbesondere will ich, dass die Puffer vollgeladen sind!“
Wieder die einheitliche Körperbewegung mit dem Kopf – aber verwundert. Meine Anordnung war unsinnig. Die Systeme waren mehr als einmal gecheckt und die Puffer längst voll. Alles war bereit und spätestens in zwei Stunden konnten wir springen. Nun, ich hatte meine Gründe.
„Noch Fragen?“
Niemand hatte welche.
„Gut, bis auf Russ, wegtreten!“
Die Crew verließ den Besprechungsraum und als Isabel als letzte die Tür hinter sich zumachte, war ich mit Russ allein.
„Warum, du unverschämter Kerl, schaust du mich den ganzen Morgen so an?“, fauchte ich ihn an.
Er grinste lediglich und machte dann ein verwundertes und unschuldiges Gesicht – süß: „Oh, das hast du gemerkt! Entschuldige, aber nimm es bitte als Kompliment. Du bist eine schöne Frau und ich ein gesunder Mann. Ich kann nicht weggucken.“ Er tat dann ein wenig zerknirscht.
„So so“, ich war aufgestanden und stand vor ihm mit in den Hüften gestemmten Armen. „Du wirst heute Abend um Punkt 20:30 Uhr an meinem Privatquartier anklopfen. Blumen wirst du an Bord nicht finden, also bemüh dich erst gar nicht! **Wegtreten!**“ Ich bemühte mich um einen strengen Gesichtsausdruck. Russ sprang auf: „Sehr wohl, Captain. Ich werde pünktlich sein!“ Dann huschte er aus dem Raum.
Kurz überlegte ich, ob ich als Captain und Verantwortliche die Mission um einen Tag verzögern durfte, um mein persönliches Verlangen zu stillen. Scheiße ja und nochmal – ja! Ich trug allein, wohlgemerkt allein, die gesamte Last! Ich musste schließlich sehen, dass ich für alle in geordneten Parametern weiterfunktionierte. Und wenn Sex dazu gehörte, dann war das eben so! Es konnte gut sein, wenn wir morgen auf

die Feinde trafen, dass ich zum letzten Mal dieses Vergnügen haben würde, und ich wollte es einfach nochmal spüren.
Der Tag verlief normal und es kribbelte in mir. Trotzdem absolvierte ich den Besuch aller für morgen wichtigen Abteilungen, einschließlich des Med-Labs. Maria hatte sich und ihre restlichen Patienten wieder gut im Griff. Innerhalb der Möglichkeiten war die WALHALLA gut in Schuss. Mit diesem beruhigenden Gefühl speiste ich an der Seite von Oksana, die in letzter Zeit immer mehr eine >beste Freundin< wurde, zu Abend.
„Was hast du vor?", fragte mich Oksana, als ich Anstalten machte, mein Tablett mit dem benutzten Geschirr wegzubringen. Ich sah mich vorsichtig um und entschloss mich zu einer obszönen Geste. Ich zeigte ihr eine Faust und schlug leicht mit der flachen Hand ein paar Mal oben drauf. Oksana grinste – das Zeichen war eindeutig. Ich war schon aufgestanden und beugte mich zu ihr runter: „Ich empfehle dir dasselbe. Zerr einen der vorzeigbaren Jungs auf dein Lager. Vielleicht ist es das letzte Mal!"
Sie sah sich, wie ich fand, suchend um und fragte: „Russ?"
Ich hob einen Daumen: „Bingo!"
„Viel Spaß!"
Ich machte mich auf den Weg zu meinem Quartier. Dort duschte ich ausgiebig und zog ein luftiges Kleidchen an – ein sehr luftiges. Pünktlich um 20:30 Uhr klopfte es. Ich machte auf und Russ stand in einem lockeren Anzug vor mir. In der Hand hielt er eine Flasche Wein und zwei Gläser. Keine Ahnung, wie er daran gekommen war.
„Ich glaube, es hat mich keiner gesehen", sagte er zur Begrüßung.
„Ist mir scheißegal", sagte ich, packte ihn am Revers und zog ihn fast gewaltsam in mein Privatquartier. Die Tür fiel zu und wir waren allein. Ich fiel praktisch über ihn her. Verlangend war mein erster Kuss und die Flasche glitt ungeöffnet zu Boden. Er hatte einen tollen Körper – kein Gramm Fett und Muskeln, wohin man schaute, und ich schaute viel. Wir schafften es nicht mal bis ins Bett. Nach der ersten Runde war die Flasche Wein an der Reihe. Nach der Hälfte ging es weiter. Ich erlebte eine wundervolle Nacht. Ich vergaß in den Armen dieses Mannes die ganze beschissene Situation und konnte mich mal wieder als Frau fühlen. Drauf geschissen – auf die unnötige Einschränkung der Flottenbestimmungen. Den Mann hatte ich mir jetzt mal verdient. Russ war ein großartiger Liebhaber, was ich ihm auch sagte. „Es kommt

immer auf die Partnerin an“, gab er das Kompliment an mich weiter. Weit nach Mitternacht kamen wir zur Ruhe und zum Schlaf. Russ überraschte mich (zwischendurch) als geist- und humorvoller Gesprächspartner. Das war zwar nicht in meinem Fokus gewesen, ich nahm es aber gerne als Zugabe. Ich hoffte nur inständig, dass es nicht das letzte Mal gewesen war. Mit dem Typen konnte frau auch was anderes anfangen als Bettübungen. Lange bevor die Weckautomatik uns aus dem Schlaf reißen konnte, spürte ich seine Hand wieder verlangend nach mir greifen ...

Buchstäblich in letzter Sekunde kamen wir auf der Brücke an. Oksana grinste von einem Ohrläppchen zum anderen, als wir gemeinsam in den Besprechungsraum gingen.

Mit einem Räuspern stellte ich Aufmerksamkeit her: „Guten Morgen! Status?“

Ich sammelte die Bereitschaftsmeldungen.

Wir waren bereit. Waren wir das wirklich?

„Wir gehen ein hohes Risiko ein“, wies ich noch einmal auf die bekannte Tatsache hin.

Entschlossene Gesichter nickten mir zu. Noch einmal würden wir uns nicht überraschen lassen.

„Wenn wir gleich wieder den Raum verlassen und ich Sergej befehle, ins Zielgebiet zu springen, werde ich gleichzeitig Vollalarm auslösen. Ben, deine Staffeln müssen bereit sein!“

„Sie sind es, Skipper!“

Ich nickte Karl zu.

„Meine Feuerorgel ist online!“

Ich wandte mich an Fritz Berger.

„Wir stellen an Energie bereit, was wir können!“

Ich sah wieder zum Piloten: „Wenn wir dort ankommen, volle Beschleunigung auf 30% LG! Ich will springen können, falls nötig.“

„Verstanden Captain!“

„Fritz – die Puffer wieder laden, mit allem, was wir haben!“

„Geht klar.“

„Oksana?“

„Skipper?“

„Du scannst die Gegend mit allem, was wir haben – aktiv!“

„Mir wird nichts entgehen!“

„Und du wirst ein Zielgebiet in 50 Lichtjahren aussuchen und Sergej aufs Nav-Pult geben – für den Notfall."
„Auch das, Jane!"
„DANN LOS!"

15 Minuten später verschwamm die Optik vor meinen Augen. Leichte Schmerzen in der Nackengegend ließen den absolvierten Sprung erkennen – über 337 Lichtjahre.
„Oksana?"
„Moment – ich scanne! Auswertung des Systems läuft!"
Unsere Geduld wurde auf eine harte Probe gestellt, aber Oksana wollte, wenn sie etwas bekannt gab, keine Vermutungen, sondern Tatsachen äußern.
Dann nach etwa 30 Minuten und gefühlt einem halben Tag: „Ich erkenne eine Sonne Typ Sol. Weiterhin 13 Planeten, davon drei in der habitablen Zone!" Jubel kam auf und ich lächelte erleichtert. Es sollte doch mit dem Teufel zugehen, wenn wir hier nicht wenigstens Wasser finden. Vielleicht sogar ein Platz zum Leben?
Meine schönen Gedanken wurden jäh durch Oksanas Ausruf unschön unterbrochen: **„ORTUNG!"**

<u>29.04.2134, 01:15 Uhr, ARES-System, AGUA,
GREEN COAST FARM, Haus von Dana:</u>

Jurij war die letzte Folie aus der Hand gefallen. Die letzten Tage hatten auch an seinen Kräften gezehrt. Dana schlief mit dem Kopf auf seinem Schoß schon eine ganze Weile. Ihm fiel der Kopf nach hinten und schlug sanft an den Kopfteil des Sofas an. Er bemerkte noch die Erleichterung, dass bisher, jedenfalls bei dieser Sitzung, es keine Katastrophen an Bord der WALHALLA gegeben hatte. Allerdings ließ die Meldung seiner Landsfrau auf der Brücke des jetzigen Trägerschiffes nichts Gutes ahnen. Jurij genoss Danas Nähe und ließ es zu, dass sein Bewusstsein in den Schlaf entglitt.

11. Abflug

03.05.2134, 08:57 Uhr, AQUARIUS, Orbit:

Heute Morgen war Chapawee Paco in aller Frühe, direkt nach dem Schwimmen mit seinen feuchten Freunden, wie Naira die Robbendelfine zu nennen pflegte, ans Packen gegangen. Seine Partnerin war mit von der Partie und die Insel CHUMANI würde nur hin und wieder jemand betreten, um nach dem Rechten zu sehen. Admiral Thomas Raven hatte ihn gebeten, die Sprecherin der AGUA-Streitkräfte sowie einen Freund und seine Assistentin Lea nach MANCHAR in die Milchstraße zu transportieren. Paco hatte diese Bitte nur allzu gerne bestätigt. Seitdem er mit der COCHISE ihrem Enkel zu Hilfe geeilt war, verband ihn mit Loorena, der ERSTEN der MANCHAR, eine distanzierte, aber innige Freundschaft. Aus dieser Begebenheit lag auch jetzt ein größerer Allzweckgleiter vor dem Hause der Pacos – ein Geschenk der ERSTEN. Vor dem Transport der jungen Leute nach MANCHAR galt es jedoch die TWO MOON, ein 1.400-Meter-Schiff der GENUI, zu übernehmen. John Flannigan, sein ehemaliger XO und jetzt selbst Captain auf der COCHISE, hatte sich bereit erklärt, den Kugelraumer von AGUA nach AQUARIUS zu überführen.
Um kurz nach acht Uhr lagen zwei in Kunstleder verschnürte Bündel auf den Rücksitzen des Gleiters, darin die benötigte persönliche Habe des Paares für die Dauer der Reise. Chapawee saß am Steuer und Naira daneben. Seitdem Naira ihrem Partner berichtet hatte, dass sie schwanger war, achtete Paco in besonders fürsorglicher Weise auf diese zarte Person. Mochte man vielleicht der Meinung sein, dass es zur Grundausstattung eines Indianers gehört, bis zu einem gewissen Grad auch Macho zu sein – Paco war es nicht. Daneben ließ Naira aber nicht zu, dass sich Paco mit dem gemeinsamen Haushalt oder gar der Speisenbereitung beschäftigte. Naira mochte diese Geschlechterrolle und hatte sie für sich angenommen. Chapawee wurde zu Hause von vorne bis hinten bedient – Schwangerschaft hin oder her. Naira ließ sich von niemandem in diese Rolle hineinreden – auch nicht von Chapawee selbst. Der hagere Sioux glich es mit besonderer Aufmerksamkeit und Rücksicht aus und so fand ein harmonisches Miteinander statt.

Paco startete die Motoren des Vielzweckgleiters und mit leisem Brummen hob das Fahrzeug ein paar Handbreit über dem Boden ab. Chap steuerte es aufs Meer hinaus, wobei der Kiel keinerlei Wasserkontakt erhielt. Gleichwohl zog er eine Bugwelle allein durch den Luftdruck hinter sich her. Ganz ohne Vibrationen schoss der Gleiter knapp über der Wasseroberfläche dahin. Da das Verdeck noch nicht verschlossen war, wirbelten Pacos lange und blauschwarze Haare im Wind. Naira hatte ihre Haare kunstvoll geflochten um den Kopf gelegt, da bewegte sich so schnell nichts.

„Soll ich das Verdeck schließen, meine Sonne?“

Naira lächelte, wie es ihre Art war, sanft: „Deine Sorge rührt mich. Ich genieße aber die frische Luft und ich warte drauf, dass mein Gefährte die Möglichkeiten des stählernen Vogels nutzt.“

Über Pacos Gesicht huschte ein kleines Lächeln. Er wusste, was diese Frau meinte, und er nahm sich vor, ihrem Wunsch zu entsprechen. Aber es war noch nicht soweit, daher griff er ein anderes Thema auf: „Unser Kind wird leider nicht auf dem Rücken eines Pferdes über die Prärie reiten.“

Naira schaute ihn skeptisch von der Seite an: „Es gab damals auf der Erde schon Stämme, die zur Fortbewegung keine Pferde, sondern ihre eigenen Füße nutzten. Sie konnten gar nicht reiten.“

Paco nickte, selbstverständlich wusste er das. „Ich finde es nur schade, dass unser Kind nicht auf den Spuren unserer Vorfahren wandeln kann.“

Naira stimmte zu: „Wenn uns Manitu ein Mädchen schenkt, werde ich es unterweisen und du wirst einem Jungen deine Fertigkeiten beibringen. Gleich wo die Heimat sein wird und die Tipis stehen werden, im Herzen wird das Kind sein wie wir.“

„So wird es geschehen“, beschloss Paco. „Wir sind gleich an der Stelle angelangt. Du bist sicher?“

„Ja, bitte“, Nairas Augen begannen voller Vorfreude zu leuchten.

Paco begann zu schalten und Prallfelder sicherten die Insassen auf den Sitzen. Dann wurde ein Kraftfeld um den Gleiter gelegt, sodass die Luftströme abrissen. Nun schloss sich das Verdeck. Als Paco auf seinen Anzeigen Grünwerte bekam und das Dach luftdicht verriegelt war, gab er mehr Energie auf den Antrieb – eine Menge mehr. Beide Insassen wurden tief in die Sitzpolster gepresst und nach zehn Sekunden riss Paco ruckartig den Steuerhebel zu sich heran. In einer engen Kurve

zeigte die Nase des Gleiters nun himmelwärts und Paco schob den Beschleunigungshebel noch weiter nach vorn. Mit dumpfem Dröhnen schoss der Gleiter senkrecht in den Himmel. Im Cockpit waren nur leise Geräusche der Verzückung von Naira zu hören. Trotz etwa 3,5 Gravos Belastung erfreute die Indianerin diese irre >Karussellfahrt<.
Aber auch Paco genoss diese schiere Kraftentfaltung. An Bord von Raumschiffen war im Gegensatz dazu körperlich nichts zu spüren, obwohl diese noch viel effizienter beschleunigten. Hier aber wurden die Sinne des Menschen direkt angesprochen. Der Monitor zeigte freie Flugbahn bis zur im Orbit wartenden TWO MOON.
Ihr Fahrzeug schoss durch Wolken hindurch und zerfetzte diese.
Naira war eine stille und bescheidene Partnerin, daher machte ihr Paco gerne diese Freude, zumal er diesen Ritt auch selbst genoss.
„Sioux an TWO MOON!“ Paco hatte den Funk eingeschaltet.
„Hier ist der Interimscaptain der TWO MOON. Sollte sich der zukünftige ordentliche Captain dieses bestimmt bald stolzen Schiffes melden?“ Paco zeigte ein Anflug eines Lächelns. Er hatte die Stimme von John Flannigan erkannt.
„So ist es“, bestätigte Paco, der auf den Funkkanälen stets den Namen >Sioux< verwandte. Das war zwar nicht ganz im Sinne der Bestimmungen, aber bei Paco ließ das Jeder durchgehen.
„Landeerlaubnis erteilt! Erbitte Übergabe der Steuercodes ab Distanz 1.000 Kilometern!“
„Ich werde unser Stahlross in eure Hände geben“, antwortete Paco, dann wurde abgeschaltet.
Auf einem Klasse-D Raumschiff der GENUI wurde nicht mal eben so manuell gelandet. Ein Teilbereich der KI übernahm den Vorgang. Schließlich galt es Unfälle zu vermeiden und dann hatte auch keiner einen Vorteil davon, wenn die Flieger nach dem Landen kreuz und quer auf dem Deck standen. Insofern war der handgesteuerte Landevorgang die absolute Ausnahme und sollte nur bei Defekten entsprechender Art tatsächlich Anwendung finden. Den Landeplatz selbst legte der Deckchief fest. In diesem Fall gab es noch keinen, sodass auch hier die KI die Entscheidung traf. Es war eine der ersten Umbauten am MANCHAR-Gleiter, die Kompatibilität zur Fernsteuerung der KIs der Menschen herzustellen. In BRAIN HILL hatte ein Spezialist einen knappen Vormittag dafür benötigt.

Naira, die noch nicht häufig auf einem Landedeck ausgestiegen war, beobachtete ihre Umgebung bei diesem Vorgang sehr aufmerksam. Man flog durch das einen Spalt weit offene und nur per Kraftfelder gesicherte Decktor der TWO MOON. Die Kanzelabdeckung des Gleiters war selbstverständlich durchsichtig und so war schon aus einiger Entfernung zu erkennen, dass man erwartet wurde. Sanft setzte die Automatik neben den in Reihe angetretenen Crewleuten auf und das Verdeck verschwand seitlich. Chapawee erhob sich und nutzte den flachen Ausstieg des Gleiters. John Flannigan war erschienen und brüllte ein: „CAPTAIN AN DECK!", worauf nochmals ein Ruck durch die Angetretenen ging.
„Willkommen an Bord, Häuptling", sagte John dann schon wesentlich leiser und nutzte die zwischen ihnen übliche Redensart und Paco verließ den Gleiter.
„Auch die Partnerin meines Freundes und Gönners Chapawee ist bei uns an Bord der TWO MOON gern gesehen. Willkommen an Bord, Naira!" Mit einer locker dargebotenen Hand half John der Partnerin von Paco aus dem Gleiter.
Chapawee drehte sich herum und sah diese kavalierartige Geste. „Ist es schon soweit rum?", fragte er dann, wohl ahnend, dass John gerade wegen der Schwangerschaft von Naira besonders hilfsbereit war.
„Ich wüsste jetzt keinen, der nicht informiert ist!", kam dann auch eine umfassende Antwort.
Paco zog eine Augenbraue nach oben.
„Es kam in den Netznachrichten! Wir hatten auf AGUA ein halbes Volksfest! Das konnten wir den Leuten nicht vorenthalten. Du hast ja gar keine Ahnung, Häuptling, was du den Siedlern bedeutest!"
„Ich bin ein einfacher Krieger ...", begann Chapawee, aber John unterbrach ihn.
„Sicher, Chap, sicher doch! Immer feste dran glauben und stramm behaupten! Tatsächlich möchte ich dir hier vor den Angetretenen danken. Danken für die Ehre, mit dir geflogen zu sein und gekämpft zu haben. Danken für die Überlassung dieses großartigen Schiffes mit dem eindrucksvollen Namen und auch danken für eine bestens eingespielte Mannschaft. Dabei Mannschaft: Gestattest du, dass ich dir deine Brückencrew vorstelle?"
„Ich gebe den Dank zurück, John", erwiderte Paco. „Du warst der XO, den ein Captain braucht, um ein Schiff erfolgreich zu führen. Ich danke

dir für deine Loyalität. Bitte, ich bin begierig, meine neue Brückencrew kennenzulernen."

Naira hielt sich, bescheiden wie sie war, im Hintergrund, während John und Chapawee die Front der Crew abschritten.

„Das ist deine XO", stellte John eine große und kräftige Frau vor. „Smilla Larsen wird an meiner Stelle für dich agieren!"

Pacos prüfende Augen lagen auf der Dänin und ihrem blonden Pagenschnitt, dann nickte er.

„Willkommen an Bord, Captain", sagte Smilla leise.

„Hier haben wir Tupac Vargas, Pilot der TWO MOON", John war an einem schmächtigen Chilenen angelangt. Auch dieser begrüßte Paco.

Der nächste Crewman war ein Schwarzafrikaner mit Namen Afram Awolowo. Er gab den FliCo und Paco fielen seine Glatze und ein recht großer und goldener Ohrring auf.

Eine Britin mit langen, roten Haaren, Amy Lewis, war als Astrogatorin an Bord, und für die Kommunikation hatte man einen Bürger der ehemaligen russischen Föderation, Ignat Gussew bereitgestellt. Der Mann war groß, kräftig und trug seine langen, blonden Haare zu einem Pferdeschwanz gebändigt.

Dann fehlte nur noch jemand an der Feuerorgel, und als Paco den Mann sah, lächelte er und bot, wie unter indianischen Freunden üblich, den ganzen Unterarm zu Begrüßung. Liam MacGowan, der ehemalige Gunner der COCHISE, ein untersetzter und kräftiger Ire mit rostroten Haaren griff kräftig zu: „Es ist mir eine Ehre!"

„Liam ist mit ein paar Details vertraut und wird dich weiter führen, denn auf einem Schiff ist kein Platz für zwei Captains. Meine Beta steht dort hinten. Ich bitte, von Bord gehen zu dürfen!" John nahm Haltung an, als er das sagte, und Paco drehte sich zu ihm: „Ich wünsche dir auf all deinen Pfaden siegreiche Kämpfe und eine vollzählige Rückkehr. Möge Manitu seine schützende Hand über dich, deine Crew und die COCHISE halten!"

John machte eine Ehrenbezeichnung, die lässig, aber ernsthaft von Paco erwidert wurde, dann schritt Flannigan davon. Wenig später schoss er mit seinem kleinen Diskus durch das Raumtor.

Paco drehte sich zu seiner Truppe: „Ich bin neugierig auf jeden einzelnen für euch. Dazu kommen wir später. Bis auf Liam wegtreten zur Brücke!" Paco sah mit Freude, wie Liam aus der Linie heraustrat

und die restliche Gruppe dann hintereinander zum Deckausgang schritt – schön ordentlich, wie auf der Akademie gelernt.
„Eine gute Crew“, versicherte Liam, als der letzte durch die Schleuse verschwunden war.
„Sie ist vor allen Dingen eins, Liam – jung!“
Der Ire bestätigte die Tatsache, dass es sich um Absolventen des CAMPUS bzw. der SACK CARTER AKADEMIE handelte. „Aber“, so schränkte er ein, „sie gehörten zu den Besten ihres Jahrgangs. Die ruhige Hand des Häuptlings wird aus jedem von ihnen das Allerbeste herausholen. Sie sind stolz darauf, unter Chapawee Paco zu dienen.“
Paco sah seinen Gegenüber ernst an: „Ich hoffe, mein sehr weißer Bruder versteht meine Frage nicht falsch, aber war es nicht vereinbart, dass die gesamte ehemalige Crew auf der COCHISE bleibt?“
Der Ire lächelte: „Ich hoffe, mein sehr roter Captain versteht meine Antwort richtig: Ich bin gerne hier. An meiner Stelle sollte ursprünglich Madeline Garnier auf der TWO MOON als Gunnerin anheuern.“
„Ich kenne diese bemerkenswerte Frau“, gab Paco zurück.
„Nun verhält es sich so“, erklärte Liam weiter, „dass John Flannigan ein bis zwei Augen auf diese Dame geworfen hat.“
Nun rutschten beide Augenbrauen beim Sioux höher: „Erwidert Madeline dieses Interesse?“
„Man kann sogar sagen“, jetzt grinste Liam, „dass Madeline den Werbungsversuchen unseres Captains erlegen war!“
Paco drehte sich nach Naira um und antwortete anschließend Liam: „Mein ehemaliger XO wird damit eine Partnerin erhalten, wie er es nicht besser erhoffen kann. Ich wünsche beiden Glück und eine Vielzahl von Nachfahren.“ Dann sah er wieder den Iren an: „Ich freue mich, dich an Bord zu haben. Aber dir hätte die Ehre zuteilwerden müssen, an Bord der TWO MOON der XO zu sein. Ein Mann mit deiner Erfahrung!“
MacGowan schüttelte den Kopf: „Im Gegensatz zu dir bin ich wirklich ein einfacher Krieger. Ich fühle mich auf diesem Posten unter einem solchen Captain wohl. Smilla Larsen ist, ich habe sie kennengelernt, eine wirklich gute Offizierin mit großem Potential. Auch wenn sie wenige Jahre Lebenserfahrung vorweisen kann. Unter deiner Führung wird sie eine Perle unter den XO werden und irgendwann eine fähige Captain mit eigenem Kommando – ich bin absolut sicher.“

Paco war einverstanden und sprach ein anderes Thema an: „John sagte, du wirst uns weiter führen?“
Der Ire drückte auf einen Knopf an seinem Armbandkom und wenig später kam ein Droiden über das Landedeck gelaufen.
„Nimm das Gepäck von Captain Paco und seiner Gefährtin und folge uns!“
„Sofort, Sir!“ Der Droide kletterte in den Gleiter und kam mit den zwei Bündeln wieder hervor.
„Ich geleite euch in die Privatgemächer“, verkündete Liam. „Bitte folgt mir!“
Paco und Naira gingen hinter dem Gunner her, und nach einiger Zeit führte er sie in einen wirklich großen Raum, der wenigstens fünf Decks hoch war.
„Wir haben uns erlaubt, ein wenig vom Arboretum abzuteilen. Eure Unterkunft!“
Pacos Augen leuchteten und Naira rutschte ein kleiner Ausruf des Verzückens heraus. Man hatte ein Indianer-Tipi aufgebaut – groß und schön und es stand auf auf Erde und Gräsern. Eine Feuerstelle war eingerichtet und mehrere querliegende Baumstämme vermittelten den Eindruck, sich in der Natur aufzuhalten.
„Ich“, er sah auf Naira, „wir, fühlen uns als Nachfahren der nordamerikanischen Ureinwohner geehrt. Ich fühle mich schon jetzt an Bord zu Hause. Auf wessen Idee geht das zurück?“
„John gedachte, sich auf diese Weise für das Kommando über die COCHISE zu bedanken!“
„John ist ein guter Freund“, bemerkte nun Naira. „Ich werde unser Heim einrichten und du wirst das Schiff besichtigen, mein Gefährte.“
Paco nickte und Liam teilte Naira mit, dass der Droide zunächst bei ihr bleiben würde, um Sonderwünsche entgegenzunehmen oder sonst irgendwie behilflich zu sein, beziehungsweise etwas zu besorgen.
Die Führung dauerte Stunden.

<u>15:00 Uhr, TWO MOON, Brücke:</u>

Liam wirkte etwas abgekämpft, als er kurz vor 15:00 Uhr die Brücke der TWO MOON mit Captain Paco betreten hatte. Der Captain dieses Schiffes hatte unterwegs eine Menge an Technikern gesehen, offene Verschalungen, herunterhängende Kabelenden – einfach unfertige Ar-

beiten. Stellenweise gab es Löcher im Boden, wenn überhaupt Bodenbelag schon gelegt war. Wand- und Deckenverkleidung inclusive Beleuchtung fehlte teilweise oder ganz usw, usw. Man hatte auf spätestens dem zweiten Blick bemerkt, dass hier ein Totalumbau durch das All flog. Chapawee hatte trotzdem alles sehen wollen, und der Ire überlegte jetzt, welchen Winkel dieses Schiffes man wohl vergessen haben könnte. Selbst Liam hatte Stellen entdeckt, wo er selbst noch nicht gewesen war. Der Sioux hielt sich auch nicht lange auf der Brücke auf. Er bat um Aufmerksamkeit und als seine Crew aufmerksam zuhörte, lud er alle zu 20:00 Uhr zum gemeinsamen Abendessen vor seinem Tipi ein. Im Anschluss würde man nach guter, alter Tradition das Kalumet benutzen. Dann nickte er Liam zu und verließ die Zentrale des Klasse-D Raumers.
„Äh, was ist ein Tipi?“ Liam drehte sich und erkannte die Astrogatorin Amy Lewis als Fragestellerin.
„Und was ist ein Kalumet?“ In diesem Fall fragte Afram Awolowo, der FliCo.
„Was zieht man da an?“ Klar – weibliche Frage, kam von der XO.
Liam holte tief Luft und sah die XO an und Smilla Larsen grinste: „Hiermit, mein lieber Liam, ernenne ich dich zum Verbindungsoffizier – zwischen uns und dem Captain. Wir verstehen ihn nämlich nicht. Du hast jetzt noch ein paar Stunden Zeit, uns auf Stand zu bringen.
Liam seufzte. Die junge Frau war seine Vorgesetzte und somit musste er, ob er wollte oder nicht.
„Gut, lasst uns in den Besprechungsraum gehen – und nehmt bitte ausreichend Kaffee mit.“
In den folgenden zwei Stunden erfuhr die junge Brückencrew einiges über die Gewohnheiten und die Tradition der nordamerikanischen Ureinwohner. Liam wusste diese Details mit Beispielen aus dem Leben des Sioux zu würzen, und die jungen Leute hingen an seinen Lippen. Insbesondere der Afrikaner interessierte sich sehr für die >Friedenspfeife<.
„Lasst euch nicht dazu hinreißen, den Rauch mehr als bis zur Zungenspitze kommen zu lassen“, warnte Liam mit hoch erhobenem Zeigefinger. „Ich habe es euch gesagt und ausreichend gewarnt. Der von Paco benutzte Tabak wird selbst von Jan Eggert nicht vertragen, und der stemmt eine ganze Menge!“
Liam sah sich um: „Habt ihr noch direkte Fragen an mich?“

Es meldete sich niemand und Smilla ergriff das Wort: „Vielen Dank für deine Mühe, Liam. Ich denke, wir sind jetzt einigermaßen auf unseren Captain vorbereitet.“
Liam lachte: „Nein, das seid ihr garantiert nicht!“

20:00 Uhr, vor dem Tipi:

Mit den letzten Worten des Gunners in Erinnerung und dementsprechend verhalten, betrat die Brückencrew geschlossen um 20:00 Uhr die >Privatgemächer< des Captains – vorsichtig und leise.
„Wir melden uns zur Stelle“, brachte Smilla Larsen leise heraus, während ihr Blick wie gebannt an einem Tier hing, welches an einem Spieß über einem offenen Feuer gebraten und von Naira langsam gedreht wurde.
„Seid mir willkommen“, eröffnete Paco. „Ich darf euch meine Gefährtin Naira vorstellen.“ Paco drehte sich zu der zierlichen Person und die Crew rief ein schüchternes „Hallo“. Naira lächelte ihnen zu.
Die jungen Leute bestaunten das Tipi, welches sie zwar aus den Beschreibungen des Gunners kannten, sich aber nicht so recht etwas darunter vorgestellt hatten.
„Bitte nehmt Platz“, forderte Paco auf und jeder schaute nach entsprechenden Sitzgelegenheiten.
„Auf die Baumstämme“, raunte ihnen Liam zu und nachdem ihn der eine oder andere ungläubige Blick getroffen hatte, setzte er sich selbst auf einen der Stämme. Die Gruppe nahm dann zögernd Platz und beäugte das Outfit des Einladenden. Paco trug wie immer in seiner Freizeit einen ledernen Jagdanzug und ein luftiges Hemd ohne Ärmel. Im Arboretum war es nämlich angenehm warm. Naira trug dasselbe im weiblichen Outfit als ledernes Kleid. Ob das Leder nun echt war oder nicht, es sah täuschend ähnlich aus. Paco holte aus dem Tipi eine Reihe von Trinkgefäßen und begab sich damit zu einer zweiten Feuerstelle, über der ein Kessel hing. Mit einer Schöpfkelle befüllte er die Becher zur Hälfte und verteilte diese. Als er selbst davon trank, versuchte es auch seine Mannschaft. Man schmeckte ein stark aromatisiertes Gebäu, welches noch am ehesten an Tee erinnerte. Man schwieg und nur leise waren die vorsichtig schlürfenden Geräusche der Trinkenden, der Tee war sehr heiß, zu hören. Paco musterte jeden von ihnen, und das machte die Situation nicht lockerer. Dann nickte er seinem alten

Kampfgefährten Liam MacGowan zu und dieser verstand den stummen Hinweis. Er sollte für eine kleine Auflockerung des Abends sogen.
Liam räusperte sich und dankbare Aufmerksamkeit wandte sich ihm zu.
„Vielleicht sollte ich einmal erzählen, wie unser jetziger Captain an die COCHISE gekommen ist. Es handelte sich da ...
(Interessierte können den Beginn des Berichtes zu 2122 Mission >Helena< nachlesen.)
Zunächst schilderte Liam den Vorfall so, als wenn die COCHISE tatsächlich von den TRAX angegriffen und nahezu vernichtet worden wäre. Atemlose Aufmerksamkeit war dem Berichtenden sicher und als schließlich in Person von Laura Stone die ganze Sache als Übung aufgelöst wurde, war der Bann gebrochen und die junge Mannschaft lachte.
Dann verteilte Naira Teller und Besteck.
„Wir wollen dem Wildschwein dankbar sein, dass es sich von uns erjagen ließ, um uns mit der benötigten Nahrung zu versorgen", sprach Paco die rituellen Worte. „Ich bitte nun meine Gefährten, mit ihren Tellern zum Feuer zu kommen." Er selbst schritt voran und zog aus seinem Gürtel ein Messer epischen Ausmaßes. „Für diejenigen unter euch, die ein wenig Skrupel haben: Es handelt sich um ein repliziertes Tier und keines, welches mal gelebt hat." Paco sah, dass gerade die junge Britin Amy Lewis aufatmete. Mit dem scharfen Messer schnitt Paco jedem Teammitglied ein ordentlich großes Stück ab. Naira verteilte anschließend etwas Brot. Dann wurde schweigend gegessen und man fand, dass die Mahlzeit außerordentlich delikat war. Nachdem das Bratenstück vollständig verzehrt war, zückte Paco sein Kalumet. Er stopfte dieses und entfachte nebenbei ein paar Kräuter. Als daraus Qualm entstand, zog er die Pfeife in alle Richtungen, auch nach oben und unten durch den Qualm. Anschließend entzündete er sie und nahm vier Züge. Jeden Zug blies er symbolisch in eine Himmelsrichtung, dann gab er die Pfeife im Uhrzeigersinn weiter. Man war durch Liam auf diese Zeremonie bestens vorbereitet und hütete sich peinlich davor, zuviel Rauch in den Mund zu nehmen. Es schmeckte fürchterlich. Es funktionierte, ohne dass jemand husten musste. Der Letzte in der Runde war Liam selbst. Zum Entsetzen aller nahm Liam jedes Mal einen tiefen Lungenzug und blies dann den Rauch in die verschiedenen Richtungen. Anschließend grinste er und flüsterte: „Einen Iren haut so schnell nichts um."

Paco stand auf: „Ich habe nun eine junge Crew. Ich will daraus die beste machen. Vertraut mir und ich werde jeden lehren, auf seinem Platz das Optimale zu leisten. Dabei wird auch körperliche Fitness eine große Rolle spielen, genau so wie das Meditieren. Ihr müsst nur wollen. Wollt ihr? Bitte stellt euch nun der Reihe nach selbst vor und erklärt, warum ihr auf der TWO MOON angeheuert habt!“ Paco setzte sich und schaute die Nächste in der Runde an, Smilla Larsen.
Es folgte eine kurze Vorstellung, natürlich kurz, denn so viel Lebenserfahrung lag ja auch noch nicht vor. Dann sprach der oder die Nächste in der Runde. Abschließend berichtete Paco noch etwas aus seinem Leben, und Liam steuerte noch etwas dazu.
„Ich danke für euren Besuch. Wir sehen uns morgen früh um 08:00 Uhr im Besprechungsraum der Brücke“, Paco war aufgestanden und das Treffen war mit diesen Worten vorbei. Ein paar Worte des Dankes und des Abschieds wurden gemurmelt, dann waren Paco und Naira allein.

04.05.2134, 08:00 Uhr, TWO MOON, Brücke, Besprechungsraum:

Nur das Stirnband mit den indianischen Mustern erinnerten noch an den Mann gestern Abend vor seinem Tipi. Ansonsten, bis auf die Sprechweise, wirkte Paco wie ausgetauscht.
„Bei meinem Rundgang gestern, nun, die inneren Pfade der TWO MOON waren etwas – menschenleer und auch nicht so, dass man den Eindruck haben könne, dass Stahlkanu sei fertig. Meine XO mag mir einen Bericht zum Stand der Mannschaft geben.“
Paco sah die junge Dänin mit dem blonden Pagenschnitt fragend an.
„Die Standardbesatzung dieses Schiffes beträgt 1.450 Personen. Weit über die Hälfte davon sind Piloten. Zurzeit sind, uns eingeschlossen, 256 Personen an Bord. Hauptsächlich Techniker, die noch das eine oder andere ein- oder umbauen und danach wieder von Bord gehen. Piloten haben wir noch gar keine und Marines sind ebenfalls Fehlanzeige. Wir sollen beim Erreichen von AGUA noch Personal aufnehmen.“
Wenn Chapawee geschockt war, dann zeigte er es nicht: „Ich möchte, wenn wir Marines an Bord haben, den Kommandeur auf der Brücke haben – ständig.“
„Aye, Captain!“

Paco wandte sich an den FliCo: „Wenn wir keine Piloten an Bord haben, wie sieht es dann mit den stählernen Vögeln aus?“
Afram Awolowo interpretierte den Sinn von Pacos Aussprache nach ein paar Zehntelsekunden richtig: „Wir haben ein Beiboot der 50-Meter-Klasse, also P, an Bord sowie 30 Sphären. Man versprach, sobald die Umrüstung abgeschlossen ist, die schnellstmögliche Lieferung der zehn Geschwader Alphas und 20 Geschwader Betas.“
Nur wer Paco ganz genau kannte, sah die Missbilligung in seinen Augen. Das war nicht mehr als ein halbes Schiff.
„Gunner?“
„Ich melde – keine Feuerkraft, Captain. Auch die Mannschaft, die während einer laufenden Mission die weitere Munition produziert, ist noch nicht an Bord. Von den Energiewaffen sind die Vorrichtungen eingebaut, die Waffen an sich fehlen noch. Übermorgen waren die ersten Torpedos geplant. Der Schutzschirm kann mit 17% seiner Leistung aufgebaut werden.“
„Pilot?“
„Wir sind voll manövrierfähig und ÜL-tauglich. Wir haben in der Navigation keine Einschränkungen“, antwortete Tupac Vargas, chilenischer Pilot der TWO MOON.
„Astro?“
„Meine Scanner sind 20% einsatzfähig – wir können noch nicht allzuweit in den Raum scannen. Kartentank und Datenbank sind dafür vollständig“, antwortete Amy Lewis.
Paco sah von einem zum anderen, und der Crew wurde es unbehaglich, obwohl sie nichts dafür konnte. Man hatte hier ein recht stumpfes Schwert und der Captain hatte das wohl erkannt.
„Funken können wir aber schon?“ Sein Blick wanderte zu Ignat Gussew. Der Russe mit dem blonden Pferdeschwanz nickte eifrig: „Selbstverständlich, Captain!“
„So selbstverständlich erscheint mir das im Moment nicht“, gab Paco skeptisch zurück. „Ich sehe keinen Sinn darin, mit diesem zahnlosen Wolf Manöver zu veranstalten. Auf die Stationen, wir fliegen auf direktem Wege AGUA an!“
Damit war die Sitzung beendet und man strömte in Richtung Brücke.
Liam knurrte etwas, denn es war ihm klar, dass der Captain mit dem Zustand des Schiffes nicht zufrieden sein konnte. Dabei hatte er extra zehn Techniker und IT-Spezialisten abgezogen, um der KI begreiflich

zu machen, dass im Teilbereich des Arboretums, wo Paco mit seiner Gefährtin sein Tipi hatte, keinesfalls ein Feuer ausgebrochen war, wenn Paco rauchte oder ein Lagerfeuer entzündete. Auch bei den GENUI war ein Brand an Bord eines Raumschiffes eine nicht zu unterschätzende Gefahr und somit war offenes Feuer undenkbar, es sei denn, man hieß Chapawee Paco.

Der Captain gab die entsprechenden Befehle, und kurz darauf verließ die TWO MOON der Orbit um AQUARIUS.

12:00 Uhr, TWO MOON, Brücke:

Man war nun seit knapp drei Stunden unterwegs, und auf dringende Empfehlung des leitenden Technikers im Antriebsraum des Klasse-D-Schiffes war man lediglich mit 10% der Höchstfahrt unterwegs. Zwar waren die Schiffe von den GENUI, was die Antriebssektion anbetraf, vollständig und vor allen Dingen fehlerfrei ausgestattet, aber hier gab es Modifikationen. Diese waren dergestalt, dass man hier die Hauptenergie zur Verfügung stellte, die dann auf zum Beispiel zusätzliche Waffen aufgeteilt werden musste. Die bisher verlegten Kabel reichten einfach nicht aus, um größere Energiemengen zu transportieren. So war man vier Tage unterwegs – für die lächerliche Strecke. Der Captain hatte diese Einschränkung mit der stoischen Gelassenheit eines Sioux aufgenommen. Smilla Larsen schaute verstohlen neben sich. Dort hockte Paco in typisch indianischer Weise mit Beinen im >Schneidersitz< und meditierte mit geschlossenen Augen. Ob er wohl schlief? Urplötzlich veränderte sich das Umgebungsgeräusch und auch die Anzeigen des Weltraumes veränderten sich nicht mehr so schnell.
„Wir sind aus dem Überraum gefallen“, kommentierte der Pilot konsterniert und suchte seine Arbeitsstation nach einem Fehler ab.
„Wer hat das angeordnet?“, fragte Smilla und als keine Antwort kam, wusste sie, woher der Sonnenwind wehte.
„Brücke an Maschinenraum?“
„Äh, ja, hier, äh, Maschinenraum?“
„Bericht?“
„Was äh, was denn für einen Bericht?“

Smilla verdrehte die Augen. Offensichtlich war der leitende Techniker kein Soldat, sonst hätte er den Befehl verstanden: „**Wir haben den Überraum verlassen – ungeplant!**"
„Ja, äh, das weiß ich auch."
„**WARUM?**", polterte XO Larsen.
„Äh, das weiß ich nicht", antwortete der Zivilist auf der anderen Seite der Sprechverbindung.
Smilla warf einen Seitenblick auf Paco. An dessen Haltung hatte sich nichts verändert. Mit keinem Muskel in seinem Gesicht verriet er, dass er >online< war.
„Ist es vielleicht möglich", säuselte Smilla zuckersüß und brüllte dann los, „**DASS IHR EUCH UM EINE LÖSUNG DES PROBLEMS KÜMMERT?**"
„Äh, da – da sind wir dabei", versicherte man aus dem Maschinenraum.
„**Ich kann nicht sagen, dass mich das beruhigt!**"
Als hätte sie es mit ihrer lauten Stimme ausgelöst, begann die Beleuchtung auf der Brücke zu flackern.
„Reserveenergie!", befahl Smilla und drückte selbst auf den entsprechenden Sensorpunkt. Sofort verschwand das Flackern und machte einem fahlen, wesentlich dunklerem Licht, Platz.
„Astro? Tut sich was da draußen?"
„Keine Ahnung", antwortete Amy wenig hilfreich aber ehrlich. „Die Scanner laufen mit Reserveenergie, daher nur passiv. In Flugrichtung besteht erst mal keine Gefahr!"
„Liam?"
„Waffenbänke nach wie vor offline, Schutzschirm kann nicht aufgebaut werden!"
Smilla horchte auf: „Pilot! Wie schnell sind wir?"
„Wir sind immer noch mit 10% Licht unterwegs!"
„Können wir die Geschwindigkeit reduzieren – schnell?", fragte die Dänin hektisch. Das war kein Spaß mit 30.000 km/sec auf einen Gesteinsbrocken zu stoßen. Ohne Schutzschirme würde ein 50 cm durchmessender Stein die Kraft einer mittleren Atombombe entwickeln.
„Können wir!"
„Machen – sofort bis null!"
„Aye, XO!"

Smilla drehte sich noch einmal nach Paco um. Keine Reaktion und sie wagte nicht, ihn anzusprechen – noch nicht. Eine echte Gefährdung lag im Moment noch nicht vor.
„FliCo! Zustand des P-Raumers?“
„Wir sollen bei Ankunft auf AGUA im Austausch einen voll funktionsfähigen mit Waffentechnik bekommen. Bis auf Letzteres ist die Kugel vollständig ausgerüstet, getestet und flugbereit“, antwortete der Afrikaner.
Smilla riss sich zusammen: „Ignat – schiffsweite Kom einschalten!“
„Du kannst sprechen!“
„Hallo Crew. Hier ist XO Larsen. Auf Grund der Havarie der TWO MOON ergeht folgende Sicherheitsorder: Alle, bis auf die Techniker in der Maschinenhalle, ich selbst, der Captain und der Pilot, besteigen den P-Raumer auf dem Spezialdeck. Naira, du wirst abgeholt. Ende der Durchsage!“
Der Russe schaltete die Funkanlage ab und Smilla wandte sich an den Gunner: „Liam, du holst Naira ab!“
In diesem Augenblick schlug Paco die Augen auf: „Exzellent, meine junge Schwester weiß logisch und zielgerichtet zu denken und zu handeln. Wir liegen hier wehrlos wie eine hölzerne Ente auf dem Weiher und geben eine Zielscheibe für jedermann ab. Gewisse Vorbereitungen zu treffen, ist unbedingt angeraten. Ich lobe die Weitsicht meiner blonden Schwester. Es gibt aber eine kleine Änderung: Smilla sucht ebenfalls den P-Raumer auf. Es reicht, wenn ich und der Pilot auf der Brücke bleiben. Ausführen!“ Pacos Autorität war so groß, dass es keine Widerworte gab. Liam eilte zum Arboretum und alle anderen begaben sich schleunigst zum Spezialdeck. Mit der Reserveenergie ließ Paco das riesige Decktor auffahren, dann legte er sich eine Sprechverbindung zum Maschinendeck.
„Ich gehe davon aus, dass meine technisch versierten Brüder die Rauchzeichen meiner XO laut und deutlich verstanden haben. Wir, also ihr und ich, sitzen im selben Kanu. Der P-Raumer kann starten und sich in Sicherheit bringen. Uns obliegt die Pflicht, auf diesem Raumer auszuharren, bis er den Pfad Richtung AGUA wieder aufnehmen kann. Was hat der leitende Techniker zu berichten?“
„Ja, äh ...“

Paco verdrehte die Augen: „Bevor du irgendwas anderes tust. Mein Ziel ist es, so schnell wie möglich AGUA zu erreichen und dieses bestimmt irgendwann einmal wertvolle Schiff in Sicherheit zu bringen!"
„Ja, die Sicherungen haben nicht gehalten und ..."
„Tausche sie aus und leg meinetwegen dickere Kabel! Wir müssen hier weg!"
„Wir beeilen uns", versicherte der Techniker.
„Davon gehe ich aus. Wir warten auf positive Nachrichten vom Maschinendeck. Ende!"
Paco unterbrach die Verbindung und holte sich die Sensorenphalanx auf sein Tableau. Mit leichtem Ärger nahm er wahr, dass kaum vernünftige Anzeigen zustande kamen. Kurz darauf meldete sich der P-Raumer in Person von Smilla Larsen. Man war komplett auf dem Raumer.
„Afram sollte die stählerne Kugel fliegen können?", fragte Paco und gleich darauf hatte er den Afrikaner im Bild. „Selbstverständlich, Captain!"
„Ihr startet und fliegt auf dem schnellsten Wege nach AGUA!"
„Aber …", sagte die XO.
„Kein aber", bestimmte Paco. „Wir haben ausreichend Sphären an Bord, wenn es nötig werden sollte. Ihr habt Starterlaubnis!"

05.05.2134, 02:15 Uhr, ARES-System, WALHALLA, Captains-Suite:

Ein unmelodischer Alarmton riss Captain Jane Scott aus dem ersten Tiefschlaf. Um sicher zu gehen, dass sie bei diesen Gelegenheiten auch wach das Gespräch annahm, nutzte Jane dafür den Vid-Com Monitor im anliegenden Arbeitszimmer. Schlaftrunken schob sie die Bettecke zur Seite. „KI! 10% Licht!" Dezente Wandbeleuchtung zeigte Jane den Weg zum Kom-Gerät. Währenddessen nahm sie einen leichten Bademantel von einem Wandhaken und zog ihn über ihre nackte Haut. Sie verließ das Schlafzimmer und setzte sich vor das Terminal.
„Hier Jane Scott!"
Auf dem Monitor wurde das Gesicht eines jungen Mannes angezeigt, der auf Mond DREI in der Zentrale saß: „Ich bitte um Entschuldigung Captain Scott, aber ..."
„Ich habe Bereitschaft – in Ordnung. Was gibt es?"

„Von der TWO MOON ist ein P-Raumer mit fast der gesamten Mannschaft zurück. Captain Paco, sein Pilot und ein Technikerteam sind noch an Bord des offensichtlich havarierten D-Raumers. Der Antrieb und größere Teile der Energieversorgung sind offline!"
„Die Koordinaten?"
„Sind wegen des viralen Netzes bereits in eurer Datenbank", versicherte der Wachhabende.
Janes Gedanken rasten. Sie war diejenige, die im Augenblick die Entscheidungen traf. Man teilte sich diese Art der Leitungsbereitschaft. Dann begann sie zu handeln und ihre Befehle kamen schnell: „Trommel die MANITOBA und die KATANA zusammen. In 15 Minuten Abflug zur TWO MOON. Zeit läuft!"
„Verstanden, Captain", der Wachhabende schaltete ab.
Jane wählte die eigene Brücke an und eine Bereitschaft meldete sich: „Vollständiger Systemcheck! Wir starten in 15 Minuten!" Dann löste Jane den Teilalarm aus. Während die Alarmsirenen gellten, lief sie in ihr Schlafzimmer zurück. Sie sah gerade noch, wie Cemre Celik aus dem Bett huschte und sich ihre Kombi überstreifte, dann war sie auch schon in Richtung Brücke unterwegs.
Zehn Minuten später eilte Jane Scott durch das Schott zur Brücke. Beim Erklimmen der Captains-Empore rief sie dem Com-Offizier zu: „Eine Verbindung zu Phil Mory – dringend!"
Sie setzte sich zu ihrem XO: „Bericht!"
„Wir sind startklar, Captain. Kurs ist eingegeben, der Pilot wartet auf dein Kommando!"
Jane nickte.
„Phil Mory ist in der Leitung", rief die Kom.
Jane drückte einen entsprechenden Knopf und das verschlafene Gesicht vom technischen Leiter AGUAs war auf dem Bildschirm zu erkennen.
„Sorry, Phil! Paco ist mit seiner TWO MOON havariert. Antrieb offline und kaum Energie. Ich denke, du könntest mit einem Team hilfreich sein."
Der kleine Brite nickte: „Ich bin so gut wie unterwegs!"
„Wir übernehmen die Absicherung. Havarie-Koordinaten sind im Netz!"
„Okay!"
Jane schaltete ab: „Kom – schiffsweite Durchsage!"

„Steht, Captain!“
„Hier spricht Captain Scott. Wir machen uns auf den Weg zur havarierten TWO MOON und übernehmen schnellstmöglich die Absicherung bis technische Hilfe eintrifft. Uns begleiten die Dreadnoughts MANITOBA und KATANA. Wir nutzen den Jumper. Durchsage Ende!“
Der Kom-Offizier beendete die schiffsweite Durchsage und holte auf Verlangen von Jane Scott die beiden Captains Scott Tanner von der MANITOBA und Hotaru Kaneko von der KATANA auf den vorderen Schirm.
„Seid ihr bereit?“
Scott und Hotaru nickten
„Dann los. Schnellstmöglich zum Ziel und sichern!“
Der Bildschirm wurde dunkel.
„Pilot – bring uns mit dem Jumper zum Ziel – schnellstmöglich!“
Der Antrieb begann zu brummen und die WALHALLA schwang sich aus dem Orbit von AGUA heraus. Genau wie die Captains der beiden Dreadnoughts meldete sich Jane aus dem System bei Mond DREI ab.

<u>05.05.2134, 07:10 Uhr, TWO MOON, Brücke:</u>

Seit etlichen Stunden meditierte Paco auf seinem Sitz, während Tupac Vargas im Pilotensitz der Langeweile preisgegeben war. Es war schon einige Stunden her, seitdem Paco das letzte Gespräch mit den Technikern geführt hatte. Offensichtlich gab es ein größeres Problem an Bord und man suchte den Fehler. Der Captain hatte die KI beauftragt, die wenigen in Betrieb befindlichen Scannersensoren zu überwachen und im Veränderungsfalle Alarm zu geben. Anschließend hatte er dem Piloten geraten, den Sitz in die Waagerechte zu bringen und den Schlaf zu suchen. Zwar waren die Sitze breit und recht bequem, aber es war nicht jedermanns Sache, in einem solchen Gestühl auch zu schlafen. Und Tupacs Faible war es nicht gerade. So dämmerte er mehr oder weniger vor sich hin, als die KI schließlich Alarm gab. Dieser automatisch ausgelöste Alarm war keinesfalls melodisch und daher zuckte der Chilene auch gehörig zusammen. Gleichzeitig flammte der vordere Übersichtsmonitor auf und es war zu sehen, dass ein großes Objekt, zunächst weiß, also unbekannt, dargestellt wurde, schnell näher kam.
„Tupac?“

„Ich bin wach, Captain!“
„Die passiven Sensoren brauchen noch eine gewisse Zeit, bis sie das Objekt annähernd klassifizieren können“, erklärte Paco. Besorgt stellte er fest, dass zwei weitere, aber kleinere, Objekte aufgetaucht waren.
„Brücke ruft Maschinenraum“, Paco nahm Kontakt zu den Technikern auf.
„Hier Technik!“
„Es nähern sich Besucher und ich weiß nicht, ob ich alsbald das Kalumet oder das nicht vorhandene Kriegsbeil benutzen soll. Eine alsbaldige Fahrtaufnahme mit höheren Werten könnte durchaus hilfreich sein.“
Tupac bewunderte den Indianer bezüglich seiner ruhigen Ausdrucksweise. Nichtsdestotrotz waren sie hier hilflos und wenn jetzt nicht ein Wunder in Form eines technischen Geistesblitzes dort im Maschinenraum stattfand, würde Paco die Evakuierung der TWO MOON befehlen. Allerdings war noch nicht geklärt, wie man verhindern konnte, dass das Schiff so wie es war, eventuellen Feinden in die Hand fiel. Die dafür installierte Selbstzerstörung sollte nämlich auch erst noch eingebaut werden.
„Es tut uns leid, aber wir haben den Fehler immer noch nicht“, kam es aus dem Maschinenraum.
Mit einer entsagungsvollen Geste schlug Paco auf den Aus-Knopf, dann wollte er sich an Tupac wenden, als ein Funkgespräch dazwischen kam. Paco nahm es an und auf dem Hauptschirm war die Captain der WALHALLA zu erkennen: „Hallo Häuptling! Wer hätte gedacht, dass die Kavallerie zur Rettung eines Indianers herbeieilt. Im Schlepp habe ich zwei Dreadnoughts. Die MANITOBA und die KATANA. Wenn ich das richtig verstanden habe, erscheint der P-Raumer mit deiner Mannschaft in Kürze. Wie ist der Status?“
„Meine weiße Schwester sieht mich in einer beschämenden Situation. Seitdem die Crew aufgebrochen ist, hat sich nichts verändert. Der Antrieb ist offline und die Energieversorgung läuft aus Speicherbänken. Verschiedene Ausrüstungsgegenstände, die aus diesem Schiff ein wehrhaftes Mitglied der Flotte machen würden, sind nicht eingebaut. Der Beginn meines Kommandos steht unter keinem guten Stern.“
Jane nickte Paco zu: „Ich habe Phil Mory angefordert und er wird in Kürze hier eintreffen. Bis dahin übernimmt die WALHALLA die

Absicherung. Gibt es etwas, was wir ansonsten für dich tun können, Häuptling?"
„Die Hilfe meiner erfolgreichen Schwester ist mir äußerst willkommen. Wir haben zurzeit kein akutes Problem. Lass uns gemeinsam auf den Meister der Technik warten!"
Daraufhin war das Gespräch beendet.

WALHALLA:

„Kom! Flottenfrequenz!"
„Steht, Captain!"
„MANITOBA und KATANA übernimmt Flankenschutz!"
„MANITOBA verstanden!"
„KATANA verstanden!"
„Cemre, die drei Staffeln Sharks raus zur Naherkundung und Absicherung!"
„Aye, Captain!"
Jane lehnte sich im Sitz zurück. Nun war Warten angesagt.

Sechs Stunden später erreichte Phil Mory den Ort des Geschehens. Er rückte mit etlichen Technikern, einer halben Hundertschaft von Arbeitsdroiden und einem umgebauten 500-Meter-TRAX-Beiboot an. In früheren Zeiten auf der Erde wäre der Flieger gelb gewesen und hätte gelbe Rundumleuchten gehabt. Phil hatte das ehemalige Beiboot des Feindes in eine mobile Werkstatt mit zahlreichen Ersatzteilen ausgerüstet und unterhielt es für genau solche Situationen. An Bord der SERVICE war alles vorhanden, was man zur Reparatur eines Raumschiffes benötigte. In einer knappen Stunde hatte dieser rechteckige Kasten an der TWO MOON angedockt und Phil begann mit der Fehlersuche. Bereits nach einer weiteren Stunde hatte er den Fehler lokalisiert und als er Paco Bericht erstatten wollte, hat dieser abgelehnt: „Ich brauche ein funktionsfähiges Schiff. Ich muss nicht wissen, wo der Fehler liegt. Mein Herz ist voll Dankbarkeit, wenn mein Bruder diesem Vogel wieder Flügel verleiht!"
Phil hatte gegrinst und Paco empfohlen, seine Crew wieder an Bord zu nehmen. Er würde sein Bestes geben. Tatsächlich war es zwei Stunden später soweit – allerdings mit Einschränkungen. Phil hatte die Reparatur als notdürftig beschrieben und einen schnellstmöglichen Aufenthalt

neben einer bestens ausgerüsteten Werft empfohlen – die auf Mond DREI im ARES-System. Der Cheftechniker gab lediglich 25% der möglichen Energie für den Antrieb frei.
„Aus Gründen der Zeitersparnis rege ich an, ein Wurmloch in 57 Lichtjahren Entfernung zu nutzen. Auf der Gegenseite ist Wurmloch 3-5-8 und die TWO MOON wäre dann im ARES-System."
Paco war niemand, der den fachlichen Rat eines Experten einfach so in den Wind schlug. So, wie sie sich jetzt darboten, war die TWO MOON eine Gefährdung für die Sicherungsschiffe. Es galt diesem Umstand so schnell wie möglich ein Ende zu bereiten. Der Sioux stimmte also zu. Jane Scott ließ von ihrer First FliCo, die selbstverständlich nach der 33er Invasion den Ehrentitel >Flight< trug, die Shark-Staffeln wieder einsammeln. Gemeinsam mit der MANITOBA und der KATANA geleitete man die TWO MOON zum erwähnten Wurmloch.

05.05.2134, 22:30 Uhr, ARES-System:

Wurmloch 3-5-8 aktivierte sich und spie nach zwei Minuten einen D-Raumer der GENUI, zwei Dreadnoughts und ein Trägerschiff sowie ein übernommenes 500-Meter-Beiboot der TRAX aus.
Bei seiner Anmeldung im System war Chapawee Paco erstaunt, den alte Veteranen Will Rakers um diese Uhrzeit noch anzutreffen. Auf eine diesbezüglich Frage seinerseits verzog Rakers das Gesicht: „Mein lieber, roter Freund! Ich hörte von der Havarie und konnte meinen Dienst hier nicht abschließen, ohne zu wissen, ob du mit heiler Haut davon gekommen bist. Ich habe nicht viele Freunde, Chap. Du bist einer davon und ich hatte Sorge um dich!"
Paco war offensichtlich gerührt von dieser sehr offen vorgetragenen Sympathie: „Ich danke meinem weißen Bruder und Freund für den herzlichen Empfang. Wir sollten mal wieder am gleichen Feuer sitzen!"
„An mir liegt es nicht, Häuptling. Lass mich wissen, wo du auf AGUA untergekommen bist und ich komme."
„So werden wir es halten! Howgh!"
Smilla war etwas verwundert, denn sie wusste mit dem Bekräftigungsausdruck der Indianer nichts anzufangen. Liam MacGowan kannte das zwar, hatte das aber noch nie aus dem Munde Pacos vernommen.
Paco besprach sich kurz mit Mory und gab der Mannschaft Folgendes bekannt: „Die Reparatur der TWO MOON wird erst morgen in Angriff

genommen. Unser Pilot mag das Schiff in einen Orbit um AGUA bringen. Wir beschließen den Tag und verbringen die Nacht an Bord unseres Schiffes. Morgen früh gehen wir auf die Oberfläche."

<u>06.05.2134, 10:00 Uhr, TWO MOON, Brücke:</u>

Die Einladung war nicht gerade schriftlich gekommen, aber in Person von Will Rakers. Der Veteran hatte frühmorgens das Klasse-D Schiff der GENUI angefunkt und mit einer Sphäre um Landeerlaubnis gebeten. Chapawee Paco hatte den Freund höchstselbst auf dem Landedeck empfangen.
„Mein weißer Bruder ist mir sehr willkommen an Bord dieses Schiffes", hatte ihn Paco begrüßt. „Er mag darüber hinwegsehen, dass dieses Schiff im Moment nicht annähernd das halten kann, was seine äußere Hülle versucht, glauben zu machen."
Will hatte lediglich gegrinst und seinem roten Freund versichert, dass das schon werden würde. Der Veteran konnte sich lebhaft vorstellen, dass es für keinen Captain ehrenvoll war, mit einem havarierten und praktisch >abgeschleppten< Schiff wieder im Heimathafen aufzutauchen, zumal es nicht einmal Feindberührung gegeben hatte. Speziell in diesem Fall war dem Sioux ein Schiff gegeben, nicht übergeben, worden, welches keinesfalls komplett umgebaut und mit einer Mannschaft versehen war.
„Im Namen des Admirals soll ich dich für diese Ungemach um Verzeihung bitten", brachte Will hervor und Chapawee zog seine Augenbrauen hoch. „Dem Admiral ist dieser Fauxpas ziemlich peinlich. Es hätte nicht sein dürfen, dass ... zumal eine schwangere Frau in deiner Begleitung ist."
Chapawee sog die Luft hörbar ein: „Meine Gefährtin trägt ein Kind unter dem Herzen. Das ist eine sehr natürliche Art, für das Weiterbestehen der menschlichen Spezies zu sorgen. Meine weißen Brüder und Schwestern mögen nicht so viel Aufhebens um diese Tatsache machen!"
Will hob einen Zeigefinger: „Da irrt mein roter Bruder gewaltig. Unter den jetzigen Bedingungen ist eine schwangere Frau etwas ganz Besonderes. Etwas, was es zu schützen gilt, und dem unsere ungeteilte Aufmerksamkeit gewidmet ist. Die menschliche Zivilisation kann nicht nur dadurch überleben, dass man Kopf und Kragen beim Vertei-

digungskampf riskiert, sondern auch, dass man sich vermehrt. Nur so wird unsere Rasse weiterhin bestehen. Wie gehst du denn mit Naira um?"
„Nun ja", dem Sioux war diese Frage eigentlich zu intim, aber Will war ein wirklich guter Freund. „Ich bemühe mich, ihr alle Schwierigkeiten aus dem Weg zu räumen und sie von Gefahren aller Art fernzuhalten."
„Aha", machte Will. „Da haben wir es doch. Im Prinzip machen wir nichts anderes. Vielleicht sind wir dabei nicht so unauffällig wie du, aber wir tun dasselbe."
Paco breitete die Arme aus und ließ sie dann sinken. Er ergab sich den Argumenten seines älteren Freundes.
„Thomas lädt dich und deine Brückencrew nach GREEN COAST FARM ein. Er möchte die Leute kennenlernen, mit denen du fliegst. Gleichzeitig möchte er natürlich dich und Naira wiedersehen."
Paco machte eine kleine Verbeugung: „Ich, wir, fühlen uns geehrt. Wie ist der Ablauf?"
„Wir starten jetzt gleich", antwortete Will. „Lass deine Brückencrew und deine Frau hierhin kommen. Wir nehmen meine Sphäre. Überlassen wir den Technikern dein Schiff. Sie sollen es wohl hinbekommen. Admiral Raven hat Phil gebeten, dass er sich persönlich um die TWO MOON kümmert."
Paco lächelte: „Smilla Larsen, meine XO, wird das restliche Personal der TWO MOON von Bord schicken wollen. Lass uns, wenn die Sonne im Zenit steht, dieses Schiff verlassen. Will mir mein Freund den Gefallen tun und sich einladen lassen in meine Privatgemächer?"
Will grinste: „Warum ahne ich, dass am Ende der Einladung eine Menge Qualm im Raum schwebt?"
„Hat meine Bruder Befürchtungen bezüglich des Kalumets?"
„Nein", lachte Will, „Hoffnungen!"
Paco hob sein Armbandkom an und erteilte an seine XO die entsprechenden Befehle. Dann führte er Will Rakers zu dem abgeteilten Bereich des Arboretums. Naira begrüßte den Freund ihres Gefährten ganz besonders herzlich und nahm ihn sogar in den Arm. Bei der betont distanzierten Art, wie die Ureinwohner Nordamerikas sonst mit anderen umgingen, war das eine hohe Auszeichnung. Will hatte tatsächlich feuchte Augen – er fühlte sich geehrt: „Ich hörte mit großer Freude, dass du ein Kind bekommen wirst, Naira. Ich wünsche dir eine unbeschwerte Zeit und anschließend ein kräftiges und gesundes Kind."

Naira dankte mit einem höflichen Lächeln.
Kurz darauf hätten Insekten aller Art, wenn es sie denn geben würde an Bord eines Raumschiffes, keine Chance. Chapawee und Will saßen in einer dicken Rauchwolke und schwelgten in Erinnerungen. Schließlich war die Zeit des Aufbruchs gekommen, und Paco ergriff ein kleines Bündel an persönlichen Sachen. Zu dritt suchten sie das Landedeck auf und trafen dort auf die restliche Brückenmannschaft. Gemeinsam bestieg man die Sphäre von Will Rakers und brach nach GCF auf.

12:45 Uhr, AGUA, GREEN COAST FARM:

Will flog vom Meer aus an und in sehr geringer Höhe. Das war zwar ungewöhnlich, aber Paco dachte sich, dass der Veteran ihnen eine andere Perspektive vom Ort vermitteln wollte. Die Sphäre landete auf dem Teil mit der Bierfabrikation direkt neben dem Pavillon. Thomas Raven war neben seiner Frau erschienen und begrüßte die Gäste sehr herzlich. Ron Dekker war mit Suzan ebenfalls dabei und Rons Augen leuchteten, als er den Indianer sah. Die gewohnte Distanz war für Ron kein Thema, während Thomas Raven die typische Begrüßung mittels des gesamten Unterarms bevorzugte, riss Ron am Sioux herum und schlug ihm vor Begeisterung auf die Schulter.
Ewa nahm Naira herzlich in den Arm und die Indianerin ließ sich das von dieser Frau sehr gerne gefallen: „Wie geht es dir, Naira? Bist du ärztlich gut versorgt? Wann soll dein Kind kommen?“
Die zierliche Frau musste zugeben, dass sie noch keinen der Ärzte auf AQUARIUS aufgesucht hatte. Über den genauen Geburtstermin wusste sie ebenso nichts zu berichten.
„Aber du bist schon schwanger?“, fragte Ewa skeptisch.
Naira lächelte: „Ich bin sicher – ja!“
„Was hältst du davon, wenn ich dich untersuche? Es geht schnell. Wir fliegen eben nach GC ins dortige Krankenhaus und in etwas mehr als einer Stunde sind wir zurück?“
Naira sah hilfesuchend nach Paco und dieser hatte das Gespräch zwischen den beiden Frauen mitbekommen: „Es wäre töricht, die gut gemeinte Hilfe auszuschlagen. Auch ich will wissen, ob Kind und Mutter gesund sind und wann wir eine Wiege aufstellen sollen.“
Ewa drehte sich um und sprach Will an: „Liebster Will, würdest du uns nach GC bringen?“

Der Leiter der Mondbasen wurde sogar rot, als Ewa ihn so vertraulich ansprach: „Sicher, meine Präsidentin!“ Beide Frauen lachten und folgten ihm zur Sphäre. Wenig später hob die Kapsel ab.

Thomas Raven hatte den Tisch unter dem Pavillon decken lassen und unter einer Haube standen bereits ein paar ausgesuchte Delikatessen entweder aus dem Replikator oder aus den Gärten AGUAs. Er bat alle, ordentlich zuzugreifen. Er selbst setzte sich mit Paco an das obere Ende der Tafel.

„Steht mein roter Bruder noch zu seiner Zusage, die Gruppe junger Leute nach MANCHAR zu transportieren?“

Paco war verwundert: „Ich stehe immer zu meinem Wort. Es bleibt nur die Frage offen wann und mit welchem Schiff! Mit der TWO MOON muss ich es im Moment ablehnen. Das Risiko für die Gäste wäre zu hoch.“

Thomas kratzte sich hinter dem Ohr: „Ja, es geht bereits in fünf Tagen los. Ich warte jetzt auf die Einschätzung von Phil. Natürlich wirst du nicht alle Geschwader an Bord haben und vielleicht nicht alle Besatzungsmitglieder, aber das Schiff sollte funktionieren und wehrhaft sein. Wenn Phil das nicht hinbekommt, werde ich dir ein anderes Schiff geben.“

„Ich stehe dir zur Verfügung“, stimmte Paco zu.

„Da gibt es noch etwas“, schränkte Thomas ein und Paco sagte nichts, sondern hörte weiterhin zu.

„Loorena hat mich um Waffenhilfe gebeten!“

Der Sioux war überrascht: „Das kannst du nach den Geschehnissen im letzten Jahr nicht ablehnen.“

„Das habe ich auch nicht vor. Die ERSTE verlangt nach Atomwaffen.“

„Da wird es mit der reinen Lieferung nicht getan sein“, warf Paco ein.

„Eben“ bestätigte Rhomas. „Darauf wollte ich hinaus. Ich muss dich bitten, ebenfalls eine kleine Gruppe von Wissenschaftlern mitzunehmen und auf MANCHAR an Loorena zu übergeben. Es stehen ein paar Freiwillige bereits fest und Huang Li von EDEN, der immer noch hier ist, möchte ebenfalls mit in die Milchstraße.“

„Es wird mir eine Ehre sein, unseren grünen Brüdern und Schwestern die Hilfe mitzubringen“, sagte Paco etwas steif, weil – er und Wissenschaftler, man hatte da so seine Erfahrungen.

Etwa anderthalb Stunden später waren Ewa und Naira zurück.
„Mutter und Kind geht es sehr gut“, berichtete Ewa. „Den Geburtstermin habe ich auf den 05.12. errechnet. Auf Wunsch Nairas habe ich keinen Geschlechtstest gemacht – man wird überrascht werden.“

Im Laufe der Tages unterhielt sich Thomas mit allen Brückenmitgliedern und am Abend bekam er sogar von Phil Mory eine positive Rückmeldung. Nicht weniger als 300 Droiden arbeiteten zurzeit unter seiner Leitung an der TWO MOON. Die wesentlichen Voraussetzungen seien ja bereits geschaffen worden und entsprechende Waffentechnik sei vorhanden und müsste nur noch eingebaut werden. Die Hälfte der Geschwader könnten ebenfalls schon zur Verfügung gestellt werden. Ein weiteres Gespräch kam dann noch mit der Akademieleitung in Person von Hans Möller zustande. Er versprach eine Reihe von Piloten zur Verfügung zu stellen. Allerdings seien diese noch nicht ganz fertig mit der Ausbildung und trug seinerseits den Vorschlag vor, die Ausbildung an Bord der TWO MOON weiterzuführen: „Fliegen können die, aber ich hätte da gerne noch das eine oder andere vermittelt. Ich könnte auch Dozenten mitfliegen lassen.“
Thomas und Paco, die beide vor dem Vid-Com Monitor saßen, sahen sich an.
„Du könntest aktiv in die Ausbildung eingreifen, Chapawee. Eine einmalige Gelegenheit für einen Captain, seine eigene Crew speziell nach seinen Wünschen zu formen.“
„Der Vorschlag meines weißhaarigen Bruders ist gut“, stimmte Paco zu und so war es beschlossene Sache. Man würde mit der TWO MOON fliegen und die Ausbildung der Fähnriche teilweise selbst in die Hand nehmen.

Am Abend gab es dann für das Indianerpaar noch eine handfeste Überraschung. Zwischen den Gästehäusern stand ein Tipi – und zwar eins aus Holz und mit allen Extras. Man hatte sich richtig Mühe gegeben und es mit indianischen Mustern recht farbenfroh angestrichen. Weithin ragte die Spitze der Behausung über die anderen Gästehäuser hinaus. Auch war nicht vergessen worden, vor dem Haus eine Feuerstelle anzulegen und ein paar Baumstämme davor abzulegen. Es war eine Verbeugung an Chapawee Paco. Das Haus würde ständig für Chap freigehalten werden.

„Ich danke und fühle mich geehrt“, waren dann auch die Worte aus dem Munde des Sioux.

10.05.2134, 12:00 Uhr, AGUA, Raumhafen:

Phil hatte dem Captain der TWO MOON versichert, dass das Schiff raumtauglich und wehrhaft war. Paco hatte anschließend auf die Nutzung des Kalumets bestanden und als Phil, allerdings stark hustend, seine Worte wiederholte, war Chapawee Paco beruhigt. Seine Brückencrew war angetreten und das 50-Meter-Schiff stand in unmittelbarer Nähe. Mit diesem wollte Paco zusammen mit Naira, die still neben ihm stand, zur TWO MOON im Orbit zurückkehren. Man wartete auf die Gruppe um Dana Ostenson.
„Es fehlen noch ein paar Service-Leute. Kantinenbereich, etc. Das hat aber nichts mit der Sicherheit des Schiffes zu tun“, versicherte Thomas Raven. „Wenn ihr zurückkehrt, wird die Mannschaft komplett werden.“
„Es wird nicht schaden, wenn wir die eine oder andere Handlung selbst vornehmen“, beruhigte der Sioux den Admiral. „Wir werden ohne Bedienung auskommen.“
Langsam schwebte eine Sphäre heran und als diese gelandet war, stiegen Lea Heinley, Dana Ostenson und Jurij Maximov aus. Letzterer beförderte anschließend einen kleinen Buggy mit Kleinkind nach draußen und dann noch eine Rechnereinheit und mehrere Ordner.
Der Abschied zwischen Lea und Thomas fiel herzlich aus.
„Deine Termine sind allesamt auf dem Startbildschirm abgelegt. Du kannst sie gar nicht übersehen“, versicherte Lea ernsthaft bemüht, ihren Chef während ihrer Abwesenheit einigermaßen versorgt zu wissen. „Sie verschwinden mit Ablauf des Datums. Neue trägst du mündlich mit dem Begriff >KI! TERMIN – Raven< und dann Datum, Uhrzeit, Ort, Beteiligte, Thema, ein.“
Thomas lachte: „Vielen Dank, ich werde schon nicht untergehen!“
Lea machte nur: „Hmm!“
Bevor die Diskussion weitergehen konnte, wurde es in der Nähe etwas laut. Mehrere Personen schienen eifrig und lautstark zu diskutieren, ja, sich zu streiten und dabei sogar die Grenzen des Anstandes zu überschreiten.

Einige Anwesende wussten hinterher zu berichten, dass der Teint des Indianers merklich blasser wurde, als er der Personen ansichtig wurde, die verbal so übereinander herfielen.
„Mein weißer Bruder", er meinte damit Admiral Raven, „weiß nicht, was er da von mir fordert."
Chapawee Paco sah einen ihm unbekannten und großen Chinesen, es war Huang Li, sowie Dr. Dr. Alexej Kosanov, Sam Packinpah und eine spindeldürre und große Spanierin mit strähnigem und längerem Grauhaar sowie blitzenden, grünen Augen: Dr. Maria Fernandes Jiminez.

- ENDE -

Hier endet Buch Nummer 15, oder die Nummer 11 in der Neuland-Reihe.

Ich bitte um Entschuldigung dafür, dass die Geschichte der WALHALLA nicht in einem Buch abschließend berichtet werden konnte. Eine vierjährige Odyssee kann nicht logisch in einem Band untergebracht werden, da sich jedes Buch im Prinzip immer nur mit einem Jahr der Neuen Menschheitsgeschichte im ARES-System beschäftigt. Insgesamt wird man anschließend sagen müssen, dass die Bände 2134 und 2135 zusammen gehören. Ich möchte das bitte nicht als Stilmittel wissen, um den geneigten Leser/In an mich und meine Bücher zu fesseln. Ich halte es jedoch für legitim, den oder die Leser/In neugierig zu machen auf den Folgeband – mehr nicht und ich selbst als Leser reagiere auf >sehr offene< Schlussszenen eher sauer. Hier habe ich auch keinen wirklich >harten< Cliffhanger platziert. Mir war es im vorliegenden Bericht wichtig, die Ereignisse nach der 33er Invasion zu schildern und die Beseitigung der letzten BONE-Brutstätte. Dabei ging es auch um das wieder Neuausrichten der Neuen Menschheit und wieder Zutrauen zur eigenen Kraft zu haben, das Kreuz durchzudrücken und die Brust nach vorne zu strecken. Ein mühsames Raustasten aus dem Jammertal. Daneben viele kleine und große Helden des Alltags und natürlich auch eine Prise Humor und Selbstironie. Ein würdevoller Abschied war wichtig für die Gefallenen und die Hilfe der Freunde. Dabei sollte aber auch die Freude am Leben nicht zu kurz kommen.

Es liegt auf der Hand, dass der Folgeband zunächst ebenfalls im Jahre 2134 startet. Wegen der Übersichtlichkeit ist der Titel dennoch eine Jahreszahl weiter. Ich denke, das ist logisch.

Ich bedanke mich bei allen Lesern/Innen für die bisherige Treue. Die Reaktionen, die mich per Facebook erreichten, per Rezension, per Mail oder im Gästebuch auf der Homepage, motivieren mich, mir immer neue und vielleicht auch interessante Geschichten um die altbekannten Protagonisten auszudenken.
Es macht Spaß für euch zu schreiben!

Es geht weiter mit: 2135 A.D. – XXX – also die Fortführung der Abenteuer um AGUA, im Jahre ab 2134/2135 – also der zwölfte Neuland-Roman. Seit 2130 sind beide Zeitlinien miteinander verbunden, neben Thomas Raven wird also auch Jan Eggert mit von der Partie sein.

Das A.D.-Epos von Harald Kaup.
Die Science Fiction-Romane der besonderen Art.

Zum Schluss eine Bitte:

Ich freue mich immer über Kommentare, über positive natürlich besonders. Rezensionen bei Amazon helfen mir, bekannter zu werden. Rezensionen sind schnell gemacht, tun nicht weh und sind der Applaus des Publikums für den Autor.
Neuigkeiten gibt es über meine Homepage www.harald-kaup.de
(gern Gästebucheinträge)

Anschreiben per E-Mail unter >> 2120adneuland@gmx.de <<

Freundschaftsanfragen über FB Harald Kaup (Autor) ausdrücklich erwünscht.

Lieben Dank!
Euer Harald Kaup